Håkan Nesser

Een heel ander verhaal

Uit het Zweeds vertaald door
Ydelet Westra

DE GEUS

Oorspronkelijke titel *En helt annan historia*, verschenen bij
Albert Bonniers Förlag

Published by arrangement with Bonnier Group Agency,
Stockholm, Sweden

Omslagontwerp Rozemarijn Koopmans naar het ontwerp van
Koitz animation & graphics
ISBN 978 90 445 2301 0
NUR 305

Inleidende opmerking

De stad Kymlinge staat niet op de kaart en bahco's met het typenummer 08072 zijn in Frankrijk nooit te koop geweest. Verder komen grote delen van de inhoud van dit boek overeen met bekende situaties.

I

Aantekeningen uit Mousterlin

29 juni 2002

Ik ben niet als andere mensen.

En dat wil ik ook niet zijn. Als ik ooit een groep mensen tegenkom bij wie ik me thuis voel, ben ik afgestompt. Dan ben zelfs ik gepolijst tot het oergesteente van de conventies en de domheid. Zo is het, niets kan dit fundamentele feit veranderen. Ik weet dat ik uitverkoren ben.

Misschien was het een vergissing om hier te blijven. Misschien had ik gehoor moeten geven aan mijn eerste impuls en nee moeten zeggen. Maar de weg van de minste weerstand is aanlokkelijk en Erik fascineerde me de eerste dagen, van hem gaan er geen dertien in een dozijn. Ik had geen uitgestippelde plannen, geen strategieën voor mijn reis. Naar het zuiden, naar het zuiden gaan was het enige wat telde.

Maar vanavond zijn mijn twijfels gegroeid. Er is niets wat me hier houdt, ik kan elk moment mijn rugzak pakken en verder reizen, dit gegeven biedt me een soort zekerheid voor de toekomst. Ik kan inderdaad nu vertrekken, op dit moment; het is twee uur, op een paar honderd meter afstand van het terras waar ik zit te schrijven, hoor ik vanuit het donker de monotone stem van de zee. De vloed komt opzetten; ik zou het strand op kunnen gaan en naar het oosten kunnen lopen, heel simpel.

Maar een zekere loomheid, samen met mijn vermoeidheid en de alcohol in mijn bloed, houdt me tegen. In elk geval tot morgen. En mogelijk nóg een paar dagen. Haast is wel het laatste wat ik heb, en wie weet laat ik me verleiden tot de rol van observator. Wie weet gaan er dingen gebeuren waarover ik kan schrijven. Toen ik dokter L. over mijn plan vertelde om een lange reis te gaan maken, leek hij aanvankelijk niet erg enthousiast, maar toen ik uitlegde dat ik tijd nodig had om in een onbekende omgeving na te denken en te schrijven over de dingen die achter me liggen – dat dat het eigenlijke doel was – knikte hij instemmend; hij wenste me succes, het leek recht uit het hart te komen. Hij had me ruim een jaar behandeld, het zou toch als een triomf moeten voelen als je voor de verandering een cliënt kunt loslaten en de vrijheid kunt geven.

En Erik, het was natuurlijk heel genereus van hem om mij hier kosteloos te laten overnachten. Hij zei dat hij het huis met een vriendinnetje had gehuurd, maar het was uitgegaan toen de reservering niet meer ongedaan gemaakt kon worden. Vanaf het eerste moment had ik het gevoel dat hij loog; dacht dat hij gay was en mij als speeltje wilde, maar dat is dus niet zo. Ik denk niet dat hij homo is, maar daar ben ik absoluut niet zeker van. Waarschijnlijk is hij biseksueel, het is geen ongecompliceerde ziel, die Erik. Dat is waarschijnlijk ook de reden dat ik het met hem uithoud, hij heeft donkere kanten die me aanspreken, tenminste, zolang ik ze nog niet ontrafeld heb.

En hij heeft geld zat, het huis is groot genoeg om elkaar niet op de lip te hoeven zitten. We hebben afgesproken om zolang ik hier ben de kosten voor het eten te delen, maar we delen nog iets. Een soort wederzijds respect; er zijn nu bijna vier dagen verstreken sinds hij me in de buurt van Lille oppikte, drie sinds we hier zijn. Normaal gesproken ben ik iemand na een fractie van zo'n periode al beu.

Maar vannacht – op het moment van schrijven – word ik dus getroffen door de eerste sterke twijfels. Het begon met de lange lunch in de haven van Bénodet vanmiddag, ik begreep al snel dat die een prelude op een zware avond was. Zoiets voel je meteen. Er schoot zelfs een gedachte door mijn hoofd – toen we eindelijk bij dat rumoerige restaurant waren en eindelijk onze bestellingen aan de ober hadden doorgegeven: *het hele tafelgezelschap om het leven brengen en vertrekken.*

Dat zou voor iedereen het makkelijkste zijn geweest en het zou me volledig koud hebben gelaten.

Als ik een methode had gehad. Een wapen op zijn minst, en een vluchtroute.

Misschien kwam de gedachte wel voort uit het feit dat het zo warm was. De afstand tussen grote hitte en waanzin is klein. We hadden de tafels verschoven en met parasols gesleept om schaduw te creëren, maar toch zat ik in de zon, vooral als ik tegen de rugleuning van mijn stoel aan zat – het was allesbehalve comfortabel. Heel mijn zijn voelde als een soort grote jeuk. Een irritatie die tegen een onwrikbaar punt vibreerde.

De hele onderneming getuigde sowieso van een infame domheid. Misschien vond het niet op initiatief van iemand plaats, misschien was er slechts sprake van een algehele en misplaatste consideratie. Een groepje landgenoten dat elkaar op een zaterdagmarkt in een Bretons stadje tegen het lijf loopt. Het is goed mogelijk dat de conventie in een dergelijke situatie bepaalde gedragingen vereist. Bepaalde riten. Ik heb een even grote hekel aan conventies als aan de mensen die zich eraan houden.

Het kan best zijn dat ik niet op dezelfde manier naar een groep Hongaren aan een restauranttafel in Stockholm of Malmö zou kijken; het gaat om het innerlijk van een groep, daar heb ik moeite mee, de buitenkant interesseert me niet. Weten en doorzien zijn vaak erger dan niets weten. Of doen alsof je niets weet. Het is makkelijker om in een land te wonen waar je de taal slechts ten dele verstaat.

Het Frans, de taal die ons op dit moment omringt, lijkt bijvoorbeeld het pregnantst als je niet precies weet wat er gezegd wordt.

Maar je kunt aan mij nooit zien wat ik denk, ik laat niemand toe. Ik vloek inwendig, maar ik glimlach, glimlach. Zo heb ik geleerd me door het leven te slaan. *Navigare necesse est.* De mogelijkheid bestaat zelfs dat de anderen me aardig vinden. Gedachten zijn ongevaarlijk zolang het gedachten blijven, dat is waar.

En ik zeg in principe nooit iets onaardigs.

Het waren twee stelletjes. In eerste instantie was ik in de veronderstelling dat ze elkaar al kenden, dat ze misschien samen op vakantie waren – maar dat bleek dus niet het geval te zijn. We kwamen elkaar alle zes bij toeval tussen de kraampjes op de markt tegen; ambachtelijke kazen, ambachtelijke jam en marmelade, ambachtelijke muscadet, cider en gehaakte sjaals; mogelijk viel Erik op een van de twee vrouwen. Ze zijn allebei jong en relatief knap, misschien wel op allebei, trouwens, hij was een en al charme toen we de schaaldieren naar binnen werkten en de ene fles wijn na de andere leegden.

Ik misschien ook wel.

En die opmerkelijke link met Kymlinge. Erik woont zijn hele leven al in die stad, zo bleek, de vrouw van het ene stel was er opgegroeid, maar naar Göteborg verhuisd, en de andere vrouw woont sinds haar tiende in Kymlinge. Niemand van de drie kende elkaar, maar iedereen vond dit geografische gegeven onweerstaanbaar interessant. Zelfs Erik.

Zelf kreeg ik er onweerstaanbare braakneigingen van. Alsof ze met een charterbus naar dit Franse dorpje waren gekomen om zich te verkneukelen over de zeden en eigenaardigheden van de inheemse bevolking en deze te vergelijken met de gedragingen van de mensen thuis. In Kymlinge en elders. Voor het hoofdgerecht dronk ik drie glazen koude witte wijn, ondertussen maakte zich, terwijl ik op mijn stoel zat te zweten, een heel bekende wanhoop van me meester. Een jeuk, nogmaals.

Over mijn eigen connectie met Kymlinge besloot ik te zwijgen. Ik weet zeker dat niemand van hen weet wie ik ben, in dat geval had ik hier niet kunnen blijven.

Henrik en Katarina Malmgren, heet het ene stel. Zij is de vrouw die in Kymlinge is opgegroeid, nu wonen ze in Mölndal. Ze zijn allebei rond de dertig, zij werkt in het Sahlgrenskaziekenhuis, hij is een soort universiteitsmedewerker. Ze zijn getrouwd, maar hebben geen kinderen. Zij ziet er wel uit als een vrouw die zwanger kan en wil worden, als er een medische oorzaak voor hun kinderloosheid is, dan ligt die zeker bij hem. Duf en gespannen, roodachtige huid, iemand die snel verbrandt in de zon; volgens mij had hij het tijdens die lange lunch even slecht naar zijn zin als ik, die indruk kreeg ik een beetje. Iemand die zich vermoedelijk veel meer op zijn gemak voelt achter een computerscherm of tussen stoffige boeken dan tussen de mensen, je vraagt je af hoe ze ooit iets met elkaar gekregen kunnen hebben.

Het andere stel heette Gunnar en Anna. Zij zijn niet getrouwd, wonen niet eens samen, zo blijkt. Ze worstelden een beetje met hun aangeboren oppervlakkigheid, allebei, probeerden de schijn te wekken dat ze over dingen hadden nagedacht en een soort levenshouding hadden gevonden. Dat lukte natuurlijk voor geen meter, ze zouden over de hele linie erg geholpen zijn met een consequent zwijgende houding, vooral zij. Hij is een of andere leraar, de details werden me niet duidelijk, zij werkt op een reclamebureau. Waarschijnlijk doet ze iets met klanten, haar gezicht en de bovenste helft van haar lichaam zijn zonder twijfel haar beste punten. Verder bleek dat ze kortgeleden samen een drafpaard hebben gekocht, of op het punt staan dat te doen.

Om onverklaarbare redenen spreekt Katarina Malmgren vloeiend Frans, een vaardigheid waaraan niemand van de anderen om de tafel ook maar enigszins kon tippen, en tijdens de lunch kreeg ze de onterechte status van orakel. We aten minstens acht verschillende soorten schaaldieren en over elk afzonderlijk schaaldiertje voerde ze een diepgaand gesprek met de ober. Kurken met naalden erin om de weerbarstige bewoners uit hun schaal te halen; als je de spiertjes uiteindelijk in je mond stopt, weet je niet of ze leven of dood zijn. Voorzover ik het begrijp, is het de clou ze dood te bijten voor je ze inslikt.

Maar Erik ging over de drank; we begonnen met een gewone, droge witte wijn, maar na drie flessen gingen we over op een cider uit de streek, een zwaar en zoet bocht, dat ons dwong een middagdutje van twee uur te doen.

De avond brachten we bij Gunnar en Anna door. Ze zitten hier maar een paar honderd meter lopen vandaan, langs het strand richting Beg Meil, een ander pittoresk huis, ingesloten in de duinen. Met zijn zessen zaten we op hun terras, aten nog meer schaaldieren, sloegen wijn en calvados achterover. Gunnar speelde gitaar en zong. Taube, The Beatles en Olle Adolphson. Wij zongen mee voorzover we de tekst kenden, je kon jezelf heel goed wijsmaken dat het een licht betoverende avond was. Rond middernacht was iedereen zo dronken dat men over naakt zwemmen in zee begon. Een enthousiast viertal, bestaande uit beide dames plus Erik en Gunnar, ging op pad met een fles bubbeltjeswijn en hun armen om elkaars schouders.

Zelf bleef ik achter met duffe Henrik; ik had natuurlijk moeten vragen wat voor werk hij precies deed, met wat voor soort onderzoek hij zich bezighield, maar ik had geen zin om met hem te praten. Ik gaf er de voorkeur aan om van mijn calvados te nippen, te roken en het donker in te staren. Hij deed een paar aarzelende pogingen om een gesprek te beginnen over de typische kenmerken van de mensen hier in Finistère, maar ik moedigde hem niet aan. En al snel deed hij er het zwijgen toe, waarschijnlijk is hij even weinig geïnteresseerd in mijn opvattingen over het een en ander als ik in die van hem. In zijn dufheid lijkt hij een soort integriteit ingekapseld te hebben. Het leek of we allebei naar onze zwemmende vrienden verderop in het donker zaten te luisteren; hij had uiteraard meer reden om zijn oren te spitsen, het was per slot van rekening zijn vrouw, niet de mijne, die zich in het bijzijn van drie vreemden had ontkleed.

Het is meer dan vijf jaar geleden dat ik een vrouw had, ik mis haar soms, maar meestal niet.

Toen de groep terugkwam, waren ze in elk geval zedig in badlakens gewikkeld, ze waren sowieso ingetogener dan toen ze weggingen, en onwillekeurig schoot de gedachte door me heen dat ze een geheim deelden.

Dat er iets gebeurd was en dat ze iets verborgen hielden.

Maar misschien waren ze alleen maar moe en dronken. En afgekoeld, de temperatuur van de Atlantische Oceaan ligt in juni ver onder de twintig graden. Nadat ze teruggekomen waren, bleven we nog hooguit een half uur. Toen Erik en ik over het strand terug naar ons huis liepen, kon hij amper op zijn benen blijven staan; eenmaal thuis viel hij als een blok in slaap, zonder, op zijn sandalen na, iets uit te trekken.

Zelf voel ik me verbazingwekkend helder in mijn hoofd. Analytisch bijna. De woorden en gedachten hebben een duidelijkheid die ze alleen 's nachts kunnen hebben. Bepaalde nachten. Ik voel de zee in het donker, het is minstens vijfentwintig graden in de lucht. Insecten stuiteren tegen de lamp, ik steek een Gauloise op en nip aan mijn laatste glas van die dag. Erik slaapt onder het open raam, ik hoor zijn gesnurk, hij heeft zeker twee liter wijn in zijn bloed. Het is iets over tweeën, het is heerlijk om eindelijk alleen te zijn.

Het huis van de Malmgrens staat aan de andere kant, aan de overzijde van de landtong van Mousterlin. In totaal, langs de hele kust, staan er zo'n vijftig zomerhuisjes te huur; de meeste zo'n kilometer landinwaarts, en er is waarschijnlijk niets vreemds aan dat drie ervan door Zweden worden gehuurd. Wat ik van Erik begreep, hebben ze de huizen niet via dezelfde organisatie gehuurd, maar de anderen zijn hier net zo kort als wij.

Er liggen drie weken van mogelijk samenzijn voor ons. Ineens merk ik dat ik aan Anna zit te denken. Het gebeurt tegen mijn zin, maar er was iets met haar naakte gezicht en natte haren toen ze terugkwamen van het zwemmen. En dat schuldbewuste, nogmaals. In de ogen van Katarina was iets anders te zien, een soort verlangen.

Ik had Henriks gezicht ook moeten observeren, voor een soort contrapunt, maar dat heb ik niet gedaan. Het is niet altijd makkelijk om vast te houden aan de rol van observator.

Leven of sterven, wat maakt het uit, denk ik. Ik weet niet waarom ik juist dit denk.

Maar flinters, we zijn slechts flinters in de eeuwigheid.

Commentaar, juli 2007

Vijf jaar zijn er verstreken.

Het hadden er evengoed vijftien kunnen zijn of slechts vijf maanden. De rekbaarheid van de tijd is opvallend, het hangt ervan af vanuit welk oogpunt ik kijk. Soms zie ik Anna's gezicht helder voor me, alsof ze hier in de kamer tegenover me zit, en het volgende moment zie ik deze zes mensen, inclusief mezelf, vanaf grote hoogte; mieren op het strand, die ronddolen in vergeefse en zinloze pirouetten. In het koude licht van de eeuwigheid – en de drie-eenheid van de zee, de aarde en de hemel – is onze nietigheid bijna lachwekkend.

Alsof ze net zo goed hadden kunnen blijven leven. Alsof zelfs hun dood niet voldoende gewicht en betekenis zal hebben. Maar mijn besluit staat vast en ik voer het uit. Daden moeten consequenties hebben, anders ontspoort de schepping. Besluiten moeten worden opgevolgd; als ze eenmaal genomen zijn, moet je ze niet meer in twijfel trekken. Deze smalle streep van orde in de chaos kerven, is het enige wat we kunnen doen, het is onze plicht als morele individuen.

En ze verdienen het. De goden weten dat ze het verdienen.

Het eerste wat me treft is mijn argeloosheid. Wat wist ik toch weinig die eerste avond. Deze zes mensen in hun huizen bij het strand; ik had mijn rugzak kunnen pakken en de vlakke kuststrook de volgende dag al kunnen verlaten; als ik dat gedaan had, was het allemaal heel anders gelopen.

Of misschien had ik geen keus. Interessant dat die gedachte door mijn hoofd schoot in het restaurant in Bénodet. *Het hele tafelgezelschap om het leven brengen en vertrekken.*

Toen al, op dat moment al, wist ik diep in mijn hart wat er jaren later zou gebeuren.

Ik heb besloten wie de eerste moet worden. De volgorde is niet onbelangrijk.

24 juli-1 augustus 2007

1

Inspecteur Barbarotti aarzelde een tel. Toen draaide hij het klavierslot op slot.

Dat was geen gewoonte van hem. Soms nam hij niet eens de moeite om de deur überhaupt op slot te doen. Als ze binnen willen komen, komen ze toch wel binnen, dacht hij altijd, ze hoeven de boel niet ook nog eens te gaan vernielen.

Misschien getuigden dergelijke gedachten van een soort defaitisme, misschien getuigden ze van onvoldoende vertrouwen in de beroepsgroep die hij zelf vertegenwoordigde; hij bedacht dat ze geen van beide onverenigbaar waren met zijn wereldbeeld. Liever een realist dan een fundamentalist in elk geval, maar aanwijzingen voor het ene of het andere waren er niet.

Dacht hij – en vroeg zich tegelijkertijd af hoe de afweging om een deur wel of niet op slot te doen aanleiding kon geven tot zo veel poreuze theorie.

Maar het kon hoe dan ook geen kwaad om zijn hersens 's morgens vroeg al aan het werk te zetten. Sinds hij na zijn echtscheiding vijfenhalf jaar geleden deze schamele driekamerflat in Baldersgatan in Kymlinge had betrokken, had hij nooit onverwacht bezoek gehad – op een enkele twijfelachtige klasgenoot na die zijn dochter, Sara, mee naar huis nam. Je moet in het goede van je medemensen geloven tot ze het tegendeel bewijzen; dit principe had zijn optimistische moeder hem geprobeerd in te prenten vanaf het moment dat het ingeprent kon worden, en er was niets mis met deze leefregel.

Hij zou trouwens wel te maken hebben met een zeldzaam domme inbreker, als die dacht dat er zich achter zo'n alledaagse deur van mahonielaminaat als deze ontvreemdbare en verkoopbare spullen zouden bevinden. Dat was ook een soort realisme.

Maar nu sloot hij zijn deur dus met twee sloten af. Daar had hij zijn redenen voor. De flat zou tien dagen leeg staan. Hijzelf noch zijn dochter zou er een voet in zetten. Sara had dat overigens al ruim een maand niet gedaan; direct na haar eindexamen begin juni was ze naar Londen vertrokken om in een boetiek te gaan werken – of misschien was het wel een pub, wat ze in dat geval voor zich hield om haar vader niet nodeloos ongerust te maken – vandaar.

Ze was negentien, en het gevoel geamputeerd te zijn na haar vertrek begon langzaam weg te ebben. Heel langzaam. De gedachte dat ze misschien nooit meer onder één dak zouden wonen, boorde zich in bijna hetzelfde tempo in zijn vaderhart.

Maar alles heeft zijn uur, dacht Gunnar Barbarotti stoïcijns en hij stopte zijn sleutelbos in zijn jeanszak. En ieder ding onder de hemel zijn tijd.

Samenleven, scheiden en sterven.

Een half jaar daarvoor was hij begonnen de Bijbel te lezen, dat was op aanraden van God de Vader zelf, en het was frappant hoe vaak er woorden en verzen in zijn hoofd opdoken. Ook al bestaat u niet, lieve Heer, dacht hij vaak, ik moet toegeven dat de Heilige Schrift een verduveld goed boek is. Althans, hier en daar.

Daar kon Onze-Lieve-Heer zich wel in vinden.

Met zijn reistas in zijn ene hand en een propvolle vuilniszak in zijn andere begon hij de trap af te lopen. Voelde ineens een prille blijdschap. Er was iets met een trap aflopen, daar had hij vaak over nagedacht; met een vrijwel perfecte snelheid een aangenaam geronde trap aflopen – op weg naar buiten, de overvloedige verscheidenheid van de wereld in. De eigenlijke kern van het leven was toch beweging? Exact zo'n draaiende, moeiteloze beweging als deze? Het avontuur dat om de hoek wachtte? De ramen in het trappenhuis stonden vandaag wijd open, hartje zomer stroomde naar binnen, de geur van vers gemaaid gras prikte in je neusgaten en op de binnenplaats hoorde je kinderen vrolijk lachen.

Ook een meisje dat gilde als een speenvarken, maar je hoeft niet naar alles te luisteren wat je hoort.

De postbode was blijkbaar tangodanser in zijn vrije tijd, want met een zeer elegante achterwaartse pas wist hij te voorkomen dat hij door de reistas werd neergemaaid.

'Oeps. Ga je op reis?'

'Sorry', zei Gunnar Barbarotti. 'Ik had iets te veel vaart ... Ja, dat klopt.'

'Naar het buitenland?'

'Nee, dit keer moet ik het met Gotland doen.'

'Er is ook geen enkele reden om in dit jaargetijde Zweden te verlaten', vervolgde de verrassend praatgrage postbode en hij gebaarde veelbetekenend naar de binnenplaats. 'Zal ik je de oogst van vandaag geven of hem in je brievenbus stoppen, zodat je er voorlopig niet naar hoeft te kijken?'

Gunnar Barbarotti dacht even na.

'Geef maar. Maar geen reclame.'

De postbode knikte, bladerde zijn stapel door en gaf hem drie enveloppen. Barbarotti nam ze aan en stopte ze in het voorvakje van zijn reistas. Wenste hem een fijne zomer en liep in een iets rustiger tempo naar de begane grond.

'Gotland is een parel', riep de postbode hem na. 'De meeste zonuren van heel Zweden.'

Zonuren? dacht Gunnar Barbarotti toen hij Kymlinge had verlaten en de temperatuur in de auto omlaag had weten te brengen naar vijfentwintig graden. Nou, ik heb niets tegen zonuren, maar als het tien dagen regent, hoor je mij ook niet klagen.

Hij had namelijk een ander soort warmte in het vooruitzicht, maar dat kon de postbode niet weten ... *indien er twee nederliggen, zullen zij warm worden, maar hoe zal één alleen warm worden?*

Veel Prediker vandaag, constateerde Gunnar Barbarotti en hij keek hoe laat het was. Twintig voor elf nog maar; de postbode was vroeg voor zijn doen, misschien ging hij die middag wel zwemmen. Barbarotti gunde hem dat. In Kymmen of in Borgasjön. Vandaag gunde hij iedereen alles. Welbeschouwd. Een zucht van genoegen ontglipte hem. Zo dienden alle zuchten te zijn, bedacht hij ineens. Ze dienen niet geslaakt te worden, maar eenieder slechts te ontglippen. Zou in Prediker moeten staan, dat ook.

Hij bekeek zijn gezicht in de achteruitkijkspiegel en zag dat hij glimlachte. Hij was ongeschoren en zag er wat morsig uit, maar zijn smile doorkliefde zijn gezicht bijna van oor tot oor.

En waarom ook niet? De veerboot van Nynäshamn vertrok om vijf uur, de weg was even autoloos als de hemel wolkeloos, het was de eerste dag van een trip waar hij lang naar uitgekeken had. Hij verhoogde zijn snelheid, schoof een cd van Lucilia do Carmo in de cd-speler en vond het leven heerlijk.

Toen begon hij aan Marianne te denken.

En stelde vast dat dat in feite één en dezelfde gedachte was.

Ze kenden elkaar binnenkort een jaar. Met een vaag gevoel dat de tijd uit zijn voegen was geraakt, realiseerde hij zich dat het inderdaad niet langer was dan dat. Ze hadden elkaar vorige zomer op het Griekse eiland Thasos ontmoet, onder optimaal gunstige omstandigheden – vrijheid, zorgeloosheid, onbekende omgeving, fluwelen nachten, ovulatie en een warme Middellandse Zee – maar het was niet bij een vakantieliefde gebleven. Ik ben niet het type voor vakantieliefdes, had Marianne na de eerste avond meegedeeld. Ik ook niet, had hij toegegeven. Ik weet niet eens hoe dat werkt, als ik een vrouw in de ogen kijk, trouw ik meestal ook met haar.

Dat had Marianne uiterst betrouwbaar in de oren geklonken. Dus waren ze elkaar na terugkomst blijven zien. Met regelmatige tussenpozen; twee eenzame ouderplaneten van middelbare leeftijd, dacht hij regelmatig, die langzaam en onverbiddelijk naar elkaar toe worden getrokken. Misschien moest het er wel zo uitzien. Ging het zo in zijn werk; een delicate maar doelbewuste bouw van een brug met gelijke porties moed en behoedzaamheid. Marianne woonde in Helsingborg en had twee tienerkinderen, zijn huis stond tweehonderdvijftig kilometer noordelijker – in Kymlinge – met een zojuist uitgevlogen dochter en twee zoons in den vreemde. Je kon dus gerust stellen dat de brug vrij lang was.

Een zweem van somberheid overviel hem toen hij aan Lars en Martin dacht. Zijn zoons. Tegenwoordig woonden ze bij hun moeder in de buurt van Kopenhagen, in het begin van de zomer had hij twee weken met hen doorgebracht en misschien straks in augustus nog een week – maar aan het gevoel dat hij ze bezig was kwijt te raken, ontkwam hij niet. Hun nieuwe stiefvader heette Torben of zo en runde een yogaschool in Vesterbro; Barbarotti had hem nog nooit ontmoet, maar er waren dingen die erop wezen dat hij een pietsje beter was dan zijn voorganger. Die was een vleesgeworden wonder. Tot de dag waarop hij getroffen werd door een ernstige vlaag van verstandsverbijstering en ervandoor ging met een buikdansende stoot uit Ivoorkust.

Zei ik het niet, had Barbarotti destijds gedacht, maar toen had het al aangevoeld als een uitgekauwde genoegdoening waarvan de houdbaarheidsdatum al geruime tijd verstreken was.

En Lars en Martin leken niet erg ongelukkig te zijn met het feit dat ze in Denemarken moesten wonen, dat kon hij met de beste wil van de wereld niet beweren. De vraag was waarom hij zo nu en dan – in een van de meest bedorven krochten van zijn ziel – wílde dat ze het niet naar hun zin hadden. Zou de koude oorlog met Helena dan nooit ophouden? Zou hij voor altijd verbleekte, geesteszieke zei-ik-hetnietbordjes omhoog blijven houden?

Het is mijn verantwoordelijkheid om hén gelukkig te maken, onderstreepte ze altijd, niet jóú. Dat heb ik vroeger gedaan.

In een andere krocht van zijn ziel wist hij dat ze gelijk had. Na de echtscheiding had Sara ervoor gekozen bij hem te gaan wonen, en haar miste hij nu. Niet zijn ex-vrouw, zijn zoons evenmin. Als hij eerlijk was. Sara had hem vijf jaar lang voor de demonen van de eenzaamheid behoed; daarom vond hij het des te erger dat ze hem verlaten had en de wijde wereld in was getrokken.

In haar plaats was Marianne verschenen. Gunnar Barbarotti besefte dat hij haar aan zijn gelukkige gesternte te danken had – of aan de mogelijkerwijs bestaande God, met wie hij regelmatig op beschaafde wijze onderhandelde.

Hopelijk weet ze welke leegte ze moet vullen, dacht hij. Of misschien was dat ook maar beter van niet, corrigeerde hij zichzelf onmiddellijk. Niet alle vrouwen stonden te springen om hulpbehoevende mannen van middelbare leeftijd te helpen. Althans, niet op de lange duur.

Hij merkte dat de moed hem in de schoenen zonk – dat het zo vreselijk moeilijk moest zijn om het allemaal in goede banen te leiden – en omdat er op dat moment op het dashboard een rood lampje begon te knipperen, sloeg hij af naar de toepasselijk opduikende Statoilpomp.

Benzine en koffie. Alles heeft zijn tijd.

De veerboot naar Gotland was niet zo stampvol als hij had gevreesd. Misschien kwam het omdat het dinsdag was. Midden in de week. Klaarblijkelijk was de stormloop van strandtuig uit de hoofdstad geconcentreerd in de weekenden. Gunnar Barbarotti was blij en opgelucht dat hij de tien dagen met Marianne niet in Visby hoefde door te brengen. Hij dacht met afkeer aan een week aan het eind van zijn vorige huwelijk, toen hij in deze tijd van het jaar met Helena een peperduur appartement binnen de ringmuur had gehuurd. Het was alsof ze in een geruïneerd pretpark waren beland. In elke steeg schreeuwende, kotsende en copulerende jongeren, voor drie uur 's nachts deed je geen oog dicht, nee, gadverdamme, had Gunnar Barbarotti destijds gedacht, als ze dit 'vitaal toerisme' noemen, kunnen ze beter het koninklijk paleis tot bierhal en bordeel ombouwen. Dan hoeven ze de boot ook niet te nemen.

Het gevoel van onmacht werd uiteraard versterkt door het feit dat ze drie kinderen hadden om voor te zorgen en dat het huwelijk zelf op sterven na dood was. Hij herinnerde zich dat ze elkaar een avondje uit hadden gegund om de bloemetjes buiten te zetten; Helena was als eerste gegaan en om vier uur 's morgens thuisgekomen, behoorlijk tevreden; omdat hij niet voor haar wilde onderdoen, had hij de nacht erna in zijn eentje met een sixpack bier tot half vijf op het Norderstrand gezeten.

Maar toen hij die ochtend langs de ruïnes en de rozen wandelde, moest hij toegeven dat de stad mooi was, dat zag hij zelfs. Schitterend mooi.

Toen Marianne hem vroeg naar zijn Gotlandervaringen, had hij het bij een paar bezoekjes in zijn jeugd gehouden – Fårö en Katthammarsvik – en de bedroevende week in Visby achterwege gelaten.

En nu ging hij dus naar Hogrän. De naam betekende 'grote spar', had ze verteld; het dorpje lag een stukje landinwaarts, veel meer dan een kruispunt en een kerk was het niet, maar hier hadden Marianne en haar zus een huis. Een erfenis van de generatie voor hen; een malicieuze broer was uitgekocht en het was gegarandeerd vrij van elke vorm van hinderlijk toerisme.

Omdat het meer dan tien kilometer bij de zee vandaan lag, had ze uitgelegd; Tofta was het dichtstbijzijnde strand, daar fietsten haar kinderen een paar keer per week naartoe, zelf ging ze meestal niet mee. En de komende acht dagen was er helemaal geen sprake van kinderen.

'Vredig' is zo'n sleets woord, had ze ook gezegd. Jammer, want vredigheid is de essentie van Gustabo.

Gustaf, die het onderkomen zijn naam had gegeven, had het witgepleisterde huis halverwege de negentiende eeuw gebouwd, waarna Mariannes vader het begin jaren vijftig had gekocht, hij scheen in eerste instantie voor de naam gevallen te zijn – hij heette ook Gustaf – en had er de laatste vijf jaren van zijn leven – na de dood van zijn vrouw – vrijwel al zijn tijd doorgebracht.

Gustaf in Gustabo.

De eerste levensbehoeften waren er. Water, elektriciteit en een radio. Maar geen televisie en geen telefoon. Je mag je mobieltje niet meenemen, had Marianne hem geïnstrueerd. Geef je kinderen het nummer van de naburige boer maar, dat is genoeg. Als je in Gustabo bent, is het niet de bedoeling dat de hele wereld om je heen blijft razen. Dat hebben zelfs mijn kinderen geaccepteerd.

We luisteren zelfs naar de berichten voor de scheepvaart en *Het gedicht van de dag*, had ze eraan toegevoegd, dat vinden ze leuk. Johan heeft zelfs een kaart getekend met alle vuurtorens van Zweden erop.

Hij had gedaan wat ze zei. Zijn mobiele telefoon uitgezet en hem onder een stapel papieren in het handschoenenvakje gelegd. Als ze zijn auto stalen, mochten ze zijn telefoon ook wel hebben, dacht hij bij zichzelf, en op geen van beide zat een klavierslot.

Toen de veerboot het eiland naderde, liep hij het dek op en aanschouwde de welbekende stadscontouren, die gloeiden in de laatste stralen van de ondergaande zon. Daken, tinnen en torens. Het was bijna pijnlijk mooi. Hij moest denken aan iets wat een goede vriend eens had gezegd: Gotland is niet alleen maar een eiland, het is een ander land.

Ik hoop dat ze me op staat te wachten, zoals ze heeft beloofd, dacht hij vervolgens. Het lijkt me geen pretje om op zoek te moeten gaan naar een telefooncel om die boer te bellen.

Bestonden er eigenlijk nog wel telefooncellen?

Daar stond ze.

Zongebruind en zomermooi. Het kan niet waar zijn dat zo'n vrouw op een man als ik staat te wachten, dacht hij. Dat moet een misverstand zijn.

Maar ze sloeg haar armen om zijn hals en kuste hem, dus waarschijnlijk hoorde hij, wonder boven wonder, bij het plan.

'Wat ben je toch vreselijk mooi', zei hij. 'Kus me niet nog een keer, want dan val ik flauw.'

'Ik zal kijken of ik me in kan houden', reageerde ze lachend. 'Het voelt ...'

'Ja?'

'Het voelt groots, op de een of andere manier. Om op een mooie zomeravond de man op te wachten van wie je houdt. Terwijl hij met een boot aankomt.'

'Mm', mompelde Gunnar Barbarotti. 'Maar ik weet iets nog beters.'

'Wat dan?'

'Met een boot aankomen en opgewacht worden door de vrouw van wie je houdt. Ja, je hebt gelijk, het is groots. Je zou het eigenlijk elke avond moeten doen.'

'Ik ben blij dat ik oud genoeg ben om me er bewust van te zijn.'

'Precies.'

Gunnar Barbarotti lachte. Marianne lachte. Toen keken ze elkaar zwijgend aan, hij voelde iets in zijn keel opkomen. Hij kuchte het weg en knipperde een paar keer met zijn ogen.

'Potverdorie, wat ben ik blij dat ik jou heb leren kennen, zeg. Alsjeblieft, voor jou.'

Hij haalde het doosje tevoorschijn met het sieraad dat hij had gekocht. Niks bijzonders, een klein, rood-geel steentje aan een gouden kettinkje, meer niet, maar ze maakte het sluitinkje meteen enthousiast open en hing het om haar nek.

'Dank je wel. Ik heb ook iets voor jou, maar dat krijg je pas als we thuis zijn.'

Thuis? dacht Gunnar Barbarotti. Het klonk alsof ze het meende.

'Zullen we maar gaan, dan?'

'Waar staat je auto?'

'Hier op de parkeerplaats natuurlijk.'

'Oké. Neem me maar mee naar het eind van de wereld.'

En laat me daar blijven tot het eind der tijden, voegde hij er in stilte aan toe. Zulke avonden konden van varkenshandelaren lyrici maken.

Gustabo lag midden in het niets. Althans, zo voelde het als je zo laat in de schemering aankwam. Gunnar Barbarotti zou het zelf niet hebben kunnen vinden. Misschien de weg terug naar Visby wel, maar de andere kant op niet. Toen Marianne na krap een half uur rijden afsloeg door een opening in een stenen muur, had hij het heerlijke gevoel geen idee te hebben waar hij zich op de wereld bevond. Ze stopte bij een seringenstruik en stapte uit de auto. Een buitenlamp verlichtte de gevel van het witte stenen huis, een transparante zomerduisternis daalde neer over het graserf met zijn knoestige fruitbomen en aalbessenstruiken, de stilte voelde bijna als een levend wezen.

'Welkom in Gustabo', zei Marianne. 'Ja, dit is het dan.'

Op dat moment sloeg de kerkklok twee maal. Gunnar Barbarotti keek op zijn horloge. Half tien. Toen draaide hij zijn hoofd in de richting waarin Marianne wees.

'De kerk midden in het dorp. We zitten naast het kerkhof. Ik hoop niet dat je dat vervelend vindt.'

Gunnar Barbarotti sloeg zijn arm om haar schouders.

'En daar hebben we de koeien.'

Ze wees opnieuw en op slechts een paar meter afstand werd hij ze gewaar. Zware, herkauwende silhouetten aan de andere kant van de stenen muur.

'In deze tijd van het jaar lopen ze dag en nacht buiten. De boer gaat het weiland in om ze te melken in plaats van ze binnen te halen. En ja, zo herken je de vier windstreken op deze plek. De kerk staat in het oosten en de koeien grazen in het noorden. In het westen ligt het geelste koolzaadveld van de wereld, dat zul je morgen wel zien, en in het zuiden ligt het bos.'

'Bos?' zei Gunnar Barbarotti en hij draaide zich om. 'Noem je dat een bos?'

'Achtenzestig loofbomen', legde Marianne uit. 'Eiken, beuken en rode esdoorns. De ene wat edeler dan de andere en de meeste meer dan honderd jaar oud. Nee, nu gaan we naar binnen. Ik hoop dat je je aan je belofte gehouden hebt.'

'Welke belofte?'

'Dat je je niet vol zou proppen op de boot. Ik heb iets in de oven staan en een flesje wijn opengemaakt.'

'Ik heb hooguit een winegum gegeten', verzekerde Gunnar Barbarotti haar.

Hij werd wakker en het zachte licht van de dageraad filterde door de dunne gordijnen. Een mild briesje deed ze zachtjes heen en weer bewegen en de verzadigde geur van zomerochtend sloop door het open raam naar binnen. Hij draaide zijn hoofd om en keek naar Marianne, die naast hem op haar buik diep lag te slapen, haar naakte rug ontbloot tot aan de welving en haar lange, kastanjebruine haren als een kapotte waaier uitgespreid op haar kussen. Hij tastte over het nachtkastje naar zijn horloge.

Half vijf.

Hij wist nog dat hij na het vrijen een blik op zijn horloge had geworpen. Kwart over drie.

Niet echt tijd om op te staan en aan een nieuwe dag te beginnen, dus.

Maar ook geen moment om prompt je ogen weer te sluiten, dacht hij. Hij sloeg het laken opzij, stond voorzichtig op en liep naar de keuken. Dronk een paar slokken water zo uit de kraan.

Dan meteen maar even plassen, nu hij toch bezig was, besloot hij snel, waarna hij de tuin in liep. Bleef even staan en wiebelde voldaan met zijn tenen in het dauwnatte gras. Hier sta ik dan, dacht hij. Poedelnaakt, hier en nu. In de zomernacht, in Gustabo. Beter dan zo wordt het nooit meer.

Het voelde groots. Bijna grootser dan aankomen met de boot, en hij besloot dit moment nooit meer te vergeten. Aanschouwde het ochtendrood boven de kerk en liep naar het edele bos om te urineren. Dook weg voor een vleermuis die voorbijsuisde. Het verbaasde hem; vleermuizen vlogen toch alleen in de avondschemering?

Liep een stukje langs de stenen muur en bleef even in de andere windstreken staan.

De koeien. Het koolzaadveld.

Rilde even en ging weer naar binnen. Keek om zich heen naar de stijlvolle eenvoud. Wit pleister en bruin hout, meer niet.

Hij zag zijn reistas staan, naast de keukenbank, nog niet uitgepakt. Er stak iets wits uit het voorvakje. Hij liep om de keukentafel heen en zag dat het de drie brieven waren die hij van de praatgrage postbode in ontvangst had genomen toen hij gisteren van huis ging. Hij pakte ze eruit en bekeek ze. Twee ervan waren rekeningen, zo te zien, de ene van Telia, de andere van zijn verzekeringsmaatschappij. Hij stopte ze weer terug.

De derde envelop was met de hand beschreven. Zijn naam en adres waren in zwarte, hoekige, wat houterige blokletters geschreven. Geen afzender. Postzegel met een zeilboot.

Hij aarzelde een seconde. Toen pakte hij een keukenmes uit het rek op het aanrecht en sneed de envelop open. Haalde er een dubbelgevouwen vel papier uit en las.

IK GA ERIK BERGMAN DODEN.

BEN BENIEUWD OF JE ME KUNT TEGENHOUDEN.

Hij hoorde Marianne vanuit de slaapkamer iets mompelen in haar slaap. Staarde naar de regels.

De slang in het paradijs, dacht hij.

2

'Hoe bedoel je?' vroeg Marianne.

'Wat ik zeg', zei Gunnar Barbarotti. 'Ik heb een brief gekregen.'

'Hier?'

Het was de ochtend van de tweede dag. Ze zaten onder de parasol aan de koolzaadzijde, ieder in een ligstoel. De hemel was blauw. Zwaluwen schoten door de lucht en hommels zoemden; ze hadden net hun ontbijt op, meer dan koffiedrinken en spijsvertering was er niet gaande.

En het gesprek. Hij vroeg zich af waarom hij erover begonnen was. Had er nu al spijt van.

'Nee, ik kreeg hem toen ik gisteren van huis ging. Toen heb ik hem in mijn tas gestopt. Maar vanmorgen heb ik hem dus opengemaakt.'

'Een dreigement, zeg je?'

'Min of meer.'

'Laat eens zien.'

Even dacht hij na over vingerafdrukken en zo. Besloot dat hij vakantie had en liep naar binnen om de brief te halen.

Ze las de brief met haar ene wenkbrauw omhoog, de andere omlaag; deze mimiek had hij nog niet eerder bij haar gezien, maar hij begreep dat die tegelijk verrassing en concentratie uitdrukte. Het zag er best charmant uit, merkte hij onwillekeurig op. Alles aan haar was charmant, overigens; op een oude, versleten, breedgerande strohoed na was ze slechts gekleed in een dunne, bijna doorzichtige omslagdoek, die weinig meer verhulde dan het glas van een aquarium.

Linnen, als hij zich niet vergiste.

'Krijg je wel vaker zulke brieven?'

'Nooit.'

'Dus dit is geen dagelijkse kost voor een politieman?'

'Voor mij in elk geval niet.'

Ze dacht even na.

'En wie is Erik Bergman?'

'Geen idee.'

'Zeker weten?'

Hij haalde zijn schouders op. 'Niet iemand die ik me kan herinneren, tenminste. Maar het is geen ongebruikelijke naam.'

'En je weet niet wie hem verstuurd heeft?'

'Nee.'

Ze pakte de envelop en inspecteerde hem. 'De poststempel is onleesbaar.'

'Klopt. Volgens mij eindigt het op "org", maar het is niet goed te zien.'

Ze knikte. 'Waarom heb je hem gekregen, denk je? Ik bedoel, het zal wel een gek zijn, maar waarom stuurt hij hem uitgerekend naar jou?'

Gunnar Barbarotti zuchtte. 'Marianne, zoals ik al zei. Ik heb werkelijk geen idee.'

Hij wuifde een vlieg weg en had er opnieuw spijt van dat hij over de brief was begonnen. Het was belachelijk om op deze perfecte ochtend over politiezaken te moeten praten.

Maar dit was toch geen politiekwestie, dat had hij toch net besloten? Niets meer dan een kort moment van irritatie ... dat niet meer aandacht zou moeten opeisen dan die vlieg die hij net weggewuifd had.

'Maar wat zegt je ... Hoe noem je dat? ... intuïtie? Hoelang zit je al bij de politie? Twintig jaar?'

'Negentien.'

'Inderdaad, ja, net zo lang als ik vroedvrouw ben, daar hebben we het over gehad. Je krijgt met de jaren toch wel een soort fingerspitzengefühl? Ik wel, althans.'

Gunnar Barbarotti nam een slok koffie en dacht na.

'Soms wel. Maar in dit geval niet, helaas. Het zit al de hele ochtend in mijn kop, maar er komt helemaal niks bovendrijven.'

'Maar hij is aan jou geadresseerd. Naar jou gestuurd.'

'Ja.'

'Niet naar het politiebureau. Dat moet betekenen dat hij ... of zij ... een bepaalde relatie met je heeft.'

'Relatie is een groot woord. Hij hoeft alleen maar te weten wie ik ben ... of zij. Zullen we het ergens anders over hebben, sorry dat ik erover begonnen ben.'

Marianne legde de envelop op tafel en leunde achterover op de ligstoel. 'Maar wat denk je?'

Het was duidelijk dat ze zich niet zomaar gewonnen gaf.

'Waarover?'

'De brief natuurlijk. Het dreigement. Is het serieus?'

'Lijkt me niet.'

Toen schoof ze haar strohoed naar achteren en trok haar beide wenkbrauwen op. 'Hoe kun je dat nou zeggen?'

Hij zuchtte weer. 'Omdat we wel vaker anonieme dreigementen krijgen. Ze zijn bijna allemaal loos.'

'Ik dacht dat jullie verplicht waren om alle meldingen serieus te nemen. Als er een bommelding bij een school is bijvoorbeeld, dan moeten jullie toch ...?'

'We nemen alles serieus. We laten niet veel aan het toeval over. Maar je vroeg of ik dacht dat dít serieus was. Dat is iets anders.'

'*Okay, sheriff. See your point*. Dus jij denkt dat het bluf is?'

'Ja.'

'Waarom?'

Goede vraag, dacht Gunnar Barbarotti. Verdomd goede vraag. Omdat ... omdat ik wil dat het bluf is, natuurlijk. Omdat ik in het paradijs Gustabo ben met een vrouw van wie ik vrij zeker hou, en ik wil niet gestoord worden door een mafkees die van plan is een andere mafkees om het leven te brengen. En als het toch serieus blijkt te zijn, wil ik ... Ja, dan wil ik kunnen zeggen dat ik de brief pas thuis heb opengemaakt, na mijn verblijf in het paradijs.

'Je geeft geen antwoord', stelde Marianne vast.

'Ahum', zei Gunnar Barbarotti. 'Nou ja, ik weet het eigenlijk niet. Je moet natuurlijk nooit nooit zeggen. Zo, en nu laten we het rusten.'

Ze leunde naar voren en keek hem scherp aan. 'Wat is dat voor klets. Laten rusten? Je moet hier iets mee doen. Je bent toch rechercheur?'

'Ik ben op vakantie in de zevende hemel', reageerde Gunnar Barbarotti.

'Ik ook', riposteerde Marianne. 'Maar als er een zwangere vrouw in de zevende hemel komt om haar kind te krijgen, help ik haar met de bevalling. Snap je?'

'Touché', zei Gunnar Barbarotti.

'Eén nul voor de vroedvrouw', zei Marianne breed glimlachend. 'Het was trouwens fijn vannacht, ik vind het heerlijk om met je te vrijen.'

'Om heel eerlijk te zijn heb ik wel even getwijfeld en dan was dit niet gebeurd', zei Gunnar Barbarotti. 'Maar ik was zo stom om die brief open te maken. Kunnen we het niet gewoon vergeten en doen alsof ik hem pas vind als ik thuiskom?'

'Ben je helemaal gek geworden', riep Marianne uit. 'Stel dat Erik Bergman is vermoord als je terugkomt in Kym-

Eva Backman schaterde. ‘Oké. Wat wil je dat ik doe?’

‘Geen idee’, zei Gunnar Barbarotti. ‘Ik ben niet in functie. Ik meld alleen maar een anonieme dreigbrief, de verantwoordelijke burger die ik ben.’

‘Bravo, inspecteur’, zei Eva Backman. ‘Ik geef me gewonnen. Kun je nog een keer voorlezen wat erin staat?’

‘“Ik ga Erik Bergman doden”’, zei Gunnar Barbarotti gehoorzaam. ‘“Ben benieuwd of je me kunt tegenhouden.”’

‘Staat er “je”?’

‘Ja.’

‘Handgeschreven?’

‘Ja.’

‘Aan jou persoonlijk geadresseerd?’

‘Ja.’

‘Hm. Kun je hem faxen?’

‘Ik zit in Gustabo’, zei Gunnar Barbarotti. ‘Hier is geen fax.’

‘Ga dan naar Visby.’

Gunnar Barbarotti overlegde kortstondig met zichzelf.

‘Morgen misschien.’

‘Oké’, zei Eva Backman. ‘En, heeft hij nog een bepaalde Erik Bergman op het oog?’

‘Weet ik niet. Ik ken geen Erik Bergman. Jij?’

‘Ik geloof het niet’, zei Eva Backman. ‘Ik kan wel even checken hoeveel er in Kymlinge wonen. Staat erin dat het vermeende lijk in onze stad woont?’

‘Er staat niks meer in dan ik voorgelezen heb.’

‘Duidelijk’, zei Eva Backman. ‘Nou, als je hem morgen faxt – ook het adres op de envelop – kijken we dan wel verder.’

‘Afgesproken.’

‘Wil je het origineel in een plastic zakje doen en naar ons toesturen? Dan los ik dit vervelende akkefietje voor de burger wel even op. Hoe gaat het met Marianne?'

'Uitstekend. Ze is hier bij me.'

Eva Backman lachte opnieuw. 'Leuk dat jullie het fijn hebben. Hier regent het, mag ik vragen hoe ...?'

'Geen toefje wolk', zei Gunnar Barbarotti. 'Ik draag dit aan jou over, tot over twee weken.'

'Niks ervan', zei Eva Backman. 'Want dan heb ik vakantie.'

'Oeps.'

'Zo gaan die dingen. Trouwens, als ik nou een hele zwik Erik Bergmannen vind, is het misschien wel een goed idee als jij er ook even naar kijkt. Voor het geval je er toch één mocht kennen ... Snap je?'

'Als de lijst niet te lang is.'

'Heel fijn, mijnheer de agent. Waar zal ik hem naartoe sturen?'

'Heb je even?'

Hij legde de telefoon op een ladenkastje met ingelijste foto's en zilveren potjes en liep naar Jolanda en Marianne op het terras. 'Sorry, wat is het adres van Gustabo?'

'Gustabo, Hogrän, Gotland, dan komt het wel aan', zei Marianne. Barbarotti bedankte haar en liep weer naar de telefoon.

'Fax de lijst maar naar de politie in Visby', zei hij. 'Dan fax ik mijn dingen daar ook vandaan. Ik schrijf hier acht overuren voor.'

'Doe maar', zei Eva Backman. 'Kus, en de groeten aan Marianne.'

Ziezo, dacht Gunnar Barbarotti en hij voelde maagzuur van de koekjes opkomen. Dat hebben we ook weer gehad.

Op weg naar buiten kwamen ze Hagmund Jonsson tegen, een man van rond de zeventig, even lang en pezig als zijn vrouw klein en mollig was.

'Zo, dus Marianne heeft een vent', zei hij. 'Dat werd weleens tijd. Dus nu is het de tijd van nog niet ingeloste verwachtingen?'

De laatste zin, uitgesproken in onvervalst Gotlands, klonk als een Bijbelspreuk, vond Gunnar Barbarotti. *De tijd van nog niet ingeloste verwachtingen*? Ze schudden hem de hand.

'Alsof je teruggaat naar je kindertijd, nietwaar?' vervolgde Hagmund zonder een reactie af te wachten. 'De wereld en het leven zitten vol onbestemde beloften, geuren en vermoedens die we nog niet doorgronden. Zodra we dat wel doen, ontstaat er een leegte. *Omne animal post coitum triste est.* Het gaat erom nieuwe verwachtingen te creëren. En wachten met ze in te lossen.'

'Een waarheid als een koe', zei Marianne en ze trok Gunnar Barbarotti mee door het hek.

'Hagmund is filosoof', legde ze uit toen ze weer op de weg liepen. 'Als je met hem aan de praat raakt, kom je nooit meer van hem af. Wat betekende dat Latijn?'

'Ik weet het niet zeker', gaf Gunnar Barbarotti toe. 'Dat je melancholiek wordt nadat je seks hebt gehad, geloof ik.'

Marianne fronste haar voorhoofd. 'Dat geldt dan vast voor mannen', zei ze. 'Maar het zijn gelukkige mensen, hoor, Hagmund en Jolanda Jonsson. Ze hebben zich opgegeven voor de eerste chartervlucht naar de ruimte.'

Gunnar Barbarotti knikte.

'Om het inlossen van de verwachtingen uit te stellen?'

'Ik denk het. Hij heeft zelf een telescoop gebouwd in zijn stal. Het schijnt een heel geavanceerd ding te zijn, maar pas toen de krant een paar jaar geleden langskwam, kreeg iemand hem voor het eerst te zien. Hij laat niemand binnen.'

'Hoe weet je dan dat ze gelukkig zijn?'

Ze zuchtte. 'Je hebt gelijk', zei ze. 'Dat weet ik natuurlijk niet. Maar dat hou ik mezelf graag voor.'

'Snap ik', zei Gunnar Barbarotti. 'Wat gaan we nu doen?'

'Ben je nu al uitgekeken op de rust in het paradijs?'

'We kunnen niet vaker dan twee of drie keer per dag de liefde bedrijven. Niet op onze leeftijd.'

Ze lachte. 'Nee, dat is waar. Ik wil niet dat je te melancholiek wordt. Zullen we een stukje gaan fietsen?'

Gunnar Barbarotti tuurde naar de helderblauwe hemel en snoof in de wind. 'Waarom niet?' zei hij. 'Dat liever dan een ruimtereis in elk geval.'

3

'Waarom ben je eigenlijk politieman geworden? Dat heb je me nooit verteld.'

'Omdat je het me nooit gevraagd hebt.'

'Oké. Maar ik vraag het nu. Waarom ben je eigenlijk politieman geworden?'

'Dat weet ik niet precies.'

'Dank je. Dat dacht ik al.'

'Waarom zeg je dat?'

'Omdat mannen nooit lijken te weten waarom dingen in hun leven gebeuren.'

'Dat is het toppunt! Hoeveel mannen heb je onderzocht?'

'Jij bent nummer twee. Of tweeënhalf eigenlijk, maar van die natuurkundeleraar heb ik nooit hoogte kunnen krijgen. Maar geef nou maar toe dat ik gelijk heb.'

Ze lagen op hun rug onder een eik bij een oude kalkstenen kerk. Het was vier uur 's middags. Het was minstens vijfentwintig graden en ze hadden bijna twee uur gefietst. Dwars door het groene, pastorale zomerlandschap. Stenen heiningen, korenbloemen en klaprozen. Lage, witgepleisterde huizen begroeid met klimrozen en wilde wingerd. Zwart-witte koeien, leeuweriken in de lucht, lome zomer-Gotlanders die in een hangmat lagen te snurken en winkeltjes die saffraanijs en koffie verkochten aan rondtoerende fietsers. Gunnar Barbarotti had geen idee waar ze zich ten opzichte van Gustabo bevonden. En het was hem om het even.

'Ik voelde me ongeveer hetzelfde als nu', zei hij.

‘Hè?’

‘Toen ik politieman besloot te worden.’

‘Hoe bedoel je?’

‘Ik had een houten kont. Maar niet van het fietsen. Ik had er vijf jaar op zitten studeren.’

‘Rechten in Lund?’

‘Ja. Toen realiseerde ik me dat ik als jurist nóg veertig jaar op mijn kont zou zitten. Werken bij de politie klonk iets dynamischer.’

‘Frisse lucht en kameraadschap?’

‘Precies. Goed pensioen, als je niet voortijdig wordt neergeschoten.’

‘En, klopt het? Ik bedoel, dat van de dynamiek?’

Gunnar Barbarotti nam een slok mineraalwater en dacht na.

‘Je maakt wel een paar meters tussen de stoelen.’

Ze lachte en strekte haar voeten uit naar de lommerrijke kroon van de eik. Wiebelde genotvol met haar tenen. ‘Je zou hetzelfde kunnen doen als ik.’

‘Hoe bedoel je?’

‘De stoelen weghalen. Ik sta bijna de hele dag.’

‘Hm’, zei Gunnar Barbarotti. ‘Jij wist halverwege de middelbare school zeker al dat je vroedvrouw wilde worden?’

‘O, al eerder’, corrigeerde Marianne hem. ‘Er kwam een verloskundige bij ons op school over haar beroep vertellen. Mijn besluit stond dezelfde dag al vast.’

‘En, nooit spijt gehad?’

‘Soms, als het misgaat. Als het kind dood geboren wordt of een ernstige afwijking heeft. Maar daar kom je overheen, je weet dat het erbij hoort. Nee, ik heb nooit serieus spijt gehad. Ik vind het een voorrecht om erbij te mogen zijn als het leven begint, het wordt nooit routine. En abortussen hoef ik meestal niet te doen. Anders zou ik daar de meeste moeite mee hebben.'

Gunnar Barbarotti vouwde zijn handen achter zijn nek. 'Als er bij ons op school een politieman over zijn beroep was komen vertellen, was ik vast iets anders geworden', constateerde hij. 'Maar je hebt gelijk, kwesties van leven en dood horen geen routine te worden.'

'Wat zou je dan willen doen? Echt?'

Hij zweeg even en luisterde naar het gezoem van de hommels. Dacht serieus na.

'Weet ik niet. Ik vrees dat ik te oud ben om me om te scholen tot iets anders. Dus ze zullen het nog even met me moeten doen. Maar ik zie mezelf wel hier op een streekbus zitten.'

'Bus?'

'Ja, een eigen, gele streekbus met gemiddeld zo'n elf passagiers per dag. 's Morgens een ritje en 's middags nog een. Koffie uit een thermoskan op het eindpunt, in een greppel vol bloemen ... Ja, zoiets.'

Marianne streek met haar vingers over zijn wang. 'Arme, uitgebluste, middelbare man', zei ze. 'Misschien moet je een paar dagen bij Hagmund in de leer?'

'Geen slecht idee', mompelde Gunnar Barbarotti. 'Weet je of ze nog een knecht nodig hebben?'

Ineens werd hij slaperig. Hij kon zijn ogen amper openhouden; het diepe groen van de grote eik, dat fluisterde in de zachte wind, wiegde hem onverbiddelijk in slaap.

En Mariannes hand, die op zijn borstkas lag, voerde hem behoedzaam maar onverbiddelijk dezelfde kant op. Hij had die nacht niet veel slaap gehad, bedacht hij, dus had het ... had het echt niet met zijn middelbare leeftijd te maken, om dat maar even duidelijk te hebben voor hij in slaap viel.

'Die brief', was het laatste wat hij haar hoorde zeggen. 'Geef toe dat het best griezelig is. Slaap je?'

Hij droomde over commissaris Asunander.

Voorzover hij zich kon herinneren was dat nooit eerder gebeurd, en hij begreep er de zin nu ook niet van. Asunander zag er precies hetzelfde uit als anders. Zijn ogen stonden dicht bij elkaar, hij was klein, netjes en malicieus; het enige tikje vreemde was dat hij een rijzweepje in zijn ene en een zaklamp in zijn andere hand had. Hij was boos, hij liep door een groot pand dat Barbarotti het ene moment volkomen onbekend en het andere moment heel bekend voorkwam – in het laatste geval deed het sterk denken aan het politiebureau in Kymlinge. Duidelijk was in elk geval dat Asunander op zoek was naar iets, er waren allemaal donkere hoekjes en gaatjes in het gebouw; dat was de reden waarom hij een zaklamp bij zich had. Deze wierp scheve lichtbundels in de gang, terwijl zijn voetstappen weerklonken op grotesk gedraaide spiraaltrappen en in druipende keldergangen. Lag ik zonet niet onder een eik op Gotland? schoot het door Barbarotti's hoofd, en tegelijkertijd besefte hij dat hij in zijn droom ook op zijn rug lag, alleen niet onder een eik op een vredig kerkhof, maar onder een bed in een donkere kamer, een oud, knarsend ijzeren bed met een matras van paardenhaar, en hij was ... hij was degene naar wie de commissaris op zoek was. Als hij zijn adem inhield, zijn oren spitste en luisterde, kon hij het karakteristieke geklapper van Asunanders kunstgebit horen, hij was nu heel dichtbij, en Barbarotti wist ook dat hij zich onder het bed had verstopt omdat hij zich schuldig had gemaakt aan grove nalatigheid, hij had zijn verantwoordelijkheid niet genomen, en nu was het moment daar dat hij ter verantwoording werd geroepen. Shit, dacht Gunnar Barbarotti, moge die kerel een bloedprop krijgen en branden in de ... Maar toen veranderde hij van strategie en bad daarentegen een kort bestaansgebed tot God.

Dat deed hij wel vaker, maar meestal in wakkere toestand. Hij had een zogeheten deal met Onze-Lieve-Heer, waarbij laatstgenoemde zijn bestaan moest bewijzen door op zijn minst een billijk aantal gebeden te vervullen die zijn nederige dienaar, inspecteur Barbarotti, hem zond. Vervolgens werden er punten toegekend: pluspunten voor Onze-Lieve-Heer als Barbarotti werd verhoord, minpunten als dat niet gebeurde. Inmiddels, tijdens deze droom, op dit moment onder een eik op een kerkhof op Gotland in juli 2007, had God zijn bestaan verzekerd met elf punten, daarom moest hij nu snel een tweepuntenbod verhoren, om te voorkomen dat de commissaris de bevende inspecteur onder het bed zou ontdekken, of onder de eik of waar de werkelijkheid zich op dit moment ook afspeelde.

Lieve God, het was maar een kort briefje en ik heb toch vakantie, formuleerde hij snel. Zo erg kan het toch niet zijn ...

'Ik heb ooit een jongen gekend die Erik Bergman heette. Het schiet me ineens te binnen.'

'Hè?'

Hij werd wakker. Opende zijn ogen en staarde verbaasd – en opgelucht – naar het groenglinsterende gebladerte boven hem. Hier was geen commissaris Asunander. Alleen vroedvrouw Marianne, die met haar hoofd op zijn borst lag. En een eik, nogmaals, dat was een onmiskenbare verbetering. Hoelang had hij geslapen? Tien minuten? Of maar één? Had ze wel gemerkt dat hij in slaap gevallen was? Dat leek er niet op, ze had het nog steeds over die brief, nee, hij verbeeldde het zich vast dat hij gedroomd had.

'Ik zei dat ik ooit een jongen heb gekend die Erik Bergman heette. Stel dat hij degene is die doodgaat?'

Gunnar Barbarotti kuchte de slaap uit zijn keel en rekte zijn armen uit boven zijn hoofd.

'Natuurlijk niet. Was hij je vriendje?'

'Nee, we zaten op de middelbare school bij elkaar in de klas. Maar hij woont niet in Kymlinge. Het is toch ... iemand uit Kymlinge die om het leven zal komen?'

'Lieve hemel, Marianne, hoe moet ik dat nou weten? En er komt helemaal niemand om het leven. Nu houden we erover op.'

Ze reageerde niet.

'Het is gewoon een of andere mafketel. Ik ga morgen naar Visby om mijn plicht te doen. Ik merk dat mijn achterwerk weer op een zadel wil. Hoe is het met het jouwe gesteld?'

'Beter dan ooit. Wil je voelen?'

Hij wierp snel een blik over het kerkhof, toen deed hij wat ze hem had gevraagd. Het was precies zoals ze zei, het leek in goede vorm. Weergaloos goede vorm, om precies te zijn, hij verdwaalde zelfs een beetje.

'Zo', zei ze terwijl ze zijn hand voorzichtig wegschoof. 'Nu fietsen we naar huis en gaan we eten maken.'

Er waren vijf mensen in Kymlinge die Erik Bergman heetten. Dat bleek uit de lijst die Gunnar Barbarotti donderdagmiddag op het politiebureau in Visby had opgehaald. De oudste was zevenenzeventig, de jongste drieënhalf.

Een gangbare naam in alle mogelijke generaties dus.

Terwijl hij op een bankje bij Söderport op Marianne zat te wachten, die groente aan het halen was, bestudeerde hij de mogelijke moordslachtoffers.

De zevenenzeventigjarige was weduwnaar en woonachtig op Linderödsvägen 6. Heel zijn werkzame leven was hij spoorwegbeambte geweest en hij woonde al veertig jaar op hetzelfde adres. Hij stond niet in het strafregister.

De op een na oudste was vierenvijftig en relatief kort geleden in Kymlinge komen wonen. Hij werkte als marktanalist bij Handelsbanken, woonde met zijn tweede vrouw sinds twee jaar op Grenadjärsgatan 10. Had ook geen crimineel verleden.

Barbarotti vroeg zich af of die twee jaar op het huwelijk of op het adres sloeg. Dat was niet helemaal duidelijk, maar misschien wel op allebei.

Nummer drie was een zesendertigjarige man die op Hedeniusvägen 11 woonde. Alleenstaande zelfstandig ondernemer in de ICT, die voorzover bekend evenmin iets op zijn kerfstok had. Geboren in Kymlinge, had een aantal seizoenen bij de Kymlinges Badmintonclub gespeeld, maar door een knieblessure was er vrijwel exact tien jaar geleden een einde aan die carrière gekomen.

Wie heeft deze lijst in hemelsnaam opgesteld? dacht Barbarotti. Een tien jaar oude knieblessure? Backman haalt een geintje met me uit.

Erik Bergman nummer vier was tweeëndertig jaar. Evenals nummer twee woonde hij nog niet zo lang in Kymlinge. Een vader van drie kinderen, die in Lyckebogatan woonde en als jeugdleider op de Kymlingeviksschool werkte. Stond zowaar in het strafregister, een enkele aantekening – het ging om geweld tegen een ambtenaar in functie tijdens een voetbalinterland in Råsunda in 1996. Stomdronken had hij toen een hotdog met mosterd, ketchup en augurkensalsa in het gezicht van een politieman gedrukt en was daarvoor veroordeeld tot een geldboete. Volkomen terecht natuurlijk.

En dan de Erik Bergman van drieënhalf, dus. Nog geen beroep en nog geen strafblad, maar woonachtig bij zijn alleenstaande moeder op Molngatan 15.

Ja, ja, dacht Gunnar Barbarotti geeuwend. Dus een van jullie gaat dood?

Op het politiebureau had hij nog vijf minuten met inspecteur Backman gesproken. Gevraagd of ze maatregelen hadden genomen.

Uiteraard hadden ze dat gedaan, had Backman laten weten. Asunander had besloten twee keer per dag een surveillancewagen langs de verschillende adressen te laten rijden om erop toe te zien dat er geen rare dingen gebeurden. Voorzover viel na te gaan waren minstens twee van de Eriken met vakantie, trouwens. Nummer twee en nummer vijf.

Maar zijn de mogelijke doelwitten niet gewaarschuwd? had Barbarotti willen weten.

Nee, Asunander had besloten dat niet te doen. Dat ze met een briefschrijvende malloot te maken hadden, betekende niet dat de politie zich ook als een malloot moest gedragen, had hij benadrukt. Het was toch wel bekend hoeveel 24-uurs politiebescherming kostte?

Maar als ze de brief eenmaal zelf in handen hadden, zou er uiteraard wat beter naar gekeken worden. En zouden er misschien andere beslissingen worden genomen, Barbarotti had hem toch wel opgestuurd in een plastic zakje, zoals beloofd?

Gunnar Barbarotti bevestigde dat hij dat gedaan had, toen wenste hij Backman veel werkplezier toe en hing op.

Hij vouwde de lijst op. Stopte hem in zijn achterzak en bedacht dat hij op dezelfde manier zou hebben geredeneerd. Als hij beslissingsbevoegd was geweest, zou hij ook geen omvangrijkere maatregelen genomen hebben.

Dat je alle reële dreigementen moest onderzoeken was één ding. Maar dat betekende niet dat je steevast heel veel middelen moest inzetten. Natuurlijk niet. Op de lange termijn was het aanzienlijk goedkoper om *de ontwikkelingen serieus te volgen*, zoals politici en diplomaten altijd al hadden gedaan. Intern, maar nooit officieel, werd dat gemotiveerd door het feit dat twintig van de twintig dreigementen vals waren. Je had pas een probleem als je bij nummer eenentwintig was.

Toen kwam Marianne aangelopen, het minste en mooiste van alle problemen; snel schoof hij de politiële vraagstukken ter zijde en liep haar tegemoet; haar met supermarkttassen uit de ICA zien komen, was niet hetzelfde als door haar in de haven verwelkomd worden bij een ondergaande zon – maar het was goed genoeg. Hij voelde dat zijn hart sneller begon te kloppen, alleen al doordat ze in zijn gezichtsveld kwam. Ik hoop dat ik over twee jaar met haar getrouwd ben, dacht hij ineens en hij vroeg zich af of het echt een gedachte was of slechts een samenstel van woorden dat zijn hersens produceerden, nu ze toch bezig waren en het mooi weer was.

'Hoe ging het?' vroeg ze.

'Uitstekend', zei hij. 'Ik heb de verantwoordelijkheid gedelegeerd, ik ben weer helemaal de jouwe.'

'Tss', zei Marianne. 'Wil je allebei de tassen dragen of eentje?'

'Allebei natuurlijk', zei Gunnar Barbarotti. 'Wie denk je wel dat je voor je hebt?'

4

'Lees je de Bijbel?'

'O, jee. Ik dacht dat je sliep.'

'Klopt, maar toen ik merkte dat het bed leeg was, werd ik wakker.'

'Oké. Ja, ik lees er af en toe in.'

Ze sloeg de wijnrode bijbel dicht en legde hem naast het theekopje op de tafel. Leunde naar achteren in de ligstoel en keek hem met toegeknepen ogen aan. Het was dinsdag, de ochtend van de achtste dag – althans, als je de dinsdag ervoor als de eerste dag wilde rekenen, toen hadden ze elkaar pas 's avonds gezien. Maar dat was een academische bijzaak. De tijd meten leek in Gustabo niet van belang, vond Gunnar Barbarotti en hij geeuwde – in elk geval niet de tijd die verstreken was.

Hoe dan ook, het was ochtend. De hemel was weer opengebroken na een nachtelijke regenbui en onweer, dat ze door het woonkamerraam hadden bewonderd. Het had van even na middernacht tot kwart over één geduurd, ruim een uur, en de bliksemflitsen boven het koolzaadveld waren magnifiek.

'Dus je ... Ik bedoel, je denkt dat er een god is?'

Ze knikte.

'Dat heb je nooit gezegd.'

Ze lachte. Een tikje gegeneerd, was zijn indruk.

'Ik beschouw mezelf als gelovige', zei ze. 'Maar ik hang het niet aan de grote klok.'

'Waarom niet?'

'Omdat ... omdat ik mensen daarmee in verlegenheid breng. En ik ga nooit naar de kerk. Ik hou niet van kerken ... Ik bedoel niet de gebouwen zelf natuurlijk, maar het georganiseerde. Voor mij is het een privézaak, als je snapt wat ik bedoel. Een relatie.'

Hij ging op de stoel tegenover haar zitten.

'Ik snap het. En je brengt me er helemaal niet mee in verlegenheid.'

'Weet je dat zeker?'

Hij dacht na.

'Ja, echt.'

'Maar jij gelooft toch niet in een god?'

'Dat moet je niet zomaar zeggen.'

Heel even lag het op het puntje van zijn tong om de precieze aard van zijn relatie met God uit de doeken te doen, maar hij besloot het voor zich te houden. Ze kenden elkaar binnenkort een jaar – hij en Marianne, dus, met Onze-Lieve-Heer had hij een iets langer gezamenlijk verleden – maar desondanks leek de tijd niet rijp voor dit soort onthullingen. Hij was er vrij zeker van dat God er net zo over dacht. Ze hadden een soort ... Ja, een soort gentlemen's agreement, simpelweg. Een privézaak, zoals gezegd.

'Wat bedoel je daarmee?'

'Waarmee?'

'Met "Dat moet je niet zomaar zeggen". Wat bedoelde je daarmee?'

'Dat ik het niet weet. Maar het houdt me wel bezig.'

Ze zette haar zonnebril af en bekeek hem serieus aan.

'Het houdt je bezig?'

'Hm, ja, dat klinkt misschien niet echt ... Ach, laat ook maar. Maar hoe zit het met jouw geloof? Heb je dat van huis uit meegekregen?'

Ze schudde haar hoofd.

'Nee, nee. Ik was vast het huis uit gegooid als ik met allemaal schijnheiligheid aan was komen zetten. Ze waren een soort marxisten, mijn ouders, tot diep in de jaren tachtig, ja echt. Mijn moeder is overleden, maar het zou me niks verbazen als mijn vader nog steeds op de Vänsterpartiet stemt. Zeker sinds Schyman ermee gestopt is; als ik bij hem ben, zit hij altijd ontzettend op haar te foeteren.'

'Je geloof?' bracht Barbarotti haar in herinnering.

'Ja, dat is sluipenderwijs gekomen, kun je haast wel zeggen. Er bestaat een oud Perzisch gedicht waarin staat: "De zegevierende God loopt langzaam, in zachte sandalen van ezelleer"; dat strookt vrij goed met mijn beeld van hem.'

'Zachte sandalen van ezelleer ...?' zei Barbarotti.

'Ja. En het komt ook door mijn werk natuurlijk ... Daar kun je wel wat ernst bij gebruiken. Maar het is iets tussen hem en mij, dan weet je dat. De buitenkant interesseert me niet, soms denk ik ...'

'Ja?'

'Soms denk ik dat religie door de duivel uitgevonden is, zodat hij tussen de mens en God in kan staan.'

'Heb je dat zelf bedacht?'

'Nee, dat heb ik ergens gelezen. Maar dat maakt toch niet uit?'

'Nee. En de Koran, Boeddha en de kabbala?'

'Lieve kinderen hebben veel namen. Breng ik je echt niet in verlegenheid?'

'Absoluut niet', verzekerde Gunnar Barbarotti haar. 'Ik denk dat je je mening over de spirituele vermogens van het Zweedse politiekorps moet bijstellen. Je hoeft de Bijbel dus niet stiekem te lezen, ik werp er zelf ook regelmatig een blik in.'

Ze lachte en stak haar handen in de lucht. Met haar handpalmen naar boven. 'Hij werpt weleens een blik in de

Bijbel. Hoort u dat, Heer? Wat zegt u daarvan?'

'Eén ding weet ik wél zeker', vervolgde Barbarotti geïnspireerd. 'Als hij bestaat, Onze-Lieve-Heer, dan is hij een gentleman met gevoel voor humor. Al het andere is onmogelijk. En almachtig is hij niet.'

Marianne werd weer serieus. Keek hem aan met een indringende blik, die hem de adem benam. Ben ik weer veertien, wat is er aan de hand? dacht hij.

'Weet je', zei ze. 'Als je dit soort dingen zegt, denk ik bijna dat ik van je hou.'

'Ik ... ik ben blij dat ik zit', wist hij uit te brengen terwijl zijn tong aan zijn gehemelte kleefde. 'Anders ... anders zou ik vast flauwvallen.'

Op dat moment hoorden ze iemand kuchen, het was Hagmund Jonsson die over het gazon aan kwam slenteren. Hij had een zeis over zijn schouder en een dood konijn in zijn hand.

'Ik had geen idee dat je een rechercheur aan de haak had geslagen, Marianne. Gefeliciteerd. Ze snappen maar niet dat ze weg moeten springen als je met een zeis aan komt. Willen jullie deze voor het avondeten?'

Hij zwaaide het bloederige konijn heen en weer.

'Dank je, maar nee, bedankt', zei Marianne en ze wendde haar blik af.

'Dat was niet waarvoor ik kwam', ging Hagmund verder. 'Ik kom voor de rechercheur. Er is telefoon voor hem. Het klonk gewichtig.'

'Telefoon?' zei Gunnar Barbarotti.

Hagmund knikte en krabde zich in zijn nek. 'Mijnheer en mevrouw hebben blijkbaar besloten hun mobiele telefoons op het vasteland te laten. Dat strekt jullie zonder meer tot eer. Maar, zoals ik al zei, er zit een gewichtige vrouwelijke inspecteur aan de telefoon in mijn keuken, misschien is het een goed idee dat hij meegaat om haar te woord te staan. Zeker weten dat jullie deze kleine rakker niet willen?'

Hij zwiepte opnieuw met het konijn voor hun ogen. Marianne schudde haar hoofd en Barbarotti kwam overeind.

'Ik kom', zei hij. 'Waar gaat het over?'

'Geheim', deelde Hagmund Jonsson mee. 'De staatsveiligheid moet minstens in het geding zijn, anders snap ik niet waar ze het lef vandaan halen om deze idylle te verstoren.'

Hij knipoogde veelbetekenend. Marianne trok haar ochtendjas dichter om zich heen en Gunnar Barbarotti liep met de boer mee de weg op.

'Het lijkt erop dat je penvriend het toch serieus meende.'

Hij reageerde niet onmiddellijk. Verdomme, dacht hij, ik wist het.

Hij gebaarde naar Jolanda Jonsson dat ze hem alleen moest laten en de deur van de keuken dicht moest doen en wachtte tot ze gedaan had wat hij zei. Als ze wilden meeluisteren, konden ze op zijn minst de moeite nemen de hoorn van een telefoon elders in het huis van de haak te nemen, dacht Barbarotti.

'Ben je er nog?' wilde Eva Backman weten.

'Ik ben er nog', bevestigde Barbarotti. 'Wat zei je?'

'Die brief die je kreeg, voor je naar het paradijs ging, ben je die nu al vergeten?'

'Nee', zei Gunnar Barbarotti. 'Hoe zou ik die kunnen vergeten? Wat is er gebeurd?'

Ze zei iets tegen een collega, hij kon niet verstaan wat.

'Sorry. Ja, Erik Bergman is een paar uur geleden bij Brönnsvik gevonden door een hardloper. Vermoord. Op dat hardlooppad langs de rivier en over de heuvel, je weet wel. Hij was blijkbaar ook aan het hardlopen ... Bergman, bedoel ik.'

'Je zit me toch niet in de maling te nemen, hè?' vroeg Barbarotti.

'Nee', zei Eva Backman. 'Het is echt zo, helaas. Er is hier nogal wat commotie nu. Degene die hem gevonden heeft, blijkt een journalist te zijn, trouwens, Johannes Virtanen, zegt die naam je iets?'

'Ik weet wie het is. Maar de pers weet toch niet van de brief, hoop ik?'

'Nee, tot nu toe is het gelukt om dat onder de pet te houden.'

'Goed. En om welke Erik Bergman gaat het? Ik bedoel ...'

'Natuurlijk, ja', zei Eva Backman. 'Nummer drie. De man met de knieblessure en het IT-bedrijf.'

'Ik begrijp het', zei Gunnar Barbarotti.

Wat enigszins bezijden de waarheid was. Het gonsde in zijn hoofd, maar het deed meer denken aan een motor van een oude auto die zich aan het voorbereiden was op zijn laatste ademtocht dan aan enig soort denkwerk.

'Vertel', verzocht hij terwijl hij neerzonk op de keukenstoel onder een wandkleed met de kunstig geborduurde zinspreuk 'Elke dag heeft genoeg aan zijn eigen kwaad'. Precies, dacht Gunnar Barbarotti. Zo is het. En deze dag is nog maar net begonnen.

'Om 06.55 uur gevonden', zei Eva Backman. 'Hij was vrijgezel, maar we hebben iemand gesproken die hem, zo blijkt, behoorlijk goed kent. Andreas Grimle, hij werkt bij het bedrijf van Bergman. Mede-eigenaar min of meer, lijkt het. Volgens hem loopt Bergman hier twee of drie ochtenden per week hard. In de zomer welteverstaan, voor het ontbijt, tussen zes en zeven ongeveer.'

'Hoe?' vroeg Gunnar Barbarotti.

'Messteken', zei Eva Backman. 'Sorry, heb ik dat niet gezegd? Eén steek in zijn rug, een paar in zijn buik, plus een snee in zijn hals. Hij heeft vermoedelijk niet lang geleefd. Lag in zijn eigen bloed te baden.'

'Lekker.'

'Ja, hè?'

'Ben je wezen kijken?'

'Natuurlijk. Het forensisch team is nog niet klaar, maar daar moeten we niet al te veel van verwachten. De grond was droog. Geen voetsporen, niets wat op een worsteling wijst, de moordenaar heeft hem waarschijnlijk van achteren verrast.'

'Maar hij was toch aan het hardlopen. Is het dan niet moeilijk om ...?'

'Weet ik niet', zei Eva Backman. 'Daar moeten we over nadenken. Maar het kan zijn dat hij hem heeft aangehouden ... hem om hulp heeft gevraagd of zo.'

'Zou kunnen', zei Gunnar Barbarotti. 'En wie leidt het onderzoek?'

'Sylvenius leidt het vooronderzoek.'

'Ik bedoel het opsporingsonderzoek.'

'Wie denk je?'

Hij reageerde niet. Had niet het gevoel dat dat nodig was.

'Oké', zei Eva Backman. 'Dit is de stand van zaken, dus. Asunander heeft het onderzoek tot nader order in mijn capabele handen gelegd. Maar iedereen is er in deze fase bij betrokken natuurlijk. Maximale krachtenbundeling. En ik kreeg sterk de indruk dat hij ervan uitgaat dat je morgen komt helpen.'

'Ik heb vakantie.'

'Als je morgen begint met werken in plaats van maandag, heb je nog een weekje tijdens de elandenjacht.'

'Ik jaag niet.'

'Bij wijze van spreken.'

'Duidelijk. Heeft Asunander het zo gezegd?'

'Nee, ik vertaal zijn onderliggende boodschap.'

'Dank je', zuchtte Gunnar Barbarotti.

Eva Backman schraapte haar keel. 'Ik ben het niet altijd met onze geliefde commissaris eens', zei ze. 'Dat weet je. Maar dit keer wel. Jíj hebt die brief gekregen. Niet ik, Somberman of iemand anders. Hij was niet eens geadresseerd aan het politiebureau. Tja ... het lijkt erop dat het sowieso op jouw bordje terechtkomt. Maar in de praktijk werkt natuurlijk het hele team mee. Zoals ik al zei.'

Gunnar Barbarotti dacht na.

'Misschien is dat juist wat hij wil.'

'Wat?'

'De moordenaar. Dat ik het onderzoek leid.'

'Heb ik aan gedacht', zei Backman. 'Het zou een bekende van je kunnen zijn.'

'Ja, maar hoe ...?' zei Barbarotti. 'Hoe kan iemand zo'n enorme kronkel hebben dat hij ... dat hij dat risico loopt?'

'Kronkel?' zei Backman. 'Ik weet het niet. "Kapsones", kun je misschien beter zeggen. Afijn, ik zou de uitdaging maar aangaan.'

Barbarotti dacht drie tellen na. Hij had niet het gevoel dat hij een keus had.

'Oké', zei hij. 'Zeg maar tegen Asunander dat ik er morgenochtend ben. Ik geloof dat er vanmiddag om vijf uur een boot gaat, maar als er iemand voor die tijd is opgedoken en bekend heeft, wil ik dat wel horen.'

'Ik heb zo'n gevoel dat dat niet gaat gebeuren', zei Eva Backman. 'Helaas. En het spijt me dat ik je liefdeszomer op deze manier moet verstoren.'

'Ik neem de resterende dagen wel een andere keer op',

deelde inspecteur Barbarotti mee en hij hing op.

Rond de elandenjacht wellicht, vulde hij in stilte aan.

Wat een ochtend, dacht hij toen hij de boerderij van de Jonssons had verlaten en terugliep. Hij begon met een Bijbelstudie en vragen over het wezen van God, dan zegt ze dat ze bijna van me houdt en vervolgens eindigt hij met moord en elandenjacht.

Marianne verweet hem niets. Dat had hij ook niet verwacht.

'We hebben toch acht van de tien dagen gehad', zei ze toen ze op de parkeerplaats bij de veerbootterminal stonden en ze de motor van de auto had uitgezet. 'Meer kun je misschien niet verlangen als je voor een rechercheur bent gevallen?'

'Ik had die brief nooit open moeten maken', zei Gunnar Barbarotti. 'Als ik hem vrijdag had gevonden, hadden ze me nu niet ingeschakeld.'

Hij wist niet of hij het meende. Het voelde paradoxaal; hij kon de gedachte dat hij de dader in de kaart speelde niet van zich afzetten. Dat hij de brief had geopend, de waarschuwing had gelezen en hem had doorgestuurd. En dat hij nu onmiddellijk het onderzoek in dook. Was dat niet precies wat hij – of zij – wilde?

Waarom stuurde je eigenlijk een brief om te vertellen dat je iemand ging doden? Voordat je de daad feitelijk pleegde? Had dat een bedoeling? Of ging het gewoon om een mafkees die je niet in rationele termen moest proberen te doorgronden?

Onmogelijk om te weten, dacht Gunnar Barbarotti. Vooralsnog had het geen zin om daarover te speculeren.

Eén ding was echter zeker: zo'n zaak had hij nog nooit gehad. En als hij er wat langer over nadacht: over zoiets had hij ook nog nooit gelezen. Dat een dader zijn daad überhaupt plande, was al ongebruikelijk, meestal was het zo dat de ene dronkenlap boos werd en de andere dronkenlap doodsloeg.

Of zijn vrouw, of iemand anders die hem toevallig niet aanstond. Maar zo was het bij deze zaak dus niet, die conclusie kon je in elk geval wel trekken.

'We hebben het toch heerlijk gehad', onderbrak Marianne zijn gedachten. 'Jammer dat je niet ook nog een dag met mijn brutale kinderen kunt doorbrengen.'

Ze zouden donderdag komen, dan zouden ze een middag, een avond en een ochtend met zijn vieren hebben. Hij had ze een paar keer eerder ontmoet en dat was verbazingwekkend probleemloos verlopen. Hij mocht Johan en Jenny, en als het niet zo aanmatigend voelde, durfde hij bijna te beweren dat ze hem ook leken te velen.

'Het is niet anders', zei hij. 'Leg maar uit dat oom agent naar huis moet om een enge moordenaar te vangen, dat is in elk geval de bittere waarheid.'

'Ik denk dat ze zo'n excuus wel accepteren', stelde Marianne vast.

Toen kuste ze hem en porde hem de auto uit.

Op het dek staan zwaaien vond hij geen succes, merkte Gunnar Barbarotti. Vooral niet omdat zijn aankomst een week geleden nog vers in het geheugen lag. Hij betrapte zichzelf erop dat hij nu liever een meisje van veertien was geweest dan een rechercheur van zevenenveertig – dan had hij nu schaamteloos een potje kunnen janken.

Maar het mocht niet zo zijn. En een vrouwelijke tiener zijn, zou op de lange duur ook minder leuk kunnen worden.

Ik hoop dat ik meer van dit soort weken in mijn stuurloze leven mag beleven, dacht hij toen hij haar wuivende gestalte op de kade niet meer kon onderscheiden. Maar het afscheid nemen kan me gestolen worden.

Toen ging hij naar het restaurant, waar hij een grote aardappelen-vlees-uienschotel met rode bieten en een biertje kocht.

5

Het was kwart over negen en de zon was al onder toen hij op de langparkeerplaats in Nynäshamn in zijn Citroën kroop. Om de een of andere reden – hij had niet begrepen welke – had de boot minder snel gevaren dan anders, waardoor de overtocht vijfenveertig minuten langer had geduurd dan normaal.

Door het donker naar huis, dacht hij en hij startte zijn auto. Drieënhalf uur *splendid isolation.* Hij was niet onbekend met de eenzaamheid, maar nu voelde die als een roofdier, een ruigharig beest dat na een week lang hongerig te hebben rondgelopen stond te popelen om zijn tanden in hem te zetten.

Een moment later stond hij echter via zijn mobieltje in contact met inspecteur Backman. Dat was in elk geval iets.

'Je bent mijn stem in de nacht', liet hij weten. 'De adelaar is geland en verlangt op de hoogte gebracht te worden.'

'Ik dacht al dat ik de grond voelde trillen', zei Eva Backman. 'Was vast een beving in de onderwereld. Ik zit nog op het bureau, trouwens.'

'Gefeliciteerd', zei Gunnar Barbarotti. 'Hoeveel verdachten hebben jullie al? Misschien bel ik wel tijdens het cruciale verhoor? In dat geval ...'

'Zover zijn we nog niet helemaal', moest inspecteur Backman bekennen. 'Maar we zijn hem op het spoor. We hebben waarschijnlijk te maken met een rechtshandige man tussen de zeventien en zeventig.'

'Mooi', zei Gunnar Barbarotti. 'Dan hebben we hem bijna. Weten we zeker dat het geen vrouw is?'

'Zou kunnen', erkende Backman. 'Maar het waren krachtige messteken, dus dan zou ze goed getraind moeten zijn.'

'En geen zeventig?' opperde Barbarotti.

'Hooguit vijfenvijftig.'

'Vertel verder', vroeg Barbarotti.

Eva Backman zuchtte en ging van start. 'Laat ik beginnen met de wetenschap: forensische opsporing heeft rond de plaats delict een gebied ter grootte van een voetbalveld uitgekamd. Die hebben tussen Kerst en Oud en Nieuw hun analyse wel afgerond. Het rapport van de forensisch arts komt morgenochtend. Maar daar zal niks spectaculairs in staan. Hij is overleden aan de messteken, vermoedelijk binnen een minuut. DNA lijkt uitgesloten. Tja, en daarna hebben we natuurlijk zijn vrienden en familie in kaart gebracht. Er zijn vijftig mensen met wie we moeten praten, daar ben ik nu mee bezig ... Met de prioriteitenlijst dus. Met wie we in volgorde van belangrijkheid moeten praten, hij ging graag op pad, zo blijkt, Erik Bergman.'

'Wat bedoel je daarmee?'

'Niks bijzonders. Gewoon een vrijgezel met genoeg geld. Ging regelmatig uit. Kende veel mensen ... Geen computernerd, mocht je dat denken.'

'Duidelijk. Nog meer?'

'Er komt een expert op het gebied van daderprofielen uit Göteborg. In de Verenigde Staten schijnt dat al langer te bestaan, zo'n aankondigingsbrief. En er is literatuur over dit soort moordenaars. Hier komt het zelden voor, maar deze man zou ons meer moeten kunnen vertellen. Laten we op zijn minst luisteren naar wat hij te zeggen heeft. Hij komt morgenmiddag, dus dan kun jij hem ook ontmoeten.'

'Voelde Bergman zich bedreigd of zo? Is daar iets over bekend? Vijanden?'

'Nee, daar is nog niks over naar voren gekomen. We hebben eigenlijk alleen die Grimle gesproken, die compagnon over wie ik het had ... plus een paar andere goede vrienden en de zus van het slachtoffer. Die woont in Lysekil, ik heb een uur met haar gepraat, ze leken niet erg veel contact te hebben. Ze is vijf jaar ouder.'

'Kinderen?'

'Nope.'

'Ouders?'

'Op vakantie in Kroatië. Maar ze zijn op de hoogte gebracht. Wonen in Göteborg, Långedrag, om precies te zijn. Komen morgenmiddag op Landvetter aan. Vermogend, dat had je al begrepen, anders woon je niet in Långedrag. Twee jaar geleden hebben ze hun bedrijf, iets op technologisch gebied, verkocht en zich teruggetrokken.'

'Helder', zei Gunnar Barbarotti. 'Vriendinnen, dan? Hij moet toch wel een paar langere relaties hebben gehad? Hoe oud was hij ook al weer? Zesendertig?'

'Klopt', zei Eva Backman. 'De leeftijd althans. Maar qua relaties is het behoorlijk schraal, zo blijkt. Tien jaar geleden heeft hij een paar maanden samengewoond met een meisje, maar daar lijkt het wel mee op te houden. Eerlijk gezegd ...'

'Ja?'

'Eerlijk gezegd komt hij op mij nogal onsympathiek over. Hij pikte vrouwen op en smeet met geld. Woonde in zijn eentje in een huis met zeven kamers, kunst aan de muur, een biljard en een jacuzzi ... een wijnkelder en twee auto's.'

'Gadver', zei Gunnar Barbarotti. 'Iemand die makkelijk ergernis oproept, met andere woorden?'

'Misschien, ja.'

'Zo erg dat iemand zin zou kunnen krijgen om meerdere malen een mes in hem te steken?'

'Niet uitgesloten', zei Eva Backman. 'Zo simpel kan het zijn.'

'Die Grimle, is hij net zo?'

'Gelukkig niet', zei Eva Backman. 'Aardige kerel. Maar die heeft dan ook een vrouw en twee kinderen.'

Iemand kwam Backmans kamer binnen, ze vroeg hem aan de lijn te blijven, wat hem de tijd gaf om na te denken. Maar het enige wat boven kwam drijven, was de titel van een liedje uit eind jaren tachtig of begin jaren negentig ... maar hoe die exact luidde wist hij niet meer. *A man without a woman is like* ... Ja, wat ook al weer? Hij kon er niet opkomen. Maar de band heette Vaya Con Dios, toch? En de titel had te maken met het laatste wat inspecteur Backman zei.

Ga met God. Dat was een ander soort synaptisch verband natuurlijk – met linken naar het gesprek van vanmorgen in Gustabo. Soms, dacht Gunnar Barbarotti, soms denk ik dat het menselijk brein een speelveld is voor een patience spelende hogere macht. Althans, met zo'n brein ben ik behept.

Wat een nieuw en enigszins verrassend beeld was. Maar in een kaartspel waren veel combinaties mogelijk, dus was de theorie in feite zelfbevestigend. Soms ben ik best pienter, stelde hij verbaasd vast. En soms komt een potje patience ook uit.

'En zijn mobiele telefoon?' vroeg hij toen Backman weer aan de lijn was. 'Heeft Somberman daar al naar gekeken?'

'Somberman heeft vakantie', legde Backman uit. 'Maar maandag is hij er weer. Tot die tijd ontfermen Fredriksson en Toivonen zich daarover. Hij had er drie, maar ik weet niet wat ze tot nu toe boven water hebben gekregen. Niks opzienbarends lijkt me, anders hadden ze het wel gemeld.'

Drie mobiele telefoons? dacht Barbarotti. Dat was in het paradijs wel anders.

'De brief?' vroeg hij. 'Valt daar iets over te zeggen?'

'Geen vingerafdrukken', zei Backman zuchtend. 'Alleen die van jou en Marianne ... althans, we gaan ervan uit dat ze van haar zijn. Normale envelop, normaal papier, dat voor elke printer wordt gebruikt. De pen is waarschijnlijk een Pilot ... zwarte gelpen ... 0,7 millimeter. Verkrijgbaar in pak hem beet honderdvijfenveertigduizend winkels in Europa.'

'En de tekst zelf? Hoe hij schrijft en zo?'

'Dat weet ik niet precies', zei Eva Backman. 'Iemand zei, geloof ik, dat het lijkt of een rechtshandige met zijn linkerhand geschreven heeft, maar dat weet ik niet zeker meer. We hebben hem vandaag voor analyse opgestuurd ... toen het menens werd, om het zo maar te zeggen.'

'Oké', zei Barbarotti en hij dacht even na.

'Ik zit er een beetje doorheen', zei Backman. 'Zullen we de rest voor morgen bewaren?'

'Goed idee', beaamde Barbarotti. 'Ik zal de hele ochtend wel achter mijn bureau aan het lezen zijn, maar ...'

'Ja?'

'Je kunt me dan wel niet de naam van de moordenaar geven, maar kun je me in elk geval een zoethoudertje geven? Wat denk jij? Met wat voor type hebben we te maken? Ik heb nog drie uur in de auto voor de boeg.'

Het werd een paar tellen stil aan de andere kant.

'Het spijt me', zei Backman toen. 'Als ik ook maar het geringste vermoeden zou hebben, zou ik je dat vertellen, dat weet je, maar ik heb echt geen idee.'

'Ook geen piepkleintje?'

'Nee, dat probeer ik te zeggen. Ik ben nu al ... Ja, hoelang is het? ... dertien uur aan één stuk aan het werk ... en het enige wat ik op dit moment zeker weet is dat Erik Bergman is vermoord.'

'Goed zo', zei Gunnar Barbarotti. 'Goed werk, wijfie.'

Waarop inspecteur Eva Backman het telefoongesprek afbrak.

Vlak voor tienen begon het te regenen. Zacht en gestaag, de monotonie van de ruitenwissers maakte hem slaperig. Bij Vättern stopte hij om te tanken en koffie te drinken, en toen hij weer in zijn auto zat, kon hij maar amper de neiging onderdrukken om naar Gotland te bellen. Maar om Hagmund of Jolanda Jonsson in het donker naar Mariannes huis te laten lopen om bij haar aan te kloppen, was terecht ondenkbaar. Hij had immers niets bijzonders te melden. Wilde alleen haar stem horen. Als ze een telefoon had gehad, had ze hem de hele avond in de auto vergezeld, dat wist hij, maar dat was nou eenmaal niet zo.

Afijn, haar kinderen zouden donderdag een mobiele telefoon meenemen, dat had ze hem beloofd; aan sommige regels moest je soms een beetje tornen, en tot die tijd moest hij maar wat geduld betrachten.

Zijn gedachten wijden aan het komende moordonderzoek.

Aan de briefschrijvende moordenaar.

Het voelde vreemd. Op zijn zachtst gezegd. Moordonderzoeken kwamen heel af en toe voor in Kymlinge. Een paar keer per jaar. De meeste waren, nogmaals, relatief ongecompliceerd; doorgaans hadden ze de dader/dronkenlap na slechts één of enkele dagen opgespoord. Grootschalige onderzoeken waren ongebruikelijk. In negen van de tien gevallen speelden drugs en alcohol een grote rol, en even vaak waren de betrokkenen bekenden van de politie. De uitkomst van het onderzoek was vrijwel altijd het resultaat van doelgericht politiewerk dat volgens vaste procedures verliep. Als je die kende, hoefde je eigenlijk niet eens meer na te denken. Althans, dat zei inspecteur Backman altijd. Je hebt meer intelligentie nodig om een bioscoopkaartje op internet te kopen dan om een moordenaar op te sporen, had ze een keer gezegd.

En nu zei ze dus dat ze geen idee had.

Dat voorspelt niet veel goeds, dacht Barbarotti. Verre van.

Toch had de moordenaar hem geschreven om te vertellen wie zijn slachtoffer zou worden. Ruim van tevoren. Ze hadden een week de tijd gehad om Erik Bergman tegen zijn moordenaar te beschermen. Het was ze niet gelukt.

Ze hadden het niet eens geprobeerd.

Gunnar Barbarotti hoopte dat dat aspect niet naar de pers zou uitlekken. Het was niet moeilijk om de krantenkoppen voor je te zien die ze in dat geval zouden weten te produceren.

Asunander had het besluit genomen, wellicht in overleg met officier van justitie Sylvenius, maar, nogmaals, Barbarotti verweet hun niets. Hij zou dezelfde afweging hebben gemaakt. Als ze precies hadden geweten om welke Erik Bergman het ging, hadden ze misschien anders kunnen handelen. Waarschijnlijk hadden ze in dat geval contact met hem opgenomen en samen met hem een inschatting van de dreiging gemaakt. Achteraf gezien was het makkelijk om te zeggen dat ze dat in dit geval ook hadden moeten doen, maar achteraf was het altijd makkelijk praten.

Het was dan ook niet de handelwijze van de politie die Barbarotti's gedachten op deze regenachtige avond langzamerhand begon te domineren. Integendeel. Maar de handelwijze van de dader.

Het was toch bizar? Waarom? Waarom zou je in godsnaam een brief schrijven om de naam van je beoogde slachtoffer door te geven?

En waarom die naar hem sturen? Naar inspecteur Barbarotti? Naar zijn huisadres?

Was dat alleen maar om te stangen? Betekende het überhaupt iets? Kende hij Barbarotti misschien?

En – de hamvraag – kende Barbarotti de moordenaar?

Op niet één van deze vragen had hij een acceptabel antwoord gevonden toen hij eindelijk zijn auto voor zijn huis in Baldersgatan parkeerde. Zelfs niet enigszins acceptabel. Het was twintig voor één, een half uur eerder was het opgehouden met regenen, maar ook de straten in Kymlinge waren glimmend nat.

Omdat het na middernacht was, was het 1 augustus; de verjaardag van zijn ex-vrouw, en de hele stad leek verduisterd te zijn als voor een aanstaande luchtaanval. Waarom uitgerekend deze twee overpeinzingen in zijn hoofd bij elkaar kwamen, snapte hij niet helemaal, maar toen hij de sleutel in het slot stak, schoot hem de metafoor van het patience spelende opperwezen weer te binnen. Hij merkte dat hij doodop was – maar desondanks nam hij de tijd om de berg kranten, post en reclame te sorteren die het halve vloeroppervlak van zijn krappe halletje in beslag nam. Hij verdeelde alles in drie keurige stapeltjes op de keukentafel, en toen hij de brieven vluchtig doorbladerde die tijdens zijn weeklange afwezigheid waren binnengestroomd, verdween de vermoeidheid. Vervloog in een fractie van een seconde.

Hij had genoeg tegenwoordigheid van geest om een plastic zakje om zijn linkerhand te schuiven voor hij de envelop met een keukenmes opensneed.

Het handschrift was hetzelfde, en de boodschap even eenduidig als de vorige keer.

ANNA ERIKSSON IS DE VOLGENDE.
DEZE KEER HOU JE ME WEER NIET TEGEN, TOCH?

Gunnar Barbarotti aarzelde en overlegde een halve minuut met zichzelf. Ging na of hij niet misschien op een ligstoel in Hogrän lag te dromen, maar stelde vast dat dat niet het geval was.

Toen belde hij inspecteur Backman wakker.

II

Aantekeningen uit Mousterlin

30 juni 2002

Het meisje verscheen uit het niets. Ineens stond ze er en bekeek ons met een scheef, tikje brutaal glimlachje op haar hoekige gezicht.

We waren op het strand. Alle zes; het was ochtend, ik weet niet of we de dag ervoor afgesproken hadden om elkaar te treffen, maar Erik en ik lagen amper op onze ligstoelen op het strand toen de Malmgrens uit de richting van Bénodet aangewandeld kwamen en hun veelkleurige badlakens uitspreidden. Al na tien, vijftien minuten kwamen Anna en Gunnar er ook bij zitten, ja, als ik erover nadenk, moest het min of meer afgesproken zijn. Al snel voelde iedereen zich zijn gemak en begonnen ze op de flegmatieke manier te praten zoals mensen op het strand plegen te doen; om beurten een wijsneuzige opmerking en lange denkpauzes. Vermeende diepzinnigheden en niet staan voor wat je zegt; ik trok mijn strandhoedje over mijn ogen en deed alsof ik sliep, ik kon wel wat slaap gebruiken, ik had pas om half drie in bed gelegen en maar een paar uur geslapen. Erik lijkt altijd vroeg op te staan, ongeacht wat hij de avond ervoor heeft gedaan; deze ochtend had hij me voor negenen met koffie, bacon en roerei gewekt; je kunt van hem zeggen wat je wilt, maar een attente gastheer is hij zeker.

Ik geloof dat het me ook lukte om even weg te dommelen, het was natuurlijk warm, maar er kwam een aangename wind van zee; het verre gekrijs van de meeuwen vermengde zich met de replieken van het gesprek, en na een tijdje kon ik de ene uiting niet meer van de andere onderscheiden. Maar, nogmaals, misschien sliep ik ook wel echt; in dat geval werd ik vermoedelijk gewekt door de stem van het meisje, die tegelijk kinderlijk en een beetje raspend was.

Als een oude ziel in een jong lichaam, ik weet nog dat die gedachte door me heen schoot.

'Bonjour. Ça va?'

De anderen zwegen. Katarina Malmgren lachte even. *'Ça va! Bonjour, petite.'*

Ik klapte de rand van mijn hoed op om haar te kunnen zien. Een donkerharig meisje van een jaar of twaalf, dertien. Rood badpak, blauwe strohoed met stoffen bloemen. Een trui om haar middel geknoopt en een rugzakje op haar rug.

Sprankelende ogen, iets ironisch in haar blik.

'Vous n'êtes pas français, hein?'

Nee, Katarina Malmgren liet weten dat we geen Fransen waren. We kwamen uit Zweden. Op vakantie in het mooie Bretagne. Het meisje lachte haar scheve lachje weer, ze had iets innemends, iets schaamteloos natuurlijks, wat ongemakkelijk had kunnen worden als ze een paar jaar ouder was geweest.

Maar het was nog een kind, ondanks de twee ontluikende borstjes die zichtbaar waren onder de dunne stof van haar badpak. Katarina Malmgren vroeg hoe ze heette.

'Troaë', zei het meisje. '*Je m'appelle* Troaë.'

Het duurde even voor het duidelijk was hoe deze ongebruikelijke naam gespeld moest worden. En correct moest worden uitgesproken – ongeveer zoals het Franse woord voor trein, *train*, maar met een korte o voor de nasale è-klank, kregen we te horen. We probeerden hem allemaal uit te spreken, het meisje hielp ons, corrigeerde ons en moedigde ons aan. Vooral Gunnar en Anna hadden er erg veel plezier in.

Troaë legde ook uit dat het geen gewone Franse naam was. Waar hij vandaan kwam, wist ze niet, haar vader had hem haar gegeven, hij was kunstenaar en woonde in Parijs.

Na dit initiële gekeuvel zette ze haar rugzakje in het zand en vroeg of ze ons mocht schilderen. Ik zag twee bruine houten stokken uit het rugzakje steken en begreep dat het een ezel was.

'Ons schilderen?' vroeg Katarina Malmgren en ze lachte gemaakt. 'Waarom?'

Het meisje vertelde dat ze schilder wilde worden, net als haar vader. Maar omdat ze het hele jaar in een saaie voorstad van Parijs naar school moest, gebruikte ze de zomervakantie om te oefenen. Ze vond ons een interessante verzameling mensen; dat was de reden waarom ze het strand op was gegaan. Om een geschikte groep te vinden om te schilderen.

Ze begon de ezel neer te zetten. 'Dus je bent hier op vakantie met je vader en ...?' vroeg Katarina.

Helemaal niet, zo bleek. Troaë vertelde – als ik haar goed begreep – dat ze in de zomer altijd bij haar oma woonde, die bij Fouesnant een huis had. Een paar kilometer bij het strand vandaan; haar ouders zaten nog in Parijs, haar vader en moeder, ze waren langgeleden al gescheiden, ze woonde bij haar vader, meestal in elk geval.

Terwijl ze dit vertelde bracht ze haar schildergerei in orde; zette een paneel op de ezel, liep naar achteren, tot ze een meter of tien bij ons vandaan stond, pakte een aquareldoos en bevochtigde een paar penselen met het puntje van haar tong, het zag er heel professioneel uit. Gunnar vroeg in gebrekkig Frans of we de hele tijd stil moesten zitten, het meisje zei dat dat niet nodig was, maar het zou fijn zijn als we ons niet te veel verplaatsten. Ik vond dat iemand een einde aan dit spektakel moest maken, maar niemand in de groep leek er iets op tegen te hebben dat we op het strand geportretteerd werden. Henrik eventueel, maar die liet zich mogelijk tegenhouden door de joligheid van de rest. Ik zonk dieper in mijn stoel en probeerde mijn half slapende toestand te hervinden.

Het was een tijdlang stil, zeker een half uur, terwijl Troaë met een ernstig gezicht achter haar ezel de groep vakantievierende Zweden op het strand stond te schilderen. Het eerdere, vlotte gesprek leek door de aanwezigheid van het meisje te stokken, zelfs de vrouwen waren zuinig met woorden. Het lukte me, geloof ik, om een paar minuten te dommelen, toen verbrak Anna de stilte.

'Lunch', zei ze. 'Eerst een duik en dan een hapje eten. Wat zeggen jullie daarvan?'

'Moeten we onze kunstenares niet eerst om toestemming vragen?' vroeg Erik en ik kon aan zijn stem niet horen of hij de situatie beu was of nog steeds wel amusant vond.

Katarina riep naar het meisje. Ze vroeg hoe het ging en liet weten dat we gingen zwemmen en lunchen.

Ze antwoordde iets wat ik niet begreep; Katarina legde uit dat ze nog twee minuten nodig had, daarna wilde ze ook wel pauzeren.

'Brutale aap', mopperde Henrik, die daarop onmiddellijk door zijn vrouw en Gunnar terecht werd gewezen.

'Ik vind haar wel charmant', verklaarde de laatste. 'Een echt charmeurtje. Zien jullie niet hoe mooi ze over vijf jaar zal zijn?'

'Smeerlap', zei Anna en ze wierp haar hoofd in haar nek,

en lachte er hard en aanstellerig bij. Ik had half en half besloten om na de lunch naar huis te gaan; ik had behoefte aan wat schaduw en rust en wilde plannen maken voor de toekomst.

We bleven zitten tot Troaë een diepe buiging maakte en ons bedankte voor ons geduld.

'Mag ik kijken?' vroeg Katarina.

Ze schudde haar hoofd. 'Pas als het af is. Vanmiddag of morgen misschien.'

'We hoeven toch niet dagenlang model te zitten?' zei Gunnar. Katarina vertaalde dit voor het meisje, en we kregen te horen dat ze ons alleen na de lunch nog even nodig had.

Ze ging niet met ons mee het water in, maar liep wel mee naar het restaurant. Ik weet niet of iemand haar uitgenodigd had, zo ja, dan moet dat Katarina of Gunnar zijn geweest; hoe dan ook, onmiddellijk greep ze Erik bij de arm en liep de hele weg naar Le Grand Large arm in arm met hem, het restaurantje lag een paar honderd meter ten oosten van de landtong van Mousterlin. Ook drukte ze zich tegen hem aan, maakte af en toe een paar huppelende danspasjes, showde klassieke balletposities en babbelde aan één stuk door. Erik leek verguld met deze hofmakerij, deed alsof hij alles verstond wat ze zei en maakte grapjes met haar; op een gegeven moment sprong ze in zijn armen en gaf hem een kus op zijn mond.

'Pas op', zei Anna met een geforceerd lachje. 'Dat meisje is misschien ouder dan je denkt.'

Toen probeerde ze in Gunnars armen te springen, net zoals het meisje bij Erik had gedaan; Gunnar was hier duidelijk niet op bedacht en viel om, in het zand. Troaë gilde vrolijk, wierp zich op hen, en er ontstond heel even een wilde worsteling. Zelfs Henrik nam deel aan het tumult, alleen ik hield me afzijdig.

Toen iedereen lachend en hijgend het fijne zand van zich af stond te vegen, zei het meisje dat de Zweden de leukste mensen ter wereld moesten zijn en dat ze haar wel mochten adopteren.

'Dan moeten we eerst je oma wat documenten laten ondertekenen', merkte Katarina op. 'Nee, geen gestoei meer, nu gaan we eten en wijn drinken.'

Het eerste zei ze in het Frans, het laatste in het Zweeds, waarna ze het beide kanten op moest vertalen. 'Dat vindt mijn oma vast wel goed', zei Troaë met een ernstige blik in haar ogen. 'Ze vindt me slechtgemanierd en veel te luidruchtig.'

Ze klampte zich weer vast aan Eriks arm en we liepen verder naar Le Grand Large.

Twee uur lang deden we ons te goed aan schaaldieren en witte wijn. Het voelde vreemd om onder de lichtblauwe parasols te zitten in deze grote, rumoerige groep – die nu bovendien uitgebreid was met een woelwatertje – alsof het een volkomen natuurlijke verzameling mensen was. Ik stelde vast dat ik Erik ongeveer vijf dagen kende, de andere Zweden een etmaal en het meisje een paar uur. Toch zaten we te eten, te drinken en te lachen alsof we elkaar al eeuwen kenden. Toen dokter L. de behandeling afsloot en we afscheid namen, drukte hij me op het hart niet zo wantrouwend te zijn. Ik ben het met hem eens dat dit een onderdeel vormt van mijn problematiek – maar hier, op deze winderige middag in Le Grand Large voelde het toch enigszins gerechtvaardigd om vraagtekens te zetten. Wat waren dit eigenlijk voor mensen?

Wat zíjn dit eigenlijk voor mensen? zou ik natuurlijk

moeten schrijven. Hoe ben ik in dit cluster terechtgekomen? Waar hadden we het over terwijl we in de schelpen, kreeftjes en mosselen zaten te prikken en koude witte wijn naar binnen goten? Wat dachten we wel niet? Op het moment van schrijven is het laat op de avond, net als gisteren zit ik met een pen en mijn dikke notitieboek op het terras. Erik is binnen en ligt te slapen of te lezen, nee, ik denk dat hij te veel wijn heeft gedronken om te kunnen lezen. Hij is sowieso geen boekenmens. Hij is niet onintelligent, maar hij leest niet. Ik overweeg opnieuw of ik misschien weg moet gaan, maar de loomheid die hier heerst, houdt me vast. Het landschap spreekt me aan en ook dat houdt me vast. De hitte en het vlakke. De duinen, de lage, half verscholen stenen huizen en de zee, er is hier zo veel ruimte. Misschien ook een soort spanning, iets onvoorspelbaars, waar ik niet echt grip op krijg; ik heb het gevoel dat er bij deze mensen iets onder de oppervlakte huist, iets wat erop wacht naar boven te komen, ik kan deze gedachte niet stopzetten. Alsof ze elkaar op een bepaalde manier nodig hebben, alsof het met zijn tweeën zijn niet genoeg is, dat merk je vooral bij Gunnar en Anna, dat is duidelijk, ze richten zelden hun aandacht op elkaar, ze zijn de hele tijd op zoek naar bevestiging, naar een verstandhouding met de anderen, lijkt het – zelfs met het meisje Troaë. Ik weet natuurlijk niet wat deze observaties waard zijn, ik ben het niet gewend me op deze manier onder de mensen te begeven, en er is vermoedelijk een uiterste grens, een dag waarop ik het niet meer uithoud. Simpelweg.

Troaë zat de hele tijd bij ons aan tafel, dronk Coca-Cola, maar ook een glas wijn aangelengd met water, ze beweerde dat ze dat altijd bij het eten dronk, zowel in Parijs als bij haar oma in Fouesnant. Ze deed haar uiterste best om ons te vermaken, kreeg ons zelfs zover dat we samen gingen zingen, iets waarvan ik dacht dat het voorbehouden was aan Zweden en andere soorten tafelgezelschappen. Het meisje zat tussen Erik en Gunnar in en zag er nauwlettend op toe dat ze haar gunsten zo eerlijk mogelijk tussen de twee verdeelde. Als ze de een op zijn oor kuste, deed ze onmiddellijk hetzelfde bij de ander, en toen we eindelijk de rekening kregen, stond ze erop haar deel te betalen, wat vanzelfsprekend werd geweigerd. Rond half vier waren we weer op onze plek op het strand, en terwijl we allemaal in het aangename zeebriesje zaten of half lagen te dutten, ging het meisje verder met haar schilderwerk. Stond op tien meter afstand, met haar voeten ver uit elkaar en half verzonken in het zand; haar strohoed in haar nek, een afwezige, geconcentreerde uitdrukking op haar knappe gezicht. Katarina Malmgren vervloekte zichzelf dat ze haar fototoestel thuis had laten liggen, en ik begreep haar. Het meisje heeft iets onweerstaanbaar innemends, een soort tomeloosheid en ontluikende charme waar je moeilijk weerstand aan kunt bieden. Ik weet niet of het een correcte observatie was, maar ik had het idee dat Anna in de loop van de middag steeds stiller werd, alsof er een soort rivaliteit tussen haar en het meisje was ontstaan; de volwassen vrouw en het kind. Misschien overdrijf ik, ik ben het niet gewend me in de motieven en beweegredenen van onbekende mensen te verplaatsen, maar toen Gunnar op een gegeven moment zijn hand onder Anna's billen probeerde te laten glijden, werd hij discreet maar beslist afgewezen. Ze gromde zelfs; Erik merkte het incident ook op en we wisselden een blik van samenzweerderige verstandhouding, zoals dat heet. Om de een of andere reden ergerde het me. Dat wil zeggen de blik, de hand die bij Anna Erikssons billen probeerde te komen, interesseert me niet.

Na een uur ongeveer, toen iedereen uitgedut leek te zijn – maar Troaë nog steeds onvermoeibaar achter haar ezel stond te schilderen – begon men weer over een boottochtje naar Les Glénan, een kleine eilandengroep op vijftien, twintig minuten varen van Beg Meil; tijdens de lunch hadden Henrik en Gunnar het al over dat tochtje gehad; een paar keer per dag vertrekt er een boot naartoe vanuit een haventje ten oosten van de landtong. Maar je kunt ook je eigen boot huren. Kennelijk beschikken ze beiden over wat zeemanschap, en waar het nu om ging, was erachter komen hoeveel zoiets zou kosten en hoe het allemaal in zijn werk ging. Een van de komende dagen gaan we dus met zijn allen op pad, als ik het goed begrijp, Anna en Katarina kwamen meteen met allemaal enthousiaste plannen, een exclusief dagje uit met picknickmanden, flessen wijn, visgerei en een privé-eilandje zonder andere toeristen; ineens klonk het alsof we uitverkoren waren, een toenemende weerzin bekroop me bij de gedachte aan dit plotseling ongeknotte elitarisme, maar ik merkte dat Erik zich niet in het gesprek mengde. Misschien begint hij de twee stellen beu te worden, maar dat is moeilijk aan hem te zien.

Het gesprek over Les Glénan stopte op het moment dat Troaë klaar was met schilderen. Nou ja, het schilderij was niet af, maar ze had ons niet meer op onze posities nodig, legde ze uit. Katarina vroeg opnieuw of we het resultaat mochten bekijken, maar dat was niet de bedoeling. Misschien morgen of overmorgen, maar onder geen beding voordat het kunstwerk klaar was en de verf opgedroogd. Het meisje raapte haar spullen bijeen en propte ze in haar rugzakje; toen deed ze iets nogal verbijsterends. Kondigde aan dat ze een duik ging nemen, wierp haar hoed af, trok haar badpak uit en sprintte naakt over het strand, richting het water. De enige in het gezelschap die iets uit wist te brengen, was Erik. 'Niet te geloven', zei hij. 'Allemachtig, niet te geloven.' Zijn stem was dik.

Na vijf minuten kwam ze terug, droogde zich ongegeneerd met een rode handdoek af, haar kleine borstjes staken vooruit, op haar onderlijf zat een onaanzienlijk toefje donker haar, het was te zien, maar het was niet meer dan een waas; ik weet nog dat ik deze vertoning op de smalle rand tussen kinderlijke onschuld en geraffineerd toneelspel vond balanceren. We sloegen haar allemaal gade, min of meer tersluiks, en ik merkte dat niemand van de groep woorden kon vinden om de geforceerde stilte te doorbreken.

Toen trok ze haar badpak weer aan. Pakte haar rugzakje en hoed en wuifde ons gedag. Sjouwde weg over de strandklip en verdween uit het zicht.

'Niet te geloven', herhaalde Erik met een gemaakt lachje. 'Wat een boefje!'

Gunnar begon mee te lachen en de anderen al snel ook. Tien minuten later gingen we weg, de Malmgrens liepen naar het westen, hun huis ligt een kilometer landinwaarts, blijkbaar, halverwege Bénodet, wij liepen in oostelijke richting over de duinen. Niemand stelde voor om die avond samen te gaan eten, ik bespeurde bij het hele gezelschap een vermoeidheid en een soort lome verzadiging, en toen we onder hun huis, op het strand Cleut Rouz, afscheid van Gunnar en Anna namen, deden we dat zonder enige toezeggingen te doen. Erik was stil en ingetogen, alsof hij ergens over piekerde; we zeiden niet veel tijdens de wandeling naar ons huis, ik kreeg het idee dat hij genoeg van me begon te krijgen en toen we er waren, vroeg ik het hem onomwonden. Of hij niet vond dat het tijd werd dat ik verderging en hem alleen liet.

'Nee, joh', reageerde hij. 'Maar we zijn niet getrouwd, hoor, vergeet dat niet. We moeten elkaar ook een beetje met rust laten, als ik vind dat je op moet hoepelen, zeg ik het wel.'

'Goed', zei ik. 'Dan blijf ik nog een paar dagen.'

'Als je je graag nuttig wilt maken, mag je wel wat eten voor ons maken', voegde hij eraan toe. 'We hebben een heleboel eieren, aan een omelet en wat groente heb ik genoeg, wat jij?'

Ik knikte. We hingen onze zwemspullen over het wasrekje op het terras, waarna ik in de keuken begon rond te scharrelen.

Terwijl we aten en ieder een paar biertjes dronken, praatten we wat over de anderen. Met name over de vrouwen. 'Als je met een van hen een nacht moest doorbrengen, wie zou jij dan kiezen?' wilde Erik weten.

Hij keek er verrassend ernstig bij en ik dacht even na voor ik antwoord gaf. 'Moeilijke vraag', zei ik. 'Ik zou ze eerst allebei moeten uitproberen voor ik dat kan zeggen.'

Kennelijk vond hij dat een uitstekend antwoord, hij schaterlachte en het bier spoot bijna over tafel. 'Potverdomme, man', zei hij. 'Bedoel je allebei tegelijkertijd of om beurten?'

'Om beurten', antwoordde ik. 'Anders blijf je niet scherp.'

Erik knikte, maar stopte met lachen. Dat doet hij voortdurend, het was in die paar dagen dat we elkaar nu kenden al vaker door me heen geschoten; in een fractie van een seconde kan hij ophouden met lachen. Er even snel mee beginnen trouwens ook, zijn gemoedstoestanden hebben scherpe kantjes, maar lijken niet erg diep te gaan. 'Je hebt gelijk', zei hij toen. 'Wat je ook doet, je moet scherp blijven. Wat vind je van Anna en Gunnar? Vind je hun scherp?'

'Ik weet het niet', zei ik. 'Om eerlijk te zijn, vind ik ze een beetje banaal. In elk geval zij.'

Hij leunde naar achteren, legde zijn zanderige voeten op het blauwgeverfde, ietwat versleten houten hek om ons terras en nam een slok uit zijn bierflesje. 'Mensen binden zich nodeloos', vervolgde hij en hij probeerde filosofisch te klinken. 'Dat is de fout die mensen maken. Ze denken dat ze met zijn tweeën moeten zijn, Gunnar en Anna zouden het veel leuker met elkaar hebben als ze niet de hele tijd denken dat ze alles samen moeten doen. Hoe zie jij dat?'

Ik haalde mijn schouders op. 'Het is lang geleden dat ik met een vrouw heb samengewoond', zei ik. 'Dus ik denk niet dat ik de aangewezen persoon ben om daar iets over te zeggen.'

Erik zweeg even. 'Weet je', zei hij. 'Ik heb heel veel zin om Anna in te palmen, gewoon om te kijken hoe ze reageert. Wat vind jij? Brengt tenminste wat leven in de brouwerij.'

'Denk je dat ze erop in zal gaan?' vroeg ik, voornamelijk omdat hij die vraag verwachtte.

'Die indruk kreeg ik gisteravond bij het zwemmen wel', zei Erik. 'En ze was bijna jaloers op dat kind, dat heb je toch wel gemerkt?'

'Ze was ook wel behoorlijk uitdagend.'

'Mee eens', zei Erik en hij schoot even in de lach. 'Anna vond het maar niks dat Gunnar naar haar zat te kijken, dat was duidelijk. Ze wil dat er naar haar gekeken wordt, dat hebben de meeste vrouwen.'

Ik antwoordde niet. Ik heb zo'n hekel aan dit soort gesprekken. Dat quasifilosofische, die banale generalisaties en recapitulaties van schamele levenservaringen die na een paar glazen zo makkelijk naar boven komen. Domme eikel, dacht ik bij mezelf. Wat weet jij nou van het leven, als ik nu een mes in je buik zou steken en die zou omdraaien, terwijl ik je tegelijkertijd een spiegel voorhoud, zou je de domheid in je eigen ogen kunnen zien. Dáár zou je iets van leren.

Ik stond te kijken van deze plotselinge en goed geformuleerde woede die in me opwelde. Tot nu toe had ik een zekere verwantschap met Erik gevoeld, maar nu wekte hij alleen maar weerzin bij me op.

'Eigenlijk vind ik Katarina interessanter', zei hij. 'Die heeft een heel ander soort vrouwelijkheid.'

'Waarom leg je het dan niet met haar aan?' vroeg ik.

Hij zweeg en rolde met zijn bierflesje over zijn voorhoofd.

'Daar moet ik te veel energie in steken,' zei hij, 'waar ik misschien helemaal niks voor terugkrijg. Nee, die laat ik aan jou over.'

'Nee, dank je', zei ik.

De schemering begon te vallen, een egel wandelde kalmpjes over het gras en verdween onder het gereedschapsschuurtje, ik dacht bij mezelf dat hij nu eigenlijk wat over mij en mijn leven zou moeten vragen. Maar dat deed hij niet, ook nu niet; we trekken nu bijna vijf volle dagen met elkaar op en hij weet nog steeds niets over mij. De eerste dag in de auto heb ik hem mijn naam en woonplaats verteld, verder weet hij niets. Ik geloof dat ik nog nooit iemand heb ontmoet die zo oprecht ongeïnteresseerd is in zijn medemens als Erik Bergman, het heeft een paar dagen geduurd voor ik dat doorhad, maar nu zie ik het duidelijk. Tegelijkertijd voel ik een zekere opluchting over deze gang van zaken. Als hij was gaan wroeten en me was gaan bestoken met vragen over mijn achtergrond, hadden we niet zo vrijblijvend met zijn tweeën in dit huis kunnen zitten. Ik vraag me wel af waarom hij me hier eigenlijk laat bivakkeren. Ik moet toegeven dat ik dat niet helemaal begrijp. Als hij op homoseksueel contact uit is, weet hij dat in elk geval goed te verbergen.

Hij leegde zijn flesje bier en stak een sigaret op.

'Laten we maar meegaan naar die eilanden', zei hij. 'Als ze een boot en zo geregeld hebben.'

'Kunnen we doen', reageerde ik en daarna zeiden we niet veel meer. Staarden wat in de toenemende duisternis, na vijftien, twintig minuten deelde Erik mee dat hij moe was en zijn bed ging opzoeken. Ik zei dat ik de afwas wel zou doen en misschien nog even op zou blijven, hij knikte en verdween naar zijn kamer. Ik hoorde hem een tijdje tussen een paar radiozenders zoeken, maar al snel had hij er genoeg van. Ik ruimde af, zoals beloofd, pakte mijn notitieboek en een nieuw biertje en ging weer op het terras zitten. Begon de dag samen te vatten; als dokter L. wist hoe zorgvuldig ik alles noteer, zou hij me complimenteren. Iedereen heeft zijn eigen weg naar genezing, placht hij te zeggen. In jouw geval is het opschrijven, het optekenen van wat er gebeurt, een heel belangrijke component, misschien wel de belangrijkste.

Ik ben het niet altijd met dokter L. eens, maar in dit geval begrijp ik steeds beter dat hij het goed heeft gezien. Het zijn de woorden zelf die je dwingen een weg te kiezen.

Het is half elf. De zee klinkt als de ademhaling van een reusachtig dier in het donker. Insecten fladderen om de lamp. Ik voel me compleet en sterk, deze mensen met wie ik tijdelijk omga doen me niets. Ze raken mijn kern niet, en zolang ze in de periferie blijven, kan ik ze makkelijk hanteren, net zo makkelijk als de pen in mijn hand.

Mijn laatste gedachten op het terras vanavond wijd ik aan Troaë. In het begin schreef ik dat ze een oude vrouw in een jong lichaam was; deze formulering kwam als vanzelf bij me op, maar nu ik erover nadenk, besef ik dat die dicht bij de waarheid ligt. Misschien geldt hetzelfde voor de overpeinzingen die zich ongevraagd aandienen, die hebben vaak een belang en pregnantie die het doordachte en bestudeerde ontberen. Een directheid.

Want er was iets met haar glimlach, met de behendigheid waarmee ze het badpak van haar jonge lichaam stroopte. Ervaren bewegingen die over maagdelijke akkers dansten; ik wou dat zulke uitdrukkingen niet zo makkelijk voor het grijpen lagen, dat ze het fatsoen hadden zich uit de buurt van mijn bewustzijn te houden. De directheid die ik zojuist noemde is geen vanzelfsprekende waarde, en ik hoop dat ik niet van het meisje ga dromen.

Hoe dan ook, ik ga nu naar bed. De rust die ik in me voel, ligt slechts aan de oppervlakte en is misschien een voorbode voor storm en duisternis, maar ik denk dat ik nog een paar dagen aan deze zonovergoten kust blijf.

Commentaar, juli 2007

Heel goed dat ik met hem begonnen ben. Als ik nu weer lees wat ik over dat zinloze gesprek met dat volstrekt gevoelsarme individu geschreven heb, rest me niets anders dan mezelf geluk te wensen. Ook al had ik die avond geen idee wat er gebeuren ging, toch heb ik de vinger op Eriks karakter weten te leggen; het goede in de wereld is niet slechter geworden van zijn dood, integendeel. Niet dat ik gedreven word door dergelijke ethische overwegingen, geenszins – maar het kan natuurlijk geen kwaad om jezelf eraan te herinneren. Niemand zal Erik Bergman missen, het heeft vijf jaar geduurd om de balans te herstellen die in Mousterlin was verstoord, om deze te begínnen te herstellen; het waren verschrikkelijke jaren. Ontelbaar zijn de nachten waarin ik koudbezweet wakker werd nadat ik gedroomd had over het lichaam van het meisje in mijn armen, ontelbaar zijn de keren dat ik op de rand van de wanhoop heb gestaan, bereid was me het leven te benemen.

Het is echter niet míjn dood die boete moet doen voor het gebeurde, maar die van hen. Daden moeten consequenties hebben, ik fungeer slechts als instrument voor dit rechtvaardigheidsprincipe. Het is allemaal heel simpel en ik laat me niet gevangennemen; toen ik op die mooie ochtend eindelijk het mes in Erik Bergmans buik stak, voelde ik de frisse lucht onmiskenbaar mijn lichaam in stromen.

Dat zegt wel genoeg, lijkt me.

1-7 augustus 2007

6

Christina Lind Bergman was een donkerharige vrouw van rond de veertig.

Zijn eerste indruk van haar was dat ze verrassend kalm was, als je bedacht dat haar enige broer onlangs was doodgestoken. Maar er was een etmaal overheen gegaan, misschien had ze iets kalmerends genomen. Hij bedacht ineens dat ze arts was en dus bekend was met dit soort hulpmiddelen.

Het eerste wat ze zei nadat de formaliteiten waren afgehandeld – en zowel koffie, thee als water had afgeslagen – toonde aan dat zijn constatering juist was. Ze wás kalm.

'Mijn broer en ik hadden geen hechte band', zei ze. 'Het is beter dat je dat meteen maar weet. Ik snap dat je me moet ondervragen, maar ik kan je alvast vertellen dat ik nergens mee zal kunnen helpen. Echt niet.'

Prima, dacht Gunnar Barbarotti. Dan beginnen we in elk geval niet met te hoog gespannen verwachtingen.

'Zo dus', zei hij. 'Zou je dat kunnen toelichten?'

Dat kon ze wel. Wreef iets uit haar ooghoek met het kootje van haar pink en ging van start.

'Ik ben vijf jaar ouder dan mijn broer. Meer broers en zussen zijn er niet. Toen we klein waren was het leeftijdsverschil te groot om echt contact met elkaar te hebben. Vroeger, toen ik jonger was, dacht ik dat we als we volwassen zouden zijn dat wel beter zou gaan, ja, dat beeldde ik mezelf in. Maar dat gebeurde niet. Erik is nooit volwassen geworden.'

Ze pauzeerde even, alsof ze een soort reactie op haar laatste uitspraak verwachtte, maar Barbarotti gebaarde haar door te gaan.

'Nee, hij is nooit volwassen geworden', herhaalde ze. 'Nooit geestelijk gegroeid, zo'n man die zijn hele leven vasthoudt aan het wereldbeeld uit zijn tienerjaren. Alles is voor hem een spelletje, mensen zijn speelgoed, je gooit ze weg als je erop uitgekeken bent. Vooral vrouwen. Hij is als het ware achtergebleven in de kleedkamer na een potje voetballen, dat soort mannen ... Het klinkt hard en ik vind het vervelend om te zeggen, maar waarom zou ik eromheen draaien?'

Ja, waarom, dacht Gunnar Barbarotti en hij maakte al schouderophalend een halfhartig gebaar dat hijzelf ook niet begreep.

'Helaas heeft hij altijd genoeg geld gehad om op zijn eigen manier door het leven te glijden', ging ze verder voordat hij een nieuwe vraag had kunnen stellen. 'Mijn ouders hebben hem altijd gesteund.'

'Maar zijn bedrijf liep toch goed?' vroeg Barbarotti.

'Inmiddels wel, ja', zei Christina Lind Bergman met een grimas. 'Maar ik weet niet hoeveel miljoenen mijn vader en moeder erin hebben gestoken.'

'Duidelijk', zei Barbarotti. 'Dus eigenlijk was je broer in jouw ogen een verwende yup?'

'Zoiets, ja', zei Christina Lind Bergman. 'En hij kende ook geen enkele empathie, maar omdat je fluitend door het leven gaat, hoef je dat nog niet te ontberen, toch? Nee, ik heb de hoop wat hem betreft jaren geleden al opgegeven.'

'Hoe vaak had je contact met hem?'

'Nooit. Zelfs met Kerst zagen we elkaar niet meer. Mijn vader en moeder komen niet meer thuis, ze hebben een huis in Spanje. En ik ken niemand van zijn vrienden, ik kan jullie absoluut niet helpen.'

'Wanneer heb je hem voor het laatst gezien?'

Ze dacht na. 'Afgelopen zomer. Maar dat was toeval. In een café in Lysekil, daar woon ik immers ... Ik werk daar in het ziekenhuis. Hij had met een paar vrienden gezeild. We hebben elkaar alleen gegroet.'

'Werd je voorgesteld aan zijn vrienden?'

'Alleen hun voornamen. Twee mannen zoals Erik, voorzover ik dat toen kon beoordelen. Zongebruind, grootgebekt en katerig. Ik weet niet meer hoe ze heetten. Micke en Patrick of zoiets, geloof ik.'

Gunnar Barbarotti knikte. Leuke familie, dacht hij. Hechte banden onderling en zo. 'Wat voor relatie heb jij met je ouders?' vroeg hij.

Ze trok een wenkbrauw op. 'Ik begrijp niet wat mijn relatie met mijn ouders met de moord op mijn broer te maken kan hebben.'

'Misschien kun je toch antwoord geven op de vraag', verzocht Barbarotti.

'Beroerd', gaf Christina Lind Bergman toe. 'Nee, om eerlijk te zijn zie ik mezelf als het witte schaap van de familie.'

'Ik snap het', zei Gunnar Barbarotti. 'Maar ik moet je hoe dan ook vragen of je enig idee hebt wie je broer omgebracht kan hebben.'

'Geen idee.'

'En waarom?'

'Je bedoelt waarom iemand het gedaan zou kunnen hebben?'

'Ja.'

'Hetzelfde. Geen flauw idee. Maar ik kan me wel goed voorstellen dat hij iemand hufterig heeft behandeld. En dat diegene dat zat was en hem heeft doodgestoken. Maar dat zijn speculaties waar jullie niks aan hebben.'

'Het klinkt alsof je er niet eens verbaasd over bent', zei Barbarotti.

'Natuurlijk ben ik verbaasd', zei ze. 'Dat ben je toch altijd als iemand een ongeluk krijgt?'

Nee, dacht Gunnar Barbarotti nadat hij Christina Lind Bergman tien minuten later naar de lift had gebracht. Kalmerende middelen waren in haar geval niet nodig.

'Raad eens', zei Eva Backman.

'Vijfentwintig', zei Gunnar Barbarotti.

'Niet helemaal', zei Eva Backman. 'Het goede antwoord is negentien. Maar dat is al erg genoeg, vind ik.'

'Zeg dat wel', zei Gunnar Barbarotti. 'Mag ik zien?'

Ze gaf hem de lijst. Vluchtig bekeek hij de Anna Erikssons. 'Sommige zijn anders gespeld', merkte hij op.

'Drie met een c en eentje met één s. Als we ervan uitgaan dat de moordenaar de naam goed gespeld heeft, komen we op vijftien. Moeten we aannemen dat hij kan spellen?'

Gunnar Barbarotti gooide het vel papier op zijn bureau. 'Hoe kan ik dat nou weten?' zei hij geïrriteerd. 'Hoe weten we eigenlijk zo zeker dat ze in Kymlinge woont?'

'Ik heb nooit beweerd dat we dat zeker weten', zei Eva Backman en ze kruiste haar armen voor haar borst. 'De statistische basis is vooralsnog welgeteld één slachtoffer en dat is natuurlijk mager ... Maar dat hoef ik misschien niet uit te leggen. Hoe was de zus?'

'Keurig', zei Barbarotti. 'Maar ze weet minder over haar broer dan ik over het paringsritueel van de dennensnuitkever.'

'Paringsritueel van ...?'

'Het was maar een voorbeeld.'

‘Hoe kom je toch op zulke dingen?’

Gunnar Barbarotti haalde zijn schouders op. ‘Dat komt door het creatieve proces’, zei hij. ‘Dan schiet me van alles te binnen. En, wat zegt Asunander over al die Anna’s? Moeten die allemaal beveiligd worden?’

‘Hij heeft nog niks besloten’, liet Backman weten. ‘Zit in overleg met Sylvenius en Göteborg. Ze sturen hier sowieso een paar man naartoe. Plus die profiler, dus.’

Inspecteur Barbarotti keek op zijn horloge. ‘Over vijf minuten heb ik een afspraak met Grimle. Zullen we dit daarna in alle rust doornemen?’

‘We kunnen een poging wagen’, zei Eva Backman. ‘Als het verhoor met de ouders niet te lang duurt. Ik denk dat ze al in mijn kamer zitten te wachten.’

Ze stond op en leek een seconde te aarzelen. Toen verliet ze de kamer.

Hij sprak een half uur met Andreas Grimle. Toen hij klaar was, luisterde hij meteen de opname af om zich ervan te vergewissen dat hij niets had gemist.

Dat leek er niet op. Hij was het met Backman eens dat Grimle vrij sympathiek overkwam. En normaal. Zo iemand was misschien ook wel nodig in dat bedrijf, dacht Barbarotti. Als Erik Bergman echt zo’n klootzak was als zijn zus beweerde.

Grimle schetste een iets positiever beeld van zijn dode compagnon. Gaf weliswaar toe dat ze elkaar in hun vrije tijd vrijwel nooit zagen; Erik was zoals bekend vrijgezel, zelf had Andreas Grimle een vrouw, een hond en twee kinderen onder de vijf. Ze bevinden zich zogezegd in verschillende fasen van het leven. Sorry, bevónden zich.

De laatste keer dat hij Erik in levenden lijve had gezien, was de dag voor hij overleed. Ze hadden allebei tot vijf uur in hun kantoor in Järnvägsgatan gewerkt. Zoals altijd. Er was Grimle niets bijzonders aan Erik Bergman opgevallen, hij had niets gezegd of gedaan waaruit hij had kunnen opmaken dat hij zich bedreigd voelde.

Wat gebeurt er nu met het bedrijf? had inspecteur Barbarotti willen weten.

Andreas Grimle had eerlijk gezegd dat hij het niet wist. Hij had een paar fiscaal juristen van Öhrlings ingeschakeld om het te onderzoeken, er zouden wat problemen kunnen opduiken, vermoedelijk iets tussen Grimle en Eriks ouders. Maar hopelijk kon het bedrijf voortgezet worden. Het liep vrij goed, de afgelopen drie jaar.

Geschokt?

Natuurlijk was Grimle geschokt. Als hij de politie kon helpen, op wat voor manier dan ook, om deze gek te pakken te krijgen, dan was hij daartoe bereid. Het was toch puur toeval dat het Erik was? wilde hij ook weten. De moordenaar had daar toch gewoon gestaan, klaar om de eerste de beste voorbijganger neer te steken?

Inspecteur Barbarotti had vaag geknikt en gezegd dat dat een mogelijkheid was. Maar het onderzoek bevond zich nog in een te vroeg stadium om uitspraken te doen over het motief van het misdrijf.

Wist Grimle of Erik Bergman vijanden had?

Nee.

Concurrenten wellicht? Kon de moord misschien verband houden met hun bedrijf?

Welnee, meende Andreas Grimle. Natuurlijk hadden ze concurrenten, maar er was in hun branche altijd sprake van fair play. Zijn compagnon was het slachtoffer van een gedrogeerde gek, iets anders was ondenkbaar.

Hoezo? had Barbarotti gedacht. Als Grimle Bergman alleen maar op het werk zag, kon hij toch niets weten over de demonen die misschien in het privéleven van zijn compagnon op de loer lagen? Snapte hij dan niet dat zijn zienswijze enigszins beperkt was?

Maar er was al een verslag van twaalf pagina's van het verhoor met Grimle van de dag ervoor, dus besloot Barbarotti dat het voor nu genoeg was.

'Herinner je je of Erik ooit iets heeft gezegd over anonieme brieven?' vroeg hij toen ze elkaar al een hand hadden gegeven en Andreas Grimle op het punt stond de kamer te verlaten.

'Anonieme brieven?' vroeg Grimle met grote verbazing op zijn open, eerlijke gezicht. 'Nee, waarom zou hij? Waarom vraag je dat?'

Daar had inspecteur Barbarotti niet op geantwoord. Maar Grimle wel dringend verzocht onmiddellijk contact met de politie op te nemen als hem iets te binnen schoot wat volgens hem van belang voor het onderzoek kon zijn. Al was het maar iets kleins.

Dat beloofde Grimle, hij nam afscheid en wenste de politieman veel succes met de zoektocht naar de moordenaar.

De profiler uit Göteborg verscheen net toen hij Backman wilde bellen om een werklunch in Kungsgrillen voor te stellen.

In plaats daarvan werd het dus een werklunch met de profiler. Hij heette Curt Lillieskog, Barbarotti had het idee dat ze elkaar al eens eerder hadden ontmoet – dat idee had Lillieskog ook, maar ze kwamen er niet achter wanneer en waar dat geweest kon zijn.

Lillieskog was zestig, mager maar energiek – en zijn energieke enthousiasme voor zijn werk deed bijna jongensachtig aan. Alsof hij het begrip 'daderprofiel' zelf had uitgevonden en nu op tournee was om het bekendheid te geven en aan de man te brengen. Hij vindt moordenaars leuk, dacht Barbarotti. En hij schaamt zich er niet voor.

'Zulke briefschrijvers zijn uiterst zeldzaam', legde Lillieskog om te beginnen uit. 'Zeker degenen die hun plannen ook uitvoeren. Leuke tent, lunch je hier vaak?'

Gunnar gaf toe dat hij Kungsgrillen regelmatig met een collega bezocht als het aanbod in de kantine van het politiebureau te pover was – en dat de traditionele Zweedse kost die ze serveerden zelden iets te wensen overliet. Ze bestelden het dagmenu – kalfstartaar met aardappelpuree en vossenbessenjam – zetten zich aan een tafeltje bij het raam en begonnen met het opstellen van een daderprofiel. 'Ik denk dat we te maken hebben met iemand die koste wat kost bevestiging zoekt', zei Lillieskog.

Dat heb ik al honderd keer gehoord, dacht Barbarotti bij zichzelf. Maar het kan natuurlijk kloppen. 'Leg eens uit', verzocht hij.

'Met alle plezier', zei Lillieskog. 'Op zich zegt het natuurlijk niet zo veel over onze man, omdat dat voor vrijwel alle geweldplegers geldt. Bij de meesten zit er diep van binnen een veronachtzaamde behoefte aan bevestiging. Ze hebben het gevoel niet gezien te worden, de kiem ligt meestal vroeg in de kindertijd en wordt versterkt door allerlei tegenslagen en mislukkingen later in het leven. Dat is de essentie van crimineel gedrag, zou je kunnen zeggen.'

'Duidelijk', zei Barbarotti. 'En waarom schrijft iemand brieven?'

'Ik zie twee mogelijke redenen', legde Lillieskog uit en hij doorkliefde zijn kalfstartaartje met zijn vork. 'Óf het wijst erop dat hij gepakt wil worden, dat hij diep in zijn hart niet blij is met wat hij doet en de politie een handje wil helpen om hem tegen te houden.'

'Wacht even', zei Barbarotti. 'Je gaat er dus van uit dat

hij van plan is om meer mensen te vermoorden. Denk je dat hij het meent met die Anna Eriksson?'

'Ik acht het vrij waarschijnlijk', zei Lillieskog. 'Misschien heeft hij een lijst van mensen op wie hij het voorzien heeft. Drie, zeven of twaalf mensen die hem niet goed behandeld hebben. Maar het is ook mogelijk dat hij de namen lukraak uit de telefoongids haalt. Jullie hebben nog geen verband tussen Erik Bergman en Anna Eriksson gevonden?'

'Nog niet', stelde Barbarotti vast. 'Maar we hebben er een team op gezet. In Erik Bergmans directe omgeving is er geen Anna Eriksson, dat kunnen we wel met zekerheid zeggen. We zijn nu bezig met bekenden van bekenden, zeg maar, het is een beetje lastig, omdat ...'

'Omdat jullie niet willen dat die brieven bekend worden', vulde Lillieskog aan en heel even leek het hem op te winden, vond Barbarotti. 'Ja, dat lijkt me een goed besluit.'

'Sorry', zei Gunnar Barbarotti. 'Dus volgens jou is het mogelijk dat hij zijn slachtoffers min of meer lukraak uitkiest en de brieven naar mij stuurt omdat hij eigenlijk wil dat ik hem oppak. Maar waarom stuurt hij ze uitgerekend naar mij? En wat is de andere reden? Je zei dat je er twee had.'

Lillieskog kauwde zijn eten snel weg en slikte het met behulp van een slok vossenbessensap door. 'Waarom hij uitgerekend naar jou schrijft, is een moeilijke vraag. Hij kan een soort relatie met je hebben ... Een voormalige crimineel die je vast hebt gezet bijvoorbeeld, met die mogelijkheid moet je rekening houden ... Maar misschien kent hij je alleen van naam. Misschien heeft hij je in de krant of op televisie gezien ... Sta je in de telefoongids?'

Gunnar Barbarotti knikte.

'Dat kan genoeg zijn. Het staat absoluut niet vast dat jij

hem kent, integendeel, de kans is groot dat je hem niet kent. Maar je tweede vraag: wat is de andere reden? Ja, het antwoord op die vraag is natuurlijk dat we met een schrandere figuur te maken kunnen hebben.'

Schrandere figuur? dacht Barbarotti. Het klonk alsof hij het over 'Karlsson op het dak' had of een soortgelijke grootheid. 'Je bedoelt ...?' zei hij.

'Ik bedoel dat er een veel rationelere reden achter het feit kan zitten dat hij – laten we er voor het gemak van uitgaan dat het een man is – die brieven schrijft. Dat hij het de politie daarmee moeilijker maakt om hem te pakken te krijgen.'

Hij zweeg en keek Barbarotti met een bijna verrukte blik aan. Barbarotti legde zijn mes en vork neer. Veegde zijn mond af met zijn servet terwijl hij probeerde te begrijpen waar Lillieskog het over had.

'Het de politie moeilijker maken?' zei hij. 'Ik volg je niet helemaal. Op welke manier kan hij het ons moeilijker maken door ...'

Lillieskog hief zijn wijsvinger. 'Dat is moeilijk te zeggen. En misschien lukt het hem ook wel niet. Ik wil alleen maar zeggen dat hij jullie misschien in de war wil brengen. Het zou kunnen dat de brieven iets verhullen. Het kost jullie heel veel energie om te doorgronden waarom hij jullie in godsnaam via brieven tipt ... en die energie zou eigenlijk ergens anders voor gebruikt moeten worden.'

Gunnar Barbarotti dacht na. Vond het tegelijk plausibel en volkomen absurd klinken.

'Het kan ook zijn dat hij alleen van plan was om die Bergman te vermoorden', ging Lillieskog enthousiast verder. 'En dat hij jullie aandacht wil versplinteren, bij wijze van spreken. Alle mogelijke kanten op. Je moet toegeven dat hij daar behoorlijk goed in geslaagd is.'

'Als deze gedachte klopt,' zei Barbarotti nadat hij een paar tellen had gezwegen, 'hebben we te maken met een dader die behoorlijk methodisch te werk gaat, niet?'

Lillieskog leunde over de tafel naar voren en bracht zijn stem omlaag. 'Dan hebben we te maken met een dader die extréém methodisch te werk gaat', preciseerde hij. 'Ik hoef waarschijnlijk niet te zeggen dat we in dat geval in een ongelooflijk gecompliceerd verhaal verwikkeld zitten. Ongelóóflijk gecompliceerd.'

'Wat was het voor iemand?' wilde Eva Backman een half uur later weten. 'Die profiler?'

'Niet goed wijs', antwoordde Barbarotti. 'Maar het ergste was dat hij wel wat te melden had.'

'Wat bedoel je daarmee?'

'Dat hij wel wat te melden had, natuurlijk. Hij heeft een paar dingen gezegd die kloppen.'

'Dank je, dat maakt het duidelijk. Wat bijvoorbeeld?'

'Bijvoorbeeld dat we wellicht met een kerel te maken hebben die niet op zijn achterhoofd gevallen is. Die ... ja, die heel goed weet waar hij mee bezig is.'

'Mee bezig is?' riep Eva Backman uit. 'Hij heeft een man doodgestoken en twee brieven geschreven. Het klinkt alsof je denkt ... Ja, alsof dit nog maar het begin is. Waar baseer je dit op?'

'Op bijna niets', zei Gunnar Barbarotti. 'Ik hoop dat ik het mis heb. Wat denk je zelf?'

Eva Backman schudde haar hoofd en vloekte. 'Verdomme, ik heb geen tijd om iets te denken als ik de hele tijd moet werken en mensen moet ondervragen.'

'O jee', zei Barbarotti.

'Ik heb de hele ochtend met de ouders van Bergman zitten praten, zo meteen heb ik vier vrijgezelle vrienden van hem tegenover me. Als Asunander en ome Sylvenius besluiten om de Anna's te bewaken, kunnen we ons gezinsleven de komende dagen wel vaarwel zeggen.'

'Ik heb geen gezinsleven', merkte Barbarotti op. 'Maar wat maakt het uit. Zitten er geen Anna's bij die interessanter zijn dan de andere?'

Eva Backman haalde haar schouders op. 'Twee van hen zijn onder de twaalf. Laten we in elk geval hopen dat zij niet het interessantst zijn. Maar dan hebben we nog zeventien over ... als we ons tot Kymlinge beperken.'

'En als we ons niet tot Kymlinge beperken?'

'Ja, wat denk je?' zei Eva Backman.

Verdomme, dacht Gunnar Barbarotti en hij liep zijn kamer in. Ik voel me niet goed, wat is dit luguber.

Hij zat vijf tellen op zijn stoel, toen commissaris Asunander belde en hem bij zich riep voor overleg.

7

‘Astor Nilsson van de politie van Göteborg’, legde commissaris Asunander uit. ‘Jij en Backman blijven op het onderzoek, Nilsson helpt. Duidelijk?’

‘Duidelijk’, zei Barbarotti.

Asunander had zoals gewoonlijk problemen met zijn kunstgebit. Dat ging altijd scheef zitten als hij praatte, wat maakte dat hij zich zo beknopt mogelijk uitdrukte. Het kunstgebit, op zijn beurt, was het resultaat van een goed gemikte klap met een honkbalknuppel, tien jaar geleden uitgedeeld door een gedrogeerde vechtersbaas. Sinds die gebeurtenis bleef Asunander het liefst achter zijn bureau. Hij nam nooit deel aan operationele werkzaamheden, deed zelden verhoren en verdiende wat bij als kruiswoordpuzzelmaker bij drie of vier weekbladen. Maar hij was hoofd recherche bij de politie van Kymlinge en had nog minstens twee dienstjaren tot zijn pensioen.

Barbarotti begroette Astor Nilsson, een forse man van halverwege de vijftig met een handdruk als een mangel. Kennelijk was het bij één topoverleg met Göteborg gebleven. Ze namen beiden plaats in een van Asunanders bezoekersstoelen. Asunander zelf ging achter zijn bureau zitten en zette vier telefoons uit.

‘Forensisch niks gevonden’, zei hij. ‘Geen sporen. Gecompliceerd.’

‘Getuigen?’ vroeg Barbarotti. ‘Die Bergman van huis hebben zien gaan of hem tijdens het hardlopen tegen zijn gekomen?’

'Niks tot nu toe', zei Astor Nilsson, waarmee hij Asunander van zijn spraakproblemen verloste. 'Maar die kunnen nog komen, er zijn mensen van ons op pad om met de buren en zo te praten. Er was trouwens wel eentje, een vrouw die hem langs haar keukenraam heeft zien joggen. Vlak na zessen, ze is tweeëntachtig en wordt altijd vroeg wakker ... Maar dat hij aan het hardlopen was, wisten we al.'

'Maar niet het hele rondje deze keer', zei Barbarotti.

'Nee, dat kun je wel zeggen', zei Astor Nilsson.

'Bemoei me niet met het operationele', verklaarde Asunander en hij keek Barbarotti verstoord aan. Hij had hem duidelijk niet bij zich geroepen om de algehele stand van zaken van het opsporingsonderzoek te bespreken. Hij wisselde een blik met zijn collega uit Göteborg en knikte.

'Anna Eriksson', zei Asunander. 'Moeten besluit nemen.'

Astor Nilsson schraapte zijn keel en nam opnieuw het woord. Hij was duidelijk goed op de hoogte gebracht, hij had er al gezeten toen Barbarotti de kamer in kwam. Misschien was hij er de hele ochtend al.

'We hebben negentien mogelijke slachtoffers', begon hij. 'We hebben ze allemaal gebeld, eerst hun vaste nummer, daarna hun mobiele nummer. Bij zestien ervan werd er opgenomen en ...'

'Wacht even', vroeg Barbarotti. 'Wie hebben dat gedaan? Wat hebben ze gezegd?'

'Niks', zei Asunander met een boos gezicht.

'Twee man hebben dat afgehandeld', zei Astor Nilsson. 'Sommerman en Killander ... Klopt dat?'

'Klopt', zei Asunander.

'Sommerman en Killander hebben iedereen gebeld, maar zodra ze de Anna's aan de lijn kregen, hebben ze opgehangen. Zonder iets te zeggen, dus. Vijf namen er thuis op, de rest op hun mobieltje ... Die zijn waarschijnlijk op hun werk of genieten van het mooie weer buiten.'

Hij gebaarde naar het raam, waar de zorgvuldig gesloten jaloezieën echter geen enkel zonnestraaltje doorlieten. 'Het is dus mogelijk dat een aantal van hen hier niet in de buurt is, het was maar een eerste belronde ...'

'Het spijt me ...' onderbrak Barbarotti hem. 'Wat is onze strategie eigenlijk? Gaan we deze vrouwen waarschuwen of ...?'

'Beslis!' zei Asunander.

'Dat moeten we nu beslissen', verduidelijkte Astor Nilsson.

Arme stakker, dacht Gunnar Barbarotti. Heeft hij hier de hele ochtend met Asunander de zaak zitten herkauwen? 'Ja, dat snap ik', zei hij. 'Maar we kunnen ze toch niet bewaken zonder ze eerst op de hoogte te stellen. Jullie bedoelen dus dat we ... dat we misschien helemaal niks moeten zeggen?'

Het gebit van Asunander klapperde onrustbarend, maar er kwamen geen woorden over zijn lippen.

'Wat vind jij?' vroeg Astor Nilsson.

'Hm', zei Barbarotti. 'Zullen we stemmen? Ik vind dat we ze onmiddellijk moeten vertellen hoe de vork in de steel zit, natuurlijk.'

'Waarom?' brulde Asunander.

Astor Nilsson slaakte iets wat erg op een zucht van verlichting leek. Aha? dacht Gunnar Barbarotti. Ik sta kennelijk aan zijn kant.

'Omdat ...' zei inspecteur Barbarotti langzaam terwijl hij een steekhoudende motivatie probeerde op te diepen. 'Ja, daar zijn natuurlijk verschillende redenen voor ... Het veiligheidsaspect is het evidentst. Het zou fijn zijn als we kunnen voorkomen dat hij nog iemand vermoordt, nietwaar? Dat is een van de basistaken van de politie, als ik me niet vergis ... Burgers beschermen. Maar als ik het mis heb, moet je het zeggen.'

'Krrms', zei Asunander en hij brak een potlood doormidden.

'Er spelen meer dingen mee', vervolgde Barbarotti. 'Als er een link is tussen Erik Bergman en Anna Eriksson, kan Anna Eriksson ons daar misschien meer over vertellen.'

'Precies', riep Astor Nilsson uit.

Asunander morde iets wat vermoedelijk 'middelen' betekende. Toen stond hij op.

'Jullie verantwoordelijk', zei hij. 'Rapporteer aan mij. Vertrek.'

Barbarotti en Astor Nilsson verlieten commissaris Asunanders kamer.

'Tjongejonge', zei Astor Nilsson op de gang. 'Ik wil nu al naar huis. Sinds mijn Leonberger puppy's kreeg heb ik niet meer zo'n zware ochtend gehad. Is hij altijd zo?'

'Je moet hem eens zien als hij een slecht humeur heeft', zei Barbarotti. 'Zullen we in mijn kamer verder overleggen? Als ik het goed begrepen heb, leiden wij het onderzoek.'

'Lieve help', zei Astor Nilsson en hij stopte wat tabak onder zijn lip.

'Dat betekent dus dat we de naam van het slachtoffer vrij moeten geven?' vroeg Eva Backman. 'Erik Bergman, bedoel ik.'

'Zijn er meer slachtoffers dan?' vroeg Barbarotti.

'Pietlut', zei Backman.

'Als we er iets mee willen bereiken, moeten we op zijn minst aan alle Anna's vertellen wie het slachtoffer is', stelde Astor Nilsson vast. 'Maar de hele stad zal het al wel weten, zo gaat het meestal. En dan moeten we vragen of er een verband tussen hen is. En of ze weten wie hij was ... Ja, en dan komen we meteen op de kwestie van de beveiliging, maar als ik het goed begrepen heb, is ...?'

'Somberman is dat al aan het regelen', verklaarde Eva Backman. 'Vooralsnog alleen in theorie. Asunander heeft gelijk, het brengt een gigantische hoeveelheid werk met zich mee.'

'We kunnen het ook omzeilen', merkte Astor Nilsson op.

'O, ja?' zei Backman.

'Ja. We kunnen toch met die vrouwen praten zonder het hele verhaal te vertellen? Misschien is het ook wel zo verstandig om ze niet de stuipen op het lijf te jagen. We vragen ze alleen naar Erik Bergman ... zonder te zeggen in hoeverre het met hen te maken heeft. Wat denken jullie daarvan?'

Zijn blik ging heen en weer tussen Backman en Barbarotti. Eva Backman bestudeerde haar schoenen. Barbarotti keek door het raam naar buiten. Er ging vijf seconden voorbij.

'Goed', zei Barbarotti. 'Laten we dat eerst proberen. Ik stel voor dat wij drieën in dat geval alle gesprekken voeren. We benaderen ze eerst telefonisch en dan proberen we zo snel mogelijk een afspraak te maken ... Eén op één ... Een aantal van hen is vast met vakantie, trouwens.'

'Zestien van de negentien lijken bereikbaar te zijn, dat weten we al', zei Eva Backman. 'We laten ze dus hier komen om met ze te praten ... Morgen, neem ik aan?'

'Ja', zei Barbarotti. 'Dat lijkt me een goed plan. In ieder geval met degenen die in de buurt zijn, het lijkt me niet nodig om iemand vanuit Mallorca of Thailand hiernaartoe te halen.'

'En het enige wat we vragen is of ze ene Erik Bergman kennen', zei Astor Nilsson. 'Of niet?'

'Ja', zei Barbarotti. 'Door de telefoon alleen dat, ja ... Als iemand iets interessants te melden heeft, laten we die natuurlijk meteen naar het bureau komen. Dan zien we wel wat we morgen doen. Zijn we het hierover eens?'

Eva Backman knikte. Astor Nilsson knikte.

'Oké', zei Gunnar Barbarotti. 'Dit is de lijst. Negentien dames die luisteren naar de naam Anna Eriksson. Jullie krijgen er ieder zes, ik neem er zeven. Het is nu twee uur, zullen we hier over twee uur weer verzamelen en verslag uitbrengen?'

'Ik heb een kamer nodig', zei Astor Nilsson. 'Of op zijn minst een telefoon.'

'Loop maar mee', zei Eva Backman. 'Dat is geen probleem, het halve politiebureau is op vakantie.'

Toen hij alleen was, realiseerde inspecteur Barbarotti zich dat er nog geen etmaal verstreken was sinds hij uit Visby was vertrokken. Het leek wel een maand.

En ergens daarbuiten liep een moordenaar rond, die een zeker overwicht had.

Het leverde niets op.

Dat was het einde van het liedje.

Het was na achten 's avonds toen Barbarotti het politiebureau verliet. Van de zestien Anna's die ze te pakken hadden gekregen – en die allemaal zonder dat ze het wisten al eerder door de politie waren gebeld – was er niet één die met Erik Bergman in verband kon worden gebracht. Slechts twee wisten wie hij was, de ene omdat haar man bij een bedrijf werkte dat naast Bergmans IT-bedrijf aan Järnvägsgatan zat, de andere omdat ze op school in een parallelklas had gezeten. Acht van de Anna's waren thuis in Kymlinge, vijf van hen hadden van de moord gehoord. Vier Anna's hielden zich op andere plekken in Zweden op, vier waren op vakantie in het buitenland.

En met drie hadden ze dus simpelweg geen contact kunnen krijgen. Het Gustabosyndroom, dacht Barbarotti somber toen hij Norra torg overstak. Haar kan ik ook al niet bereiken.

Er knaagde sowieso een onvrede in hem.

Waar zijn we in hemelsnaam mee bezig? dacht hij. We rennen rond als clowns zonder publiek. Het was dan wel een gulden regel dat je onbevooroordeeld te werk moest gaan, maar dit was één grote chaos. Wat dacht hij vanmorgen ook al weer? We spelen de moordenaar in de kaart.

Daar zat wat in. Als Lillieskogs tweede reden klopte – een dader die zeer methodisch te werk gaat – moest hij elke stap die ze hadden gezet, voorzien hebben. Wat iedereen voorzien zou hebben. Nietwaar?

Er was anderhalf etmaal verstreken sinds de moord op Erik Bergman. Ze hadden nog geen enkel spoor. Zelf had hij zijn aandacht de hele dag op iets anders gericht: een misdrijf dat nog niet gepleegd was. Zo makkelijk kon je de politiemiddelen sturen. Hij moest denken aan een oude slogan van het postbedrijf. *Een brief doet meer dan je denkt.* Was er niet ook een liedje dat zo heette?

En hij moest denken aan een bankoverval waarover hij een paar jaar geleden had gelezen. In Duitsland, als hij het zich goed herinnerde. De dader had gedreigd in één stad drie banken op te blazen, de politie had al haar middelen ingezet, en vervolgens had hij een andere, vierde bank beroofd.

Stel dat er morgen een nieuwe brief kwam met een nieuwe naam? Wat moesten ze dan doen? Stel dat een van de Anna's die ze gesproken hadden, begon te vermoeden wat er gaande was?

En het allerergste scenario: stel dat een van de Anna's

daadwerkelijk werd vermoord en het bekend werd dat de politie voorkennis had over de daad, maar verzuimd had voorzorgsmaatregelen te nemen?

Nee, dacht Gunnar Barbarotti. Als we morgen met ze gaan praten moeten we open kaart spelen. Koste wat kost.

Misschien konden ze de binnenlandse veiligheidsdienst bellen en vragen achtendertig man te sturen? Zo deden ze dat toch ook als ze toppolitici en dat soort lui moesten beveiligen? Twee per te beveiligen persoon? Maar er was natuurlijk wel een verschil tussen een minister en een doodgewone Anna Eriksson.

Waarom boden ze de Anna's niet aan zich op te laten sluiten in het politiebureau? Dat was veruit het makkelijkste en goedkoopste alternatief.

Toen die laatste gedachte bij hem opkwam, begreep hij dat hij naar huis moest en een paar uur moest gaan slapen.

Elke dag heeft genoeg aan zijn eigen kwaad. Een waarheid als een koe.

8

Maar hij deed geen oog dicht.

Het was weer hetzelfde liedje. Hij kon zijn ogen niet lang genoeg openhouden om te lezen, maar zodra hij ze sloot en probeerde te slapen, leek zijn hoofd wel een bijenkorf. Om half één stapte hij uit bed, pakte een biertje uit de koelkast en zette zich achter zijn bureau. Keek een tijdje in het donker door het raam naar de rivier Kymlingeån. Je kon zien dat het een droge zomer was geweest. De fletsgele ovalen van de straatlantaarns werden niet alleen door het water gereflecteerd, maar ook gefilterd, gematteerd; het water stond zo laag dat fietsen en andere oude troep die erin was gegooid uit de klei omhoogstaken. Het was geen fraaie aanblik. In die drab zou je niet eens iemand kunnen verdrinken, dacht inspecteur Barbarotti en hij nam een slok bier.

Waarom uitgerekend deze gedachte bij hem opkwam, kon je je afvragen.

Hij deed de lamp aan en sloeg een nieuw aantekenblok open. Hij kon maar beter wat structuur in zijn gedachten aanbrengen, dat bracht de bijenkorf doorgaans wel tot rust. Hij viste een pen uit een oud theeblik en dacht na; toen noteerde hij snel de namen van vier personen:

Erik Bergman
Anna Eriksson
Gunnar Barbarotti
Moordenaar

De vierde was weliswaar geen naam, dat wist hij, maar daar leek het hele spel om te draaien. Het vinden van deze naam. Hij omcirkelde alle vier de deelnemers. Het hielp niet. Hij zette een kruisje achter 'Moordenaar' en staarde er een halve minuut naar, dat hielp evenmin. Hij scheurde het vel er uit, gooide het in de prullenbak en begon opnieuw. Tekende nu een vierkant en schreef in iedere hoek een naam. Onderstreepte de namen en verbond ze met diagonalen. Staarde een tijdje naar het resultaat. Scheurde het er uit en gooide het in de prullenbak. Onzin, dacht hij.

Begon vervolgens vragen te noteren. Na tien minuten had hij er twintig. Toen hield hij ermee op en dacht na. Ging na op welke vragen hij een antwoord kon geven, beet op zijn pen en concentreerde zich.

Na tien minuten had hij nog steeds nul antwoorden. Verdorie, dacht Gunnar Barbarotti, het gaat voor geen meter. Twintig vragen en niet één antwoord. Je kon niet zeggen dat het onderzoek erg opschoot.

Maar hij had er dan ook nog maar één dag aan gewerkt. Om de belangrijke antwoorden te vinden moest je eerst de belangrijke vragen stellen, dat was een goede oude regel. Hij overwoog heel even een gesprek met Onze-Lieve-Heer aan te gaan, maar had moeite de juiste woorden te vinden. Bovendien had hij er geen goed gevoel bij. De deal die ze vijf jaar geleden waren aangegaan, impliceerde – als hij het zich goed herinnerde, er was helaas geen schriftelijke documentatie aangaande deze kwestie – dat hij geen directe hulp bij lopende onderzoeken mocht vragen. Onze-Lieve-Heer was, zoals gezegd, niet almachtig en al helemaal geen politieman, maar na een tijdje prakkeseren vond Barbarotti een compromis.

O, Heer, bad hij. Schenk dit versufte en vertroebelde politiemannenbrein een straaltje licht. Ik zit vast en ik weet niet waar ik het zoeken moet. Werp me een strohalm toe, genadige God, dit is eigenlijk geen echte puntenvraag, maar ach, wat kan mij het schelen. Als ik morgen ga lunchen en het gevoel heb dat ik de goede kant op ga, krijgt u er een punt bij. Oké? U zit trouwens al op elf punten boven de bestaansstreep, van harte gefeliciteerd.

Hij luisterde of hij antwoord kreeg, maar het enige wat hij hoorde was een motor die voorbijknetterde onder de kastanjebomen aan de overkant van de rivier. Vervelende herrieschopper, dacht Gunnar Barbarotti, hij maakt de hele stad wakker, iemand zou de politie moeten bellen.

Toen sloeg hij de rest van zijn bier achterover en staarde weer naar de vragen. Vijf minuten, dacht hij, ik geef het nog vijf minuten.

Of het door een soort goddelijke begeleiding kwam of niet, kon hij niet vaststellen, maar hij merkte dat er stukje bij beetje een idee werd uitgekristalliseerd uit zijn innerlijke kolenmijn, of misschien was zijn vermogen tot multitasking wel aan het reduceren tot niets ... Een zwart gat, wederom een jammerlijk bewijs dat mannen slechts één ding tegelijkertijd konden doen.

Maar het had met de Anna's te maken ... En met de eventuele relatie tussen de moordenaar en zijn slachtoffers.

Want als ... dacht inspecteur Barbarotti terwijl hij de Karlskerk in de ijle zomerduisternis half twee hoorde slaan ... want als je ervan uitging dat er inderdaad een relatie was tussen de moordenaar en zijn slachtoffers en tussen de slachtoffers onderling – dat het dus niet om een gek ging die namen uit het telefoonboek plukte – dan nam de moordenaar toch een enorm risico door de naam van zijn tweede beoogde slachtoffer op deze manier prijs te geven?

Want de kans bestond dat slachtoffer nummer twee slachtoffer nummer één kende. Of misschien was 'kende' te sterk uitgedrukt, corrigeerde inspecteur Barbarotti zichzelf, terwijl hij voorzichtig naar de keuken sloop om biertje nummer twee uit de koelkast te halen, behoedzaam en soepel als een panter, om te voorkomen dat zijn gedachtegang onderbroken werd, maar er bestond in elk geval een verband tussen die twee, vervolgens zou slachtoffer nummer twee de politie kunnen informeren over dit verband en ... en uiteindelijk een hint kunnen geven over hun kleinste gemeenschappelijke noemer, dat wil zeggen de moordenaar.

Dat wil zeggen de moordenaar, herhaalde hij in stilte voor zichzelf.

En als deze moordenaar inderdaad zo'n griezelige figuur was die minutieus methodisch te werk ging, zoals profiler Lillieskog had geopperd, dan zou het toch ...?

... Ja, dan zou het toch wel heel erg vreemd zijn als hij de politie de gelegenheid gaf om met Anna Eriksson te praten voor hij haar zou ombrengen! Precies.

Precies. Gunnar Barbarotti nam een slok bier en staarde door het raam naar buiten. Schortte er iets aan deze redenering? Hij kon niets vinden. Maar wat betekende het voor hun onderzoek?

Het duurde een paar tellen voor hij het antwoord wist: ja, dat betekende kortweg dat de gesprekken met de zestien Anna's morgen geen moer zouden opleveren – nee, zo veel waren het er natuurlijk niet, een aantal zat immers elders, ver weg van Kymlinge, maar toch – omdat ...?

Omdat de Anna Eriksson die ze moesten hebben vrijwel zeker tot het kleine groepje van drie behoorde met wie ze geen contact hadden kunnen krijgen.

Als het echt de bedoeling was dat ze zou sterven, had ze vast niet lang meer te leven.

Of misschien was ze al dood.

Hij bleef zitten en overpeinsde deze conclusie in alle rust, terwijl hij ook het tweede biertje opdronk en het hem duidelijk begon te worden dat dit soort gevolgtrekkingen met name op dit tijdstip van de dag makkelijk gemaakt konden worden. Midden in de nacht, alleen aan een bureau met een biertje, een afnemende maan en een modderige rivier.

Maar de wetenschap dat zijn redenering hout sneed, woog minstens even zwaar. En toen dook het beeld van de hogere macht en het kaartspel weer op.

Kijk eens aan, dacht inspecteur Barbarotti. Vandaag is er weer een potje patience uit gekomen. Op de valreep.

Misschien.

's Morgens liep hij Eva Backman al bij het fietsenrek tegen het lijf.

'Ik heb vannacht iets bedacht', liet hij aarzelend weten.

Eva Backman knikte. 'Ik ook', zei ze. 'Ik eerst. Ik denk dat we ons op een van de drie Anna's moeten richten.'

'Nou ja, zeg', zei Barbarotti.

'Laat het me even uitleggen', zei Backman. 'Als het zo is dat ...'

'Stop', onderbrak Barbarotti haar. 'Ik ben tot precies dezelfde slotsom gekomen. Je hoeft het niet uit te leggen. We moeten alle gesprekken van vandaag afblazen, áls we al Anna's moeten bewaken, zijn het niet de Anna's die we gisteren gevonden hebben.'

'Nee', zei Eva Backman. 'Dat kunnen we niet maken. We kunnen die arme vrouwen niet een derde keer gaan bellen. Larsson en Killander kunnen met ze gaan praten, we maken een vragenlijst, dat kan geen kwaad. Het zijn er per slot van rekening maar acht. Maar geen woord over de brieven, ze mogen niet vermoeden waar het om gaat.'

Barbarotti dacht na. 'Goed', zei hij. 'Misschien heb je gelijk. Maar wij moeten uit die overige drie de juiste zien te vinden.'

Toen ze door de deur naar binnen liepen, legde ze heel even haar hand op zijn arm. 'Gunnar,' zei ze, 'ik heb hier een heel onbehaaglijk gevoel over. Volgens mij ... volgens mij hebben we dit keer met een zeldzaam lugubere figuur te maken.'

Hij bleef staan en keek haar aan. Realiseerde zich plotseling twee dingen.

Hij had haar nog nooit zoiets horen zeggen.

En ze had waarschijnlijk volkomen gelijk.

'Heel goed mogelijk', zei hij. 'Maar we moeten het toch oplossen.'

Om kwart voor negen was het aantal onvindbare Anna's al van drie naar twee geslonken. Rechercheassistent Molin klopte bescheiden op Barbarotti's deur om hem te vertellen dat ze contact hadden gehad met ene Anna Eriksson, 42 jaar, die met haar man en kinderen met vakantie was op de Lofoten. Het bereik van haar mobiele telefoon was in het hoge noorden niet je van het, zo bleek, maar nu zat ze in een café in de hoofdstad, Svolvær, waar ze dus wel bereikbaar was. Waarom wilden ze haar spreken?

Daar was Molin niet op ingegaan, de politie was op zoek naar iemand met haar naam, maar omdat ze op dit moment blijkbaar niet in Kymlinge was, kon het niet om haar gaan.

Daar kon je toch wel van uitgaan? wilde Molin weten. Dat het niet om die Anna ging. Barbarotti beaamde het en bedankte de assistent, die de gang weer in verdween.

Bleven er nog twee over.

De ene was Anna Eriksson van Grimstalundsvägen 32.

Ze was zesenvijftig jaar, gescheiden en had twee volwassen kinderen, woonde alleen, werkte als biomedisch analist in het ziekenhuis, maar zat nu in haar derde vakantieweek en had er nog één te gaan. Ze had een mobiele telefoon maar nam al twee dagen niet op.

Anna Eriksson nummer twee was 34 jaar oud en woonde op Skolgatan 15. Volgens de informatie die ze hadden, werkte ze op een reclamebureau dat Sfinx heette, maar dat was tot begin augustus dicht. Ze was niet getrouwd en aangezien ze een eenkamerappartement van krap veertig vierkante meter had, kon je ervan uitgaan dat ze alleen woonde.

'Skolgatan 15 is hier maar drie minuten vandaan', constateerde Eva Backman, die het laatste half uur bij hem op de kamer had gezeten. 'Ik ga er even heen, met de buren praten, voor ze allemaal de stad uit zijn.'

Gunnar Barbarotti knikte en keek even uit het raam.

Ze had gelijk. Het hogedrukgebied zengde.

'Doe maar', zei hij. 'Maar het lijkt me nog iets te vroeg voor een huiszoeking.'

'Misschien is ze wel thuis', zei Eva Backman optimistisch. 'Misschien hebben we wel een oud telefoonnummer van haar. Daarna ga ik verder met de Anna van Grimstalundsvägen.'

'Doe maar', herhaalde Barbarotti en hij begon de mouwen van zijn overhemd op te rollen. 'Ik bewaak het thuisfront wel.'

Het thuisfront bleek die ochtend uit briefings en verslagen te bestaan, die drie uur in beslag namen. Astor Nilsson en profiler Lillieskog waren allebei aanwezig, ze logeerden in het Kymlinge Hotell. Ook commissaris Asunander bevond zich het grootste deel van de tijd in de briefingruimte, maar bracht niets te berde. Stond in een hoek op zijn tanden te zuigen en leek de bijeenkomst met een grimmige en ondoorgrondelijke blik in de gaten te houden.

Ongeveer zoals je er op de begrafenis van je schoonmoeder bij staat, dacht Barbarotti op een gegeven moment.

Als eerste was forensisch arts Kallwrangel aan de beurt. Tot een jaar geleden heette hij nog Karlsson, en hoe hij ooit toestemming had kunnen krijgen voor zijn nieuwe achternaam was regelmatig onderwerp van gesprek op het politiebureau. Er had zelfs een ingezonden brief over in het personeelsblad gestaan, onder het pseudoniem Ballwinckel.

Maar de naamkwestie stond nu niet op de agenda. Kallwrangel deed er vijfentwintig minuten over om omstandig uiteen te zetten wat iedereen al wist, namelijk dat de zesendertigjarige Erik Bergman dinsdagochtend vroeg bij Kymlingeån ter hoogte van Tillgrens Tuincentrum de dood had gevonden als gevolg van vijf messteken, waarvan er minstens twee op zich al dodelijk waren, en dat hij bij de laatste messteek vermoedelijk al buiten bewustzijn was. Het was niet mogelijk onweerlegbare conclusies te trekken over de dader op grond van de verwondingen toegebracht op het lichaam van het slachtoffer, maar het was zeer waarschijnlijk dat de bewuste persoon een behoorlijke fysieke kracht moet hebben gehad en dat hij (of mogelijkerwijs maar niet logischerwijs zíj) rechtshandig was. Er waren geen sporen van een worsteling, de moordenaar had niets op het lichaam van het slachtoffer achtergelaten wat aan de hand DNA-onderzoek een identificatie zou kunnen opleveren. Het tijdstip van de moord werd geschat tussen 06.40 uur en 06.50 uur, het lichaam was zoals bekend om 06.55 uur aangetroffen.

Het tweede deel van Kallwrangels uiteenzetting was gewijd aan de manier waarop het mes Bergmans lichaam op de verschillende plaatsen was binnengedrongen en aan een globale schatting van de vorm van dit mes. Eén snijkant, recht lemmet, scherpgeslepen, tussen de vijftien en achttien centimeter lang en op het breedste stuk krap drieënhalve centimeter breed.

'Een soort keukenmes?' vroeg Astor Nilsson.

'Zoiets', zei Kallwrangel, en omdat verder niemand vragen had, gaf hij het woord aan het hoofd forensische opsporing, die wel nog steeds Carlsson heette, zij het met een c.

Carlsson begon met de plaats delict. Het resultaat was negatief, legde hij uit. Er was niets gevonden wat wees op de identiteit van de dader, de ongesnoeide bosschage pal naast de plaats van het misdrijf leek op sommige plekken platgetrapt te zijn, mogelijk had de moordenaar zich daar schuilgehouden in afwachting van zijn slachtoffer, maar meer viel er op dit moment niet over te zeggen. Ook was er niets bruikbaars op de kleren van Bergman – een korte broek en een T-shirt met reclame voor zijn IT-bedrijf, Informatex – aangetroffen, het leek bijna of degene die Erik Bergman om het leven had gebracht hem niet eens had hoeven aanraken. Althans, anders dan met het lemmet van zijn mes. Vijf keer.

Daarna ging Carlsson verder met de twee brieven. Die lagen momenteel weliswaar voor nadere analyse in het Nationaal Forensisch Laboratorium in Linköping, maar er kon toch wel iets over gezegd worden. Er waren geen vingerafdrukken veiliggesteld, op de envelop noch op de brief zelf, evenmin had de briefschrijver zijn speeksel hoeven te gebruiken om de postzegel erop te plakken, aangezien die van het moderne, zelfklevende soort was. In de envelop was iets gevonden wat mogelijk een haar van een kat zou kunnen zijn. Of eerder een deeltje van een kattenhaar, maar daarover zou in het rapport uit Linköping hopelijk meer informatie staan.

'Een kat?' zei Gunnar Barbarotti.

'Hm, ja', zei Lillieskog. 'Ja', zei hij. 'Het is niet ongebruikelijk dat dit soort daders huisdieren hebben.'

'Dank je', zei Barbarotti. 'Ga verder.'

Commissaris Carlsson ging verder. Het papier en de envelop die de moordenaar had gebruikt, waren heel standaard, in elk geval in Zweden. De pen was een Pilot met een doorsnee van 0,7 millimeter, precies zoals al werd vermoed. Wat betreft de plaats waar de brief was gepost, achtte men Göteborg niet onwaarschijnlijk. In beide gevallen.

'Niet onwaarschijnlijk?' vroeg Astor Nilsson.

'Exact', zei Carlsson. 'Daar zal Linköping ook uitsluitsel over geven.'

'Oké', rondde Barbarotti het af. 'Nog meer van de forensische opsporing?'

Dat was er niet. Daarom gingen ze over op wat de gesprekken met de familie, kennissen en buren van Erik Bergman hadden opgeleverd. Er waren zesendertig gesprekken gevoerd, en om iedereen daar een enigszins begrijpelijk overzicht van te geven, had inspecteur Gerald Sommerman, alias Somberman, de taak op zich genomen alle banden te beluisteren en uitgeschreven verslagen te lezen. Hoe hij dat voor elkaar had gekregen, was een mysterie, maar Somberman had sowieso de reputatie een mysterie te zijn. Rustig, zwijgzaam, ontoegankelijk en – zoals gezegd – een tikkeltje somber.

Het duurde bijna een uur, en het beeld van Erik Bergman werd hooguit iets duidelijker. Zelfs in zijn directe vriendenkring – drie, vier andere vrijgezellen met wie hij regelmatig ging stappen – zagen ze hem als iemand die je niet makkelijk leerde kennen. Een beetje een einzelgänger, werd er opgemerkt, hoewel hij een groot deel van zijn tijd in het uitgaansleven doorbracht. Zelfs als hij dronken was, en dat gebeurde af en toe, werd hij niet openhartig. Om dit te illustreren, citeerde Somberman een zekere Rasmus Palmgren, die Erik Bergman al vanaf de eerste klas kende: 'Je wist eigenlijk nooit wat je aan hem had. Het leek bijna altijd alsof hij liever ergens anders was. Je wist nooit wat hij dacht.' Erik Bergman was niet gierig, en als Somberman mocht raden, was het vooral die eigenschap die hem populair maakte. Hij had altijd genoeg geld en trakteerde vaak, er waren veel mensen die dat zeiden. Wat betreft mogelijke vijanden – mensen die op het idee zouden kunnen komen hem pakweg vijf keer met een mes te steken – kon niemand ook maar één tip geven. Erik stond niet bekend als iemand die ruzie zocht; als het tot een handgemeen kwam of als er stemmen werden verheven, trok hij zich het liefst terug. Een bijzondere aantrekkingskracht op vrouwen leek hij niet te hebben. Hij was niet geïnteresseerd in vrouwen, had dezelfde Palmgren uitgelegd, en vrouwen waren niet geïnteresseerd in hem. Was hij homo? Die vraag was aan verschillende getuigen gesteld, maar niemand had hem eenduidig bevestigend kunnen beantwoorden. Tegelijkertijd hield ook niemand het voor honderd procent onmogelijk. Geconcludeerd kon worden dat Erik Bergman over zijn seksleven – voorzover hij dat had – even discreet was als over al het andere in zijn leven.

'De man zonder eigenschappen?' vroeg Astor Nilsson.

'Zo zou je het kunnen noemen', zei Somberman, en Gunnar Barbarotti kon zweren dat er een vage blos op de wangen van de inspecteur verscheen. Die karakterisering was ook op hemzelf van toepassing. En het was duidelijk dat hij zich dat realiseerde.

De vrouw met wie Erik Bergman tien jaar geleden enkele maanden had samengewoond, hadden ze niet kunnen traceren, deelde Somberman mee. Haar naam was Ulrika Sigridsdotter, enkele ondervraagden wisten te vertellen dat ze vrij snel nadat zij en Erik uit elkaar waren gegaan in het buitenland was gaan wonen.

Sombermans presentatie duurde nog twintig minuten, maar in dit stadium had Gunnar Barbarotti zijn aandacht er al niet meer bij.

Stel dat de moordenaar hem toch lukraak had uitgekozen, dacht hij. Volgens Lillieskog was dat immers mogelijk. Wat heeft het dan voor zin om die dode man helemaal binnenstebuiten te keren?

Als er geen logisch verband was tussen de moordenaar en het slachtoffer.

Als evengoed iemand anders neergestoken had kunnen worden.

Alleen al de gedachte aan een dergelijke willekeur gaf Barbarotti een onbehaaglijk gevoel, dat hij bijna niet kon verdragen. Omdat die iets duidelijk maakte ... Maar wat precies? Een onweerlegbare waarheid over het leven en zijn intrinsieke breekbaarheid. Dat iedereen op elk willekeurig moment getroffen kon worden. Heden rood, morgen dood, de afstand tussen leven en niet meer leven kon in millimeters en fracties van seconden worden gemeten; je kon prognoses doen en bijna kloppende kansberekeningen maken, maar als je je op een dag in het schemergebied bevond, kon dat niet anders betekenen dat een van de berekeningen foutief was. Nietwaar? Hoewel het aantal moordslachtoffers in het land jaar in jaar uit redelijk stabiel was, betekende dat nog niet dat een individueel slachtoffer het resultaat van een werkend principe was. De dood was het enige wat zeker was in het leven en toch kwam die altijd als een verrassing. Bijna altijd, althans.

Ik weet bijvoorbeeld niet met zekerheid of Marianne op dit moment nog leeft, dacht hij en een onderhuidse paniek maakte zich van hem meester – toen schoot het hem te binnen dat het donderdag was en dat haar kinderen vandaag naar Gotland zouden komen, mét een mobiele telefoon. Vrijwel tegelijkertijd realiseerde hij zich dat hij daar het nummer niet van had. Misschien was het mobieltje van een van haar kinderen en niet van Marianne? Maar hij zou eerst haar nummer proberen, natuurlijk zou hij dat doen, dat kon sowieso geen kwaad; hij zou er in elk geval voor zorgen dat hij zijn telefoon aan had staan en binnen handbereik had, zodat hij haar eerste telefoontje niet zou missen. Hij had overigens erg veel zin om op dit moment de ruimte te verlaten en een poging te wagen, misschien waren ze wel met de vroege ochtendboot gekomen? Áls die er was, tenminste.

Hoe zou mijn leven er over exact vijf jaar uitzien? dacht hij vervolgens onverwacht. Ben ik dan met Marianne getrouwd? En waar woon ik dan? Ik kan haar toch niet naar Kymlinge laten verhuizen? Maar aan de andere kant, wat houdt me hier eigenlijk? Niets. Mijn kinderen wonen niet meer bij me, ik ben zo vrij als een vogel in de lucht en kan gaan en staan waar ik wil.

En vervolgens – terwijl Somberman doorpraatte – rolden zijn gedachten als een sneeuwbal van een helling.

Ben ik over vijf jaar nog wel rechercheur? Waarom verdiep ik me niet wat meer in de rechtswetenschap? Ik heb inmiddels genoeg van de keerzijde gezien ... Alhoewel, officier van justitie zijn lijkt me ook geen pretje. Kijk maar naar Domme Ramundsen of Sylvenius, vreugdelozere types waren moeilijk te vinden. Het is trouwens helemaal niet gezegd dat ik over vijf jaar nog leef. Zat ik daar zo-even niet over na te denken? Het leek wel of ik tijdens Carlssons briefing een kleine beroerte kreeg, ze kunnen heel klein zijn en je moet niet denken dat je niks kan overkomen alleen maar omdat je nog geen vijftig bent ...

Toen Somberman zijn uiteenzetting eindelijk afrondde door mee te delen dat er nog een aantal belangrijke verhoren moest worden afgenomen en dat alle rapporten in de gebruikelijke mappen te vinden waren, hing Gunnar Barbarotti's hersenactiviteit vlak boven het nulpunt. Of misschien vlak eronder; het kostte hem erg veel moeite zijn ogen open te houden, het enige wat hij zeker wist was dat hij een soort jetlag had van de reis naar Gotland.

En dat hij momenteel vermoedelijk niet 's werelds effectiefste rechercheur was.

9

‘Er is iets mis in mijn hoofd. Ik kan geen briefings meer bolwerken.’

Eva Backman keek hem aan met een sombere glimlach op haar gezicht. ‘Er is zeker iets mis is in je hoofd. Maar dat je een drie uur durende briefing niet kan bolwerken, wijst daar niet op.’

‘O, nee?’ zei Barbarotti. ‘Goed, als mevrouw de inspecteur dat zegt. Hoe ging het met de Anna’s?’

‘Een van hen krijg ik misschien vanmiddag te pakken’, liet Backman weten. ‘Die van Grimstalundsvägen. Ze houdt zich waarschijnlijk schuil in Värmland met een geheime minnaar. In de buurt van Grums.’

‘Wacht even’, zei Barbarotti. ‘Was ze niet zesenvijftig en alleenstaand? Waarom heeft ze dan een geheime ...?’

‘Wat ben je weer vooringenomen’, zei Backman. ‘Het geheime is natuurlijk wat hun verhouding spannend maakt, dat snap je toch wel, ook al is er iets mis in je hoofd? Maar in dit geval is het mogelijk dat de minnaar getrouwd is.’

‘Op grote afstand van Grums?’

‘Op grote afstand van Grums.’

Gunnar Barbarotti leunde achterover op zijn stoel en dacht na. ‘Interessant’, zei hij. ‘Dat mensen zulke interessante levens leiden, dat verwacht je toch niet ... Ik bedoel op zo’n hoge leeftijd. Met ons werk krijg je daar een inkijkje in.’

Inspecteur Backman zuchtte.

‘Zullen we proberen ons een beetje te concentreren?’

stelde ze voor. 'Dit krijg ik over een paar uur bevestigd. Misschien krijg ik haar ook nog te spreken. Maar met de andere Anna ging het minder goed.'

'Minder goed?' vroeg Barbarotti.

'Helemaal niet goed, eigenlijk. Ik heb een paar buren van haar gesproken, ze woont in een van die appartementencomplexen in Skolgatan, ze kennen elkaar daar behoorlijk goed ... en een vriendin. Daardoor ben ik nu niet gerust.'

'Hoezo?' vroeg Barbarotti en hij pakte er een pen en blocnote bij. 'Waarom ben je niet gerust?'

'Omdat die vriendin en Anna half en half besloten hadden om deze vrijdag naar Gotland te gaan ... Ja, morgen dus ... en ze heeft de hele week niks van zich laten horen. Sinds zondag niet meer.'

'Gotland?' zei Barbarotti.

'Jij bent niet de enige die daar in de zomer naartoe gaat, als je dat soms dacht', bracht Backman hem geduldig op de hoogte. 'Hoe dan ook, die vriendin vond het vreemd dat ze haar niet te pakken kon krijgen. Toen ik haar vroeg wat daar de reden van kon zijn, zei ze dat het vast met die stomme Conny te maken had.'

'Conny?'

'Je herhaalt steeds elk woord dat ik zeg, met een vraagteken erachter, heb je dat wel in de gaten?'

'Dat doe ik helemaal niet', zei Barbarotti. 'Maar ik ben een beetje moe. Wie is Conny?'

'Een man met wie ze scharrelt, kennelijk. Of vriendje, of hoe je het ook wilt noemen. Ze hebben ... Ja, de laatste tijd modderen ze wat aan. Het is een raadsel wat Anna in die klootzak ziet, beweerde de vriendin.'

'Helder. En wat zegt Conny de klootzak zelf?'

'Ik heb nog geen contact met hem gehad', stelde Eva

Backman met een nieuwe zucht vast. 'Hij heet Conny Härnlind. Zelfstandig ondernemer in klimaatsystemen. Het bedrijf is wegens vakantie gesloten, hij heeft drie telefoons, ik heb op alle drie een boodschap achtergelaten.'

'Is er een verband tussen Härnlind en Bergman?'

'Ik heb nog niks gevonden.'

'Goed', zei Barbarotti. 'Dus nu hoeven we alleen nog maar te wachten tot we gebeld worden.'

'Precies', zei Backman. 'Heb je hier niet toevallig een leuk spel liggen dat we in de tussentijd kunnen spelen?'

Een minuut nadat Backman hem alleen gelaten had – omdat hij zelfs geen spel kaarten in zijn werkkamer had liggen of om een andere reden – kwam Astor Nilsson al binnen met een vel papier.

'Neem me niet kwalijk, waarde collega,' zei hij, 'maar ik heb nieuwe informatie over de zaak.'

'Geweldig', zei Barbarotti. 'Laat maar horen.'

Astor Nilsson schraapte zijn keel. 'Er zijn maar liefst twee onafhankelijke getuigen die Erik Bergman die noodlottige ochtend tijdens zijn hardlooprondje hebben gezien.'

'Kijk eens aan', zei Barbarotti.

'De ene getuige is een hardloper die hem rond 06.20 uur ter hoogte van de ophaalbrug heeft gezien, de andere is een hardloper die hem om 06.25 uur ter hoogte van de watertoren tegenkwam. Geen van beiden heeft iets aan Bergman gezien wat erop duidde dat hij weldra zou worden vermoord.'

'Een te hoge snelheid vermindert het observatievermogen', zei Barbarotti. 'Dat weet ik uit ervaring. Zeiden ze nog meer?'

'Helaas niet. Het was natuurlijk interessant geweest als

ze in de buurt van de plaats delict iemand anders op het pad hadden gezien, maar dat is niet het geval. Geen van beiden.'

'Maar ze zijn er allebei langsgelopen?'

'Ja, een kwartier respectievelijk tien minuten eerder.'

'Het is dus mogelijk dat de moordenaar zich daar toen al schuilhield?'

'Dat kan, hij moet hoe dan ook onderweg zijn geweest ernaartoe', zei Astor Nilsson. 'Maar die ochtendrenners hebben dus geen bal gezien. Jammer, vind je ook niet?'

'Ga zitten', zei Barbarotti. 'Hoe komt het eigenlijk dat je aan ons bent uitgeleend? Ik bedoel ...'

'Ik word voortdurend uitgeleend', legde Astor Nilsson vriendelijk uit en hij ging zitten. 'Dat is sinds twee jaar het geval. Ik was het bij een bepaalde zaak niet eens met mijn chef en hij kon het niet verkroppen dat ik gelijk kreeg. Hij kan me natuurlijk niet de laan uitsturen, maar zodra er ergens binnen een straal van twintigduizend kilometer rond Göteborg versterking nodig is, spring ik bij. En eerlijk gezegd heb ik er weinig moeite mee. Zo kom je nog eens ergens.'

'Maar je bent commissaris?'

'Zeker.'

Gunnar Barbarotti nam hem op. De frustratie waaraan Astor Nilsson de dag ervoor na zijn ochtend met Asunander uiting had gegeven, leek van hem afgegleden te zijn. Hij maakte bijna een goedmoedige indruk, terwijl hij daar tegenover hem zat, met zijn ene been over zijn andere geslagen en op en neer wippend met zijn blote voet in zijn sandaal. Zongebruind, kortgeknipt en uitgedund haar en een lichaam dat zo'n honderd kilo moest wegen. Zonder overigens dik te zijn. Een evenwichtige stormram, stelde Barbarotti vast. Een man van vijfenvijftig, die het een en ander in het leven opgestoken had.

'Hoe denk jij dat het zit?'

Astor Nilsson maakte een gelaten gebaar met zijn handen.

'Al sla je me dood', zei hij. 'Maar het zint me niks. Met zo'n type heb ik nog nooit te maken gehad. En ik kom niet bepaald net kijken.'

Barbarotti knikte. 'Hoe doen we het, vind je? Zien we iets over het hoofd?'

Astor Nilsson haalde zijn brede schouders op. 'Volgens mij niet. Ik zeg het liever niet, maar in feite zitten we op een volgend slachtoffer te wachten. Er moet een verband zijn tussen die Bergman en een van die Anna's.'

'Precies', zei Barbarotti. 'En als ik inspecteur Backman goed heb begrepen, is ze de juiste bijna op het spoor.'

'De juiste Anna?'

'Ja. Maar ze is al een paar dagen niet gesignaleerd, dus dan ga je dingen vermoeden.'

'Niet te geloven', zei Astor Nilsson. 'Jullie gaan effectief te werk op dit bureau.'

'Ach', zei Barbarotti. 'Soms misschien. Maar we weten natuurlijk niet zeker of we op de goede weg zitten. Het kan evengoed een van de anderen blijken te zijn.'

'Of iemand uit Edsbyn of Kuala Lumpur?'

'Bijvoorbeeld. Ik denk niet dat we veel reden hebben om optimistisch te zijn.'

Dat hadden ze vijf uur later evenmin, kon Gunnar Barbarotti vaststellen toen hij zijn fiets uit het fietsenrek op de binnenplaats van het politiebureau haalde. Het was kwart voor acht, het was een prachtige zomeravond en ene Anna Eriksson van Skolgatan was de hele middag niet opgedoken. Ook Conny de klimaatsysteemklootzak had geen gehoor gegeven aan de oproep van de politie om contact op te nemen, maar dat was niet wat inspecteur Barbarotti het meest dwarszat.

Hij had niets uit Gotland gehoord.

'Wat kijk je somber', merkte Eva Backman op.

'Het leven is een slechte grap', zei Barbarotti.

'Fiets naar huis en bel Marianne', stelde Backman opgewekt voor. 'Dan zal de inspecteur zien dat hij er weer zin in krijgt.'

'Bedankt voor de tip', zei Gunnar Barbarotti. 'Maar je gaat maandag dus niet op vakantie?'

Ze schudde haar hoofd. 'Ik heb het een week uitgesteld. Ville gaat alvast met de kinderen naar het zomerhuisje en ik ga volgende week vrijdag.'

Ze stapten op de fiets, zij aan zij. Ze klonk niet erg ontevreden over de regeling, stelde Barbarotti enigszins verbaasd vast, waarna hij bedacht dat hun levensomstandigheden opvallend van elkaar verschilden. Die van hem en die van Eva Backman. Toch waren ze bijna even oud, ze waren beide rechercheur en hadden allebei drie kinderen.

Alleen bevonden zijn kinderen zich op deze heerlijke avond ver bij hem vandaan. Eén in Londen en twee in Kopenhagen. Ineens voelde het pijnlijk ver weg. Eva Backman zou over tien minuten haar rijtjeshuis binnenstappen en al haar drie kinderen zien. En haar man bovendien. Ja, het was zeker anders.

'Waar denk je aan?' vroeg ze.

'Niks bijzonders', zei hij. 'Ik sla hier af, tot morgen.'

'Slaap lekker en droom fijn', zei inspecteur Backman en ze wierp hem een kushand toe.

Precies, dacht hij. Eenzame mensen zouden daar recht op moeten hebben. Een rijk droomleven bij gebrek aan iets anders.

Het was kwart over tien toen ze belde. Toen hij haar stem hoorde, wist Gunnar Barbarotti hoe het moest voelen als je op het nippertje van de verdrinkingsdood werd gered. Tegelijkertijd schrok hij bijna van de golf van emoties die hem overspoelde; het bloed bonkte in zijn slapen en zijn tong plakte aan zijn gehemelte. Marianne – op haar beurt – klonk volkomen rustig en normaal.

Wat gebeurt er met me? dacht hij ontzet. Moet je mijn hand zien die de telefoon vasthoudt, hij beeft helemaal!

Marianne legde uit dat er iets mis was met het mobieltje dat haar kinderen hadden meegenomen, daarom had het zo lang geduurd voor ze iets van zich had laten horen.

'Dus je staat in de keuken van Hagmund en Jolanda?' vroeg Barbarotti.

'Precies', zei Marianne. 'Het is een beetje laat geworden, maar ze lagen gelukkig nog niet op bed. Hoe gaat het?'

'Ik ... ik mis je', zei Gunnar Barbarotti en hij slaagde erin te slikken.

'Fijn. Daarom moet je elkaar af en toe niet zien. Om elkaar te missen. Hebben jullie die briefschrijver al te pakken?'

'Nee', gaf Barbarotti toe en hij merkte dat hij helemaal geen zin had om met Marianne over zijn werk te praten. Maar het was natuurlijk heel logisch dat ze ernaar vroeg. De briefschrijver was immers de reden dat hij Gustabo voortijdig had moeten verlaten. Daarom zaten ze ieder aan de andere kant van een telefoonlijn in plaats van tegen elkaar aan. 'Maar we zijn er druk mee bezig', zei hij. 'Hoe gaat het daar? Zijn je kinderen goed aangekomen?'

Ze lachte. 'Jazeker. Maar ze waren een beetje teleurgesteld omdat ze de rechercheur waren misgelopen. Je ligt goed bij ze, liefste.'

Ik heb ze in de luren gelegd, dacht Gunnar Barbarotti.

Ik heb ze alle drie zand in de ogen gestrooid. Hoe heette dat ook al weer? Het Groucho Marxsyndroom? Het bijzondere fenomeen dat je geen lid wilt worden van een club die jou als lid accepteert.

'Ach', zei hij. 'Je weet hoe pubers zijn, ze wisselen vaker van mening dan van sokken.'

Na een tiental volzinnen van ongeveer hetzelfde niveau van verfijning liet Marianne haar stem zakken en onthulde dat ze aan het ovuleren was en het een beetje beu was om alleen in een bed te slapen dat geschikt was voor twee. Gunnar Barbarotti liet op zijn beurt weten dat hij niet aan het ovuleren was, maar bereid was alle resterende dagen van zijn leven – of nachten, beter gezegd – met haar in een bed te slapen dat hooguit geschikt was voor een klein hondje of iets van die omvang. Toen kwam Jolanda de keuken in om iets te doen, dat was zelfs in Kymlinge te horen. Marianne slaakte een diepe zucht, wenste hem welterusten en beloofde een dezer dagen naar Visby te gaan om een nieuw mobieltje te kopen. Het liefst zonder medeweten van haar kinderen, ze wilde niet te veel aan de Gustaboregels tornen.

Toen ze opgehangen hadden, ging Gunnar Barbarotti met een biertje op het balkon zitten. Niet te geloven, dacht hij. Ik wist niet dat ze zo veel voor me betekende. Als ik haar kwijtraak, schiet ik een kogel door mijn kop.

Hij bleef nog even zitten, terwijl hij zijn bier opdronk en naar de restanten van de zonsondergang keek – die als een uitgesmeerde, vaalbleke luchtspiegeling boven Pampas en achter de flats van Ångermanland hing. En de kauwen, die in dolende, krijsende hordes aan kwamen vliegen om hun slaapplaats op de daken van de stad en in de iepen van het stadspark in te nemen, die bekeek hij ook. Ze waren vroeg dit jaar, was het niet? Hij associeerde de kauweninvasie altijd met de koelere herfstavonden. Eind augustus en september. Maar natuurlijk waren ze er het hele jaar door, zij ook, net als alle andere levende wezens. *A man without a woman*, dacht hij toen, maar ook deze avond kwam de rest van de tekst niet bovendrijven ... *is like a ...*?

Toen hij zijn bier ophad, slaagde hij er eindelijk in zich te ontworstelen aan zijn zelfmedelijden en een paar gedachten aan het lopende onderzoek te wijden. De moordenaar.

De briefschrijvende moordenaar. Het waren natuurlijk de brieven die het allemaal zo bijzonder maakten. Die maakten het zo uniek. Als ze alleen een doodgestoken man hadden gevonden, waren ze ook met man en macht op zoek gegaan, maar dan zou de zaak niet dezelfde urgentie hebben gehad. De kranten hadden de naam van de dode man nog niet bekendgemaakt, maar hij wist dat dat de volgende dag zou gebeuren. Dat was waarschijnlijk een goede beslissing.

Zou het ook een goede beslissing zijn om de brieven en Anna Erikssons naam bekend te maken? Misschien konden ze op die manier iemand vinden die iets wist?

Maar zo kon je ook makkelijk paniek zaaien. En als er iets was wat vooral de sensatiekranten graag deden, was het dat wel. De ingewortelde angsten, frustraties en woede van mensen op één punt projecteren: een zondebok. Vroeger waren dat bevolkingsgroepen, joden, zigeuners of communisten, tegenwoordig waren het individuen. Een minister bijvoorbeeld. Of een acteur met een drankprobleem. Of waarom niet een argeloze rechercheur uit Kymlinge? Dat was de intrinsieke motor van de hetze. Zo ging het al sinds er kranten bestonden, en het werkte vooral uitstekend in deze tijd, een tijd waarin vulgariteit en vunzigheid de toon zetten.

En waarin de nieuwe opgespoten lippen van een tv-blondine met nepborsten groter nieuws vormden dan een genocide in een ander deel van de wereld dan het centrum van Stockholm. Verdomme, dacht Gunnar Barbarotti. Is dit land ooit oppervlakkiger geweest? Is de sensatiepers ooit slechter geweest?

Hij vroeg zich af in hoeverre de moordenaar zich hiervan bewust was. Of hij met opzet die brieven schreef, omdat hij wist dat ze het werk van de politie in verschillende opzichten zouden bemoeilijken. Vooral op het moment dat het in de media kwam. Want het is een feit, dacht Barbarotti, terwijl hij een nieuwe zwerm kauwen gadesloeg, die na een sierlijke aviatische rondgang op de nok van de Katedralschool plaatsnam, dat twee aanwijzingen niet per se beter zijn dan één. En al helemaal niet als de moordenaar zelf de ene had verstrekt met de bedoeling ...

Ja, met welke bedoeling?

Wat een irritante vraag. Buitengewoon irritant.

En wat zou er met Anna Eriksson gebeuren?

Nog irritanter.

Hiervoor gold hetzelfde, stelde Barbarotti vast en hij verliet het balkon. Liever één irritante vraag dan twee.

Bovendien waren ze beide een beetje beangstigend, wat de situatie er niet beter op maakte. Hij dacht aan de hand van Eva Backman op zijn arm vanmorgen. En het feit dat de brieven aan hem persoonlijk waren geadresseerd – rechercheur Gunnar Barbarotti in Baldersgatan in Kymlinge – was uiteraard ook een zorgwekkend gegeven.

Want wat betekende dat? Dat hij de dader op de een of andere manier kende? Dat hij zijn naam – als ze die eenmaal hadden – zou blijken te kennen? Het omgekeerde, dat de moordenaar wist naar wie hij de brieven stuurde, leek in elk geval zonneklaar. Of niet?

Verdomme, dacht Gunnar Barbarotti en hij keek hoe laat het was, als ik die ochtend de post niet van de postbode had aangenomen – of als hij maar een minuut later was gekomen – was ik nu ongeveer in Gustabo naast Marianne in bed gekropen. Volgens mij zou dat het onderzoek nauwelijks geschaad hebben.

Koolzaadveld, koeien, kerkhof, edel bos. Hier in Kymlinge was er een schreeuwend gebrek aan dat alles. Vooruit, er was een kerkhof.

Met nog meer van die sombere gedachten in zijn hoofd ging hij onder de douche staan.

10

'De klimaatsysteemklootzak is gelokaliseerd.'

Barbarotti keek op van zijn rapporten.

'Hè?'

Het was vrijdagochtend. Hij had acht rapporten gelezen, het rapport dat hij nu in handen had, was het negende. Het was geschreven door ene assistent Wennergren-Olofsson, die nogal breedsprakig was en het liefst twintig woorden gebruikte waar er maar drie nodig waren. Hij was ook de enige op het politiebureau die meer dan tien tellen nodig had om zijn handtekening te zetten: Claes-Henrik Wennergren-Olofsson.

'Conny Härnlind', verduidelijkte Eva Backman en ze deed de deur achter zich dicht. 'Dat mogelijke vriendje van Anna Eriksson van Skolgatan.'

'Dat weet ik nog wel', zei Barbarotti en snel sloot hij zijn ogen om aan de plotselinge reeks namen te ontkomen. 'Gelokaliseerd, zei je?'

'Precies. Hij zit in Thailand, maar niet samen met juffrouw Eriksson. Ook niet met een andere vrouw – een vrouw uit Kymlinge en omgeving bedoel ik dan. Hij is er een week geleden met een groepje mannen heen gegaan. Drie keer raden wat ze daar aan het doen zijn.'

'Over vooringenomenheid gesproken', zei Barbarotti.

'Sorry', zei Backman. 'Inderdaad, dat was misschien iets te kort door de bocht, ze zijn er vast heen gegaan om zich over filatelie en de oecumenische gedachte te buigen. Hoe dan ook, onze Anna is nog steeds niet terecht. Ik heb haar moeder gesproken, die weet ook van niks en normaal gesproken bellen ze elkaar zeker één keer per week. Ze woont in Jönköping. Wat me zorgen baart ...'

'Ja?'

'Wat me een beetje zorgen baart, is dat ze haar moeder ook verteld zou hebben dat ze naar Gotland zou gaan. Vandaag dus.'

'Wanneer?'

'Zondagavond. Haar moeder heeft haar deze week drie of vier keer gebeld, maar niet te pakken gekregen, dus ... Ja, ik weet het niet.'

'Potverdorie', zei Gunnar Barbarotti. 'Dat klinkt niet best. Ze heeft een mobieltje, neem ik aan?

'Ja.'

'We moeten nagaan of ze het deze week gebruikt heeft. Ik denk ...'

'Ik heb het net met Somberman besproken. Hij zou direct contact met de provider opnemen.'

'Mooi', zei Barbarotti. 'Dan krijgen we daar met een beetje geluk vanmiddag uitsluitsel over. Als een alleenstaande vrouw haar mobieltje in haar vakantie vier dagen niet heeft gebruikt, is er iets niet in orde.'

Hij verwachtte dat Eva Backman iets over vooringenomenheid zou zeggen – hij hoopte het bijna – maar dat deed ze niet. Jammer, dacht hij. Ze weet waar dit naartoe gaat, zij ook.

'Zullen we alvast een huiszoeking voorbereiden, of niet?' stelde ze in plaats daarvan voor. 'Als we ... Ja, als we zo'n soort bericht van de provider krijgen.'

Zo'n soort bericht? dacht Gunnar Barbarotti bij zichzelf toen ze zijn kamer had verlaten. Ja, zo kon je het natuurlijk verwoorden.

Een dun laagje taalkundige balsem over een zwerende werkelijkheid. Het was niet gebruikelijk dat Eva Backman zich zo uitdrukte.

Wat vast ook iets betekende, kon je aannemen. Hij moest weer denken aan de hand die ze op zijn arm had gelegd.

Hij zuchtte en boog zich weer over het aanzienlijk gezwollener proza van assistent Wennergren-Olofsson.

Astor Nilsson en profiler Lillieskog verlieten vrijdagmiddag om twee uur het politiebureau van Kymlinge. Astor Nilsson om na het weekend terug te keren, Lillieskog op de dag dat ze hem zouden oproepen.

'Ik heb vanmorgen nog een keer met vier kennissen van Bergman gesproken', deelde Astor Nilsson mee toen ze met vier koppen koffie en vier hypergeconserveerde amandelspijscakejes in de kantine afscheid namen. 'Zoals afgesproken. En ik durf op het graf van mijn moeder te zweren dat niemand van hen ook maar enig idee heeft wat het motief van de moord kan zijn. Het zijn dan wel geen koorknaapjes, maar als je de flauwekul er afschraapt blijven de feiten over. We gaan Erik Bergmans moordenaar niet in zijn kennissenkring vinden. Daar hoeven we niet meer te zoeken.'

'Er zijn er ook een paar op vakantie, niet?' zei Backman.

'Klopt', zei Astor Nilsson. 'Dat voorbehoud moeten we maken. Maar als je op vakantie bent, kun je niet tegelijkertijd thuis mensen neersteken.'

'Oké', zei Barbarotti. 'Laten we stellen dat je gelijk hebt. Waar moeten we dan gaan zoeken?'

'Op die vraag kan ik nu geen antwoord geven', zei Astor Nilsson. 'Maar ik ga er dit weekend thuis in Hisingen over nadenken. Als ik voor maandag iets bedacht heb, laat ik van me horen.'

'Uitstekend', zei Eva Backman.

'Jullie weten me te vinden als ik ergens mee kan helpen, hè', liet Lillieskog op zijn beurt weten. 'Ik vraag me trouwens af wat de uiterste houdbaarheidsdatum van deze cakejes was.'

'Ze horen bij een partij uit de tijd van voor de invoering van de uiterste houdbaarheidsdatum', informeerde Backman hem hulpvaardig. 'De jaren zestig, denk ik. Voel je vrij om de volgende de keer wat lekkers mee te nemen.'

Ze schudden elkaar de hand, wensten elkaar een fijn weekend en gingen uiteen.

'Ziezo', zei Backman toen ze alleen waren. 'Dat waren onze experts.'

'Inderdaad', zei Barbarotti. 'Nog niks van die provider?'
Backman schudde haar hoofd. 'Ze hebben beloofd om de specificaties voor drie uur te mailen, laten we dat maar geduldig afwachten. Heb je alle rapporten doorgenomen?'

Gunnar Barbarotti haalde zijn schouders op.

'Achtendertig van de tweeënveertig.'

'En?'

'Tja, wat Astor Nilsson zegt klopt, helaas. Er is niets wat ergens naartoe leidt. Ik ben het met hem eens, de moordenaar kan niet erg close met Erik Bergman zijn geweest. Althans, niet nu ... Er kan natuurlijk wel iets uit het verleden aan ten grondslag liggen, het duurt vaak even voor zulke dingen naar boven komen.'

'Ja, en meestal heeft iemand een reden om iemand te doden. Misschien ben ik een beetje ouderwets, maar ...?'

'Laten we het hopen', zei Barbarotti. 'Er is ook geen enkel verband met een van de Anna Erikssons gevonden. Er zit niet veel schot in.'

Eva Backman dronk haar koffie op en beet op haar lip. 'Nee, niet echt', zei ze. 'Maar de moordenaar moet iets van

Bergmans gewoontes hebben geweten. Hij wist dat hij die ochtend zou gaan hardlopen. Hij kan toch niet zomaar in die bosjes hebben staan wachten. Wat kunnen we daaruit opmaken?'

'Misschien heeft hij hem een paar dagen in de gaten gehouden', opperde Barbarotti. 'Vanuit zijn auto zijn gewoontes gevolgd.'

'En we hebben de buren natuurlijk gevraagd of ze een verdachte auto in de straat hebben gezien?'

Gunnar Barbarotti sloeg een vlieg gade die over zijn ontblote onderarm kroop. 'Daar heb ik niks over in de rapporten gelezen.'

'Fijn', zei Eva Backman en ze stond op. 'Goed dat we nadenken voordat we aan de slag gaan. Ik laat het je weten als ik bericht van de provider heb.'

'Doe dat', zei Gunnar Barbarotti.

Dat duurde niet meer dan twintig minuten en de uitkomst was even ondubbelzinnig negatief als hij en Backman hadden gevreesd. Anna Eriksson – woonachtig in Skolgatan in het centrum van Kymlinge en klant bij Telenor – had haar telefoon sinds vijf over elf dinsdagochtend niet meer gebruikt. Gedurende de ruim drie etmalen die sindsdien verstreken waren, had ze negenentwintig telefoontjes gekregen, maar niet één beantwoord. Ook zes sms'jes. Of die gelezen waren, viel niet te achterhalen, maar in elk geval was er niet één beantwoord.

Backman gaf de gespreksspecificatie aan Barbarotti. 'Dinsdag, elf uur', zei ze. 'Het eerste onbeantwoorde gesprek is om 12.26 uur geregistreerd. Wat denk jij?'

'Dat is dezelfde dag als waarop Erik Bergman is vermoord', zei Barbarotti. 'De brief over Anna Eriksson vond ik dinsdagnacht met de post. Dan kan ... Dan moet hij hem voor dinsdag op de bus gedaan hebben ... In Göteborg misschien? Hij zal ze toch niet ... allebei op één dag omgelegd hebben?'

Hij staarde Eva Backman aan alsof hij daadwerkelijk verwachtte dat ze met een adequaat antwoord zou komen – maar ze keek hem alleen maar aan met een lege blik en haar mond was samengeknepen tot een messcherpe streep. Bleef zo een tijdje zitten, volkomen roerloos met opgetrokken schouders en haar handen tussen haar knieën, voor ze antwoord gaf. 'Hoe moet ik dat nou weten?' zei ze uiteindelijk. 'Ik weet alleen wel dat het tijd wordt om een bezoekje aan Skolgatan te brengen. Sylvenius heeft ons daar een uur geleden toestemming voor gegeven.'

Gunnar Barbarotti keek op zijn horloge. 'Misschien een goede manier om de werkweek af te ronden', zei hij.

Het appartement was niet groot en ze vonden haar meteen.

Gedurende de eerste fractie van de eerste seconde voelde Barbarotti een soort perverse triomf. *We hebben gelijk! Zij is het! We zitten op het goede spoor!*

Daarna voelde hij alleen maar walging en onmacht. Anna Eriksson, vierendertig jaar oud, alleenstaand en werkzaam bij reclamebureau Sfinx in Fabriksgatan, was niet op vakantie naar Gotland gegaan. Naar een andere bestemming evenmin. Ze lag onder haar eigen bed in haar eigen huis op Skolgatan 15, ze was ingepakt in twee zwarte vuilniszakken, de ene aan de bovenkant en de andere aan de onderkant over haar heen geschoven, en ze rook niet fris. Aan de zoetige stank die haar dode lichaam afscheidde was in dit benauwde, warme appartement niet te ontkomen; ze hadden het meteen geroken toen ze de deur openmaakten, en toen Barbarotti op zijn knieën naast het keurig opgemaakte bed in de alkoof ging zitten en dit feit vaststelde – en vervolgens zijn rug rechtte – voelde hij een kortstondige duizeling, die niet zozeer werd veroorzaakt door wat hij zag, als wel doordat hij onbewust zijn adem een halve minuut had ingehouden.

'Doe de balkondeuren open', droeg hij inspecteur Backman op.

Het duurde weliswaar nog een uur voordat beide vuilniszakken door de arts en de forensisch rechercheurs naar behoren waren verwijderd – en nog een half uur voordat de eerste, voorlopige identificatie had plaatsgevonden (met behulp van een jong, geschokt stel van het appartement ertegenover) – maar enige twijfel over wie daar lag, had inspecteur Barbarotti gedurende deze lange negentig minuten niet gehad.

Eva Backman evenmin.

Ook was er weinig twijfel over de manier waarop Anna Eriksson om het leven was gebracht. Haar licht opgezwollen, bleke gezicht was relatief intact, maar werd omzoomd door een ovaal van donker, ingedroogd bloed, uitgesmeerd over haar slapen en omlaag langs haar wangen, en toen ze haar voorzichtig omdraaiden, waren de kneuzingen op haar kruin en boven haar linkeroor duidelijk te zien. Stomp voorwerp, dacht Gunnar Barbarotti automatisch en hij onderdrukte de misselijkheid die op kwam zetten. Mogelijk een ijzeren staaf. Mogelijk een honkbalknuppel. Mogelijk God mag weten wat.

Hij wisselde een blik met Backman en zag dat ze hetzelfde dacht als hij.

De methode. De moordenaar had niet dezelfde methode gebruikt.

Dat was ongebruikelijk. Een dader koos doorgaans voor één bepaalde handelwijze en hield zich daaraan. Een vuurwapen, een mes of zijn blote handen, alles naar aard en smaak. Maar in dit geval had de dader zijn methode dus gewijzigd. Waarom? dacht Barbarotti. Of ... konden ze er wel zeker van zijn dat het om dezelfde moordenaar ging?

Hij wist dat deze technische vragen in zijn hoofd opborrelden om een soort bescherming te vormen tegen de groteske aanblik van de vrouw op de vloer.

Want ze hadden toch zelden een zaak gehad waarbij ze zo zeker konden zijn? Maar de vraag moest toch gesteld worden. Twee moordenaars of één? Overhaaste conclusies vormden de grootste valkuil.

Onzin, dacht hij en hij wendde zijn blik af van het slachtoffer. Het staat als een paal boven water dat het om één dader gaat. Zouden we te maken kunnen hebben met twee verschillende briefschrijvers met hetzelfde handschrift? Of met één briefschrijver en twee verschillende daders? Welnee.

'Hoelang?' vroeg hij forensisch arts Santesson toen die even zijn rug rechtte en zijn bril rechtzette. 'Bij benadering?'

Santesson keek hem verstoord aan. 'Minstens vierentwintig uur. Waarschijnlijk langer. Ik neem aan dat je de geur herkent?'

'Jazeker', verzekerde Barbarotti hem. 'Het is dus niet onmogelijk dat ze hier al sinds dinsdag ligt?'

'Daar laat ik me niet over uit', zei Santesson. 'Maar niets is onmogelijk.'

Arrogante kwast, dacht Gunnar Barbarotti en hij wierp een vragende blik naar Backman. Had zij ook genoeg gezien?

Dat had ze, zo bleek. Gezamenlijk verlieten ze het appartement, op de stoep stonden ze een moment lang slaapdronken in het zonlicht met hun ogen te knipperen – alsof ze een paar tellen nodig hadden om zich opnieuw in de werkelijkheid te oriënteren. Toen herinnerde Backman zich weer waar ze de auto hadden geparkeerd en gebaarde Barbarotti in beweging te komen.

Ze hadden nog wat te doen.

De afronding van de werkweek was veranderd in het begin van een lang werkweekend.

Het was kwart over tien 's avonds toen Barbarotti het politiebureau verliet. Ruim drie uur lang had hij de maatregelen en taakverdelingen besproken – een uur lang had hij met de pers gepraat. Het nieuws over de moord in Skolgatan was via onbekende wegen bij de pers terechtgekomen zonder dat de politie hen had hoeven inlichten, zo ging het meestal, en de provisorische persconferentie was druk bezocht geweest. Na kort overleg hadden ze besloten de brieven van de moordenaar nog niet naar buiten te brengen; Barbarotti zette grote vraagtekens bij deze beslissing, maar bij twijfel kon je in de regel maar beter voorzichtig zijn. Somberman, de officier van justitie Sylvenius en Astor Nilsson – via de telefoon in Göteborg – hadden deze mening gedeeld, en mochten ze de volgende dag tot een ander besluit komen, dan konden ze dat zonder problemen in het nieuwe persbericht opnemen, dat om 15.00 uur naar buiten gebracht zou worden.

Tijdens deze beraadslagingen had commissaris Asunander zijn gebruikelijke teruggetrokken en adviserende rol op zich genomen, maar omdat niemand hem om advies had gevraagd, had hij zijn kunstgebit ook niet hoeven belasten.

Thuis ging Barbarotti op dezelfde stoel en hetzelfde balkon zitten als de avond ervoor en keek uit op de restanten van dezelfde zonsondergang.

Of de één etmaal oudere zonsondergang, om precies te zijn, het hele universum was natuurlijk een etmaal ouder geworden. Maar Barbarotti had het gevoel veel ouder te zijn geworden dan dat. Een paar decennia ongeveer. De kauwen waren al tot rust gekomen, constateerde hij; het gekrijs dat hem op de vierde verdieping bereikte, kwam van jongeren die in parken en op terrasjes van het mooie weer op deze vrijdagavond genoten.

Hij maakte een biertje open, hij ook. Schonk het in en dronk het in vier, vijf slokken op. Voelde bijna onmiddellijk hoe een grote spanning van hem afgleed en er zich langzaam een zware vermoeidheid in hem verspreidde.

Wat gebeurt er allemaal? dacht hij.

Wat is het voor gek met wie we te maken hebben?

Slappe, vruchteloze vragen, geboren uit onmacht, dat wist hij. En gevaarlijk. De vijand demoniseren was een van de meest voorkomende en banaalste fouten die er gemaakt werden. Het was de essentie van alle racisme, bijvoorbeeld, alle xenofobie. Aan het eind van de avond was Asunander zijn kamer binnengekomen en had laten doorschemeren dat er misschien versterking kwam; dat zou zaterdag worden besloten, en Barbarotti merkte dat hij deze ontwikkeling verwelkomde. Normaal gesproken wilde je geen bemoeienis met je werk, als er íéts was wat je in het korps bewaakte was het wel je eigen territorium.

Maar niet bij deze zaak, dacht Barbarotti. Mensen uit Göteborg en van de nationale recherche erbij halen, mij best. Mijn prestige mogen ze hebben.

Hij besefte dat dit de slippendragers van de vermoeidheid waren die in zijn hoofd rondspookten, maar na drie werkdagen van twaalf uur die eigenlijk de laatste drie dagen van zijn vakantie hadden moeten zijn, vond hij deze gevoelens wel legitiem.

Hij had de hele dag amper de tijd gehad om aan Marianne te denken, en pas nu, nu het bijna elf uur was, herinnerde hij zich dat ze gezegd had dat ze naar Visby zou gaan om een mobieltje te kopen.

Lieve God, dacht hij. Laat haar bellen. Eén punt. Oké?

Maar Onze-Lieve-Heer was deze avond niet van zins zijn positie te verstevigen, en vlak na middernacht viel rechercheur Barbarotti in slaap – ongetroost, onbemind, vergeten, verstoten door God en zonder zijn tanden te hebben gepoetst.

11

Terwijl hij zaterdagochtend zijn auto in stapte, begon hij te piekeren over het ouderschap. Misschien waren zijn overpeinzingen over Eva Backmans respectievelijk zijn eigen relatie met zijn drie kinderen blijven hangen, maar er was nog iets.

Dat het er zo verschillend uit kon zien, bijvoorbeeld. Dat er van mens tot mens zo'n vreselijk groot verschil was en dat in feite iedereen ouder kon worden. Anna Erikssons moeder had naar verluidt minstens één keer per week telefonisch contact met haar dochter, maar ze kon pas zondag haar ontzielde lichaam komen identificeren. Omdat ze zaterdag zo veel te doen had.

Ze had die dag daarentegen wel een uurtje vrij kunnen maken voor een gesprek met inspecteur Barbarotti, dat had ze beloofd.

Hij vroeg zich af of hij zoiets weleens eerder had meegemaakt. Dat je andere dingen voorrang gaf boven het identificeren van je vermoorde kind. Of het althans uitstelde omdat je belangrijkere dingen te doen had.

Toch had ze door de telefoon niet een heel vreemde indruk gewekt, dacht Barbarotti. Ze had gehuild en haar wanhoop geuit. Een tikkeltje luid misschien, maar verder had ze redelijk normaal geklonken. Anna was een soort lievelingsdochter, had ze uitgelegd, en toen hij vroeg hoeveel ze er had, vertelde ze dat het er vijf waren. En vier zoons.

Misschien zat het hem daarin. Als je negen kinderen

had, moest je er misschien rekening mee houden dat één ervan het leven zou laten. Hij had niet geprobeerd te achterhalen hoeveel vaders erbij betrokken waren, maar tussen de regels door had hij wel begrepen dat het om meer dan twee ging.

Minder dan negen? Laten we het hopen, dacht Gunnar Barbarotti.

Zelf had hij één vader en één moeder. Zijn vader heette Giuseppe Barbarotti, het enige wat hij van hem gekregen had, was zijn achternaam; hij had hem nooit ontmoet en wist niet of hij nog leefde of dood was. Tijdens zijn jeugd had zijn moeder hem ingeprent dat Giuseppe een aantrekkelijke rotzak was bij wie je maar beter uit de buurt kon blijven. Om onduidelijke reden had hij deze raad opgevolgd. Toen zijn moeder twaalf jaar geleden overleed, had hij met de gedachte gespeeld een reis naar Italië te maken om zijn vader te gaan zoeken, maar het project was gesneuveld. Hij werd destijds zo in beslag genomen door zijn gezin, met twee kinderen en eentje op komst, dat er geen ruimte was om af te dalen in zijn stamboom.

Maar nu waren deze belemmeringen verdwenen, dacht Gunnar Barbarotti. Wat weerhield hem er eigenlijk van om naar Italië te reizen en zijn vader te gaan zoeken? Of het graf van zijn vader, als de feiten zo lagen.

Hij wist dat het tot nu toe slechts een gedachte was waarmee hij op een zonnige zaterdagochtend in de auto kon spelen – maar hij kon zich er natuurlijk ook verder in verdiepen.

De tijd zou het leren, besloot hij. Maar dat kinderen voor verschillende ouders niet evenveel betekenden, was hoe dan ook een gegeven. En vice versa. Hij moest niet vergeten Sara te bellen vanavond, of misschien op weg naar huis. Dat was een gewoonte geworden; in het weekend even bellen om te horen hoe zijn geliefde dochter het had in de bruisende en levensgevaarlijke grote stad Londen.

En ze stelde hem altijd gerust. Ze wist dat hij daarom belde, en dat ergerde hem. Als ze op sterven zou liggen, zou ze dat nog voor zich houden, alleen maar om te voorkomen dat hij zich zorgen zou maken.

Het was dus zaak om te horen wat er tussen de regels werd gezegd. Hij wist niet hoe goed hij die kunst eigenlijk verstond, ze was zeven weken geleden vertrokken, en tot nu toe was hij er niet in geslaagd slechte tekenen te ontdekken. Behalve dat hij vermoedde dat ze in een pub werkte en niet in een boetiek, zoals ze beweerde. Ze woonde in Camden Town, hij wilde eind augustus of begin september een weekend naar haar toe gaan, dan zou hij een beter beeld krijgen van de echte situatie.

Vervolgens trok het ijzingwekkende beeld dat ze vermoord onder een bed lag aan zijn geestesoog voorbij, en hij kneep zijn handen harder om het stuur. Daar had hij over gedroomd. Dat niet Anna Eriksson in die vuilniszakken gewikkeld lag, maar zijn eigen dochter.

Het leven is zo verdomde breekbaar, dacht Gunnar Barbarotti. En zo verdomde vanzelfsprekend, tot het moment waarop het breekt.

Zo is het. Als een wandeling over ijs van één nacht, het was niet anders. Toen ging zijn telefoon.

'Hij doet het! Goedemorgen, liefje.'

Alleen al door het horen van haar stem reed hij bijna tegen de Duitse truck op die voor hem reed. Er is iets grondig mis met mijn ziel dezer dagen, dacht hij. Hij is zo fladderig als die van een veertienjarige.

'Hoi', zei hij. 'Heb je ...?'

'Jazeker. Ik kom net uit de winkel. Hij is geel, ik heb er

bijna niks voor betaald omdat het zo'n oud model is.'

Een verwarde seconde lang snapte hij niet waar ze het over had, maar toen viel het kwartje. 'Welke kleur die heeft, interesseert me niet', zei hij. 'Ik wil het nummer hebben.'

Ze herhaalde het twee keer en beloofde het hem voor de zekerheid te sms'en. Maar het stond nu toch in zijn toestel, nu ze hem gebeld had? Toen vroeg ze wat hij aan het doen was. Hij liet weten dat hij onderweg naar Jönköping was om met de moeder van een vrouw te gaan praten die onlangs was vermoord. Het werd een paar tellen stil aan de andere kant van de lijn en het drong tot hem door dat hij nodeloos realistisch was geweest.

'De briefschrijver?' vroeg ze.

'Ik ben bang van wel.'

'O, mijn god', zei ze. 'Heeft hij er nu twee vermoord?'

'Helaas wel', zei Gunnar Barbarotti, alsof het zijn schuld was – als rechercheur en als ontvanger van de brieven – dat Erik Bergman en Anna Eriksson om het leven waren gekomen en hij Marianne daar nu zijn verontschuldigingen voor aanbood. Dat was natuurlijk een kromme gedachte, maar hij had het gevoel dat hij de waarheid voor zich had moeten houden.

Al zou het haar vroeg of laat toch ter ore komen. Ze las de krant en luisterde naar de radio, dus kon ze het evengoed van hem horen.

'Het is een beetje veel allemaal', zei hij. 'Ik wou dat ik Gotland nooit verlaten had.'

'We gaan vanmiddag steenwerpen in de tuin', zei ze. 'Je bent van harte welkom ... Sorry, het is natuurlijk verschrikkelijk. Staat er iets over in de krant vandaag?'

'Ik neem aan van wel', zei Barbarotti. 'Ik heb het eigenlijk niet eens gecheckt.'

'Ik koop er straks wel een', zei Marianne. 'Ik ben erg benieuwd waar je mee bezig bent. Maar dit onderzoek, is dat ... Ja, dat is toch geen dagelijkse kost voor je?'

Waarom vraagt ze dat? schoot het door Gunnar Barbarotti's hoofd. Omdat ze haar leven niet zou kunnen delen met een man die dit soort werk doet?

'Nee', zei hij. 'Dit is geen dagelijkse kost voor me. Ik heb nog nooit zoiets meegemaakt. Ik zit zelfs aan een andere baan te denken.'

Dat laatste zei hij zonder dat de woorden eerst zijn hersens hadden gepasseerd – een losse flodder om haar te laten weten dat hij niet bang was voor veranderingen, wellicht – maar toen ze tien minuten later het gesprek hadden beëindigd, merkte hij dat ze in zijn bewustzijn bleven hangen. De woorden dus. En ze brandden net zo helderrood en fel als de waarschuwingslampjes op de display van het dashboard in zijn auto. *Binnen 50 kilometer tanken! Olie bijvullen!*

Andere baan zoeken!

Ik moet hier een keer in alle rust over nadenken, dacht inspecteur Barbarotti. Mijn leven bevindt zich op dit moment op een rotonde.

Viveka Hall Eriksson ontving hem in haar keuken in een fraai gelegen villa in de wijk Bymarken in Jönköping. Een paar honderd meter onder het royale panoramaraam lag het meer Vättern er zo glad als een spiegel bij, en Barbarotti begreep dat ze ondanks een afwisselend leven met veel verschillende relaties er financieel niet slecht uit gekomen was.

Alle kinderen leken uitgevlogen te zijn. Hetzelfde gold voor de mannen.

Ze was vierenzestig jaar, dat had hij gecheckt, en ze deed

haar best om eruit te zien als vierenveertig. Het was een paar minuten voor elf toen hij aan haar gedekte koffietafel plaatsnam. Hij gokte dat ze een groot deel van de ochtend bezig was geweest haar uiterlijk op een fatsoenlijk niveau te krijgen. Misschien was ze zelfs naar de kapper en de schoonheidsspecialiste geweest; haar haar was keurig gewatergolfd en blond als een rijp korenveld, poeder en rouge op haar wangen, haar nagels pas gelakt; niets aan deze vrouw verried dat ze negen kinderen had gekregen.

Evenmin dat ze een moeder was die de dag ervoor te horen had gekregen dat haar dochter was vermoord.

'Beste commissaris, ik heb de hele nacht geen oog dichtgedaan', deelde ze desondanks met luide stem mee, terwijl ze een paar keer over haar glanzende, paarse blouse streek om deze nog gladder en glanzender te maken. 'Ik ben de wanhoop nabij, ik weet me geen raad. Hebt u hem al opgepakt?'

'Nee', zei Barbarotti. 'Helaas niet. We weten nog niet wie dit heeft gedaan. Daarom wil ik graag even met u praten.'

'Met mij?' riep Viveka Hall Eriksson uit. 'Maar lieve hemel, ik weet hier toch niets van ... Ik begrijp niet ... Lieve hemel?'

Ze sprak alsof haar toehoorder zich op twintig, dertig meter afstand van haar bevond; Barbarotti vroeg zich af of dat haar normale toonhoogte was of dat er toch een soort acute hysterie in haar was gevaren. Aan de telefoon had ze niet zo geklonken.

'Het is maar een kort gesprekje', zei hij zo kalm en zacht mogelijk. 'Natuurlijk weet u niets over de achtergrond van deze tragische gebeurtenis, maar we moeten zorgvuldig te werk gaan, dat zult u vast wel begrijpen. We willen de moordenaar van Anna graag vinden.'

'Ja, ja', zei ze. 'Dat moet ook. Die schoft mag niet vrij

rond blijven lopen. Ze deed geen vlieg kwaad, mijn Anna, echt niet.'

'Dat geloof ik meteen', zei Barbarotti. 'Weet u of ze de laatste tijd omgang met een man had?'

'Omgang?' zei Viveka Hall Eriksson op een toon alsof ze niet helemaal begreep wat het betekende. 'Ze had geen vent, als u dat misschien bedoelt.'

'Heeft ze een relatie gehad die verbroken is?'

'Dat kun je wel zeggen, ja', verzekerde Viveka Hall Eriksson hem. 'Ze stonden voor haar in de rij. Ze waren niet bij haar weg te slaan, maar ze gaf zich niet aan iedereen, dat heb ik al mijn dochters geleerd.'

'Conny Härnlind?' probeerde Barbarotti en hij begon een lichte wanhoop te voelen. 'Komt die naam u bekend voor?'

Ze snoof. 'Ik hou niet bij hoe ze allemaal heten. Maar ik weet dat Anna goed op zichzelf paste, degene die haar gedood heeft, kan niet iemand zijn geweest met wie ze iets had, laat dat duidelijk zijn. Ze had alleen betrouwbare mannen, niet van die gewelddadige types.'

'Erik Bergman?'

'Wie?'

'Klinkt die naam bekend?'

'Erik Bergman? Nee, nooit van gehoord.'

Barbarotti nam een slok koffie en gooide het over een andere boeg.

'De laatste keer dat u haar sprak, was afgelopen zondag, niet?'

'Klopt', zei Viveka Hall Eriksson. 'Eén keer in de week kletsen we bij. Over koetjes en kalfjes. Als ze raad wil, krijgt ze die, als ze niks wil, ook goed. Dat geldt voor haar en ook voor de anderen.'

'Weet u nog waar jullie het over gehad hebben?'

'Jazeker. Ze vertelde dat ze gisteren naar Gotland zou gaan. Ik heb haar wat tips gegeven, ik ben in mijn leven zeventien keer in Visby geweest, het is een waar zomerparadijs en je wilt je kennis natuurlijk met anderen delen.'

Natuurlijk, dacht Barbarotti. Niet snoeien doet bloeien. 'Zou ze alleen gaan of samen met iemand?' vroeg hij.

'Met een vriendin. Ik weet niet meer hoe ze heet. Lisbeth of zo. Ja, ze zouden met zijn tweeën gaan. Ik heb tegen haar gezegd dat ze een huisje in Gustavsvik moesten huren, dat is goed en goedkoop. Vlak bij de stad en vlak bij Snäck, wat wil je nog meer? Bent u weleens op Gotland geweest?'

Barbarotti knikte. 'Een paar keer zelfs. Ja, het is een mooi eiland.'

'Je moet wel in Visby zijn, hoor', zei Viveka Hall Eriksson. 'De rest is niks, alleen maar rimboe. En in de zomer natuurlijk, het idee om daar het hele jaar door te wonen!'

'Heeft ze misschien gezegd dat ze zich bedreigd voelde of zoiets dergelijks, toen jullie elkaar spraken?' vroeg Barbarotti.

'Bedreigd? Nee, ze voelde zich niet bedreigd. Waarom zou ze?'

Gunnar Barbarotti dronk nog wat van zijn koffie en nam een zandkoekje terwijl hij nadacht over hoe hij wat meer schot in de zaak kon krijgen. 'Omdat ze een paar dagen later vermoord werd, misschien', zei hij. 'Bent u dat vergeten?'

'Vergeten?' gilde ze met opengesperde ogen. 'Hoe zou ik kunnen vergeten dat mijn dochter is vermoord? Bent u niet goed wijs? Ga die man vinden die het gedaan heeft in plaats van hier dingen te gaan insi... insu... Hoe heet dat?'

'Insinueren', opperde Barbarotti.

'Precies. Zit niet zo te insemineren! Zet de moordenaar

van Anna achter slot en grendel, daar betalen we belasting voor, commissaris.'

'Hm', zei Barbarotti. 'Dat is ook precies de reden waarom ik hier ben. Om te kijken of u ons misschien ergens mee kunt helpen. Mijn collega's in Kymlinge praten op dit moment met alle kennissen van uw dochter die we hebben kunnen vinden en ...'

'Ik zal u vertellen wat voor type u moet zoeken', onderbrak ze hem nijdig en ze kletterde op het tafelblad met de rij armbanden om haar linkerpols. 'Jullie moeten zo'n allochtoon zoeken. Een buitenlander. Die kunnen geen vrouwen krijgen en dan worden ze wanhopig. Ik weet zeker dat zo'n zwarte Arabier mijn Anna heeft vermoord, jullie hoeven hem alleen nog maar te vinden. Ze zijn anders dan wij, ze ruiken anders dan wij en ik snap niet wat ze in ons land te zoeken hebben.'

'Nu draaft u wel een beetje ...'

'Ik maak zelf wel uit wat ik zeg', gilde Viveka Hall Eriksson. 'Dit is mijn huis.'

Toen hij het huis uit liep, had hij de neiging om een steen van de straat te rapen en door het keukenraam te gooien. Hij hield zich in en vloekte stevig tussen zijn opeengeklemde kaken door.

Dat er zulke mensen bestaan, dacht hij. Hoe kon je zo ordinair zijn? Een vierenzestigjarige moeder van negen kinderen?

Hij stuitte in zijn werk natuurlijk wel vaker op het een en ander, maar vandaag – op deze zonnige ochtend midden in de zomer – was hij er niet op voorbereid. Niet in dit keurige huis in deze verzorgde villawijk.

Een moeder die net haar dochter had verloren.

Gestoord cryptoracisme, dacht Gunnar Barbarotti. In

combinatie met een weergaloze arrogantie. Allemachtig, wat een domme gans.

Alhoewel, *crypto*-racisme? Ze had haar mening niet bepaald onder stoelen of banken gestoken, daar kon je haar niet van betichten.

Maar ze had haar domme genen negen keer doorgegeven, dacht hij terneergeslagen en hij kroop in zijn auto. En als al haar kinderen ook kinderen kregen ...

Nou ja, acht keer, bedacht hij. Zoals het er inmiddels voor stond. Anna Eriksson uit Skolgatan in Kymlinge had, hoewel ze al een eindje in de dertig was, voorzover bekend geen kinderen op de wereld gezet, dus ...

Nee, nu begeef ik me op glibberig terrein, onderbrak hij zichzelf en hij draaide de contactsleutel om. Kalm aan, inspecteur. Democratie is op de lange termijn de beste oplossing, en niet iedereen in dit land heet Viveka Hall Eriksson.

Hij besloot het telefoontje naar Sara uit te stellen naar die avond of de dag erna. Hij had zijn verontwaardiging weliswaar onderdrukt, maar die zat er nog steeds. Als hij zijn dochter sprak, wilde hij rustig en scherp zijn, niet verontwaardigd en misantropisch.

In plaats daarvan belde hij het nummer van inspecteur Backman om te vragen hoe de werkzaamheden aan het thuisfront waren verlopen.

Backman klonk geïrriteerd.

'Het is hier een chaos', zei ze.

'Hoe komt dat?' vroeg Barbarotti.

'Omdat er een artikel van een paar pagina's over de zaak in de krant staat, onder andere. Het lijkt wel of er een volksverhuizing naar de moordplaatsen aan de gang is. Naar allebei. Een buurman beweert dat hij dinsdagavond bij het appartement van Anna Eriksson een onbekende man in het trappenhuis heeft gezien, en het grappige is dat hij zich door een journalist heeft laten interviewen voor wij hem konden verhoren. En Asunander loopt rond als een bever met een verstopte darm. Hij zit te zaniken dat er meer mensen bij moeten, ik neem aan dat hij de nationale recherche bedoelt. Om twee uur is er een bespreking met hem en de officier van justitie, dan ben je toch wel weer terug?'

Automatisch minderde Gunnar Barbarotti vaart en keek hoe laat het was. 'Dat weet ik niet zeker. Ik wip wel binnen als ik er ben ... Heeft de forensisch arts al iets gezegd over het tijdstip?'

'Volgens hem is dinsdagmiddag niet onmogelijk.'

'Maar het kan ook woensdag zijn?'

'Woensdag kan ook. Maar dinsdag is aannemelijker.'

'Sporen in het appartement?'

'Dat horen we over een week. Maar er móét toch iets zijn. Hij moet haar daar vermoord hebben.'

'Maar niks tastbaars?'

'Als mijnheer de agent het moordwapen bedoelt, nee, dat is hij niet vergeten mee te nemen.'

'Duidelijk', zei Gunnar Barbarotti. 'En die getuige, de man die een vreemde ... Is die betrouwbaar?'

'Op zich wel. Maar de beschrijving die hij heeft gegeven, is zo vaag dat die op de halve Zweedse bevolking van toepassing is. Hij heeft hem alleen van achteren op de trap gezien. Man tussen de vijfentwintig en de vijftig, licht overhemd, donkerblond haar ... Niks wijst erop dat het om onze dader gaat. Maar dat zal morgen wél zo in de krant komen te staan, daar kun je donder op zeggen.'

'Is er niemand anders opgedoken die iets gezien heeft?'

'Nee, maar we hebben nog tienduizend mensen met wie

we moeten praten. Hoe was de moeder?'

Hij zocht een tijdje naar een eenvoudige omschrijving.

'*White trash*', zei hij. 'Maar ze woonde behoorlijk op stand.'

'White trash?' zei Eva Backman. 'Ik dacht dat je die alleen in Amerika had, maar dat is ... Ja, dat is natuurlijk niet zo. Goed, nu moet ik naar een paar vriendinnen die zitten te wachten om hun zegje te mogen doen. We zien elkaar om twee uur, dus?'

'Als ik het haal', zei Gunnar Barbarotti.

Toen hij op het politiebureau in Kymlinge arriveerde, was het kwart voor drie en was de bespreking met Asunander en de officier van justitie, Sylvenius, al afgelopen. Inspecteur Backman nam niet de moeite iets te zeggen over de opvallend lage snelheid waarmee hij uit Jönköping was komen rijden, en hij zag aan haar dat ze vermoedelijk hetzelfde zou hebben gedaan.

'Morgen krijgen we waarschijnlijk versterking', deelde ze in plaats daarvan laconiek mee. 'Asunander overlegt nu met de nationale recherche en Göteborg. Fijn dat er mensen komen met een beetje pit, die ons kunnen vertellen wat we moeten doen.'

'Precies', zei Barbarotti. 'Maar Astor Nilsson is er toch al wel?'

Ze knikte. 'Hij zit met een interessante man te praten. Julius Bengtsson. Dat iemand nu nog met zo'n naam rondloopt. Het klinkt als een zwendelaar uit een lach-of-ikschietfilm uit de jaren dertig.'

'Wie is hij?'

'Een ex-verloofde van ons laatste slachtoffer. Hij schijnt spannende informatie te hebben. Wil je meeluisteren?'

Barbarotti haalde zijn schouders op. 'Waarom niet?'

Ze namen plaats aan een tafel achter het eenzijdig getinte raam van de verhoorkamer en Backman zette het geluid harder. Barbarotti bekeek de twee gesprekspartners die tegenover elkaar aan de tafel in de kale ruimte zaten. Hij zag het profiel van beiden, het linker van Astor Nilsson, het rechter van Julius Bengtsson. Een man van rond de vijfendertig, leek het, met geblondeerd Kuifjehaar en een sikje in dezelfde kleur. Een oranje T-shirt, dat een getatoeëerde slang op zijn brede bovenarm onthulde. Een gouden ringetje in zijn oorlel. Iets te dik.

'Hoe bedoel je?' vroeg Astor Nilsson.

'Toen gooide ze al mijn kleren op de binnenplaats', zei Julius Bengtsson verontwaardigd. 'Zodat ik in mijn poedelnakie naar buiten moest rennen. Die griet is hartstikke mesjogge.'

'Duidelijk', zei Astor Nilsson.

'Ze heeft me ook een keer het water in geduwd. We hadden een paar biertjes gedronken in Rimminge, het was zomer en we waggelden op ons dooie gemak naar huis. Ik bleef even staan om te pissen en toen gaf ze me zo'n harde douw dat ik het water in keilde. Ze lachte keihard, dat stomme wijf.'

'Hoelang hebben jullie iets gehad?' vroeg Astor Nilsson.

'Heel lang', zei Julius Bengtsson. 'Minstens drie maanden, nee, verdomme, het was langer ... Misschien wel een half jaar, goddomme. Maar het ging steeds aan en uit.'

Astor Nilsson gaf hem een foto.

'Weet je wie dit is?'

Julius Bengtsson bestudeerde de foto langdurig en grondig. Gaf hem weer terug.

'Al sla je me dood.'

'Erik Bergman. Zegt die naam je iets?'

'Is dat die gast die afgelopen week is neergestoken?'

'Inderdaad. Kende je hem?'

'Nee, ben je belazerd.'

'Oké. Hoelang geleden is het uitgegaan tussen jou en Anna Eriksson?'

Julius Bengtsson dacht na.

'Twee jaar geleden misschien ... Tweeënhalf.'

'Woonden jullie samen?'

'Nee, God bewaar me. Ik kijk wel link uit.'

'O, ja? Wanneer heb je haar voor het laatst gezien?'

'Vorige week. Of misschien was het de week daarvoor.'

'In welke context?'

'Hè?'

'Waar?'

'Gewoon, in de stad. Ik groette haar, maar die chagrijnige trut keek meteen weg, alsof ik lucht was. Zo eentje is het ... Zo eentje was het, moet ik misschien zeggen.'

Gunnar Barbarotti gebaarde naar Eva Backman om het geluid uit te zetten. Dat deed ze.

'Ik heb wel genoeg gehoord', zei hij. 'Hij lijkt me niet echt een kroongetuige.'

'Laten we hopen van niet', zei Eva Backman. 'We hebben trouwens nog twee ex-vriendjes op het programma staan. En vier vriendinnen.'

'Ze heeft ook nog acht broers en zussen', bracht Barbarotti haar in herinnering. 'Hebben we echt niks substantiëlers?'

Eva Backman dacht even na.

'Die Gotlandvriendin heeft niet veel opgeleverd. Althans, niet door de telefoon. We moeten haar eerst maar eens persoonlijk spreken, ze komt morgen. Ze heeft maar één dagje in Visby kunnen zijn.'

Barbarotti knikte, maar zei niets.

'Ik verwacht eigenlijk meer van die beste jeugdvriendin uit Torremolinos die jij gisteren gesproken hebt', ging Backman verder. 'We gaan morgen ook met haar praten ... Ze lijkt het slachtoffer in elk geval iets beter te kennen dan de anderen, maar misschien moeten we van haar ook niet te veel verwachten.'

'Verder?' zei Barbarotti.

'Niet veel', zei Backman. 'Somberman is bezig om dinsdag in kaart te brengen. Wat ze deed tot ze haar moordenaar ontmoette en zo. Als we er tenminste van uit durven gaan dat ze die dag overleden is. Je kunt je afvragen ... Ja, je kunt je afvragen hoeveel tijd hij ons eigenlijk gegeven heeft, de moordenaar.'

'Wat bedoel je daarmee?'

'Het kan zijn dat je de brief op dezelfde dag gekregen hebt als waarop hij Anna Eriksson heeft gedood. Maar je kunt hem natuurlijk ook de dag ervoor gekregen hebben. Op maandag. Of in de week ervoor. Weet je nog of hij boven op de stapel post lag?'

Barbarotti dacht na. 'Ik geloof dat hij een beetje apart lag. Ik weet vrijwel zeker dat hij niet onder iets anders lag.'

'Hij kan dus dinsdag zijn gekomen?'

'Dat kan', zei Barbarotti.

'Maar de eerste brief kwam een week van tevoren. Ik vraag me af ...'

'Ja?'

'Ik vraag me af of hij het risico heeft durven nemen om er bij de tweede brief ook een paar dagen overheen te laten gaan. Ik bedoel, ons een naam en een week de tijd geven om te speuren ... klinkt nogal riskant, vind je niet?'

Barbarotti knikte. 'Misschien neemt hij graag risico's. Niemand dwingt hem immers om die brieven te schrijven, toch?'

'Nee, daar heb je gelijk in', zei Eva Backman en er trok

iets over haar gezicht wat hij niet echt herkende of kon thuisbrengen. Een schaduw van iets sombers, bijna zwaarmoedigs. Onheilspellend, dacht hij.

'Maar toch stuurt hij ze', voegde ze eraan toe terwijl ze langzaam en ogenschijnlijk bewust – alsof het een ingewikkeld precisiewerkje was – haar handen voor zich op het bureau vouwde. 'Ik vind het verontrustend, Gunnar. Heel verontrustend. Denk je ... Ik bedoel, denk je dat er meer gaan komen?'

Gunnar Barbarotti zweeg even en keek naar haar ineengevlochten vingers. 'Ik weet niet zo goed wat ik moet denken', stelde hij toen vast. 'Als ik eerlijk ben ...'

'Ja?'

'Als ik eerlijk ben, snap ik er helemaal niks van.'

'Ik ook niet', zei Eva Backman, ze rechtte haar rug en leek zich te herpakken. 'Zullen we de verhoren dan maar gaan verdelen?'

'Laten we dat maar doen', zei Barbarotti.

III

Aantekeningen uit Mousterlin

1-8 juli 2002

Ik heb een paar dagen lang gewandeld. Ons huis ligt aan de rand van de polder Marais de Mousterlin, als je voorbij ons blauwgeverfde hek direct naar rechts gaat, ben je er. Smalle, kronkelende grindpaadjes lopen kriskras door een weelderig moerasgebied met bijzondere planten, vogels en stilstaande watertjes. Af en toe kom je een wandelaar tegen, af en toe een hond, maar niet veel; het eigenaardige landschap strekt zich uit achter de hele kuststrook tussen Mousterlin en Beg Meil; gisteren ben ik voorbij de vuurtoren gelopen, over het wandelpad langs de kust naar Cap Coz. Het is fijn om alleen te zijn, soms vergeet ik dat ik juist op dit soort momenten in mijn element ben: in alle rust wandelen met alleen mijn eigen gedachten en ideeën. Al die groeikracht om me heen, die mijn stappen vergezelt, voelt zwaar en heeft iets mystieks; erotiek en dood liggen dicht bij elkaar in deze warme, weelderige jungle. Er kruipt hier vast van alles rond waarvan de levensspanne niet meer dan één dag behelst, 's morgens worden ze geboren, 's avonds sterven ze en 's nachts vergaan ze.

Ik moet mezelf er af en toe aan herinneren waar ik me eigenlijk bevind in het grotere geheel; en wie ik eigenlijk ben. Vanmiddag kwamen ze weer boven, de gedachten aan Anna en haar natte haren na de nachtelijke zwempartij, ik moest op een zonverwarmde open plek stoppen om haar opdringerige aanwezigheid weg te masturberen.

Daarna ben ik naar het strandje Bot Conan geklauterd

om een duik te nemen. Een uur lang heb ik in de baai gezwommen, en terwijl ik dat deed, besloot ik nog vier, vijf dagen te blijven. Tot volgende week dinsdag of woensdag. Daarna ben ik wel klaar met deze mensen; ik vermoed dat we dit weekend wel weer met de Malmgrens en Gunnar en Anna zullen optrekken; dat vind ik zowel een aanlokkelijke als weerzinwekkende gedachte. Maar ik moet toegeven dat ik er een zeker genoegen in schep in een gezelschap te verkeren van mensen voor wie ik geen enkele sympathie voel. Een enkele erotische suggestie daargelaten.

Wat Erik deze dagen heeft gedaan, weet ik niet. Zowel gisteren als vandaag heb ik hem direct na het ontbijt alleen gelaten, vanavond hebben we *moules marinières* gegeten in Le Grand Large, maar hij heeft niet verteld wat hij heeft gedaan. Ik vermoed dat hij op het terras of op het strand heeft liggen zonnen, hij is zo bruin als een moedervlek. Waarschijnlijk heeft hij met iemand of een paar van de Zweedse kolonie opgetrokken.

Dat laatste weet ik trouwens wel zeker, want hij vertelde over de vorderingen wat betreft de plannen voor de bootreis naar Les Glénan. Niet veel op zich, maar Gunnar, of misschien was het Henrik, had contact gehad met een Engelsman die hier kennelijk min of meer permanent woont en zijn boot wel een dag wil verhuren.

Het is de bedoeling dat we met zijn zessen gaan. Erik heeft nooit gevraagd of ik wel zin had om mee te gaan, maar misschien was dat wel de reden waarom hij erover begon. Om me de kans te geven om nee te zeggen – in Le Grand Large – en omdat ik dat niet deed, gaat hij er nu van uit dat ik meega en bijdraag in de kosten. En als ik mijn gedachten en beweegredenen naga, kan ik niet beweren dat ik veel weerstand tegen het hele voornemen voel.

Waarom niet?

Waarom? Waarom niet? Continu deze twee vruchteloze vragen die zich niet laten beantwoorden en die me niet met rust laten. Er zouden duidelijkere leidraden moeten zijn.

Een half etmaal later vat ik het samen. Wat gebeurd is, is gebeurd, de tijd kan niet worden teruggedraaid.

Ik heb gedoucht, vier uur geslapen, weer gedoucht. Erik is vanmorgen al vroeg weggegaan, ik neem aan dat hij bij Gunnar en Anna zit om te overleggen. Of bij de Malmgrens. Het is opgehouden met regenen, het is maandag, half twaalf.

Maar zondagochtend dus. Gisteren, zesentwintig uur geleden, toen is het allemaal begonnen; het is moeilijk te bevatten dat er niet meer tijd verstreken is, maar ik ga een etmaal terug in de tijd en begin bij het begin, mijn hoofd gonst en de chronologie biedt objectiviteit en vormt een eenvoudige hulp voor het geheugen. Ik weet zeker dat niemand van de anderen punt voor punt zal optekenen wat er deze verschrikkelijke dag gebeurd is.

De ochtend is mooi en het plan simpel: het huis van de Engelsman met de boot – ik heb zijn naam nooit opgevangen – staat ergens in Beg Meil, zijn boot ligt in een jachthaventje aan de oostzijde. Gunnar en Henrik halen hem daar rond een uur of negen op, de rest heeft zich op het strand verzameld, een eindje voorbij de landtong van Mousterlin, recht onder het huis van de Malmgrens. Picknickmanden en koeltassen, zwemkleding, flessen wijn; de vrouwen hebben zaterdag flink ingeslagen in Quimper. Baguettes steken uit rood-wit geruite handdoeken, een bonte parasol, strohoeden, als waren we een schilderij. Ze zijn uitgelaten, praten over zonnebrandolie en ongerepte zandstranden; het is stralend weer, geen wolkje aan de hemel, het moet warmer dan vijfentwintig graden zijn. Ja, het is een schilderij, een werk van een Skagenschilder in een ander land en een andere tijd, maar met hetzelfde temperament. En ik voel ook, even sterk als bij zo'n oude, gestolde olieverfidylle, dat dit slechts een enkele imaginaire seconde duurt, die verdwijnt zodra je met je ogen knippert. Hoe kan ik dat weten? De zee is kalm, een glimp van de Glénaneilanden aan de horizon. Althans, ik ga ervan uit dat die het zijn, zeker weten doe ik het niet. Er is nog vrijwel niemand te bekennen op het strand; een enkele hardloper, een paar vissers. Het is eb, maar de vloed is aan het opkomen. Erik en ik, twee vrouwen. Ze horen bij twee andere mannen, maar een onbekende waarnemer zou ongetwijfeld denken dat we twee stelletjes zijn. Ik herinner me nog dat ik dat inderdaad denk terwijl we wachten tot Henrik en Gunnar met de boot komen. Ik herinner me ook nog dat Erik Anna helpt met het bandje van haar bovenstukje, het was een halve slag gedraaid.

Maar voordat de boot er is, verschijnt Troaë.

Ik wilde dat het niet zo was.

Ze droeg hetzelfde rode badpak als de keer ervoor, en verder een afgeknipte spijkerbroek. Dezelfde blauwe zomerhoed, hetzelfde rugzakje. Maar geen ezel; toen ze ons in het oog kreeg, begon ze te stralen en zo hard te rennen dat het zand opstoof.

'Mes amis!' riep ze. *'Mes amis les Suédois!'*

'Bonjour, petite!' riep Katarina Malmgren terug. *'Comment vas-tu ce matin?'*

Het meisje hield vlak voor ons stil en was op slag serieus. 'Niet zo goed. Ik heb ruzie met oma.'

'Et pourquoi?' wist Erik uit te brengen. 'Waarom?'

Troaë verloor zich in een levendige beschrijving van die

ochtend met haar oma, ze trok gezichten en imiteerde haar; Katarina Malmgren begreep zo te zien veel van wat ze zei, want ze bleef het meisje onafgebroken toelachen en reageerde af en toe. De rest, wij drieën, probeerde het zo goed mogelijk te volgen; kennelijk wilde haar oma dat het meisje meeging naar de stad – ik geloof naar Quimper – om boodschappen te doen, maar Troaë had een hekel aan boodschappen doen. Helemaal met haar oma, die er acht uur over deed om kaas en een paar schoenen te kopen.

'Ze zei dat ik een *guenon* ben en dat ik op mijn moeder lijk.'

'Guenon?' vroeg Erik.

'Aap, geloof ik', zei Katarina Malmgren.

Precies, dacht ik. Een valse aap, dat ben je.

Het meisje had tegen haar oma gezegd dat zijzelf *un chameau* was, ook een soort aap waarschijnlijk, en toen was haar oma alleen naar de stad gegaan.

'Wat gaan jullie vandaag doen?'

Bijna op exact hetzelfde moment kregen we Henrik en Gunnar in het zicht. Een witte kunststof boot had de landtong gerond en naderde ons met hoge snelheid en een schel motorgeluid. Ik weet niets van boten, maar begreep wel dat dit een behoorlijk kostbare schuit moest zijn. Dacht even na over wat voor man het kon zijn, die Engelsman die zijn boot aan een groep onbekende mensen verhuurde. Maar misschien beschikten Henrik en Gunnar over meer bootkennis en zeemanschap dan ik hun toeschreef. Katarina liet Troaë weten dat we een tripje naar de eilanden gingen maken.

'Les Glénan!' riep Troaë uit. 'Ik ben dol op Les Glénan! Ik wil mee!'

Het duurde een paar tellen voordat de boot er was, ik wisselde een blik met Erik, maar kon niet aan hem zien wat hij ervan vond, toen stak het meisje haar hand in die van Katarina Malmgren en drukte zich dicht tegen haar aan.

'Alsjeblieft?'

'En je oma dan?' vroeg Erik. 'Wat vind je oma daarvan?'

'Het kan haar niks schelen', verzekerde Troaë hem. 'Ik red mezelf wel, dat heb ik altijd al gedaan. Ze kijkt rond middernacht alleen of ik in bed lig, verder niet. Alsjeblieft?'

'Goed', zei Katarina Malmgren.

'Je vous aime', zei het meisje.

Ik weet niet waarom ze het deed. Waarom Katarina Malmgren het meisje zomaar beloofde dat ze de hele dag met ons mee naar Les Glénan mocht. Ze nam het besluit helemaal alleen, zonder met ons te overleggen; ik weet zeker dat Anna het idioot vond, maar – bedacht ik – misschien was dat juist de reden waarom Katarina had toegezegd. Juist omdat ze wist dat Anna het er volstrekt niet mee eens was, maar dat eigenlijk niet kon zeggen. Ik heb dit soort ingewikkelde spelletjes tussen vrouwen nooit helemaal begrepen, ik kan alleen maar speculeren. Hoe het ook zij, het besluit was genomen, Troaë ging met ons mee in de boot naar de eilanden; niemand van de anderen protesteerde hardop, noch ik, noch Erik, noch Anna.

Ook Henrik en Gunnar niet, nadat we door het water hadden gewaad en aan boord van de Arcadia waren geklommen. Het meisje beteugelde haar uitgelatenheid en vrolijkheid en deed haar best zich volwassen te gedragen en op te gaan in de groep. Ze beschikte over goede sociale vaardigheden, Troaë, dat moet ik haar nageven.

De Arcadia was wit en van kunststof en had een grote, zwarte motor. De kajuit bood plaats aan ongeveer vier mensen, maar niemand wilde beneden zitten. De vrouwen zochten onmiddellijk een plekje op het voordek, spreidden een rood en een geel badlaken uit en gingen liggen zonnen. Gunnar kreeg de opdracht rustig te varen, anders hadden ze te veel last van de wind en opspattend water, de rest ging aan de smalle tafel in de kuip zitten. Henrik en ik aan de ene kant, Erik en Troaë aan de andere kant. Het meisje stak haar hand onder Eriks arm, die hem daar liet rusten. We zeiden niet veel. Het kostte te veel inspanning om boven het geluid van de motor uit te komen, dat heel doordringend was. Ik stelde vast dat we met zijn zevenen waren; niemand droeg een zwemvest en niemand zei er iets over.

Toen we Les Glénan naderden – een kleine eilandengroep bestaande uit tien eilandjes, geen enkele wordt het hele jaar door bewoond, maar sommige zijn aangepast aan de eisen van het moderne toerisme – minderde Gunnar vaart en kwamen Anna en Katarina naar ons toe geklauterd; er ontspon zich een korte discussie over welk eilandje het moest worden. Er werd een kaart tevoorschijn gehaald en uitgevouwen. Ik bemoeide me er niet mee, maar na een tijdje was men het eens over Île de Brunec, ik weet niet waarom, vermoedelijk omdat het een beetje apart van de andere ligt. Het hoort niet bij de vijf grotere eilanden, die in een cirkel om de beroemde lagune liggen. Volgens de brochure die Henrik liet zien, is er geen bebouwing op Brunec, er zijn geen restaurants en geen voorzieningen.

'Perfect', zei Anna. 'Alleen maar witte stranden en een turquoise zee.'

'Eten, wijn en een warme huid', voegde Gunnar eraan toe.

Dat bleek behoorlijk goed te kloppen. We voeren dwars door de lagune, om Île de St-Nicolas heen en gingen voor anker in een smalle zee-engte aan de westkant van Brunec tussen een puntige, uitstekende klip en een ivoorwit zandstrand. Met manden en tassen op ons hoofd waadden we naar het land door aangenaam warm, een halve meter diep water. Er was geen mens te bekennen; tijdens de overtocht waren er wel wat andere boten op zee en er lagen een stuk of twaalf in de lagune te dobberen, maar op Brunec was het leeg. Het leek erop dat we een eilandje met minstens driehonderd meter zandstrand voor onszelf hadden gevonden; het was niet groot, misschien twee kilometer in omtrek, met in het midden een smalle strook bomen. Het hoogste punt lag zeker niet meer dan vijf meter boven de zeespiegel.

Ik keek op mijn horloge. Het was half twaalf. Ik keek naar de lucht. Die was azuurblauw. De zee was nog steeds vrijwel spiegelglad, meeuwen zweefden in lome ellipsen, en ik besefte dat ik tot deze mensen was veroordeeld. De hele dag.

Waarom was ik hieraan begonnen?

Dit dacht ik echt, en de *Heer der vliegen* schoot door mijn hoofd, dat bedenk ik niet achteraf.

Het bleek Troaës tweede trip naar Les Glénan te zijn. De eerste keer was ze hier met haar vader en moeder geweest; als ze het zich goed herinnerde, was ze toen vier jaar.

‘Maar als je oma straks om vijf uur thuiskomt en je bent er niet, wordt ze dan niet ongerust?’ wilde Katarina weten.

Het was natuurlijk wel een beetje te laat om deze vraag te stellen, maar het meisje schudde lachend haar hoofd.

‘Ze vindt me toch alleen maar lastig’, zei ze. ‘Dat heb ik toch al uitgelegd. Het belangrijkste voor haar is dat ik nog leef als mijn vader me op komt halen. Maar het geeft niet, ik red me beter zonder haar.’

‘En wanneer komt je vader?’

Ze haalde haar schouders op. ‘Een paar dagen voordat de school weer begint, denk ik. Over zes weken of zo.’

Het kwam bij me op dat Troaë een mythomane zou kunnen zijn. Dat ze eigenlijk gewoon het hele jaar bij haar vader en moeder in Fouesnant woonde. Of dat ze op een van de campings stond die ik in de buurt van Beg Meil had gezien. Dat er helemaal geen oma was en dat we in grote moeilijkheden konden komen omdat we het meisje hadden meegenomen. Maar ik zei niets. Stond op en liep naar het water. Zwom een eindje, het was kristalhelder, het zand hield na twintig meter al op; ik had er spijt van dat ik geen flippers en een snorkel had meegenomen, dat zou een prima manier zijn geweest om de tijd te doden. Een beetje dobberen en de doofstomme wereld bekijken die zich onder het wateroppervlak uitstrekte. Ook bedacht ik dat het meer dan vijf jaar geleden was dat ik mijn duikcertificaat had gehaald, en dat het ongeluk van mijn vrouw bijna even lang geleden was.

Toen ik na een half uur terugkwam, waren ze de lunch al aan het voorbereiden. ‘Laten we alvast maar wat wijn achterover tikken, nu de flessen nog redelijk koud zijn’, vond Gunnar. ‘Het water is te warm om ze te koelen, neem ik aan?’

Het was een vraag aan mij. Verder was niemand er nog in geweest. Ik trok mijn schouders op. ‘Een graad of twintig, denk ik.’

‘Ik heb dorst’, zei Anna. ‘Ik wil naakt zwemmen, maar dat durf ik pas na een paar glazen wijn.’

Ik had het idee dat ze even naar mij keek toen ze dat zei, maar misschien verbeeldde ik het me alleen maar.

‘Anna heeft de eigenaardige gewoonte om alleen in gezelschap naakt te zwemmen’, zei Gunnar. ‘Nooit als ze alleen is. Waarom zou ze dat toch doen?'

'Val dood, klojo', zei Anna. Ze lachte en gaf hem met haar vlakke hand een klap op zijn kont. Troaë vroeg waar het over ging en Katarina legde uit dat we de schoonheid van het eiland aan het bewonderen waren. Toen gingen we eten. Baguettes en kaas, romige salades, Bayonneham, crêpes en avocado's. Aardbeien, frambozen en kersen; ze hadden flink uitgepakt en de koeltas met Alsacewijn bleek maar liefst acht flessen te bevatten.

In de tweeënhalf uur die volgden, leegden we zes ervan. Troaë beweerde dat ze grootgebracht was met wijn en water en kreeg ook een paar glazen. Opnieuw werd er een slap strandgesprek gevoerd, natuurlijk, hoe meer wijn, hoe slapper; Gunnar bleef bij Troaë aandringen dat hij haar aquarel wilde kopen, het meisje liet weten dat ze hem de volgende dag zou afmaken – als we op het strand zaten, zou ze haar werk komen showen. Misschien konden we het doek wel veilen, ze had met haar vader al een paar kunstveilingen bezocht en wist hoe het in zijn werk ging. Met gespeelde ernst bespraken Gunnar en Erik het voorstel even, maar al snel verloren ze hun belangstelling. Gingen over op de eigenaardige voorliefde van de Fransen om slecht en zoet te ontbijten en aanverwante onderwerpen. Het meisje werd steeds stiller en begon een boek te lezen dat ze uit haar rugzakje had gevist, zelf haalde ik de *Belijdenissen van St.-Augustinus* tevoorschijn, dat me altijd gezelschap houdt op mijn reizen, en op die manier leek het of het meisje en ik een soort afstand hielden van de rest van de groep. Een dunne, maar veelbetekenende scheidslijn. Ook het boek *Heer der vliegen* ging weer een tijdje door mijn hoofd; een situatie als deze, maar dan als schipbreukelingen, die maandenlang op het eiland moesten leven – en hoe het meisje en ik geleidelijk aan een soort enclave zouden gaan vormen, een front tegen de barbaarsheid. Maar al snel realiseerde ik me dat het idee zowel overtuigingskracht als geloofwaardigheid miste.

Even over half drie kwam er een andere boot, die aan het andere eind van het strand voor anker ging, een man en een vrouw gingen aan land en zetten zich ieder op een eenvoudige strandstoel.

'Ziezo', zei Gunnar. 'Nu is er genoeg publiek. Nu kun je naakt gaan zwemmen, Anna.'

Anna aarzelde geen seconde om de uitdaging aan te gaan. Op ietwat wankele benen kwam ze overeind, trok haar bikini uit en holde naar het water. Het had er misschien mooi uit kunnen zien als ze minder dronken was geweest; al na een paar meter in het water struikelde ze en viel. Ze vloekte, krabbelde overeind en draaide zich naar ons om. 'Kom op, mietjes!' schreeuwde ze. 'Niet zo stijf, we zijn in het paradijs!'

Katarina Malmgren aarzelde een tel, niet langer, wierp haar bikini af, zij ook, en draafde Anna achterna. Zij stond aanzienlijk steviger op haar benen, wist een stuk verder de zee in te lopen en wierp zich op eigen kracht voorover in het water.

Gunnar lachte. Erik lachte en riep: 'Bravo.' Henrik en ik reageerden niet. Troaë klapte in haar handen en riep iets in het Frans wat ik niet verstond; daarna rende ze achter de twee vrouwen aan het water in.

Deze keer hield ze haar badpak aan. Ik vroeg me af waarom. Wellicht realiseerde ze zich dat ze niet kon wedijveren met de vrouwelijke rondingen van Anna en Katarina, maar wellicht schrijf ik haar meer list en berekening toe dan waarover ze feitelijk beschikte.

Na ongeveer een minuut ging ook het mannelijke viertal het water in. We hielden allemaal onze zwembroek aan; zelf had ik daar goede redenen voor en ik zag dat in elk geval Erik zich in dezelfde penibele toestand bevond.

Om een uur of vier verliet het onbekende stel het strand en bijna tegelijkertijd deelden Anna en Gunnar mee dat ze met zijn tweeën een tochtje wilden maken. Inmiddels hadden we de resterende flessen wijn ook soldaat gemaakt, het was zonneklaar dat ze met elkaar naar bed wilden en dus wat privacy nodig hadden.

'We varen met de boot naar Les Bluiniers', zei Gunnar wuivend met de kaart. 'Dat moeten die eilandjes daar zijn.' Hij wees naar een paar kleine eilandsilhouetten in het westen. 'We zijn over een uurtje terug, oké?'

'Prima', zei Katarina Malmgren. 'Veel plezier, ha, ha.'

'Waar hebben jullie het nu over?' wilde Troaë weten.

'Daar ben je nog te jong voor, dat begrijp je nog niet', zei Katarina zonder het te vertalen.

'Dat weet ik nog zo net niet', zei Erik terwijl hij Gunnar en Anna peinzend nakeek terwijl ze naar de boot liepen. 'Dat weet ik nog zo net niet.'

'Ik wil weten waar jullie het over hebben', protesteerde Troaë en ze kruiste haar armen voor haar borst. 'Ik vind het niet eerlijk.'

'Dat gaat wel over als je ouder bent', zei Erik. 'Je moet een beetje geduld leren hebben, meisje.'

Hij zei het in het Zweeds en ik geloof niet dat Troaë doorhad dat hij het tegen haar had. Zelf begon ik te merken dat de wijn en de zon een aanslag op mijn hersenen pleegden. Ik kon maar beter de schaduw opzoeken en een dutje doen. Zwijgend keken we toe hoe Gunnar en Anna aan boord van de boot klommen, hoe Gunnar de motor na een korte hapering aan de praat kreeg en hoe ze om de klip wegvoeren naar Les Bluiniers.

‘Het is niet eerlijk’, zei Troaë opnieuw toen ze uit het zicht waren, en ineens was het niet helemaal duidelijk wat ze daarmee bedoelde. Erik stond op. ‘Ik ga een ommetje over het eiland maken’, zei hij. ‘Je mag mee, als je zin hebt, Troaë.’

Hij zei het in foutloos Frans – voorzover ik kon beoordelen – alsof hij het eerst voor zichzelf had geformuleerd.

‘Oui, monsieur!’ riep het meisje. *‘Avec plaisir!’* Ze sprong op, pakte zijn hand en ze slenterden naar de waterkant, richting de zon.

Ik bleef alleen achter met Henrik en Katarina Malmgren. Katarina was net op haar buik gaan liggen en had haar man gevraagd haar rug in te smeren. Ik begreep dat het tijd werd om een tukje te gaan doen, pakte mijn handdoek en vertrok naar de schaduw onder de bomen. Ik wilde eigenlijk masturberen voor ik ging slapen, maar daar was ik te moe en te dronken voor.

Ik werd met hoofdpijn wakker. En doordat ik het koud had.

Wellicht ook omdat Henrik Malmgren een meter bij me vandaan stond en zijn keel schraapte. ‘Ben je wakker? We hebben een probleem.’

‘Probleem?’

‘Ja. Gunnar en Anna zijn niet teruggekomen. Het is half zeven.’

Ik ging rechtop zitten en keek op mijn horloge. Ik had meer dan twee uur geslapen. De hoofdpijn hamerde in mijn slapen. Ik zag dat de anderen onze spullen verder het strand op hadden verplaatst, niet meer dan tien, vijftien meter bij mijn slaapplek onder de bomen vandaan. Katarina Malmgren en Troaë zaten dicht tegen elkaar aan met hun rug naar me toe, Erik zat een paar meter verderop. Ik rilde even, merkte dat er een koude wind op was komen zetten en dat donkere wolken de hemel bedekten.

'Niet teruggekomen?' vroeg ik. 'Hoezo niet?'

'Weet ik niet', zei Henrik. 'We hebben ze een paar keer op hun mobieltje gebeld, maar ze nemen niet op.'

'Misschien hebben ze het niet meegenomen.'

'Dat kan', zei Henrik. 'Er moet iets gebeurd zijn, en het gaat zo meteen regenen.'

'Sorry', zei ik en ik hees mezelf overeind. 'Even wat aantrekken.'

'Volgens mij is het vijftien graden kouder geworden', zei Henrik.

We liepen naar de anderen. Ik trok een broek en een shirt met lange mouwen aan.

'Neem hier ook maar wat van', zei Erik en hij reikte me een fles calvados aan. 'Die stomme konijnen zijn niet teruggekomen.'

'Dat hoorde ik', zei ik en ik nam een flinke teug uit de fles. Keek naar de anderen. Het meisje Troaë zat dicht tegen Katarina Malmgren aan, die haar arm om haar heen geslagen had. Ze keek bezorgd. 'Ik denk dat ze ziek is', zei ze. Ik keek naar Erik, herinnerde me dat hij voor ik was gaan slapen met haar was gaan wandelen. Hij wendde zijn hoofd af en tuurde uit over de zee, naar de eilanden waarvan we dachten dat het Les Bluiniers waren. De contouren waren niet meer te onderscheiden, het licht boven het water was veranderd, het was nog niet gaan schemeren, maar het zicht was aanzienlijk minder geworden. Golven van een halve meter hoog in het water en je voelde dat het noodweer niet lang op zich zou laten wachten. Ik vroeg of ze niet overwogen hadden om contact met het vasteland te zoeken.

'We weten niet wie we moeten bellen', zei Henrik Malmgren.

Ik merkte dat hij licht lallend sprak. Mijn hoofdpijn

sloeg twee dikke spijkers in mijn kop. Iedereen is bezopen, dacht ik. Vier dronken Zweden zonder boot op een onbewoond eiland. We hebben een twaalfjarig Frans meisje gekidnapt en God mag weten wat er tijdens die wandeling is gebeurd.

'We wachten nog een uur', zei Katarina Malmgren. 'Er is geen reden om er meteen zo'n heisa van te maken.'

'Ik was erop tegen dat ze de boot meenamen', zei Henrik.

'Hou je kop, Henrik', zei Katarina. 'Op dit soort opmerkingen zitten we nu niet te wachten.'

'Jij hebt het meisje meegenomen', zei Henrik. 'Maar dat wil je zeker ook niet horen? Je hebt ons lekker in de nesten gewerkt.'

Katarina reageerde niet.

'We hebben in elk geval nog een halve liter calvados', zei Erik.

'Ik wil alleen maar zeggen dat het ontzettend onverantwoordelijk is', zei Henrik en met onhandige vingers stak hij een sigaret op.

Het meisje fluisterde iets tegen Katarina. Ze kwamen overeind. 'Ze moet overgeven', deelde Katarina op een beschuldigende toon mee.

'Laat haar dan overgeven', zei Erik.

Katarina en Troač liepen naar de bomen. Ik draaide mijn hoofd om en zag het meisje snikkend op haar knieën vallen; op hetzelfde moment voelde ik de eerste spatjes regen op de rug van mijn hand. Erik gaf de fles aan Henrik, die een grote slok nam.

We probeerden een primitieve beschutting onder de bomen te creëren. We spanden handdoeken tegen de wind en de regen, maar dat had nauwelijks effect. Henrik was zichtbaar dronken en liep voornamelijk in zichzelf te vloeken. Katarina en Troaë zaten bij elkaar, dicht tegen elkaar aan gedrukt om warm te blijven; nadat ze had overgegeven, had het meisje amper een woord gezegd en het was duidelijk dat ze zich niet lekker voelde. Erik en ik liepen om beurten naar de waterkant om doelloos in de richting van Les Bluiniers te spieden. We zeiden niet veel tegen elkaar. Om acht uur deelden we de laatste druppels calvados, Katarina Malmgren sloeg het af, het meisje wilde ook niet, hoewel ze zat te klappertanden van de kou. We opperden of we misschien een vuurtje konden stoken. Henrik moest lachen om dat idee. 'Allemachtig, dit is de natste plek op aarde', zei hij. 'Wat een fiasco, zeg.'

'Hou je kop', zei Erik. 'Dat kinderachtige gezeur van jou maakt het er niet beter op.'

'Met alle plezier', zei Henrik. 'Laat maar weten wanneer het vuur brandt.'

Ik zag dat Erik zijn vuisten balde, en het had op een regelrechte vechtpartij uit kunnen lopen als Katarina op dat moment niet had geroepen.

'Kijk! Is dat geen boot?'

Alle vijf tuurden we over de golven en al snel zagen we dat er inderdaad een boot onze kant op kwam.

'Zijn zij het?' vroeg Henrik.

'Hoe moet ik dat nou weten?' zei Katarina.

'Natuurlijk zijn zij het', zei Erik. 'Niemand is zo gek om met dit weer het water op te gaan.'

'Dat werd goddomme weleens tijd', zei Henrik.

'Zou je alsjeblieft je mond willen houden en je nuttig willen maken?' zei Katarina.

'Wat moet ik doen dan?' zei Henrik. 'Je rug insmeren of zo?'

Het waren inderdaad Gunnar en Anna. Gunnar worstelde door de golven naar het eiland en een moeizaam kwartier later was het iedereen gelukt aan boord te komen. Dat was niet makkelijk in de wilde zee, Erik haalde zijn elleboog open en het meisje huilde luid terwijl ze het korte trapje opklom en de golven probeerde te ontwijken.

'Er is iets mis met de motor', zei Gunnar. 'We zijn twee uur bezig geweest om hem weer aan de praat te krijgen.'

'Ik hoop dat jullie het leuk hebben gehad', zei Henrik.

Ik wist dat als Henrik zijn mond niet zou te houden, hij op zijn lazer zou krijgen. 'Ga in de kajuit zitten', zei Gunnar. 'Ik heb het zo koud als een ijsberenreet, maar het lijkt me beter dat ik maar naar huis vaar.'

Ik vond het een heel slechte vergelijking, maar zei niets.

'Als je Henrik maar niks te doen geeft', zei Katarina.

We persten ons in de donkere, krappe ruimte, Gunnar keerde en gaf gas. Je kon goed horen dat er iets mis was met de motor, hij klonk zacht en dof, op de heenweg had hij luid en schel geklonken. We voeren tegen de golven in en het deinde behoorlijk, we moesten ons klein maken en vasthouden om ons hoofd niet tegen het lage plafond te stoten. Hoewel het getransformeerde motorgeluid het in principe mogelijk maakte om met elkaar te praten, was er niemand die van de gelegenheid gebruikmaakte. Op en neer, op en neer, al na een paar minuten voelde ik me misselijk worden; mijn hoofdpijn was het afgelopen uur verdwenen, maar kwam met hernieuwde kracht terug. En ik weet zeker dat niemand van de anderen zich veel beter voelde. Ik zat ingeklemd tussen Henrik en Erik. Anna, Katarina en het meisje zaten ineengedoken aan de andere kant van de tafel, waaraan zes paar handen zich met witte knokkels hadden vastgeklampt. Op en neer. Op en neer. Het geluidsniveau van de motor steeg en daalde met de golven. Af en toe kwam er een onverwachte klap, als we na een iets hogere golfkam landden. Mijn misselijkheid nam langzaam toe, ik begon mijn ademhalingen te tellen, telde het monotone gebonk van mijn hartslag in mijn slapen, sloot mijn ogen en wilde dat ik deze mensen de eerste dag in Bénodet echt van het leven had beroofd. Dat ik voor één keer mijn gedachten in daden had omgezet.

Plotsklaps viel de motor stil. Gunnar dook de kajuit in, zijn drijfnatte gestalte vulde de hele opening naar de kuip, het werd pikdonker.

'Godverdomme!' schreeuwde hij. 'Hij is er weer mee opgehouden. Tering!'

De schommelingen werden heviger. We rolden van de ene naar de andere kant, op en neer, op en neer, maar omdat we met zijn zessen in een ruimte zaten die bedoeld was voor vier, bleven we vastgeklemd op onze plek zitten.

'Wat nu!' zei Gunnar. 'Ik heb geen gevoel meer in mijn handen.'

'Hoelang is het nog varen naar het vasteland?' schreeuwde Anna. Er was geen uitwendige aanleiding om te schreeuwen, alleen een inwendige.

'Minstens een half uur', zei Gunnar. 'Maar zonder motor drijven we niet naar de kust. Er staat een noordwestenwind, als we niet kapseizen, blaast de wind ons naar ... Ja, weet ik veel. La Rochelle of zo?'

'Kun je hem niet weer proberen te starten?' zei Anna.

'Dacht je dat ik dat niet geprobeerd had?' zei Gunnar ziedend. 'Ik heb helemaal geen gevoel meer in mijn vingers. Kan iemand anders misschien even iets doen.'

De boot rolde heftig, Gunnar stootte zijn hoofd tegen de deurpost en vloekte als een bootwerker.

'Oké', zei Erik. 'Ik ga wel even kijken.'

Hij wurmde zich langs Gunnar, die rechts van mij ineengedoken zat te kreunen. ‘Shit. We hebben niet eens zwemvesten. Hoe kun je nou een boot verhuren zonder zwemvesten?’

‘Weet Erik wel iets van bootmotoren?’ vroeg Katarina. ‘Henrik, moet jij niet ...?’

‘Ik heb te veel gedronken’, zei Henrik. ‘Sorry, maar jullie hebben dit veroorzaakt, los het zelf maar op.’

Anna’s vuist schoot als een piston over de tafel. Het kraakte ergens in Henriks gezicht; ik had bewondering voor de precisie waarmee ze hem ondanks al het gedein en de duisternis had weten te raken.

‘Allemachtig!’ schreeuwde Henrik. ‘Vuile sloerie.’

‘Gedraag je een beetje, jullie. Verdomme!’ brulde Gunnar. ‘En nu gedragen jullie je!’

We hadden een bepaald punt bereikt, constateerde ik. Het dunne laagje vernis van beschaving was verdwenen, de normaliteit was zoek, er was een soort rauwe natuurlijke toestand ontstaan, en de taal was van een bindmiddel veranderd in een wapen. De boot schommelde hevig en Troaë begon te huilen.

Er ging minstens een uur voorbij. We zaten tegen elkaar aangedrukt in de krappe, donkere kajuit en werden heen en weer geslingerd door de razende en door de regen gegeselde zee. Er werd niets gezegd, behalve zo nu en dan een vloek; het meisje snikte af en toe, Erik en Gunnar losten elkaar af bij de dode motor, zo nu en dan probeerden ze hem met zijn tweeën aan de praat te krijgen. Ze vroegen Henrik en mij niet één keer om hulp. Mijn hoofdpijn kwam en ging, mijn misselijkheid ook. Ik telde mijn ademhalingen en mijn hartslag en dacht na over de stilte, waarom niemand onder dit soort omstandigheden iets te zeggen had. Waarom niemand zijn of haar menselijkheid trachtte herwinnen. Misschien kwam het omdat de situatie waarin we ons bevonden hun verstand te boven ging. Ze stom maakte, verlamde en dierlijk angstig. Zelf zei ik ook niets, maar dat is mijn natuurlijke strategie. Misschien dacht iedereen dat we dood zouden gaan, misschien probeerde iedereen in het reine te komen met de eenzaamheid, vlak voor dit laatste ogenblik. Naar eigen goeddunken en eigen vermogen, en in de kille duisternis van een afnemende roes.

Ik had net gemerkt dat Henrik, die links van me zat, in slaap was gevallen toen Katarina Malmgren me op het meisje wees.

'Ze moet overgeven', zei ze. 'Zal ik ...?'

'Ik ga wel mee', zei ik.

Katarina zei iets tegen Troaë, waarop het meisje knikte. Ze kreunde zachtjes en stak over de tafel haar hand naar me uit. Ik pakte hem vast en we liepen de vier treden op naar de kuip. De regen zwiepte nog altijd neer, maar ik had wel het gevoel dat de golven iets minder hoog waren. In de verte kon je de lichtjes van het land zien en ik begreep dat we ondanks alles enigszins de goede richting op dreven. In elk geval niet verder de zee op. Als we niet zouden omslaan, zouden we binnen een of twee uur het vasteland bereiken. Of op de rotsen te pletter slaan. Erik had zich vastgeklampt aan de dode motor, ze hadden de zwarte plastic kap er afgehaald en de binnenkant blootgelegd. Het enige wat ze daarmee waarschijnlijk hadden bewerkstelligd, was dat hij door al het zoute water dat eroverheen gutste nu helemaal kapot was. Troaë begon te huilen, ik hielp haar naar de reling, hield haar vast met mijn rechterhand terwijl ze zich vooroverboog en braakte. Ik merkte dat we de verkeerde kant gekozen hadden, ze kotste pal tegen de wind in en het kleverige braaksel werd teruggeslingerd in de boot. Ze snikte en huilde en schreeuwde iets wat ik niet verstond; het klonk niet Frans, maar als een heel andere taal.

Plotseling vlogen we over een golfkam, waardoor het evenwicht verschoof. Ik dreigde naar voren – overboord – te vallen, tastte tevergeefs met mijn vrije hand in de lucht om houvast te vinden, maar vond niets. Om te voorkomen dat ik Troaë zou meenemen in mijn val, liet ik haar hand los en het volgende ogenblik wist ik een staalkabel van het dekzeil vast te grijpen. Ik hervond mijn evenwicht, maar tegelijkertijd realiseerde ik me dat het een verkeerde manoeuvre was geweest. Het meisje gilde, klapperde even met haar armen in de lucht en viel overboord.

Ik riep naar Erik. Ik weet niet wat ik riep, maar Erik had het hele voorval natuurlijk gezien; hij schreeuwde iets, hij ook, kwam overeind en tuurde over de golven. Ineens was Troaë in het water te zien, haar hoofd en haar wild zwaaiende armen, maar ze was al twee, drie meter bij de boot vandaan.

'Een touw!' schreeuwde Erik. 'Gooi een touw!'

In paniek keek ik om me heen. Er lag geen touw, geen reddingsboei. Het meisje riep iets en verdween onder water. Erik vloekte en brieste iets naar de anderen in de kajuit. Ik liep om het dekzeil heen en over het dek, de boot deinde enorm, maar met behulp van touwen en staalkabels wist ik me overeind te houden. Keek wanhopig om me heen op zoek naar een hulpmiddel, ik wist niet wat, en tegelijkertijd probeerde ik het meisje weer te ontwaren. Na een paar tellen verscheen ze opnieuw, wuifde met haar armen en riep, deze keer waren het geen woorden, er kwam slechts een ongearticuleerd, dof geluid uit haar keel. Verdomme, dacht ik, ze kan niet eens zwemmen! Ik zag dat Gunnar en Katarina inmiddels in de kuip stonden te wijzen en te brullen.

Ik aarzelde een tel, toen wierp ik mezelf in het water. Stootte mijn rechtervoet tegen iets hards en scherps, een felle pijn schoot door mijn lichaam en de eerste tellen in het water voelde ik niets anders dan deze vonkenregen. Ik kreeg een slok water binnen, het brandde in mijn keel, maar ik vermande me en begon al zwemmend het meisje te zoeken. Vanaf de boot hoorde ik Anna en Katarina schreeuwen, vermoedelijk stonden ze ook te wijzen en te gebaren, maar ik gleed over een golfkam en raakte het contact met ze kwijt. Toen zag ik het meisje heel even, haar hoofd en ene arm bevonden zich een fractie van een seconde boven het zwartgrijze wateroppervlak. Toen verdween ze. Ik dook omlaag en probeerde iets onder water te zien, maar het prikte in mijn ogen, en toen ik ze toch heel even open wist te houden, kon ik ternauwernood mijn eigen handen onderscheiden. Ik kwam weer boven, kreeg opnieuw een slok water binnen, hoorde Anna, Katarina en Gunnar nog meer aanwijzingen schreeuwen; blijkbaar hadden ze vlak bij me een glimp van het meisje gezien. Ik zwom een paar slagen, dook opnieuw, probeerde weer iets gewaar te worden in de troebele duisternis, maar het was zinloos. Op hetzelfde moment dat ik met mijn hoofd boven water kwam en weer kon ademhalen, zag ik Gunnar het water in springen. We staarden elkaar aan, Gunnar vloekte, ik werd me weer bewust van de pijn in mijn voet, Gunnar dook omlaag en ik merkte dat ik bijna geen kracht meer had. Ik had grote moeite om me drijvende te houden.

Ik weet niet hoelang we in de golven hebben geploeterd, het kunnen niet meer dan een paar minuten zijn geweest, maar het leken wel uren. Ik had niet alleen het meisje opgegeven, maar ook mezelf, toen ik Gunnar ineens hoorde roepen: 'Ik heb haar!' Hij was maar een paar meter bij me vandaan, de boot was iets verder weg, gleed over een golfkam en verdween; ik wist Gunnar te bereiken, hij had zijn mond wijdopen en een verwilderde, waanzinnige blik in zijn starende ogen. 'Ik heb haar!' hijgde hij. 'Help me, verdomme.'

Hij wist haar hoofd boven water te krijgen en tegelijkertijd verdween hijzelf onder water; ik zag haar ogen en mond niet, alleen haar zwarte haren, die als een enorme bos zeewier over haar gezicht lagen uitgespreid. Wist haar ene arm vast te pakken, en met vereende krachten begonnen we haar naar de boot te slepen. Bij elke slag die ik met mijn benen maakte, ging het door me heen dat die mijn laatste kon zijn, dit heeft geen zin, nu is het afgelopen, ik hou het niet meer vol.

Maar we hielden het wel vol. Het kostte ons zeker tien minuten om haar aan boord te krijgen. Iedereen vloekte en tierde. Gunnar liep een snee in zijn wang op toen hij door het trappetje werd geraakt, Anna viel, maar wist op eigen kracht overeind te komen, de regen geselde ons onophoudelijk, de golven smeten ons en de boot als splinters drijfhout heen en weer. Hoe we het levenloze lichaam precies hebben geborgen, kan ik niet in detail uit de doeken doen. Dat gaat alle woorden en verstand te boven, het bevattelijke.

Toen we haar eindelijk op de vloer van de kuip hadden weten te hijsen, ging Katarina op haar knieën naast haar zitten om het meisje mond-op-mondbeademing te geven. Afwisselend blies ze in haar mond en duwde met haar handen op haar borstkas, ik herinnerde me weer dat ze verpleegster was, en niemand van de anderen maakte aanstalten om te helpen; in plaats daarvan gingen we tegen elkaar aan onder het dekzeil zitten, en van het ene op het andere moment heerste de stilte weer. Een stilte die het geluid van de zee en de regen als het ware overstemde, en na een minuut merkten we al dat de zee rustiger werd; de regen die onophoudelijk was neergekletterd, veranderde in een fluistering op het dekzeil, en het kan zijn dat ik toen een paar tellen mijn bewustzijn heb verloren.

Na een paar minuten rechtte Katarina Malmgren haar rug. Staarde ons aan, dwaalde met een verslagen blik van de een naar de ander, terwijl haar handen en schouders beefden van uitputting en de tranen over haar gezicht stroomden.

'Ze is dood', zei ze. 'Snappen jullie het niet, het meisje is dood?'

Commentaar, augustus 2007

Geen, zo is het precies gegaan.

8-13 augustus 2007

12

Rechercheur Gunnar Barbarotti zat in zijn auto en keek naar de regen buiten.

Het was woensdagavond. In de eerste uren van de middag was het weer omgeslagen, uit het zuidwesten was een zwaar wolkendek komen opzetten, dat even na tweeën zijn eerste zware druppels had laten vallen, en binnen een half uur was het hele hemelgewelf, van horizon tot horizon, bedekt met donkere wolken. Sindsdien had het ook geregend; hardnekkig en gestaag, zij het niet heel hard, en de temperatuur was van vijfentwintig naar vijftien graden gedaald.

Het was best aangenaam, vond Gunnar Barbarotti. Je kon ademhalen, als je het raampje aan de passagierskant tenminste een paar centimeter open had gedraaid. Als hij erover nadacht, was dat ook eigenlijk het enige positieve wat hij over de huidige situatie kon zeggen.

Dat je kon ademhalen. De afgelopen dagen had hij een steeds grotere onmacht gevoeld ten aanzien van het onderzoek en zijn werk, en zijn opmerking tegen Marianne over dat hij nadacht over een andere baan, was met een zekere regelmaat teruggekeerd in zijn gedachten.

Alsof hij de balans van zijn leven aan het opmaken was, zo was het toch?

De balans? Het klonk een beetje defaitistisch, zonder meer, maar hij had het idee dat hij zo op deze zomer zou terugkijken. De zomer van 2007. Ik heb die en die en die beslissing genomen, daarna kwam van het een het ander.

Hij had ook het idee dat het leven er zo uitzag, dat dit de structuur was die het had. Lange periodes van sleur en routine, met pieken en dalen, en dan ineens poorten die opengingen en de mogelijkheid boden een richting te kiezen. En als je niet op tijd een keuze had gemaakt, gingen de poorten weer dicht. Geen keuze maken was ook een keuze.

Of misschien waren het wel gewoon gedachten die opkwamen als het regende.

Hoe dan ook, op dit moment bewaakte hij dit huis. Hij had er zelf om gevraagd, vrijwillig deze nogal triviale taak op zich genomen, alleen maar om even weg te kunnen zijn van alles. Backman had hem vragend en meewarig aangekeken, maar niets gezegd. Zoals gewoonlijk keek ze dwars door hem heen; en hij besefte dat hij daar blij mee was. Dat ze zo'n typisch moedersoog had, dat sommige vrouwen hebben, wat betekende dat het geen zin had om je beter voor te doen.

Maar misschien idealiseer ik het wel, dacht hij. Misschien hebben bepaalde mannen gewoon behoefte aan een moedersoog, daarom verzinnen we er een en bedelen het toe aan een vrouw die die illusie lijkt te kunnen herbergen. Misschien ging dat voor Marianne ook wel op?

Wat bedoelde hij trouwens met 'bepaalde mannen'?

Ik lijk in elk geval de behoefte te hebben om aan andere dingen te denken dan aan die briefschrijvende gek, constateerde hij en hij stopte twee kauwgumpjes in zijn mond om zichzelf wakker te houden. Onmiddellijk nadat hij zijn auto een uur geleden tussen de gesnoeide linden had geparkeerd, had hij Onze-Lieve-Heer gevraagd of er alsjeblieft niets mocht gebeuren, of hij hier in alle rust een paar uur mocht zitten en na gedane arbeid weg mocht tuffen en een hele nacht ongestoord mocht slapen. Hij was ervan overtuigd dat hij twaalf uur achtereen zou kunnen slapen, als hij de kans kreeg. Veertien zelfs.

Eén punt? had Onze-Lieve-Heer willen weten. Eén punt, had Barbarotti hem verzekerd.

Hij had tien minuten met Marianne gepraat; misschien was het wel vooral dit gesprek dat hem dwarszat. Ja, als hij er goed over nadacht, was dat wat hem wakker hield. Meer dan de kauwgumpjes. Ze was een beetje ... gesloten geweest, namelijk; ongeconcentreerd, misschien had ze wel ruzie met de kinderen.

Hij hoopte dat dat het was, dat haar geslotenheid niet met hem te maken had. Bijzonder – en minstens even zorgwekkend – was dat hij zich tijdens het gesprek ook afwezig had gevoeld. Dat kwam door die ellenlange werkdagen de afgelopen tijd, dacht hij. Ze hadden zijn primaire functies en behoeften uit hem gezogen. Liefde, tederheid en verlangen. Een vacuüm achtergelaten, een gat.

En dat gat gevuld met vermoeidheid en melancholie.

En nog meer werk.

Geleidelijk aan, na deze wandeling door het moeras van zelfmedelijden, gingen zijn gedachten onvermijdelijk terug naar de zaak. Dat is maar beter ook, dacht Gunnar Barbarotti. Dat was toch het enige wat er in zijn leven gebeurde.

Wat er gebeurde sinds hij vorige week weer in Kymlinge was, om precies te zijn. Vandaag was zijn achtste werkdag op rij. Hij wist niets méér over de briefschrijvende moordenaar dan toen hij van de Gotlandboot stapte.

Geen moer. Als je een week in een worstenfabriek had gewerkt, kon je er tenminste op bogen een paar worstjes te hebben vervaardigd, dacht inspecteur Barbarotti. Wat hijzelf de afgelopen zeventig, tachtig werkuren voor waardevols had verricht, was een grote vraag. En hij was niet de enige. Minstens tien collega's hadden net zo hard gewerkt als hij en net zo weinig om trots op te zijn, het was niet anders.

De moordenaar, daarentegen, was alleen. Je kon van hem zeggen wat je wilde, maar hij wist wel een paar politiemannen aan het werk te houden.

Ook een paar die geen zin meer hadden om aan het werk te zijn.

Blijkbaar.

Het onderzoeksteam had sinds afgelopen maandag een gedaanteverandering ondergaan, zoals Asunander al had aangekondigd. Naast Astor Nilsson waren er twee heren van de nationale recherche bij gekomen. Ene commissaris Jonnerblad en ene commissaris Tallin. Gunnar Barbarotti had nog geen duidelijk beeld van hen, maar hij ging ervan uit dat het bekwame rechercheurs waren. Ze waren in elk geval niet als een stel opgeblazen betweters binnen komen walsen, en persoonlijk wilde hij, nogmaals, zo min mogelijk verantwoordelijkheid. Het team bestond momenteel uit zes mensen: de drie politiemannen van buitenaf, hijzelf, Eva Backman en Gerald Sommerman, gewoonlijk Somberman genoemd vanwege zijn sombere uitstraling. Commissaris Asunander hoorde er ook bij, maar hield zich zoals altijd op de achtergrond, met een grimmige blik, zuigend op zijn tanden en wachtend op zijn pensioen. Profiler Lillieskog verscheen af en toe – maar omdat er de laatste dagen eigenlijk niets nieuws over de dader bekend was geworden, had hij moeite het profiel scherper te krijgen. Het feit dat de moordenaar zich bij beide moorden van verschillende methoden had bediend, werd als ongebruikelijk beschouwd, dat werd door iedereen onderschreven; er leek een algemeen psychologisch beeld te zijn van een moordenaar die een mes gebruikte – en dat gold ook voor een dader die de voorkeur gaf aan stompe wapens – maar van iemand die de ene dag het ene wapen koos en de andere dag het andere, was moeilijk hoogte te krijgen.

Vond men. Beide moorden waren in alle mogelijke media breed uitgemeten, de namen van de slachtoffers bekendgemaakt, hun foto's gepubliceerd, maar het onderzoeksteam had, in overleg met officier van justitie Sylvenius, besloten de bizarre gewoonte van de moordenaar om brieven naar de politie te sturen en ze daarmee te waarschuwen niet naar buiten te brengen. Misschien dat ze dit besluit na verloop van tijd nog zouden herzien; het mogelijke nut van de zogeheten detective Het Publiek werd afgewogen tegen de paniek die ze vermoedelijk zouden veroorzaken en de kritiek die ze over zich heen zouden krijgen als het bestaan van de brieven pas in een veel later stadium bekend werd.

Hoe dan ook, in afwachting van een derde brief – en het derde slachtoffer – deden ze er het zwijgen toe.

Maar een paar uur geleden was hij dus gekomen.

De brief, welteverstaan – geen slachtoffer vooralsnog. Er was in elk geval niemand gevonden. Zoals gewoonlijk was Barbarotti na de lunch naar huis gegaan om zijn post van die dag door te kijken, maar omdat hij ervan uit was gegaan dat de moordenaar bij een eventuele derde keer dezelfde soort envelop zou gebruiken, had hij hem bijna over het hoofd gezien.

Maar het handschrift was hetzelfde. Het papier waarop de beknopte boodschap was opgesteld ook. Het enige verschil was dat hij deze keer een lichtblauwe envelop had gebruikt; niet de meest gangbare envelop in Zweden, maar ook niet een heel ongewone, en waarschijnlijk onmogelijk te traceren. De stempel was deze keer beter leesbaar, de brief bleek in Borås te zijn gepost. De boodschap was nog korter dan anders.

NUMMER DRIE WORDT HANS ANDERSSON.

Er stonden negenentwintig mensen met de naam Hans Andersson in de gemeente Kymlinge ingeschreven. Een van hen woonde in het huis dat Gunnar Barbarotti op dit moment vanuit zijn auto aan het bewaken was. Men had in allerijl – en tot nader order – tot deze strategie besloten. Ze zouden alle negenentwintig laten weten dat er een soort dreiging tegen hen bestond, of althans tegen een persoon met de naam Hans Andersson en dat ze tot op zekere hoogte beveiligd zouden worden. Dezelfde middag hadden ze zevenentwintig van de negenentwintig gesproken, zes ervan waren op reis, maar hadden toegezegd zich bij thuiskomst bij de politie te melden.

Van de twee mannen die ze niet te pakken hadden gekregen, zat de ene in Guatemala of in Costa Rica, van de andere werd aangenomen dat hij zich in de stad bevond, maar de man stond er niet om bekend erg benaderbaar te zijn. Hij was dichter, schilder en erg eenzelvig, hij had geen telefoon en een maand geleden had hij in de lokale krant kenbaar gemaakt dat hij op zijn vijfentachtigste verjaardag potdomme geen visite wilde hebben.

Dit was de stand van zaken op dit moment. De Hans Andersson die Gunnar Barbarotti min of meer bewaakte, woonde op Framstegsgatan 4 in de villawijk Norrby, samen met zijn vrouw en drie kinderen. Hij was vierenveertig jaar en hoofd Anesthesie in het ziekenhuis. Alle gezinsleden waren deze avond thuis, en dat een moordenaar het goed verlichte huis op dit moment zou willen binnendringen, kwam Gunnar Barbarotti erg onwaarschijnlijk voor. Mocht het desondanks toch gebeuren, dan betekende dat dat ze opeens te maken hadden met een bijna dom en roekeloos persoon – of met een dader die zijn best deed om gepakt te worden – en daar leek het tot nu toe niet op. Verre van.

Barbarotti keek op zijn horloge. Het was kwart voor negen. Nog vijfenzeventig minuten voor hij afgelost werd. Hij spuwde zijn kauwgum door het raampje naar buiten en schonk zijn mok vol met koffie uit zijn thermoskan.

Wie ben je? dacht hij voor de honderdste keer sinds hij de brief had gelezen.

Welke motieven zitten er achter je wandaden en waarom schrijf je uitgerekend naar mij?

Goede vragen. Het vervelende was dat hij niet eens in de buurt van een antwoord kwam.

Inspecteur Backman belde op het moment dat hij Norrby had verlaten en zich voorgenomen had bij de Statoilpomp bij het sportveld twee broodjes gegrilde worst te halen.

'Ik heb iets waar je even naar moet kijken', zei ze.

'Nu?' zei Gunnar Barbarotti. 'Het is al bijna half elf.'

'Nu', zei Eva Backman.

'Eh ... Ik heb een beetje honger. Zit je nog steeds op het bureau?'

'Goed geraden', zei Eva Backman. 'Ik heb nog een halve pizza van vanmiddag liggen. Die mag je hebben, hij ligt hier op mijn bureau.'

'Dank je', zei Barbarotti. 'Dat klinkt onweerstaanbaar. Waar moet ik naar kijken?'

'Een foto.'

'Een foto?'

'Ja. Dus je bent hier over vijf minuten?'

'Wat staat erop?'

'Hè?'

'Wat staat er op de foto?'

'Sorry, ik ben een beetje moe. Ja, dat moet je maar bepalen als je hier bent.'

'Oké', zuchtte Gunnar Barbarotti. 'Ik kom eraan. Maar ik snap niet waar je het over hebt. Leg je die pizza even een paar minuten in de magnetron?'

'Die staat te ver weg', liet inspecteur Backman weten. 'Maar ik kan hem wel even op de verwarming leggen.'

'Fijn, dank je', zei Gunnar Barbarotti.

'En, wat denk je?'

Hij staarde naar de foto. Het was een doodgewone kleurenfoto, tien bij vijftien centimeter, met twee mensen die op een bankje zaten. Een man en een vrouw. Een beetje onscherp, het leek avond of eind van de middag, maar er was geen zonlicht.

Ze waren allebei zomers gekleed en zaten ongeveer een halve meter bij elkaar vandaan. De man droeg een donkerblauw overhemd met korte mouwen, lichte chinobroek en sandalen, de vrouw een dunne, beige strapless jurk. Ze was blootsvoets, maar op de grond stonden naast een rode tas een paar eenvoudige strandschoenen. De vrouw keek in de lens zonder te glimlachen, de man had zijn hoofd opzij gedraaid en leek zich er niet bewust van te zijn dat ze gefotografeerd werden.

Het duurde even voor het tot hem doordrong, maar toen dat eenmaal zo was, was hij er ook van overtuigd. De vrouw op de foto was Anna Eriksson. Ze had een ander kapsel en een andere kleur haar, maar dat stond vast.

'Dat is Anna Eriksson', zei hij.

'Dan zijn we het daarover eens', zei Backman. 'En de man?'

'De man?' herhaalde Barbarotti mechanisch en hij nam

een hap kamertemperatuurwarme pizza. Hield de foto onder de bureaulamp en bewoog hem een beetje om het beter te kunnen zien.

'Hij is een beetje wazig', zei hij. 'Wat wil je dat ik zeg?'

'Doe een beetje je best, zodat hij wat minder wazig wordt', zei Eva Backman. 'Ik trakteer je op versgebakken pizza, dan kun je op zijn minst ...'

'Wacht even', zei Gunnar Barbarotti. 'Nu snap ik waar je heen wilt. Je bedoelt dat het Erik Bergman zou kunnen zijn?'

Backman zei niets. Hij hield de foto op niet meer dan twee decimeter afstand van zijn ogen en focuste zo veel mogelijk op de man op het bankje. Probeerde zich voor de geest te halen hoe Erik Bergman eruitzag, waarbij hij voornamelijk af moest gaan op de foto die in de kranten had gestaan – maar hij had niet het gevoel dat de twee gezichten veel overeenkomsten hadden. Backman schoof een *Aftonbladet* naar hem toe met precies de foto die hij voor zich probeerde te zien. Hij legde de foto's naast elkaar en vergeleek ze. Backman wachtte zwijgend.

'Ik weet het niet', zei Barbarotti uiteindelijk. 'Het kan hem natuurlijk zijn, maar het kan evengoed iemand anders zijn. Hoe kom je aan die foto?'

'Uit een van haar fotoalbums. Die hebben Göransson en Malm twee uur geleden in haar kelderbox gevonden.'

'Haar kelderbox?'

'Ja.'

'En waarom hebben we zo veel dagen gewacht om die box te doorzoeken?'

Eva Backman zuchtte. 'Ze had er twee. Dat wisten we niet.'

'O, zo', zei Barbarotti. 'En daar hebben we alleen dit gevonden?'

'Je wilt weten of er meer foto's waren waarop iemand stond die Erik Bergman zou kunnen zijn?'

'Ja, ik geloof dat ik dat bedoel, ja', zei Barbarotti en hij nam nog een hap van de pizza.

'Helaas', zei Backman. 'Dit is de enige. Ze had trouwens maar drie albums. Er zijn ook niet meer foto's waarop ze dezelfde kleren draagt, dus waarschijnlijk heeft iemand anders de foto met zijn of haar toestel gemaakt en aan haar gegeven. Je ziet meestal meteen welke foto's van hetzelfde rolletje komen.'

'Duidelijk', zei Barbarotti. 'En hoe zit het met de foto's van Erik Bergman, hij moet er toch ook wel een paar gehad hebben?'

'We hebben niks gevonden, vreemd genoeg.'

'Niks? Kan dat betekenen dat ...'

'Dat de moordenaar zijn fotoalbums heeft meegenomen. Ja. Maar niet iedereen maakt foto's. We moeten zijn vrienden vragen hoe dat bij hem zat, maar goed, dat moet dus nog gebeuren. Veel mensen hebben tegenwoordig een digitale camera en zetten hun foto's op de computer en zo.'

'Weet ik', zei Gunnar Barbarotti. 'Nou ja, beter laat dan nooit misschien. En Hans Andersson? Ik bedoel, wat foto's betreft?'

'Ik weet het', zuchtte Backman. 'We moeten van alle Hans Anderssonnen een foto zien te krijgen en kijken of een van hen in het album van Anna Eriksson opduikt. En andersom misschien ook?'

'Dat we Eriksson en Bergman in hún albums moeten gaan zoeken? Of op hun computers?'

Eva Backman haalde haar schouders op, ze zag er moe uit. Barbarotti dacht na. 'Wanneer?' vroeg hij en hij keek op zijn horloge. Het was vijf voor elf.

'Jonnerblad en Tallin hebben besloten dat we er morgenochtend mee beginnen.'

'Uitstekend', zei Barbarotti. 'Dan doen we dat morgen ook. Denk je trouwens dat het toeval is dat hij een man kiest die Hans Andersson heet?'

'Hè?'

'Ik bedoel, een gewonere Zweedse naam kun je amper verzinnen. Anna Eriksson en Hans Andersson? Kan het zijn dat hij ze alleen maar heeft uitgekozen om het ons moeilijker te maken om de juiste te vinden?'

'Van Erik Bergman waren er maar vijf.'

'Klopt, maar toen wisten we nog niet of hij het serieus meende.'

Eva Backman knikte, 'Ja, daar zit misschien wat in. Er is natuurlijk een mogelijkheid dat het zo simpel ligt ... Bovendien kan het best zijn dat hij niet nog besloten heeft wie hij om zal brengen. Misschien neemt hij wel degene die we het slechtst bewaken. In dat geval ...'

'In dat geval', vulde Barbarotti haar aan, 'hebben we te maken met een volslagen gek. Nee, ik hoop dat we een verband kunnen vinden. Dat zou het iets begrijpelijker maken ... Voorzover er tenminste een motief is.'

Hij bekeek de foto opnieuw. 'Waar denk je dat hij gemaakt is?' vroeg hij. 'Ik heb het idee dat het niet in Zweden is.'

'Daar heb ik ook aan gedacht', zei Eva Backman. 'Er is iets met dat bankje en die afvalbak. Nee, ik weet vrijwel zeker dat hij niet in ons land is gemaakt.'

'Uitstekend', herhaalde Barbarotti. 'Dan hoeven we alleen maar op de rest van de aardbol te gaan zoeken.'

Eva Backman maakte de pizzadoos klein en propte hem in de prullenbak. 'Wedden om honderd kronen dat het Bergman is?' zei ze en ze rechtte haar rug.

‘Goed’, zei Barbarotti. ‘Maar ik vraag me af of we er ooit achter komen wie van ons gelijk heeft.’

‘Je bent veel te pessimistisch, dat is jouw probleem’, stelde inspecteur Backman vast.

Maar terwijl ze dat zei, kon hij van haar gezicht evenmin veel optimisme aflezen. Alleen dezelfde vermoeidheid waardoor ook hij was overmand. ‘Zal ik je naar huis brengen?’ vroeg hij. ‘Ik ben met de auto.’

Eva Backman aarzelde even.

‘Oké’, zei ze. ‘Ik was bijna van plan om hier te gaan pitten, er is toch niemand thuis. Maar misschien is het wel lekker om even te douchen en in een echt bed te liggen.’

Drie jaar geleden, dacht Gunnar Barbarotti, zou ik haar hebben uitgenodigd om bij me thuis een biertje te komen drinken.

Maar dat was drie jaar geleden.

13

‘We moeten het nog een keer over die brieven hebben’, zei commissaris Jonnerblad. ‘Tallin en ik hebben het gisteravond besproken en we hebben er ongeveer dezelfde ideeën over.’

Ze zaten in de kamer op de derde verdieping waarin de twee bezoekende rechercheurs waren ondergebracht. Naast commissaris Asunander. Het was tevens een ruimte die bedoeld was voor topoverleg – met name tussen hoofdcommissaris Lindweden, Asunander en andere vooraanstaande functionarissen. Voorzover Barbarotti wist, werd hij minstens één keer per jaar gebruikt, als Lindweden zijn Rotaryvrienden met Kerst op glühwein trakteerde. Maar het meubilair was fraai, licht geaderd berkenhout, wijnrode leren zittingen op de stoelen, en er hingen kunstwerken aan de muur. Reproducties weliswaar, wat dennenbossen en een stormachtige zee, maar toch. Er waren een koffieapparaat en een koelkastje, dat in de hoek stond te snorren. Een whiteboard en een televisie met een dvd-speler en een videorecorder.

Commissaris Jonnerblad nam de leiding; er was weliswaar geen uitgesproken rangorde, maar hij was zeker tien jaar ouder dan Tallin, had dunner haar en aanzienlijk meer groeven in zijn gelaat. Krachtig, in alle opzichten, dus het ging vanzelf. Commissaris Tallin was kleiner van stuk, tenger, ongeveer dezelfde leeftijd als Barbarotti. Rustig en bedachtzaam, bijna op een ouderwetse manier beleefd. Hij deed Barbarotti een beetje denken aan een wiskundeleraar die hij op de middelbare school had gehad, zo'n persoonlijkheid die in de loop der tijd was gegroeid, met ieder slaperig dubbeluur, met iedere toetsbespreking en ieder semester dat verstreek. Dat soort mensen was prettig, dacht Gunnar Barbarotti, mensen die niet de hele tijd van alles tegenover hun omgeving moesten bewijzen, die controle leken te hebben over hun capaciteiten en hun tekortkomingen en erboven stonden.

Ook op Jonnerblad was weinig aan te merken, maar die pakte het anders aan. Aanvankelijk had hij zich redelijk bescheiden opgesteld, maar stukje bij beetje was hij zich steeds meer met de besluitvorming gaan bemoeien. Als je Asunander buiten beschouwing liet, bestond het onderzoeksteam uit zes mensen – en als we een roedel honden waren geweest, dacht Gunnar Barbarotti, was Jonnerblad degene die als eerste mocht eten en de loopse teef mocht bespringen.

Maar Eva Backman zou het natuurlijk niet in haar hoofd halen om een loopse teef te bespringen.

'Jaha?' zei Astor Nilsson. 'De brieven?'

'Hm', zei Tallin. 'De brieven, ja. Wat ons op dit moment vooral bezighoudt, is het feit dat ze aan jou geadresseerd zijn, Barbarotti.'

'Over dat feit heb ik ook nagedacht', zei Barbarotti. 'Heel veel zelfs.'

'Uitstekend', zei Jonnerblad. 'Onze moordenaar heeft van meet af aan besloten om met jou te communiceren. Dat moet iets betekenen, hij moet een soort relatie met je hebben. Ik weet dat je hierover nagedacht hebt, maar wij, Tallin en ik, zouden graag zien dat je iets systematischer te werk gaat. Dat je er de tijd voor neemt. We denken namelijk dat het iets op kan leveren.'

Barbarotti dacht even na.

'Wat willen jullie dat ik ga doen?' vroeg hij. 'Om precies te zijn?'

'We hadden het volgende bedacht', zei Jonnerblad en hij trok een verticale rimpel in zijn voorhoofd. 'We hebben te maken met een dader die niet alleen om wat voor reden dan ook een aantal mensen van het leven wil beroven, maar ook een spelletje met de politie wil spelen. Hij speelt echter geen spelletje met de politie in het algemeen, maar richt zich tot een individuele politieman. Tot jou, Barbarotti. Waarom doet hij dat?'

'Omdat ...'

'Omdat hij weet wie jij bent. En als de moordenaar weet wie jij bent, moet dat ook betekenen dat jij weet wie de moordenaar is. Je hebt, nogmaals, een soort relatie met hem. Die kan heel ver teruggaan, het kan iemand zijn die je heel lang geleden een keer hebt gearresteerd, het kan zelfs iemand zijn die je in de vierde klas op het schoolplein een klap hebt verkocht. Maar waar het om gaat, is dat hij zich daar bevindt. Ergens in jouw verleden, Barbarotti, en wat wij willen, Tallin en ik, is dat je ervoor gaat zitten en hem opdiept.'

Hij klinkt als een trailer van een slechte Hollywoodfilm, dacht Barbarotti. Maar dat hoeft niet te betekenen dat hij het mis heeft.

'Dat zou kunnen', zei hij. 'Een privébrainstormsessie, dus?'

'Maar dan een beetje systematisch', wierp Tallin ertussen.

'We gaan vandaag het volgende doen', zei Jonnerblad en hij leunde naar voren, met zijn ellebogen op de ovale tafel, zodat Barbarotti zijn adem kon ruiken. Koffie en ei, als hij zich niet vergiste. Een snufje viskuit. 'Je wordt vrijgehouden van de rest van het onderzoek. Ga in je werkkamer zitten ... of ga naar huis, als je daar liever zit ... en spit je hele leven door. Je schrijft de naam op van iedereen die je ooit hebt ontmoet die in staat zou kunnen zijn ... Ik zeg "zou kunnen zijn" ... om zo'n rotstreek te leveren. Voor je klaar bent, moet je minstens vijftig namen hebben. Daar kies je de tien meest waarschijnlijke uit en dan nemen we morgen de twee lijsten door. De nadruk ligt op je politiële verleden natuurlijk.'

Niet te geloven, dacht Barbarotti. Hij zegt ... Hij zegt echt dat ik naar huis moet gaan en op mijn bed moet gaan liggen nadenken. In de baas zijn tijd. Een hele dag.

'Geen slecht idee', zei hij en hij sprong op. 'In elk geval de moeite waard om te proberen. Eh ... dan kom ik dus morgen terug?'

'Morgenochtend deze tijd', zei Tallin.

De commissaris leunde met een voldane blik achterover. 'Dus we zijn het eens.'

'Zeker weten', zei Barbarotti.

Dacht hij echt dat ik hier iets tegen in zou brengen? dacht hij toen hij in de gang stond. Ik heb hem overschat.

Maar op bed liggen nadenken lukte niet. Niet op zo'n dag als vandaag, dat merkte hij meteen toen hij thuiskwam. Het was weliswaar grauw en bewolkt en tegen de middag zou er wellicht een enkel buitje vallen, maar het was windstil en een graad of twintig.

Met andere woorden, ideale weersomstandigheden voor een lange wandeling. Een slimme smeris grijpt zo'n kans; gewapend met een opgerolde regenjas, een rugzakje, water en fruit, een pen en een blocnote reed hij naar Kymmens landtong en wandelde langs de noordoever van Kymmen. In het bos dat zich over de heuvelrug naar Kerran en Rimminge uitstrekte, lag een wirwar van wandelpaden.

Als er inderdaad een moordenaar in zijn hoofd zat, waar Jonnerblad en Tallin van de nationale recherche blijkbaar van uitgingen, was een rustige, ongestoorde wandeling van een paar uur in deze vredige omgeving de ideale manier om hem tevoorschijn te vissen. Nietwaar?

Dacht inspecteur Barbarotti – met een soort optimisme waar hij eigenlijk niet erg vertrouwd mee was, maar die desondanks als theoretisch uitgangspunt kon fungeren. Een toonsoort.

Maar eerst belde hij naar Gotland. Zodat hij daarna met een gerust hart zijn mobieltje kon uitzetten, dat was althans de reden die hij verzonnen had.

Ze klonk een beetje bedrukt. Ze zei dat het kwam omdat het hun laatste dag in Gustabo was, ze zou de dag erna met haar kinderen teruggaan naar Skåne. Maar hij geloofde haar niet. Niet helemaal, er was iets anders aan de hand. Hij vroeg of het te maken had met het feit dat ze die maandag weer moest werken, waarop ze toegaf dat dat natuurlijk een rol speelde.

'Morgen moet ik het paradijs verlaten, over drie dagen is mijn vakantie afgelopen en ik moet ongesteld worden. Allemaal niet leuk, dus. Ik voel me ...'

'Hoe voel je je?'

'Eenzaam.'

'Je hebt twee kinderen bij je en een politieman die van je houdt, hoe kun je je nou eenzaam voelen?'

'Het komt vast ...

'Ja?'

'Het komt vast door die politieman.'

'Aha.'

Hij wist niet waarom hij 'aha' zei. Het betekende in elk geval niet dat hij tot een plotseling inzicht was gekomen. Integendeel; het was eerder alsof een donker rolgordijn naar beneden raasde, en een moment lang voelde hij zich zo slap dat hij moest stoppen en tegen een boomstam aan moest leunen. Er gingen een paar tellen voorbij zonder dat ze iets zei. 'Wat ... wat is er mis?' wist hij uit te brengen.

Hij hoorde haar snikken.

'Ik ben tweeënveertig', zei ze. 'Ik ben al vier jaar alleen. Ik wil niet nog een jaar zo leven. Als we elkaar zien, vind ik het heel leuk, maar het ... het is niet genoeg.'

Hij dacht een seconde na. Het kon ook anderhalve seconde zijn.

'Dan gaan we toch trouwen', zei hij. 'Ik bedoel, als je dat wilt natuurlijk?' voegde hij eraan toe.

Het werd stil aan de andere kant, maar hij kon haar ademhaling horen. Een beetje amechtig, alsof ze aan het wandelen was, ja, als hij goed luisterde, kon hij haar stappen op het grind zelfs horen.

'Ik wil niet dat je dat zegt omdat je vindt dat je dat moet zeggen.'

'Nee, ik ...'

'Ik wil je niet onder druk zetten.'

'Ik voel me niet onder druk gezet.'

'Als het samenwonen niet lukt, dan trek ik dat niet. Zo'n proces kan ik niet nog een keer doormaken.'

'Verdorie', zei Gunnar Barbarotti. 'Dat snap ik toch ook wel. Ik ben zevenenveertig, dacht je dat ik op mijn ouwe dag nóg vier vrouwen wil verslijten?'

Ze lachte. Ik kan haar aan het lachen maken, dacht hij. Dat is in elk geval iets.

'Ben je niet serieus?'

'Jawel.'

'Je klinkt niet serieus.'

Hij schraapte zijn keel. 'Wil je in Helsingborg blijven wonen?'

'Ik ...'

'Want ik verhuis met alle plezier naar Skåne, hoor.'

Ze begon te huilen. Ik kan haar ook aan het huilen maken, dacht Gunnar Barbarotti en hij voelde een vlaag van paniek opkomen. Maar waarom? Wil ze me niet? Of is ze ... overweldigd?

'Wil je het niet?' vroeg hij.

'Jawel', zei Marianne. 'Ik wil het wel. Maar ik weet niet of jij het echt wilt. Ik ben misschien niet zo makkelijk om mee samen te leven als je denkt. We hebben elkaar alleen nog maar onder heel gunstige omstandigheden gezien, misschien dat jij niet ...'

'Onzin', zei Barbarotti. 'Ik hou van je. Ik vind het vreselijk om niet bij je te zijn.'

Hij hoorde dat ze haar neus snoot. 'Oké', zei ze. 'Maar je krijgt een week bedenktijd. Bel me volgende week woensdag maar, en als je dan hetzelfde zegt, kun je niet meer terug. Goed?'

'Goed', zei Gunnar Barbarotti. 'Ga maar vast een groter appartement zoeken als je terug bent.'

Toen ze opgehangen hadden, zette hij zijn telefoon uit. Merkte dat zijn hartslag ratelde als een automatisch wapen. Honderd, honderdtien vermoedelijk.

Godallemachtig, dacht hij. Dat was dus dat.

En nu moet ik een moordenaar uit mijn geheugen gaan opvissen. Wat een dag.

Hij struikelde over een boomwortel en viel in een sleedoornstruik.

Hij deed wat ze hem gevraagd hadden, Jonnerblad en Tallin. Begon bij het begin. Schreef een voor een de namen in zijn blocnote, het was een merkwaardige bezigheid, een soort boetedoening bijna, of eindverantwoording voor

Petrus op de dag des oordeels.

Die en die heb ik gekwetst tijdens mijn aardse wandeling. Met die, die en die heb ik het nooit kunnen vinden, misschien hebben ze al de pik op me sinds ... Ja, sinds mijn tienertijd. Of mijn studententijd in Lund.

Of de politieacademie. Of door zijn werk ... Die viool spelende bodybuilder uit Pampas, die drugshandelaar, die fascistoïde verkrachter ...

Merkwaardig, nogmaals, maar de personen doken wel op, verschenen met gezicht, naam en bijzonderheden en al voor zijn geestesoog, een voor een. Alleen al uit zijn middelbareschooltijd – die drukke maatschappijleerklas op de Katedralschool – wist hij zes namen te vissen – plus twee leraren zelfs; niet dat hij zich kon voorstellen dat een van hen echt zo gek geworden was dat hij dergelijke brieven naar hem stuurde en vervolgens aan de lopende band mensen van het leven beroofde. Maar de methode – de methode van Jonnerblad en Tallin – hield in dat hij eerst iedereen noteerde van wie hij ook maar enigszins het vermoeden had dat ze hem nooit gemogen hadden. Niet alleen de mensen met wie hij ooit een flinke aanvaring had gehad, maar ook alle anderen, die mensen van wie hij het – onder bepaalde, uiterst perverse omstandigheden – mogelijk achtte.

Leif Barrander, met wie hij in de vierde klas op de vuist was gegaan.

Henrik Lofting, die hem in de vijfde in zijn gezicht had gespuwd nadat hij tijdens de gymles een panna bij hem had gemaakt en daarmee vernederd had.

Johan Karlsson, die in de zevende en achtste klas gepest werd en geprobeerd had zich op zijn kwelgeesten (bij wie Barbarotti niet hoorde, maar wel bij de laffe, zwijgende meerderheid) te wreken door zichzelf in brand te steken.

Hij was er niet in geslaagd zich op die manier het leven te benemen, maar de littekens op zijn gezicht zouden nooit meer helen.

Oliver Casares, wiens vriendinnetje, Madeleine, hij had ingepikt tijdens een skiweek in de bergen. Althans, Oliver dacht dat het zo was gegaan, maar Madeleine was uit eigen beweging op hem afgestapt.

En al die anderen. Ik had nooit verwacht dat ik zo veel potentiële vijanden zou hebben, dacht Gunnar Barbarotti. Ieder mens zou een keer zo'n inventarisatie moeten maken. En zó erg was hij nou toch ook weer niet geweest? Niet erger dan anderen? Toch?

Toen hij na een uur bij de Ulmemolen aankwam, pauzeerde hij even en telde de hele galerij. Tweeëndertig namen. Een half schaakbord, en op dat moment had hij nog vijftien jaar als actief politieman te gaan. Hij zou zonder moeite de vijftig halen die Jonnerblad en Tallin hem hadden opgedragen.

Hij at een appel en dronk een halve liter water. Bleef even zitten, leunend tegen de ruwe muur van de molen, en luisterde naar het stromende water; het was niet veel meer na deze lange, droge zomer, niet meer dan een stroompje, maar het was te horen. Ik trouwen? dacht hij ineens. Ik ga met Marianne trouwen. Lieve help.

Maar toen vroeg hij zich af wie die week bedenktijd eigenlijk nodig had. Had ze daarmee eigenlijk niet gewoon tijd voor zichzelf gewonnen? Zou ze met een smoesje komen en de hele boel proberen uit te stellen als hij woensdag belde?

Als ik er op die manier over nadenk, dacht hij, lijkt het wel of ik een nieuwe auto ga kopen. Of een appartement; hij stond op het punt een meerjarige verplichting aan te gaan, maar de verkoopster was er nog niet over uit of ze wel de juiste koper had gevonden. Dat was natuurlijk een absurde en overdreven pragmatische gedachte, maar hij probeerde het toch met een nuchtere blik voor zich te zien.

Hoe ze samenwoonden. Hoe ze iedere ochtend in hetzelfde bed wakker werden en naar hun werk gingen. Hoe ze 's avonds met haar kinderen aten. Hoe ze uitgebreid boodschappen deden met de auto en mensen uitnodigden. Samen reizen planden en naar een film op televisie keken.

Probeerde twijfels te vinden. Zouden ze op elkaars zenuwen gaan werken als ze niet meer terug konden? Zou ze na tweeënhalve maand ophouden met van hem te houden? Wat zou Sara zeggen? Wat zou Eva Backman zeggen als hij meedeelde dat hij haar bij Somberman en Asunander achter zou laten om naar Skåne te verhuizen? Kon hij wel een baan bij de politie van Helsingborg krijgen?

Vond hij het niet eng om deze stap te zetten? In wezen, als puntje bij paaltje kwam; hij had wel een seconde geaarzeld voor hij haar had gevraagd, en woorden zijn makkelijker dan daden.

Ben je belazerd, dacht Gunnar Barbarotti. Dit is het beste besluit dat ik in vijfenhalf jaar genomen heb.

Hij probeerde na te gaan welke andere belangrijke besluiten hij in dezelfde periode had genomen, maar kon geen enkele verzinnen.

Dat zal die reis naar Griekenland en Thasos wel zijn geweest.

Hij keek op zijn horloge en besloot nog een eindje te lopen voor hij terugging naar de stad. Eigenlijk zou je in een bos moeten wonen, dacht hij ineens. Een hond nemen en iedere dag twee uur wandelen. Wat hebben ze eigenlijk voor bossen in de buurt van Helsingborg? Het Pålsjöbos, was daar niet iets wat zo heette? Zouden beukenbomen moeten zijn in dat geval. Waarom niet?

Hij hing zijn rugzak weer om zijn schouders en sloeg een nieuw blad in zijn blocnote om.

Een half uur later zat hij op vijfenvijftig namen. Zesenveertig mannen en slechts negen vrouwen. Ik ben in elk geval een gentleman, dat is duidelijk, concludeerde Gunnar Barbarotti, ik heb bijna geen vrouwelijke vijanden.

Maar hij merkte ook dat hij het inventariseren zat begon te worden. Wat had het voor zin? Dachten Jonnerblad en Tallin nou werkelijk dat ze de naam van de moordenaar zouden vinden tussen deze mensen die hij min of meer lukraak al wandelend door het bos had neergekrabbeld? Hij kon zich niet herinneren dat hij deze methode ooit beschreven had gezien toen hij in een ver verleden criminologie studeerde. Nee, niet de naam was ongrijpbaar, dacht Barbarotti. Het was ... het was het profiel.

Met wat voor soort persoon hadden ze te maken? Welke motieven had hij? Had hij überhaupt motieven? Had het zin om hem in logische en rationele termen te vatten?

Was er, kortom, een reden?

Deze vraag had weliswaar sinds de dood van Bergman door Barbarotti's hoofd gespookt, maar nu drong het tot hem door, hier in dit aangenaam fluisterende, zuurstofrijke en behaaglijk warme bos, dat hij nooit de tijd had genomen om er echt bij stil te staan.

Hoe zat het nu? Als Bergman en Eriksson door een redeloze gek om het leven waren gebracht, was het moeilijk om te speculeren. Of beter gezegd, dan was dat het enige wat je kon doen. Speculeren. Gissen. Misschien wilde een dergelijke dader diep in zijn hart wel de gevangenis in, zoals Lillieskog had geopperd, in dat geval zou hij vroeg of laat te grote risico's gaan nemen. Brutaal en overmoedig worden, en het spel met de politie te ver doorvoeren. Dat punt zouden ze bereiken. Ze zouden hem kunnen pakken door simpelweg zijn eerste fout af te wachten. En hopen dat hij in de tussentijd niet te veel mensen zou vermoorden.

Maar als het níét om een redeloze gek ging, waar kwam je dan op uit? dacht Gunnar Barbarotti toen hij bij de vogelkijkhut op de Vretensheuvel stopte om de rest van zijn water op te drinken. Ja, waar kwam je dan op uit?

Een moordenaar die goede redenen had om de dingen te doen die hij deed? Die een plan en doordachte motieven had om de mensen te doden die hij vooraf bij naam noemde in brieven die hij naar rechercheur Barbarotti van de politie van Kymlinge stuurde? Wat ... wát was dat eigenlijk voor scenario? Wat had het in vredesnaam voor zin om dat te doen?

Hij ging op een bemoste steen zitten en liet deze vraag in zijn bewustzijn hangen zonder er verder iets mee te doen – om het antwoord als het ware uit zichzelf naar boven te laten drijven. Soms werkte deze methode, maar de enige kleine fractie van een verklaring die hij uiteindelijk, na acht tot tien minuten, kon verzinnen, was slechts een oude, vertrouwde: de politie op een dwaalspoor brengen.

Problemen veroorzaken. Hen dwingen een hoop middelen in te zetten. Hun werkzaamheden versplinteren en ervoor zorgen dat ze het eenvoudige en belangrijke uit het oog verloren.

Oké, dacht Gunnar Barbarotti, maar wat is dan dat eenvoudige en belangrijke?

Als je de brieven buiten beschouwing liet.

Er was maar één antwoord.

Het verband tussen de slachtoffers.

Er moet een verband zijn. Als de moordenaar een motief had, is dat het uitgangspunt voor de redenering. Ergens moeten de wegen van Erik Bergman en Anna Eriksson elkaar gekruist hebben, en op dat kruispunt bevond zich de moordenaar ook.

En waarschijnlijk ook iemand die Hans Andersson heette.

Ineens wist Barbarotti zeker dat als hij niet Hans Andersson, maar bijvoorbeeld Leopold Bernhagen had geheten, hij die derde brief nooit zou hebben ontvangen. Omdat ze die Leopold Bernhagen meteen zouden hebben opgespoord.

Waarom kwam uitgerekend deze naam naar boven? Bernhagen? De naam klonk bekend, maar hij kon hem niet plaatsen.

Hij schudde zijn hoofd. Maar dat is toch precies waar we mee bezig zijn, dacht hij. Zoeken naar een verband tussen de twee slachtoffers. We denken niet in de verkeerde richting. We zitten op de goede weg.

Maar tegelijkertijd was een niet onaanzienlijk deel van de politiemacht op dit moment heel veel mensen aan het bewaken die Hans Andersson heetten, dat was een feit.

En een ander deel van de politiemacht liep in het bos om na te denken. Het was een beetje absurd, als je er goed over nadacht.

Andere baan? had hij tegen Marianne gezegd. Waarom niet? Als hij ging trouwen en naar Skåne ging verhuizen, kon hij die kwestie toch ook meteen wel regelen? De zomer van de veranderingen, nogmaals.

Overgangsperiode. De rui.

Hij keek weer op zijn horloge. Het was twintig over één, een iets frissere wind trok tussen de bomen en hij wist dat de regen snel zou komen. Hij haalde zijn jas uit zijn rugzak en stopte de pen en zijn blocnote weg.

Trouwens, bedacht hij toen hij met enige moeite over

de Rimmingebeek sprong, het was nog maar de vraag hoe gewild een zevenenveertigjarige ex-politieman op de arbeidsmarkt was.

Waarschijnlijk ben ik mijn gewicht in goud niet waard, dacht Gunnar Barbarotti.

Nergens.

14

Commissaris Jonnerblad leunde zo ver achterover dat de stoel waarop hij zat kreunde.

'We zijn compleet', constateerde hij. 'Fijn dat jij ook kon komen, Lillieskog.'

Gunnar Barbarotti keek de tafel rond. Het klopte. Ze waren inderdaad met zijn achten: hijzelf, Eva Backman en Somberman vertegenwoordigden het normale korps, Jonnerblad, Tallin en Astor Nilsson de versterking.

En commissaris Asunander vertegenwoordigde zichzelf, leek het; hij zat niet aan de tafel, maar iets ter zijde ervan, schuin achter Jonnerblads rug, in een soort luisterhouding. Lillieskog kon natuurlijk ook als een soort versterking worden gezien, dacht Barbarotti; voorzover hij iets vertegenwoordigde, was dat wellicht de psychologie en de wetenschap. 'Ik wil graag beginnen', zei hij. 'Ik moet om half vier met de trein.'

Jonnerblad knikte. Barbarotti keek op zijn horloge. Een paar minuten over twee. Het was vrijdagmiddag, natuurlijk wilde Lillieskog graag bij zijn dierbaren thuis zijn.

Of bij zijn goudvis, of wat hij thuis ook had.

Wat ben ik zuur, zeg, dacht hij vervolgens en hij besloot zich anders op te stellen. Er was geen enkele reden zichzelf op de borst te kloppen, hij had niet eens een goudvis.

'Ik heb met een paar collega's over deze zaak gesproken', begon Lillieskog. 'Zoals bekend hebben we te maken met een redelijk abnormale situatie. Een redelijk abnormale ... dader, vermoedelijk.'

'Abnormaal?' vroeg Jonnerblad.

'Precies', zei Lillieskog. 'In alle opzichten abnormaal. In een worstcasescenario hebben we waarschijnlijk te maken met een heel intelligente moordenaar. Eentje die ... Ja, het klinkt misschien een beetje hoogdravend ... die meer thuishoort in de literatuur dan in de werkelijkheid. Of in de wereld van de film. Een dader met een doordacht plan, dat hij zonder scrupules tot in detail uitvoert ... Zoals jullie allemaal weten gedragen de criminelen die wij kennen zich doorgaans zo niet.'

'Gefrustreerde zuiplappen die kwaad worden en erop los slaan', souffleerde Astor Nilsson.

'Zoiets, ja. Meestal is dat het geval. Of afrekeningen in de onderwereld. Maar onze man is klaarblijkelijk uit ander hout gesneden. De reden waarom we hem toch zullen pakken, is omdat hij een motief heeft, dat is de enige manier om hem op te sporen. Hij is vast van plan om een bepaald aantal mensen te doden ... en het gaat om deze mensen, niet om anderen.'

'Het is toch mogelijk dat hij toevall...' begon Eva Backman tegen te sputteren, maar Lillieskog maakte een afwijzend gebaar.

'Het is mijn opvatting dat hij zijn slachtoffers niet willekeurig kiest. Als dat zo is, zou het een redeloze gek zijn. Nee, deze persoon gebruikt een bepaalde strategie om een aantal mensen uit de weg te ruimen die hem om de een of andere reden iets aangedaan hebben. Ik gok erop dat hij, zoals meestal in dit soort gevallen, een vrij introverte en defensieve persoon is. Lichtelijk sociaal gehandicapt vermoedelijk, maar naar alle waarschijnlijkheid intelligent. Misschien zelfs heel intelligent.'

'Een psychopaat?' vroeg Astor Nilsson.

'Dat weet ik niet', zei Lillieskog. 'Psychopaat is een onzorgvuldige aanduiding. Makkelijk om te gebruiken, maar zelden echt adequaat. Van een verminderd empathisch vermogen kunnen we wel uitgaan, maar dat geldt voor de meeste geweldplegers. Wellicht is hij niet eens bang om de gevangenis in te gaan. Hij ziet het vooral als een spel, of een wedstrijd tussen hem en de politie. Het schrijven van de brieven geeft hem waarschijnlijk een soort kick. Maakt iets bij hem los, hij bevestigt zichzelf. Maar ik denk niet dat we met een seriemoordenaar te maken hebben, dit is iets anders. Waar ik bang voor ben, nogmaals, is dat hij beduidend slimmer is dan we gewend zijn. Hij werkt alleen, hij weet wat hij wil en hij voert het uit.'

'Met een bepaald motief?' zei Tallin.

'Met een bepaald motief', zei Lillieskog. 'Ik raad jullie aan daarnaar te gaan zoeken.'

Hij leunde achterover en stopte zijn pen in zijn borstzak. Hij was klaar met zijn analyse.

'Vragen aan Lillieskog?' vroeg Jonnerblad.

'Eén', zei Gunnar Barbarotti. 'Hoe zeker ben je van dit daderprofiel?'

Lillieskog dacht twee tellen na.

'Tachtig – twintig', zei hij.

Gunnar Barbarotti knikte. 'En als hij bij die resterende twintig hoort, is het een mafkees die zich op de telefoongids baseert?'

'Bijvoorbeeld', zei Lillieskog.

Nadat profiler Lillieskog zich uit de voeten had gemaakt, kwam Hans Andersson ter sprake.

'Drie dagen', stelde Jonnerblad vast. 'Er zijn minstens drie dagen voorbijgegaan sinds de moordenaar de brief heeft gestuurd. We hebben alle negenentwintig Hans Anderssonnen die in Kymlinge ingeschreven staan gevonden en we hebben ze allemaal gesproken. Ze zijn zonder uitzondering nog in leven en geen van hen zegt een link met Erik Bergman of Anna Eriksson te hebben.'

'Niet één?' vroeg Astor Nilsson.

'Niets van enige importantie in elk geval', zei Jonnerblad. 'Drie of vier weten wie Bergman was, zeggen ze. Eentje heeft twee jaar bij Anna Eriksson in de klas gezeten, maar ze zaten niet in dezelfde vriendenclub. We hebben geprobeerd om zo vaag mogelijk te blijven en ze een spreekverbod opgelegd, wat tot nu toe lijkt te werken, maar dit houden we natuurlijk niet tot in lengte van dagen vol. Vroeg of laat krijgen we de sensatiepers op ons dak. Een moordenaar die brieven schrijft naar de politie waarin hij vertelt wie hij gaat vermoorden, spreekt natuurlijk tot de verbeelding. Levert zeker vijfduizend extra nummers in de losse verkoop op. Maar dat probleem moeten we tegen die tijd maar oplossen. De bewaking van die Hansen stelt weinig voor, maar kost toch dertig man per etmaal. Desondanks ...' Hij nam een korte denkpauze en krabde zich onder zijn kin. 'Desondanks heb ik het gevoel dat we de bewaking moeten handhaven. Wat zeggen jullie?'

'Waarom zouden we die níét handhaven?' vroeg Somberman alert.

'Omdat hij waarschijnlijk geen van onze te beveiligen personen zal vermoorden', zei Astor Nilsson. 'Want dan zou hij dat al gedaan hebben. Bij Anna Eriksson heeft hij ons amper tijd gegeven. Of ... Ja, of het gaat om een Hans Andersson die ergens anders woont.'

'In dat geval kan hij al dood zijn', vulde Tallin hem aan. 'Er zijn meer dan vijftienhonderd mensen in dit land die Hans Andersson heten. Als er door de vakantietijd een paar onvindbaar zijn, kan het wel even duren voordat dat aan de oppervlakte komt. Maar we hebben natuurlijk het hele land in het vizier.'

'Uiteraard', zei Jonnerblad. 'En als we van de bewaking afzien hebben we de poppen echt aan het dansen, dat moet je niet vergeten. Maar we kunnen er natuurlijk niet eindeloos mee doorgaan. Het kost meer dan een risicovoetbalwedstrijd.'

'Interessante situatie', zei Eva Backman. 'Dus, wat doen we?'

'Ideeën?' vroeg Jonnerblad en hij keek de tafel rond.

'De bewaking opheffen', zei Astor Nilsson. 'Maar de betrokkenen niet inlichten.'

'Leg uit', zei Jonnerblad.

'Met alle plezier', zei Astor Nilsson. 'Mag ik wat water?'

Tallin draaide een fles mineraalwater open en schonk een glas in.

'Dank je', zei Astor Nilsson. 'Oké, ten eerste zullen we met die armzalige bewaking van ons geen misdrijf kunnen voorkomen ... Het enige wat we doen, is de schijn ophouden en dat is bespottelijk. Een concessie aan de publieke opinie. Ten tweede maken we een nog incompetentere indruk als de dader ondanks onze bewaking succesvol toeslaat. Ten derde ... Ja, ten derde denk ik niet – nogmaals – dat onze goede vriend, de moorddadige briefschrijver, een van de Hansen die we nu in de gaten houden, een haar zal krenken. Ergo, opheffen die hap.'

'Mee eens', zei Eva Backman.

'Mee eens', zei Barbarotti.

'Hm', zei Jonnerblad. 'Ik vind dat we er iets beter over na moeten denken.'

'Wat je wilt', zei Astor Nilsson. 'Kunnen we het niet hebben over de lijken die we al wél hebben?'

Dat kon.

Eerst deed Somberman uitvoerig verslag van de verdere verhoren met mensen die Erik Bergman hadden gekend. In welke hoedanigheid dan ook. Samengevat concludeerde hij dat het beeld van Bergman in veel opzichten duidelijker was geworden, maar dat het voor het onderzoek weinig cruciaals had opgeleverd.

Vervolgens deed Eva Backman op vergelijkbare manier verslag van de situatie betreffende Anna Erikssons kennissenkring. Er bestond een soort psychologische overeenkomst tussen de twee slachtoffers, benadrukte Backman; ze waren beiden uitgesproken individualisten, bijna iedereen die ze gesproken hadden, beschreef ze als sterke, zij het een tikje oppervlakkige einzelgängers. Verschillende ondervraagden hadden Anna Eriksson als 'hard' of 'stoer' omschreven, en een oude middelbareschoolvriend van Erik Bergman had het woord 'gevoelloos' in de mond genomen over zijn vroegere vriend.

De uiteenzettingen van Somberman en Backman namen samen bijna een uur in beslag, gegevens werden aan andere gegevens gekoppeld, waarna ze met zekerheid konden vaststellen dat Anna Eriksson dinsdag om 11.55 uur nog in leven was, toen ze vanaf de overkant van de straat door een betrouwbare getuige op haar balkon was gesignaleerd – en tevens dat ze met redelijk grote zekerheid twee uur later dood was, toen een vriendin haar herhaalde malen tevergeefs op haar mobiele nummer had gebeld. Binnen dit interval – deze twee uren – had de moordenaar dus toegeslagen. Het forensisch onderzoek van beide plaatsen delict was afgerond, verschillende monsters waren voor analyse naar Linköping gestuurd, maar er was nog geen uitslag; men achtte het overigens niet erg aannemelijk dat er via deze weg iets interessants voor het onderzoek naar boven zou komen. Vingerafdrukken en DNA leken te schitteren door afwezigheid, en een aannemelijke hypothese over de manier waarop de moordenaar bij Anna Eriksson te werk was gegaan, was dat hij had aangebeld, binnengelaten was, zijn slachtoffer met zijn stompe wapen had doodgeslagen, haar in vuilniszakken had verpakt en onder het bed gelegd. Meer niet. De onbekende manspersoon van wie een getuige in het trappenhuis de rug had gezien, was nog steeds obscuur en niet geïdentificeerd, en bij nieuwe verhoren leek het erop dat de getuige dinsdag en maandag door elkaar haalde.

Nieuwe grafologen hadden nieuwe analyses gemaakt van de brieven. Een rechtshandige man die met zijn linkerhand had geschreven, was nog steeds de meest bruikbare aanwijzing. Omdat de brieven in Göteborg – de eerste twee – en in Borås – de derde – waren gepost, kon worden aangenomen dat hij in een straal van honderdvijftig tot tweehonderd kilometer rond Kymlinge woonde.

'Briljant', reageerde Astor Nilsson. 'Dus we hebben te maken met een rechtshandige man uit West-Zweden. Dan is het slechts een kwestie van tijd voor we hem op kunnen pakken.'

'Hm, ja, ja, ja', zei commissaris Jonnerblad kuchend. 'Het belangrijkste is om zo breed mogelijk te blijven zoeken. Maar we zoeken ook naar een eventueel verband, onder andere door fotoalbums door te pluizen. Tot nu toe zonder resultaat, maar het zou fijn zijn als we iets ontdekken voor we Hans Anderssons lijk vinden.'

Hij kuchte opnieuw en dronk wat water. 'En het zou minstens even fijn zijn als inspecteur Barbarotti ons zou kunnen vertellen waarom juist hij die brieven krijgt', voegde hij eraan toe.

Gunnar Barbarotti ging rechtop zitten.

'Daar ben ik het helemaal mee eens', zei hij. 'Ik heb een inventarisatie van mijn lijken in de kast gemaakt, zoals afgesproken. Jullie hebben de lijst bekeken, het zou interessant zijn om te weten of er een naam tussen staat die jullie doet opschrikken.'

Het werd stil aan de tafel terwijl iedereen de lijst met de zestig namen bestudeerde.

Vervolgens werden vijf of zes ervan korte tijd besproken – allemaal hadden ze minstens één aantekening in het strafregister. Daarna werden de hoofden geschud en geconstateerd dat dit nergens toe leidde.

'En er zit niemand bij die er voor jou uit springt?' vroeg commissaris Jonnerblad, die er ineens heel vermoeid uitzag.

'Nee', zei Barbarotti. 'Wat trouwens niet betekent dat ik verbaasd zou zijn als het inderdaad een van deze mensen blijkt te zijn. Maar tien grote kanshebbers kon ik er echt niet uit halen.'

'Dit is me allemaal iets te wiskundig', gaf Astor Nilsson te kennen. 'We hadden al negenentwintig Hansen en nu hebben we er zestig Barbarottispoken bij. Misschien moeten we ze in een toevalsgenerator husselen en kijken welke aan elkaar blijven plakken, of wat is het idee?'

'Te veel denkwerk achter het bureau, te weinig opsporing in het veld', vulde Eva Backman hem aan.

'Opsporing moet altijd in een bepaalde richting gebeuren', merkte Tallin op. 'Zeker als er al een paar dagen voorbij zijn gegaan.'

'Daar ben ik het mee eens', zei Eva Backman. 'Ik neem het terug.'

Somberman schraapte voorzichtig zijn keel.

'Die foto', zei hij. 'Sorry, maar ik heb het idee dat die in Frankrijk is gemaakt.'

Snel werd de foto met de man en de vrouw op het bankje tevoorschijn gehaald en geïnspecteerd.

'Frankrijk?' zei Jonnerblad. 'Hoezo, als ik vragen mag?'

'Er is iets met de kleur van de afvalbak naast het bankje', legde Somberman uit. 'Je ziet er maar een klein stukje van, maar ik neem aan dat het een afvalbak is. Ik heb het idee dat ik de kleurschakering herken.'

Ineens herinnerde Barbarotti zich weer dat Gerald Sommerman in zijn vrije tijd schilderde. Een paar jaar geleden had hij zelfs een kleine expositie in de kantine van het politiebureau gehad. Twaalf kleine, half figuratieve olieverf- en eitemperaschilderijen, die zowel verbazing als waardering hadden opgeroepen. Barbarotti was van plan geweest er een te kopen, maar voor hij zijn keuze had kunnen maken, waren ze allemaal al weg. Misschien had Somberman een gevoel voor kleur waaraan niemand van de rest in het team kon tippen?

'De kleur van een afvalbak?' zei Jonnerblad met een vage toon in zijn stem. 'Ik weet niet ...'

'Potverdorie, man', zei Astor Nilsson. 'Je zou weleens gelijk kunnen hebben. Het doet me denken aan de kleur van de raamluiken van een huis dat ik ooit heb gehuurd. In Avranches ... Normandië dus, voor degenen die niet ...'

'Laten we dit niet te belangrijk maken', onderbrak Tallin hem.

'Bovendien weten we absoluut niet zeker of de man op het bankje Erik Bergman is. Toch?'

'Je hebt helemaal gelijk', zei Somberman. 'Ik wilde het alleen maar even aanstippen. Het zou ook Zuid-Italië kunnen zijn, maar ik weet ook wel dat we hier niet veel aan hebben.'

'Ja, ja, ja', herhaalde Jonnerblad en hij leunde achterover. 'Frankrijk of Italië. Nee, het lijkt me wenselijker om ons onderzoeksgebied iets in te perken dan om het uit te breiden en in Europa te gaan speuren. Maar bedankt voor de opmerking in elk geval. Misschien dat we er in de toekomst nog iets aan hebben.'

'Graag gedaan', zei Somberman.

Jonnerblad keek om zich heen naar de ontmoedigde groep mensen. Wierp een blik op zijn horloge.

'We zetten er een punt achter voor vandaag', deelde hij mee. 'Helaas rest ons niets anders dan verder werken volgens de richtlijnen die we hebben opgesteld. De bewaking van de Hans Anderssonnen blijft het hele weekend in de huidige omvang gehandhaafd. Tenzij er onvoorziene dingen gebeuren, zien we elkaar maandagochtend om tien uur weer. Vragen?'

Niemand had vragen. Commissaris Jonnerblad verklaarde de briefing voor beëindigd. Het was twintig voor vijf, vrijdag 10 augustus.

'Je vakantie?' vroeg Gunnar Barbarotti toen Eva Backman tien minuten later even bij hem binnenwipte. 'Hoe staat het daar eigenlijk mee?'

'Ik werk tot en met woensdag door', zei ze. 'Maar ik ga dit weekend naar het zomerhuisje. Tachtig kilometer heen en weer, ja, wat je al niet doet om de gezinsvrede te bewaren. Wat ga jij doen?'

Barbarotti haalde zijn schouders op. 'Twee dingen', zei hij. 'Ik ga hierheen om te werken. Maar ik wil ook nadenken over wat ik met mijn leven wil.'

'Goed zo', zei Eva Backman. 'Daar doe je goed aan. Het laatste, bedoel ik.'

'Oké', zei Barbarotti. 'Tot maandag. De groeten aan je man en kinderen.'

'De groeten aan Marianne', zei Eva Backman.

'Die spreek ik woensdag pas weer', zei Gunnar Barbarotti.

Eva Backman bleef in de deuropening staan. 'Woensdag pas weer? Hoezo?'

'O, er is een dingetje', zei Barbarotti.

'Een dingetje?'

'Ja.'

'God, wat ben je toch weer duidelijk', zei Eva Backman.

15

Hij stak zijn wijsvinger in de Bijbel en sloeg hem open.

Hij belandde bij het evangelie naar Matteüs. Hoofdstuk zes, vers tweeëntwintig.

Het oog is de lamp van het lichaam. Dus als je oog helder is, zal heel je lichaam verlicht zijn. Maar als je oog troebel is, zal er in heel je lichaam duisternis zijn. Als het licht in jezelf verduisterd is, hoe groot is dan die duisternis!

Hij las het twee keer. Aha? dacht hij. Zo is het natuurlijk. Uiteraard.

Maar als hier sprake was van een richtsnoer, en dat was immers het idee, was het hem niet helemaal duidelijk om wat voor soort richtsnoer het ging. Had het betrekking op het onderzoek? Of op hemzelf? Zijn algehele geestelijke duisternis en blinde tasten over het doornige pad des levens?

Of beide?

Ja, misschien beide, dacht hij. Aan een helder oog had je in alle omstandigheden iets. Dat je zag wat er echt gebeurde en niet alleen de ingebeelde gevaren.

Of?

Inspecteur Barbarotti zuchtte en sloeg de Bijbel dicht. Liep naar de keuken en stelde vast dat de koelkast leeg was. Oké, op een stuk kaas, een kuipje margarine, een liter melk en vier of vijf andere vergeten dingen na, maar niets waarvan je een fatsoenlijke maaltijd kon bereiden. Maar waarom zou je ook voor één persoon eten koken? Het was zaterdagavond half zeven, te laat om een goede vriend te bellen om te vragen of hij of zij meeging een hapje eten. Hij had trouwens – nader beschouwd – maar twee vrienden met hetzelfde eenzaamheidsgehalte als hij, en met allebei had hij eerlijk gezegd geen zin om aan een restauranttafeltje te gaan zitten keuvelen.

Maar ergens alleen eten was nog erger. De mensen kenden hem. Kijk, daar zit rechercheur Barbarotti moederziel alleen te eten! Arme stakker, die heeft vast geen fijn leven.

Nee, gadver, dat was geen optie. Maar hij had trek. De signalen van zijn lichaam lieten zich niet vermurwen. Dan maar een paar worstjes met aardappelpuree bij snackbar Rocksta, een discreet compromis, dat eerder ook had gefunctioneerd. Misschien kon hij op de terugweg even bij Älgen binnenwippen en kijken of er bekenden aan de bar zaten?

Voordat hij de deur uitging, checkte hij de thermometer aan het keukenraam. Vierentwintig graden. Na een paar wisselvallige dagen was de warmte teruggekeerd. Hij hoefde niet eens een trui aan. Een avond gemaakt om buiten te zitten in vrolijk gezelschap.

Hoe groot is de duisternis in mijn lichaam, dacht Gunnar Barbarotti en hij haastte zich de stad in.

En ik mag Marianne pas woensdag bellen.

Maar Sara mocht hij wel bellen.

De worstjes van Rocksta en een melancholiek, eenzaam biertje in Älgen hadden de tijd tot kwart over acht gedood, en hij had amper een voet in zijn gang gezet, toen hij bedacht dat hij zijn dochter moest spreken.

Moest.

Hij zonk neer op de tuinstoel op zijn balkon en belde haar. Bekeek de zonsondergang en luisterde naar de kauwen terwijl hij wachtte tot hij haar stem uit Londen zou horen. Nadat hij zes keer was overgegaan, kreeg hij haar voicemail. Sara deelde – zowel in het Engels als in het Zweeds – vrolijk mee dat ze óf lag te slapen óf onder de douche stond en dat ze ergens voor de Kerst wel terug zou bellen als je je telefoonnummer achterliet. Hij wachtte vijf minuten voor hij het opnieuw probeerde. Deze keer nam ze op.

'Hoi, met papa.'

'Wie?'

Op de achtergrond waren muziek en stemmen te horen.

'Met mij', zei hij iets luider. 'Je lieve papa, ken je me nog?'

Ze lachte. 'O, ben jij het? Is het goed als ik je over ... over een half uurtje terugbel, het is hier een beetje chaotisch.'

Hij zei dat het prima was. Vroeg zich af wat ze met 'een beetje chaotisch' bedoelde. En wat 'hier' betekende. Het klonk hoe dan ook niet erg geruststellend. Hij had veel liever gehad dat ze thuis had gezeten en hij alleen de geluiden van het nieuws op televisie of een stofzuiger op de achtergrond had gehoord. En had hij niet ook allemaal flessengerinkel gehoord? En rook, natuurlijk stond het er blauw van de rook; dat was door de telefoon weliswaar moeilijk waar te nemen, maar je was al twintig jaar rechercheur of je was het niet.

Hij haalde de lijst met de zestig namen uit zijn aktetas, pakte het laatste biertje uit de koelkast en zette zich weer op het balkon.

Als hij dan toch moest wachten, kon hij maar beter wat gaan werken, dacht hij. Een zekerheid en steun waarop je kon leunen. Het leven is een grindgroeve en zelf ben je de spade.

Het duurde vijfenvijftig minuten voor Sara terugbelde; bijna een minuut per naam, dus, maar het hielp niet. Hoezeer hij ook naar elke afzonderlijke naam staarde, er zat geen enkele bij die hij bij de briefschrijvende moordenaar vond passen, en er kwam geen licht in de duisternis.

'Hoi, pap', zei Sara. 'Zou je mij willen bellen, ik heb haast geen beltegoed meer.'

Dat was de gebruikelijke procedure. 'Hoe gaat het?' vroeg hij toen het gesprek eindelijk kon beginnen.

'Goed', zei Sara. 'Ik heb het hartstikke naar mijn zin hier. Je maakt je toch geen zorgen om me?'

'Is daar een reden voor dan?' repliceerde hij listig.

'Absoluut niet', lachte Sara. 'Maar ik weet hoe overbezorgd je bent. Goed dat je belt, trouwens. Kan ik je meteen vertellen dat ik een vriendje heb.'

'Vriendje?' zei Gunnar Barbarotti en hij kneep zijn bierglas bijna fijn.

'Ja. Hij heet Richard. Hij is heel leuk.'

Daar geloof ik helemaal niks van, dacht Barbarotti. Hij houdt je voor de gek en wil je alleen maar gebruiken, begrijp je dat dan niet?

'Richard?' zei hij. 'Zo, zo. Wat doet hij?'

'Hij is muzikant.'

Muzikant! brulde een stem in Gunnar Barbarotti. Sara, ben je nou helemáál gek geworden. Muziek, drugs en aids en weet ik wat niet allemaal, ga naar huis en doe de deur op slot, dan kom ik je morgen halen!

'Hallo, ben je er nog?'

'Ja ... ik ben er nog. Weet je dat zeker ... Ik bedoel, wat voor soort muzikant?'

Razendsnel zond hij een bestaansgebed naar Onze-Lieve-Heer. Zeg dat hij cellist is in het London Philharmonic Orchestra! Drie punten! Wat dan ook, maar niet ...

'Hij is de bassist van de band die vaak in onze pub optreedt.'

Verdomme, dacht Gunnar Barbarotti. Ik wist het. Neusring, tatoeages en vet haar dat drie kilo weegt.

'Pub?'

'Papa, ik ben opgehouden met die andere baan. Ik werk nu alleen nog maar in de pub, maar het is hartstikke leuk. Iedereen is aardig en je hoeft je nergens zorgen om te maken.'

'Je bent negentien, Sara.'

'Ik weet hoe oud ik ben, papa. Wat deed je zelf toen je negentien was?'

'Daarom maak ik me ook zo'n zorgen', wist hij uit te brengen, wat beloond werd met een nieuwe lach.

'Pap, ik hou van je.'

'Ik ook van jou, Sara. Maar pas goed op jezelf. Het is nu allemaal heel anders dan toen ik jong was, en dan ben je ook nog een meisje. Als je maar een fractie had gezien van wat ...'

'Dat weet ik allemaal wel, lieve pap. Maar ik ben niet gek, hoor. Vertrouw me nou maar, en ik weet zeker dat je Richard heel aardig vindt.'

Ik zou hem veertien uur lang verhoren, zonder plaspauze, dacht Gunnar Barbarotti. En daarna zou ik hem uitzetten naar Buiten-Mongolië.

'Waarom werk je niet meer in die boetiek?' vroeg hij. 'Ik vind een pub niet echt een geschikte omgeving voor een meisje van negentien.'

'Papa', zei Sara en ze zuchtte geduldig. 'Denk nou even na, overal ter wereld werken er meisjes van negentien in pubs. Ik werk hier maar vier avonden per week en verdien twee keer zoveel als in die snobby boetiek. Er is niks aan de hand. Ik rook niet, ik vrij altijd veilig en ik drink nog niet eens half zoveel als jij.'

'Oké', zei Gunnar Barbarotti en hij merkte dat het tijd

werd om de handdoek in de ring te gooien. 'Ik heb gewoon het beste met je voor, dat weet je toch. Hoe is het met Malin?'

Malin was de vriendin met wie Sara naar Londen was gereisd en met wie ze een flat in Camden Town deelde.

'Met Malin gaat het ook goed', verzekerde Sara hem. 'Maar ze heeft geen vriendje.'

'Verstandig meisje', zei Gunnar Barbarotti. 'Ik kom in september langs, zoals we afgesproken hadden. Als ik nog steeds welkom ben tenminste?'

'My heart belongs to daddy', zei Sara, en aangezien dat het mooiste was wat ze het hele gesprek had gezegd, namen ze afscheid en beloofden elkaar over een week weer te spreken.

Hij bleef op het balkon zitten, terwijl de hemel boven de nokken van de daken en de iepen aan de rivier langzaam blauwde. Over een jaar zit ik op een ander balkon en kijk ik uit over de Sont, dacht hij ineens. Helsingør en Louisiana en wat al niet meer.

Stel dat dat gebeurde.

Of stel dat dat niét gebeurde. Stel dat hij alle zomeravonden die hem nog restten in zijn leven op deze drie vierkante meter moest doorbrengen? Vanavond was het toevallig niet onaardig, maar toch. Toch?

Het ergste was dat het hem weinig moeite kostte die mogelijkheid voor zijn heldere geestesoog te laten passeren. Naarmate de tijd verstreek, nam de inertie in hem toe, het zou belachelijk zijn om te denken dat hij over twee, vijf of acht jaar meer bereid zou zijn tot verandering.

Als je op je zevenenveertigste niet actief bent, ben je dat op je zevenenvijftigste al helemaal niet, dacht hij. Als je geen dingen verandert.

Maar nu was hij wel bereid. Heel erg bereid zelfs. Woensdag zou hij Marianne bellen en dat tegen haar zeggen. Verder kon hij alleen maar hopen dat ze niet was gaan twijfelen. Eigenlijk was het verbazingwekkend dat hij zo veel vertrouwen in haar had, ze kenden elkaar nog maar een jaar, ze hadden elkaar niet meer dan acht à tien keer gezien; maar misschien was het wel domweg de eenzaamheid die hem vooruitduwde. Op mijn leeftijd, dacht hij, heb je niet meer alle tijd van de wereld om te wikken en te wegen.

Handelen of wegkwijnen.

Opnieuw vond hij zichzelf overdreven cynisch en pragmatisch, helemaal omdat hij geen enkele twijfel had over zijn gevoelens voor Marianne. Hij hield van haar, hij was bereid zijn baan op te zeggen en met haar in Helsingborg te gaan samenwonen, zo simpel was het. Of ergens anders, als ze dat wilde. Berlijn of Fjugesta of waar dan ook.

Ik zou haar ook uitgekozen hebben als ik alle vrouwen van de wereld had kunnen krijgen, dacht hij. Echt, ik lieg niet, de zonsondergang is mijn getuige.

Toen kwam er een herinnering bovendrijven. Je kon je afvragen waarom.

Een zaak van zo'n tien jaar geleden. Midden in de nacht had er een vrouw naar het bureau gebeld om te zeggen dat ze haar man had gedood. Ze had haar adres gegeven, een nieuw appartementencomplex in Pampas, hij was erheen gereden, samen met een vrouwelijke collega, die later naar Stockholm was verhuisd – en ze hadden vastgesteld dat het klopte wat de vrouw had verteld. De man lag voorovergebogen over de keukentafel met zijn hoofd op zijn gekruiste armen, en zonder het vleesmes dat tussen zijn schouderbladen stak, had je kunnen denken dat hij lag te slapen.

'Waarom?' had Barbarotti gevraagd.

'Ik was radeloos', had de vrouw geantwoord.

'Hij zei dat hij me ging verlaten. Wat had er van me terecht moeten komen?'

Hij keek haar verbijsterd aan. Een zwaarlijvige vrouw van midden vijftig. 'En wat moet er dan nu van u terechtkomen?' had hij gevraagd.

'Nu wordt er voor me gezorgd', legde ze uit. 'Ik zou het in mijn eentje niet gered hebben. Geen dag. En Arne wordt begraven.'

Toen hij haar later verhoorde was ze bij deze verklaring gebleven, alsof het een vanzelfsprekendheid was, niet iets waar vraagtekens bij gezet konden worden of wat een nadere uitleg behoefde; haar man had haar beloofd zijn hele leven van haar te houden en voor haar te zorgen, en toen hij deze belofte verbrak, bleef de enige logische oplossing over: een mes in zijn rug steken. De forensisch psychiater die haar een paar dagen lang had onderzocht, stelde vast dat ze geestelijk volkomen gezond was, en dus werd ze tot levenslang veroordeeld voor moord.

Barbarotti dacht af en toe terug aan deze zaak. Of, beter gezegd, hij kwam met regelmatige tussenpozen bij hem op. Zoals nu. Zonder dat hij er iets tegen kon doen. Altijd vergezeld door vragen die hij niet goed wist te formuleren. Maar die hij vooral niet kon beantwoorden.

Hoe schuldig was ze eigenlijk?

Waarom kostte het hem zo veel moeite om toe te geven dat ze een misdrijf had gepleegd?

Was hij een alleenheersende rechter in een utopische rechtsstaat geweest, dan zou hij haar waarschijnlijk – tegen haar wil – hebben vrijgesproken. Want ze zou haar hele leven nooit meer terechtkomen in een situatie waarin ze een soortgelijke daad zou moeten plegen om zichzelf te verdedigen tegen ... Ja, waartegen ze zichzelf verdedigd had. Hij kon niet echt bij de kern komen, maar het leek ook niet belangrijk om het in woorden uit te drukken.

Belangrijker was in hoeverre het verenigbaar was met zijn rol als politieman om met dit soort gedachten over misdaad en straf rond te lopen.

Ook op deze mooie avond in augustus vond hij geen oplossing. Toen het twaalf uur was en alle kauwen er het zwijgen toe hadden gedaan, besloot hij naar bed te gaan, maar hij was amper opgestaan van zijn stoel toen zijn mobieltje ging.

Verdomme, dacht hij. Sara. Er is haar iets overkomen.

Maar het was Sara niet.

Het was Göran Persson.

Een verwarde seconde lang dacht Barbarotti echt dat het de oud-premier was die hem over een lastige politieke kwestie belde – maar toen drong het tot hem door dat het slechts om een naamgenoot ging.

Göran Persson was verslaggever bij de krant *Expressen* en de reden waarom hij belde was zo duidelijk als een spijker in een cake.

'Het gaat over de twee moorden in Kymlinge. Ik heb vernomen dat de moordenaar jou geschreven heeft en van tevoren heeft aangekondigd wat zijn plannen waren. Wat is je commentaar hierop?'

'Hè?' zei Gunnar Barbarotti.

Göran Persson herhaalde zijn bewering en vraag in exact dezelfde bewoording.

'Geen commentaar', deelde Barbarotti mee. 'Ik weet niet waar je het over hebt. Van wie heb je deze informatie?'

'Het is strafbaar om een bron te achterhalen, wist je dat niet?' riposteerde Persson. 'Maar deze keer zie ik het door de vingers. Toevallig weet ik dat mijn informatie klopt. Jullie wisten dat Erik Bergman en Anna Eriksson vermoord zouden worden. Maandag komt er een artikel over de brieven in de krant en het zal jullie zaak geen goed doen als je feiten gaat ontkennen.'

'Ik geloof niet ...'

'Ik ben nu onderweg naar Kymlinge', deelde de verslaggever mee. 'Ik stel voor om morgenochtend in het Kymlinge Hotell af te spreken. Dan kunnen we het er in alle rust over hebben, het lijkt me voor iedereen het beste dat we de handen ineenslaan. De brieven zijn aan jou persoonlijk gericht, heb ik begrepen. Met de hand geschreven blokletters. Klopt dat?'

Gunnar Barbarotti dacht drie tellen na.

'Hoe laat?' vroeg hij.

'Tien uur', besloot verslaggever Persson. 'Ik heb nog tweehonderd kilometer voor de boeg en het is morgen per slot van rekening zondag.'

We hebben een lek, dacht inspecteur Barbarotti terwijl hij zijn tanden poetste en zijn ongewoon troebele ogen in de badkamerspiegel bekeek.

Wie?

16

Het stond hem tegen, zonder meer, maar een uur voordat hij Göran Persson in het Kymlinge Hotell zou ontmoeten, belde hij commissaris Jonnerblad om de situatie uit te leggen.

'Shit', zei Jonnerblad. 'Misschien is het beter als ik erheen ga in plaats van jou.'

'Dat lijkt me geen goed idee', zei Barbarotti. 'Hij weet dat de brieven aan mij zijn gericht en hij wil mij spreken.'

Jonnerblad dacht even na en zette een radio uit.

'Oké', zei hij toen. 'Maar dan moeten we wel eerst een strategie afspreken.'

'Prima', zei Barbarotti. 'Had je al iets in gedachten?'

'Over hoeveel we prijsgeven natuurlijk', zei Jonnerblad. 'Daar gaat het om.'

'Volgens mij weet hij alles al', zei Barbarotti. 'Misschien is het niet zo handig om in allerlei leugens verstrikt te raken.'

'Wie had het over leugens?' zei Jonnerblad.

'Weet ik niet', zei Barbarotti.

'Wie heeft er eigenlijk gelekt?'

'Geen idee', zei Barbarotti. 'Maar er zitten natuurlijk vrij veel mensen op deze zaak.'

'Misschien was het wel gewoon een kwestie van tijd', zei Jonnerblad. 'Laat je het me weten als je een collega in een Armanipak door de stad ziet lopen?'

'Zal ik doen', zei Barbarotti. 'Maar welke strategie spreken we af?'

Jonnerblad zweeg weer, maar ademde zwaar, alsof er een volslanke minnares op zijn borst zat, dacht Barbarotti.

Waarom schoten er altijd zulke ongefundeerde gedachten en beelden door zijn hoofd? Het was bijna altijd storend en ... Hoe heette dat? ... contraproductief. Dan raakte hij de draad kwijt. Waarom zou er in hemelsnaam een volslanke ho...?

'De bewaking', zei Jonnerblad uiteindelijk. 'Daar gaat hij natuurlijk naar vragen.'

'Degenen die al vermoord zijn, hoeven we niet te bewaken', zei Barbarotti. 'Ik weet niet zeker of hij ...'

'Hans Andersson', onderbrak Jonnerblad hem. 'Weet hij ook van Hans Andersson?'

'Dat wilde ik net gaan zeggen', zei Barbarotti. 'Dat is me nog niet duidelijk. We hebben het er niet over gehad.'

'Als hij hem niet noemt, hoef jij dat ook niet te doen', besloot Jonnerblad.

'En als hij hem wel noemt?'

'Dan zeg je dat we hem naar omstandigheden zo optimaal mogelijk bewaken.'

'Naar omstandigheden?'

'Precies.'

'Duidelijk', zei Barbarotti. 'Nog meer?'

'Waarschijnlijk wil hij exclusiviteit', zei Jonnerblad. 'Daar zitten wat onderhandelingsmogelijkheden. Niets houdt ons immers tegen om het vanmiddag allemaal in een persconferentie naar buiten te brengen.'

'Dat weet ik', zei Barbarotti. 'Daar zat ik ook aan te denken. Ik snap niet waarom ze het niet vandaag al rondbazuinen.'

'Wat maak jij daaruit op?' wilde Jonnerblad weten. 'Als je erover nadenkt?'

'Dat hij de tip heeft gekregen vlak voor hij me belde. Het

was na middernacht, ze kunnen er pas vandaag mee aan de slag.'

'Heel goed mogelijk', zei Jonnerblad. 'Maar waarom neemt hij überhaupt contact met ons op?'

'Goede vraag', zei Barbarotti. 'Misschien omdat hij het niet geloofde?'

'Vormt normaal gesproken geen belemmering voor ze', zei Jonnerblad. 'Maar misschien is het in dit geval anders. Jij denkt dus dat hij pas overtuigd was nadat hij jou gesproken had?'

'Tja ...' zei Barbarotti.

'Was je nuchter?'

Inspecteur Barbarotti reageerde niet.

'Bel me zodra je klaar met hem bent', zei Jonnerblad. 'Gebruik je gezonde politieverstand, je loopt al een tijdje mee, niet? En mocht je zijn bron kunnen achterhalen, dan hoor je mij niet klagen.'

'Ik denk niet dat dat gaat lukken', zei Barbarotti. 'Journalisten zijn zuinig op hun mollen.'

'Dat zal ook wel', mopperde Jonnerblad, waarna de strategische bespreking ten einde was.

Göran Persson had het duidelijk niet naar zijn zin in het Kymlinge Hotell. Waarschijnlijk had hij liever in een eetzaal in New York of Rome gezeten, vermoedde Gunnar Barbarotti, maar het was niet anders. De verslaggever was overduidelijk klaar met zijn ontbijt; hij had meer servies bevuild dan een normaal gezin met vier kinderen bij elkaar, over de hele tafel lagen toegetakelde stukken broodbeleg, kruimels wienerbrød en resten ei verspreid, en de ochtendkrant lag in verfrommelde stapels op de grond.

Hij deed denken aan een verlopen docusoapster, dacht Barbarotti somber. In verval. Een baard van drie dagen, ongekamd haar, nog nat van het douchen en een zwart T-shirt onder een rafelig leren gilet. Tussen de vijfendertig en vijfenveertig jaar.

Maar misschien zag het er erger uit dan het was, dacht hij vervolgens en hij nam plaats tegenover de verslaggever. Misschien werkt hij wel undercover in motorbendes. Onderzoeksjournalistiek, je moet iemand nooit op zijn uiterlijk beoordelen. Fijn om zo onbevooroordeeld te zijn.

'Ha', zei Persson. 'Jij bent Barbarotti?'

Barbarotti gaf toe dat zijn vermoeden klopte. Persson stopte wat tabak onder zijn lip.

'We zaten aan vier pagina's te denken', zei hij. 'Twee hele spreads. Het is een verdomd interessant verhaal.'

'Vind je?' zei Barbarotti.

'We willen die brieven er graag bij plaatsen. Een exacte weergave, dus. Dat helpt vast om die klootzak te pakken te krijgen.'

'Ik weet niet of we die wel openbaar willen maken', zei Gunnar Barbarotti.

'Natuurlijk wel', zei Göran Persson. 'Je wilt toch niet dat we lullige dingen over jullie gaan schrijven? Er komt zo een fotograaf, dan kunnen we straks met zijn allen naar het politiebureau. Wil je geen koffie?'

Gunnar Barbarotti knikte. Stond op van de tafel en haalde een kop koffie en een handvol koekjes bij het buffet. Trotseerde de neiging om de koffie over het hoofd van de verslaggever te gieten en had er spijt van dat hij het Jonnerblad niet had laten opknappen.

Maar zich de les laten lezen? Nooit van zijn leven.

'Oké', zei hij toen hij weer was gaan zitten. 'Ik zal het met mijn collega's bespreken. Maar ik denk dat je niet helemaal weet hoe het zit, dat gebeurt wel vaker bij jullie. Kun je me vertellen hoe je aan die tip gekomen bent ... Ik heb je krant persoonlijk al veertien jaar lang niet in gekeken en ben ook niet van plan dat morgen wel te doen.'

Göran Persson keek hem lange tijd aan, waarbij zijn mondhoek licht trok. Er werd een stukje tabak zichtbaar. Hij ging rechtop op zijn stoel zitten en schraapte zijn keel.

Toen declameerde hij uit zijn hoofd de boodschappen van de moordenaar. Langzaam en nadrukkelijk, woord voor woord. Ook de derde, die op Hans Andersson betrekking had.

'Hoezo weet ik niet hoe het zit?' voegde hij eraan toe.

Shit, dacht Barbarotti. Welke idioot ...? Wacht even, kan het zijn dat ...?

Maar op dat moment flitste er een camera, en het zou meer dan vierentwintig uur duren voor hij deze gedachtegang kon voortzetten.

'Nisse Lundman', zei de fotograaf. 'Ik dacht: ik neem een paar foto's terwijl jullie praten, is dat goed?'

'Dat is goed', zei Göran Persson en hij knipoogde naar Barbarotti. 'Nou, waarom schrijft die psychopaat naar jou?'

'Psychopaat?' zei Barbarotti.

'Niet op elke slak zout leggen', zei Persson.

'Dat weet ik niet', zei Barbarotti.

'Echt niet? Of hou je informatie achter?'

Inspecteur Barbarotti gaf geen antwoord. Werkte twee koekjes naar binnen en keek door het raam naar buiten. De fotograaf maakte een paar foto's.

'Oké', zei Göran Persson. 'Jullie hebben deze informatie dus niet naar buiten gebracht. De brieven waarin jullie gewaarschuwd werden. Ik ga later op de dag met een paar familieleden van de slachtoffers praten. Ik ben benieuwd wat zij hierover te zeggen hebben.'

'Ik ook', zei Barbarotti.

'En de derde man, Hans Andersson ... Die hebben jullie dus nog niet gevonden?'

'Nee', zei Barbarotti. 'Maar ik beloof je meteen te bellen als we hem hebben, dan kun je zijn vrienden en familie ook lastigvallen.'

'Niet zo kleinzielig', zei de verslaggever en de tabak werd weer zichtbaar. 'Zullen we dan nu maar naar het politiebureau gaan?'

'Ik moet eerst iemand bellen', zei Barbarotti.

'Dan ga ik even naar de plee', maakte Göran Persson duidelijk. 'De koffie hier is niet te drinken.'

De telefoon was amper overgaan of Jonnerblad had al opgenomen. In een halve minuut beschreef Barbarotti de stand van zaken.

'Verdomme', zei Jonnerblad.

'Zeg dat wel', zei Barbarotti. 'Maar wat doen we hiermee?'

'Hebben we een keus?' zei Jonnerblad.

'Volgens mij niet', zei Barbarotti.

Jonnerblad was een paar tellen stil aan de andere kant van de lijn.

'Oké', zei hij toen. 'Kom maar naar het politiebureau met hem, dan neem ik het daar wel over. Ik ben er over een kwartier.'

'Afgesproken', zei Gunnar Barbarotti. 'Dan zal ik proberen om hem in de tussentijd niks aan te doen.'

'Is het zo erg?' vroeg Jonnerblad.

'Dat zul je wel merken', zei Barbarotti.

Het was tien over elf toen inspecteur Barbarotti *Expressen*-verslaggever Göran Persson naar commissaris Jonnerblad op de derde verdieping van het politiebureau bracht. Commissaris Tallin was er ook, dus hoefde Barbarotti niet te blijven.

Daar was hij erg blij om. Hij haastte zich het gebouw uit, stapte in zijn auto en zette koers naar huis. Verslaggever Persson bleef als een ontstoken kies in zijn hoofd zeuren, en hij dacht bij zichzelf dat als het de bedoeling van Onze-Lieve-Heer was dat de rustdag werd gebruikt voor herstel en recreatie, deze zondag behoorlijk belabberd begonnen was.

En als het de bedoeling van Onze-Lieve-Heer was dat mensen kranten lazen, dan zou hij hem daarover de volgende keer dat hij hem aan de lijn had serieus aan de tand voelen.

Toen hij Baldersgatan in reed, merkte hij dat hij geen zin had om naar huis te gaan. Puur objectief gezien was het een stralend mooie augustusdag; waarom zou hij gefrustreerd op de dood gaan zitten wachten in zijn naargeestige driekamerflat? Dat sloeg nergens op. Er moest zinvollere verstrooiing zijn. Aanzienlijk zinvoller.

Dacht inspecteur Barbarotti terwijl hij langzaam langs de enigszins urinekleurige gevel reed van het gecraqueleerde pand waarin zich zijn huurappartement bevond, en voor hij bij de stoplichten voor Drottninggatan was, was de naam Axel Wallman komen bovendrijven.

Hij haalde zijn mobieltje tevoorschijn en belde het nummer.

Axel Wallman was afgekeurd en woonde in een oud zomerhuisje aan de noordkant van Kymmen.

Hij had niet altijd thuis gezeten. Dertig jaar geleden zaten Gunnar Barbarotti en hij bij elkaar in de klas; Wallman verliet de middelbare school met de hoogste cijfers van iedereen – een tien voor alle vakken, behalve gymnastiek; daarvoor had hij genoegen genomen met een nul – en er werd hem een schitterende academische carrière in het vooruitzicht gesteld. Maar sociaal gezien was hij een einzelgänger; een moeilijke, gesloten, gekromde jongen. Hoewel ze alle jaren bij elkaar in de klas hadden gezeten, had Barbarotti weinig contact met hem gehad – maar hij had hem leren kennen toen hij in Lund studeerde. Het was dat ze toevallig bij elkaar in huis waren komen wonen, anders had hij hem nooit meer gezien. Drie jaar lang hadden ze in Prennegatan een tweekamerflat gedeeld. Barbarotti studeerde rechten, Wallman linguïstiek. En een hele trits talen. Latijn en Grieks als basis natuurlijk, verder een paar Slavische talen om ten slotte bij het Fins uit te komen. Of Fins-Oegrisch, beter gezegd. Na verloop van tijd promoveerde hij met een vergelijkende dissertatie over het gebruik van de locatief in het Wepsisch, Tsjeremissisch en Wotjaaks, een geschrift dat Barbarotti nog steeds ongelezen in zijn boekenkast had staan.

Maar tegen die tijd had hijzelf de rechtswetenschap al de rug toegekeerd, was naar de politieacademie gegaan en rechercheur geworden. Had een gezin gesticht. Wallman was vast niet makkelijk om mee samen te werken, daar kon Barbarotti wel in komen; een getalenteerd onderzoeker, maar zeker geen docent. En het academische wereldje was niet meer wat het was; vroeger had het verdienstelijk gefungeerd als een beschutting en soort sociale werkplaats voor introverte bollebozen, maar aan het eind van de jaren tachtig begon men in Zweden te eisen dat je ook moest doceren.

Vooral als het om talen ging, die toch als een soort communicatiemiddel tussen mensen werden beschouwd.

Hier was Wallman gesneuveld. Hij kreeg weliswaar een aanstelling als docent aan de universiteit van Kopenhagen, werd vervolgens overgeplaatst naar Aarhus, daarna naar Umeå, toen naar Uppsala en daarna naar Turku; zijn carrière was doorspekt met langdurige ziekteperiodes en – als Barbarotti het goed begrepen had – aanhoudende controverses met collega's en studenten, evenals een enkel schandaal. Gedurende deze hele periode had hij Wallman uit het oog verloren, tussen 1985 en 2000 ongeveer, en toen ze elkaar een paar weken na de millenniumwisseling toevallig weer tegen het lijf liepen, was het voormalige genie al uit de academische machinerie verwijderd en op de vuilnisbelt gegooid.

Zoals hij het zelf uitdrukte.

Maar het was – zoals hij het tevens uitdrukte – jammer voor hen, voor die bekrompen pennenlikkers. 'Ik spreek eenentwintig talen vloeiend, maar nu horen alleen Saarikoski en de vogeltjes het!'

Saarikoski was Wallmans hond, een zeventig kilo zware, vreedzame Leonberger en volgens de eigenaar een incarnatie van de dichter zelf. De vogeltjes zag hij als hij met Saarikoski door de bossen rond het huisje struinde. Of als hij op zijn doorgezakte veranda aan de rand van het meer met een biertje zat na te denken.

Of te schrijven, niet duidelijk wat. Sinds ze het contact weer hadden aangehaald – wat natuurlijk min of meer samenliep met Barbarotti's eigen carrière als gescheiden man – hadden ze elkaar ongeveer één keer per jaar gezien; in totaal niet meer dan zo'n vier, vijf keer, en er was nog veel wat hij niet wist over Axel Wallman.

Bij de eerste belpoging nam hij niet op, dat deed hij nooit. Maar bij de tweede gebeurde dat wel. Zonder iets te zeggen, dat was ook een regel; als iemand iets van hem wilde, was het aan diegene om de eerste stap te zetten. Zoals zich voorstellen.

Dat deed Gunnar Barbarotti.

'Met Barbarotti. Ik heb zin om even langs te komen. Ik heb echt een rotochtend gehad en heb behoefte om de middag in intelligent gezelschap door te brengen.'

'Ik vraag even aan Saarikoski of het hem schikt', reageerde Axel Wallman nors.

Blijkbaar was dat het geval. Wallman deelde mee dat meneer de rechercheur welkom was als hij niet te veel herrie maakte en een tas vol eten zou meenemen. Barbarotti beloofde hiervoor te zorgen en over een uur te verschijnen.

Het erf om Axel Wallmans zomerhuisje leek een beetje op het gezicht van Wallman zelf. Verwilderd en onregelmatig; stoppelbaard en brandnetels, stapels oude troep en opengekrabde puisten, een bebloede pleister, die er mogelijk op duidde dat hij zich de afgelopen maand geprobeerd had te scheren, en stapels planken onder zeildoeken, die er misschien op wezen dat iemand op enig moment in het afgelopen decennium van plan was geweest reparatiewerkzaamheden uit te voeren.

Maar hoogstwaarschijnlijk niet Wallman zelf. Zijn haar was grijs, uitgedund en schouderlang, zijn kleding bestond uit een vuil, limegroen T-shirt, een versleten overall en zwarte wandelschoenen zonder sokken. Ineens drong het tot Barbarotti door dat een gemiddelde getuige hem eerder op ruim zestig zou schatten dan eind veertig, wat hij was.

En als er inderdaad een academische vuilnisbelt bestond, zoals Wallman beweerde, dan hoorde hij daar naar zijn uiterlijk te oordelen zonder twijfel thuis.

Zoals deze. Maar een beperkt uitzicht op het meer had hij nog wel, stelde Gunnar Barbarotti vast, ondanks de brandnetels, elzen, espen en berken, die sinds vorig jaar een halve meter waren gegroeid.

Axel Wallman zat – net als vorig jaar – op een plastic stoel op de veranda. De tafel naast hem lag bezaaid met van alles en nog wat: boeken, oude kranten, pennen, schrijfblokken, shag, tandenstokers, een petroleumlamp en lege bierblikjes. Hij stond niet op toen hij Barbarotti in het zicht kreeg, maar hief zijn blik even, en Saarikoski, die in de schaduw aan zijn voeten lag, kwispelde twee keer met zijn staart.

'Ha, Axel', zei Barbarotti. 'Fijn dat ik even langs mocht komen.'

'Er waart een geestverschijning door de geschiedenis', reageerde Axel Wallman. 'Ze heet Femina.'

'Een waarheid als een koe', zei Barbarotti en hij zette zijn plastic tassen op de grond. In de ene zat bier, in de andere pasta en ingrediënten voor bolognesesaus.

'Ik ben achtenveertig en nog maagd', zei Axel Wallman. 'Interesseert je dat?'

'Nee', zei Barbarotti. 'Eerlijk gezegd niet.'

'Saarikoski boeit het onderwerp ook al niet', stelde Axel Wallman somber vast, waarna hij met zijn nicotinegele vingers een sjekkie begon te draaien. 'Maar hij was dan ook al gecastreerd toen ik hem kreeg. Wat is de stand van zaken? Zit er bier in die tas?'

Gunnar Barbarotti haalde een paar kledingstukken uit een andere plastic stoel en ging zitten. Reikte zijn gastheer een blikje bier aan en maakt er voor zichzelf ook een open. Keek uit over het meer en dacht bij zichzelf dat als Axel Wallman ooit in zijn stoel zou sterven, niemand het zou merken; de natuur zou hem en zijn huis verzwelgen; Saarikoski zou waarschijnlijk aan de voeten van zijn baasje zijn laatste adem uitblazen en op dezelfde manier begraven worden.

In de groene vergetelheid. Misschien niet eens zo'n

slecht einde, als je erover nadacht.

Maar hij was hier niet naartoe gekomen om de kortstondigheid en zinloosheid van het leven te bespreken. Althans, dat dacht hij; de precieze reden was hem nog steeds niet duidelijk, hij had ineens aan zijn oude lotgenoot moeten denken en zin gehad om hem te zien, specialere redenen waren niet nodig. Niet op zo'n mooie augustuszondag als vandaag.

Ze namen nog een paar slokken bier en bleven een halve minuut zwijgend zitten.

'Wat denk jij van een moordenaar die brieven naar de politie stuurt om te vertellen wie hij van plan is te doden?' vroeg Gunnar Barbarotti.

Je kon Axel Wallman maar beter niet de richting van het gesprek laten bepalen. Dan belandde je voor je het wist bij allerlei onbegrijpelijke complexe onderwerpen. De Franse werkwoordsvormen van Strindberg of geheime codes tijdens de Tweede Wereldoorlog.

'Is dat de huidige stand van zaken?' vroeg Axel Wallman. 'Een moordenaar die brieven schrijft?'

'Ja', zei Gunnar Barbarotti.

'En vermoordt hij ze ook? Hij schrijft niet alleen brieven?'

'Hij vermoordt ze ook.'

'Ik heb nooit veel op gehad met de huidige stand van zaken', zei Axel Wallman en hij stak zijn verfrommelde sjekkie op. 'Is het een hij of een zij?'

'Ik denk een hij', zei Barbarotti.

'Goed', zei Axel Wallman. 'Ik heb geen verstand van vrouwen, zoals je weet. Ik denk dat ze in wezen niet te begrijpen zijn. Maar als je me de boodschappen van de moordenaar laat lezen, wil ik me best aan een linguïstische analyse wagen.'

'Ik heb ze niet bij me', gaf Gunnar Barbarotti te kennen.

'Niet? Waarom zit je mijn kostbare tijd dan te verdoen?'

'Ik heb bier en eten meegenomen', merkte Barbarotti op. 'Bovendien ken ik ze uit mijn hoofd.'

'Je hebt nog nooit iets uit je hoofd gekend', mopperde Axel Wallman. 'Maar laat toch maar horen.'

Inspecteur Barbarotti nam een slok bier, dacht na en droeg de drie boodschappen van de moordenaar uit zijn hoofd voor. Axel Wallman zei niets en krabde aan zijn stoppels.

'Nog een keer.'

Barbarotti vroeg zich af of dat nodig was voor Wallmans analyse of dat hij zijn geheugenfuncties wilde controleren. Hij schraapte zijn keel en herhaalde de woorden. Toen hij klaar was, leunde Wallman voldaan achterover.

'Mijn inschatting is dat we te maken hebben met een achtendertigjarige inwoner van Småland', zei hij, waarna hij een grote slok bier nam.

'Hè?' zei Gunnar Barbarotti.

'Een achtendertigjarige inwoner van Småland', herhaalde Axel Wallman en hij liet een boer. 'Hoor je ook slecht of zo?'

'Een achtendertigjarige inwoner van Småland, hoe kun je dat nou beweren?'

'Dat beweer ik niet', zei Axel Wallman. 'Ik beweer niks. Maar de enige hypothese die ik vanuit een linguïstisch perspectief kan opstellen, heb je net gehoord. Wat voor mensen vermoordt hij?'

'Wisselt een beetje', zei Barbarotti. 'Maar je analyse, waar baseer je die op?'

'Hij zegt "*denna gången*", deze keer', zei Axel Wallman. 'Dat heeft zich weliswaar in het hele land verspreid, maar oorspronkelijk komt het uit Zuid-Zweden, maar niet uit Skåne.'

‘Je neemt me in de maling’, zei Barbarotti.

‘Zou kunnen’, zei Wallman. ‘Bij misdaadbestrijding zijn vingerafdrukken over het algemeen een betrouwbaarder middel dan taalgebruik. Maar het kan ook zijn dat de moordenaar je in de maling neemt. Misschien komt hij uit Norrland en wil hij doen alsof hij uit Småland komt.’

‘Hm’, zei Gunnar Barbarotti. ‘En achtendertig, waar haal je dat vandaan?’

‘De gemiddelde leeftijd van de mannen in dit land is negenendertig’, zei Axel Wallman. ‘Ik heb er een jaar afgetrokken omdat geweldplegers doorgaans iets jonger dan gemiddeld zijn. Dat heeft met testosteron te maken.’

Hij drukte zijn sigaret uit en begon te giechelen. Gunnar Barbarotti leunde achterover en nam hem op. Axel Wallman lachte zelden, dat was nooit anders geweest, maar als het een enkele keer wél gebeurde, deed het denken aan een jong pubermeisje dat haar vrolijkheid via licht opengesperde neusgaten met kleine pufjes uitstootte. Samen met het uiterlijk van Wallman en zijn algehele voorkomen was het een wonderlijk gezicht. Hij is niet goed wijs, dacht Gunnar Barbarotti. En ik ook niet. Waarom zit ik hier met Axel Wallman over het onderzoek te zwammen? Ik ben hier toch naartoe gekomen om even niet aan mijn werk te denken? Nee, we gaan het ergens anders over hebben.

‘Op jou, Axel’, zei hij terwijl hij zijn bierblikje hief. ‘Genoeg over mijn problemen. Waar ben jij op dit moment mee bezig?’

Axel Wallman nam een slok en liet een boer. Begon een nieuw sjekkie te draaien en leek na te denken. ‘Uit Halland’, zei hij. ‘Hij kan ook uit Halland komen. Wat zei je?’

‘Waar hou jij je tegenwoordig mee bezig?’

‘Nou, bezig, bezig’, zei Axel Wallman. ‘Ik weet niet of dat de juiste benaming is, maar ik ben gedichten van Barin aan het vertalen. Wil je iets horen?'

Barbarotti wrong zijn schoenen uit en knikte. 'Waarom niet?'

Axel Wallman pakte een spiraalblok, bladerde heen en weer, hoestte slijm op en spuwde een fluim over de balustrade van de veranda. 'Dit gedicht', zei hij en ineens leek hij op een jongetje dat op een kinderfeestje een raadsel op ging geven. 'Dit is niet slecht, misschien zelfs beter dan het origineel. Ik denk dat ik het op een paar plekken wat slechter moet maken, je moet ook recht doen aan de onvolkomenheden als je vertaalt, niet iedereen onderschrijft die regel, maar ik wel ... Ja, ik denk niet dat de kans groot is dat je het snapt, maar ik wil toch ...'

'Lees nou maar, Axel', zei Barbarotti. 'Laat die preludes en analyses maar, ik ben een en al oor.'

'Oké, domkop', zei Axel Wallman. 'Luister goed, want dit is grootse poëzie.'

Hij nam nog een slok bier, krabde Saarikoski onder zijn kin en begon te lezen.

'Mijn liefste, jij bent het dikke kind dat in de modder viel toen de oorlog kwam,

je bent de afdruk van de voet die de krijgsman maakte op de vloer naast de korenblonde vlecht van het meisje van dertien,

jij bent het zout in het vaatje dat de moeder van het meisje in haar vestzak droeg de dag waarop ze in het massagraf werd geworpen aan de andere kant van de heuvelrug,

die plek waarheen niemand nog gaat – maar je bent niet het water dat in de beek vlakbij murmelt

en niet de vogel die in de schemering zingt

evenmin de lieflijke schaduw in de groene bosschage.

Zo is het, mijn liefste, op een andere manier kon het niet zijn.'

Hij knikte een paar keer peinzend en deed het blok dicht. Gunnar Barbarotti leegde zijn blikje bier en sloot zijn ogen. Er kwam een vlieg aangezoemd, die op zijn pols ging zitten. Waarom zit ik hier? dacht hij weer. Hoe komt het dat ik in mijn achtenveertigste levensjaar uitgerekend op deze zondagmiddag uitgerekend in dit gezelschap ben terechtgekomen?

Hij vond deze vraag zowel een tikje beangstigend als heel relevant, hij speelde er even mee zonder betekenisvolle antwoorden te vinden. Daarop liet Axel Wallman weten dat het hem goed deed om zo'n verdomd mooi gedicht aan zijn oude vriend voor te lezen en hij vroeg of hij er nog twintig mocht voorlezen.

Zo geschiedde, zo verstreek de middag. Axel Wallman las zijn vertalingen van Mihail Barins trage gedichten, dan weer ogenschijnlijk eenvoudig, dan weer duister en complex, ze dronken nog meer bier, maakten pasta met bolognesesaus, namen een duik in het meer, en toen de avond begon te vallen, besefte Gunnar Barbarotti dat hij veel te veel gedronken had om naar huis te kunnen rijden en dat hij moest blijven slapen.

Dat was geen enkel probleem. Om elf uur deelde Axel Wallman mee dat hij wel klaar was met deze godvergeten zondag, las een korte en vlammende, maar helaas onbegrijpelijke, oproep voor dichterlijke vrijheid in het Hongaars voor, nam Saarikoski met zich mee en ging naar bed. Barbarotti maakte zijn eenzame kamp op de leren bank in orde met behulp van een deken en een kussen die penetrant naar schimmel en tabaksrook stonken. De vraag uit Prediker dook weer op in zijn hoofd – *maar hoe zal één alleen warm worden?* – en hij bleef een paar minuten liggen terwijl hij een adequaat gebed probeerde te formuleren aan de op dit moment bestaande God. Maar de juiste woorden wilden niet komen en na verloop van tijd viel hij in slaap met het gevoel dat hij zich heel ver weg bevond.

Van Marianne, van zijn kinderen, van een moordenaar die hem iets probeerde te vertellen om redenen waarvan hij zich geen voorstelling kon maken – en op kilometers afstand van zichzelf.

17

De zwarte maandag begon met een paar stevige regenbuien en een harde zuidwestenwind. Met een herfstgevoel verliet Gunnar Barbarotti vlak na achten het huisje van Axel Wallman, en al na een paar kilometer rijden liet de ruitenwisser aan de bestuurderskant los. Hij dwarrelde weg als een mislukte overpeinzing en verdween binnen een paar tellen in het hoge gras langs de sloot. Hij stopte bij de Statoilpomp in Kerranshede en kocht een nieuwe, die hij na enig gehannes wist te bevestigen. Kocht meteen een kop koffie en een *Expressen*, in weerwil van wat hij Göran Persson had beloofd; ging in zijn auto zitten, omgeven door de regen, en las alles wat de sterverslaggever te vertellen had met betrekking tot de moorden op Erik Bergman en Anna Eriksson.

En de brieven.

En de tekortkomingen van de politie.

Er waren inderdaad vier pagina's – twee hele spreads – gewijd aan wat 'Het moordmysterie van het decennium' en 'De briefmoordenaar van Kymlinge' werd genoemd, en boven aan iedere pagina stond voor de zekerheid het woord 'EXTRA' gedrukt, in witte letters op een zwarte ondergrond, zodat geen enkele lezer verleid zou kunnen worden het belang van het verhaal te onderschatten.

Er stonden een hele rits foto's bij; een kleine van onderzoeksleider Jonnerblad, een twee keer zo grote van inspecteur Barbarotti – die sterk deed denken aan een patiënt die in de wachtkamer van de dokter zat te wachten om zijn verstopping te laten diagnosticeren – een luchtfoto van Kymlinge met beide vindplaatsen, pedagogisch gemarkeerd middels twee witte kruisen, alsmede een paar nepfoto's van de brieven – alle drie. De tekst van de moordenaar werd in extenso weergegeven, maar in de onderschriften werd eerlijkheidshalve vermeld dat het geen foto's van het origineel waren, omdat de politie om onderzoekstechnische redenen geweigerd had deze vrij te geven. *Expressen* was, zoals altijd, een orgaan dat in dienst stond van de waarheid en de informatieverschaffing. Verder stond er boven aan pagina 8 een foto van twee vrouwen van middelbare leeftijd met boodschappentassen; ze hadden niets met de moorden te maken; integendeel, vermeldde de bijbehorende korte tekst, ze vertegenwoordigden de gewone, eerzame burger, en op de directe vraag van de verslaggever of ze bang waren, verklaarden beiden dat ze dat zeer zeker waren. Ze durfden amper de straat nog op. Op de aanvullende vraag of ze vertrouwen hadden in de politie, hadden de vrouwen geantwoord dat het tijd werd dat de politiemacht zijn tanden liet zien. In het langste stuk tekst werd de moordenaar beschreven als een zeldzaam geslepen psychopaat, en Jonnerblad, de officier van justitie, Sylvenius, en Barbarotti deden uitspraken. Barbarotti herkende geen enkel woord in het citaat dat aan hem werd toegeschreven en hij had moeite om te geloven dat Jonnerblad echt – op zijn politie-erewoord – beloofd had de dader binnen een paar dagen, uiterlijk een week, op te pakken.

Maar het ergste – het allerergste – was de kop boven zijn eigen gezicht in die verstopte wachtkamer.

BETROKKEN?

Betrokken? dacht Gunnar Barbarotti. Wat bedoelt hij daar in hemelsnaam mee? Als ik een brief naar de moeder van de paus schrijf, betekent dat toch niet dat ze ergens bij betrokken is?

Hij leegde zijn beker koffie en smeet de krant met een geïrriteerde backhand weg. Een tel later belde Asunander. Hij klonk als een katerige steenbreker.

'Ik ben onderweg', liet Gunnar Barbarotti weten. 'Ben er over twintig minuten.'

'Krrn ss', zei de commissaris en de hele rest van de rit naar Kymlinge probeerde Gunnar Barbarotti te achterhalen wat hij gepoogd had te zeggen.

'Wie', zei commissaris Asunander. '... heeft er ... pot...nondeju informatie gegeven aan die vervloek... hommel?'

Het was een opzienbarend lange en samenhangende zin voor Asunanders doen, en hij werd gevolgd door een even veelzeggende stilte rond de tafel. Barbarotti wist dat dezelfde gedachte door het hoofd van alle twaalf bijeengekomen mensen ging. Ook de vier meest betrokken aspiranten waren ter vergadering geroepen.

Een van ons? Kan het een van ons zijn?

Of misschien ging deze gedachte door het hoofd van slechts elf mensen? realiseerde hij zich vervolgens. Want als een van deze twaalf mensen inderdaad de kans had gegrepen een zakcentje bij te verdienen door naar de pers te lekken, ja, dan dook er tijdens deze ijskoude, dreigende seconden vast een heel andere gedachte op in het betreffende hoofd. *Kun je het aan me zien?* Bijvoorbeeld. Of misschien: *Ha, ha, jullie zullen me nooit van zijn leven ontmaskeren, stoffige minkukels!*

Maar dat laatste dook waarschijnlijk alleen in Barbarotti's eigen sneue hoofd op. Ik ben vandaag weer uit mijn doen, dacht hij, op hetzelfde moment dat Jonnerblad de stilte doorbrak: 'Behalve de mensen hier om de tafel hebben we nog tien namen om uit te kiezen', stelde hij vast.

Asunander morde iets onverstaanbaars.

'Dit is de stand van zaken', ging Jonnerblad verder. 'Zo is het helaas. Het geldt voor het hele land, niet alleen voor Kymlinge. Het politiekorps is zo lek als een mandje en ik wil hierbij alle aanwezigen waarschuwen – en zegt het vooral voort – dat als dit zich blijft herhalen, als er informatie bij de pers terecht blijft komen die nog niet naar buiten gebracht had mogen worden, ik iemand uit Stockholm stuur om hier intern onderzoek te doen. Hij heet commissaris Wickman, er zijn mensen die zich verhangen hebben nadat ze een paar dagen met hem gepraat hadden.'

Hij hield een korte pauze. Alsof het afgesproken was, ging Tallin verder. 'Vanmiddag om twee uur houden we een persconferentie', deelde hij mee. 'Buiten wat daar gezegd wordt, staan voortaan alleen commissaris Jonnerblad en ik de pers te woord. Jullie zullen vast door journalisten worden gebeld. Verwijs die maar door naar Jonnerblad en mij. Om onderzoekstechnische redenen.'

'Is er iemand die dit niet begrepen heeft?' vroeg Jonnerblad.

Aangezien de vraag niet geheel ondubbelzinnig was, werd er met sommige hoofden hardnekkig geschud en met ongeveer evenveel andere even hardnekkig geknikt, en Gunnar Barbarotti moest ineens denken aan hoe het voelde als je bij het voetballen vroeger in de rust van de trainer op je donder kreeg na een eerste helft waarin je een veilige 0-4 achterstand had opgelopen. *Boys will always be boys*, dacht hij en hij wierp een blik op Eva Backman, de enige vrouw in het gezelschap. Het kan toch niet leuk zijn om dag in dag uit met van die neopuberale mannetjes om te moeten gaan, dacht hij. Helemaal niet leuk.

En thuis had ze nog vier mannen, vervolgde hij zijn gedachtegang. Een man en drie zoons die floorball speelden. Als ze niet op vakantie waren, tenminste. Dat moet sowieso betekenen dat ze ...

'Barbarotti,' zei Jonnerblad, waarmee hij zijn genderanalyse onderbrak, 'gezien *Expressen* van vandaag wordt met name jouw rol een tikje problematisch.'

'Hoezo?' wilde Barbarotti weten.

'Je zult zwaar bestookt worden, bedoel ik.'

'No problem', zei Barbarotti. 'Ik zet mijn telefoon uit en ga in een hotel zitten.'

'Slecht idee', zei Astor Nilsson. 'Vergeet niet dat je elke dag je post moet bekijken.'

'Misschien wordt het tijd om een deal met de posterijen te sluiten', stelde Tallin voor.

'De posterijen?' zei Astor Nilsson. 'Bestaan die nog? Ik dacht ...'

Maar het interesseerde Tallin niet wat Astor Nilsson over de posterijen dacht. 'Als de moordenaar brieven blijft sturen,' legde hij uit, 'kunnen we de correspondentie misschien twaalf uur eerder in handen krijgen. Maar dat betekent wel kans op meer mogelijke lekken ...'

'We moeten ook rekening houden met nepbriefschrijvers', wierp Eva Backman ertussen. 'Toch?'

'Vast', mopperde Jonnerblad en op dat moment wist inspecteur Barbarotti wie de bron van *Expressen* was. Hij liet nog een paar suggesties over tafel gaan terwijl hij zijn ingeving woog, er viel natuurlijk van alles tegen in te brengen, maar in een potente kronkel van zijn ongestructureerde brein wist hij dat hij gelijk had. Het moest wel zo zijn.

'Sorry', zei hij. 'Ik heb net bedacht wie die informatie aan *Expressen* heeft doorgespeeld.'

‘Hè?’ zei Jonnerblad.

‘Wat bedoel je?’ zei Asunander.

‘Het is heel simpel’, zei Barbarotti. ‘En niemand van ons treft enige blaam. Het is de moordenaar zelf, natuurlijk.’

‘Hè?’ zei commissaris Jonnerblad opnieuw.

‘Hoe kun je ...?’ zei Eva Backman.

‘Nee, dit volg ik niet helemaal’, zei commissaris Tallin.

‘De moordenaar heeft zelf de pers opgezocht’, zei Gunnar Barbarotti langzaam met dezelfde innerlijke voldoening die een blinde kip voelt als ze eindelijk een graankorreltje heeft gevonden.

Tien tellen lang zei niemand iets. Commissaris Tallin hief zijn rechterhand en liet hem weer zakken. Jonnerblad klikte met zijn pen en Asunander klapperde met zijn kunstgebit.

‘Dat kan niet’, protesteerde de rossige aspirant Olsén voorzichtig.

‘Toch wel’, zei Astor Nilsson. ‘Barbarotti heeft gelijk, natuurlijk is hij het. Er is geen speld tussen te krijgen, snappen jullie dat dan niet?’

Na een heftige discussie van ongeveer een kwartier leek het erop dat het in elk geval voor een krappe meerderheid van de groep gold.

Dat ze het snapten.

Begrepen dat wat inspecteur Barbarotti had geopperd heel goed mogelijk was.

Dat de moordenaar zelf naar *Expressen* was gestapt.

Dat hij ervoor gezorgd had dat de geheimhouding werd doorbroken die tot dan toe had geheerst rond de brieven waarin stond wie de volgende was die aan de beurt was om het leven te laten. Dat hij – om de een of andere reden – er niet bij gebaat was dat de politie op de informatie bleef zitten. Dat hij wilde dat ook de media er massaal op doken, niet alleen de politie van Kymlinge.

'Zo zit het, potverdorie', zei inspecteur Backman. 'Gefeliciteerd, Gunnar.'

'Zeker weten, hij wil hier zo veel mogelijk aandacht voor', vatte Astor Nilsson het samen. 'De politie, de pers, de hele zwik.'

Eva Backman knikte. Barbarotti knikte. Commissaris Tallin knikte voorzichtig, na eerst een blik op Jonnerblad geworpen te hebben. Het was een in veel opzichten verbazingwekkende conclusie – maar desalniettemin logisch.

Als je de krappe meerderheid moest geloven, tenminste.

En dat deze eigenzinnige en koelbloedige dader het hele onderzoek in feite stuurde, was een ding dat zeker was.

De rest van de ochtend zat inspecteur Barbarotti op zijn werkkamer te bellen. Maakte afspraken met mensen die op de een of andere manier aan Erik Bergman en Anna Eriksson gerelateerd waren, maar die ze tot dan toe nog niet behoorlijk hadden ondervraagd, en om kwart over twaalf ging hij – op bevel van hogerhand – naar huis om de post van die dag te bekijken.

Meer dan de helft van het gangkleed was bedekt met poststukken, maar toch viel zijn oog er onmiddellijk op.

Een lichtblauwe, langwerpige envelop, net als de keer ervoor. Zijn naam en adres op dezelfde manier geschreven als bij die drie eerdere brieven: wat houterige, puntige blokletters. Het adres onderstreept.

Een postzegel met een afbeelding van een boot uit dezelfde serie.

Gunnar Barbarotti twijfelde een tel, toen trok hij een paar dunne handschoenen aan, sneed de envelop met een keukenmes open, vouwde het vel papier open en las de boodschap.

HEF DE BEWAKING VAN HANS ANDERSSON MAAR OP. HIJ MAG BLIJVEN LEVEN. GA IN PLAATS DAARVAN HENRIK EN KATARINA MALMGREN DODEN. JE GAAT ME TOCH NIET TEGENHOUDEN?

Hij las de tekst twee keer terwijl hij het gevoel van onwerkelijkheid van zich af probeerde te schudden. Het gevoel dat dit alles niet echt was, dat het slechts een soort absurd misdaaddrama was, bonkte met een droomachtige intensiteit in zijn slapen.

Henrik en Katarina Malmgren?

Twee mensen? Was hij deze keer van plan twee mensen te vermoorden? Barbarotti stopte de brief weer in de envelop. Vroeg zich af waarom hij hem had opengemaakt; hij had Jonnerblad beloofd alle toekomstige correspondentie van de moordenaar onmiddellijk in ongeschonden staat in een verzegeld zakje te overhandigen.

Deze belofte had hij zonder lang aarzelen verbroken. Het had ... Het moet met dat voetballen van vroeger te maken hebben. Het gevoel overgeleverd te zijn aan een machtige en weinig getalenteerde trainer. Gunnar Barbarotti hield er niet van als mensen hem vertelden wat hij moest doen; dat was altijd al zo geweest. Dat was waarschijnlijk ook de reden dat hij nog steeds rechercheur was en geen commissaris ... Als hij eerlijk was. Dit, plus het gebrek aan ware ambitie natuurlijk; hoe dan ook, hij zou een heleboel trammelant krijgen, nu hij de brief had opengemaakt en de tekst had gelezen voordat de betreffende hoge pief hem in handen had gekregen.

So what? dacht Barbarotti, hij vond een plastic zakje

en liet de lichtblauwe envelop erin glijden. Ik ga toch een andere baan zoeken en naar Helsingborg verhuizen, en trouwens, ik maak zelf mijn eigen post open. Dat is een menselijk recht.

Hij trok zijn handschoenen uit en verzegelde het zakje met een elastiekje. Belde Jonnerblad op zijn mobiel.

'Ben aan het lunchen', gaf deze te kennen. 'Kan het wachten?'

'Ik zou zeggen van niet', zei Barbarotti.

'O, nee?' zei Jonnerblad.

'Ik heb net een nieuwe brief gekregen. Hij zegt dat hij afziet van Hans Andersson. Nu heeft hij Henrik en Katarina Malmgren op het oog.'

'Je hebt hem opengemaakt?' zei Jonnerblad.

'Klopt', zei Barbarotti. 'Hij was aan mij geadresseerd.'

'Godallemachtig', zei Jonnerblad en hij at zijn mond leeg.

Gunnar Barbarotti wachtte. Wortel, gokte hij. Heel of in plakjes, niet geraspt.

'Twee mensen dus?'

'Inderdaad', bevestigde Barbarotti. 'En ze heten allebei Malmgren.'

'Kom dan hierheen, in godsnaam', zei Jonnerblad. 'Ik zie je over tien minuten in mijn kamer.'

'Begrepen', zei inspecteur Barbarotti.

Maar Jonnerblad hing niet op. 'Trouwens', voegde hij eraan toe. 'Voor de zekerheid voorlopig niks zeggen over de brief ... Tegen iemand anders, bedoel ik, laat mij en Tallin er eerst naar kijken.'

'Ik dacht dat we het erover eens waren dat de moordenaar *Expressen* had getipt?'

'Heel goed mogelijk', zei Jonnerblad. 'Maar voor nu even. Laten we geen risico's nemen, we hebben om twee uur een persconferentie. Dit moeten we niet naar buiten brengen, vind je ook niet?'

Gunnar Barbarotti dacht na.

'Wellicht is mijnheer Persson al op de hoogte gebracht?' zei hij.

'Dat is mogelijk', zuchtte commissaris Jonnerblad. 'Ik ga mijnheer Persson hoe dan ook na de persconferentie ondervragen. Nou, tot zo dan?'

'Ik ben al onderweg', verzekerde inspecteur Barbarotti hem.

18

Uiteindelijk had zich een vijftal in de briefingruimte verzameld om kennis te nemen van de laatste manoeuvre van de moordenaar. Behalve Barbarotti, Tallin en Jonnerblad waren ook Astor Nilsson en Eva Backman aanwezig, en Gunnar Barbarotti begreep dat de onderzoeksleider zich in de enkele minuten die verstreken waren sinds hun telefoongesprek had bedacht.

Zich had bedacht en zich had gerealiseerd dat denkkracht en denkwijdte onder de huidige omstandigheden wellicht belangrijker waren dan geheimhouding. In een gespannen stilte werd de tekst van de brief bestudeerd; Astor Nilsson was de eerste die iets zei.

'Demonisch', zei hij.

'Wat bedoel je daarmee?' vroeg Tallin.

'Dat het demonisch uitgekookt is', zei Astor Nilsson. 'Hij laat ons naar zijn pijpen dansen als ... Ja, als vlooien in een vervloekt vlooientheater.'

'Leg uit', zei Jonnerblad en hij begon een vlek op de voorkant van zijn overhemd weg te wrijven, die er kennelijk sinds de lunch zat.

'Met alle plezier', zei Astor Nilsson. 'Allereerst, wat doen we met al die Hans Anderssonnen? Stel dat we de bewaking opheffen en dat hij toch een van hen vermoordt? Stel dat hij alles aan *Expressen* vertelt? Waar staan we dan?'

'Met onze rug tegen de muur', zei Eva Backman.

'Precies. De moordenaar zei tegen de wouten dat ze de bewaking maar moesten skippen, en die sukkels geloofden hem ook nog! Ik denk niet dat je veel fantasie nodig hebt om te ...'

'Dank je, zo is het genoeg', zei Jonnerblad. 'Voorlopig handhaven we de bewaking. Dat spreekt voor zich. Maar op dit moment ligt onze hoogste prioriteit uiteraard bij het achterhalen van de identiteit van ... Hoe heetten ze ook al weer? Henrik en Katarina Malmgren.'

'Klopt', zei Barbarotti.

'Het zijn er dus twee en ze horen op de een of andere manier bij elkaar. Misschien is het een echtpaar, misschien zijn het broer en zus; met deze link in het achterhoofd zou het niet moeilijk moeten zijn om ze op te sporen. Hopelijk is er maar één optie, wat jullie?'

'Met een beetje geluk wel', zei Astor Nilsson. 'De naam Malmgren komt vast iets minder vaak voor dan Andersson.'

Jonnerblad keek op zijn horloge. 'De persconferentie begint over vijf minuten', zei hij. 'Tallin en ik doen het woord, wie wil, kan alles via het interne kanaal volgen. Maar als we over een uur klaar zijn, wil ik die Malmgrens opgespoord hebben. Helder?'

'Glashelder', zei Eva Backman. 'Ik ga nu naar Somberman, dat regelen we wel even.'

'Somberman?' zei Tallin. 'Hij heet toch Sommerman?'

'Lieve kinderen hebben veel namen', zei Barbarotti.

'Oké', zei Jonnerblad en hij kwam uit zijn stoel. 'We zien elkaar hier om kwart over drie weer. Ook de rest van het team, degenen die beschikbaar zijn natuurlijk. Vragen?'

'Eén', zei Gunnar Barbarotti. 'Als een verslaggever op de hoogte is van die nieuwe brief, wat zeggen jullie dan?'

Jonnerblad dacht een tel lang na. 'We laten het een beetje in het midden', legde hij uit.

'We houden ons op de vlakte', beaamde Tallin.

'Succes', zei Barbarotti.

'Het kan nog lastig worden om die Göran Persson te verhoren', zei Astor Nilsson.

'Hoezo?' wilde Tallin weten.

'Omdat elk woord dat gezegd wordt meteen gedrukt zal worden. Het zal niet makkelijk zijn om hem een spreekverbod op te leggen, en een bron achterhalen is kapot moeilijk ... zoals mijn kleinkinderen zouden zeggen.'

Heeft hij al kleinkinderen? dacht Barbarotti verward. Die zo oud zijn dat ze al zo praten?

'Ik ben me terdege bewust van dat probleem', reageerde Jonnerblad geïrriteerd. 'En ik heb geen hoge pet op van de sensatiepers. Maar dat ze willens en wetens een moordenaar beschermen om meer losse nummers te verkopen, nee, ik hoop dat ze daar toch wel een grens trekken.'

Toen verliet hij samen met collega Tallin de briefingruimte.

Nadat de deur zich achter de twee mannen van de nationale recherche had gesloten, schraapte Astor Nilsson zijn keel en liet hij zijn blik even van Barbarotti naar Backman dwalen. 'Ik moet iets bekennen', zei hij. 'Ik vind dit bijna interessant. Verdorven, hè?'

'Interessant?' zei Eva Backman. 'Jullie mannen blijven me verbazen. Moord is leuk, daarom ben ik politieman geworden! Denk er wel aan dat je dat niet tegen *Expressen* zegt, ze zouden het misschien verkeerd op kunnen vatten.'

Astor Nilsson knikte en slaagde er heel even in gegeneerd te kijken. Inspecteur Backman gebaarde met haar hand naar Barbarotti, waarna twee verdiepingen lager de hulp van inspecteur Sommerman, alias Somberman, en zijn welbekende computervaardigheden werden ingeroepen.

Het kostte nog geen twintig minuten om Henrik en Katarina Malmgren op te sporen.

Althans, voorlopig gingen ze ervan uit dat ze de juiste personen hadden gevonden. In heel Zweden waren er weliswaar vijftig Henrik Malmgrens en zestig Katarina Malmgrens, en vermoedelijk was een gedeelte van hen op verschillende manieren familie van elkaar – maar er was maar één echtpaar met deze twee namen, en om de een of andere reden waren alle drie inspecteurs van mening dat de briefschrijvende moordenaar zeer waarschijnlijk deze mensen op het oog had.

'Waarom?' vroeg Gunnar Barbarotti. 'Waarom ben ik er zo zeker van dat zij het zijn?'

'Weet ik niet', zei Eva Backman. 'Maar ik heb hetzelfde. Er zijn maar drie denkbare combinaties waaruit we kunnen kiezen: broer en zus, ouder en kind en man en vrouw. Of niet?'

'Ze zouden ook neef en nicht kunnen zijn', merkte Somberman op.

'Of tante en neef, en ga zo maar door. Ze hoeven niet eens familie van elkaar te zijn.'

'Nu ben je wel erg pietluttig', zei Eva Backman.

'Sorry', zei Somberman. 'Ik ga ook voor het getrouwde stel. Naar hen moeten we sowieso eerst kijken.' Hij zette zijn piepkleine bril op en bestudeerde de lijst die hij zojuist had geprint. 'Helemaal omdat er in Kymlinge noch een Henrik noch een Katarina Malmgren woont.'

'We gaan eerst met hen aan de slag', zei Barbarotti. 'Als het nodig is kunnen we altijd nog breder gaan zoeken. Wat is hun adres?'

Eva Backman pakte de lijst en las voor. 'Henrik en Katarina Malmgren, Berberisstigen 24 in Göteborg. Volgens mij ligt dat in Mölndal, Villes zus woont daar ook ergens in de buurt. Behoorlijk chic ... hogere middenklasse, minstens.'

Barbarotti keek over haar schouder mee. 'Ze hebben drie telefoonnummers', zei hij. 'Een vast nummer en twee mobiele nummers. Wat doen we?'

Somberman keek op zijn horloge. 'De persconferentie duurt nog zeker een half uur', zei hij.

'Laten we niet onnodig tijd verspillen', zei Barbarotti.

'Niks doen is een ambtsovertreding', zei Backman.

'Hier met die telefoon, Gerald', zei Barbarotti.

Hij ving drie keer bot. Hij kreeg drie verschillende voicemails – twee keer mijnheer Malmgren, één keer mevrouw – en werd in beleefde en keurige bewoordingen verzocht een boodschap in te spreken of een van de twee andere nummers te proberen, en toen hij voor de derde keer ophing en de gespannen gezichten van zijn collega's zag, voelde hij de koude rilling van de bevestiging over zijn rug lopen.

Zij zijn het. Zij moeten het zijn.

Tegelijkertijd riep de stem van de bezinning hem tot de orde. *Don't jump to conclusions.* Het was twintig voor drie 's middags. Het was maandag. Als Henrik en Katarina Malmgren op hun werk waren, wat dat ook was, was het niet meer dan logisch dat ze allebei hun telefoon niet opnamen. Half acht 's avonds zou wat anders zijn; hij zag aan Backman en Somberman dat ze de volgende beslissing graag aan hem overlieten, maar ineens was hij onzeker. Was het wel een goed idee om een boodschap in te spreken en het onbekende stel te vragen contact met de politie in Kymlinge op te nemen?

Na een paar tellen wist hij waar deze onzekerheid uit voortkwam; niet uit angst voor eventuele kritiek en reprimandes van commissaris Jonnerblad, nee, het had met de moordenaar zelf te maken.

Met het simpele feit, om precies te zijn, dat deze stap voorspelbaar was. De meest voor de hand liggende reactie. Barbarotti merkte met een zekere woede dat hij geen zin meer had om zijn tegenstander in de kaart te spelen. Hij moest iets onverwachts doen, de vraag was alleen wat.

'Misschien bluft hij deze keer ook wel weer', zei Eva Backman alsof ze dezelfde soort gedachten had. 'Misschien wilde hij alleen de eerste twee mensen vermoorden en blijft hij ons nu nog een tijdje stangen.'

'Waarom?' vroeg Somberman.

Eva Backman haalde haar schouders op. 'Weet ik niet. Ik denk dat we ons in deze zaak sowieso niet blind moeten staren op een motief.'

'Dat was toch juist wél de bedoeling?' zei Barbarotti. 'Ben je vergeten wat Lillieskog zei?'

'Helemaal niet', zei Backman. 'Maar ik heb een beetje moeite met sommige experts. En een beetje moeite om te geloven dat ik woensdag echt vakantie kan nemen.'

'Wat het laatste betreft heb je waarschijnlijk gelijk', zei Somberman en hij begon de stapels papieren op zijn bureau te ordenen.

'Er is nog veel te doen. Laten we hopen dat we een verband vinden tussen dit echtpaar en onze twee slachtoffers, dat zou het een stuk makkelijker maken.'

'Zonder meer', zei Eva Backman en ze keek op haar horloge. 'Nou, wat doen we? Duimen draaien tot de persconferentie afgelopen is?'

Inspecteur Barbarotti schudde zijn hoofd en voelde in de zak van zijn jasje. 'Zouden jullie even stil willen zijn', zei hij. 'Ik ga ze het nummer van mijn mobiele telefoon geven. Dat kan sowieso geen kwaad, ik zeg niet dat ik van de politie ben, maar als ze terugbellen betekent dat in elk geval dat ze nog in leven zijn. Ik ben het zat om geen beslissingen te mogen nemen.'

'Dat heeft niemand je verboden, hoor', zei inspecteur Backman. 'Ga je gang.'

Gunnar Barbarotti knikte, belde de drie nummers opnieuw en sprak drie min of meer identieke en vrij nietszeggende boodschappen in. Stopte zijn mobieltje weer in zijn zak en keek zijn collega's aan.

'Zullen we wedden?' zei hij.

'Waarom?' zei Eva Backman.

'Dat er dit najaar aan Berberisstigen in Göteborg een huis te koop staat.'

Inspecteur Gerald Sommerman deelde mee dat het feitelijk al najaar was, maar hij noch Backman ging de weddenschap aan.

Toen Gunnar Barbarotti maandagavond rond half acht het politiebureau verliet, was zijn mobiele telefoon vanaf drie uur 's middags dertien keer gegaan. In alle gevallen was het een of andere spittende of waarheidszoekende journalist die een of ander goed onderbouwde vraag wilde stellen; hij had alle dertien even vriendelijk als beslist afgewezen.

Maar er had zich geen enkele Henrik of Katarina Malmgren gemeld, en als hij erover nadacht, kon hij zich niet herinneren wanneer hij voor het laatst zo gefrustreerd was geweest. Dat moet het moment zijn geweest, binnenkort zes jaar geleden, waarop Helena had meegedeeld dat ze bij hem wegging.

Maar over zijn werk? Nooit. Het hele onderzoek voelde als een mentale crash; tijdens de troosteloze middaguren had hij af en toe aan het gedicht 'Marionetten' van

Bo Bergman moeten denken, en dat was natuurlijk geen toeval. De moordenaar trok aan de touwtjes en de politiepoppen dansten grappig en gedwee. Hij gaf ze een paar namen en ze reageerden meteen zoals je zou verwachten. Vooral zoals de moordenaar verwachtte, de poppenspeler.

Maar *waarom?* Had zijn gedrag nog een andere bedoeling dan hen stangen? Vormden de brieven een onderdeel van een plan, een groter geheel, waar Barbarotti en de anderen geen zicht op wisten te krijgen?

Hij had zichzelf deze vragen de afgelopen week al duizend keer gesteld en ze waren nog steeds even retorisch en onbeantwoord.

De persconferentie was goed verlopen, hadden Jonnerblad en Tallin hun verzekerd, als uit één mond, en Barbarotti had ook niet verwacht dat ze iets anders zouden zeggen.

Wat de verzamelde pers – meer dan tachtig man – van het optreden vond, viel ongetwijfeld in de krant van morgen te lezen of vanavond op radio en televisie te horen en te zien.

Of op internet. Geen van de aanwezige journalisten had een vraag gesteld over Henrik of Katarina Malmgren, dus bleek het bange vermoeden dat de moordenaar min of meer gelijktijdig met de politie en de pers communiceerde ongegrond. Althans in dit geval. Als het inderdaad de moordenaar was die Göran Persson had geïnformeerd – dat was immers een andere vraag die nog lang niet beantwoord was. Zes uur nadat hij door zijn glasheldere inval was getroffen, was Gunnar Barbarotti minder geneigd erin te geloven.

Dit veroorzaakte vermoedelijk zijn frustratie, dacht hij toen hij van Grevgatan was afgeslagen en verder langs de rivier fietste. Een rommelige stapel vraagtekens, die even ongestructureerd en willekeurig in elkaar haakten als oude, verbogen metalen kleerhangers op de bodem van een muffe kledingkast. (Waar kwamen, nogmaals, toch al die beelden vandaan?) Was het inderdaad het getrouwde stel van Berberisstigen in Mölndal dat de moordenaar in zijn laatste brief op het oog had, bijvoorbeeld? En zo ja, was hij van plan ze te doden? Hans Andersson – wie van hen ook de echte mocht zijn, áls die er al was – werd gespaard, kennelijk. Waarom? Was dat meteen al de bedoeling geweest of was er in de loop van de tijd iets gebeurd waardoor de moordenaar van gedachten was veranderd?

En vooral: waar zat het echtpaar Malmgren? Ondanks een hele middag intensief speurwerk met de welwillende hulp van zes collega's uit Göteborg, waren ze er niet in geslaagd ze te lokaliseren. Maar aan de andere kant, ze hadden allebei nog veertien vakantiedagen over – hij van de universiteit van Göteborg, zij van het Sahlgrenskaziekenhuis – dus de kans dat ze simpelweg op reis waren en hun mobieltjes thuis in hun bureaula hadden achtergelaten, werd door het hele onderzoeksteam als aanzienlijk beschouwd. Steeds meer mensen kozen immers voor die variant, waarom was niet duidelijk.

Tegen de tweede mogelijkheid, dat ze niet opnamen omdat ze al dood waren, werd in het team verschillend aangekeken, maar omdat alle hypotheses op pure speculaties en gissingen berustten, deed dat misschien ook niet ter zake. Die avond en de dag erna zouden er nog meer gesprekken met familieleden en kennissen van het stel worden gevoerd, dus vroeg of laat zou het beeld wellicht duidelijker worden. Barbarotti had zelf een halfzus van Katarina Malmgren door de telefoon gesproken en te horen gekregen dat het niet ongebruikelijk was dat het stel zich zo nu en dan onbereikbaar hield. Een week of een paar dagen, het was een soort levensstijl, voorzover ze begreep. Een *moderniteit*. Normaal gesproken brachten ze iedereen via de mail en de telefoon ervan op de hoogte, stond het de halfzus bij, maar verder hadden ze weinig contact met elkaar, er zat zeven jaar leeftijdsverschil tussen haar en Katarina en het waren niet helemaal haar soort mensen.

Op het laatste was Barbarotti niet ingegaan; hij had haar bedankt voor het gesprek en gevraagd haar nog eens te mogen bellen. Toen had hij de volgende naam gebeld en was nog minder te weten gekomen. Daarna de volgende. En de volgende. In totaal had het team – de tijdelijke collega's uit Göteborg meegerekend – in vier uur tijd meer dan honderd mensen gesproken, van wie een groot aantal zulke vage bekenden van het stel was dat het leek of ze sneeuwballen in de woestijn aan het zoeken waren – om Astor Nilsson te citeren – en het resultaat van hun inspanningen was dat ze om een uur of zeven over een allegaartje van gegevens beschikten waar ze helemaal niets aan hadden.

En waar ze misschien – in het gunstigste scenario – wel iets aan konden hebben, werd door alle rommel effectief aan het zicht onttrokken. Op zich was dit geen onbekend fenomeen bij politieonderzoeken, maar in de zaak-Malmgren was het wel erg aanwezig.

En wie weet ging het niet eens om hen. Misschien dreigden Katarina Malmgren uit Lycksele en Henrik Malmgren uit Stockholm in een niet al te verre toekomst wel het aardse leven te verlaten. Of misschien was dat al gebeurd. Verdomme, dacht Gunnar Barbarotti, wat een sneue marionetten zijn we toch.

Je gaat me toch niet tegenhouden?

Had er in het epistel van vandaag gestaan. *Je*. Niet *jullie*. De briefschrijver koos er nog steeds voor om zich direct tot hem te richten, tot inspecteur Gunnar Barbarotti en niemand anders. Waarom?

Waarom? Waarom? Kon het echt zo zijn dat hij een persoonlijke link met de moordenaar had, zoals Jonnerblad en Tallin hadden geopperd? Tegen alle verwachting in. Hij had zijn lijst met bekenden uit zijn verleden die het konden zijn met acht namen uitgebreid, maar er was zelfs geen piepklein belletje gaan rinkelen, en hoe meer hij erover nadacht, hoe zinlozer deze methode aanvoelde.

En hoe zat het deze keer met het oogmerk? Het voornemen van de briefschrijver?

Hij en Backman neigden naar de optie – en de anderen in het onderzoeksteam misschien ook wel, maar hij had voornamelijk met Backman gesproken – dat het waarschijnlijk al vaststond. Als de Malmgrens vermoord moesten worden, waren ze al vermoord. Maar als ze hen levend zouden vinden, betekende dat ook dat ze een goede kans maakten om te blijven leven. Bij de eerste twee moorden, of in elk geval de tweede, was de brief met de tip voor de politie veel te laat gekomen om actie te kunnen ondernemen, en in de zaak-Hans Andersson hadden ze al helemaal geen slachtoffer. Het was erg onwaarschijnlijk dat de moordenaar twee mensen zou vermoorden die onder scherpe politiebewaking stonden – en mocht hij dat toch doen, dan betekende dat óf dat hij stapelgek was óf dat hij opgepakt wilde worden. Of allebei.

In dat geval zouden ze hem spoedig achter slot en grendel hebben en het onderzoek kunnen afsluiten.

Maar ze hadden de Malmgrens nog niet levend gevonden, dat was het punt. Misschien lagen ze al ergens doodgeslagen? Misschien zat de moordenaar ergens hoog en droog te wachten om de volgende dag het nieuws in de krant te vernemen?

Misschien was dat wel wat hem dreef? dacht Barbarotti met een zweem van berusting, terwijl hij Hagendalsvägen insloeg. Kon het zo triviaal zijn?

Hoe dan ook, het geografische perspectief had zich verbreed; er stond noch een Katarina noch een Henrik Malmgren in Kymlinge ingeschreven. Het was moeilijk om te gissen wat dit kon betekenen, helemaal als je dat al tien uur achtereen had gedaan, en heel even schoot het door inspecteur Barbarotti's hoofd dat hij wel met Axel Wallman van leven zou willen ruilen.

De academische vuilnisbelt? Misschien bestaat er wel een soortgelijke vuilnisbelt voor afgedankte politiemannen? Ja, hij wist met een aan zekerheid grenzende waarschijnlijkheid dat er zoiets moest bestaan. De vraag was alleen of hij er klaar voor was deze te betreden. Wat kon het hem ook schelen, trouwens, overmorgen zou hij Marianne bellen en dan zou zijn leven een beslissende wending nemen.

Dacht inspecteur Barbarotti en hij slaagde erin zijn fiets met zachte dwang tussen twee fietsen met kinderzitjes in het rek op de binnenplaats te wurmen.

Hij haalde de voordeur van zijn appartement van het slot, stapte de gang in en merkte dat hij trek had – de tien koppen koffie en vermoedelijk twee keer zoveel zandkoekjes van die middag ten spijt. Snel inspecteerde hij de koelkast en de voorraadkast en besloot zijn paradepaardje te maken: spaghetti met pesto, kappertjes, olijven en geschaafde Parmezaanse kaas. Een glas rode wijn, als hij nog een fles in huis had, en schijfjes peer – hij was net klaar met koken toen er aangebeld werd.

Een paar tellen lang overwoog hij niet open te doen en naderhand – toen wat er daarna zou gebeuren gebeurd was – vroeg hij zich af waarom hij in hemelsnaam zo stom was geweest om niet naar zijn eerste, gegronde impuls te luisteren.

Het was Göran Persson, hij was samen met een fotograaf die een rood honkbalpetje droeg.

'Goed dat je thuis bent', zei Göran Persson, waarna de fotograaf een keer met de camera flitste.

'Ik heb geen tijd', zei Gunnar Barbarotti. 'Het spijt me.'

Hij probeerde de deur dicht te duwen, maar de verslaggever had een onwrikbare maat vijfenveertig op de drempel gezet. 'Ik wil een paar woorden met je wisselen', zei hij. 'Gewoon, vriendschappelijk. De mensen zijn geïnteresseerd in deze zaak, weet je.'

'Haal je voet weg', zei Gunnar Barbarotti. 'Ik heb geen commentaar.'

De fotograaf maakte nog een foto.

'Geen commentaar?' zei Göran Persson. 'Daar geloof ik niks van. Luister goed, we gaan aan je keukentafel zitten en dan wisselen we even tien minuten van gedachten. Ik schrijf een verslag van het gesprek, en dat mag jij dan goed- of afkeuren.'

'Ik keur het af', zei Gunnar Barbarotti.

'Wil je dat de politie overkomt als onwillig en eigenmachtig?'

'Onwill... Wat zit je nou te zwammen, man? We zitten midden in een moordonderzoek en dat jij ons de hele tijd in de weg loopt en allemaal sensatieverhalen neerpent, helpt niet bepaald. Jouw krant is een schande voor het vrije woord.'

De woede groeide in hem als een rookwolk.

'Wacht, kun je dat herhalen?' zei de verslaggever en hij haalde een pen en een blocnote uit zijn jaszak. De fotograaf bleef flitsen.

'Ik zeg het nog één keer', zei Barbarotti. 'Ik ga niks tegen je zeggen. Haal die poot daar weg, anders krijg je een tik.'

Göran Persson lachte smalend. 'Zo, zo, agentje, ik zou maar een beetje oppassen met wat je zegt. Doe nou niet zo koppig en laat ons binnen, ik heb die baas van je gesproken ... Jonnerblatt, of hoe hij ook heet. Een uur lang. Ik ben die arrogantie van de politie een beetje zat.'

Gunnar Barbarotti beet zijn tanden op elkaar en sloot zijn ogen. Toen balde hij zijn handen tot vuisten en duwde ze met volle kracht tegen de borst van de journalist, die daardoor het trappenhuis in viel. Deed de deur dicht en draaide hem op slot.

Ging terug naar de keuken terwijl de laatste flits langzaam van zijn netvlies verdween en het geluid van iets wat de trap af denderde even langzaam van zijn trommelvliezen wegebde.

Stom, dacht hij. Dat heb ik niet erg professioneel aangepakt.

Toen ging hij zitten om te eten.

IV

Aantekeningen uit Mousterlin

7–8 juli 2002

'Snappen jullie het niet, het meisje is dood.'

Katarina Malmgren herhaalde woordelijk wat ze had gezegd en ik weet zeker dat niemand een minuut lang iets zei. We zaten en stonden tegen elkaar aangedrukt in de kuip met het meisje Troaë levenloos aan onze voeten, we luisterden naar de afnemende regen en voelden hoe de golven onder ons kalmeerden. Ook de wind ging langzaam liggen, terwijl de duisternis dichter werd en ons steeds meer leek in te sluiten; zee, hemel, kust, alles had dezelfde grijszwarte, ondoordringbare schakering, het enige wat afstak, waren een paar lichtpuntjes op het land, niet meer dan vijf speldenprikjes in het zwart, en de afstand ernaartoe was onmogelijk te schatten. Misschien niet meer dan een kilometer, misschien wel veel meer. Helemaal links, in wat nog steeds het westen moest zijn, zag ik een licht aan- en uitgaan, ik ging ervan uit dat het de vuurtoren van Beg Meil was. In dat geval waren we een flink eind naar het oosten afgedreven, wat overeenkwam met de windrichting. Achteraf begrijp ik niet hoe ik in staat kon zijn deze observaties, deze zinloze constateringen te doen; mijn lichaam was gevoelloos, mijn hoofd bonkte zwaar, door mijn gewonde voet ging af en toe een pijnscheut. Dit is het nulpunt, weet ik nog dat ik dacht. Het absolute nulpunt.

De eerste die iets zei, was Anna.

'Dood? Ze kan toch niet dood zijn?'

Henrik, die tijdens de reddingspoging het minste had gedaan, snoof. 'Moet je kijken', zei hij. 'Als ze niet dood is, wat is ze dan wel, denk je?'

Maar zijn stem klonk beduidend schrieler dan zijn woorden.

'Hou je mond, Henrik', zei Katarina. 'Allemachtig, wat moeten we nu doen?'

'Wat moeten we nu doen?' herhaalde Gunnar onnozel. 'Hoe heeft dit kunnen gebeuren?'

Anna richtte zich tot mij. 'Stomme eikel, jij hebt haar overboord laten vallen.'

'Ze glipte weg', zei ik. 'Het spijt me.'

'Het spijt je?' zei Henrik. 'Zo, zo, het spijt je?'

'Wat moet ik dan zeggen?' zei ik.

Katarina Malmgren begon te huilen. Luid en overheersend.

'Wat zit je nou te janken?' zei Erik. 'Jij hebt haar meegenomen op deze klotetrip.'

'Dat is niet ...' probeerde Katarina.

'Dat is wél waar', zei Anna. 'Jij heb haar meegesleept. Wat ga je nu doen? Wat ga je nu doen?'

Anna's stem had tegelijk iets paniekerigs en triomfantelijks, een mengeling die ik nog nooit had gehoord. 'Ik ben ook bijna verdronken, hoor!' gilde ze ineens. 'Maar dat kan kennelijk niemand iets schelen.'

Ik herinnerde me dat ze inderdaad midden in het tumult in het water was gevallen, en het kon heel goed waar zijn wat ze zei. Of in elk geval zat de schrik er bij haar goed in. Niemand van ons had zich om haar bekommerd, iedereen was op het meisje gericht. Het was een paar tellen stil.

'Het noodweer lijkt opgehouden te zijn', zei Gunnar. 'We drijven nu waarschijnlijk naar het land. Verman jullie een beetje, dan gaan we in de kajuit bespreken wat we hier in godsnaam mee aan moeten.'

Dat deden we. We lieten het meisje in de kuip achter en persten ons op de banken in de pikdonkere kajuit, met zijn zessen. Katarina opperde dat een van ons misschien bij het lichaam moest blijven, maar niemand ging in op het voorstel.

'Waarom is hier helemaal geen licht?' klaagde Anna. 'Waarom is er helemaal geen licht op deze rotboot?'

'Een beetje rustig, Anna', zei Gunnar. 'Gedraag je eens een beetje volwassen.'

'Volwassen?' schreeuwde Anna. 'Moet jij zeggen, smeerlap.'

Ik weet niet waar Anna op doelde, maar Gunnar blijkbaar wel, want hij gaf haar een oorvijg. Ik geloof dat hij haar niet echt raakte, ze wist hem met haar hand af te weren, maar de handeling op zich was genoeg om haar tot zwijgen te brengen.

'Nou, wat doen we?' zei Henrik.

Hij klonk bang, merkte ik. Een soort nerveuze, gedempte angst, die hij niet wist te verhullen.

'Goeie vraag', zei Erik.

'Laten we eerst een beetje kalmeren', zei Gunnar. 'Met gillen en krijsen en elkaar beschuldigen komen we geen stap verder.'

'Lieve hemel, het meisje is dood, snappen jullie dat dan niet?' zei Katarina voor de derde of vierde keer, alsof zijzelf de meeste moeite had het te bevatten. Alsof ze er zichzelf met regelmatige tussenpozen aan moest herinneren. 'Waarom konden jullie haar niet uit het water krijgen?'

'Wat bedoel je daarmee?' zei ik. 'Dacht je dat we dat niet geprobeerd hadden?'

'Weet ik veel', zei Katarina Malmgren.

‘We hebben het met zijn tweeën geprobeerd’, merkte ik op. ‘En vier stonden erbij te schreeuwen.’

‘En er is maar één die haar erin heeft laten vallen’, voegde Henrik eraan toe, maar ik weet niet wat de bedoeling van die opmerking was.

‘Lieve hemel, laten we dat meisje daar gewoon liggen?’ zei Katarina met overslaande stem. Je kon horen dat ze overmand was door paniek, en praten en vragen opwerpen was vermoedelijk de enige manier waarop ze die kon bedwingen.

Gunnar verhief zijn stem. ‘Verdomme, en nu is het afgelopen!’ brulde hij. ‘Snap dat dan, het heeft geen enkele zin om op elkaar te gaan zitten vitten. We zitten in hetzelfde schuitje, hoor.’

Erik schoot in de lach. ‘Bravo’, zei hij. ‘“Hetzelfde schuitje”, dat heb je goed gezien.’

Gunnar negeerde hem. We moeten samen beslissen wat we gaan doen’, legde hij uit. ‘Iedereen moet erbij betrokken worden, wat we ook beslissen.’

‘Waar heb je het over?’ zei Katarina. ‘Hoezo “doen”?’

‘Zo is hij altijd’, zei Anna. ‘Ik zei toch dat het een smeerlap was.’

Henrik schraapte zijn keel. ‘Mag ik jullie eraan herinneren dat we een dood meisje aan boord hebben’, zei hij. ‘Ik ben het met Gunnar eens, we moeten een beslissing nemen.’

Het klonk alsof hij zich weer een beetje had herpakt of dat althans probeerde.

‘Dank je’, zei Gunnar.

‘Ik weet niet wat we moeten bespreken’, zei Katarina. ‘Er valt toch niks te bespreken?’

‘Volgens mij wel’, zei Gunnar. ‘En ik geloof dat er meer zijn die dat ook inzien.’

'We moeten ...' zei Katarina. 'We moeten aan land zien te komen en daar hulp halen.'

'Waarvoor?' vroeg Henrik.

'Dat snap je toch wel? Voor ... Ja, voor ...' zei Katarina, maar ze wist blijkbaar niet hoe ze haar zin af moest maken.

Lange tijd was het stil. Ik herinner het me nog haarscherp en iedereen probeerde, naar vermogen, de situatie tot zich door te laten dringen. Boven zijn normale, triviale bewustzijnsniveau uit te stijgen en het moment en de omstandigheden te bevatten.

Anna was de eerste die haar mond opendeed.

'Verdomme', zei ze. 'We hebben zonder toestemming een twaalfjarig meisje meegenomen naar zee en haar laten verdrinken. Als je me het toen gevraagd had, hadden we niet eens ...'

Erik onderbrak haar. 'We moeten het verdoezelen.'

'Wat?' zei Katarina. 'Verdoezelen? Wat bedoel je daarmee?'

'We moeten haar lozen, op de een of andere manier', zei Erik.

'Ben je niet goed wijs?'

'Jawel', zei Erik. 'Juist wel. We moeten het meisje lozen en het hele incident voor ons houden, dat is de beste oplossing.'

'Dat is het ergste wat ik ooit ...' begon Katarina, maar Gunnar onderbrak haar.

'Ga eens verder, Erik', vroeg hij.

'Tuurlijk', zei Erik. 'Wat hebben we eraan om haar lijk naar de politie te slepen? Wat moeten we zeggen? Wat denk je dat ze zullen denken?'

'Juist', zei Gunnar, en ineens herinnerde ik me weer dat hij leraar was, en nu was het alsof hij in een klas zat en naar het verslag van een groepsopdracht zat te luisteren. Erik ging verder.

'We hebben iets ontzettend stoms gedaan en nu zitten we met een verdronken meisje opgescheept. Als we stomme dingen willen blijven doen, moeten we vooral naar de politie stappen, dat is mijn mening. Maar als we een beetje slim zijn, zorgen we ervoor dat we het lijk op een soepele manier kwijtraken.'

'Ik ben misselijk', zei Katarina.

'Soepel?' vroeg Henrik. 'Ik weet niet precies wat ik me daarbij voor moet stellen.'

'Wacht even', zei Anna. 'Stel dat we dat doen, wat gebeurt er dan als we later alsnog gesnapt worden?'

'Waarom zouden we gesnapt worden?' vroeg Gunnar.

'Nou, omdat ... omdat mensen ons gezien hebben, misschien', zei Katarina. 'Met het meisje samen. Ze zal wel gezocht worden, neem ik aan.'

'Natuurlijk wordt ze gezocht', zei Gunnar. 'Maar niemand weet dat ze vandaag bij ons was.'

'Hè?' zei Anna. 'Wat zwam je nou?'

Hij herhaalde wat hij zei, langzaam en pedagogisch. 'Ik zeg alleen maar dat niemand weet dat Troaë vandaag met ons naar die eilanden is gegaan.'

'Wel toch?' zei Anna.

'Wie dan?' vroeg Gunnar. 'Toen jullie in de boot klommen, was er geen kip op het strand.'

'Geen idee', zei Anna. 'Ja, dat zou best kunnen, trouwens. Maar in het restaurant moeten ze haar toch wel gezien hebben. Toen we daar zaten te eten.'

'Dat is een week geleden', zei Erik. 'We hoeven ook niet te ontkennen dat we het meisje toen hebben ontmoet. We hoeven alleen maar te ontkennen dat we haar vandaag hebben gezien.'

'Maar heeft dan echt niemand ons gezien toen we vanmorgen weggingen?' vroeg Katarina. 'Weten jullie dat zeker?'

Ik dacht na. Dat deden de anderen vermoedelijk ook. Iedereen probeerde voor zichzelf na te gaan hoe de situatie op het strand was toen we op Henrik en Gunnar stonden te wachten. Toen we door het water waadden. Toen we aan boord klommen. Waren er mensen in de buurt? Ik dacht het niet. Een enkele visser en een enkele wandelaar in de verte misschien, maar ik kon me niet herinneren dat er iemand bij ons in de buurt was.

'Volgens mij niet', zei Anna. 'Volgens mij heeft niemand ons gezien.'

'Nee', gaf Katarina toe en ineens had ze een nieuwe stem gekregen. Mild en meegaand, min of meer. 'Nee, er was niemand zo dichtbij dat hij of zij het meisje heeft kunnen zien.'

'Ziezo', zei Erik. 'Zie je nou wel.'

'En dat stel dan?' bedacht Anna. 'Die twee die eventjes op het eiland waren?'

'Al die tijd dat zij er waren, lag ze te lezen', zei Gunnar. 'Dat weet ik honderd procent zeker. En ze zaten minstens honderdvijftig meter bij ons vandaan. Het enige wat ze gezien hebben, was een groepje vreedzame, vakantievierende Zweden. Ze hebben ons vast niet geteld en ze hebben er hooguit een uur gezeten.'

Erik schraapte zijn keel. 'Er zijn geen getuigen', vatte hij het samen. 'We zijn vandaag de hele dag naar Les Glénan geweest, met zijn zessen. Een paar dagen geleden hebben we een meisje ontmoet dat beweerde dat ze Troaë of zoiets heette. Sindsdien hebben we haar niet meer gezien.'

Katarina begon iets te zeggen, maar ze onderbrak zichzelf. Een nieuwe stilte verspreidde zich. Ik merkte dat Henrik rechts van mij even huiverde. Mijn hoofdpijn bonsde een paar keer tegen mijn schedel en de boot schommelde plotseling heftig; het laatste half uur, sinds we het meisje uit het water hadden gehesen, was er een rustige deining, maar nu deed de zee zich weer even gelden.

'Erik heeft gelijk', zei Gunnar uiteindelijk. 'Er zijn geen getuigen. Wat denken jullie?'

Tijdens bijna het hele overleg had ik me op de vlakte gehouden en dat hield ik zo. De gedachte aan wat er voorgevallen kon zijn tijdens de wandeling die Erik met het meisje op het eiland had gemaakt, dook op, maar ik hield die voor me. Constateerde alleen maar dat het goed rijmde met Eriks verrassend actieve rol in de discussie. Een twaalfjarige die was overleden én recentelijk gepenetreerd, was natuurlijk niet iets waarmee je naar de politie ging. Ik vroeg me af of het tot een stemming zou komen, maar al snel was het duidelijk dat dat niet nodig was.

'Tuurlijk', zei Henrik. 'Onder deze omstandigheden naar de politie stappen, zou wel heel erg dom zijn.'

'Oké', zei Gunnar. 'Wat zeggen de dames?'

Het was een democratische uitnodiging aan de twee vrouwen om hun mening te geven. Ik vroeg me af of het een bewuste zet was om met mij tot het laatst te wachten of dat het toevallig zo liep. Anna en Katarina leken elkaar af te wachten, misschien wilden ze geen van beiden als eerste op het voorstel ingaan om het lijk te laten verdwijnen en daarmee de weg van de leugen en de ontkenning betreden. Althans, een paar tellen lang beeldde ik me in dat ze met een soort vrouwelijke empathie en wroeging worstelden, maar toen Katarina het woord nam, begreep ik dat ik het verkeerd had gezien.

'Ik denk dat jullie gelijk hebben', zei ze. 'Ik heb geen bezwaar. Het zou een complete ramp voor ons kunnen betekenen als dit uitkwam ... We hebben per slot nog twee weken vakantie, Henrik en ik.' Ze hield een korte denkpauze. 'Het is natuurlijk een vreselijk ongeluk, maar wat we ook doen, het meisje krijgt haar leven er niet mee terug.'

'Helemaal mee eens', zei Anna. 'Kunnen we die motor niet aan de praat krijgen zodat we aan land kunnen gaan?'

'Hoe dan?' zei Gunnar een half uur later. 'En waar?'

Er waren sigaretten gerookt. Troaë had een badlaken over zich heen gekregen. Anna had over de reling geplast.

Er waren ook andere dingen gebeurd. Erik en Henrik hadden samen geprobeerd de motor weer aan de gang te krijgen, zonder succes. Katarina had een zaklamp gevonden, die er na een minuut mee ophield en we bespraken of we het lichaam van het meisje niet gewoon overboord konden takelen, maar uiteindelijk kwamen we tot de conclusie dat dat geen goede oplossing was. Het risico dat ze de volgende dag al aan land zou spoelen en gevonden zou worden, was groot, er zou onmiddellijk een politieonderzoek worden gestart, en een dergelijke ontwikkeling zou makkelijk uit de hand kunnen lopen, waardoor de boel een verkeerde wending kon nemen. Het was beter als het meisje alleen werd vermist, aanzienlijk beter. Een paar minuten lang werd de mogelijkheid overwogen haar lichaam met gewichten te verzwaren, zodat ze op de zeebodem zou blijven liggen, maar we konden aan boord van de Arcadia geen geschikte voorwerpen vinden – en al was dat wel het geval geweest, dan bestond nog het risico dat de eigenaar zou merken dat er spullen ontbraken.

Dus Gunnars vragen waren gegrond.

'Hoe?' zei Erik. 'Dat weet ik niet. Maar het lijkt me het beste om haar ergens te begraven.'

'Met onze blote handen?' zei Anna. 'Goed idee, zeg.'

‘Er moet bij een van de huizen toch wel een schop te vinden te zijn?’ zei Katarina.

‘Dan moeten we wel aan land komen in de buurt van onze huizen’, zei Anna.

‘Zijn er geen andere mogelijkheden?’ vroeg Gunnar.

‘Hè?’ zei Anna.

‘Behalve haar begraven’, zei Gunnar. ‘Als we haar lichaam inderdaad gaan lozen.’

‘We kunnen haar niet in stukken snijden’, zei Anna. ‘Of verbranden. Jullie moeten haar begraven, dat lijkt me logisch.’

‘Jullie?’ zei Erik.

‘Ja, ik ga het niet doen’, zei Anna.

‘Ik ook niet’, zei Katarina.

‘Jullie moeten het maar samen doen’, zei Anna. ‘De mannen. Jullie, die haar niet hebben kunnen redden.’

‘Een momentje’, zei Henrik.

‘Wat?’ zei Anna. ‘Zit je te bellen of zo?’

‘Hou je mond, Anna!’ zei Gunnar. ‘Ik wil je niet nog een tik hoeven geven.’

‘Smeerlap’, zei Anna.

‘Ik wilde zeggen dat ik een voorstel heb’, zei Henrik.

‘Ga je gang’, zei Gunnar.

Enigszins geforceerd schraapte Henrik zijn keel. ‘Het lijkt me niet nodig dat meer dan één van ons het risico loopt om gepakt te worden. Het is beter als iemand het in zijn eentje doet.’

Er verstreken een paar stille seconden. ‘Ik weet niet ...’ begon Erik, maar kennelijk bedacht hij zich.

‘En het lijkt me redelijk voor de hand liggen wie dat gaat doen’, vervolgde Henrik. De laatste paar minuten had hij een nieuw soort autoriteit over zich gekregen. In gelijke tred met zijn ontnuchtering, vermoedelijk.

'Redelijk voor de hand liggen', herhaalde hij.

'Ik begrijp wat je bedoelt', viel Katarina hem bij. Ineens waren ze weer man en vrouw, er was maar één hint voor nodig om elkaar te begrijpen. Henrik richtte zich tot mij.

'Jij hebt het verprutst', zei hij. 'Door jouw toedoen is het meisje verdronken. Toch? Het is verdomme je plicht om ervoor te zorgen dat we hier zonder problemen uit komen. Zo simpel is het.'

Ik keek om me heen. Probeerde de gezichten van de anderen in de donkere kajuit te onderscheiden, door het gebrek aan licht waren mijn ogen een beetje aan het donker gewend, maar desondanks kon ik geen details zien. Ik hoorde hun ademhaling, ik voelde de opdringerige aanwezigheid van hun lichamen, de geur van geconsumeerde alcohol die uit hun poriën wasemde, maar ik kon niet aan hun gezichten aflezen wat ze dachten. En niemand zei iets. Niemand van hen zei een woord nadat Henrik zijn voorstel had gedaan. Er verstreken tien, vijftien seconden, het deinen was nu bijna helemaal opgehouden, ik vroeg me af of we wellicht dicht bij land waren, in een inham of een baai, zo voelde het. Ik dacht aan dokter L. en aan hoeveel reisgeld ik nog had.

'Oké', zei ik toen. 'Ik geloof dat ik geen keus heb.'

Op zo'n honderd meter van de kust – voorzover we konden beoordelen waren we in een kleine, ronde baai met een paar lichtpuntjes – kreeg Gunnar onverwacht de motor aan de gang. Uiteraard werd dat met enig gejuich ontvangen, maar het dode lichaam van het meisje, dat nu in twee badlakens was gewikkeld, zette een natuurlijke domper op de vreugde. Erik en Henrik vroegen me aan land te gaan om haar ergens langs deze onbekende kustlijn te begraven, maar ik bedankte onmiddellijk voor het voorstel.

Legde uit dat ik een schop nodig had en dat ik liever een plek zocht in het drassige land tussen Mousterlin en Beg Meil. Henrik zei dat hij dat een verstandig besluit vond en bood me een sigaret aan; ik ben geen roker, maar nam hem toch aan omdat ik begreep dat het een soort gebaar van verzoening en waardering was. Inmiddels was het bijna half twaalf en we voeren langzaam langs de kustlijn omhoog, niet meer dan vijftig tot honderd meter uit de kust, voor het geval de motor het weer zou begeven. En om onze oriëntatie niet te verliezen natuurlijk. Na ongeveer een kwartier, en nadat we een paar landtongen hadden gerond, de laatste moet Cap Coz zijn geweest, kregen we de vuurtoren van Beg Meil in het zicht. We passeerden hem op hetzelfde moment dat de maan voor het eerst door de wolken brak, en degenen die op dat moment in de kuip zaten – ik, Katarina en Gunnar – kregen heel even de kans om elkaars gezicht te zien. Geen van ons maakte echter gebruik van deze mogelijkheid, in plaats daarvan sloegen we onze ogen neer en na een paar tellen trok de maan zich weer achter de donkere wolken terug.

Even later waren we om de landtong van Mousterlin heen gevaren; het strand aan de westzijde was volkomen donker, iedereen hielp mee de tassen, plastic tasjes en lege flessen aan land te brengen; als laatste lieten Gunnar en Henrik Troaës lichaam van boord zakken, en langzaam drijvend sleepte ik haar de resterende dertig meter naar het land. Gunnar en Henrik wuifden ons gedag, zetten weer koers naar het oosten om de boot naar de jachthaven in Beg Meil te brengen. Of ze de eigenaar midden in de nacht gingen wekken en over de haperende motor zouden vertellen, weet ik niet. Misschien hadden ze afgesproken om de sleutel de volgende dag te overhandigen.

Op het strand stonden we een tijdje om het lichaam

heen. De duisternis was compact en voelde bijna als een kledingstuk op je huid, de wind was gaan liggen en de maan was nergens te bekennen. De enige lichtpuntjes waren een paar stipjes tussen de bomen een stukje naar het oosten; ik concludeerde dat die van het hotel pal achter de landtong moesten zijn, Pointe de Mousterlin.

'Hoe ga je het aanpakken?' vroeg Katarina Malmgren.

Ik antwoordde dat ik haar zolang in de duinen zou verstoppen en dan naar Eriks huis zou gaan om daar een schop te halen.

'Je zou er ook een van ons kunnen lenen', bood Katarina aan. 'Maar ik weet niet of we er eentje hebben en misschien is het niet zo verstandig om erbij betrokken te raken.'

'Helemaal niet verstandig', zei ik.

Erik zei niets. Anna zei niets.

'Ziezo', zei ik en ik hees het meisje in mijn armen. Ze was niet zwaar, ergens tussen de veertig en de vijfenveertig kilo, schatte ik, en hoewel mijn gewonde voet nog steeds een beetje opspeelde, kostte het me weinig moeite om haar te dragen.

'Ik ga alvast naar huis', zei Erik na een nieuwe, korte stilte.

Katarina vroeg aan Anna of ze met haar mee wilde om bij haar thuis op Gunnar te wachten. Ze aarzelde even, toen nam ze het aanbod aan.

Toch bleven ze alle drie min of meer besluiteloos staan. Ik verschoof het meisje, zodat ze over mijn rechterschouder kwam te hangen. 'Maak je geen zorgen', zei ik. 'Ik regel het vanaf nu.'

Ze knikten en lieten me met Troaë achter.

Er stonden me een ongebruikelijke wandeling en ongebruikelijke uren te wachten. Ik kreeg al snel het gevoel dat ik een oeroud ritueel aan het uitvoeren was, er waren geen getuigen, alleen de nacht, de aarde, de hemel en de eeuwigheid; in tegenstelling tot wat ik tegen de anderen had gezegd, droeg ik het meisje bijna helemaal naar ons huis; het risico haar niet terug te kunnen vinden nadat ik haar ergens in de duinen had gelegd, achtte ik veel te groot, en een dergelijke miskleun wilde ik ons besparen. Als ik 'ons' zeg, bedoel ik niet mij en de andere Zweden, maar mij en het meisje; ik had nog maar een paar passen met haar over mijn schouder gezet toen ik al een sterke verbondenheid met haar voelde. Ik leefde, zij was dood, toch vertegenwoordigde zij de jeugd, een jeugd waarin ze door ongelukkige omstandigheden iets had meegemaakt waarbij mijn ervaringen in het niet vielen. Zij had de grens gepasseerd, de uiterste grens, misschien bevond haar ziel zich al elders; misschien hield hij een wakend oog over ons terwijl we ons langzaam en behoedzaam door het moerasland begaven. Om ons heen klonken de bescheiden geluiden van de discrete processen van ontstaan en vergaan. Het borrelde en gonsde, gorgelde, kwaakte en trippelde. De opdracht vervulde me; al snel had ik het gevoel dat ik een soort plicht aan het uitvoeren was, een dwingende plicht, waarvan niemand van de rest van het gezelschap zich een voorstelling kon maken; ook voelde ik een bittere dankbaarheid voor het feit dat ik het voorrecht had de teraardebestelling van het meisje te verzorgen, dat voelde ik echt zo. Tegelijkertijd lag de waanzin op de loer, met lichte passen sloop hij in de levende duisternis, achter ons, voor ons en om ons heen; het beangstigde me helemaal niet, het was een realiteit, een mogelijke uitkomst van deze wandeling, dat wist ik.

Dat het meisje en ik zouden gaan liggen en ons zouden laten overhalen door deze allesverterende groeikracht, dat ik haar zou vergezellen op haar laatste reis; inmiddels waren we in de polder zelf, zware geuren van stilstaand water en ondoordringbaar groen omringden ons aan alle kanten, en ik dacht dat het misschien, misschien een daad van liefde zou kunnen zijn om ons gezamenlijk in het modderige, warme water te laten zakken en ons over te geven aan krachten die zo veel sterker en zo veel oorspronkelijker zijn dan onze eigen.

Maar ik stopte niet. Dat gebeurde niet. In plaats daarvan bleef ik omstandig lopen, stap voor stap, ademhaling na ademhaling; door mijn wandelingen van de afgelopen dagen had ik enigszins de weg leren kennen in de wirwar van paden, en binnen een uur, schatte ik achteraf, kwam ik bij een kruising waarvandaan ik Eriks huis kon zien liggen. Hij had een buitenlamp aangedaan, verder was alles onverlicht. Voorzichtig bevrijdde ik me van het dode meisje, zette haar behoedzaam in een half zittende houding tegen een boom, zo'n twintig meter van het huis. Liep door het hek, zocht mijn weg naar het gereedschapsschuurtje in de donkerste hoek van de tuin en maakte de deur open.

Ik hoefde het licht niet aan te doen, bijna onmiddellijk zag ik een schop tegen de muur staan en liep langs het stille huis terug naar de plek waar ik het meisje had achtergelaten.

Ik had al bedacht waar haar graf moest komen; na twintig, vijfentwintig minuten was ik er. Het was een open veld waar ik tijdens mijn eerdere wandelingen had moeten omkeren omdat de grond veel te drassig was. Nu stapte ik voorzichtig van graspol naar graspol, het was niet makkelijk, zo in het donker en met het meisje over mijn schouder hangend, maar de maan liet zich weer even zien, een grote, bleke, afnemende maan, en hielp me de weg vinden. Ik verliet het pad en liep zo'n tien meter het heuphoge gras in, daar stopte ik, legde het lichaam neer en stak het blad van de schop onderzoekend in de grond.

Die was even zacht als ik had vermoed, en – om een lang en pijnlijk verhaal iets korter te maken – al snel lag het meisje onder de grond. Bijzonder was dat ik het graf bijna niet dicht hoefde te gooien; het was alsof de grond haar lichaam opzoog, de natte, geurende aarde omsloot haar als een omhelzing, en op een eigenaardige manier begreep ik dat ze hier thuishoorde. Hier, en nergens anders.

Ik liep weer terug naar het pad. Keek op mijn horloge, het was twintig over twee. Ineens voelde ik een immense vermoeidheid over me heen komen, een paar meter bij me vandaan kraste een uil en ik betwijfelde of ik me ooit weer naar het huis zou kunnen slepen.

Maar ook dat lukte me. Nadat ik de schop uit het gereedschapsschuurtje had gehaald, moet Erik even wakker zijn geweest, want de buitenlamp was uit. Ik zette de schop terug en nam een douche; stond lange tijd onder het zacht stromende water en probeerde elk spoor en elke herinnering van deze afschuwelijke dag weg te spoelen, en toen ik eindelijk in bed lag, was het bijna vier uur.

Ik sliep vier uur lang, douchte opnieuw en begon te schrijven.

Van Erik geen spoor, hij moet vanmorgen al vroeg zijn vertrokken.

Ja, hij is ongetwijfeld met de anderen aan het overleggen. Het is maandag, twee uur, ik voel een sterke drang om terug te gaan naar de plek waar ik het meisje vannacht heb begraven, maar ik weet dat ik dat niet moet doen. Voel ook een andere drang, die me zegt dat ik mijn spullen moet pakken en moet maken dat ik wegkom, maar mijn vermoeidheid verlamt me.

Bovendien doet mijn voet pijn, mijn enkel is gezwollen; het is vast niets ernstigs, maar een paar dagen rust is een te aanlokkelijk alternatief om nee tegen te zeggen.

Het is natuurlijk ook belangrijk voor me om te weten welke plannen er worden gesmeed. Ik ga op een van de ligstoelen onder de parasol op het terras liggen en wacht tot Erik terugkomt.

Ik merk dat ik een ander mens ben dan vierentwintig uur geleden.

Commentaar, augustus 2007

Toch is dat niet zo. Als we ons vel afwerpen en een ander worden, is dat het enige wat gebeurt. Vervellen. Onze kern en ware identiteit dragen we altijd met ons mee.

Daar ontkomen we niet aan en ik ontkom ook niet aan die dagen en aan wat er is gebeurd. Die mensen zijn als teken in me gebleven, hebben mijn bloed en mijn verstand uit me gezogen, en dat wat er nu gebeurt, is uiteraard niets meer of minder dan een logisch gevolg. Daden moeten consequenties hebben, vroeg of laat moet iedereen zijn rechtmatige verantwoordelijkheid nemen, net zoals ik mijn verantwoordelijkheid neem door nu die bloederige maar onontkoombare daden te plegen.

Sindsdien komt het meisje af en toe terug in mijn dromen, meestal in de vorm van angstige en koudbezwete flashbacks van die minuten in de golven – en van de nachtelijke wandeling over het drasland, de ene levend, de ander dood – maar sinds ik eindelijk mijn besluit genomen heb, hebben de dromen een ander karakter. Nu is er een licht, een volkomen heldere vlaag van verzoening; toen ik het meisje onlangs op een ochtend in het milde licht van de dageraad in mijn slaapkamer zag, bevonden we ons op een langgerekt strand, misschien was het wel het stuk tussen Mousterlin en Bénodet, maar dat weet ik niet zeker; we herkenden elkaar al van ver, al snel zag ik dat ze zowel haar rugzakje met de uitstekende ezel als haar karakteristieke scheve lachje droeg, en toen we elkaar waren genaderd, bleven we heel even staan, wisselden een paar opbeurende woorden, ze beroerde zachtjes, bijna vluchtig, mijn wang, waarna we onze wandeling in onze respectieve richtingen voortzetten.

Ze benoemde het niet met woorden, maar ik kon aan haar gezicht zien dat ze dankbaar was voor het feit dat ik eindelijk begonnen was die mensen uit de weg te ruimen. Ik kon ook zien dat ze een volwassen vrouw aan het worden was.

Oorzaak en gevolg, dus, als ik klaar ben met mijn werk, zal men zien dat het hierom ging en om niets anders.

Soms droom ik ook over dokter L., altijd dezelfde, korte droom, en elke keer als ik wakker word en me de droom herinner, voel ik dat mijn behoefte aan troost een tijdelijke verzadiging heeft bereikt. Hij zit aan zijn grote, donkere bureau, ik kom de kamer binnen, hij heft zijn blik op van het papier dat hij op dat moment aan het lezen is, schuift zijn bril op zijn voorhoofd en knikt me op zijn kenmerkende bedachtzame manier toe.

'Ik begrijp het', zegt hij. 'Je hoeft het niet uit te leggen, ga maar verder.

Ga maar verder.

14-16 augustus 2007

19

In zijn droom stond hij zich te verdringen met een groep dikke engelen.

Er was een soort half georganiseerde rijvorming gaande; hij stond onder aan een gedraaide trap die uitkwam bij een poort in een verweerde kalkstenen muur, zo'n vijftig meter boven hem. Daar moest je door naar binnen. Sommige engelen kwamen hem bekender voor dan andere, een van de engelen die hij het eerst herkende, was zijn ex-vrouw, Helena, hij zag haar een paar traptreden boven hem staan en vond het een beetje vreemd dat ze erin geslaagd was een veel hogere status te bemachtigen dan hij. In de vijfentwintig jaar dat hij haar had gekend, was ze nooit een engel geweest, verre van, maar pal naast haar zag hij ook de gebroeders Digerman, twee oude, geweldadige overvallers die hij jaren geleden achter de tralies had gezet, dus misschien stak het als puntje bij paaltje kwam wel niet zo nauw met je levenswandel – en toen kreeg hij Axel Wallman en commissaris Jonnerblad in het oog. Ze hadden hun armen om elkaars vleugelaanhechting geslagen en leken verwikkeld in een gesprek over iets buitengewoon belangrijks.

Misschien over hoe ze verder in de rij konden komen; je hoefde alleen de trap maar op en door de opening in de muur, leek het, en voor Barbarotti het wist, was hij langs iedereen gezoefd en stond hij vooraan in de rij boven aan de trap.

Daar stond Petrus te wachten; wie anders, hij had het kunnen weten, maar hij werd helemaal overrompeld door de eenvoudige vraag die de enigszins loensende poortwachter met de witte baard hem stelde. 'Welke drie goede daden heb je tijdens je wandeling op aarde verricht?'

Drie maar? dacht hij opgewekt, maar ineens wist hij niets meer. In zijn hoofd ontstond kortsluiting, zijn tong plakte aan zijn gehemelte, zijn oksels plakten van het zweet; hij deed zijn mond een paar keer open en dicht, en Petrus trok een vragende wenkbrauw op.

Ik heb van mijn kinderen gehouden, dacht hij, vooral van mijn dochter – maar dat voelde, terecht, een beetje knullig.

Van je kinderen houden deed toch iedereen? Ook massamoordenaars en maniakken. Er was iets meer bezieling nodig, dat was duidelijk. Maar wat ... wat had hij in hemelsnaam gedaan? Welke parels kon hij laten zien die niet door eigen belang of door ... door de matte glans van het alledaagse en banale waren bezoedeld?

Dat hij een enkele misdadiger had vastgezet en twee keer zoveel had laten lopen? Niet iets om je op voor te laten staan, waarschijnlijk. Hij merkte ook dat Petrus behoorlijk vrij zicht had in zijn innerlijk, hij kon niet met twijfelachtige dingen komen aanzetten.

'En?' zei Petrus. 'Ik zie dat je zevenenveertig bent. Iéts moet je in die tijd toch wel bewerkstelligd hebben?'

'Ik ben hier gewoon niet zo goed op voorbereid', legde Barbarotti uit.

'Dat ik hier zou staan, bedoel je?'

Hij merkte dat de engelen achter hem begonnen te morren omdat hij er zo lang over deed voor de poort, ook bedacht hij dat het vreemd was dat ze in witte hemdjurken met vleugels waren uitgedost – het was ze immers nog niet gelukt om door de hemelpoort te glippen. Waren ze er even tussenuit geknepen om plezier te maken? Op aarde, om de een of andere reden? Waren ze al goedgekeurd? Ze waren hoe dan ook dik, sommigen bijna vormloos; hij herkende een zekere Conny, alias Lange Conny, die altijd met halfgesloten oogleden en een uitgedoofde sigarettenpeuk in zijn mondhoek aan de bar in Älgen stond, zijn lichaamsvorm was compleet veranderd. Nu leek hij een meter zestig en honderddertig kilo.

Petrus keek Barbarotti dreigend aan, hij zette een vinkje in het grote boek dat opengeslagen voor hem op tafel lag en wuifde geïrriteerd met zijn hand.

'Verdwijn', zei hij. 'Je krijgt nog een paar jaar. Maar laat het de volgende keer niet weer gebeuren. Dan ga je naar de hel.'

Barbarotti knikte dankbaar en Petrus sloeg met een hamertje op een bel, zo'n bel die op balies van ouderwetse hotels stond, en vervolgens loste het hele tafereel als in een mist op.

Maar het geluid van de bel bleef hangen en de droom wervelde snel op naar het schrale oppervlak van de werkelijkheid.

Hij lag in zijn bed, gedraaid in zijn onderlaken en zijn dekbed, en het hardnekkige geluid was natuurlijk niet afkomstig van een ouderwetse bel op een receptiebalie, maar van zijn mobiele telefoon, die naast hem op zijn nachtkastje lag, en voor hij besefte wat hij deed, had hij al opgenomen.

Het was Helena.

Heel even dacht hij dat hij zich nog in zijn droom bevond. Dat zijn ex-vrouw zich zowel daar als in het echte leven bevond – met bovendien zo'n korte tussenpoos –

leek hem erg onwaarschijnlijk; maar haar stem bevatte die authentieke azijn- en schuurpapierklank, waardoor de meeste twijfel verdween. Ze was echt.

'Gittan belde', zei ze. 'Ze heeft *Expressen* gelezen. Waar ben je in godsnaam mee bezig?'

Gittan was een oude vriendin, vroeger een gemeenschappelijke, sinds de scheiding alleen nog van zijn exvrouw. Ze woonde in Huddinge en hield meer van reptielen dan van mannen.

'Wat?' zei Gunnar Barbarotti. 'Hoe laat is het?'

'Kwart voor acht, maar dat doet er niet toe. In *Expressen* staat dat je een journalist hebt mishandeld.'

'Wat?'

'Je hebt me wel gehoord.'

'Jazeker, maar wat zeg je allemaal?' wist Barbarotti uit te brengen terwijl hij zich uit zijn dekbed worstelde. Kwart voor acht? Had hij zijn wekker niet op kwart voor zeven gezet?

'Gittan zag de krantenkoppen op weg naar haar werk. De sensatiekranten komen daar vroeg uit, ik wil graag weten hoe ik dit aan de kinderen uit moet leggen.'

'Op die manier.'

De impact van de informatie die hij zojuist gekregen had, sijpelde meedogenloos bij hem binnen, als het gif na een adderbeet, en hij wist dat Petrus een ernstige vergissing had begaan door hem terug te sturen naar de aarde.

'Ik bel je zo terug', zei hij. 'Ik heb niemand mishandeld, zeg dat maar tegen Lars en Martin.'

Hij stond op en verstopte zich in de douche.

Het volgende telefoontje kwam om acht minuten over acht. Het was inspecteur Backman.

'De hel breekt zo meteen los', zei ze. 'Ik denk, ik waarschuw je maar even, voor het geval je het nog niet had gehoord.'

'Dank je, ik heb het gehoord', zei Barbarotti.

'Er is aangifte tegen je gedaan wegens mishandeling.'

'Ik had al zo'n vermoeden. Ik spreek je later.'

Toen hij opgehangen had, belde de krant *Aftonbladet*. Die wilde weten of hij commentaar had. Hij liet weten dat hij dat niet had, behalve dat hij het orgaan van hun zeer gewaardeerde concurrent nog niet gelezen had en dat hij absoluut niemand had mishandeld.

Daarna kleedde hij zich aan, waarna commissaris Jonnerblad belde.

'Je bent tot nader order op non-actief gesteld', deelde deze mee. Hij klonk alsof hij op een stuk betonijzer zat te bijten.

'Hartelijk dank' zei Barbarotti. 'Was er nog iets?'

'Je hoeft vandaag niet naar het politiebureau te komen. En je houdt je verre van de media. Helder?'

'Glashelder', zei Barbarotti.

'Spreekverbod', zei Jonnerblad

'Begrepen', zei Barbarotti en hij drukte het gesprek weg.

Hij zette het koffiezetapparaat aan, begon twee boterhammen te smeren, toen Sveriges Television belde en hem uitnodigde naar de koninklijke hoofdstad te komen om de volgende ochtend bij een ontbijtprogramma aan te schuiven. Barbarotti gaf te kennen dat hij om onderzoekstechnische redenen verhinderd was en hing op. Zette zich aan de keukentafel, toen TV4 belde. Die vroeg zich af of hij misschien te gast wilde zijn in hun latenightshow; hij deelde ze vriendelijk maar beslist mee dat hij helaas al volgeboekt was en beëindigde het gesprek.

Hij nam een slok koffie, nam een hap van een boterham, waarna ze van het radioprogramma *Efter Tre* belden. Nog voordat de bellende vrouw de reden van haar telefoontje had kunnen geven, liet Barbarotti weten dat hij midden in een belangrijk verhoor zat en geen tijd had om te praten.

Daarna zette hij zijn telefoon uit, at zijn ontbijt op en las de lokale ochtendkrant. Daarin stond geen woord over politiemishandeling.

Marianne, dacht hij. Marianne zal *Expressen* vandaag ook onder ogen krijgen.

Toen hij zijn kanalen met de buitenwereld opnieuw activeerde, was het vlak na tienen; hij had drie kwartier met de cellosuites van Bach in bad gelegen, een driepuntenbestaansgebed gebeden en had twaalf gemiste oproepen op zijn vaste telefoon.

Veertien op zijn mobieltje, zes berichten op ieder.

Ik zit in de lift, dacht inspecteur Barbarotti. Zonder meer.

Of in het oog van de storm, het lag eraan hoe je het bekeek.

Tot nader order op non-actief gesteld?

Dat was hem nog nooit overkomen.

Aangegeven? Dat was hem weleens overkomen. Dat overkwam iedereen weleens, maar dan ging het meestal om een bekende van de politie die boos was en je betaald wilde zetten. Het onderzoek werd altijd afgeblazen, dat was een vaststaand gegeven, zowel de aangiftes als het afblazen. Wat jammer was – omdat er politiemannen waren die zich wel vergaloppeerden, dat was algemeen bekend.

Dat iemand aangegeven werd door een verslaggever van een krant kon hij zich echter niet herinneren, maar misschien was dat ook weleens gebeurd. Hij had nog niet de deur uit durven gaan om een *Expressen* te halen; hij wist niet precies hoe laat die in Kymlinge uitkwam en om onverrichter zake terug naar huis te moeten gaan, was niet erg aanlokkelijk. Hij kon beter nog een half uurtje wachten, besloot hij. Misschien nadenken over een soort vermomming?

Maar nog steeds geen telefoontje van Marianne. Hij vroeg zich af wat daar de reden voor kon zijn. Eigenlijk was dat het enige belangrijke. Langzaam begon deze storende waarheid tot hem door te dringen; wat de rest van de wereld van hem vond, interesseerde hem niet, in elk geval niet bijster, maar hoe Marianne zou reageren was van vitaal belang. In de oorspronkelijke betekenis van het woord – van levensbelang. Hij nam dit probleem en beide telefoons mee naar het balkon en ging zitten.

Waarom had ze niets van zich laten horen? Óf ze wist simpelweg nog niet van het schandaal, óf ... óf ze had het wel gelezen en besloten niet te reageren.

Het laatste alternatief mocht niet waar zijn. Godallemachtig, onder geen beding, dacht Gunnar Barbarotti. Dat hij die vervloekte persmuskiet Persson zijn deur uit had geduwd, mocht niet zulke verwoestende gevolgen voor zijn privéleven hebben. Dat mocht eenvoudigweg niet gebeuren, hij had er al met Onze-Lieve-Heer over gesproken toen hij met Bach in bad lag en Onze-Lieve-Heer had er net zo over gedacht.

Hij luisterde zijn berichtjes af. Twee waren van Jonnerblad, één op iedere telefoon, ook had hij er twee van inspecteur Backman op iedere telefoon; vijf van verschillende journalisten en de overige drie waren van goede vrienden, die aan de toon van hun stem te horen kennis hadden genomen van de inhoud van de editie van *Expressen* van vandaag.

Zowel Jonnerblad als Backman had hem gevraagd contact op te nemen, en op welke manier hij dat ging doen, had hij snel besloten. Heel snel.

Het privémobieltje van Eva Backman. Ze had het zelden uitstaan, en ook deze keer nam ze op, nadat het drie keer was overgegaan – en ze vroeg hem even te wachten. Hij wist dat ze ervoor wilde zorgen dat niemand meeluisterde voor ze met hem ging praten, en toen ze weer aan de lijn kwam, wist hij ook dat zij de smeris was die hij uit zou kiezen als hij een jaar op een onbewoond eiland met een collega moest doorbrengen. Als we niet zes kinderen bij anderen hadden, hadden we kunnen trouwen, dacht hij opeens.

Op zich was dit geen nieuwe gedachte, maar hij had al een tijd braak gelegen. Er zat geen leven in.

'Hoe gaat het met je?' vroeg ze. 'Ik maak me een beetje zorgen om je.'

'Het gaat wel', zei Gunnar Barbarotti terwijl tegelijkertijd zijn vaste telefoon ging. Hij zag op de display dat het niet Marianne was en liet hem overgaan. 'Maar ik heb de krant nog niet gelezen. Wat staat er eigenlijk in?'

'Het is bespottelijk', zei Backman. 'Koppen met chocoladeletters. Wat is er nou echt gebeurd?'

'Die eikel probeerde gisteravond mijn huis binnen te komen en toen heb ik hem het trappenhuis in geduwd.'

'Ik dacht al zoiets. In de krant staat dat je hem neergeslagen hebt en de trap hebt afgegooid. Het schijnt hem ook nog gelukt te zijn om gewond te raken, kennelijk. Jonnerblad houdt op dit moment een korte persconferentie, maar daarna wil hij je spreken.'

'Dat heb ik begrepen, ja.'

'Goed.'

'En ik ben dus van het onderzoek gehaald?'

'Tot nader order, ja. Ik zou me maar een beetje gedeisd houden als ik jou was. De sfeer is een tikkeltje gespannen.'

'Je meent het', zei Barbarotti. 'Hoe staat het met het onderzoek?'

'We hebben zowaar een kleine vooruitgang geboekt', zei Eva Backman en hij hoorde dat ze haar best deed optimistisch te klinken.

'Vooruitgang?' vroeg hij.

'Ja, we zijn te weten gekomen dat dat echtpaar, Henrik en Katarina Malmgren, op vakantie naar Denemarken is gegaan, en zojuist vertelde Somberman dat ze waarschijnlijk de nachtboot naar Fredrikshavn hebben genomen ... Afgelopen zondag, als ik het goed begrepen heb. Maar er is nog iets niet duidelijk, volgens mij zit hij nu met de rederij te praten.'

'Aha?' zei Barbarotti. 'En wat is er niet duidelijk?'

'Dat weet ik nog niet. Ik bel je wel zodra ik Somberman gesproken heb. Maar de eerste drie brieven zijn geanalyseerd. Linköping heeft er geen vingerafdrukken of een vleugje speeksel op kunnen vinden ... Onze vriend de moordenaar lijkt behoorlijk zorgvuldig te zijn, maar dat wisten we eigenlijk al.'

'Ik had al zo'n gevoel', beaamde Barbarotti. 'Oké, zeg maar tegen Jonnerblad dat hij me op mijn mobiele telefoon kan bellen als hij iets van me wil. Ik denk dat ik hem om het halve of hele uur vijf minuten aanzet, er komt iets te veel rommel binnen om hem de hele tijd aan te hebben.'

'Snap ik', zei Eva Backman. 'Misschien vind je het erg soft klinken, maar ik heb een beetje met je te doen.'

'Dat is wel erg soft', zei Barbarotti.

'Ja, misschien wel', zei Eva Backman en ze schoot in de lach. 'Maar je vergeet even dat ik een vrouw ben. Wij hebben die empathische inslag die jullie mannen missen.'

'Empa...? Hoe noem je dat?'

'Laat maar. Ik kom even bij je langs als ik vanmiddag

naar huis ga. Het lukt me niet zo goed om van gedachten te wisselen met de mensen hier ... Als je er niks op tegen hebt, tenminste?'

'Je bent van harte welkom', zei Gunnar Barbarotti. 'Dan drinken we een biertje op mijn balkon. Wordt het trouwens nog wat met die vakantie van je?'

'Die is een paar dagen uitgesteld', liet Eva Backman weten. 'Ville dreigt naar huis te komen, de jongens beginnen te klagen over het eten, blijkbaar.'

'Politiemensen zouden überhaupt geen vakantie moeten hebben', zei Barbarotti. 'Dat maakt het dagelijks leven alleen maar ingewikkeld. Maar nu moet ik ophangen. Ik ga een krant halen, daarna ga ik lekker een paar uur op de bank relaxen.'

'Dat ik met je te doen heb, neem ik terug', zei Eva Backman, waarna ze het gesprek beëindigden.

Het was erger dan hij had gedacht.

Toch had hij zich op het ergste voorbereid. Hij zonk neer aan de keukentafel, spreidde de krant voor zich uit en merkte tot zijn verbazing dat hij braakneigingen kreeg. Hij sierde de hele voorpagina. De ene helft bestond uit een kop in duimdikke letters.

VERSLAGGEVER EXPRESSEN BEWUSTELOOS GESLAGEN DOOR POLITIE

De andere helft was een grote, korrelige foto die Nisse klaarblijkelijk precies op het moment had weten te knippen dat hij zijn vuisten tegen Göran Perssons borst duwde. Het was geen mooi plaatje; het scherpste detail op de foto was Barbarotti's eigen gelaatsuitdrukking, die sterk deed denken aan een karatekoning die zijn weerloze tegenstander doelgericht een dodelijke klap toedient.

En die vervloekte verslaggever leek echt pardoes achterover te vallen.

Maar bewusteloos? Van een paar vuisten op je borst?

Hij bladerde naar pagina 8, waar de waarheid over dit recente geval van politiegeweld werd onthuld en in huiveringwekkende details uiteen werd gezet. De ervaren en bekwame misdaadverslaggever Göran Persson had met uiterst vreedzame bedoelingen getracht een reactie te krijgen van politieman Gunnar Barbarotti, woonachtig in een driekamerappartement in het centrum van Kymlinge – over het feit dat de dader van de twee moorden die onlangs in de stad waren gepleegd, brieven had geschreven naar voornoemde hooggeplaatste politieman, waarover in de krant van maandag al uitvoerig was bericht. Hierbij had Barbarotti, volstrekt ongeprovoceerd, de arme, weerloze journalist een paar harde klappen gegeven en hem vervolgens van een bijna loodrechte trap afgegooid, waarna hij buiten bewustzijn was geraakt en twee botten in zijn lichaam had gebroken.

In zijn lichaam? dacht Barbarotti. Waar zouden die anders moeten zitten?

Ernstig geschokt en gewond was Göran Persson met hulp van de fotograaf van de krant erin geslaagd weg te komen, waarna hij de nacht in het ziekenhuis van Kymlinge had doorgebracht. Hij had aangifte van het incident gedaan, en de hele kwestie zette uiteraard een zwarte domper en rem op het lopende onderzoek – tot dusver zonder enig succes – van de politie van Kymlinge, met hulp van de politie uit Göteborg en de nationale recherche, en de zoektocht naar de briefschrijvende moordenaar, die tot nu toe naar het zich liet aanzien twee mensenlevens op zijn geweten had.

Zwarte domper en rem? dacht Barbarotti. Misschien was hij toch een beetje op zijn achterhoofd gevallen. Bij wijze van uitzondering werd niet vermeld wie het artikel had geschreven, wellicht had iemand bij de krant ingezien dat Göran Persson wel heel veel verschillende petten op kreeg als zijn naam ook onder deze reportage zou staan.

Onderzoeksleider commissaris Jonnerblad had maandagavond laat niet thuisgegeven toen *Expressen* hem geprobeerd had te bereiken voor een reactie op de meedogenloze aanval van inspecteur Barbarotti op het vrije woord en diens representant.

Uit een snelle peiling onder inwoners van Kymlinge en omgeving bleek zesenzestig procent naar eigen zeggen weinig of geen vertrouwen te hebben in het vermogen van de politie de toenemende criminaliteit het hoofd te bieden. Zo was niet één van de in totaal tweeëntwintig gemelde huisinbraken in de regio deze zomer opgelost. Je kon je afvragen waar de politie zich eigenlijk mee bezighield.

Op pagina 5 stonden nog meer foto's van combattanten Persson en Barbarotti, hij snapte niet hoe ze aan die foto's van hem waren gekomen; hij zag er onverzorgd uit, alsof hij zojuist ontwaakt was uit een roes die hij in een greppel had uitgeslapen, hij had donkere kringen onder zijn ogen en vertoonde een zekere gelijkenis met wijlen Palmemoordverdachte Christer Petterson. De verslaggever, op zijn beurt, had een gesprongen lip, een blauwe plek onder zijn ene oog en een verband met bloedvlekken om zijn hoofd en leek op een emfyseempatiënt waar zojuist een wals overheen was gegaan.

Pokkezooi, dacht inspecteur Barbarotti. Als ik die hufter weer tegen het lijf loop, verkoop ik hem echt een paar klappen.

En hij realiseerde zich dat dit soort gedachten bij uitstek kenmerkend waren voor geweldplegers in het algemeen.

Hij stak zijn wijsvinger in de Bijbel.

Dezelfde plek. Dat was vreemd. Hoe groot was die kans eigenlijk? Maar het kon best zijn dat hij de vorige keer een tijdje opengeslagen had gelegen, hij herinnerde zich dat er kaarttrucjes waren die zo werkten. En misschien vielen oude boeken wel altijd op de meest gelezen bladzijden open als je het aan het toeval overliet? Of een wijsvinger.

Matteüs dus.

Maar als je oog troebel is, zal er in heel je lichaam duisternis zijn. Als het licht in jezelf verduisterd is, hoe groot is dan die duisternis!

Hij keek naar de tekst eromheen en begreep dat het om essentiële dingen ging. Zowel Onze Vader, God als de mammon werd genoemd – maar toch, dacht hij, *mijn oog troebel*? Wat betekent dat? Welke lering moet ik hieruit trekken?

Om te begrijpen dat hij zich momenteel in een duisternis bevond, had hij geen hogere gids nodig.

Met een zucht sloeg hij de Bijbel dicht en zette zijn telefoon aan.

Vier nieuwe ingesproken berichten, maar het allerbelangrijkst: een sms'je van Marianne. Eindelijk, dacht hij en hij tastte met zijn vingers over de knopjes. Nu krijgt mijn leven een nieuwe wending.

Ze wilde meer tijd.

Zo kon je het omschrijven als je het positief wilde interpreteren. Ze moest nadenken over wat ze vandaag in *Expressen* had gelezen, schreef ze. *Heb het gelezen, moet nadenken.* Niet goed om je ergens overhaast in te storten.

Maar natuurlijk mocht hij bellen.

Dat was alles. Een kwartier lang ijsbeerde hij onrustig en besluiteloos rond voor hij de moed vatte. Ze nam niet op. Hij ijsbeerde nog tien minuten. Probeerde het opnieuw, nu was ze er wel.

'Je moet niet geloven wat ze allemaal schrijven', zei hij. 'Zo is het niet gegaan.'

Hij vond het zelf buitengewoon zwak klinken. Als een notoire alcoholist die probeert te motiveren waarom hij zijn vrouw voor de vierendertigste keer had geslagen. *Het was niet mijn schuld.* Ze wachtte even met reageren, maar hij had in elk geval de tegenwoordigheid van geest om tijdens de onheilspellende, stille seconden die voorbijtrokken niet met meer slechte uitvluchten te komen.

'Ik wil weten wat er gebeurd is', zei ze uiteindelijk. 'Natuurlijk. Maar het gaat ook om de kinderen. Misschien vooral om hen, ze hebben de krant gelezen en kunnen zich bijna niet voorstellen dat het over jou gaat. Ik weet niet wat ik tegen ze moet zeggen.'

Hij slikte. De kinderen? Een paar uur geleden had Helena bijna hetzelfde tegen hem gezegd.

'Ik snap het', zei hij. 'Ik zal je het vertellen. Die verslaggever probeerde mijn huis binnen te dringen. Toen heb ik hem de deur uit geduwd, meer niet.'

'Meer niet?'

'Nee.'

Stilte. Hij voelde hoe een gebalde vuist in zijn maag ronddraaide.

'Geloof je me niet?'

'Alsjeblieft, Gunnar, ik weet niet wat ik moet geloven.'

'Geloof je eerder wat er in *Expressen* staat?'

'Nee, natuurlijk niet. Ik zeg alleen maar dat ... dat mijn kinderen het niet zo goed begrijpen.'

‘Dat hoorde ik. En hoe gaat het nu verder ... met ons?’

Ze aarzelde weer. Donkere seconden gleden voorbij, op weg naar een niemandsland. Of een begraafplaats. Of een inferno. Waar kwamen al die beelden toch vandaan? dacht hij. Weer deze beelden en ontwortelde gedachten.

‘Ik weet niet hoe het met ons verdergaat’, zei ze uiteindelijk. ‘Je moet me wat tijd geven.’

‘Zeg je dat alleen maar vanwege dat artikel in *Expressen*?’

‘Nee ...’

‘Ik zou het fijn vinden als je eerlijk antwoord gaf, Marianne. Ik heb je vorige week ten huwelijk gevraagd. Je hebt me beloofd om woensdag antwoord te geven. Vandaag is het dinsdag.’

‘Ik weet welke dag het is.’

‘Fijn. Dan bel ik je morgen, zoals afgesproken.’

‘Als je morgen belt, zeg ik nee. Je hebt het recht niet om me zo onder druk te zetten.’

‘Oké, dan bel ik niet. Ga je me een nieuwe datum geven of moet ik ons als een afgesloten hoofdstuk beschouwen?’

‘Waarom zet je me zo onder druk, Gunnar? Ik kan op dit moment geen beslissing nemen, vind je dat vreemd?’

Hij hield zich in en dacht na – en tegelijkertijd was hij er lichtelijk trots op dat hij daar zowaar in slaagde. Zich inhouden. Ik ben iets volwassener geworden, dacht hij.

In de tijd met Helena had ik nu de hoorn op de haak gegooid.

‘Het spijt me, ik heb een slechte dag vandaag’, zei hij. ‘Ik ben afgeschilderd als een bruut ten overstaan van heel Zweden. Er is aangifte tegen me gedaan, ik ben net ontslagen en de vrouw van wie ik hou, wil me niet.’

‘Ben je ontslagen?’

‘Verordonneerd om niet naar mijn werk te komen.’

'Dat kunnen ze toch niet ...?'

'Jawel, dat kunnen ze wel. En het is ook logisch gezien de omstandigheden. Vind je niet?'

Ze zuchtte bezorgd in de hoorn. Dat je het bezorgde kon herkennen in een ademhaling, dacht hij. Dat je dat door de telefoon kon horen. Het voelde troostrijk, om de een of andere reden.

'Gunnar, laten we dit afspreken', zei ze. 'Bel me zaterdag, dan kijken we dan verder. Ik moet dit met Johan en Jenny bespreken, dat moet echt ... Gaat dat lukken?'

'Ik denk het wel', zei Gunnar Barbarotti. 'Ik heb ook wel wat tijd nodig om het een en ander te overdenken.'

'Zaterdag, dus?'

'Zaterdag.'

Toen ze het gesprek hadden beëindigd, voelde hij zich iets beter dan ervoor. Dat probeerde hij zichzelf wijs te maken, althans. Hij zette zijn telefoon uit zonder de andere berichten af te luisteren.

Mijn innerlijk? dacht hij. Duisternis of licht? Begraafplaats of inferno?

Hij verfrommelde *Expressen,* propte hem in de vuilnisbak en zette zich met een kruiswoordpuzzel op het balkon.

20

Inspecteur Backman verscheen rond half zeven met drie dikke, rode mappen.

'Ik dacht dat je misschien wel wat stimulans zou kunnen gebruiken', zei ze.

'Dank je', zei Barbarotti.

'Dan hoef je niet naar het Stadspark om duiven te voeren.'

'Precies.'

'Als je ze vanavond doorleest, kan ik ze morgen op weg naar het bureau weer ophalen. Dit is wat we tot nu toe in grote lijnen over de zaak hebben. Maar het meeste weet je natuurlijk al.'

'Vinden Jonnerblad en Asunander dit oké?'

'Ik heb het ze niet gevraagd', zei Eva Backman.

'Verstandig', zei Barbarotti. 'Laten we op het balkon gaan zitten. Je hebt toch wel tijd voor een biertje?'

'Zeker', zei Eva Backman. 'Mijn mannen hebben hun dreigement om naar huis te komen niet uitgevoerd. En het is bovendien een mooie avond.'

'In de tuin van de buren bereiden ze een kreeftenfeestje voor', zei Barbarotti. 'We kunnen wat van hun sfeer bietsen.'

Inspecteur Backman glimlachte.

'Perfect', zei ze en ze zonk neer op een van de twee tuinstoelen. 'Je hebt echt overal aan gedacht.'

'Ach, je doet wat je kunt', zei Barbarotti. Hij liep naar de keuken en kwam terug met twee biertjes en twee hoge glazen. Mijn balkon is weliswaar klein, maar hij is gemaakt voor twee, dacht hij onwillekeurig.

'Maar daar staat wel tegenover dat ik uitgebreid op de hoogte gebracht wil worden', zei hij. 'Mondeling en pedagogisch, voor ik begin met lezen. Jullie hebben de zaak vandaag toch niet toevallig opgelost?'

'Nou, niet echt', gaf Backman toe. 'Maar dat stel uit Göteborg is waarschijnlijk de klos.' Barbarotti schonk haar bier in, ze hieven hun glazen en namen ieder een grote slok.

'O?' zei Barbarotti. 'De klos?'

'Ja', zei Backman en ze leunde achterover. 'God, wat lekker om op een balkon te werken in plaats van op het bureau. Ik denk dat veel politieonderzoeken erbij gebaat zouden zijn als ze zo werden uitgevoerd.'

'We kunnen het erin houden', stelde Barbarotti voor. 'Zolang ik geschorst ben, tenminste. Als je hier elke avond komt en me op de hoogte houdt, krijg je een biertje voor de moeite.'

'Waarom niet?' glimlachte Eva Backman.

'De klos?' bracht Barbarotti haar in herinnering.

Ze schraapte haar keel en werd serieus. 'Ja, daar begint het op te lijken. Alles wijst erop dat Henrik en Katarina Malmgren afgelopen zondag de nachtboot van Göteborg naar Fredrikshavn hebben genomen, en er is vrij veel wat erop wijst dat ze aan de Deense kant niet aan land zijn gegaan.'

'Vrij veel wat erop wijst ...?' zei Gunnar Barbarotti. 'Wat betekent dat in gewone taal?'

'Dat hun auto nog op het autodek stond, bijvoorbeeld', zei Eva Backman. 'Ja, dat is eigenlijk de enige aanwijzing, maar die is nogal zwaarwegend. Vind je niet?'

'Ze zijn niet met de auto aan land gereden?'

'Nee, precies. Er is een Audi blijven staan die volgepakt

was met vakantiespullen, het is natuurlijk mogelijk dat ze hun auto met bagage en al hebben laten staan en te voet aan land zijn gegaan, maar niemand van het onderzoeksteam heeft ook maar enig idee waarom iemand zoiets zou doen. Maar misschien jij wel?'

Gunnar Barbarotti fronste zijn voorhoofd. 'Je bedoelt dat ze aan boord van de veerboot zijn vermoord? En ...?'

'En in zee zijn gedumpt, ja. Het is een theorie. Een andere is dat ze vermoord zijn en in een voertuig zijn gestouwd ... om na verloop van tijd in een moeras in Denemarken begraven te worden. Of elders op het continent, wat je maar wilt.'

'Grenzen overgaan met een lijk in je kofferbak? Dat lijkt me stug.'

'Europa heeft geen grenzen meer', zei Backman. 'Maar, inderdaad, ik ben het met je eens, het is aannemelijker dat ze in de beschutting van de duisternis overboord zijn gezet.'

'Gadver', zei Gunnar Barbarotti. 'Denk je dat echt?'

'Wat maak jij hier dan uit op?' vroeg Eva Backman.

'Weet ik niet precies', zei Barbarotti.

'Twee mensen rijden met hun auto aan boord van een veerboot. Als iedereen vier uur later aan land is gegaan en er niemand meer op de boot is, staat de auto er nog. Ergo?'

Barbarotti gaf geen antwoord. Staarde een tijdlang zonder iets te zeggen naar de drie onderzoeksmappen op de tafel. Wuifde een wesp weg die kwam neuzen.

'En de link met de andere slachtoffers?'

'Daar zijn we nog amper aan toegekomen. Niks voor de hand liggends in elk geval. Henrik Malmgren is docent filosofie aan de universiteit van Göteborg. Zijn vrouw Katarina is anesthesieverpleegkundige in het Sahlgrenskaziekenhuis. Zevenendertig respectievelijk vierendertig jaar oud, geen kinderen en geen strafblad.'

'Dat weet ik allemaal al', zei Barbarotti. 'Is er al een huiszoeking gedaan?'

'Ze keek op haar horloge. 'Daar zijn ze net mee begonnen. Tallin, Jonnerblad en Astor Nilsson zijn ter plaatse. De officier van justitie liet even op zich wachten, maar inmiddels is de auto ook in beslag genomen, ja, dit is een belangrijk spoor, om de nationale recherche te citeren.'

'Een belangrijk spoor? We zijn op zoek naar slachtoffers. Een "spoor" heeft toch betrekking op een dader?'

'Dacht ik ook', zei Eva Backman en ze nam een slok bier. 'Nou ja, wij provincietuutjes hebben ook weinig om ons voor op de borst te kloppen. Jonnerblad heeft je in elk geval verdedigd tegenover de media en ik heb het gevoel dat je morgen in *Aftonbladet* een beetje gerehabiliteerd wordt.'

'Dat hoorde ik', knikte Barbarotti.

'Hoorde?'

'Ik heb Jonnerblad een paar uur geleden gesproken, maar wie leest er nou een rectificatie?'

'Niet veel mensen', zei Backman.

'Dat bedoel ik. Ik heb het politiegeweld in deze stad een gezicht gegeven en dat blijft nog wel een paar jaar hangen. En ik blijf op non-actief staan, zei Jonnerblad, want terugkeren in het team zou in de huidige situatie niet tactisch zijn.'

Eva Backman knikte.

'Zolang *Expressen* zijn aangifte niet intrekt ... Provocerend voor het algemene rechtsgevoel, zoals hij het uitdrukte.'

'Er is nog een reden om jou erbuiten te houden', zei Eva Backman.

'O, ja? Welke dan?'

'De moordenaar stuurt de brieven naar jou. Er zou sprake van belangenverstrengeling kunnen zijn.'

'Dus als hij ze naar het politiebureau had gestuurd, had iedereen erbuiten moeten blijven?'

'Tja ...'

'Dan hadden we smerissen uit Estland moeten inhuren?'

Eva Backman schoot in de lach. 'Wie weet. Nee, dat is niet waarom je buiten spel bent gezet. Je hebt iets te veel in de belangstelling gestaan, je hebt helemaal gelijk; mensen hebben tijd nodig om het te vergeten. Een paar dagen op zijn minst.'

'Maar daarom kan ik toch nog wel onderzoek doen op mijn werkkamer?'

'Dat is waar, maar het is hier toch veel aangenamer, zoals ik al zei.'

'Oké', zuchtte Barbarotti. 'Wil je nog een biertje?'

Eva Backman schudde haar hoofd. 'Ik was eigenlijk van plan om een rondje te gaan hardlopen, en twee biertjes in mijn lijf is dan te veel.'

Barbarotti knikte en hij klopte op de mappen. 'Wegwezen, jij', zei hij. 'Ik neem vanavond het materiaal door. Dan hoor je morgenochtend als je langskomt mijn suggesties.'

Op het moment dat inspecteur Backman overeind kwam, werd er in de tuin van de benedenburen een drinklied ingezet. 'Ja, ja', zei ze en ze wierp een blik over de rand van het balkon. 'Ooit hebben jij en ik ook een feestje, wacht maar af.'

'Laten we het hopen', zei Gunnar Barbarotti. 'Hoe staat het trouwens met je vakantie?'

'Opgeschort tot nader order', liet inspecteur Backman weten. 'Wat had jij dan gedacht?'

Zo'n drie uur en een stuk of twaalf drinkliedjes later had hij alle drie mappen doorgelezen. De duisternis was ingevallen en boven het onregelmatige koperen dak van de Katedralschool was een geel-met-rood gemarmerde augustusmaan verschenen. Alle vogels waren stil, op de pimpelmezen in de tuin van de buren na. Hij bleef op het balkon zitten; ongemerkt was de avondkilte komen opzetten, maar door het wollen vest dat hij droeg en de deken die over zijn benen lag, had hij er geen last van.

Het was een bijzondere zaak. Dat wist hij natuurlijk al voor hij dit onderzoeksmateriaal had doorgenomen, maar hij kon het niet laten het opnieuw vast te stellen toen hij klaar was. Een van de meest bijzondere die hij ooit had meegemaakt, waarschijnlijk.

En beangstigend. Helemaal als je je de dader probeerde voor te stellen, een beeld van zo iemand trachtte te schetsen.

Als Henrik en Katarina Malmgren inderdaad ook vermoord waren, had hij nu vier mensenlevens op zijn geweten, alleen dit feit al, het aantal slachtoffers, maakte hem bijna uniek. Er waren niet veel moordenaars in dit land met vier lijken op hun naam, dat wist Barbarotti. De meesten die op dit moment hun straf in Hall, Österåker of Kumla uitzaten, hadden niet meer dan één, sommigen hadden er twee of drie. Als je vier mensen van het leven had beroofd, bevond je je onbetwistbaar in de hoogste klasse.

Of de laagste, afhankelijk van de maatstaf die je hanteerde.

En dat hij in alle vier gevallen de politie door middel van een brief had getipt, maakte hem ook internationaal gezien uitzonderlijk, dacht Barbarotti. Lillieskog had gezegd dat hij geen soortgelijke gevallen kende, mensen die de politie van tevoren waarschuwden – daarom was hij onzeker over het profiel dat hij had opgesteld. Alle daderprofilering was gebaseerd op ervaring, en als de ervaring ontbrak, ja, dan was het profiel op drijfzand gebaseerd. En daar ging je accuratesse.

Tussen alle papieren in de mappen zat ook een verklaring van een bekende criminoloog, die beweerde dat 'ze voor de verandering misschien te maken hadden met een moordenaar met wat verstand tussen zijn oren, en dat de politie daarom nu met de handen in het haar zat' – en Barbarotti merkte dat hij de neiging had zich aan te sluiten bij deze losjes in elkaar geflanste hypothese.

Een uitgekookte gast, kortom. Wellicht geen strafblad. Wellicht vastbesloten zijn plan uit te voeren en niet gepakt te worden. Precies zoals Lillieskog al had beweerd.

Geen toevallige moorden. Geen seriemoordenaar, ondanks het grote aantal slachtoffers. Als hij de mensen had vermoord die hij wilde vermoorden, was het voorbij. De vraag was alleen hoeveel er op zijn lijst stonden. En vooral: welk verband was er tussen de mensen op deze lijst?

Natuurlijk waren er meer vragen. Zouden ze hem kunnen stoppen voor hij klaar was, bijvoorbeeld? Voor hij iedereen vermoord had die hij wilde vermoorden? Zouden ze hem überhaupt kunnen stoppen?

En Hans Andersson? Wat betekende – om met de woorden van de dader te speken – 'Hans Andersson mag blijven leven'? Was er ooit een beoogd slachtoffer met deze naam geweest of was het gewoon bluf? Een rookgordijn, dat hij om de een of andere reden midden in de veldslag moest leggen.

En waren Henrik en Katarina Malmgren echt dood? In de map zaten foto's van beiden: een man met een mager gezicht en uitgedund haar, een bril en een uiterlijk waarvoor Barbarotti geen ander woord kon verzinnen dan 'alledaags' – Katarina Malmgren had donker haar, zag er over de hele linie energieker uit, mooi op een krachtige, tikje mediterrane manier. Bovendien had ze een link met Kymlinge. Klaarblijkelijk had ze als tiener vijf jaar in de stad gewoond; eind jaren tachtig, in Kymlingevik. Dat was ook een belangrijke vraag: welke rol speelde Kymlinge in dit verband? Had de moordenaar dezelfde link met de plaats als zijn slachtoffers?

Bevond hij zich in de stad, kortom? Had hij tientallen kilometers gereisd om de brieven te posten? En ook om de Malmgrens te vermoorden misschien?

Als je ervan uitging dat ze daadwerkelijk dood waren, hoe was hij dan te werk gegaan? Klopte het wat Backman zei, was hij – naast al het andere – een zeldzaam koelbloedige moordenaar? Een man en zijn vrouw aan boord van een boot vermoorden en de lichamen vervolgens overboord zetten – zonder gesnapt te worden – ja, dat was zeker niet ongecompliceerd.

En waarom koos hij uitgerekend voor die methode?

Zoals gewoonlijk wist Gunnar Barbarotti ook dat al deze kleine maar belangrijke vragen, die ... Hoe had hij het laatst ook al weer geformuleerd? ... die even willekeurig in elkaar haakten als verbogen metalen kleerhangers in een donkere kledingkast? ... Dat deze vragen in feite samengevat konden worden onder een enkele kop: *waarom?*

Waarom zijn deze moorden gepleegd? Wat was de reden ... Want er moest toch een reden zijn? Een naaf en een kernpunt, die, wanneer ze te zijner tijd voldoende inzicht hadden, alles begrijpelijk zouden maken. Daar draaide het immers om. Het begrijpen. Bevatten wat er te bevatten viel en de rest laten voor wat het was.

Toen Gunnar Barbarotti in de liberale jaren zeventig op de lagere school zat, leerde hij dat het belangrijker was de juiste vragen te kunnen stellen dan de juiste antwoorden te weten. Hij had veelvuldig gewenst dat zijn schoolgang in een ander decennium had plaatsgevonden.

Terwijl hij aanhoorde hoe een van de kreeftenfeestgangers 'Knockin' on Heaven's Door' ten gehore bracht – onder eigen gitaarbegeleiding en volgens een nogal eigen akkoordenschema – begon hij na te denken over de brieven en het tijdaspect. Hoe zat het? Gaf de moordenaar de politie echt een kans? Was het niet eerder zo dat de mededelingen over de beoogde slachtoffers altijd te laat kwamen om nog een leven te kunnen redden? Of zelfs maar de theoretische mogelijkheid boden? Barbarotti sloeg een duif gade die op de rand van het balkon van de buren neerstreek en ging terug in zijn geheugen. De laatste brief was met de post van maandag gekomen; als de Malmgrens echt waren vermoord, moest dat redelijkerwijs in de nacht van zondag op maandag zijn gebeurd. De moordenaar had de brief hoogstwaarschijnlijk al gepost voor hij in actie kwam, en hij moet geweten hebben dat op het moment dat de politie hem ontving hij zijn plannen al had uitgevoerd.

En bovendien: hij moest er absoluut zeker van zijn dat het hem zou lukken.

Was er geen mogelijkheid om de brieven eerder in handen te krijgen? Ze hadden overwogen het postbedrijf erbij te betrekken, maar dat was bij een idee gebleven. Want hoe moest dat dan in zijn werk gaan? Moesten alle sorterende postbodes in West-Zweden – waarvandaan tot nu toe alle brieven waren verzonden – op de hoogte worden gesteld van de naam van de geadresseerde en het soort envelop en vervolgens geïnstrueerd worden om zich als ze onraad roken in verbinding te stellen met de politie in Kymlinge? Of met *het dichtstbijzijnde politiebureau*, zoals ze dat vroeger in de opsporingsberichten zeiden. Nee, dacht Gunnar Barbarotti, dat was ondoenlijk. Zo speelde je de moordenaar alleen maar meer in de kaart. Hij drukte zich altijd uit in de toekomende tijd, nooit anders – deelde mee dat hij van plan was die of die te doden – maar als inspecteur Barbarotti eenmaal op de hoogte was van het feit, was deze kennis al door de tempus gezakt naar ... Hoe heette dat ook al weer? ... de verleden tijd. Het was al gebeurd. Te laat om er iets aan te doen.

Misschien dat dit linguïstische aspect van het geheel Axel Wallman wel aangesproken zou hebben.

Hij zuchtte en luisterde afwezig naar het matte applaus, dat dankbaar aangaf dat de benevelde troubadour klaar was met kloppen op de hemelpoort. Barbarotti moest aan zijn droom van die ochtend denken en ging ervan uit dat hij niet was binnengelaten.

Met de mappen onder zijn arm verliet hij het balkon. Het was elf uur geweest, en in elk geval, dacht Gunnar Barbarotti, ik heb in elk geval een paar uur niet aan Marianne en mijn innerlijke duisternis gedacht. Dat is tenminste iets.

Werken is het enige doeltreffende middel tegen angst, had hij ergens gelezen. Misschien was het waar. En wat weerhield je van een beetje privéspeuren als je ontslagen was – al was het maar tijdelijk?

Helemaal als je toevallig de enige was die direct in contact stond – zij het ietwat eenzijdig – met de moordenaar.

Geschorst? dacht inspecteur Barbarotti. Spreekverbod? Waarom laat ik de hele zooi niet achter en boek ik geen lastminutereis naar de Middellandse Zee?

Nog een goede vraag.

21

Woensdagochtend werd hij vroeg wakker, hij merkte dat hij slecht geslapen had. Het gonsde dof in zijn hoofd en zijn lichaam tintelde. Toen hij de lokale krant uit de brievenbus had getrokken, zag hij dat hij niet naar het winkeltje op de hoek hoefde om over zichzelf te lezen. Ook de stem van Kymlinge in de wereld had de controverse tussen de politiemacht en het vrije woord van maandagavond opgemerkt. Zowel op de voorpagina als verderop in de krant.

In tegenstelling tot *Expressen* had men echter besloten zijn naam noch foto's van de betrokkenen te publiceren, er werd alleen gemeld dat een verslaggever van een boulevardkrant het aan de stok had gehad met een politieman en dat dat geresulteerd had in een aangifte.

Er stond niet eens bij wie wie had aangegeven, en Gunnar Barbarotti vond het jammer dat het aantal lezers van de lokale krant slechts een tiende bedroeg van het schandaalblad uit de koninklijke hoofdstad. GT, dat min of meer hetzelfde was als *Expressen*, niet meegerekend.

Daarentegen stond er vrij veel over de moorden en de briefschrijverij zelf in, maar niets wat hij niet al in de rode mappen van Backman had kunnen lezen, en hij voelde daar een zekere dankbaarheid over. De kranten wisten in elk geval niet meer dan de politie.

Wat heb ik? dacht hij. Dat is toch niet iets om dankbaar voor te zijn? Heb ik zo weinig vertrouwen in de onderzoeksleiding sinds ze hun beste paard van stal moeten missen, dat ik denk dat er meer uit de krant dan uit het onderzoeksmateriaal te halen valt? Hoor ik ook tot die zesenzestig procent? Ik ben echt bezig mijn grip te verliezen.

Vlak na achten kwam Backman haar mappen ophalen en ze beloofde hem die dag op de hoogte te houden van de ontwikkelingen.

'Als je vanavond langskomt, krijg je ook iets te eten', bood Barbarotti aan. 'Niet alleen bier en kreeftenlucht.'

Eva Backman dacht even na, toen nam ze het aanbod aan. Vooropgesteld dat de situatie in het zomerhuisje in Blekinge niet zo alarmerend werd dat Ville met de kinderen thuiskwam. Je wist maar nooit, dat hing ook een beetje af van het weer, en op dit moment zag het er wat grijs uit. Maar er was natuurlijk een verschil tussen Kymlinge en Kristianopel.

'Heeft dit je nog op ideeën gebracht?' wilde ze weten toen hij haar de onderzoeksmappen gaf.

Barbarotti schudde zijn hoofd. 'Nee', zei hij. 'Dat is niet gebeurd. Geen onmiddellijke in elk geval.'

'Jammer', zei Eva Backman.

'Maar het blijft wel in mijn achterhoofd malen, ik ben er vrij zeker van dat er een doorbraak komt als we de Malmgrens aan de twee eerdere slachtoffers kunnen koppelen. Als jullie de huiszoeking goed hebben uitgevoerd, vinden jullie het verband deze ochtend nog.'

'Jullie?' zei Eva Backman.

'Jullie', zei Gunnar Barbarotti.

Ze keek hem zorgelijk aan. 'En als we het nou niet vinden?'

'Als jullie het niet vinden,' zei Barbarotti en hij wreef met zijn vuisten over zijn gonzende slapen, 'kan dat maar één ding betekenen.'

'Dat er geen verband is?'

'Exact. Het kan lastig zijn om het snijpunt tussen de levenspaden van twee mensen te vinden, maar als je er een derde en vierde aan toevoegt, moet de gemeenschappelijke noemer snel boven komen drijven. Mits er natuurlijk competente onderzoekers aan het roer staan.'

'Probeer je me soms wijs te maken dat we niet met het sterkste team spelen?'

Gunnar Barbarotti produceerde een scheef lachje. 'Nu gebruik je floorballmetaforen, en daar weet ik niks van.'

'Bullshit', zei Eva Backman. 'Oké, we zullen zien of je gelijk hebt. Je hoort van me, zoals ik al zei.'

'Dat waardeer ik zeer', zei Barbarotti.

Ze vertrok, hij waste zijn ontbijtspullen af en ineens wist hij niet hoe hij de minuten en uren moest laten verstrijken.

Zitten en wachten is goed op zijn tijd, dacht hij, maar vandaag heb ik de kriebels in mijn lijf en ziel. Lieve God, zorg ervoor dat de boel een beetje vaart krijgt, zodat ik niet werkeloos in mijn driekamerkooi hoef rond te drentelen als een ijsberin die haar ei niet kwijt kan. Twee punten, oké?

Onze-Lieve-Heer zuchtte, wierp een windvlaag en een paar losse regenspetters tegen het keukenraam, maar aangezien hij in de loop der eeuwen wel meer dingen had gehoord, zag hij ervan af zich uit te laten over de erbarmelijke beeldspraak van de hulpvrager. Je had in de jaren zeventig op school gezeten of niet.

Zoals gezegd.

In plaats daarvan begon Onze-Lieve-Heer zijn punten anderhalf uur later te incasseren. Het gebeurde, niet geheel onverwacht, met de hulp van inspecteur Backman.

'Bad news is good news', begon ze cryptisch. 'Moet je luisteren.'

'Ik luister', verzekerde Barbarotti haar. 'Laat maar horen.'

'Ten eerste', zei Backman, 'hebben we Katarina Malmgren gevonden.'

'Oef', zei Barbarotti.

'Ja. Nou ja wij, een Deense visser vanmorgen vroeg ... Vlak bij Skagen. Hij wilde uitvaren met zijn boot en nog geen vijftig meter uit de kust stuitte hij op het lijk van een vrouw in het water.'

'Hoe weten jullie dat zij het is?'

'Ze is natuurlijk nog niet officieel geïdentificeerd, maar er is vrij veel wat erop wijst dat zij het is.'

'Zoals?'

'Zoals haar legitimatiebewijs in de borstzak van haar jas. Plastic kaartjes kunnen goed tegen water. Ze is overgebracht naar Göteborg. Haar zus – volgens mij heb jij haar gesproken, trouwens – is nu onderweg uit Karlstad om haar te identificeren.'

'Dat klopt', herinnerde Gunnar Barbarotti zich. 'Ik heb inderdaad met een zus van mevrouw Malmgren gesproken voor ik de laan uit werd gestuurd ... Halfzus, als ik het me goed herinner. Maar haar man, die is dus nog niet gevonden?'

'Klopt. Die wordt nog steeds vermist. Drijft vast ergens rond. Of hij is in een net of een schroef terechtgekomen, en dan kan het nog wel even duren.'

'Duidelijk', zei Barbarotti. 'En de doodsoorzaak, wat weten jullie daarvan? Hoe is Katarina Malmgren omgekomen?'

'Gewurgd met een strop. De plekken in haar hals laten daar geen twijfel over bestaan.'

'Gewurgd? Hij ... Dat betekent dat hij dus weer een andere methode heeft gebruikt?'

'Daar lijkt het wel op, ja', zei Backman. 'Het is natuurlijk te vroeg om uitspraken te doen over het tijdstip van overlijden, maar volgens de Deense forensisch arts is ze waarschijnlijk ergens in de nacht van zondag op maandag overleden. Ze moet zo'n twee etmalen in het water hebben gelegen toen Trulsemanden haar vond.'

'Trulsemanden?'

'Die visser, zo wordt hij genoemd. Hij is achtenzeventig.'

'Wacht even ... Hoe zit het, hebben ze tegenwoordig niet complete passagierslijsten op veerboten? Sinds Estonia?'

'In principe wel', zei Eva Backman. 'Maar helaas vragen ze geen legitimatie.'

'En dat betekent?'

'Dat betekent dat je een ticket op naam van Jöns Jönsson kunt boeken, en als je hem ophaalt, hoef je alleen maar te zeggen dat je zo heet. Je krijgt je reisbescheiden ook mee als je eigenlijk Lars Larsson heet.'

'Oké', zuchtte Barbarotti. 'Dat betekent dus dat de echte naam van de moordenaar waarschijnlijk niet op de passagierslijst staat.'

'Helemaal waar, helaas', zei Eva Backman. 'Wij hebben een minuut of tien hetzelfde gehoopt.'

'Maar we kunnen de lijsten hoe dan ook doorlopen ... Over hoeveel mensen hebben we het?'

'Iets meer dan vijftienhonderd', zei Eva Backman. 'Ja, natuurlijk doen we dat, maar het is verschrikkelijk veel werk.'

Gunnar Barbarotti dacht even na. 'En de huiszoeking? Wat hebben jullie voor interessants bij het echtpaar Malmgren gevonden?'

'Dat weten we nog niet', gaf Eva Backman toe. 'Maar we

hebben vier dozen die we zo meteen gaan doorzoeken. Ze hadden ieder zes bureauladen plus minstens tien fotoalbums. Hun beide computers zijn in beslag genomen.'

'Jullie weten toch wel wat jullie zoeken?'

'We zoeken vrij veel. Maar vooral iets wat de Malmgrens op de een of andere manier met Anna Eriksson of Erik Bergman verbindt.'

'Of met allebei.'

'Of met allebei. We checken ook hun in- en uitgaande telefoontjes. Als bij een van de Malmgrens hetzelfde nummer opduikt als bij Eriksson of Bergman, onderzoeken we dat verder. Is mijnheer de inspecteur tevreden?'

Gunnar Barbarotti dacht na.

'Op dit moment heb ik er niets aan toe te voegen', zei hij. 'Is er iets speciaals wat je vanavond wilt eten?'

'Ik heb al heel lang geen kreeft gehad', bedacht inspecteur Backman.

In Skolgatan in Kymlinge zat een winkel die verse vis- en schaaldieren verkocht; Barbarotti kwam er wel vaker, en toen de eigenaar, een voormalige Poolse schansspringer met de naam Dobrowolski, hem meedeelde dat hij de kreeft van die dag niet kon aanbevelen – en al helemaal niet als die voor een vrouw werd bereid – liet de inspecteur zich overhalen in plaats daarvan sint-jakobsschelpen en rivierkreeftjes te kopen. Hij kreeg acht andere ingrediënten en een recept op de koop toe; bovendien de naam van een witte wijn die eigenlijk onontbeerlijk was bij het gerecht in kwestie. Zodat hij ook nog langs de slijter moest.

Het voelde vreemd om op een doordeweekse ochtend al die luxeartikelen te kopen, en met een duidelijke vlaag van schuldgevoel zette hij thuis de benodigdheden in de koelkast en voorraadkast. Bovendien had hij de ophanden zijnde maaltijd natuurlijk eigenlijk voor Marianne moeten maken, niet voor inspecteur Backman, maar het was niet anders, dacht Gunnar Barbarotti. Ons bestaan is een perverse tredmolen, en als je niet meeholt, ga je dood.

Maar toch nam dit milde schuldgevoel zijn gedachten niet helemaal in beslag, natuurlijk niet. Het was hooguit een afleiding. De briefschrijver had voor de derde – en hoogstwaarschijnlijk vierde – keer toegeslagen, en met een koelbloedigheid die je, althans voorzover Barbarotti kon beoordelen, bijna verbijsterend kon noemen.

Hoe zat het? Hij – ten behoeve van de redenering ging hij ervan uit dat de moordenaar geen vrouw was – was aan boord van de Stena Line van Göteborg naar Fredrikshavn gegaan. De veerboot was zondagavond volgens schema om 23.55 uur vertrokken, had inspecteur Backman hem verteld – en op enig moment tijdens de vier uur durende overtocht naar Denemarken had hij Henrik en Katarina Malmgren om het leven gebracht, precies zoals hij had aangekondigd, en overboord gezet. Hoe kon je zoiets uitvoeren? dacht Barbarotti. *Hoe?*

Katarina Malmgren was gewurgd met een strop. Dat was geen eenvoudige manier om iemand te doden, en al helemaal niet op een boot stampvol passagiers en potentiële getuigen. Hij moet een behoorlijk doordacht plan hebben gehad. Exact hebben geweten hoe hij te werk zou gaan, en bovendien, vermoedde Gunnar Barbarotti, bovendien nog iets. Hij moet ... Hij moet de Malmgrens gekend hebben.

Toch? Dat kon toch niet anders? Om ze te kunnen vermoorden, moet hij ze eerst apart hebben genomen, en waarom zou een echtpaar zich midden in de nacht door een onbekende uit elkaar laten halen? Dat zou in dat geval een zeker raffinement hebben vereist. Een slaapmiddel in hun drankjes of iets uitgekookters.

Maar het was natuurlijk niet zeker dat hij Henrik Malmgren op dezelfde manier had gedood. Hij kon hem bijvoorbeeld eerst neergeschoten hebben om vervolgens in alle rust zijn vrouw uit de weg te ruimen. Dat was niet onmogelijk ... Maar toch, dacht Barbarotti, toch is de kans groot dat ze elkaar gekend hebben. De moorden moeten logischerwijs ergens op het dek zijn gepleegd, en waarom zou je midden in de nacht met een vreemde naar het dek gaan? Als je met je echtgenoot of echtgenote op reis was? Nogmaals.

Eerst hij, toen zij. Of andersom.

Allebei tegelijkertijd?

Nee, dat leek hem onmogelijk.

Maar dat ze elkaar kenden, de moordenaar en de slachtoffers, was geen nieuwe gedachte. Ze gingen er immers van uit dat aan alle moorden een motief ten grondslag lag, toch? Dat het geen willekeurig gekozen doelwitten waren.

Terwijl hij diep in gepeins verzonken was, hoorde Gunnar Barbarotti geritsel in de gang. De post. En vijf minuten later wist hij niet of hij echt een voorgevoel had gehad of dat hij het zich alleen maar ingebeeld had.

Dat Onze-Lieve-Heer twee welverdiende punten in de wacht had gesleept, leed daarentegen geen enkele twijfel.

Handschoenen weer aan. Hij zette de envelop tegen de fruitschaal op de keukentafel.

Lichtblauw en rechthoekig, net als nummer drie en vier. Zijn naam en adres op dezelfde manier, in dezelfde houterige blokletters geschreven. Postzegel uit dezelfde scherenkustserie, een gestileerde zeilboot op een blauwe zee en een blauwe lucht.

Hij probeerde uit te rekenen hoeveel dagen er waren verstreken sinds hij de eerste brief in handen had gekregen, de ochtend waarop hij hem in het trappenhuis van de postbode had aangenomen toen hij op weg was naar Gotland en Marianne. Hij kwam uit op tweeëntwintig. Niet meer dan ruim drie weken. Vier brieven tot nu toe, vier moorden. Tenminste, als je Henrik Malmgren meerekende, en dat kon vast.

En dan nu nummer vijf. Een vijfde persoon zou gedood worden – of was al gedood, als je realistisch was. De koelbloedigheid van de dader was inmiddels welbekend, dacht Barbarotti, en dat er in die envelop, die hij nog niet geopend had, een naam van een persoon zou staan die nog in leven was – en op de een af andere manier aan de eerdere slachtoffers was gerelateerd – ja, dat kon hij zich moeilijk voorstellen. Heel moeilijk.

Ongeopend, nogmaals. Nog niet opengesneden en nog niet gelezen. Wat nu?

Ja, wat nu?

Nu, dacht inspecteur Barbarotti, nu spant het erom. Dat was zo klaar als een klontje. *Wat nu?* Als hij zijn toekomstige carrière in acht nam – zijn promotiekansen binnen de recherche – was het evident hoe hij moest handelen. Onmiddellijk commissaris Jonnerblad bellen en hem vragen de brief te komen halen. Sinds hij op een zijspoor was gezet, had hij geen nieuwe instructies gekregen over hoe hij moest handelen in het geval van een nieuwe brief, geen uitdrukkelijke althans, maar hij kon moeilijk beweren dat hij deze brief in alle onschuld had opengemaakt. Jonnerblad en Tallin zouden witheet worden als hij het weer deed. Ze zouden denken dat hij zijn eigen race liep, lijnrecht in strijd met hun werkwijze – en als er iets was waar chefs binnen de politie een hekel aan hadden, waren het wel ondergeschikten die hun eigen race liepen. Dat wist iedere agent, ze zouden hem nooit meer tot de kliek toelaten.

Hij staarde naar de envelop op de keukentafel. Plotseling dook Birgit Cullberg in zijn gedachten op. Eerst vroeg hij zich af wat ze daar in hemelsnaam te zoeken had, hij had helemaal niets met haar of met moderne dans in het algemeen – maar toen begon het hem te dagen. Een paar jaar geleden had hij op televisie toevallig een interview met de voormalige danslegende gezien, een jonge verslaggever had haar een zogeheten listige en moeilijk te omzeilen vraag gesteld, ze dacht lang na over het antwoord, het ging vermoedelijk om ingewikkeld cultuurpolitiek gekonkel, waarbij je op je woorden moest letten.

Uiteindelijk was er een grote glimlach op haar gezicht verschenen en had ze een subliem antwoord gegeven.

'Wat kan mij het verrekken.'

Zo moet je ze aanpakken, dacht Gunnar Barbarotti. *Wat kan mij het verrekken!* Dank je, Birgit Cullberg. Ik geef jou de schuld als ze me het moeilijk gaan maken.

Hij trok zijn handschoenen aan, pakte een keukenmes en sneed de envelop open. Ik ga toch een andere baan zoeken, constateerde hij voor de vijfhonderdste keer sinds hij terug was uit Gotland en Gustabo. Ik word doodgraver of zo in de buurt van Helsingborg.

Hij trok het gewoontegetrouw dubbelgevouwen papier uit de envelop en las.

IK WEET NIET OF JE DE MALMGRENS AL GEVONDEN HEBT. NU HEB IK ER NOG MAAR ÉÉN TE GAAN, GUNNAR. BEDANKT VOOR JE MEDEWERKING.

Vijf minuten lang zat hij roerloos stil. Las opnieuw. Telde de woorden. Vierentwintig. Las weer, probeerde het te begrijpen, maar het was ... Iets in zijn waarneming leek het af te laten weten; of iets in zijn vermogen om geschreven taal te begrijpen misschien? Wat betekende deze boodschap? Welke informatie brachten deze vierentwintig woorden over?

Feitelijk.

Nu heb ik er nog maar één te gaan, Gunnar. Er stond een komma tussen de woorden 'gaan' en 'Gunnar'. Welke betekenis gaf die aan de uitlating?

Was er nog een slachtoffer dat Gunnar heette?

Of werd hij direct aangesproken met deze 'Gunnar'? Gunnar Barbarotti? Door de moordenaar.

Of ... Het was vast deze verbijsterende interpretatiemogelijkheid die zijn waarneming en taalbegrip had doen wankelen ... Of werd er bedoeld ...?

Bedankt voor je medewerking?

Ineens werd het inspecteur Barbarotti zwart voor de ogen, de keuken begon te deinen, hij moest zich aan de rand van de tafel vasthouden, en het gevoel dat zich vervolgens langzaam in hem verspreidde, deed denken aan een ijslaag die in een koude, donkere novembernacht een meer bedekt.

Na een tijdsbestek waarvan hij geen inschatting kon maken – misschien tien minuten, misschien langer – wist hij op te staan van de tafel en naar de telefoon te komen.

22

'Sorry, wat zei je?'

Hij herhaalde wat hij zei in exact dezelfde woorden.

'Weer één?'

'Mm.'

'En je hebt hem opengemaakt?'

'Mm.'

'Ben je helemáál gek geworden?'

'...'

'Ik vroeg of je gek geworden was.'

Hij schraapte zijn keel en probeerde een paar zinnige woorden te vinden, maar dat lukte niet.

'Het ging vanzelf.'

'Het ging vanzelf?'

'Ja.'

'Wat zeg je nou allemaal? Met wie praat ik eigenlijk?'

'Hm.'

'Lieve help, wat is er met jou aan de hand?'

'Ik ... Ik heb een hersenbloeding gehad. Zeg dat maar tegen Jonnerblad.'

Ze zei niets. Hij richtte zijn ogen op zijn linkerhand, die voor hem lag op zijn donkergebeitste keukentafel en heel even had hij het idee dat die van iemand anders was. Dat zou toch zomaar kunnen?

'Oké, ik zal het tegen hem zeggen. Eerst kreeg je een brief en toen een hersenbloeding. Klopt dat?'

'Mm.'

'Gunnar, je ... je maakt toch zeker wel een grapje?'

'Nee.'

'En wat staat er deze keer in de brief? Verman je een beetje. Ben je niet nuchter?'

'Tuurlijk ben ik nuchter.'

'Mooi. Nu herken ik je stem eindelijk weer. Weet je, ik kom die brief wel zelf bij je ophalen.'

'Dank je.'

'Ik ben over een kwartier bij je.'

'Dank je.'

'Je mag mijn handschoenen wel lenen. Die heb je vast niet meegenomen.'

'Gunnar, wat is er gebeurd?'

'Ik weet het niet. Volgens mij heb ik ... een soort psychische inzinking gehad.'

'Psychische inzinking? Hoezo?'

'Geen idee. Ik ken het niet. Het was alsof ...'

'Ja?'

'Alsof ik vastvroor.'

'Vastvroor? Waaraan?'

'Aan de keukentafel. Ik heb hier zeker een kwartier gezeten voor het me lukte om je te bellen. Ik kon me niet meer bewegen.'

'En nu? Is het nu beter?'

'Ja. Ik ben aan het ontdooien.'

'Je ziet er inderdaad behoorlijk verlept uit.'

'Dank je.'

'Je moet naar de dokter. Misschien ... misschien is het iets neurologisch.'

'Dat denk ik niet. Lees die brief nou maar.'

Inspecteur Backman nam hem nog een paar tellen kritisch op, toen deed ze wat hij zei. Las de korte tekst, fronste haar voorhoofd, wierp een blik naar hem over de tafel en las opnieuw.

'"Gunnar"?' zei ze. 'Hij schrijft alleen "Gunnar".'

'Mm.'

'En dat hij de laatste is?'

'Mm.'

'Of hij richt zich tot jou. Dat kan ook.'

Gunnar Barbarotti knikte. Inspecteur Backman zweeg even, toen zag hij dat ze iets bedacht. Ze haalde een keer diep adem en vouwde haar handen voor zich op tafel. Boog zich een eindje naar hem toe.

'Gaat hij iemand ombrengen die Gunnar heet? Of gaat hij iemand ombrengen met een willekeurige andere naam?'

'Ik weet het niet.'

'Of ...'

Hij schrok op. 'Wat?'

Ze keek hem vluchtig aan, bijna schuw, toen verplaatste ze haar blik weer naar de brief en bestudeerde hem nog een keer.

'Nee', zei ze. 'Laten we die mogelijkheid uitsluiten. Ik denk ...'

'Wat denk je?'

'Ik denk dat hij nog iemand gaat vermoorden en dat die persoon Gunnar heet. Of eerder, dat hij dat al gedaan heeft.'

Hij trommelde voorzichtig met de vingers van zijn linkerhand op het tafelblad, en ze keek hem weer aan met die moederblik. Over wat voor mogelijkheid heeft ze het? dacht hij. Wat heb ik? Ik heb het gevoel alsof ik in een aquarium zit.

'Je bent het toch wel eens met die interpretatie?'

'Jazeker.'

Ze boog zich nog verder naar hem toe. Hij rook de geur van pasgewassen haar.

'Gunnar, heeft je ... Dat wat er met je gebeurde ... Heeft dat met deze brief te maken? Het gebeurde op het moment dat je hem las. Toch?'

Hij knikte.

'Je ziet er niet helemaal normaal uit.'

'Dat is altijd al zo geweest, dat is erfelijk.'

'Nee, dat bedoel ik niet. Je bent echt lijkbleek, gisteren was je nog bruin van de zon.'

'Meen je dat?' zei Gunnar Barbarotti.

'Heb je ergens een plastic zakje?'

Hij diepte er een op uit een keukenla en ze liet de brief erin glijden. Trok de handschoenen uit en knoopte het zakje dicht.

'Hoe voel je je nu?'

Hij haalde zijn schouders op. 'Iets beter. Maar ik voel me een beetje wezenloos.'

'Kun je mijn wijsvinger met je ogen volgen?'

Ze bewoog hem voor zijn gezicht van rechts naar links.

'Nee, zonder je hoofd te bewegen.'

Zonder morren deed hij wat ze zei, maar ze zei niets over de uitkomst van de test. Wat is ze aan het doen? dacht hij. Denkt ze echt dat ik een hersenbloeding heb gehad?

Maar wat hijzelf dacht was in net zo veel duisternis gehuld. Ze bleef zitten en wierp over de keukentafel heen een blik op hem, toen leek ze een besluit te nemen en stond op.

'Gunnar, ik ga contact met Olltman opnemen. Jij blijft thuis, ik bel je binnen een uur, oké?'

Hij reageerde niet. Olltman? dacht hij. Ja, dat is misschien wel een goed idee. Waarom niet?'

Het was langgeleden dat hij Olltman had gezien. De laatste keer was op een vroege ochtend in de herfst, vier, vijf jaar geleden, toen had hij samen met Eva Backman zijn collega Kristofferson naar haar praktijk gebracht, nadat die tien uur lang oog in oog had gezeten met een geladen elandgeweer in een zomerhuisje in de buurt van Kvarntorpa. Het was ermee geëindigd dat een andere collega, Nyman, het halve hoofd van de eigenaar van het elandgeweer had weggeschoten. Een deel daarvan was op Kristoffersons schoot beland, wist Barbarotti nog.

Olltman was goed. Iedereen wist dat ze goed was. Ook al hadden ze het niet vaak over haar.

Hij knikte, maar wist dat hij er niet mee akkoord was gegaan als Olltman geen vrouw was geweest. Onder geen beding, hij vroeg zich af waarom.

23

Haar praktijk zat in Badhusgatan, tegenover de tennisbanen, en hij was twintig minuten te vroeg. Had een oud nummer van *National Geographic* in handen terwijl hij zat te wachten. Het ging over spechten; toen dokter Olltman hem na een kwartier de hand kwam schudden, wist hij niets meer over spechten dan toen hij was gekomen.

'Welkom, Gunnar', zei ze en ze liet hem een groene en woestijnzandkleurige kamer in. 'We hebben elkaar wel vaker ontmoet, niet?'

'Eén keer in elk geval', zei Barbarotti. 'Maar dat is een paar jaar geleden.'

Ze knikte, ze namen allebei plaats op een Bruno Mathssonfauteuil. Op een miniem tafeltje tussen hen in stonden een schaal met druiven en een klok.

'Vertel eens waarom je hier bent.'

'Omdat mijn collega Eva Backman me hiernaartoe heeft gestuurd.'

'Gestuurd?'

'Ze vond dat ik naar je toe moest.'

'Maar je hebt niet geprotesteerd tegen haar voorstel?'

Hij dacht na.

'Nee.'

'Goed. Kun je beschrijven hoe je je voelt?'

'Ik denk ... Ik ben misschien een beetje depressief.'

'Depressief?'

'Ja.'

'Hoe uit zich dat?'

'Ik voel me niet goed.'

'Duidelijk. Ik ga je een paar vragen stellen die ik aan iedereen stel die hier komt. Dat doe ik om zo snel mogelijk een beeld te krijgen van je gemoedstoestand. Misschien vind je niet alles even relevant, maar je kunt het beste maar zo eerlijk mogelijk antwoorden. Akkoord?'

'Ja.'

'Je voelt je dus terneergeslagen?'

'Ja ... ik geloof het wel.'

'Hoelang is dat al zo?'

'Niet zo lang. Een paar weken misschien.'

'Eet je goed?'

'Nou ... Jawel.'

'Ontbijt, lunch, avondeten.'

'Meestal wel.'

'Alcohol? Hoeveel drink je?'

'Niet zo heel veel.'

'Goed. Kun je je goed concentreren?'

'Concentreren? Ik weet niet echt ...'

'Heb je gemerkt dat je moeite hebt met focussen? Moeite met beslissingen nemen?'

Hij dacht na. 'Ja, dat zou best kunnen. Ik ben niet zo scherp als anders.'

'Is dat de laatste tijd erger geworden?'

'Ik geloof het wel.'

'Goed. Slaapproblemen?'

'Niet echt. Alhoewel ...'

'Alhoewel?'

'Vannacht heb ik vrij slecht geslapen.'

Ze noteerde iets in haar schrijfblok en hij kon een geeuw niet onderdrukken.

'Is er de laatste tijd iets gebeurd wat je in verband zou kunnen brengen met het feit dat je je niet zo goed voelt?'

Hij knikte. 'Best veel, eigenlijk. Lees je de krant?'

Ze trok een halve tel met haar mond. 'Ja, maar niet *Expressen*.'

'Maar je weet wat er speelt?'

'Ja. En je denkt dat het incident met die verslaggever te maken heeft met het feit dat je je niet goed voelt?'

Hij haalde zijn schouders op. 'Ik ben me er in elk geval niet beter door gaan voelen. Bovendien ...'

'Ja?'

'Ik heb hem niet geslagen, ik heb hem alleen maar de deur uit geduwd.'

'En in de krantenkoppen werd het "mishandeling"?'

'Ja.'

'Hij moet je in elk geval geërgerd hebben. Ben je de laatste tijd sneller geïrriteerd dan anders?'

'Ik geloof het niet. Maar je ergeren aan de sensatiekranten vind ik een teken van gezondheid.'

'Hoezo?'

'Omdat ze zijn zoals ze zijn.'

'Wat bedoel je daarmee?'

Hij dacht snel na en formuleerde het voor zichzelf.

'Ze infantiliseren de hele bevolking. Zij samen met de docusoaps, over twintig jaar zijn de mensen in dit land allemaal debiel.'

Ze glimlachte weer en hij nam aan dat ze wat dit aanging op één lijn zaten.

'Bovendien zien ze zichzelf tegelijk als aanklager, rechter en leidsman.'

'Daar moet ik je deels gelijk in geven', zei Olltman. 'Maar er is vandaag ook iets acuuts gebeurd, nietwaar?'

'Ja.'

'Wat?'

Hij schraapte zijn keel en ging verzitten. 'Ik weet niet

wat er gebeurde. Het werd zwart ... als het ware. En toen kon ik me niet bewegen. Ik vind het moeilijk om uit te leggen.'

'Waar was je?'

'Thuis. Aan de keukentafel.'

'Zat je te ontbijten?'

'Nee ... nee, ik had net een brief gelezen.'

'Een brief?'

'Ja. Heb je een beroepsgeheim?'

'Zeker.'

'Tegenover iedereen en onder alle omstandigheden?'

'Ja.'

'Weet je iets van de moorden die de laatste tijd in Kymlinge zijn gepleegd?'

'Een beetje.'

'Weet je dat de moordenaar brieven schrijft waarin hij vertelt wie hij van plan is te gaan vermoorden?'

'Daar heb ik over gelezen, ja.'

'Die stuurt hij naar mij.'

'Dat heb ik begrepen.'

'Vanmorgen kreeg ik weer zo'n brief. Volgens mij veroorzaakte dat ... Ja, wat het ook was.'

'Duidelijk. Je kreeg een brief waarin stond dat we weer een moord kunnen verwachten?'

'Ja.'

'Verder nog iets?'

'Ja. Verder hebben we net twee slachtoffers uit Göteborg bevestigd gekregen. We zitten nu op vier moorden ... plus deze vijfde, waar ik vandaag over las. Het is een beetje veel.'

Ze knikte bedachtzaam, streek met haar wijsvinger over haar wang. Hij betrapte zichzelf erop dat hij zich afvroeg hoe oud ze was. Tussen de vijfenvijftig en zestig, dacht hij, maar omdat ze zo tenger was, zou je haar een stuk jonger kunnen schatten. Tenminste, van een afstandje.

Maar ze zat niet op een afstandje, ze zat anderhalve meter bij hem vandaan. Hij zag dat hij haar verontrust had. Hij was natuurlijk geen gewone patiënt, dat besefte hij ook wel; zat hier wat te babbelen over vijf dode mensen alsof het de normaalste zaak van de wereld was, en het waren geen hersenspinsels. Het was de realiteit. Toch ... toch ging het niet om deze mensen, dacht hij, nu ging het om hemzelf. De tijdelijk uit zijn functie ontheven inspecteur Gunnar Barbarotti. Op de een of andere manier had hij het gevoel dat hij hier zichzelf met regelmatige tussenpozen aan moest herinneren.

'Kun je iets nauwkeuriger vertellen over hoe je het gebeurde aan de keukentafel hebt ervaren?'

Dat deed hij nogmaals. Vond dat hij geen zinnige woorden kon vinden, maar ze luisterde en knikte, alsof ze het begreep. Of misschien wilde ze hem alleen maar aanmoedigen.

'Wat stond er in die brief? Je hoeft niet alles te vertellen, maar was hij in een bepaald opzicht anders dan de eerdere brieven? Je hebt er ... Hoeveel heb je er gekregen inmiddels?'

'Vijf stuks. Dit was de vijfde. Ja, hij was ietsje anders.'

'In welke zin?'

'Hij schreef dat het de laatste brief was, dat er nog maar één persoon was die hij wilde vermoorden ... én ik had het idee dat hij zich directer tot mij richtte dan hiervoor.'

'Dat begrijp ik niet helemaal.'

'Sorry. Nee, ik waande me heel even dat ik aan de beurt was.'

'Dat hij jou om wilde brengen?'

'Ja, maar dat is vast niet zo. Ik begreep het op dat moment niet helemaal. Ik werd erdoor overmand, en ... Ja, toen wees mijn collega me op deze mogelijkheid. Of in elk geval geloof ik dat ze dat deed.'

'Dat klinkt een beetje vaag.'

'Dat is het ook, maar het kan zijn dat die gedachte de verlamming heeft veroorzaakt.'

'Verlamming? Is dat een goede beschrijving van hoe je je voelde?'

Hij dacht na.

'Ja, dat klopt wel ongeveer.'

Nieuwe knik, alsof ze hem discreet beloonde voor het feit dat hij op een aantal vragen achtereen goed had geantwoord.

'Vind je het ongemakkelijk om met mij te praten?'

'Niet echt. 'Ik ... ik vertrouw je.'

'Dank je. Ik moet je nog iets vragen ... We gaan even terug naar je neerslachtige gevoelens. Heb je je weleens zo depressief gevoeld dat je overwoog om de hand aan jezelf te slaan?'

'Nee', zei Barbarotti.

'Nu of eerder?'

'Nee, ik geloof niet dat dat ooit bij me op zou komen.'

'Je hebt nooit gedachten gehad in die richting?'

'Nee.'

'Goed, laten we naar je verdere situatie kijken. Zijn er andere factoren die volgens jou een rol spelen bij het feit dat je zo terneergeslagen bent? Dingen die onlangs in je leven zijn gebeurd?'

Nu wachtte hij met antwoorden, maar ze spoorde hem niet aan. Zat kalm achterovergeleund in haar fauteuil, met haar rechterbeen over haar linkerbeen, geduldig te wachten. Hij bedacht dat hij die eigenschap bewonderde, geduld. Misschien omdat hij daar zelf niet veel van bezat.

'Hm, ja', zei hij uiteindelijk. 'Misschien zijn er wel een

paar dingen, als je erover nadenkt. Maar ik denk meestal niet na.'

Ze glimlachte even.

'Dat gebeurt wel vaker bij mannen', zei ze. 'Misschien wordt het nu tijd. Kun je me vertellen wat je de laatste tijd negatief beïnvloed heeft?'

'Mijn dochter onder andere', zei hij.

'Wat is er met je dochter?'

'Ze is het huis uit. Ze is negentien en heeft dit voorjaar haar school afgemaakt, ze woont nu in Londen en heeft iets met een ruige muzikant.'

'Een ruige muzikant?'

'Ik weet het niet, ik heb hem nog nooit gezien.'

'Maar je maakt je er zorgen over?'

'Ja.'

'Veel?'

'Ik vind het verschrikkelijk. Ik ben straks zes jaar gescheiden. Sinds mijn vrouw en ik uit elkaar zijn heeft Sara bij me gewoond en nu mis ik haar. Ik heb ook twee zoons, maar die wonen in Denemarken met hun moeder en haar nieuwe vent.'

'Dus je hebt beter contact met Sara dan met je zoons?'

'Ja.'

'Hoelang blijft Sara in Londen?'

Hij haalde zijn schouders op. 'Geen idee. Nee, ze is het huis uit, dat besef ik wel, maar ik maak me zorgen om haar. Ze zal op een gegeven moment wel weer terugkomen om te studeren, het is zo'n tussenjaar dat ze zichzelf tegenwoordig gunnen. Het is niks bijzonders, ik weet dat alle ouders dit meemaken.'

'Ben je bij haar op bezoek geweest?'

'Ik wil in september gaan.'

'Heel goed. Ik heb een zoon die na de middelbare school

naar Genève ging. Ik maakte me ook zorgen, maar toen ik hem daar eenmaal had gezien, was het voorbij.'

'Met meisjes is het erger.'

'Mee eens. Maar ik denk dat het een goed idee is om haar op haar nieuwe woonplek te zien. Zijn er andere bronnen van zorg?'

Hij werkte drie druiven naar binnen voor hij antwoord gaf.

'Ik heb een vrouw ten huwelijk gevraagd, maar ik ben bang dat ze nee zegt.'

'Aha? Ken je haar al lang?'

'Een jaar ongeveer.'

'En je wilt met haar trouwen?'

'Waarom zou ik haar anders ten huwelijk vragen?'

'Oké. Woont zij ook in Kymlinge?'

'Helsingborg. Ze woont in Helsingborg.'

'Duidelijk. En wanneer heb je haar ten huwelijk gevraagd?'

'Een week geleden. Ze zou vandaag antwoord geven, maar nadat er aangifte tegen me is gedaan omdat ik een verslaggever van *Expressen* tegen de grond zou hebben geslagen, heeft ze het uitgesteld tot zaterdag.'

Dokter Olltman keek heel even verbaasd, toen sloeg ze haar linkerbeen over haar rechterbeen en leek na te denken.

'Zijn er nog meer negatieve elementen in je leven?'

'De vechtpartij met die verslaggever was vervelend. Mensen denken nu dat ik een agressieve politieman ben.'

'Mm?'

'Ik ben geschorst van mijn werk.'

'Werk je niet meer aan de zaak?'

'Nee.'

'Meer? Is er nog meer?'

'Ik weet niet of ik nog wel rechercheur wil zijn. Ik ... ik zit in mijn eentje in dat rotappartement, waar ik me even slecht thuis voel als een varken op een asfaltweg.'

Ze schoot in de lach. 'Een varken op een asfaltweg, die heb ik nog nooit gehoord.'

'Ik ook niet, ik bedenk het ter plekke. Maar ik weet niet eens of varkens zich wel of niet thuis voelen op een asfaltweg. Ik weet bijna niks van varkens.'

'Dan kunnen we elkaar de hand schudden.'

Hij merkte dat ze moeite had haar lachen in te houden, maar toen haalde ze diep adem en werd serieus. Zweeg een paar tellen en keek hem met haar blauwe ogen indringend aan. Interessant dat je op die leeftijd nog zulke blauwe ogen kunt hebben, dacht hij. Ze zouden heel goed in het gezicht van een achttienjarige passen.

'Dus als ik het samenvat,' zei ze en ze rekte zich uit op de stoel, 'dan zijn er verschillende dingen die je leven de afgelopen maanden negatief beïnvloed hebben. Je dochter is uit huis gegaan. Je voelt je eenzaam en je bent niet tevreden met je baan. Je hebt een nieuwe vrouw ontmoet, maar je weet niet zeker of ze haar leven met je wil delen. Je krijgt eigenaardige brieven van een moordenaar. Er is aangifte tegen je gedaan omdat je een journalist zou hebben geslagen en je bent geschorst van je werk. Klopt dat in grote trekken?'

Hij overwoog of hij eraan toe zou voegen dat hij aan de zin van het leven twijfelde, maar liet het achterwege. 'Ja, dat klopt in grote lijnen', zei hij.

Ze glimlachte en het blauwe in haar ogen stroomde over.

'Vind je het dan gek dat je je niet goed voelt ... gezien de omstandigheden?'

Hij dacht na. 'Nee, daar heb je misschien wel gelijk in. Maar het zou fijn zijn als er iets aan te doen was.'

'We kunnen het proberen. Als je al deze dingen zou wegen, wat vind je dan het allerergst?'

'Marianne', antwoordde hij onmiddellijk. 'Of Sara ... maar Sara ligt buiten mijn bereik, in feite.'

'Ze moet haar eigen leven kunnen leiden?'

'Dat lijkt me wel.'

'Maar Marianne is dus de vrouw die je ten huwelijk hebt gevraagd?'

'Ja.'

'En zaterdag gaat ze je antwoord geven?'

'Ik hoop het.'

'Wat is het ergste wat zou kunnen gebeuren?'

'Dat ze nee zegt, natuurlijk.'

Dokter Olltman vouwde haar handen. 'Maar als ze ja zegt, zou je met al het andere kunnen leven?'

'Ja ...'

'De brieven van de moordenaar, de journalist van *Expressen* en de onbevredigende situatie op je werk ...'

'Ja, daar zou ik dan wel mee kunnen leven.'

'Goed', zei dokter Olltman. 'Ik denk dat ik nu wel een beeld van je situatie heb. Ik meld je twee weken ziek, zullen we voor vrijdag weer afspreken? Schikt dat? Dezelfde tijd?'

'Geen medicijnen?'

'Daar wachten we mee tot na zaterdag. Maar ik wil dat je deze vragenlijst meeneemt en vandaag of morgen invult. Het is een soort checklist van hoe je je voelt. Het invullen kost tien, vijftien minuten, maar het is belangrijk dat je het in alle rust doet en serieus neemt. Dan kunnen we overmorgen kijken wat eruit gekomen is, akkoord?'

Ze gaf hem een stapeltje aan elkaar geniete papieren. Hij nam het aan, maakte er een rol van en stopte die in de zak van zijn colbertje.

'En ik wil dat je me onmiddellijk belt als je het gevoel hebt dat je het niet aankunt. Of als je een nieuwe aanval krijgt, mijn mobiele nummer staat op de laatste pagina van het formulier. Hoe voel je je nu?'

'Als een varken in een modderpoel.'

Ze lachte weer. Ik heb haar in elk geval in een goed humeur gebracht, dacht inspecteur Barbarotti.

'Nog één ding', zei ze toen ze al in de wachtkamer stonden. 'Als je een goede vriend hebt bij wie je een paar dagen kunt logeren, dan raad ik je aan dat te doen.'

'Ik zal het onthouden.'

'Tot vrijdag.'

'Tot dan.'

Ze gaven elkaar een hand en gingen uiteen.

24

Toen hij thuiskwam was het inmiddels half vier. Zijn mobieltje had bijna drie uur uit gestaan, maar toen hij het aanzette, had hij maar één bericht. Geen boze onderzoeksleiders. Geen journalisten. Roem vervliegt snel, dacht Barbarotti.

Het bericht was van Eva Backman en ze zei dat hij haar kon bellen als hij wilde. Hij zette koffie en nam de kop mee naar het balkon voor hij haar nummer intoetste.

'Hoe voel je je?' wilde ze weten.

Barbarotti besloot dat dit niet het moment was voor een nieuwe varkensmetafoor en zei dat hij zich naar omstandigheden goed voelde.

'Ik kan vanavond helaas niet komen', zei ze.

'Ville en de kinderen komen thuis?'

'Nee, we moeten overwerken van Jonnerblad. Tot een uur of negen, waarschijnlijk langer.'

'Geeft niet, ik kon toch geen kreeft krijgen. Maar dat betekent dus dat jullie vorderingen maken?'

'Kan ik je over een half uur terugbellen? Ik heb over vijf tellen een verhoor.'

Barbarotti zei dat dat goed was, pakte zijn oude kruiswoordpuzzel weer en dronk zijn koffie op. Merkte dat hij nog steeds niet zichzelf was, en na tien minuten had hij nog geen enkel woord opgelost.

Er bekroop hem een zweem van irritatie. Waarom zat hij hier te koekeloeren als een afgekeurde archivaris? Waarom zat hij nu ook niet iemand op het politiebureau te verhoren? Hoelang zou hij nog buiten het onderzoek gehouden worden?

Op de laatste vraag had hij in elk geval een antwoord, aangezien dokter Olltman hem twee weken had ziek gemeld. Hadden ze iets afgesproken, zij en Jonnerblad? Nee, zo'n minne samenzwering leek hem niet waarschijnlijk. Maar wie weet hoe de zaken er over twee weken voor stonden? Met beide dingen.

Je kon maar het beste bij de dag leven, dacht inspecteur Barbarotti. Bij het uur, de minuut; het leven tikt nou eenmaal door, in seconden en minuten, ook al realiseer je je dat meestal niet. Omdat je vaak geen tijd hebt voor zulke eenvoudige overpeinzingen. Maar een zwaluw die een streep trekt door de hemel doet dat nu, niet gisteren of morgen.

Alhoewel, op dit moment ... op dit moment was de zwaluw al verdwenen, stelde hij enigszins somber vast ... Hij hoopte dat Eva Backman klaar was met haar verhoor, de telefoon zou oppakken en hem zou gaan bijpraten.

Al het andere was nodeloos wachten, en alles heeft zijn tijd.

'Wat zei Jonnerblad over de brief?'

'Je bedoelt over het feit dat die geopend was?'

'Ja.'

'Niet veel. Ik heb uitgelegd hoe het zat.'

'Hoe het zat?'

'Ja.'

Ze vond dat antwoord afdoende en na een korte bedenktijd vond hij dat ook. Er waren belangrijker dingen om af te handelen.

'En?' zei hij. 'Krijg ik nog wat te horen of niet?'

Een fractie van een seconde was hij bang dat ze nee zou zeggen. Dat ze een of ander bevel zou opvolgen en zou zeggen dat ... Barbarotti's tijdelijke schorsing en ziekmelding helaas betekenden dat hij geen informatie over het onderzoek kreeg.

Maar zo zat Eva Backman niet in elkaar. 'Ja, er zit beweging in de zaak', zei ze. 'We hebben zowaar een paar dingen gevonden.'

'Zoals?'

'Zoals een aantal foto's bij de Malmgrens. Die zijn eigenlijk best interessant.'

'O, ja?'

'Zeven foto's om precies te zijn, ze zaten in een van hun albums. Wil je het horen?'

'Ben je belazerd, natuurlijk.'

'Oké. Op dit moment denken we dat ze in de zomer van 2002 zijn gemaakt, maar zeker weten doen we het niet. Typische vakantiefoto's, kun je wel zeggen, een stuk of twintig van vermoedelijk dezelfde reis, maar zeven ervan zijn het interessantst.'

'Hoezo?'

'Omdat de andere voornamelijk natuurfoto's zijn. Henrik Malmgren in zijn eentje voor een blauwe zee, Katarina Malmgren in haar eentje op een groot rotsblok ... Ja, je kent het wel.'

'Ik wil niet weten waarom de rest oninteressant is. Ik wil weten waarom die zeven interessant zijn.'

'Je klinkt bijna weer als jezelf', constateerde Eva Backman. 'Ja, op die zeven foto's staan nog een paar andere mensen. En als we niet helemaal achterlijk zijn, hebben we twee ervan kunnen identificeren. Volg je me nog?'

Gunnar Barbarotti knikte, wat hoogstwaarschijnlijk niet door Eva Backman werd waargenomen, aangezien ze door de telefoon spraken.

'Het gaat om Anna Eriksson en Erik Bergman.'

'Wat? Anna en ...? Ik bedoel, allebei?'

'*Yes, sir.* Anna Eriksson en Erik Bergman. Samen met de Malmgrens. We hebben alle vier slachtoffers op één foto. Wat zeg je daarvan?'

'Godalle...'

'Niet vloeken. Het is precies gegaan zoals jij voorspeld had, vandaag hebben we het verband tussen de slachtoffers gevonden. Blijkbaar hebben deze vier mensen tijdens een vakantie een paar jaar geleden met elkaar opgetrokken ... Alleen in die zomer, denken we, omdat de heer Bergman noch mejuffrouw Eriksson in een van de andere albums te vinden is.'

'Duidelijk. Over welk jaar had je het ook al weer?'

'We denken 2002, omdat er op de rug van het album 2002-2003 staat ... Ja, dat heeft met de seizoenen en zo te maken. Als ze de foto's in chronologische volgorde hebben ingeplakt, zou het om de zomer van 2002 moeten gaan. We denken ... Ja, we weten vrijwel zeker dat het in Frankrijk is.'

'Frankrijk? Beweerde Somberman dat ook niet?'

Eva Backman pauzeerde even om een slok van iets te nemen. 'Ja, inderdaad, Gerald staat er goed op vandaag. En de oude foto waar hij zich toen op baseerde, met Anna Eriksson en mogelijk Erik Bergman op een bankje, lijkt van hetzelfde rolletje te komen. Misschien hebben de Malmgrens die foto wel naar haar toe gestuurd.'

Ze zweeg en hij kon horen dat ze in wat papieren zat te bladeren.

'Vier slachtoffers van één vakantie', zei hij. 'Niet te geloven. Wat hebben jullie hier verder mee gedaan?'

'Het ligt een beetje gecompliceerd', legde Backman uit. 'Het gaat niet alleen om dit viertal op de zeven foto's. Er zijn meer mensen.'

'Meer?'

'Ja. En we weten niet zeker of ze bij de groep horen, om het zo maar te zeggen. Maar we beginnen er vat op te krijgen ... De foto's zijn bij drie verschillende gelegenheden gemaakt. Een restaurant, een jeu-de-boulesbaan in een park – dat is onder andere de reden waarom we op Frankrijk gokken – en twee bij een rots aan zee. Het zou ook een meer kunnen zijn, maar dat zou dan wel behoorlijk groot moeten zijn, en dat is niet erg waarschijnlijk aangezien er op andere foto's duidelijk een zee te ...'

'Die andere mensen', onderbrak Barbarotti haar. 'Wat kun je over hen zeggen?'

'Daar kom ik zo op', zei inspecteur Backman. 'Dat is nou net het interessante. Zou een van hen de moordenaar kunnen zijn? Zou een van hen ...?'

'... Gunnar kunnen heten?' vulde Barbarotti haar aan.

'Je kunt op een foto moeilijk zien of iemand Gunnar heet,' legde Backman geduldig uit, 'maar we zijn op de goede weg wat dat betreft. Op vier van de foto's staat nog een man en op een ervan heeft hij zijn arm om Anna Eriksson. Het zou dus kunnen dat ...'

'Anna Eriksson', zei Barbarotti. 'Ik snap het. Dus nu zijn jullie haar kennissen nog een keer aan het ondervragen?'

'We zijn net begonnen', zei Eva Backman. 'Helaas verschijnen mensen niet automatisch op het politiebureau als we aan ze denken. Maar Astor Nilsson en ik hebben net een vrouw, Linda Johansson, gesproken, ik weet niet of je je haar nog herinnert ... Ze beweert in elk geval dat Anna Eriksson een paar jaar geleden iets heeft gehad met een man en dat het de man op de foto's zou kunnen zijn.'

'Ja? En?'

'Ze denkt dat hij Gunnar heette, maar ze weet zijn achternaam niet meer.'

Gunnar Barbarotti dacht na.

'Niet Barbarotti in elk geval?'

'Nee, deze gozer is tien jaar jonger dan jij. Hij lijkt een beetje op Zlatan Ibrahimovic.'

'Dan ben ik het zeker niet', zei inspecteur Barbarotti. 'Maar het lijkt me heel essentieel dat jullie hem vinden.'

'Bedankt voor de tip', zei Eva Backman. 'Nou, dit is het wel zo'n beetje. Maar nu moet ik verder met mijn werk. Ging het écht goed bij Olltman?'

'Uitstekend', verzekerde Barbarotti haar. 'Ze zei dat het belangrijk voor mijn herstel is dat je me op de hoogte houdt.'

'Daar geloof ik niks van.'

'Zo heb ik het in elk geval begrepen', zei Barbarotti. 'Werk ze en bel me maar als je weer vastzit.'

'Praatjesmaker', zei Eva Backman.

Het duurde een uur en drie kwartier om de rivierkreeftjes en de sint-jakobsschelpen volgens de aanwijzingen van Dobrowolski te bereiden – en krap tien minuten om ze op te eten.

Althans, als je alleen at. Met de wijn deed hij wel iets langer; nadat hij de afwas in de vaatwasser had gezet, nam hij zijn glas en de fles mee naar het balkon; het was de hele dag grijs geweest met een paar overdrijvende regenbuien, maar nu, tegen negenen, bood de hemel in het westen ineens een fenomenale zonsondergang. Hij besloot Backman niet nog een keer te bellen om te vragen hoe het liep, al jeukten zijn vingers. In plaats daarvan zou hij waardig en zonder haast de fles wijn opdrinken. Wenste een paar keer dat hij twaalf jaar geleden niet was gestopt met roken, één of twee sigaretjes zouden er goed bij gepast hebben, nu zijn balkon in een apocalyptisch licht baadde, onder purperen wolken, van onderaf beschenen door de zon, die niet meer boven de horizon te zien was. Het leek of er elk moment een ladder uit de hemel neergelaten kon worden, dacht Barbarotti – en er zich allemaal mollige engeltjes zouden kunnen openbaren, in gouden gewaden met harpen en allerlei andere zaligheden. Hoe heette deze weelderige schildertraditie ook al weer? De Düsseldorfer school, niet?

Tevreden met deze kunsthistorische beschouwing, richtte hij zijn gedachten op duisterder zaken.

Aanzienlijk duisterder; zwart expressionisme, met andere woorden. Vier mensen waren vermoord. Vier mensen die elkaar hadden ontmoet tijdens een vakantie in Frankrijk in ... Wat had Backman ook al weer gezegd? ... 2002?

En dit, deze vakantie, lag ten grondslag aan het feit dat ze vijf jaar later het leven zouden laten? Een voor een vermoord zouden worden door een dader die er plezier aan beleefde om brieven te sturen naar een rechercheur in Kymlinge waarin hij meedeelde wie hij van plan was te gaan doden?

Waarom?

Hij nam een slok wijn. Hij had niet het gevoel dat er meer duidelijkheid was gekomen over dit 'waarom?' sinds het verband tussen de slachtoffers bekend was, dacht Barbarotti. Absoluut niet.

Maar er konden nieuwe vragen worden gesteld, een ander soort vragen.

Hoe hadden ze elkaar ontmoet? Bijvoorbeeld. Deze vier mensen en hun moordenaar. Waren ze gezamenlijk uit Zweden vertrokken? Of waren ze elkaar pas in Frankrijk tegengekomen?

Kon het een soort charterreis zijn?

Hij dacht na. Het laatste leek hem niet onwaarschijnlijk

en in dat geval zouden veel meer mensen informatie kunnen hebben over dit viertal dat vijf jaar later niet meer in leven zou zijn.

Een busreis bijvoorbeeld; Barbarotti zou er zelf nooit voor kiezen om zich op die manier over de wereld te verplaatsen, maar hij wist dat er mensen waren die dat deden. Niet alleen om naar het theater in Stockholm te gaan of naar glasblazerijen in Småland. Je kon ermee in Rome en Lissabon komen. Het Gardameer en Amsterdam en weet ik al niet waar.

Vijftig mensen in een bus. Tien of vijftien dagen door Europa. Er gebeurt iets, en iemand besluit het recht in eigen hand te nemen?

Vijf jaar later? *Why on earth?* dacht Gunnar Barbarotti en hij nam een slok wijn. En trouwens, het ging niet om een viertal, maar om een vijftal. Deze Gunnar – die goddank vermoedelijk niet dezelfde was als hij – stond immers ook op de dodenlijst. Dat kon betekenen dat er zes mensen bij de hele janboel betrokken waren. Vijf slachtoffers en een dader.

Of toch meer? Waarschijnlijk niet, de briefschrijver had laten weten dat Gunnar de laatste zou zijn, dus hopelijk bleef het bij vijf doden. Dat was al erg genoeg, zonder meer.

En Hans Andersson? Heel schimmig, dacht Barbarotti. Dat er iemand bij zat die de moordenaar aanvankelijk van plan was te doden, maar later toch besloot te laten lopen ... Een merkwaardige strategie, op zijn zachtst gezegd. Als deze Hans Andersson bij die Franse club hoorde, zou dat – in elk geval – betekenen dat hij de moordenaar kon aanwijzen. Als hij bestond, dus.

Toch? dacht Barbarotti en op hetzelfde moment scheerde er een gigantische vlucht kauwen over zijn balkon, waardoor hij de draad kwijtraakte. Eigenlijk zou ik pen en papier bij de hand moeten hebben, dacht hij. Eigenlijk zou ik moeten proberen wat systematischer te werk te gaan.

Eigenlijk zou ik mijn arme hoofd voor iets heel anders moeten gebruiken, dacht hij toen de kauwen verdwenen waren. Ik neem geen deel meer aan dit onderzoek.

Hij nam nog een slok wijn en keek op zijn horloge. Twintig over negen. Misschien was Backman wel klaar met werken voor vandaag? Misschien kon hij haar toch nog even bellen?

Maar hij hield zich in. Liep in plaats daarvan naar binnen en zocht het formulier dat hij van Olltman had gekregen. Keerde terug naar de zomeravond en zijn laatste glas wijn.

Eén vraag, dacht hij, op één vraag moesten ze toch snel antwoord kunnen krijgen.

Wie die Gunnar was. Alles bij elkaar zag het er niet best voor hem uit.

Toen leunde hij achterover op zijn stoel en bekeek de eerste pagina van het formulier.

Instituut voor klinische neurowetenschappen, afdeling psychiatrie, Karolinska Institutet, Stockholm, stond er bovenaan.

Ik ben een geval voor de wetenschap geworden, dacht Gunnar Barbarotti en hij pakte een pen. Mama zou trots op me zijn geweest.

Maar terwijl hij zijn vermeende ziel trachtte te diagnosticeren, die was opgedeeld in begrippen als 'levenslust', 'onlustgevoelens', 'gemoedstoestand', 'concentratievermogen' en 'emotionele betrokkenheid', verdonkerde de apocalyptische hemel tot een kleurschakering die aan geronnen bloed deed denken, er joeg een koude windvlaag over de rand van het balkon en het ogenblik van die ochtend dat hij met de brief van de moordenaar aan de keukentafel zat, sloop weer in zijn hoofd.

Bedankt voor je medewerking?

Gunnar?

Hij merkte dat hij het koud had.

25

Toen hij donderdagochtend onderweg naar Axel Wallman bij de ICA-supermarkt in Kymlingevik stopte om eten te halen, viel zijn oog op de krantenkoppen.

HET VOLGENDE SLACHTOFFER HEET GUNNAR
DE POLITIE STAAT MACHTELOOS

luidde de ene.

GUNNAR,
MAN DES DOODS

kondigde de andere aan.

Kijk eens aan, dacht Barbarotti. Deze keer is hij naar beide kranten gestapt, kennelijk wil hij zo veel mogelijk aandacht voor de finale.

Hij bedacht dat hij inspecteur Backman vergeten was te vragen hoe het verhoor met Göran Persson was gegaan. Of hij halsstarrig was blijven weigeren zijn bron te noemen, of dat hij gewoonweg niet wist wie zijn bron was. Wellicht moesten ze ervan uitgaan dat het laatstgenoemde het geval was. Je kon veel zeggen over de infantilisatiepers, maar dat ze doelbewust een moordenaar uit de wind hielden, ging hopelijk te ver.

Toch kon het natuurlijk wel waardevol zijn om te weten op welke manier de dader met hen communiceerde. Gebeurde dat via een brief, net als bij de politie, of gebruikte hij een andere methode bij de derde macht? Of de vierde of de vijfde, zoals de media werden genoemd in democratieën met een iets grotere omvang dan Zweden.

Barbarotti zei tegen zichzelf dat hij niet moest vergeten dit met Backman te bespreken. Als het ging zoals hij hoopte, zou ze vanavond naar het huisje van Wallman komen – hij had haar niet gesproken, alleen ge-sms't en een halve belofte als antwoord gekregen, maar je wist maar nooit. De floorballclub kon thuiskomen of Jonnerblad kon weer overwerk verordonneren, beide waren heel goed mogelijk. Hoe het ook zij, hij zou haar in de loop van de dag bellen om het te vragen.

Maar hij kocht geen *Aftonbladet*, GT of *Expressen*. Bekijk het maar, dacht hij. Geen kroon extra om die schandaalfabriek in stand te houden.

Daarentegen kocht hij eten en bier, ook genoeg voor het geval inspecteur Backman zou komen, als ze de stoute schoenen aan zou trekken. Terwijl hij in de winkel was, belden er twee journalisten, die ieder een langer interview voorstelden waarin hij zijn kijk op de zaak kon geven – een van hen mompelde ook iets over een financiële vergoeding – maar sloeg ze routineus af. Begreep dat hij door het 'Gunnar, man des doods' weer in de hitparade was gestegen.

Tijdens de twintig minuten durende autorit naar Wallman ging de telefoon nog drie keer, maar hij nam niet de moeite om op te nemen. Controleerde alleen of inspecteur Backman of Marianne hem te pakken probeerde te krijgen, maar zij waren het niet.

Axel Wallman was in vier dagen tijd niet zichtbaar veranderd. Nu droeg hij een oranje T-shirt onder zijn overall, dat was het enige verschil.

'Wat doe je hier?' wilde hij weten.

'Ik heb je toch gebeld', zei Barbarotti. 'Je zei dat ik welkom was.'

'Dat weet ik nog', zei Axel Wallman.

'Natuurlijk weet je dat nog, dat was twee uur geleden.'

'Val me niet in de reden. Ik zei dat je welkom was, maar daarom kan ik toch nog wel vragen wat je hier komt doen? Heb ik het soms mis, Saarikoski?'

De hond sloeg twee keer met zijn staart. 'Hij zegt dat ik gelijk heb', vertaalde Wallman. 'Nou, *what brings you here?* Laten we een biertje nemen terwijl we die kwestie ophelderen.'

Ze maakten ieder een blikje bier open en gingen op een plastic stoel zitten. Barbarotti moest aan de vraag van dokter Olltman denken of hij veel alcohol dronk, en met een vleugje schuldgevoel zette hij het blikje aan zijn mond. Het was pas kwart over elf 's ochtends, en dat was ontegenzeglijk vroeg.

Maar de omstandigheden waren er dan ook naar. 'Ik heb het zwaar gehad', zei hij. 'De afgelopen dagen.'

'Eigen schuld', zei Wallman. 'En die moordenaar van je loopt zeker ook nog steeds vrij rond?'

Barbarotti knikte.

'Moet je dan niet op hem jagen in plaats van hier een beetje zitten niksen en bier drinken?'

'Ik ben geschorst', zei Barbarotti.

'O, daar weet ik alles van', zei Wallman. 'In de tijd dat ik nog werkte, werd ik regelmatig geschorst. Dat is niets om over te gaan zitten somberen.'

'Dank je', zei Barbarotti. 'Nee, ik zit ook niet te somberen. Maar ik voel me niet goed. Ben bij een psychiater geweest. Daar ben je vast ook wel bekend mee.'

'Heb er een boel gezien', bevestigde Axel Wallman. 'Maar ze waren niet te genezen. Ik stelde de ene volledige diagnose na de andere, maar het hielp geen zier. En ze betaalden mijn rekeningen ook al niet.'

'Het leven is niet makkelijk', zei Barbarotti.

'Dus je bent naar Saarikoski en mij toe gekomen om rust in je hoofd te krijgen?' vroeg Axel Wallman en hij krabde aan zijn oksels. 'Op advies van je dokter ... Ja, dat wijst erop dat het een verstandige man zou kunnen zijn. Op de vuilnisbelt zijn we allen gelijk. Klein en onbeduidend, dat zeker, maar gelijk.'

'Het is een vrouw', zei Barbarotti. 'Mijn dokter, bedoel ik.'

'Hè?' zei Wallman. 'Heb ik je verteld dat ik nog maagd ben?'

'Dat heb je genoemd, ja.'

'In die situatie is sinds zondag geen verandering gekomen.'

Barbarotti dacht even na.

'Ik ga een eindje wandelen, denk ik', zei hij. 'Ik kan wel wat beweging gebruiken, er loopt toch een pad langs het meer die kant op?'

'Gisteren nog wel', zei Wallman. 'Maar vandaag hebben we besloten om het zonder wandeling te stellen, Saarikoski en ik. Dus je zult je alleen moeten redden.'

'Ik zal mijn best doen', zei Gunnar Barbarotti.

Na ongeveer een half uur, toen hij een flink eind langs het meer had gelopen en een beetje bezweet was geraakt, zoemde de telefoon in zijn zak opnieuw. Hij had een sms'je gekregen. Nog een verslaggever op zoek naar de waarheid, dacht Barbarotti, maar hij hield toch stil en drukte op 'Tonen'.

Denk aan je. Marianne.

Marianne? dacht inspecteur Barbarotti. Ze denkt aan me. Wauw. dank u, lieve God!

Hij liet zich op een steen aan de rand van het meer zakken. Voelde een plotselinge matheid over hem heen komen. Het leek in de verste verte niet op wat er aan de keukentafel gebeurde, het deed meer denken aan ... aan de roes van champagne? Na drie tellen was het weg. *Denk aan je.* Dat drie woorden zo zwaar konden wegen. Een groep Canadese ganzen – ook behoorlijk zwaar – lag een paar meter bij hem vandaan in de zon te genieten, maar leek zich niet te storen aan zijn aanwezigheid. Deze minste broeders, dacht Gunnar Barbarotti. Ik moet antwoorden. Nu spant het erom. Een paar goed gekozen woorden en mijn ziel is gered.

Het duurde even om het berichtje te formuleren. Uiteindelijk toetste hij het met trillende vingers in.

En ik aan jou. Gunnar.

Hij was tevreden met de afweging. Geen grote woorden; kleine woorden die grote gedachten uitdrukken zijn beter dan andersom, had zijn lerares Zweeds op de middelbare school de klas getracht in te prenten (In de meeste fasen van het leven zijn understatements beduidend effectiever dan hyperbolen, vergeet dat niet, jongens!) – en nu bedankte hij haar in gedachten.

Hij bleef een tijdje op de steen zitten, dacht na over de merkwaardige choreografieën van het leven, over het formulier dat hij gisteravond op het balkon had ingevuld, over de hobbelige weg naar zijn huidige positie in het coördinatenstelsel van het leven, over Marianne – en of er meer gezoem zou komen.

Dat gebeurde niet. Ach, dacht Gunnar Barbarotti, dit is al heel wat. Ik ben in elk geval weer een stukje verder bij het dal van diepe duisternis vandaan, je moet niet te veel willen. Hij stond op en liep terug naar Axel Wallmans honk.

Inspecteur Backman belde rond vijven om te laten weten dat ze een paar uur later zou komen. Barbarotti begon meteen zijn batterij aan opgehoopte vragen op haar af te vuren, maar ze onderbrak hem en legde uit dat hij zijn geduld moest bewaren tot zij er was. Er waren nieuwe feiten, ze hadden die dag absoluut vorderingen gemaakt, maar hoe ging het met hem? En was het echt de bedoeling dat ze die rare Wallman moest ontmoeten?

'Ja, dat hoort erbij', zei Barbarotti. 'Vandaag in elk geval, ik blijf hier slapen, maar dat hoef jij niet te doen, hoor. Frisse lucht en verkwikkende boswandelingen, van deze bladeren weef ik mijn medicijn.'

'Fraai.'

'Ja, maar het is helaas een citaat. Kan het me hier niet beter wensen ... Tussen twee haakjes, mijn brein heeft van zich laten horen, het zegt dat het iets nodig heeft om zijn tanden in te zetten.'

'Regel ik', beloofde Eva Backman. 'En je hebt geen aanvallen meer gehad?'

'Niets wat er in de verste verte op leek', zei Barbarotti.

'Welkom op Vuilnisbelt het Paradijs, schoonheid', begroette Axel Wallman haar toen ze eindelijk iets na half acht verscheen. 'Ik prefereer vrouwelijke politieagenten net als ik vrouwelijke predikanten prefereer.'

Barbarotti had haar op Axel Wallman voorbereid, voorzover dat mogelijk was.

'Dank je', zei ze kortweg. 'Hebben jullie het eten klaar, zoals beloofd?'

'Uiteraard', zei Barbarotti.

'Je bent getrouwd zeker?' vroeg Wallman.

'Grote, sterke vent en drie kinderen', zei Backman.

'Ik ben single', zei Wallman.

'Ik had al zo'n vermoeden', zei Backman.
'Hoe wist je dat?'
'Vrouwelijke intuïtie.'
'Daar ben ik nou zo bang voor', zei Wallman. 'Jullie vrouwtjes kunnen dwars door iemand heen kijken. Jullie zijn een mysterie, hoe is het om zo mysterieus te zijn?'

Het eten en converseren namen een uur in beslag, inclusief enkele korte gedichten die door de gastheer werden voorgedragen, daarna trokken laatstgenoemde en Saarikoski zich terug en lieten de twee politie-inspecteurs achter op de veranda. Backman viste een map uit haar aktetas, deze keer was hij blauw.
'Eerst wil ik je feliciteren', zei ze.
'Waarmee?' vroeg Barbarotti.
'Je wordt niet langer verdacht van een misdrijf. *Expressen* heeft zijn aangifte ingetrokken. In principe kun je morgenvroeg weer in dienst treden.'
'Mooi', zei Barbarotti. 'Maar voorzover ik weet, ben ik ziek gemeld. Hoe is het met de pers en zijn bronnen verlopen? Ik zag de krantenkoppen toen ik hiernaartoe reed.'
'Ze hebben verteld hoe het gegaan is', zei Backman. 'Zowel *Expressen* als *Aftonbladet*. Hij schrijft hun ook brieven.'
'Handgeschreven met links?'
'Nee, niet eens. Gewone printjes uit een printer. Aan de verslaggevers persoonlijk. Göran Persson respectievelijk Henning Clausson. Maar ze zijn niet te traceren. In het laatste geval waren het twee identieke exemplaren aan beide kranten, ruim een half A4'tje per stuk ... Heb je gelezen wat ze schrijven?'
Gunnar Barbarotti schudde zijn hoofd.
'Ach, doe ook maar niet. Ik denk dat we de Gunnar in kwestie gevonden hebben, dat is het belangrijkste. We heb-

ben de hele dag met oude bekenden van Anna Eriksson gesproken en ze heeft inderdaad een relatie met een man gehad die Gunnar Öhrnberg heet.'

'Öhrnberg.'

'Ja. Kennelijk zijn ze het grootste deel van 2002 samen geweest. Ze hebben nooit onder één dak gewoond, maar werden toch als stel gezien ... Van maart tot ergens vlak voor Kerst, lijkt het. Hij woonde destijds in Borås, zij hier in Kymlinge. In de zomer hebben ze in Frankrijk gezeten, ergens in Bretagne, een paar vriendinnen kregen een ansichtkaart, op een ervan staat Quimper.'

'Geweldig', zei Barbarotti.

'Ja, en volgens getuigen uit Göteborg zijn de Malmgrens die zomer ook in Bretagne geweest ... Vijf jaar geleden dus.'

'Bretagne', zei Barbarotti. 'Ben jij daar weleens geweest?'

'Nee', zei Eva Backman. 'Jij?'

Hij knikte. 'Jazeker. Mooi landschap, beetje ruig, heftige klippen ... schaaldierenparadijs. Overal hortensia's, van die grote, bloemkoolachtige bloemen. Dat was voordat de jongens geboren waren, begin jaren negentig, alleen Helena, Sara en ik ... Ga verder.'

Eva Backman bladerde in haar map. 'Er zitten ook een paar foto's van Gunnar Öhrnberg in het album van Anna Eriksson, maar we wisten toen niet wie hij was ... Zelfs een naaktfoto.'

'Je zei dat jullie hem gevonden hadden?'

'Het ligt eraan wat je onder "gevonden" verstaat. We weten het meeste van hem, hij is zevenendertig en woont nu in Hallsberg, is leraar op een middelbare school, de Alléschool. Geschiedenis en maatschappijleer, maandag was de start van het nieuwe schooljaar, voor de leraren althans ... Maar hij is helaas niet verschenen.'

'Niet verschenen?' zei Barbarotti.

'Nee, niet. Het komt erop neer dat hij een week lang niet is gesignaleerd.'

'Je bedoelt ...?'

Ze staarde even het donker in voor ze antwoord gaf.

'Dat zou kunnen, ja. Hij heeft geen gezin. In de zomervakantie heeft hij gereisd, zo blijkt. Langs de westkust voornamelijk, hij is ook duikinstructeur en meestal bij Kungshamn te vinden. Maar begin augustus was hij weer in Hallsberg, dat weten we zeker. We gaan er morgen met een paar man heen om zijn appartement te doorzoeken ... Jonnerblad zei dat je mee mocht als je zin had.'

'Wie gaan er allemaal mee?'

'Ik en Astor Nilsson. De forensisch rechercheurs van de politie van Örebro zien we daar.'

Barbarotti dacht twee tellen na.

'Oké', zei hij. 'Ik heb eigenlijk een afspraak met mijn psychiater, maar die zeg ik wel af.'

'Ik zou het persoonlijk erg fijn vinden als je meeging.'

'Dank je', zei Barbarotti. 'Je bent een goeie smeris. Maar wel een beetje soft ... Is er nog meer?'

Ze lachte even. 'Ja, er is geopperd dat de politie van Göteborg het onderzoek eigenlijk moet overnemen of om de hele zaak aan de nationale recherche over te dragen. Maar aangezien er al mensen van beide fronten meewerken, heeft Sylvenius besloten om op de oude voet verder te gaan. Maar vanwege de Malmgrens hebben we wel extra hulp uit Göteborg gekregen natuurlijk.'

'Uitstekend. Je moet een team nooit tijdens de wedstrijd wijzigen. Hoe is het met de echtgenoot, trouwens? Is hij nog niet boven komen drijven?'

'Die van mij?'

'Nee, niet die van jou. Henrik Malmgren natuurlijk.'

'O. Nee, die is nog niet boven komen drijven. Die van mij ook niet, overigens.'

'Duidelijk. En die foto's, die heb je toch wel bij je?'

Eva Backman pakte een stapeltje papieren uit de map. 'Het zijn niet de originelen, je moet het met gescande kopieën doen. Maar ze zijn net zo scherp.'

Ze spreidde ze uit op de tafel. Barbarotti boog zich over de foto's en begon ze te bestuderen.

Zeven stuks, zoals ze had gezegd. Zeven foto's van een vakantie, een beetje amateuristisch, een paar ervan niet helemaal scherp. Formaat tien bij vijftien centimeter. Als ze bij het scannen tenminste niet abusievelijk waren verkleind of vergroot.

Drie ervan, allemaal relatief scherp, waren van een terrasje – een restaurant. Midden op de dag, aan het licht te zien. Mensen om een tafel, andere mensen op de achtergrond. Een bloeiende klimplant tegen een muur. Vier mensen wist hij zonder enige twijfel te identificeren; het waren de vier slachtoffers: Erik Bergman, Anna Eriksson en Henrik en Katarina Malmgren.

'Wie is Gunnar Öhrnberg. Deze?'

Hij wees op een atletische man van een jaar of dertig met donker haar en een geprononceerde neus. Moest denken aan wat Eva over Zlatan Ibrahimovic had gezegd. Ze knikte.

Hij inspecteerde de andere foto's. Gunnar Öhrnberg kwam op alle vier voor, maar er was er maar één waar het hele vijftal op stond, een van de restaurantfoto's. Dat was ook de enige foto waarop Katarina en Henrik Malmgren allebei te zien waren.

'Het was hun toestel ... neem ik aan? Van de Malmgrens, bedoel ik.'

Eva Backman haalde haar schouders op. 'We denken van wel.'

‘Er is nog een zesde man, zowel bij het restaurant als bij de jeu-de-boulesbaan.’

Backman knikte en keek op haar horloge. ‘De Zesde Man, ja.’

Gunnar Barbarotti trok vragend een wenkbrauw op.

‘Zo noemen we hem. Luister, Gunnar, ik heb de hele dag naar die foto’s zitten staren. Als we morgenvroeg naar Hallsberg rijden, wil ik goed geslapen hebben. Ik laat je hier achter, dan kun je in alle rust prakkeseren en conclusies trekken. Zullen we het morgen in de auto bespreken?’

‘Prima’, zei Barbarotti. ‘Hoe laat vertrekken we?’

‘Om acht uur precies van het politiebureau. Ga je hier vannacht echt slapen? Ik bedoel ... híér?’

‘Maak je geen zorgen’, zei Barbarotti. ‘Ik heb drie jaar een flat gedeeld met die knuppel, ik zie je morgen om acht uur. Ga maar lekker slapen, ik blijf nog even zitten om deze puzzel op te lossen.’

‘Moet ik nog naar binnen om gedag te zeggen tegen die ... knuppel?’

‘Lijkt me niet nodig, hij slaapt of hij is gedichten aan het duiden en dan wil hij niet gestoord worden. Ik doe hem morgen wel de groeten van je.’

Eva Backman nam hem een paar tellen op met een grote V-vormige rimpel tussen haar wenkbrauwen, toen stond ze op en verdween in het donker. Hij hoorde haar de auto starten, zag de lichtkegels even tussen de bomen dansen terwijl ze achteruit draaide, en een halve minuut later heerste de stilte weer op Vuilnisbelt het Paradijs.

26

Hij besloot wat systematiek aan te brengen, dat kon geen kwaad. Pakte een pen en een blocnote uit zijn aktetas, die hij meegenomen had, en nummerde de zeven foto's, 1 tot en met 7. De foto's van bij het restaurant werden 1 tot en met 3, bij de jeu-de-boulesbaan 4 en 5 en bij de rots 6 en 7.

Nauwkeurigheid is een deugd, dacht hij. Foto na foto, er kan een moordenaar in verborgen zitten.

Sloeg een blad om in zijn blocnote en begon te schrijven.

Foto 1

Omgeving	Restaurant, terras. Tafel met een kleine groep mensen. Een muur met een bloeiende klimplant. Borden met eten, flessen wijn en glazen op tafel.
Tijdstip	Overdag.
Personen	Erik Bergman, Anna Eriksson, Gunnar Öhrnberg, Henrik Malmgren, Katarina Malmgren.
Fotograaf	Onduidelijk. Kan het de Zesde Man zijn?
Overig	Er zijn glimpen van andere restaurantgasten op de achtergrond te zien, evenals een halve, in zwart-wit geklede ober. Iedereen aan de tafel kijkt in de camera, behalve Anna Eriksson, die iets boven het hoofd van de fotograaf lijkt te bestuderen. Iedereen glimlacht zoals je doet als je weet dat je gefotografeerd wordt, een beetje geforceerd. Er staat een lege stoel aan de rechterkant van de tafel naast de fotograaf. Is dat zijn stoel?

Foto 2

Omgeving	Hetzelfde restaurant.
Tijdstip	Iets later. Er staan koffiekopjes op tafel.
Personen	Erik Bergman, Anna Eriksson, Gunnar Öhrnberg. De drie zitten naast elkaar aan de linkerkant van de tafel, op dezelfde plaatsen als op foto 1.
Fotograaf	Henrik of Katarina Malmgren. Of de Zesde Man. De foto is gemaakt vanaf hun kant van de tafel.
Overig	Ze zijn zich er niet van bewust dat ze gefotografeerd worden. Erik Bergman kijkt naar rechts naar iets buiten de foto. Gunnar Öhrnberg geeft Anna Eriksson een vuurtje. Rechtsonder op de foto zijn een hand en een halve onderarm van iemand te zien, waarschijnlijk van een man. Een onbekende vrouw staat een beetje voorovergebogen vlak achter Erik Bergman, maar vermoedelijk hoort ze niet bij het gezelschap.

Foto 3

Omgeving	Dezelfde.
Tijdstip	Grotendeels hetzelfde als op foto 2.
Personen	Henrik Malmgren, de Zesde Man, Gunnar Öhrnberg.
Fotograaf	Katarina Malmgren?
Overig	De foto is schuin, vanaf de korte kant van de tafel gemaakt. Geen van de personen lijkt zich ervan bewust te zijn dat ze gefotografeerd worden. Gunnar Öhrnberg zit niet aan dezelfde kant van de tafel als de twee andere mannen, hij is te zien omdat hij vooroverleunt, lijkt iets tegen de Zesde Man te zeggen.

Barbarotti pauzeerde even en keek het donker in. Probeerde op de titel van een film te komen die hij een keer gezien had, een thriller – om de moordenaar te vinden moesten mensen op oude foto's worden geïdentificeerd – maar de naam van de film was hem ontschoten. Hij herinnerde zich ook niet veel van de film zelf, alleen een heleboel vergrote, korrelige foto's, gezichten van onbekende maar belangrijke mensen, die in het geheugen van de waarnemer bleven hangen. Het mysterieuze van de identiteit van een gelaat, het bijzondere moment waarop het levende werd gefixeerd en een vast punt in de stroom van de tijd werd. Het moest minstens twintig jaar geleden zijn geweest dat hij de film had gezien, zwart-wit, als hij het zich goed herinnerde, misschien was het wel een heel oude speelfilm?

Hij schoof zijn overpeinzingen ter zijde en boog zich over de tafel. Pinde zijn blik op de onbekende, zesde tafelgenoot. Op foto 3 was hij zonder twijfel het beste te zien. Een redelijk lange, zongebruinde man van rond de dertig. Wit overhemd met korte mouwen, zonnebril op zijn hoofd. Kort, donkerblond haar en een smal gezicht met uitgesproken trekken; brede mond, vrij lange neus, regelmatige kaakpartij.

Hij ziet eruit, dacht inspecteur Barbarotti, hij ziet eruit als ieder ander.

Echt als ieder ander. Hij greep weer naar zijn pen en systematiek.

Foto 4

Omgeving	Een park.
Tijdstip	Begin van de avond.
Personen	Er staan minstens twintig mensen op de foto, de meesten op een afstandje. Een groep mannen is aan het jeu-de-boulen, twee oudere

vrouwen zitten op een bankje te praten, een pluizige hond snuffelt aan een boomstam. Op de voorgrond, op vier, vijf meter afstand van de fotograaf, staan Henrik Malmgren, Anna Eriksson en Erik Bergman. Anna Eriksson likt aan een ijsje, Henrik Malmgren neemt net een trekje van een sigaret.

Fotograaf Katarina Malmgren?

Overig Links op de foto is een hoek van een gebouwtje en een klein stukje van een brede markies te zien, vermoedelijk een ijssalon. De drie staan mogelijk te wachten tot de anderen een ijsje hebben gekocht. De foto is niet scherp.

Foto 5

Omgeving Hetzelfde park.

Tijdstip Hetzelfde of iets later.

Personen Erik Bergman, Anna Eriksson, Gunnar Öhrnberg, Henrik Malmgren, de Zesde Man. Ze staan naast elkaar naar het jeu-de-boulen te kijken, er is ook een aantal jeu-de-boulers en andere mensen op de foto te zien.

Fotograaf Katarina Malmgren?

Overig Ook deze foto is niet scherp. Gunnar Öhrnberg heeft zijn arm om Anna Eriksson geslagen. De mannen hebben iets eenvormigs. Allemaal dragen ze een licht overhemd met korte mouwen, knielange shorts en sandalen zonder sokken. Relatief zongebruind, allemaal rond de dertig. Henrik Malmgren wijkt misschien een beetje af, hij is iets kleiner dan de overige drie en ook de enige die een bril draagt. Anna Eriksson heeft nog steeds een ijsje in haar hand.

Foto 6

Omgeving	Een rotsplateau aan zee.
Tijd	Overdag.
Personen	Anna Eriksson, Erik Bergman, Katarina Malmgren. Alle drie in badkleding zittend tegen een rotswand te zonnen.
Fotograaf	Henrik Malmgren?
Overig	Typische vakantiefoto. Alle drie hebben ze hun ogen dicht vanwege de zon. Ze zitten op rieten matten; handdoeken en tassen onderaan op de foto, de zee en de horizon links op de achtergrond. Erik Bergman en Anna Eriksson dragen een zonnebril, Katarina Malmgren heeft een dichtgeslagen pocketboek in haar hand.

Foto 7

Omgeving	Dezelfde als op foto 6, maar op grotere afstand.
Tijd	Overdag.
Personen	Erik Bergman, Anna Eriksson, Gunnar Öhrnberg, Katarina Malmgren. In zee zijn een paar zwemmers te zien. Verderop een zeilboot.
Fotograaf	Henrik Malmgren?
Overig	Ook een typische vakantiefoto. Voor de rots is zand te zien. De vier mensen zijn iets aan het eten, Anna Eriksson kijkt en zwaait naar de fotograaf, haar hand is onscherp. De twee vrouwen dragen een bikini, allebei rood, maar in verschillende nuances.

Dat was alles. Gunnar Barbarotti legde zijn pen weg en liet zijn blik over de zeven foto's glijden. Wuifde een late mug weg. Waar ben ik mee bezig? Dacht hij. Valt hieruit iets af te lezen? Wat is er met deze mensen gebeurd?

Terechte vragen, absoluut. Vooral de laatste. Hij leunde achterover en sloot zijn ogen. Dacht na.

Achter elk misdrijf zat een verhaal, het ging erom dat bloot te leggen. Daar kwam recherchewerk vrijwel altijd op neer, de omstandigheden zichtbaar maken. En terug, altijd een achterwaartse beweging, zoeken en tasten naar het beslissende tijdvak.

In dit geval dus, als alle aanwijzingen klopten: vijf mensen op vakantie in Bretagne. Zomer 2002 ... Het was toch wel die zomer? Hij was vergeten aan Backman te vragen of dat feit bevestigd was. Twee stelletjes, dus: Henrik en Katarina Malmgren uit Göteborg, Anna Eriksson uit Kymlinge en Gunnar Öhrnberg uit Borås. Verder nummer vijf: Erik Bergman uit Kymlinge. En de zesde? Wie was hij? Gunnar Barbarotti opende zijn ogen. Boog zich naar voren en keek weer naar de foto's. De zesde was in het restaurant en het park met de jeu-de-boulesbaan te zien. Maar hij stond niet op de foto's bij de rots. Wat betekende dat?

Onzin, dacht Gunnar Barbarotti, dat betekent natuurlijk helemaal niets. Misschien was hij gewoon aan het zwemmen; foto's 6 en 7 konden heel goed met niet meer dan een minuut tussentijd zijn gemaakt.

Terwijl hij zijn blik eerst over de foto's op tafel liet glijden en vervolgens over het donkere meer en de bosrand, die zich aftekende tegen de iets lichtere hemel aan de overkant, realiseerde hij zich dat het überhaupt moeilijk was om zinnige vragen te stellen. Zonder meer. Hij had drie dagen van het onderzoek gemist, natuurlijk waren er een hoop nieuwe feiten die hij niet kende.

Wáár? Bijvoorbeeld. Waar in Bretagne waren deze foto's gemaakt? Als bekenden van de Malmgrens van deze vakantie wisten – had Backman dat niet gezegd? – dan moest het onderzoeksteam nu meer informatie hebben. Heel veel meer. Hoe hadden ze gereisd? Met hun eigen auto of waren ze met een soort groepsreis meegegaan? Van wanneer tot wanneer waren ze weg geweest? Is er misschien een link tussen de Malmgrens en Gunnar Öhrnberg? Ja, vooral die vraag moest zo diepgaand mogelijk worden uitgezocht. En nu het verband tussen de moorden hoogstwaarschijnlijk vaststond, waren ze hopelijk ook begonnen met het opnieuw verhoren van de vrienden en kennissen van de twee eerste slachtoffers.

En – hopelijk – iets bruikbaars te weten gekomen.

Nee, dacht Barbarotti. Het heeft geen enkele zin om hier te gaan zitten speculeren. Ik lig veel te veel stappen achter. Ik zet er een streep onder en laat me morgen onderweg naar Hallsberg uitgebreid bijpraten.

Hij raapte de foto's en aantekeningen bijeen. Stopte alles in zijn aktetas en keek op zijn horloge. Vijf over elf – hoog tijd, nogmaals.

Hij zette de wekker van zijn mobieltje op half zeven, dacht even na en maakte er kwart voor zes van. Waarom jezelf een ochtendduik misgunnen als er voor de verandering op twintig meter afstand een meer lag?

Helemaal met het logeerbeddengoed in Vuilnisbelt het Paradijs in gedachten. Hij kon zich niet voorstellen dat Axel Wallman er sinds de vorige keer iets aan had gedaan.

Het was niet anders, vroeg op, laat in bed.

En die moordenaar, werd het niet tijd om die eens in te gaan rekenen?

V

Aantekeningen uit Mousterlin

8-9 juli 2002

Ik viel op de ligstoel op ons terras in slaap en werd door Erik gewekt toen hij een paar uur later thuiskwam.

'Hoe staat het ervoor?' wilde hij weten.

Ik begreep niet wat hij hiermee precies bedoelde. Of hij wilde weten hoe ik me voelde of dat hij wilde weten of ik van plan was snel te vertrekken. Of dat hij het misschien over de gebeurtenissen van de afgelopen nacht had. Ik ging ervan uit dat hij op het laatste doelde, maar besloot op het eerste te antwoorden.

'Goed', zei ik. 'Een beetje moe, maar verder goed.'

Hij bleef staan en keek me aan met een uitdrukking op zijn gezicht die ik niet eerder gezien had. Alsof hij zich nu pas realiseerde dat ik een complexer persoon was dan hij dacht. Dat ik iets had wat hij niet begreep. Maar hij is het dan ook niet gewend zich in te leven in de beweegredenen en situaties van anderen. Erik heeft genoeg aan zichzelf; terwijl hij daar stond met ogen die heen en weer schoten en licht malende kaken leek het of hij bezig was de controle over iets te verliezen – iets waar hij normaal gesproken geen controle over had of wilde hebben, maar wat hij per ongeluk op zijn bordje had gekregen.

'Ze nemen ons mee uit eten', zei hij uiteindelijk. 'In Le Thalamot in Beg Meil. Om de boel te bespreken. Maar het is vannacht dus goed gegaan?'

'Ja', antwoordde ik. 'Het is goed gegaan.'

Hij ging aan de tafel zitten. Ik stond op uit de ligstoel

en keek op mijn horloge. Het was half vijf. 'Ik ga even douchen', zei ik. 'Hoe laat moeten we er zijn?'

'Acht uur', zei Erik. 'We kunnen rond half acht vertrekken.'

'Klinkt goed', zei ik. 'Wat gaan we bespreken?'

Hij keek me verward aan. 'Snap je dat niet?' zei hij. 'We kunnen dit toch niet zomaar achter ons laten?'

'O, zo bedoel je', zei ik.

Hij zweeg even, toen stak hij een sigaret op.

'Wat ben jij eigenlijk voor iemand?' zei hij.

'Ik ben zoals ieder ander, denk ik', antwoordde ik. 'Wat bedoel je daarmee?'

Hij nam een paar trekjes. 'Oké', zei hij. 'Ja, dat zul je zelf wel het beste weten. Zullen we om half acht weggaan?'

'Prima', zei ik.

Le Thalamot was leeg, op een groep Duitsers na die aan een van de tafels rivierkreeftjes en mosselen zaten te eten. Het toeristenseizoen is nog steeds niet echt begonnen, hoewel we al een eindje in juli zitten; ik denk dat het er over een paar weken anders uit zal zien. Op de stranden, de wandelpaden in de polder, in de restaurants en de crêperies.

En op de campings. Maar dan ben ik hier heel ver vandaan, waar precies, weet ik niet – in het zuiden in elk geval, ik ga naar het zuiden. Sinds een tijdje voel ik dat ik bij de Middellandse Zee wil sterven, misschien in het Midden-Oosten of waarom niet in Caïro of Alexandrië. Er is iets op deze breedtegraden wat een weerklank bij me vindt, ik weet niet waaruit deze resonantie precies bestaat of wat die uitdrukt, maar je hoeft ook niet alles te begrijpen. Het gaat om de weg die je aflegt en het gevoel, niet het doel of het oogmerk.

Het viertal zat al op ons te wachten aan een tafel achter in het restaurant, naast een open raam dat uitkeek op een tuin, en op veilige afstand van de Duitsers. Ik zag dat ze zich een klein beetje hadden opgedoft, alle vier; de beide dames droegen een jurk die ik niet eerder had gezien, Anna een lichtgroene, Katarina een rode, de heren droegen pas gestreken katoenen overhemden met korte mouwen. Ze hadden allemaal een aperitiefje besteld, waar ze aan nipten, en toen Erik en ik binnenkwamen, stonden Gunnar en Henrik allebei op.

'Gezellig', zei Gunnar. 'Ga zitten. Willen jullie wat drinken?' Gezien het feit dat we elkaar nog geen vierentwintig uur geleden uit stonden te schelden vanwege een dood meisje, vond ik dit overdreven formeel, en ik besefte dat er vanavond een ander soort regie heerste. Een regie die tijdens het overleg van vandaag, waar dat ook had plaatsgevonden, was vormgegeven en opgesteld. Ik voelde een inwendig, ironisch lachje in me opkomen.

'Jazeker', zei Erik. 'Gin-tonic, graag.'

Ik zei dat ik het bij een glas witte wijn hield en we gingen zitten. Erik tussen Anna en Henrik, ik tussen de twee vrouwen in. Ook dit leek van tevoren bedacht, al begreep ik niet wat de bedoeling ervan kon zijn.

Toen Erik en ik ons glas gekregen hadden, proostten we. Ik bespeurde bij niemand een glimlach, het was eerder een moment van ernstige saamhorigheid en verbondenheid dat voorbijgleed. Daarna besteedden we overdreven veel tijd aan het bestellen van het eten, zoals gewoonlijk voerde Katarina het woord met de ober, en terwijl we wachtten tot ons eten werd gebracht, praatten we over Franse wijn, Franse kaas en welke dagen en maanden je moest vermijden als je schaaldieren wilde eten; het was in alles, dacht ik, echt in alles een herhaling – maar dan saaier, minder soepel en minder hoopvol – van ons gesprek tijdens de eerste lunch in de oude haven van Bénodet. Tien dagen geleden, als ik me niet vergis.

Bovendien dronken we aanzienlijk minder wijn, we bestelden vis en vlees in plaats van schaaldieren, en pas toen het dessert op tafel stond, kwam Gunnar ter zake.

'We willen je bedanken', zei hij terwijl hij zich tot mij richtte. 'Je bedanken voor het feit dat je deze onaangename taak op je hebt genomen en volbracht hebt.'

Hij pauzeerde. Ik reageerde niet.

'Want ik neem aan dat je het zo goed mogelijk hebt uitgevoerd?'

Ik wachtte een paar tellen. Voelde alle blikken op me rusten. 'Je wilt weten of ik het meisje goed begraven heb?' vroeg ik.

Gunnar en Henrik keken bezorgd om zich heen en ineens bedacht ik dat het best dom was om dit in een openbare ruimte te bespreken, als ze zo bang waren voor vreemde oren.

'Rustig maar', zei Erik. 'Er is hier niemand die Zweeds verstaat.'

'Willen jullie weten waar?' vroeg ik.

'Nee, nee', verzekerde Gunnar me. 'Dat is niet nodig. Maar het is voor ons belangrijk om te weten dat alles volgens plan is verlopen.'

Volgens plan? dacht ik.

'Dat er niet iets is wat we zouden moeten weten', wierp Katarina ertussen.

Ik dacht erover na wat ze nu eigenlijk wilden. Of het hun alleen te doen was om een soort algehele verzekering dat ze zich veilig konden voelen of dat er iets anders speelde. Maar ik kon me geen voorstelling maken van wat dat zou kunnen zijn.

'Alles is gegaan zoals ik wilde', zei ik. 'Jullie kunnen met een gerust hart je wijn drinken.'

'Zo bedoel ik het niet', zei Gunnar. 'Ik wil alleen maar weten of we het als een afgesloten hoofdstuk kunnen beschouwen.'

'Dat kan', zei ik. 'Het is een afgesloten hoofdstuk.'

'We moeten een strategie afspreken voor het geval de politie toch opduikt', zei Henrik. 'We blijven hier immers nog een paar weken en ...'

'Hoelang ben jij van plan te blijven?' wilde Katarina weten en ze probeerde naar me te glimlachen.

'Overmorgen ga ik', zei ik.

'Woensdag', zei Gunnar. 'Uitstekend. Het is in elk geval belangrijk dat we categorisch ontkennen dat we het meisje gisteren hebben meegenomen naar de eilanden. En dat we haar gezien hebben. Ze heeft vorige week op een middag een paar uur met ons doorgebracht, dat is alles. Meer hoeven we niet te onthouden.'

'Hoe is het met de boot gegaan?' vroeg ik.

'Dat was geen probleem', zei Henrik.

'Wat fijn', zei ik. 'Ach, een meisje meer of minder maakt ook niet uit, toch.'

Ik voelde dat Anna, die vlak naast me zat, opschrok en iets leek te willen zeggen. Maar Gunnar hief een vinger en wierp haar een blik toe. Dat was genoeg, ze hield haar mond. Anna had sowieso de hele avond niet veel gezegd. Erik ook niet. Gunnar, Henrik en Katarina voerden het gesprek, dat was vast geen toeval.

Om kwart voor tien gingen we al naar huis. Gunnar en Henrik deelden de rekening en gezamenlijk wandelden we over het ruiterpad tussen de strandklip en de polder naar huis. Erik en ik sloegen zonder postludia af naar ons huis, en voor we naar bed gingen, dronken we ieder een glas calvados op het terras en leken niet veel gespreksstof te hebben.

'Dus, woensdag?' zei hij.'

'Ja', zei ik. 'Ik vertrek 's morgens.'

'Dat is misschien ook maar het beste', zei hij.

'Inderdaad', zei ik.

Hij lachte heel even. 'Die naam van het meisje', zei hij.'

'Ja?'

'Henrik kwam erop wat het betekende.'

'Betekende?'

'Ja, of in elk geval waar het voor stond. Als je hem spelt, de letters uit elkaar haalt. T-R-O-A-Ë ... In het Engels, vat je hem?'

Ik dacht even na en schudde mijn hoofd.

'The Root Of All Evil', zei Erik. 'Goed, hè?'

'The Root Of All Evil?' zei ik. 'Dan klinkt het alsof er een soort vervolg moet komen. Aan dit verhaal, bedoel ik.'

Ik weet niet wat ik daarmee precies bedoelde en Erik reageerde niet. Hij drukte zijn sigaret uit en monsterde me weer met die onbegrijpende blik in zijn ogen.

Toen wensten we elkaar welterusten en gingen naar bed.

Op dinsdagochtend ging ik naar de bakker om een *Ouest France* te kopen. Bladerde de krant van de eerste tot de laatste pagina door. Ondanks mijn gebrekkige Frans was ik er zeker van dat er geen woord over een vermist meisje in stond.

Het was mooi weer en ik stelde vast dat Erik al naar het strand was gegaan. Waarschijnlijk richting Bénodet, hij heeft ontdekt dat je daar naakt mag zonnen en kennelijk heeft hij daar iets mee. Ik besloot in het huis te blijven, alvast wat spullen te pakken en nog een paar bladzijden te schrijven.

Mijn indrukken samenvatten. Het eerste wat er in me opkomt, is hoeveel er door het toeval wordt bepaald – of in elk geval door mechanismen die buiten onze macht liggen. Toen Erik me bij het benzinestation bij Lille oppikte, had ik exact achtenvijftig minuten staan liften; ik weet het nog precies, want ik had besloten er een uur te gaan staan, voor ik terug zou gaan naar het café. Als hij twee minuten later was gekomen, hadden we elkaar nooit ontmoet. Ik zou met een andere auto zijn meegereden en heel ergens anders terechtgekomen zijn.

Zou Troaë in dat geval nog geleefd hebben? Het zou makkelijk zijn om die vraag met ja te beantwoorden, maar ik denk dat je daarmee de werkelijkheid versimpelt.

Ons menselijk vermogen reikt natuurlijk niet ver genoeg om dit vast te stellen; misschien was ze die ochtend hoe dan ook verschenen en misschien was ze met de Zweden meegegaan naar Les Glénan. Misschien hadden dezelfde gebeurtenissen plaatsgevonden; één ding is zeker, het weer zou hetzelfde zijn geweest, het zou zijn gaan regenen en de motor zou het vermoedelijk ook begeven hebben – maar zou het meisje op de terugreis misselijk zijn geworden? Zou de boot over dezelfde verraderlijke golfkam zijn gegaan? En zou iemand anders haar hand hebben losgelaten? Ik kan dit raadsel niet oplossen, maar deze gedachten en vragen laten me niet met rust. In welke mate neem ik deel aan voorvallen en gebeurtenissen in de wereld? Zijn er verschillende alternatieven – en verschillende denkbare actoren – op weg naar een vast doel?

Misschien zou Henrik Malmgren me de weg kunnen wijzen in deze kwesties, ik weet dat deze vraagstukken thuishoren in de filosofie, de oermoeder van alle wetenschap, maar ik ben niet van plan om bij Henrik Malmgren te rade te gaan. Ik ga ervan uit dat ik geen van hen ooit weer zal zien, alleen met Erik zal ik nog wat oppervlakkigheden wisselen voor ik morgen vertrek. Ik moet me er onder andere van vergewissen dat ik hem niets schuldig ben; volgens mij zijn we quitte wat betreft het geld voor de boodschappen, en ook aan het tripje naar Les Glénan heb ik mijn bijdrage geleverd. Ook een geldelijke. Verder besef ik dat ik dit hele verblijf in Finistère in de toekomst als een intermezzo moet beschouwen, iets wat in zekere zin nooit is gebeurd. Op zulke periodes zou ieder mens in zijn leven recht moeten hebben, het kan niet de bedoeling zijn dat we overal verantwoording voor moeten afleggen, voor elke onfortuinlijke situatie en elke seconde die uit zijn baan geslingerd wordt.

Ja, als ik hier eenmaal weg ben, ga ik mijn best doen om deze twee weken te vergeten. Ik zal de wandeling met het lichaam van het meisje uit mijn geheugen wissen, haar sterke aanwezigheid en haar merkwaardige lichtheid, ik las altijd dat dode lichamen heel zwaar zijn, maar wat betreft Troaë klopt dat helemaal niet. Ik zal de angstige minuten in het water verdringen en nooit in herinnering proberen te brengen hoe de aarde haar als een omhelzing omsloot. Deze aantekeningen bewaar ik natuurlijk, maar dat betekent niet dat ik ze weer ga bekijken en lezen; de wetenschap dat ze bestaan is genoeg, en mocht ik ze in de toekomst ooit nog nodig hebben, dan zijn ze er nog.

Misschien zou ik ook een paar regels moeten wijden aan de mensen door wie mijn leven deze twee weken werd bevolkt, maar ik merk dat ik daar geen zin in heb. Het staat me tegen, en als ze – of een van hen – ook maar enig idee hadden van de diepe minachting die ik voor hen koester, zou hen dat vast en zeker hogelijk verbazen. Maar mijn innerlijk is niet van mijn uiterlijk af te lezen, wat er ook gebeurt, dat is altijd al zo geweest. Ik herinner me dat dokter L. en ik dit gegeven vrij diepgaand hebben besproken, aanvankelijk meende hij dat het bij mijn ziektebeeld hoorde, maar ik geloof dat we uiteindelijk gezamenlijk tot de slotsom zijn gekomen dat het een legitieme karaktertrek was. Je ziel in je ogen dragen is niet per se een teken van gezondheid, het is in elk geval niet iets om naar te streven als je er van nature niet over beschikt.

's Middags maakte ik mijn kamer schoon en pakte ik mijn spullen. Maakte een korte wandeling van anderhalf uur landinwaarts, liep langs de bakker en kocht een avondkrant. Hierin ook geen woord over een vermist meisje. Toen ik terugkwam in ons huis was Erik er nog steeds niet, ik ging ervan uit dat hij zich bij de andere Zweden had gevoegd, wellicht vindt hij het niet meer prettig om bij me in de buurt te zijn. Ja, als ik erover nadenk, denk ik dat dat het geval is, en waarschijnlijk geldt dat voor alle vijf. Ze wachten tot ik vertrokken ben, zodat ze hun triviale strandleven weer in alle rust kunnen oppakken en kunnen vergeten wat er is gebeurd. Ik speel even met de gedachte om ze hun zin te geven en mijn reis vanavond al voort te zetten. Maar er gaat pas morgenvroeg een bus naar Quimper en om langs de weg tussen Mousterlin en Fouesnant te gaan staan liften, vind ik geen aanlokkelijk idee. Bovendien zou het zelfs aandacht kunnen trekken, en aandacht is het laatste wat we nu kunnen gebruiken.

Terwijl ik deze zinnen op het terras zit te schrijven, komt Erik thuis. Hij vraagt of ik meega eten in Le Grand Large, ze hebben verse mosselen. Ik zeg dat ik nog moet pakken en wel een boterham eet. Erik neemt een douche, kleedt zich om en gaat weer weg. Het is half acht als ik mijn pen wegleg en naar de koelkast loop.

Ik bak twee eieren op het gasfornuis. Probeer het

nieuws te volgen dat uit de transistorradio op de vensterbank stroomt. Mijn Frans is er een stuk op vooruitgegaan in de tijd dat ik hier ben en ik versta het meeste van wat er wordt gezegd. Op het moment dat het water in de waterkoker begint te borrelen en het apparaat afslaat, hoor ik iemand kuchen op het terras. Ik leg de bakspaan in de pan en haal hem van het gas. Droog mijn handen af en loop naar buiten.

Onder de parasol staat een oudere vrouw. Helemaal in het zwart, ze lijkt wel een Griekse weduwe; maar de stof van haar jurk is dunner, ze heeft ravenzwart haar, ongetwijfeld geverfd, en ze draagt een breedgerande, bloedrode strohoed. Ze is klein en dun, hooguit een meter zestig, maar haar gezicht is krachtig, op een bepaalde manier exotisch, met donkere ogen, een scherpe neus en een eigenwijze kin. Ze kijkt me aan met licht toegeknepen ogen, mogelijk is ze een tikje bijziend.

'Troaë!' zegt ze.

'Oui?' zeg ik.

'Troaë? Wat hebben jullie met Troaë gedaan?'

Ze spreekt een vreemd soort Frans met een sterke tongpunt-r. Ik probeer te zeggen dat ik niet begrijp waar ze het over heeft.

'Petite Troaë. Ik ben haar grootmoeder. Ik weet dat ze bij jullie is. Maar nu wordt het tijd dat ze naar huis komt.'

Ik gebaar met mijn handen dat ik nog steeds geen idee heb wat ze wil. Vanuit mijn ooghoek zie ik op een van de plastic stoelen de grote bahco liggen. Erik heeft hem daar laten liggen nadat hij geprobeerd had de roestige fiets in het gereedschapsschuurtje op te lappen. Dat was vier of vijf dagen geleden, maar het is hem niet gelukt. De fiets heeft hij teruggezet, maar de bahco is hij vergeten. Ik weet nog dat we het over het ding hebben gehad, hij is namelijk Zweeds, een Bahco, ik weet zelfs het typenummer nog. 08072. Ik neem de vrouw kortstondig op. Haar ogen zijn dunne streepjes, haar gezicht is een beetje katachtig en ze heeft haar beide vuisten in haar zij geplant. Denkt vast dat ze onoverwinnelijk is, ik herken het type.

'Troaë?' zeg ik terwijl ik een stap naar links zet en de bahco pak. 'Dat moet een vergissing zijn.' Ik moet een paar tellen zoeken naar het woord vergissing – *erreur* – maar ik kom erop.

'Het is geen vergissing', zegt ze. 'Ze heeft het al dagen over jullie en toen ze zondag van huis ging, zei ze dat ze jullie ging opzoeken om de dag met jullie door te brengen.'

Ik aarzel niet. Ik haal uit met de bahco en raak haar met volle kracht schuin boven haar linkeroor. Haar hoed vliegt van haar hoofd en ze zakt op de terrasvloer ineen als neergeschoten wild.

Commentaar, augustus 2007

Woorden betekenen zo weinig, daden zo veel meer. Toch omringen we ons met woorden, woorden, woorden. De echt belangrijke momenten in het leven van een mens zijn schaars en kunnen ver en met grote tussenpozen uit elkaar liggen. Jaren en hele decennia. Als we ons leven op een dag recapituleren, wordt dit glashelder; hoe weinig alles weegt wat we hebben gezegd en geschreven, hoe zwaar onze cruciale handelingen blijken te zijn. We zullen nooit ter verantwoording worden geroepen voor onze woorden, ik begrijp niet waarom we voortdurend vluchten onder hun beschermende hoede. Waarom durven we niet in de stilte en onze gedachten te rusten? Op momenten dat we onze handelingen niet het juiste gewicht en belang toekennen, verspillen we ons leven, dat is niets nieuws, alles zou er ongetwijfeld anders uitzien als we meer tijd voor rust en bezinning zouden nemen.

Het doden verloopt volgens plan, maar er moet nog wel het een en ander gebeuren, toch twijfel ik er geen moment aan dat ik mijn doel zal bereiken. Dat ze niet akkoord gingen met een financiële oplossing toont alleen maar aan hoe arrogant deze mensen waren. Mijn eisen waren allerminst onredelijk, ik neem aan dat ze met elkaar overlegd hebben en tot een gemeenschappelijk nee zijn gekomen, en in zekere zin ben ik blij dat dit het alternatief is geworden. Geld biedt per slot van rekening slechts tijdelijke oplossingen, kortstondige, halve maatregelen, zo is het nou eenmaal.

De afgelopen nachten heb ik over de grootmoeder van het meisje gedroomd, de kleine, fragiele en krachteloze vrouw met haar veeleisende blik en giftige woorden, die haar lot hebben bezegeld. In mijn dromen komt ze in de hoedanigheid van een vleermuis tot mij, ik begrijp de symboliek ervan niet helemaal, ze komt door een open, donker, rechthoekig raam aangevlogen en gaat op mijn schoot of arm zitten, dan kijkt ze me met priemende gele ogen aan, ze zegt niets, zit er alleen maar en kantelt haar piepkleine kopje heen en weer, van rechts naar links, na een tijdje vliegt ze suizend weg. Dat is het moment waarop ik altijd wakker word, en het rare is dat ik me dan vervuld voel van een soort blijdschap, of in elk geval voldoening.

Van al het menselijk handelen is doden het doorslaggevendst.

17-19 augustus 2007

27

'Je ziet er fit uit', zei inspecteur Backman toen ze de auto in stapten.

'Ik heb net vijfhonderd meter gezwommen', vertelde Barbarotti. 'Jullie niet?'

'Natuurlijk is hij fit', zei Astor Nilsson. 'Hij heeft drie dagen vakantie gehad. Terwijl wij ons uit de naad hebben gewerkt.'

'Wie rijdt er?' vroeg Eva Backman.

'Ik', zei Astor Nilsson. 'Ik weet hoe we in Hallsberg moeten komen. Ik heb daar ooit een vriendin gehad.'

'Meen je dat?' zei Barbarotti.

'Jazeker', zei Astor Nilsson. 'Een donkere, mysterieuze schoonheid van de vlakte bij Viby. Als het anders was gelopen, waren we nu getrouwd geweest.'

'Misschien moet je even bij haar langsgaan, als we er toch zijn', stelde Backman voor. 'Je weet maar nooit.'

'Lijkt me geen goed idee', zei Astor Nilsson. 'Als ik me niet vergis, ligt ze op het kerkhof.'

'Nee, laat dan maar zitten', zei Backman. 'Bovendien hebben we genoeg omhanden.'

'Zeg dat wel', zuchtte Astor Nilsson en hij sloeg Norra Kungsvägen in. 'Deze zaak heeft me geen goed gedaan.'

'Eerlijk gezegd heb ik er bijna slapeloze nachten van', constateerde hij tien minuten later toen ze de stad uit waren en Eva Backman haar kinderen via haar mobiele telefoon verschillende instructies had gegeven. 'Denken jullie dat we daar een lijk gaan vinden?'

Eva Backman haalde haar schouders op. 'Of we iets vinden, laat ik graag in het midden. Maar we hebben veel redenen om aan te nemen dat Gunnar Öhrnberg dood is, nietwaar?'

'Ik vraag me af welke methode hij deze keer heeft gebruikt', zei Astor Nilsson. 'Wat dachten jullie van vergiftiging? Dat heeft hij nog niet geprobeerd.'

'We weten niet hoe Henrik Malmgren om het leven is gekomen', merkte Eva Backman op. 'En hij heeft ook nog niemand doodgeschoten, als ik het me goed herinner.'

'Sorry', zei Gunnar Barbarotti, die vrijwillig achterin was gaan zitten. 'Ik zou graag een beetje bijgepraat willen worden. Nu ik weer in genade ben aangenomen en geacht word me enigszins nuttig te maken.'

'Ik zal je zo veel mogelijk vertellen', zei Astor Nilsson en hij keek hem via de achteruitkijkspiegel grijnzend aan. 'Je hebt die verslaggever helemaal geen tik gegeven, wel?'

'Nee', zei Barbarotti. 'Dat klopt.'

'Jammer', zei Astor Nilsson. 'Maar voor jou misschien beter. Nou, waar zullen we beginnen? Ik kan wel iemand gebruiken die georganiseerd is en wat structuur kan aanbrengen.'

'Dank je', zei Eva Backman. 'De hint is overgekomen. Maar ik vind dat er best veel duidelijk begint te worden.'

'Vrouw', zei Astor Nilsson. 'Vertel.'

'Ik kan in ieder geval een poging wagen', zei Eva Backman. Ze haalde een keer diep adem en zette de rugleuning van de stoel een stukje rechter. 'Eigenlijk weten we best al veel, dat zijn de heren het toch wel met me eens? We weten bijvoorbeeld dat alles samenhangt met gebeurtenissen in de zomer van 2002 in Bretagne ...'

'Weten?' zei Astor Nilsson.

'Vooruit', zei Backman. '"Weten" is misschien niet het

juiste woord, maar we zijn er wel "redelijk van overtuigd" dat het zo zit. We hebben een raakpunt tussen de vier slachtoffers gevonden: ze hebben zich die zomer een paar weken lang op dezelfde plek opgehouden ... We weten alleen niet precies hoelang ... Twijfelen jullie eraan dat dit het juiste spoor is?'

'Ik heb geprobeerd om eraan te twijfelen', zei Astor Nilsson. 'De hele nacht. Maar het is moeilijk te geloven dat het níét zo is. Ook omdat dit het enige is wat we hebben.'

'Hoe bedoel je?' vroeg Backman.

Astor Nilsson wuifde met een pedagogisch wijsvingertje. 'We hebben één verband gevonden. Eén enkel raakpunt. Logisch dat we daarvan uitgaan. Ik wil alleen maar zeggen dat de situatie heel anders wordt als we meer raakpunten zouden hebben.'

'Zonder meer', beaamde Barbarotti vanaf de achterbank. 'Maar als er meer verbanden zijn, zouden die toch moeten opduiken?'

'Dat zou dan al gebeurd moeten zijn', zei Backman. 'Ik vind dat we voor de Frankrijktheorie moeten gaan zolang er zich niks voordoet wat die tegenspreekt. Toch?'

'Je hebt me overtuigd', zei Astor Nilsson. 'Bretagne 2002, daar houden we het op. Wat is er toen in hemelsnaam gebeurd?'

Het was een paar tellen stil.

'We weten ook nog steeds niet precies waar', stelde Backman vervolgens vast en ze draaide zich om naar de achterbank. 'We hebben bij de Malmgrens wat kaarten en brochures gevonden en we denken dat ze ergens aan de zuidkant hebben gezeten, in Finistère. Maar misschien hebben ze rondgereisd, en ... Ja, nogmaals, dat is nog onduidelijk.'

'En bij de anderen?' vroeg Barbarotti.

'Bij de anderen hebben we niet veel bruikbaars gevonden, maar we zijn nog aan het navragen bij reisbureaus en zo. Helaas kan er in vijf jaar tijd een hoop verdwijnen.'

'Mijn haar is in drie jaar tijd verdwenen', zei Astor Nilsson.

'De foto's', zei Barbarotti.

'Ja', zei Backman. 'Om eerlijk te zijn, is dat de enige aanwijzing die we hebben. Ik moest gisteravond aan iets denken. Wat is jullie idee van de tijdspanne? In hoeveel dagen zijn de foto's gemaakt?'

'Wat?' zei Astor Nilsson.

'Ja, ik bedoel ...' zei Backman. 'Kan het misschien maar om één dag gaan en dat ze ... dat ze misschien alleen die dag met elkaar hebben doorgebracht?'

Barbarotti dacht na terwijl hij de foto's uit zijn aktetas viste. 'Nee', zei hij. 'Ik denk dat het om minstens twee dagen gaat. Ze hebben andere kleren aan en zo. Misschien zelfs drie. Maar ik snap waarom je het noemt.'

'Ik ook', zei Astor Nilsson. 'Hebben ze maar één dag met elkaar opgetrokken of iets langer? Het is vrij zeker dat ze elkaar daarvoor niet kenden. Er is in elk geval niks wat daarop wijst.'

'Nee', zei Backman. 'Ze hadden niet afgesproken om elkaar te ontmoeten. Maar er is iets gebeurd, dat is ons uitgangspunt. Tijdens die dagen is er iets gebeurd wat ... Ja, wat vijf jaar later tot gevolg heeft dat ze alle vijf het leven laten. Als we er tenminste van uitgaan dat die "Gunnar, man des doods" inderdaad dood is.'

'Precies', zei Astor Nilsson en hij geeuwde. 'Ik ben ook tot de conclusie gekomen dat we daarvan uit moeten gaan. En als ik me niet vergis, zitten we daarom nu ook in deze auto op weg naar Hallsberg.'

Het werd weer even stil. Opnieuw bestudeerde Barbarotti de zeven foto's.

'De Zesde Man?' zei hij. 'Wat denken jullie?'

'Dat is het 'm nou net', zei Astor Nilsson.

'Wat?' vroeg Barbarotti.

'Hij is het', zei Backman. 'Ik bedoel, ik denk dat hij de man is die we zoeken.'

Barbarotti krabde in zijn nek terwijl hij een groep bonte koeien bekeek die langs het autoraampje schoof.

'Wat bedoel je met "dat is het 'm nou net"?' vroeg hij aan Astor Nilsson.

Astor Nilsson liet het stuur heel even los en maakte een geïrriteerd gebaar. 'Gewoon, dat het zo verdomd voor de hand ligt', zei hij. 'En ik hou niet van dingen die voor de hand liggen. Maar natuurlijk, ik denk ook dat hij het moet zijn. Jammer dat hij er zo gewoontjes uitziet.'

Barbarotti knikte. 'Ja, dat ben ik met je eens. En de foto is ook nog eens onscherp. Er zijn vijf jaar verstreken. Hebben jullie al besloten hoe we dit aan gaan pakken?'

'Jonnerblad twijfelt', zei Backman. 'Sylvenius en Asunander ook. Het gaat meestal mis als je foto's van verdachte moordenaars vrijgeeft.'

'Je hoeft er toch niet bij te zeggen dat het om een mogelijke moordenaar gaat', zei Barbarotti.'

'O, nee?' zei Astor Nilsson.

'Je kunt zeggen dat de politie dringend in contact wil komen met de man op de foto. Of met mensen die informatie over hem kunnen geven.'

Astor Nilsson bromde. 'Ze gaan toch wel schrijven dat het de moordenaar is, dat weet je toch ook wel? Of ze zorgen er wel voor dat de lezers het zo interpreteren. Ik dacht dat je onderhand wel wist hoe de krantenwereld in elkaar steekt.'

Barbarotti zuchtte en stopte de foto's weer in zijn aktetas. 'Wat gaan we dan doen?'

'We geven de foto sowieso vrij', zei Astor Nilsson. 'Over een paar dagen, als de heren uitgetwijfeld zijn.'

'I see', zei Barbarotti. 'Ja, zo werkt het natuurlijk.'

'Tenzij er onvoorziene dingen gebeuren, waardoor de zaak al eerder wordt opgelost', zei Backman. 'In de metropool Hallsberg bijvoorbeeld.'

'Bijvoorbeeld', zei Astor Nilsson.

'En Hans Andersson?' vroeg Barbarotti na een nieuwe korte pauze. 'Ik neem aan dat jullie de mogelijkheid hebben besproken dat hij zo heet?'

'De man op de foto of de moordenaar?' zei Backman en ze glimlachte vluchtig.

'Dat is het 'm nou net', zei Astor Nilsson.

'Nu zeg je het weer', zei Backman.

'Weet ik', zei Astor Nilsson. 'Maar het is het 'm ook net. Als iets me ergert in dit verhaal, is het die vervloekte Hans Andersson wel. Als dit zootje íéts van logica zou bevatten, zou hij ook dood moeten zijn. Wie hij ook wezen mag. En mocht het zo zijn dat ...'

Hij raakte van zijn à propos.

'Bedoel je dat je nog een lijk wilt?' zei Eva Backman en ze bood de mannen een Läkerol aan. 'Hebben we er niet al genoeg?'

'Nee,' zei Astor Nilsson en hij gooide vier pastilles in zijn mond, 'je onderbrak me. Ik wilde zeggen dat als ... als de Zesde Man Hans Andersson blijkt te heten, hij waarschijnlijk niet dezelfde man is als de moordenaar. In dat geval staat de dader dus niet op de foto, dan is die zesde kerel gewoon een of andere Hans die zich ergens in ... Ja, ergens in de periferie bevindt, en omdat hij zich slechts in de periferie bevindt en bovendien de moordenaar niet kan identificeren, heeft hij het gered.'

Barbarotti en Backman dachten hier even over na.

‘Als dat klopt,’ zei Backman, ‘is het wel erg interessant om met hem in contact te komen.’

‘Zonder meer’, zei Astor Nilsson. ‘Maar ik denk niet dat de man op de foto Hans Andersson heet.’

‘Hoezo niet?’ vroeg Eva Backman.

‘Weet ik niet precies’, zei Astor Nilsson. ‘Als we nu cluedo aan het spelen waren, of hoe dat spel ook heet, zou hij zeker Hans Andersson hebben geheten, maar we spelen geen cluedo, voorzover ik weet.’

‘Helemaal mee eens’, zei Gunnar Barbarotti. ‘We spelen zeker geen cluedo.’

Ter hoogte van Götene begon het te regenen. Op dat moment ging Backmans mobieltje. Ze nam op, zei vijf keer ‘ja’, twee keer ‘nee’, toen drukte ze het uit.

‘De politie van Örebro’, deelde ze mee. ‘Om elf uur zijn ze ter plaatse. Een inspecteur die Ström heet en twee forensisch rechercheurs.’

‘Mooi’, zei Astor Nilsson. ‘Nu nog een lijk en alles loopt volgens plan.’

‘Hoe goed zijn de gangen van deze Gunnar Öhrnberg nagegaan?’ vroeg Barbarotti. ‘Hij is een tijdje niet gesignaleerd, dus?’

‘Tien dagen’, bevestigde Backman. ‘Maar dat is pas maandag ontdekt, bij de start van het nieuwe schooljaar. Niemand vermoedde op dat moment dat hij verdwenen was, maar toen wij belden en ze het gingen checken, bleek dat niemand hem sinds vorige week dinsdag had gezien … Ja, dat is vandaag tien dagen geleden.’

‘Is hij ongetrouwd?’

‘Als je getrouwd bent lijkt het me lastig om een week lang verdwenen te zijn zonder dat iemand het merkt’, zei Astor Nilsson met een scheef lachje in de achteruitkijkspiegel.

'Ja, je hebt gelijk', gaf Barbarotti toe. 'Wie hebben jullie gesproken?'

'Eigenlijk maar één vrouw', zei Backman.

'Maar ze komt behoorlijk competent over. Conrector op de school, ze heeft zelf wat navraag gedaan toen ze wist wat er aan de hand was, ik denk dat we haar wel kunnen vertrouwen.'

'En er is geen ander verband tussen Öhrnberg en de andere slachtoffers? Behalve Bretagne?'

'Nee', vervolgde Backman. 'Maar hij heeft iets met Anna Eriksson gehad. Een groot deel van 2002 waren ze een stel, als we onze getuigen mogen geloven. Een relatie van niks, naar het schijnt, dat beweren meerdere mensen. Gunnar kon behoorlijk dominant zijn, ze hebben nooit samengewoond en niemand was verbaasd toen ze uit elkaar gingen. Maar we hebben alle informatie alleen maar uit Anna's kring, bedenk dat wel.'

'Destijds werkte hij op een school in Borås, toch?'

'Inderdaad. Drie semesters maar. We hebben geen collega's gevonden die zich Anna Eriksson konden herinneren.'

'Hij nam haar niet mee naar lerarenfeestjes?'

'Nee, ik denk het niet.'

Ze reden langs Hova en het hield op met regenen.

'Ik heb een droom ...' zei Astor Nilsson.

'O, ja?' zei Eva Backman. 'Ik dacht dat je niet sliep.'

'Het is een dagdroom', legde Astor Nilsson geduldig uit. 'Daarin leeft meester Öhrnberg nog en kunnen we vanmiddag vier uur lang met hem praten en alles ontrafelen.'

'Daar ga ik ook voor', zei Barbarotti. 'Hoe laat is het? Ik ben mijn horloge vanmorgen voor het zwemmen vergeten af te doen en nu staat het stil.'

'Twintig over negen', zei Astor Nilsson. 'We zijn een half uur te vroeg in Hallsberg. Zullen we ergens koffie gaan drinken en kijken wat er in *Expressen* staat? Wat zeggen jullie daarvan?'

'Ik hou het bij koffiedrinken', zei Gunnar Barbarotti.

'Het gps doet het niet meer', stelde Astor Nilsson vast toen ze de E20 verlieten en de voormalige spoorwegmetropool naderden. 'Maar als ik het me goed herinner, is er maar één straat.'

Dat bleek iets bezijden de waarheid. Storgatan liep weliswaar door het hele dorp langs het spoor, maar er waren ook een paar parallelstraten en overwegen. Astor Nilsson stopte voor Stigs Boekhandel, liep de winkel in en werd meteen geholpen door een enthousiaste, besnorde heer van rond de zestig. Vijf over elf parkeerden ze voor een niet al te groot pand met huurhuizen aan Tulpangatan 4. Een lange man met een kaalgeschoren hoofd snelde hun onmiddellijk tegemoet.

'Ström. Goeie reis gehad?'

Ze gaven elkaar een hand en stelden zich voor. Astor Nilsson verzekerde hem dat de reis soepel verlopen was. Inspecteur Ström gebaarde naar twee jongere mannen die op dat moment uit een blauwe Volvo stapten. 'Ik heb twee forensisch rechercheurs meegenomen, zoals afgesproken. Voor het geval we iets vinden. Jönsson en Fjärnemyr.'

Ze begroetten Jönsson en Fjärnemyr eveneens. Jönsson miste een halve wijsvinger aan zijn rechterhand, zag Barbarotti, maar ook zonder die vinger kon hij zijn werk als forensisch rechercheur vast prima uitvoeren.

'De conciërge heeft de deur al opengemaakt', liet Fjärnemyr weten. 'We kunnen zo naar binnen lopen.'

Ström liep voorop de trap op. Het was een typisch jarenzestigpand met driekamerwoningen. Het was netjes en zo te zien vrij recent gerenoveerd. Twee appartementen op iedere verdieping, de flat van Öhrnberg zat helemaal bovenin. Inspecteur Ström bleef voor de deur op de rest wachten.

'Sorry', zei Eva Backman. 'Ik wil graag als eerste naar binnen. Het lijkt me niet handig om allemaal tegelijkertijd door het huis te gaan klossen.'

Barbarotti zag dat Ström opschrok. Aha? Dacht hij. Een man van de oude stempel. Hij kon niet veel ouder zijn dan veertig, maar het stoorde hem zichtbaar dat de enige vrouw van het zestal de leiding nam.

'Ga je gang', zei hij en hij hield de deur voor haar open.

Eva Backman nam een grote stap over de berg post en kranten op de vloer van de gang. Maakte de deuren links en rechts en recht voor zich open en liep ruim een minuut lang door het appartement. Ging terug naar de anderen.

'Nul komma nul', zei ze. '*No body, no nothing*. De stank komt van de vuilniszak in de keuken. Hij is ruim een week niet thuis geweest en het is de warmste tijd van het jaar.'

'Wat gaan jullie nu doen?' vroeg inspecteur Ström en hij liet zijn blik heen en weer gaan tussen Astor Nilsson en Barbarotti. Een soort protest, bewust of onbewust.

'Ik stel het volgende voor', zei Astor Nilsson. 'Jullie laten ons hier een paar uur alleen, dan kijken wij of we wat kunnen vinden. Anders lopen we elkaar maar in de weg. Als je nou met de conciërge terugkomt om ...' Hij keek eerst op zijn horloge, toen naar Ström. '... laten we zeggen half twee? Dan vertellen we jullie wat we meenemen en kunnen we het appartement afsluiten. Goed?'

Inspecteur Ström knikte. Forensisch rechercheurs Jönsson en Fjärnemyr knikten.

'Oké', zei Barbarotti. 'Tot straks dan.'

Gunnar Öhrnberg is – of was – een ordelijke man, dat was een van de conclusies die ze konden trekken nadat ze anderhalf uur lang zijn appartement hadden doorzocht. Alle drie kamers waren opgeruimd en netjes. Hij had goed gevulde boekenkasten, voornamelijk boeken op zijn vakgebieden, geschiedenis en maatschappijleer, maar ook redelijk wat literatuur. Het bureau in zijn werkkamer was bijna minutieus geordend, met een computer en een moderne all-in-oneprinter. Planken met ordners en tijdschriftencassettes, alles zorgvuldig geëtiketteerd. Maar je moest natuurlijk niet vergeten, dacht Barbarotti, dat het schooljaar nog moest beginnen. En misschien zou het voor Gunnar Öhrnberg wel nooit beginnen, maar het was nog te vroeg om daarover iets met zekerheid te zeggen. Veel te vroeg. Hij kon immers op de valreep een lastminutereis hebben geboekt en vergeten zijn dat hij weer aan het werk moest. Of verdwaald zijn tijdens een bergwandeling. Of ... Ja, wat? vroeg Barbarotti zich af terwijl hij de deur van de volle linnenkast dichtdeed. Ontvoerd zijn? Een hersenbloeding hebben gekregen terwijl hij in het bos paddenstoelen aan het plukken was en zijn geheugen zijn kwijtgeraakt?

Op een eiken buffet in de woonkamer stond een rij ingelijste foto's. Zes onbekende mensen, twee ervan wat ouder – waarschijnlijk zijn ouders – twee ervan kinderen. Een jongen en een meisje, beiden donker. Verder een bruiloftspaar; de man deed een beetje aan Gunnar Öhrnberg denken, dus nam Barbarotti aan dat het een broer was en dat de kinderen een neefje en een nichtje waren. Achter een deurtje van dezelfde buffetkast stonden maar liefst tien flessen whisky, allemaal single malt, zeven ervan waren ongeopend. Een beetje een connaisseur, leek hij. Verder een humidor met zes sigaren. Maar nergens een fotoalbum. En nergens ruimtes in de boekenkasten waar ze gestaan konden hebben.

'Het lijkt erop dat ook hij geen foto's maakte', zei Eva Backman. 'Er ligt nergens een fototoestel.'

'We nemen zijn computer mee', zei Astor Nilsson. 'Misschien staan ze daarop. Er kan van alles op staan.'

'Er is wel een handgeschreven adresboekje', zei Barbarotti. 'Anna Eriksson staat erin, geen van de anderen.'

'En Hans Andersson?' vroeg Astor Nilsson.

Barbarotti schudde zijn hoofd. 'Helaas niet. Maar we nemen het wel mee.'

'Uiteraard', zei Astor Nilsson terwijl hij de jaloezieën van de balkondeur omhoogtrok.

Zowel de televisie als de stereo-installatie was van Bang & Olufsen, het aantal cd's dat in moderne, torenhoge rekken stond, bedroeg een paar honderd; veel jazz maar ook veel rotzooi, stelde Astor Nilsson vast, en in de buffetkast stonden nog een stuk of dertig dvd's, ongeveer de helft ervan was porno.

'Je bent vrijgezel of je bent het niet', zei Astor Nilsson.

'Spreek je uit ervaring?' vroeg Eva Backman.

'Helaas niet', zei Astor Nilsson. 'Kon ik maar opgewonden raken van die shit, maar ik word er niet warm of koud van.'

'Sorry', zei Eva Backman. 'Ik wilde me niet met je privéleven bemoeien.'

'Geeft niet', zei Astor Nilsson. 'Ik ben een open boek. Wat een georganiseerde gozer, trouwens, die leraar. Hij had alleen zijn vuilnis weg moeten doen, maar hij zal wel niet in de smiezen hebben gehad dat hij vermoord zou worden.'

'Je kunt niet alles in de gaten houden', zei Barbarotti. 'Maar hij is in elk geval niet in zijn huis vermoord. Die conclusie kunnen we wel trekken, denk ik.'

'Het zou beter zijn als we wisten dát hij vermoord was voordat we gaan zeggen waar hij niét vermoord is', zei Eva Backman.

'Dat klinkt ingewikkeld', zei Astor Nilsson. 'Maar vinden jullie ook niet dat we moeten stoppen? We willen ook nog een paar mensen spreken.'

'De kelderbox?' zei Barbarotti. 'Moeten we daar niet kijken? We hebben de sleutel nu toch.'

Backman knikte. 'Doe maar. Dan slepen wij ondertussen de spullen die we mee willen nemen naar buiten en dan wachten we daar op Ström & Co. Het zou wel fijn zijn als we nog konden lunchen, niet?'

'Absolute noodzaak', zei Astor Nilsson. 'Als ik honger heb, ben ik de slechtste politieman van Zweden. Dan hoor ik simpelweg niet wat mensen zeggen.'

'Hè?' zei Barbarotti, waarop Backman glimlachte.

28

'Niks opgeleverd, zeker?' vroeg Astor Nilsson. 'De kelderbox, bedoel ik.'

Barbarotti schudde zijn hoofd. 'Allemaal duikspullen. En ski's. En schaatsen. Wandelschoenen en rugzakken, hij hield van sporten, blijkbaar, niet alleen van whisky drinken en sigaren roken.'

'Ik vind het niet prettig dat je over hem in de verleden tijd praat', zei Eva Backman. 'Ik weet dat het stom klinkt, maar ik vind het vervelend.'

'Je doet het zelf ook', zei Barbarotti.

'Weet ik', zei Eva Backman. 'Dat vind ik ook vervelend.'

'Daar is een Chinees restaurant', zei Astor Nilsson. 'Kunnen mijnheer en mevrouw daarmee leven?'

'Daar kan ik mee leven', zei Barbarotti. 'Dat gaat in elk geval snel.'

En dat ging het ook. Gunnar Barbarotti wist zelfs nog een horlogewinkel binnen te glippen om een nieuw horloge te kopen. Het kostte een luttele 249 kronen, maar de winkelbediende verzekerde hem in plat Närks dat het eeuwig mee zou gaan.

'Da's niet zomaar een klokje, ook al is-ie goedkoop. Dat kun je op je begrafenis nog om.'

Barbarotti betaalde en zei gedag. Er was een politiebureau in Hallsberg, in Västra Storgatan, maar toch had hij met Tomas Wallin in het stationscafé afgesproken. Natuurlijk was het verheugend dat zo'n klein plaatsje als dit een eigen politie had, dacht hij, maar een café was een café. En een verhoorkamer was meestal niet meer dan een verhoorkamer.

Tomas Wallin oogde zongebruind en gezond, maar hij liet meteen weten dat hij zich erg veel zorgen maakte.

'Er moet hem iets overkomen zijn. Gunnar zou nooit zomaar weg blijven.'

Barbarotti nam hem vluchtig op. Een potige man, klein van stuk, ergens tussen de vijfendertig en veertig. Rossig, gemillimeterd haar, eerlijke blauwe ogen.

'Ik wil dit graag opnemen', zei Barbarotti en hij zette de cassetterecorder aan. 'Zodat we niks belangrijks missen.'

'O', zei Tomas Wallin en hij nam een slok van zijn water.

'Je heet dus Tomas Wallin en je bent een goede vriend van Gunnar Öhrnberg. Kun je me je volledige adres en telefoonnummer geven?'

Dat deed Wallin.

'Örebro dus?'

'Ja.'

'Oké. Kun je vertellen hoelang je Gunnar Öhrnberg al kent?'

'Zeventien, achttien jaar. We hebben elkaar leren kennen toen we in Arvidsjaur in dienst zaten.'

'Commando's?'

'Ja.'

'En sindsdien hebben jullie contact gehouden?'

'Af en aan. Vooral de laatste jaren eigenlijk, sinds Gunnar in Hallsberg woont.'

'Heb je altijd in Örebro gewoond?'

Wallin schudde zijn hoofd. 'Tien jaar ongeveer. Geboren en getogen in Gävle, daarna heb ik een tijdje in Umeå gewoond.'

'Wat doe je voor werk?'
'Ik ben tandarts.'
Barbarotti slikte zijn verbazing weg. Als hij had moeten raden, had hij gegokt op een eigenaar van een sportschool of iets in die trant. Hij had een beetje moeite om Tomas Wallins compacte gestalte te associëren met de vingervlugheid van een tandarts.
'Maar nu zien jullie elkaar geregeld, niet?' zei hij.
'Ja', zei Wallin. 'We hebben dezelfde interesses.'
'Welke dan?'
'Duiken is de belangrijkste. We zijn allebei instructeur en werken elk jaar een week of twee bij een duikcentrum in Kungshamn. We zijn ook een paar keer op reis geweest. De Rode Zee, de Filippijnen en zo. En we gaan regelmatig de bergen in.'
'Elk jaar?'
'De laatste drie in elk geval.'
Gunnar Barbarotti dacht na. '2002', zei hij. 'Weet je nog wat je in 2002 hebt gedaan?'
'Of we toen de bergen in zijn gegaan?'
'Ja.'
Tomas Wallin dacht een paar tellen na. Toen schudde hij zijn hoofd. 'Nee, toen niet. We zijn begin jaren negentig een paar keer geweest ... en de laatste paar zomers, dus.'
'Maar dit jaar niet?'
'We willen vier dagen in september gaan.'
Optimist, dacht Barbarotti. 'En dat werk als duikinstructeur?'
'Hoe vaak?'
'Ja. En de jaren, graag, als je die nog weet.'
Wallin dacht even na. 'Ja, we waren er in juli, natuurlijk. En vorig jaar en het jaar daarvoor ...'

'In 2002?'

'In 2002 waren we er ook. Ik geloof dat we sinds 2000 maar één jaar hebben overgeslagen, dat was 2001.'

'In welke periode in de zomer zijn jullie daar meestal?'

'Altijd de laatste week van juli', antwoordde Wallin onmiddellijk. 'Soms ook de eerste week van augustus.'

Barbarotti voelde ineens een lichte huivering. 'Duidelijk', zei hij. 'We gaan het zo over deze zomer hebben, maar ik wil me eerst concentreren op de zomer van 2002. Kun je je daar misschien nog iets van herinneren?'

Tomas Wallin haalde zijn schouders op. 'Als je de duikweek bedoelt, niet. Is er iets bijzonders met het jaar 2002?'

'Dat wil ik nou juist van jou horen', zei Barbarotti. 'Gunnar had dat jaar een relatie met een vrouw die Anna heette. Anna Eriksson. Ze zijn die zomer samen naar Frankrijk geweest, vlak voor jullie duikweek.'

Tomas Wallin fronste zijn voorhoofd. 'Ik kan me geen Anna herinneren. Maar het klopt dat hij in Frankrijk is geweest. In Bretagne, geloof ik, hij had een fles calvados bij zich en toen heb ik hem duidelijk gemaakt dat calvados niet in Bretagne wordt gemaakt, maar in Normandië ... Nou ja, we hebben er een keer na een nachtduik een paar glazen van gedronken, dat herinner ik me nog wel.'

'Heel goed', zei Barbarotti. 'Hebben jullie het nog over Bretagne gehad en wat hij daar heeft gedaan?'

Wallin gebaarde gelaten met zijn handen.

'Vast wel. Maar ik kan me niks speciaals herinneren.'

'Wie hij daar had ontmoet en zo?'

'Nee.'

'Ik wil je vragen hier goed over na te denken. Het kan belangrijk zijn.'

Tomas Wallin dronk nog wat water. Keek een tijdje

zwijgend uit het raam. 'Waarom kan het belangrijk zijn?' vroeg hij.

'Dat kan ik je op dit moment helaas niet vertellen', zei Barbarotti.

'Het heeft toch niet te maken met ...'

'Met wat?'

'Met die moorden daar bij jullie? "Gunnar, man des doods" en zo ... Ja, ook als je geen politieman bent, breng je dingen met elkaar in verband.'

Gunnar Barbarotti knikte. 'Ik snap dat je dat doet', zei hij. 'Maar je begrijpt vast wel dat ik niet alles met je kan bespreken.'

'Natuurlijk', zei Tomas Wallin. 'Het spijt me, maar ik maak me enorme zorgen om Gunnar.'

Ik moet hem vragen of hij getrouwd is, dacht Barbarotti opeens. Hopelijk vat hij het niet verkeerd op.

'Hoe zit het met jou, heb jij een gezin?' vroeg hij.

'Een vrouw en twee dochters', zei Tomas Wallin. 'De jongste is net één geworden.'

Fijn, dacht Gunnar Barbarotti. Een gezonde mannenvriendschap, meer niet.

Wat barst ik toch weer van de vooroordelen, dacht hij vervolgens. Misschien ben ik wel jaloers omdat ik niet zo'n vriend als Tomas Wallin heb?

Hij controleerde of de cassetterecorder nog liep en concentreerde zich weer. Gaf hem zijn visitekaartje. 'Voor het geval je iets te binnen schiet over 2002', zei hij. 'Dan kun je me meteen bellen. Hoe klein het ook is, als het maar met Frankrijk of die Anna te maken heeft.'

Wallin knikte en stopte het kaartje in zijn portemonnee.

'Ziezo', zei Barbarotti. 'Dan gaan we nu naar het heden, zogezegd. Wanneer heb je Gunnar Öhrnberg voor het laatst gezien?'

‘Twee weken geleden’, antwoordde Tomas Wallin prompt. ‘Zaterdag twee weken geleden. Hij heeft bij ons gegeten en gelogeerd, daarna is hij zondagochtend weer naar huis gegaan.’

Gunnar Barbarotti keek in zijn agenda. ‘Zaterdag 4 augustus dus?’

‘Klopt’, zei Tomas Wallin. ‘Toen we de maandag ervoor terugkwamen van Scorpius hebben we hem uitgenodigd.’

‘We?’ zei Barbarotti. ‘Scorpius?’

‘Emma en ik. Mijn vrouw. Ja, ik had deze keer mijn gezin mee naar Scorpius genomen. Dat is het duikcentrum, het ligt op een eilandje tussen Kungshamn en Smögen. Mijn vrouw heeft haar Advanced gehaald.’

Gunnar Barbarotti vermoedde dat het een soort erkend certificaat was, maar vroeg er niet naar. ‘Oké’, zei hij in plaats daarvan. ‘Is je toen iets bijzonders aan Gunnar opgevallen? Tijdens die duikweek of toen hij die zaterdag bij jullie was?’

‘Nee, niks. Hij was precies als anders.’

‘Zeker weten?’

‘Ja.’

‘Maakte hij zich nergens zorgen over?’

‘Nee.’

‘Niet nerveus?’

‘Nee, nee.’

‘En als je terugdenkt, kan het zijn dat hij iets voor je verborgen hield? Als je hem al zo lang kent, zou je zoiets moeten kunnen zien.’

Hij was voorbereid op een nieuw resoluut ‘nee’, maar nu aarzelde Tomas Wallin een tel en krabde nerveus aan zijn hals. Het waren kleine signalen, maar Barbarotti wist dat er iets aan zat te komen.

‘Misschien’, zei hij. ‘Het heeft hier vast niks mee te

maken, maar volgens mij had hij een vrouw leren kennen.'

'Een vrouw?' zei Barbarotti, die zijn teleurstelling niet kon verbergen. 'Had hij niet al een relatie?'

Wallin schudde zijn hoofd en keek met een blik alsof hij zich voor zijn makker wilde verontschuldigen. 'Nee, het werd bij Gunnar nooit serieus met vrouwen. Verstokte vrijgezel en zo. Sinds hij in Hallsberg woonde, heeft hij geen vriendin gehad. Althans, hij heeft niks verteld.'

'En nu vertelde hij wel iets?'

'Niet direct', zei Tomas Wallin. 'Maar tijdens de duikweek was hij twee avonden weg en kwam pas de volgende ochtend terug. Het zou bijna vreemd zijn als het niet met een vrouw te maken had.'

'Maar je hebt het hem niet gevraagd?'

'Nee. Maar mijn vrouw wel. Toen hij bij ons was. Hij antwoordde ontwijkend en volgens Emma deed hij dat omdat hij het geheim wilde houden. Omdat het om een getrouwde vrouw zou gaan ... Ja, ze is goed in dat soort dingen, mijn vrouw.'

Ja, dacht Barbarotti. En ze is niet de enige vrouw die over dat vermogen beschikt.

'Maar je hebt Gunnar na 5 augustus 's ochtends niet meer gezien?'

'Nee.'

'Heb je hem nog door de telefoon gesproken?'

'Eén keer', zei Tomas Wallin. 'Maandag.'

'Waar hebben jullie het toen over gehad?'

'Nergens over, eigenlijk. Hij belde om te bedanken voor het etentje ... Jawel, trouwens, hij zei dat hij misschien een paar dagen met een collega ging vissen.'

'Met een collega-leraar?'

'Daar ging ik wel van uit.'

'Noemde hij nog een naam?'

'Nee, ik weet vrij zeker van niet.'

Gunnar Barbarotti wierp een blik uit het raam en zag op spoor 1 een trein stoppen. Ze stoppen hier in elk geval nog wel, dacht hij. Een paar althans.

'Wanneer kreeg je in de gaten dat Gunnar verdwenen was?' vroeg hij.

'Afgelopen dinsdag. De school belde om te vragen of ik hem had gezien.'

'Dus op school weten ze dat jullie goede vrienden zijn?'

Tomas Wallin haalde zijn schouders op. 'Blijkbaar.'

'En je hebt geen flauw idee waar hij gebleven kan zijn?'

'Nee, geen flauw idee. Mijn vrouw en ik snappen er niks van.'

Barbarotti dacht even na. 'Ik geloof dat ik nu even niks meer te vragen heb', zei hij. 'Mag ik je bellen als ik nog iets wil weten?'

'Natuurlijk', riep Tomas Wallin uit. 'Ik wil niks liever dan ...'

Hij leek geen vervolg te kunnen vinden. Misschien omdat het er niet was, dacht Barbarotti somber en hij zette de cassetterecorder uit.

'Laat je het weten als je iets te binnen schiet?'

'Natuurlijk', herhaalde Wallin terwijl hij opstond.

'Vooral over die zomer ... van 2002.'

'Dat heb ik begrepen', zei Tomas Wallin, waarna ze uiteengingen.

Ze zaten weer in de auto.

Eva Backman had verslag gedaan van haar gesprek met de alleenstaande vrouw die naast Gunnar Öhrnberg in Tulpangatan woonde. Veel alleenstaanden tegenwoordig, had Backman geconstateerd. Al twee in dit team bijvoorbeeld, had Astor Nilsson opgemerkt. De vrouw heette Gunnel Pekkari. Ze was vijfendertig jaar, gescheiden en woonde samen met haar dochtertje van vijf en een kat. Ze zag er goed uit, had inspecteur Backman om te beginnen meegedeeld, althans volgens de maatstaven van nu: grote borsten, bambi-ogen en opgespoten lippen. Backman hield het niet voor onmogelijk dat ze een verhouding met Öhrnberg had gehad. Of in elk geval een paar keer het bed met hem had gedeeld. Ze woonden immers naast elkaar, je moest het een beetje praktisch houden.

Maar de laatste tijd niet, helaas. Gunnel Pekkari had haar niet kunnen helpen. Jawel, op één dingetje na, ze was haar buurman dinsdagavond om een uur of zeven op de trap tegengekomen, de zevende dus, springlevend. Maar hij had haast gehad en ze hadden elkaar alleen gegroet, hij ging naar buiten, zij naar binnen.

Verder vond ze Gunnar Öhrnberg een knappe vent, een mooi postuur, misschien een iets te grote neus; over zijn innerlijk had ze niets kunnen zeggen.

'Heel goed', zei Astor Nilsson. 'Dus de zevende 's avonds leefde hij nog. Dan weten we dat.'

Daarna begon hij te vertellen over zijn bezoek aan conrector Manner-Lind van de Alléschool. Sinds dinsdag, toen ze onraad begon te ruiken, had ze haar best gedaan om Gunnar Öhrnberg te vinden. Dat een leraar de eerste planningsdag miste, gebeurde wel vaker, had ze hem uitgelegd – maar de tweede niet, dat durfden ze meestal niet, en zeker niet leraren van Öhrnbergs kaliber.

Niet omdat hij dat niet zou durven, maar omdat hij de persoon daar niet naar was. Bijna nooit ziek en een rots in de branding. Geliefd bij leerlingen, collega's, ouders. En bij de schoolleiding. Als er iemand moest invallen, stond hij klaar. Overwerk? *No problem*. Vrijwillig meegaan als begeleider op een schoolreis? Öhrnberg meldde zich meteen aan.

Dus had conrector Manner-Lind met een paar mensen gesproken. Met Josefsson en Pärman, die Öhrnberg in hun vrije tijd af en toe zagen. Met Rosander, hij zou met Öhrnberg op Vätternforel gaan vissen, maar dat was uitgesteld omdat Rosanders vrouw aan haar heup zou worden geopereerd. Met Öhrnbergs broer uit Östersund en met zijn ouders uit Kramfors. Met zijn vriend, Wallin, ook uit Örebro, jazeker, maar niemand wist waar de vermiste leraar gebleven kon zijn. Daarom had ze uiteindelijk de politie maar gebeld.

'Ik had een onbehaaglijk gevoel na afloop', zei Astor Nilsson.

'O, ja?' zei Barbarotti, die op de terugweg opnieuw voor de achterbank had gekozen. 'Hoe bedoel je?'

'Nou', zei Astor Nilsson. 'Als het zelfs conrector Manner-Lind niet lukt om je te vinden, moet je haast wel het loodje hebben gelegd.'

'Alles begint er inderdaad op te wijzen ...' begon Barbarotti, maar hij stopte toen het mobieltje van Backman ging.

Ze nam op. Zei een paar keer 'ja', toen keek ze uit het raam en zei: 'Laxå, geloof ik.' Ze vloekte, knikte en humde een paar keer afwisselend 'ja' en 'nee'. Sloot af met een 'jazeker, natuurlijk' en drukte het gesprek weg.

'Wie was dat?' vroeg Astor Nilsson.

'Jonnerblad', zei Backman. 'Rij maar naar die benzinepomp, we moeten keren.'

'Hoezo?' vroeg Barbarotti.

'Omdat ze het lijk van een man hebben gevonden in een tarweveld bij Kumla. Er zijn aanwijzingen dat het Gunnar Öhrnberg is.'

‘Zei ik het niet?’ zei Astor Nilsson.

‘Een tarweveld?’ zei Barbarotti.

Backman knikte. ‘De boer vond hem tijdens het dorsen. Het schijnt enigszins toegetakeld te zijn.’

29

Gunnar Öhrnberg wás enigszins toegetakeld.

En dat was zacht uitgedrukt. Het bewuste tarweveld lag in een plaatsje dat Örsta heette. Op een smalle grindweg die naar een bredere asfaltweg liep, stond een rij auto's – vier politiewagens en vier gewone – evenals een aantal mensen, een motor en een druk blaffende hond. Dertig meter het veld in bevonden zich een stilstaande, groene maaidorser en nog een kluitje mensen. De zon was net onder toen Barbarotti, Backman en Astor Nilsson arriveerden; in het westen was het silhouet van de stad Kumla te zien, met het kerkhof en de kerk op de voorgrond, bebouwing op een esker en een geelrode avondhemel op de achtergrond. Barbarotti zocht automatisch naar de gevangenismuur, maar zijn blik bleef hangen bij een fraaie oude, ronde watertoren.

'Waarom heeft Ström niet rechtstreeks met ons gebeld?' zei hij toen hij de auto was uitgestapt. 'Het is toch een beetje omslachtig om het via Jonnerblad te doen.'

'Tja', zei Astor Nilsson. 'Ik heb het idee dat hij ons niet mag, die inspecteur.'

'Vreemd', zei Eva Backman.

Ze werden door commissaris Schwerin naar het veld gebracht en toen ze eindelijk bij het stoffelijk overschot van middelbareschoolleraar Gunnar Öhrnberg waren, vreesde Barbarotti gedurende een kritiek moment dat hij zou gaan overgeven. Maar de twee worstjes met aardappelpuree die hij had genuttigd voor ze Hallsberg hadden verlaten, draaiden zich halverwege om en bleven in zijn maag.

De boer heette Mattson en had zijn grote maaidorser niet op tijd kunnen stoppen. Vandaar de toetakeling. Vroeger sprak men over 'de man met de zeis', dacht Gunnar Barbarotti; misschien stond dit wel symbool voor de moderne tijd. De dood die met een dorsmachine oogst.

'Ja, het ziet er een beetje kliederig uit', zei commissaris Schwerin. 'Maar hij heeft ook een kogelwond in zijn hoofd, hij was zo dood als een pier toen de boer hem neermaaide.'

'Kogelwond?' vroeg Astor Nilsson.

'Jazeker', zei inspecteur Ström, die erbij was komen staan. 'Dwars door zijn kop. Bij zijn linkerslaap erin, aan de rechterkant eruit.'

Eva Backman keek op haar horloge. 'Het is nu half negen', stelde ze vast. 'Hoe laat hebben jullie ... hem gevonden?'

'Kwart voor zes ongeveer', zei Schwerin. 'De boer was een beetje van streek. Hij had zijn mobieltje bij zich maar wist niet meer hoe hij ermee moest bellen. Zijn vrouw belde om tien over zes.'

'Elf minuten over zes', zei Ström.

'Ström, kun je even gaan kijken hoe het met Bengtsson en Linder gaat', zei Schwerin.

Inspecteur Ström knikte en liep weg. Gunnar Barbarotti nam het macabere tafereel in ogenschouw. Ongeveer de helft van de akker moest nog worden geoogst. De boer had van buiten naar binnen gewerkt, en de maaidorser was gestrand als een reusachtig oerdier dat zich plotseling niet meer had kunnen verroeren. Op een rechthoek zo groot als een voetbalveld stond het graan nog steeds te wuiven in de zachte avondbries. Heuphoog en rijp. De politie had een klein stuk met blauw-witte linten afgezet; om de maaidorser en Öhrnbergs gehavende lichaam slopen forensisch artsen, forensisch onderzoekers en fotografen, buiten het lint stonden minstens dertig mensen.

'Wie zijn al die mensen?' vroeg Gunnar Barbarotti.

Commissaris Schwerin haalde zijn schouders op. 'Het ging als een lopend vuurtje. Buren en nieuwsgierigen. De kranten zijn er ook. In deze contreien gebeuren dit soort dingen niet zo vaak.'

'Heb je ze niet gevraagd weg te gaan?'

'Jawel. Maar de meesten waren er al toen wij hier arriveerden en we hebben immers allemansrecht en persvrijheid.'

Barbarotti nam de commissaris op. Een kleine, rustige man van een jaar of zestig. Leek het allemaal met een soort serene kalmte te ondergaan, misschien was dat uiteindelijk ook het beste. Hij voelde zich niet erg genegen om al die mensen naar huis te sturen. Ze hadden toch vast al alle eventuele sporen in de Närkse klei getrapt.

'Hebben jullie een kogel gevonden?'

'Nee, daar zijn we nu naar op zoek, maar ik denk niet dat we er een gaan vinden.'

'Waarom niet?'

Schwerin glimlachte mild. 'Omdat hij waarschijnlijk op een andere plek is neergeschoten. Ik kan me haast niet voorstellen dat een dader zijn slachtoffer meeneemt, met hem een tarweveld in wandelt en hem daar vermoordt. Het ligt meer voor de hand dat hij hem eerst neerschiet en dan het lichaam versleept.'

Barbarotti dacht na. Hij heeft gelijk, dacht hij. Natuurlijk is het zo gegaan. 'En jullie weten zeker dat het Öhrnberg is?' vroeg hij. Zelf was hij daar absoluut niet zeker van. Zijn hoofd was zo toegetakeld dat het aan om het even wie kon toebehoren.

'Vrij zeker', zei Schwerin. 'Hij had een portemonnee en een ID-kaart bij zich.

Barbarotti knikte.

'Kan er al iets gezegd worden over hoelang hij hier ligt?' vroeg Astor Nilsson.

'De forensisch arts denkt minstens een week', zei Schwerin. 'Ja, het zal wel op jullie bordje terechtkomen. Zullen we het lichaam naar Göteborg sturen?'

'Ja, doe dat', zei Astor Nilsson. 'Maar wel alle losse delen goed bij elkaar rapen.'

Backmans mobieltje ging. Ze ging een eindje opzij staan. Kwam na een minuut terug. 'Jonnerblad', deelde ze mee. 'Ja, hij wil dat we hem naar Göteborg sturen en dat we hier morgen blijven ...'

Ze knikte naar de commissaris. 'Om de eerste losse eindjes aan elkaar te knopen.'

Losse delen en losse eindjes, dacht Barbarotti. Schwerin glimlachte weer mild. 'Ik wilde morgen gaan golfen', zei hij. 'Maar dat moet dan maar wachten. Eigenlijk ben ik niet eens zo dol op golfen, het is vooral mijn vrouw ... Ja, er zullen wel een paar mensen verhoord moeten worden, neem ik aan?'

'Ja, een paar zeker', beaamde Astor Nilsson. 'Hoe is die boer eraan toe eigenlijk, is hij aanspreekbaar?'

'Je kunt het proberen', zei Schwerin wijzend. 'Hij staat daar. Vorig jaar heeft hij een ree overreden, maar dit is heel andere koek.'

'Uitgekookt', zei Eva Backman. 'Om hem op een graanakker te leggen.'

'Hoe bedoel je?' vroeg Barbarotti.

Ze waren een beetje apart gaan staan terwijl de augustushemel van blauw naar zwart kleurde en Astor Nilsson met boer Mattson stond te praten. Barbarotti kauwde op een tarwekorrel.

'Nou, als hij hem wil verstoppen, maar toch zeker wil weten dat we hem na een tijdje vinden. Wie loopt er nou door een graanveld? Hij ligt gegarandeerd verstopt, tot het tijd is om te oogsten.'

Barbarotti peuterde nog een korreltje uit een aar en stopte het in zijn mond. 'Daar heb je gelijk in. Maar dan zou er toch een spoor moeten zijn waar hij door het veld is gelopen?'

'Niet per se', zei Backman. 'Als je een beetje voorzichtig bent, gaan de meeste halmen wel weer recht overeind staan, volgens mij. Net als na een regenbui. Ja, ik blijf het behoorlijk uitgekookt vinden.'

'Jazeker', zei Barbarotti. 'Maar er zijn meer aanwijzingen dat onze man dat is. Uitgekookt.'

Eva Backman knikte en keek uit over de donkerende akker. 'Vijf mensen, kun jij daarbij?' Hij heeft in één zomer vijf mensen omgebracht en we hebben geen moer gedaan om hem tegen te houden. Hij tipt ons en de kranten door middel van brieven. Waar worden we eigenlijk voor betaald?'

'Ik weet het', zei Barbarotti. 'Maar we gaan hem vinden. En aan die tips hecht ik niet zo veel waarde.'

'O, nee?' zei Eva Backman en ze snoot haar neus. 'Verdomme, nou ben ik ook nog allergisch. Ik kan niet tegen pas geoogste akkers.'

'Er is nog geen einde aan de plagen', zei Barbarotti.

'Öhrnberg moet al lang dood zijn geweest toen ik die Gunnarbrief kreeg. De tips komen niet eens in de juiste volgorde binnen. De Malmgrens hebben zondag de veerboot genomen, en hij moet Öhrnberg een paar dagen daarvoor al hebben neergeschoten, toch?'

Eva Backman dacht na. 'Klopt', zei ze. 'Ik heb een tijdschema van alle moorden in mijn werkkamer. Als we terug zijn moeten ik dat even checken.'

Barbarotti's mobieltje ging.

Het was een journaliste van *Aftonbladet*. Een jonge vrouw, ze had gehoord dat er een nieuw lijk was gevonden op een roggeveld bij Karlskoga.

'Tarwe', zei Barbarotti. 'En Kumla. Maar van een lijk weet ik niks.'

Hij drukte het gesprek weg. Ik moet een dezer dagen mijn mobiele nummer eens gaan veranderen, bracht hij zichzelf in herinnering.

Commissaris Schwerin had Stora Hotellet in Örebro aangeraden en ze hadden zijn advies opgevolgd. Ze kochten een biertje bij de receptie en gingen aan een tafel zitten in de eetzaal, die uitkeek op Svartån en het slot.

Er werd niet meer bediend en ze zaten alleen in de grote, half donkere zaal.

'Dit is het op een na mooiste slot van Zweden', zei Astor Nilsson en hij gebaarde door het raam naar buiten.

Barbarotti en Backman keken naar de oude stenen burcht en nipten van hun bier.

'Welk slot is dan het mooist?' vroeg Barbarotti.

'Kalmar', zei Astor Nilsson.

'Je hebt een hoop gezien', zei Backman.

'Dat heb ik toch uitgelegd', zei Astor Nilsson. 'Mijn chef zou me het liefst naar Parijs sturen om maar van me af te zijn. Goed, zullen we de hele reut eens gaan samenvatten?'

'We kunnen een poging wagen', zei Barbarotti. 'Zal ik?'

'Ga je gang', zei Eva Backman.

'Dank je. Gunnar Öhrnberg is dus door zijn hoofd geschoten met een groot kaliber wapen. Een Pinchmann of een Berenger of zoiets. Waarschijnlijk rond vorige week woensdag. Waarschijnlijk ergens in de provincie Närke. Ja, dat is het wel zo'n beetje, geloof ik.'

'Niet helemaal', zei Astor Nilsson. 'Hij is ook in een voertuig gestouwd, laten we zeggen in een auto. Naar een tarweveld gebracht in de fraaie, maar godvergeten plaats Örsta vlak buiten de voormalige schoenenstad Kumla. Door voornoemd veld gesleept, om te zijner tijd geoogst te worden door boer Mattson. Uitgekookt om hem in een graanveld te leggen, als je erover nadenkt.'

'Uitgekookt?' zei Barbarotti.

'Daar hebben we het al over gehad', zei Eva Backman.

'Zo', zei Astor Nilsson. 'Tussen twee haakjes, weten jullie wat er morgen in de kranten komt te staan?'

'Ik heb het er met Schwerin over gehad', zei Barbarotti. 'Een hele hoop, vooral in *Nerikes Allehanda*. Daarin vragen we ook om hulp. Mysterieuze auto's in de buurt van Örsta en zo. En in de buurt van Tulpangatan in Hallsberg. Ja, de telefoon zal wel roodgloeiend staan bij onze collega's, er zijn een paar speciale tipnummers, volgens mij. We moeten maar afwachten wat het oplevert.'

'Mooi', zei Eva Backman. 'Er is vast niemand in dit land die niet over deze zaak gelezen heeft. Het wordt tijd dat iemand ook iets gezien heeft.'

'Droom maar fijn verder', zei Astor Nilsson. 'Als je iemand om drie uur 's nachts in een bos neerschiet en hem een uur later op een akker dumpt, is de kans klein dat je veel getuigen vindt.'

'Vervelende pessimist', zei Eva Backman. 'We drinken ons bier op en gaan naar bed.'

Gunnar Barbarotti keek op zijn horloge. Het stond stil.

Toen hij zaterdagochtend onder de douche vandaan kwam, belde Marianne.

'Waar ben je?' begon ze, zoals men tegenwoordig vrijwel elk telefoongesprek begon. In het mondiale tijdperk, vlak voor het armageddon, zoals hij niet zo lang geleden in een conservatieve krantencolumn had gelezen. Wanneer de mensen hun wortels verliezen en veranderen in een zwerm sprinkhanen, die doelloos over de aarde doolde.

'Örebro', liet hij weten. 'Ik kijk uit op het op een na mooiste slot van Zweden.'

'Dat weet ik', zei ze. 'Ik heb het weleens gezien. Maar Kalmar is mooier.'

Een soort algemeen erkende waarheid zeker? dacht Barbarotti verbaasd. 'Ja, dat vind ik ook', zei hij.

'Wat ben je daar aan het doen?'

'Heb je de krant niet gelezen?'

'Nee.'

'Goed zo. Houden zo. Ik hou van je.'

Op de een of andere merkwaardige manier was hij erin geslaagd om te verdringen dat het zaterdag was. Dé zaterdag. Ik ben echt niet goed wijs, dacht Barbarotti. Hoe heb ik dat kunnen vergeten? Mijn mensenbrein is veranderd in een goudvissenbrein.

Maar hij herinnerde zich de situatie op het moment dat hij eraan herinnerd werd. Dat was in elk geval iets.

'Wil je met me trouwen?' vroeg hij.

Ze lachte. Uit pure vreugde deelde hij een punt uit aan Onze-Lieve-Heer. Want er was iets in haar lach wat zei dat ... Ja, wat, eigenlijk?

Ja, dat het wel goed zou komen. Dat kon je horen. Hij en Marianne zouden samen verder gaan, *come rain, come sleet or snow*, of hoe luidde die uitdrukking ook al weer? Ineens was alle onzekerheid als sneeuw voor de zon gesmolten, en hij snapte niet waarom hij ooit getwijfeld had.

Hij kreeg dit glasheldere inzicht in één tel. Terwijl haar korte lach nog steeds zijn oor streelde.

'Ik wil je in elk geval zien', zei ze. 'Wat dacht je van komend weekend. Kun je dan?'

'Ik ben vrij', zei Gunnar Barbarotti. 'Voor jou ben ik altijd vrij.'

'En de briefmoordenaar?'

'Die zaak heb ik voor het weekend opgelost', beloofde Barbarotti haar. 'Zal ik naar jou toe komen?'

'Nee', zei ze. 'Ik was eigenlijk van plan om naar jou toe te gaan. Als je dat goed vindt, tenminste. Mijn kinderen gaan dan naar hun vader in Göteborg, dus dan kan ik ze onderweg brengen en halen.'

'*You have a deal*', zei Barbarotti. 'Ik maak kreeft voor je, ik heb een goed recept. Vrijdagavond, dus?'

'Vrijdagavond. Gunnar?'

'Ja?'

'Ik geloof dat ik ook van jou hou. Dat was ik nog vergeten te zeggen.'

Bij het ontbijtbuffet glimlachte hij nog steeds.

'Ben je dronken of heb je de zaak opgelost?' wilde Eva Backman weten.

'Geen van beide, helaas', zei Barbarotti.

'Hij heeft vast weer gezwommen', opperde Astor Nilsson terwijl hij naar Svartån knikte. Zelf zag hij eruit alsof hij de hele nacht geprobeerd had te paren met een onwillige berin. 'Verdomme, ik heb geen oog dichtgedaan, dit onderzoek wordt me nog fataal.'

'We drinken drie koppen zwarte koffie en dan zetten we de tanden op elkaar', zei Eva Backman. 'Daar komt Schwerin, trouwens.'

De commissaris oogde even mild en ontspannen als de dag ervoor op de akker. 'Het leek me een goed idee om de stand van zaken met jullie door te nemen voor we naar het bureau gaan', legde hij uit. 'In alle rust, zeg maar. Vinden jullie niet dat we een mooi slot hebben?'

'Het op een na mooiste van Zweden', zei Barbarotti. 'Ja, goed idee om alvast wat dingen door te spreken.'

'Hebben jullie *Nerikes Allehanda* al gezien?' vroeg Schwerin en hij reikte hun de krant aan.

Barbarotti bekeek de voorpagina. DE OOGST VAN DE DOOD, stond er in drie centimeter hoge letters boven een foto van de gestrande, met flitslicht belichte maaidorser en een groep donkere gestalten op de achtergrond. Het bood een onheilspellende, suggestieve aanblik, het leek wel een filmaffiche, dacht Barbarotti.

'Shit', zei Eva Backman. 'Wordt zijn naam genoemd?'

'Nee', zei Schwerin. 'Maar zijn ouders komen hem in de loop van de ochtend identificeren. Ze wonen in Kramfors. We hebben hem naar het USÖ gebracht, daarna gaat hij naar het forensisch instituut in Göteborg, zoals afgesproken.'

'USÖ?' vroeg Backman.

'Het academisch ziekenhuis in Örebro', zei Schwerin.

'Zo', zei Astor Nilsson. 'Tijd om te ontbijten.'

Ze gingen aan dezelfde tafel zitten als waaraan ze de avond ervoor hun biertje hadden gedronken. Zwijgend werd er in twee exemplaren van *Nerikes Allehanda* gebladerd, de macabere vondst op de akker bij Kumla werd eloquent beschreven – evenals het verband met de eerdere moorden in West-Zweden. Na een paar minuten schraapte commissaris Schwerin voorzichtig zijn keel.

'En, zijn jullie al iemand op het spoor, of in welke fase bevindt het onderzoek zich eigenlijk?'

Astor Nilsson stopte met kauwen en keek hem loensend aan.

'We boeken langzaam vooruitgang', zei Eva Backman.

'Ik vraag het met het oog op de persconferentie', verduidelijkte Schwerin. 'Die is om drie uur. Er schijnt veel media op af te komen, het zou fijn zijn als jullie erbij zijn.'

'Dat spreekt voor zich', zei Barbarotti. 'Inspecteur Backman en ik doen het wel terwijl commissaris Nilsson een middagdutje doet.'

Astor Nilsson glimlachte en kauwde verder.

'Hoe ziet de rest van de dag eruit?' vroeg Backman.

Schwerin haalde een zwart notitieboekje tevoorschijn. 'Vier man gaan met zijn buren in Hallsberg praten', legde hij uit. 'Ik denk dat ze er al zijn, het idee is dat we voor de persco een voorlopig verslag van ze krijgen. We hebben om twee uur een overleg. Dan moeten we ook met de boeren in Örsta gesproken hebben ... Misschien dat jullie ...?'

'Natuurlijk', zei Astor Nilsson. 'Wij gaan navraag doen bij de boerderijen.'

'Mooi. Ja, dan zullen we wel wat tips binnenkrijgen die beoordeeld en nagetrokken moeten worden. Daar ga ik proberen op toe te zien, samen met Ström, die jullie al kennen, en een andere inspecteur. Ja, dit had ik ongeveer in gedachten, maar misschien dat jullie andere ideeën hebben?'

'Klinkt uitstekend', zei Barbarotti.

'Briljant', zei Astor Nilsson.

Backmans mobieltje ging. Het was Jonnerblad, die zich afvroeg of hij en Tallin naar Örebro moesten komen. Backman liet weten dat dat niet nodig was en beloofde hem op de hoogte te houden van de gang van zaken.

'Laten we dan ook maar meteen met de boer gaan praten', zei Barbarotti. 'Misschien heeft hij gezien dat het graan ergens platgetrapt is ... Als we weten in welke richting de moordenaar de akker heeft verlaten, kunnen we misschien een paar voetafdrukken vinden. Öhrnberg moet toch zeker vijfenzeventig kilo hebben gewogen?'

'Dat betekent dat de moordenaar geen klein, teer vrouwtje is', zei Astor Nilsson. 'Maar dat wisten we wellicht al.'

'Er liepen wel vrij veel mensen rond gisteravond', zei Backman. 'Maar natuurlijk, die mogelijkheid mogen we niet uitsluiten.'

'Kan er een forensisch rechercheur mee naar Örsta?' vroeg Barbarotti.

'Zeker', zei Schwerin. 'Verder nog iets?'

'Laten we maar afwachten wat er vandaag naar boven komt', zei Astor Nilsson. 'Een briefing om twee uur op het politiebureau, dus?'

'Twee uur', bevestigde Schwerin.

'Zit hier toevallig een horlogewinkel in de buurt?' vroeg Gunnar Barbarotti. 'Ik heb een nieuw horloge nodig.'

'Schuin aan de overkant van de straat', zei Schwerin. 'Maar die gaat pas om tien uur open, volgens mij.'

'Oké', zei Barbarotti. 'Het kan wel even wachten.'

30

Commissaris Schwerin begon de bijeenkomst met de vraag of iemand van de aanwezigen het boek *Sinuhe de Egyptenaar* van de Finse schrijver Mika Waltari had gelezen.

Dat had niemand. Schwerin vertelde dat het boek onder andere over een Egyptische hersenchirurg ging die meer dan duizend jaar voor Christus leefde – en over hoe men in die tijd tegen dingen aankeek. Zoals hersenoperaties; als alle correcte maatregelen getroffen waren en alles naar behoren was verlopen, werd de operatie als geslaagd beschouwd. Ook als de patiënt overleed. De commissaris wilde de inspanningen van de politie van die ochtend hiermee vergelijken; alles was volgens plan gegaan en iedereen had zijn best gedaan, maar het had helaas niet mogen baten: ze hadden nog geen glimp van de moordenaar kunnen ontwaren.

Interessante vergelijking, dacht Gunnar Barbarotti en hij wisselde een blik met Eva Backman, die tegelijkertijd zowel bezorgd als onbezorgd keek, vond hij.

Maar het was uiteraard te vroeg om nu al te evalueren en alle rapporten waren uiterst preliminair, dat wilde Schwerin benadrukken. Ze hadden in totaal tweeënvijftig mensen gesproken, evenveel als een kaartspel: dertig in Hallsberg – voornamelijk buren en collega's van Öhrnberg – zeventien in de omgeving van Örsta bij Kumla en een handvol bekenden in Örebro. Ze waren allemaal geschokt geweest, in wisselende mate. Niemand had – althans in deze eerste aftastende fase – iets wezenlijks kunnen bijdragen aan het onderzoek. De persoon die, behalve de dader, de vermoorde man vermoedelijk als laatste had gezien, was een vrouw van een buurtwinkel in Tulpangatan, vijftig meter van Öhrnbergs huis. Dinsdagavond had hij er even voor half tien yoghurt, sinaasappelsap en brood gekocht.

Dinsdag 7 augustus, dacht Barbarotti bij zichzelf. Een week voordat hij de brief kreeg. Bedankt voor de tip, nogmaals.

Op de speciaal geopende telefoonlijn van de politie waren tot nu toe (13.50 uur) honderd telefoontjes binnengekomen. Van zeer uiteenlopende aard. Vier bellers hadden ze voor verhoor laten komen naar aanleiding van de informatie die ze hadden verstrekt, tot dusver was er welgeteld één verhoor afgenomen, dat op het eerste gezicht niets waardevols had opgeleverd. Maar het was opgenomen en zou die middag uitgeschreven worden.

Barbarotti merkte dat Astor Nilsson in slaap gevallen was. Hij zat rechts van hem, achterovergeleund met zijn armen voor zich gekruist en zijn kin rustend op zijn borst. Hij droeg een donkere bril, dus was het maar de vraag of het opviel. Barbarotti hoopte dat zijn hoofd niet opzij zou vallen en dat hij niet zou gaan snurken; de ruimte zat vol jonge, ambitieuze politieagenten, een slapend lid van de onderzoeksleiding zou geen goede indruk wekken.

Toen Schwerin na circa een half uur het woord aan de rest gaf, werd er maar één vraag gesteld. Het was een tengere aspirant, die discreet vroeg of het lijk al naar behoren was geïdentificeerd.

'Sorry', zei de commissaris. 'Dat detail was ik vergeten. Ja, we hebben zonder twijfel met Gunnar Öhrnberg te maken.'

Ziezo, dacht Gunnar Barbarotti en hij stootte Astor Nilsson met zijn elleboog in zijn zij.

Toen het zover was, besloten ze dat het beter was dat de persconferentie door wat minder mensen gegeven werd. Door twee, bijvoorbeeld. Door commissaris Schwerin en inspecteur Backman, bijvoorbeeld.

Barbarotti stond achter in de overvolle ruimte tegen een muur aangedrukt, en toen hij zijn twee collega's voor in de zaal achter de met microfoons beladen tafel zag zitten, besefte hij dat het een goede beslissing was geweest. De kalme, vertrouwenwekkende commissaris. De scherpe, alerte Backman.

Oudere man, iets jongere vrouw, het was geen nieuw concept. Het aantal journalisten dat aan de oproep gehoor had gegeven, lag rond de vijftig. Ze zweetten. Er zoemden drie videocamera's. Het zaaltje bood ruimte aan zo'n dertig mensen, en als er al airconditioning was, werkte die in elk geval niet. De temperatuur schommelde ergens rond de dertig graden; alles was er zo op ingericht dat je de ruimte zo snel mogelijk wilde verlaten. Barbarotti vroeg zich in stilte af of de milde commissaris inderdaad zo gruwelijk ervaren was. Het zou hem niks verbazen.

De vragen waren legio. Over Öhrnberg. Over de andere moorden. Over het spoor.

'Hebben we met een seriemoordenaar te maken?' vroeg een donkerharige man van TV4.

'Nee', zei Eva Backman. 'We denken dat hij nu uitgemoord is. Hij had het op deze vijf mensen gemunt, helaas is hij in zijn opzet geslaagd.'

'Hoe weten jullie dat er niet méér komen?'

'Daar hebben we aanwijzingen voor.'

'Wat voor aanwijzingen?'

'Daar kunnen we helaas niet op ingaan.'

'Heeft hij dat zelf in zijn brieven gezegd?'

'Onder andere.'

Enzovoort. Barbarotti keek om zich heen; hij kon zijn oude antagonist van *Expressen* nergens bespeuren, maar hij wist dat dé vraag vroeg of laat ter tafel zou komen. En dat gebeurde ook; na ongeveer een kwartier stond een lange man op die zich voorstelde als Petterson van *Agenda*.

'Begin deze week is er een incident geweest waarbij er sprake was van politiegeweld tegen een verslaggever. Wat is jullie commentaar daarop?'

'Geen', zei Eva Backman. 'Als de gewone persconferentie afgelopen is, zal de betreffende politieman zelf eventuele vragen aangaande deze kwestie beantwoorden.'

Ze had hem overgehaald het te doen, wat weliswaar niet erg moeilijk was geweest; hij wist dat het geen zin had om je kop in het zand te steken tegenover journalisten. Alleen al de formulering 'geen commentaar' stond gelijk aan schuld en schaamte. Toch voelde hij een lichte ongerustheid toen hij na vijfenveertig zweterige minuten achter de microfoons plaatsnam.

'U was het dus?' begon een donkerharige vrouw van een jaar of vijftig.

'Die wat?' zei Gunnar Barbarotti.

'Die Persson van *Expressen* tegen de grond heeft geslagen?'

'Nee', zei Barbarotti. 'Ik heb hem niet tegen de grond geslagen.'

'Maar daar is wel aangifte van gedaan', constateerde een forse man op de eerste rij.

'*Expressen* heeft de aangifte binnen vierentwintig uur ingetrokken', bracht Barbarotti hem in herinnering.

'Zou u ons kunnen vertellen wat er gebeurd is?' vroeg een stem met een Fins accent vanuit achter in het zaaltje.

'Zeker', zei Barbarotti. 'Het was negen uur 's avonds. Ik

was thuis. Ik stond op het punt te gaan eten na een werkdag van twaalf uur, toen verslaggever Persson mijn huis probeerde binnen te dringen.'

'Hoe?' vroeg iemand.

'Hij belde aan. Ik deed open. Hij wilde binnenkomen om een paar vragen te stellen. Ik zei dat ik geen tijd had, hij had die dag meer mensen van de politie gesproken en ik had hem de dag ervoor al een lang interview gegeven.'

'En toen hebt u hem er hardhandig uit gegooid?'

'Nee. Hij belette me mijn deur dicht te doen. Uiteindelijk was ik hem zat. Ik heb hem het trappenhuis in geduwd en mijn deur op slot gedraaid.'

'Maar hij is toch van de trap gevallen?' nam de eerste vragensteller het weer over.

'Ik weet niet hoe hij dat voor elkaar gekregen heeft', zei Barbarotti. 'Maar voor *Expressen* is wellicht niets onmogelijk?'

Er werd voorzichtig gelachen.

'Vindt u dat u correct hebt gehandeld?'

'Niet echt', zei Barbarotti. 'Maar van twee kwaden heb ik het minste gekozen. Het was natuurlijk niet de bedoeling dat hij zich zou bezeren.'

'Wat was het tweede kwaad?'

Gunnar Barbarotti dacht even na.

'Ik weet dat de meesten van jullie serieuze journalisten zijn', zei hij. 'Ik hoop dat jullie esprit de corps jullie er niet van weerhoudt hier met gezond verstand naar te kijken. Werkwijzen als die van Göran Persson dragen niet bij aan een goede pers in dit land.'

'Is *Expressen* hier aanwezig?' wilde iemand weten.

'Ik', antwoordde een blonde vrouw van rond de dertig.

'Kunt u uitleggen waarom uw krant eerst aangifte heeft gedaan en die vervolgens weer heeft ingetrokken?'

'Nee', zei de vrouw. 'Helaas niet. Ik ben hier pas vandaag op gezet. Ik geloof dat Göran Persson met vakantie is.'

'Over en uit', bulderde een donkere mannenstem. 'We nokken ermee en gaan de frisse lucht in.'

Het voorstel werd unaniem aangenomen, Gunnar Barbarotti sloeg een half flesje mineraalwater achterover en slaakte een zucht van verlichting.

Om vijf uur zetten ze weer koers naar het zuidwesten. Astor Nilsson claimde de achterbank en sliep al voor ze de afslag naar Kumla waren gepasseerd. Eva Backman reed. Barbarotti zat naar de zeven foto's van Bretagne te turen, die hij weer tevoorschijn had gehaald. Naar drie ervan, althans.

Door zijn ogen samen te knijpen hoopte hij de Zesde Man duidelijker te zien.

Dat lukte niet echt. Zijn onscherpe gezicht wilde op geen van de drie foto's duidelijk worden.

'Waarom stellen mensen toch zo slecht scherp?' zei hij.

'Wat vind je van onze eigen scherpte, eigenlijk?' vroeg Eva Backman.

'Waardeloos', gaf Barbarotti toe. 'Wat zei Jonnerblad over het vrijgeven van de foto's?'

Ze hadden die dag een stuk of zes keer contact gehad met Kymlinge. Verteld over hun gesprekken met de verschillende boeren in de buurt van Kumla, over de vergeefse zoektocht naar voetsporen op de Akker des doods (het was natuurlijk logisch dat het leven van Gunnar, man des doods, was geëindigd op de 'Akker des doods', althans volgens de koppenmaker van *Nerikes Allehanda*) en het overige speurwerk in Närke. In ruil daarvoor hadden ze van Jonnerblad nieuwe informatie gekregen: er was met een onbekend mobiel nummer – een en hetzelfde nummer –

naar zowel Anna Eriksson als Gunnar Öhrnberg gebeld. Prepaid, niet te traceren, het leek erop dat het alleen deze twee keren was gebruikt. Maar de datums waren interessant. Op dinsdag 31 juli naar mejuffrouw Eriksson. Om 10.36 uur. Waarschijnlijk dezelfde dag als waarop ze gestorven was. Naar Öhrnberg bijna exact een week later: dinsdag 7 augustus, om 13.25 uur. Beide gesprekken hadden ongeveer een minuut geduurd. Had de moordenaar gebeld om een afspraak te maken?

Dat was niet geheel ondenkbaar. Waarom zou iemand een prepaidkaart kopen en maar twee keer gebruiken? Had Jonnerblad willen weten. Als je geen kwade bedoelingen had?

Maar niet te traceren, nogmaals.

'Wat zei je?' zei Backman.

'Ik vroeg of Jonnerblad en Tallin al uitgetwijfeld zijn', zei Barbarotti. 'Vinden ze het niet tijd worden om zijn gezicht via de media naar buiten te brengen?' Hij klopte geïrriteerd met zijn pen op de foto's.

'Volgens mij had hij het over maandag', zei Backman. 'Dan staan ze dinsdag in de krant. We hebben geen keus, wel?'

'Vind je dat we er verkeerd aan doen?'

'Dat weet ik niet', zei Backman. 'Maar ik weet wat er gebeurt als we het wel doen. Ik begin een beetje moe te worden, ik ga maar eens een journalist slaan, dan krijg ik tenminste een paar dagen vrij.'

'Ik weet niet of dat wel de juiste manier is', zei Barbarotti.

Vanaf de achterbank vloekte Astor Nilsson in zijn slaap. Het leek of hij 'verdomde klotebakker' zei.

'Heeft hij nog een appeltje te schillen met de bakker?' vroeg Barbarotti.

'Geen idee', zei Backman. 'Maar hij kan met iedereen ruzie krijgen. Als hij maar wil.'

Barbarotti's mobieltje ging. Hij keek op het schermpje. 'Somberman', zei hij. 'Dat betekent een doorbraak, wacht maar af.'

Doorbraak was een groot woord.

Een stapje in de goede richting lag dichter bij de waarheid.

'We hebben het huis gevonden dat de Malmgrens huurden.'

'Mooi', zei Barbarotti. 'Waar?'

'Finistère. Zo'n twintig kilometer van Quimper', zei Somberman. 'Als je weet waar dat ligt.'

'Ik geloof het wel', zei Barbarotti. 'Ongeveer in ieder geval.'

'Het plaatsje heet Mousterlin', zei Somberman. 'Het dichtstbijzijnde grotere plaatsje Fusnong, of hoe je het ook uitspreekt.'

Dat klonk als een nies, vond Barbarotti. 'Hoe spel je het?' vroeg hij.

'F-o-u-e-s-n-a-n-t', zei Somberman.

'Duidelijk', zei Barbarotti. 'Hoe zijn jullie daarachter gekomen?'

'Een man belde ons', zei Somberman. 'Hij heeft een reisbureautje in Göteborg dat huizen in Frankrijk verhuurt. Vooral in Bretagne, dus. Hij was in augustus op vakantie, maar toen hij thuiskwam, las hij de krant en is in zijn computer gaan zoeken, waar hij de Malmgrens vond. Ze hebben het huis in Mousterlin drie weken gehuurd, in juni en juli 2002, zo blijkt.'

Barbarotti dacht na. 'Had hij nog meer te vertellen?'

'Niet veel', zei Somberman. 'Maar we hebben hem nog

niet uitgebreid gehoord. Hij belde twee uur geleden, morgen komt hij hierheen.'

'Zaten alleen Henrik en Katarina Malmgren in dat huis? Niemand van de anderen?'

'Weten we niet. En dat weet die verhuurder ook niet. Hij gaat het navragen bij de eigenaar daar. Maar er zijn zes slaapplaatsen in het huis, het is dus niet ondenkbaar.'

'Stel je voor', zei Barbarotti toen hij afscheid van Somberman had genomen en het nieuws aan Backman had verteld. 'Stel dat die hele club in dat huis zat.'

Backman dacht na.

'Waarom zouden ze?' zei ze. 'Ze kenden elkaar niet, dat hadden we toch vastgesteld?'

'Misschien dat de Malmgrens het op hun beurt weer verhuurden', opperde Barbarotti. 'Via internet of zo, dat kan toch best?'

'Zou jij in je vakantie met vier vreemde mensen in een zomerhuis willen zitten?' zei Backman. 'Dan ga ik liever niet op vakantie.'

'Ik zou het niet doen', zei Barbarotti. 'En jij ook niet. Maar je weet het niet. Misschien wilden ze de kosten drukken?'

'Hij was docent en zij anesthesiste.'

'Oké', zei Barbarotti. 'Ik geef het op, ze zaten niet met zijn allen in één huis.'

'Zo erg is dat nou ook weer niet', zei Eva Backman. 'We hoeven alleen maar te wachten op andere reisbureautjes die thuiskomen en de krant lezen. Wat denk jij?'

'Wachten, ja, dat kunnen we wel', zei Barbarotti en hij stopte de foto's weg die nog steeds op zijn schoot lagen. 'Wat ga je morgen doen?'

'Bij mijn dierbaren zijn', zei Backman. 'Het hele zootje komt vandaag thuis. Dat werd ook wel tijd, het schijnt dat maandag de scholen weer beginnen.'

Barbarotti voelde een steek in zijn hartstreek. Start van het schooljaar? Waarom had Sara niet een jaar later geboren kunnen worden? Dan had hij daar nu ook naar uit kunnen kijken.

Ik moet haar vanavond bellen, dacht hij. Ze vraagt zich vast af waarom ik niets van me laat horen.

Of misschien kan ik beter tot morgen wachten? Zondagochtend; vanavond was het zaterdagavond, hij had geen zin om dat rokerige flessengerinkel weer te moeten aanhoren. Helemaal geen zin.

Misschien kon hij beter een moment aan Onze-Lieve-Heer wijden vanavond? De kans dat hij zich op zijn wolkentroon af zat te vragen waarom hij nooit meer iets van die vriendelijke rechercheur uit Kymlinge hoorde, was groter.

Ja, zo zat het ongetwijfeld.

31

Maar het werd het een noch het ander.

Een gesprek met Sara noch een gesprek met Onze-Lieve-Heer. Toen Eva Backman hem voor zijn deur in Baldersgatan afzette – nadat ze eerst Astor Nilsson op de trein naar Göteborg had gezet – was het twintig over acht. Hij had honger als een paard en bedacht dat hij niet veel in zijn koelkast had liggen waar hij zijn tanden in kon zetten.

Wat broodbeleg, een ei of twee en een halve liter twijfelachtige melk, als hij het goed had. Niet eens de moeite waard om te checken.

Daarom wandelde hij naar snackbar Rocksta, kocht zijn gebruikelijke twee gegrilde worstjes met aardappelpuree en augurkenmayonaise, en omdat hij zijn aktetas bij zich had, zette hij zich op een bankje in het Brandstationspark om de maaltijd op te eten.

En terwijl hij daar zat, begon het onderzoek onwillekeurig door zijn hoofd te spoken. Of bleef door zijn hoofd spoken, beter gezegd; even onontkoombaar als een scheurtje in je rib of een kapotte tand.

Alle slachtoffers. Alle brieven.

Alle vruchteloze verhoren en alle versnipperde inspanningen. Frankrijk? Hoe heette die plaats ook al weer, volgens Somberman? Mosterline? Hij besloot thuis meteen in een atlas te gaan kijken.

En wat betekende het dat de moordenaar twee slachtoffers had gebeld, maar de overige niet? Voorzover dat klopte tenminste. Of had hij andere niet-traceerbare telefoonnummers gebruikt om de Malmgrens en Erik Bergman te bellen? Vooropgesteld dat hij contact met ze zocht voor hij ze om het leven bracht.

Ook het groteske tafereel op die akker de avond ervoor kon hij niet makkelijk uit zijn hoofd zetten. Had de dader zich dit erbij voorgesteld toen hij zijn slachtoffer daar neerlegde? Dat de vondst er zo uit zou zien? Wílde hij dat het lichaam half geslacht zou worden door een maaidorser? Op een mooie, warme avond in augustus met de maan in het vierde kwartier? Had hij daar een bedoeling mee? En zo ja, met wat voor pervers type hadden ze dan in vredesnaam te maken?

Inspecteur Barbarotti nam een hapje worst, deed zijn best om de vragen ter zijde te schuiven. Het is zaterdagavond en ik zit op een parkbankje mijn avondeten te eten, dacht hij in plaats daarvan. Puree met worst. Dit is wat ik bereikt heb in mijn zevenenveertigjarige leven.

Ach, het is een mooie avond en het was best te eten. Toen kwamen de gedachten aan Marianne, die verschenen automatisch zodra hij er ruimte voor had gecreëerd. Vlogen als een vredes- en liefdesduif van een volkomen onbekend continent zijn verwarde hoofd binnen. Een hele zwerm duiven, beter gezegd. Ze zwermden rond en vulden elk hoekje en gaatje in hem. Merkwaardig beeld, maar zo stond het er tegenwoordig voor met zijn geestelijke gesteldheid. Hij schudde zijn hoofd om de vogels kwijt te raken. Als we eenmaal getrouwd zijn, stelde hij in plaats daarvan vast, dan ... dan zal ik nooit meer worstjes op een parkbankje eten.

Want dat ging toch gebeuren? Zij en ik?

Misschien is dit wel de laatste keer dat ik dit doe? dacht hij, waarna hij zowel zijn twijfel als het laatste stukje worst wegslikte. De allerlaatste keer?

Hij werkte de rest van de puree en de mayonaise ook naar binnen, verfrommelde het bakje en propte het in de afvalbak. Merkte dat hij dorst had gekregen van het eten en besloot voor hij naar huis ging een biertje in Älgen te gaan drinken.

Nu hij toch op pad was.

Het werden drie biertjes in plaats van één.

Dat had een reden. Twee oude schoolvrienden, Sigurd Sollén en Viktor Emanuelsson, waren die avond onbestorven weduwnaars en maakten er een gezellige boel van. Zoals dat heette. Toen ze Barbarotti in het oog kregen, stonden ze erop dat hij bij hen kwam zitten om over oude leraren te ouwehoeren. Voor het geval ze er een paar vergeten waren.

Na ruim een uur raakte Sigurd Sollén een beetje aangeschoten en wilde hij het over het 'moordmysterie van het decennium' hebben. Hij had wat tips en ideeën die hij graag wilde delen. Maar ook een paar vragen.

Barbarotti dronk zijn laatste slok bier van die avond op en deelde mee dat zowel Sollén als Emanuelsson alle details ervan in het tweede deel van zijn memoires zou kunnen lezen – *Een terugblik op het leven van een smeris* – die vlak voor de boekenbeurs van Göteborg in 2023 zouden uitkomen. Om en nabij.

'Verdrorie', lalde Sollén. 'Begin je schpratjes te krijgen?'

'Spratjes?' zei Emanuelsson.

'Ik sei schpatjes', zei Sollén.

'Ben je dronken, kerel?' zei Emanuelsson verbaasd, maar toen had Gunnar Barbarotti het tafeltje al verlaten.

Toen hij zijn appartement binnenstapte, was het inmiddels tien voor elf, iets waarvan inspecteur Barbarotti niet op de hoogte was, aangezien hij nog steeds – om onbekende reden – het kapotte, eeuwige horloge uit Hallsberg om zijn pols droeg. Hij realiseerde zich ineens dat hij sinds vrijdagochtend niet thuis was geweest – de dag ervoor, om precies te zijn, toen hij zich in alle haast had omgekleed voor de reis naar Närke met Backman en Astor Nilsson.

Ook realiseerde hij zich dat hij nog steeds dezelfde kleren aanhad en dat hij daarom eigenlijk heel goed op een parkbankje paste. Welbeschouwd.

Maar de post van vrijdag lag op de vloer in gang en hij besloot die door te kijken voor hij onder de douche ging.

Drie rekeningen, een kortingsbon van Statoil en een dikke, bruine A4-envelop, dat was alles. Hij bewaarde de grote envelop voor het laatst.

Zijn naam en adres waren in puntige, onregelmatige blokletters geschreven. Zwarte inkt. Langs bijna heel de lange bovenkant was een rij buitenlandse postzegels geplakt. Het duurde even voor hij de plaatsnaam op de poststempel kon ontcijferen.

Caïro.

Caïro? dacht Gunnar Barbarotti. Wat krijgen we nou? Hij herinnerde zich dat Egypte die dag al eens was genoemd, maar hij wist niet meer in welke context. De datum op de stempel was duidelijk: 14-08-07.

Vier dagen geleden. Hij pakte zijn broodmes. Zette zich aan de keukentafel en sneed de envelop open.

Haalde er een stapel dichtbedrukte vellen papier uit. Printjes, regelafstand één. Zestig, zeventig pagina's, naar schatting. Niet genummerd.

Hij keek boven aan de eerste bladzijde.

'Aantekeningen uit Mousterlin' stond er.
Krijg nou wat, dacht inspecteur Barbarotti.

De keukenklok, die niet kapot was, wees tien over drie aan toen hij eindelijk onder de douche stapte.

VI

Aantekeningen uit Mousterlin

8–9 juli 2002

'Wat heb je gedaan?' schreeuwt Erik.

'Ik heb haar vermoord', zeg ik opnieuw. 'Ze ligt bij het gereedschapsschuurtje, als je haar wilt zien.'

Erik staart me aan. Zijn mond gaat open en weer dicht. De spiertjes in zijn gezicht en hals trekken een beetje, ik begrijp dat hij erg van streek is.

'Ik had geen keus', zeg ik. 'Wat had ik dan moeten doen?'

'Je bent niet ...'

Hij draait zijn rug naar me toe, zet twee passen, bedenkt zich. Draait zich om en kijkt naar het schuurtje, maar het is te donker. Je kunt niet zien of er echt een lijk ligt.

'Waarom?' zegt hij. 'Waarom in godsnaam?'

Ik vertel hem nog een keer wat er gebeurd is. Ondertussen zakt hij op een stoel, leunt naar voren met zijn ellebogen op zijn knieën en zijn hoofd in zijn handen.

'Wat moeten we nu in hemelsnaam doen?' kreunt hij als ik klaar ben. 'Snap je dan niet wat je aangericht hebt?'

'Aangericht?' zeg ik. 'Ze wist het. Ik had geen keus. Wat had ik dan moeten doen?'

Hij staart me weer aan. Dan ziet hij de bahco op de witgeverfde terrasvloer.

'Daarmee?' vraagt hij.

Ik knik. 'Bahco 08072', zeg ik. 'Ik had niks anders bij de hand.'

We bekijken hem allebei een paar tellen. Op de kop van

de sleutel is wat bijna opgedroogd bloed te zien, evenals een paar donkere vlekken op de grond. Ik heb het niet schoongemaakt, alleen het lijk weggehaald. Erik pakt zijn mobieltje.

'Ik bel de rest', zegt hij. 'Klotezooi, ik dacht dat we ervanaf waren.'

'Dat dacht ik ook', zeg ik. 'Haal de anderen er maar bij, dat is misschien het beste.'

Als hij het nummer heeft gebeld en wacht tot er opgenomen wordt, kijkt hij naar me, en voor het eerst denk ik angst in zijn ogen te zien.

Binnen een half uur zijn ze alle vier ter plaatse. Het is twintig over elf 's avonds, maar echt donker is het niet. Het avondlicht in deze streek is beroemd, we hebben geen lamp nodig als we in een halve cirkel naast het schuurtje om de dode vrouw heen staan. Ze is duidelijk te zien. Nu ze niet meer leeft, lijkt ze nog kleiner, ik betwijfel of ze veel zwaarder is dan haar kleindochter. Het is niet koud, maar ik zie dat beide vrouwen staan te rillen.

'Godver', zegt Gunnar. 'Wat heb je in godsnaam aangericht?'

'Aangericht?' zeg ik. 'We hadden toch afgesproken de sporen na de dood van het meisje te wissen?'

Anna fluistert iets tegen Katarina, ik kan niet horen wat.

Henrik staat verwoed te roken en kan niet stil blijven staan. Hij loopt heen en weer en moppert onsamenhangend en onverstaanbaar.

'Je hebt haar gedood', zegt Gunnar.

'Ja', zeg ik. 'Ik heb haar gedood.'

'Vermoord', zegt Katarina.

'Godsamme', zegt Henrik.

'Gisteren waren jullie me nog dankbaar omdat ik een vervelende taak op me had genomen', breng ik ze in herinnering. 'Wat denk je dat er gebeurd zou zijn als die vrouw naar de politie was gestapt?'

'Wat zei ze?' vraagt Gunnar. 'Wat kwam ze hier eigenlijk doen?'

'Dat heb ik toch uitgelegd', zegt Erik.

'Ik wil het graag uit de mond van de moordenaar zelf horen', zegt Gunnar.

'Zullen we op het terras gaan zitten?' stelt Anna voor. 'Ik wil hier weg, ik ben misselijk.'

We gaan om de tafel zitten. Erik steekt twee lantaarns aan en haalt een fles rode wijn. 'Ik neem aan dat iedereen wel een glas wil?' zegt hij.

Niemand zegt nee, hij haalt glazen en schenkt ze in. Het valt me op dat er vanavond ongebruikelijk veel vleermuizen zijn, ze fladderen door de ijle duisternis. Duiken op en verdwijnen weer, duiken op en verdwijnen weer, sneller dan gedachten.

'En?' zegt Gunnar. 'Zou je het alsjeblieft duidelijk uit willen leggen? Voor we je bij de politie aangeven.'

'Ik denk niet dat jullie naar de politie stappen', zeg ik.

'Daar zou ik maar niet zo zeker van zijn', zegt Henrik en nerveus neemt hij een slok van zijn wijn.

'Oké', zeg ik. 'Maar als ik haar niet vermoord had, zouden we nu allemaal bij de politie zitten. We hadden toch een afspraak.'

'Ja, om onze mond te houden over wat er zondag is gebeurd', zegt Gunnar. 'Niet om een oude vrouw te doden.'

'Vermoorden', zegt Katarina.

'Grote god, heb je haar zonder pardon doodgeslagen?' vraagt Anna. Haar stem heeft iets hysterisch.

'Ik heb nog nooit zoiets gedaan', zeg ik. 'Ik heb nog nooit

een verdronken meisje begraven en ik sla niet zomaar oude vrouwtjes met bahco's dood. Ik snap echt niet waar jullie me van beschuldigen.'

Het wordt even stil om de tafel. Henrik en Anna steken een nieuwe sigaret op. Erik heeft om onbekende reden zijn zonnebril opgezet terwijl het elf uur 's avonds is. Ik zie aan Gunnar en Erik dat ze diep zitten te peinzen, en ik begrijp dat ze allebei, ieder voor zich, beginnen in te zien dat ik een punt heb. Dat wat ik heb gedaan. Tegen hun zin, dat is het probleem; hun probleem, ze willen niet toegeven dat mijn handelwijze de consequentie is van onze eerdere afspraak, om te verzwijgen wat er tijdens het boottochtje naar Les Glénan is gebeurd. Dat het meisje Troaë is verdronken en dat we toen we besloten het geheim te houden de weg zijn ingeslagen die we nu bewandelen. Het is niet alleen mijn verantwoordelijkheid, maar ook die van hen, ja, ik kan zien hoe de bittere waarheid langzaam hun licht benevelde hoofden binnensijpelt, en dat ze nu naar woorden zoeken om deze te verwerken en te bestrijden.

'Je bent verdomme niet goed wijs', zegt Anna.'

'Hou je mond, Anna', zegt Gunnar. 'We moeten uitvogelen hoe we dit aan gaan pakken.'

'Aanpakken?' zegt Anna. 'Hoezo aanpakken?'

'The Root Of All Evil', zegt Erik en hij schiet in de lach. 'Ik durf te wedden dat ze wisten wat ze deden toen ze haar die naam gaven.'

Ik hoor aan Erik dat hij een beetje aangeschoten begint te raken. Henrik drukt zijn sigaret uit en richt zich tot mij. 'Volgens mij zie je het verkeerd', zegt hij, waarna hij de laatste rook in mijn gezicht uitblaast, bewust of onbewust, dat weet ik niet. 'Behoorlijk verkeerd.'

'O, ja?' zeg ik. 'Hoezo zie ik het verkeerd?'

'Ik zal het je uitleggen', zegt Henrik en ik zie dat het

argumenteren hem een beetje opwindt, alsof het om een soort academisch dispuut gaat. 'Jij zegt dat we allemaal evenveel verantwoordelijkheid dragen, maar dat is natuurlijk niet zo. In feite ... Ja, in feite ligt alle schuld bij jou, en wij hebben besloten om niks te zeggen om jou niet in de problemen te brengen. Jij hebt het meisje losgelaten op de boot, waardoor ze is verdronken, jij hebt haar begraven en bent niet naar de politie gegaan om te vertellen wat er is gebeurd, jij hebt haar oma vermoord. Als wij nu alles zouden vertellen, zou alleen jij de schuld krijgen. Snap je dat dan niet? Wij beschermen je, we zijn je niks verplicht of verschuldigd.'

'Precies', zegt Katarina.

Ik denk even na. Kijk de tafel rond. 'Oké', zeg ik. 'Als jullie het zo zien, laten we dan meteen maar naar de politie stappen.'

Na zijn uiteenzetting had Henrik redelijk voldaan gekeken, maar nu valt zijn masker. 'Je bent niet goed snik', zegt hij. 'Je bent echt niet goed snik.'

'Dat zeg ik toch', merkt Anna op.

Geen van de anderen lijkt iets tegen deze analyse in te brengen te hebben. Katarina schudt haar hoofd en kijkt het donker in. 'Ongebruikelijk veel vleermuizen vanavond', zegt ze. 'Hoe zou dat komen?'

'Misschien zijn het de verkenners van de dood', zeg ik.

Gunnar fronst zijn voorhoofd en kijkt me doordringend aan. Door zijn donkere bril is Erik de enige aan wie ik niets kan aflezen. Henrik leunt opnieuw naar me toe, over de tafel. Alsof dit alles iets tussen hem en mij is.

'Wat wil je?' vraagt hij.

'Sorry?'

'Naar de politie gaan? Wil je dat?'

'Niet per se', zeg ik.

'Wat bedoel je daarmee?'

'Ik ben bereid om me bij een gezamenlijk besluit neer te leggen', zeg ik. 'Maar de rol van zondebok accepteer ik niet.'

Henrik leunt naar achteren. Wisselt een blik met Gunnar. 'Heb jij nog een idee?' vraagt hij.

Ik schud mijn hoofd.

'Hij is gek', zegt Anna. 'Lieve hemel, zien jullie dan niet dat hij gek is?'

Gunnar komt overeind. Wenkt Anna mee en neemt haar apart. Ze lopen niet in de richting van het gereedschapsschuurtje, maar de andere kant op. Naar de vuilnisbak en de appelboom. Erik vraagt of hij nog een fles wijn zal openmaken, Henrik zegt dat dat een goed idee is. Geheel onvrijwillig zie ik Anna's gezicht voor me zoals ze er de eerste avond na het naaktzwemmen uitzag. Ik begrijp niet waarom dit beeld zich met zulke puntige klauwen in mijn bewustzijn vastklampt. Het komt en gaat op mijn netvlies, het komt en gaat.

Misschien, denk ik, omdat ik weet dat als ik haar op dat moment bij de hand genomen had, ze zonder aarzelen met me mee was gegaan naar het strand om te vrijen. Ik denk dat Gunnar een belabberde minnaar is.

Gunnar en Anna komen weer terug. 'We moeten beslissen wat we gaan doen', zegt Gunnar.

'Goed idee', zegt Erik. 'Ze mag daar niet meer liggen als monsieur Masson het gras morgenvroeg komt maaien.'

Gunnar negeert zijn opmerking. 'Had je nou nog een fles wijn of hoe zit dat?'

Erik haalt er een. Anna gaat naast Katarina zitten en steekt een sigaret op. Ik snap dat ze te horen heeft gekregen dat ze haar mond moet houden. Katarina en Henrik fluisteren iets tegen elkaar wat ik niet versta. Dat is ook niet de bedoeling.

‘Willen jullie dat ik jullie even alleen laat?’ vraag ik. ‘Misschien willen jullie weer overleggen?’

‘Dat is niet nodig’, zegt Gunnar. ‘Ik heb een voorstel.’

‘Mooi’, zegt Katarina.

‘Ik had het volgende bedacht’, zegt Gunnar terwijl hij me strak probeert aan te kijken. ‘We zijn bereid om weer onze mond te houden als jij ervoor zorgt dat het lijk verdwijnt. We gaan niet naar de politie, en als die om wat voor reden dan ook een van ons opzoekt, weten we van niets. Niets van het meisje, niets van haar grootmoeder. Jij vertrekt morgenvroeg, en we hoeven elkaar nooit meer te zien.’

Hij pauzeert even en kijkt de anderen aan. ‘Gaat iedereen hiermee akkoord?’

Anna en Katarina knikken. Erik ook, en ten slotte Henrik.

‘En jij?’

‘Mag ik nog een beetje wijn?’ vraag ik.

Erik schrikt bijna op. Dan schenkt hij in, eerst mij, dan de rest. Ik draai het glas in mijn hand, bestudeer de rode wijn die walst, rond, rond, hij heeft niet de kleur van vers bloed, meer van oud, geronnen of ingedroogd bloed. Ik neem een grote slok en zet het glas voor me op tafel.

‘Ik ga akkoord met het voorstel’, zeg ik. ‘Maar iemand moet mee om de schop te dragen.’

Gunnar draagt de schop. Ik had verwacht dat Erik de taak toebedeeld zou krijgen, maar om de een of andere reden is het Gunnar geworden. Misschien omdat hij iets groter en sterker is dan Erik. Je weet het niet.

Maar ik draag de vrouw. We zeggen niets, ik loop voorop, Gunnar twee stappen achter me. Ik ga eerst naar rechts, de smalle grindweg op, daarna, na een paar honderd meter, naar links, over het smallere pad, richting Ménez Rouz. Ik neem dezelfde route als de vorige keer, de vrouw hangt over mijn rechterschouder, net als Troaë twee etmalen geleden. We pauzeren twee keer, ik leg haar op de grond en rust even uit. Ik wil haar in de buurt van het meisje begraven, niet pal naast haar, maar op gespreksafstand. Het lijkt de bedoeling dat het meisje haar grootmoeder in de buurt heeft, ook in de dood. Maar slechts in de buurt, zo goed konden ze het blijkbaar niet met elkaar vinden.

Als we bij het veldje komen, dat bleek wordt opgelicht door een aarzelende maan, gebaar ik Gunnar te stoppen. Behoedzaam leg ik het lichaam op het pad, Gunnar reikt me de schop aan.

'Ik ga terug', zegt hij. 'Het heeft geen zin om hier te wachten.'

'Ga maar', zeg ik. 'Het duurt nog wel even.'

Hij laat me achter en binnen een tel is hij opgeslokt door het donker. Ik ben alleen met het lichaam, de schop en het drasland.

En de vleermuizen. Het begint bijna een gewoonte te worden.

Als ik terugkom bij het huis van Erik, is het kwart over twee, maar iedereen is er nog.

'We hebben even overlegd', zegt Gunnar. 'En we hebben iets besloten.'

'O, ja?' zeg ik.

'Het lijkt ons het beste als je meteen vertrekt. Henrik en ik brengen je eindje op weg, dan kun je morgenvroeg gaan waar je wilt. Over een paar uur wordt het al licht.'

Ik zet de schop tegen het hek dat om het halve terras staat. 'O, hebben jullie dat besloten?' zeg ik. 'Ja, dat is misschien het beste.'

'Fijn dat je er ook zo over denkt', zegt Katarina.

'Ik wil me wel eerst even wassen', voeg ik eraan toe.

'Ga maar douchen', zegt Erik. 'Dan zet ik ondertussen koffie voor jullie.'

'Met welke auto gaan we?' vraag ik.

'Jullie mogen wel met mijn auto', zegt Erik. 'Geen probleem, de tank zit vol. Je kunt heen en weer naar Rennes rijden als jullie willen.'

Ik knik. Laat de rest op het terras achter en neem een douche. Spoel de geur van aarde en verrotting van mijn lichaam.

We rijden richting de zonsopgang. Gunnar rijdt, Henrik zit voorin op de passagiersplaats, ik met mijn grote rugzak op de achterbank. In de steeds ijlere duisternis flitsen de plaatsnamen voorbij. Concarneau. Pont-Aven. Quimperlé, hier gaan we de snelweg op en maken vaart. We zeggen bijna niets, niemand van ons. Ik vraag me af hoeveel alcohol Gunnar in zijn bloed heeft. Het zou wel erg ironisch zijn als we nu door een politiepatrouille aangehouden zouden worden en om die reden werden opgepakt.

Maar op dit tijdstip van de dag is de weg zo goed als verlaten. Lorient. Auray. Vannes. Ze hebben me gevraagd waar ik liever heen wil: Rennes of Nantes. Beide steden liggen een eind bij Mousterlin vandaan; ik begrijp dat ze me een flink eind uit de buurt willen hebben. Ik heb gezegd dat ik de voorkeur aan Nantes geef. Dat is een grotere stad en hij ligt zuidelijker dan Rennes.

Ik weet niet welke afstand we afgelegd hebben, maar het is kwart over zes 's ochtends als we afslaan naar een snelwegcafé bij Nantes. De laatste vijfenveertig minuten heb ik zitten dommelen, Henrik ook, volgens mij. Gunnar heeft zwarte kringen onder zijn ogen en een maki-achtige blik.

'Ziezo', zegt Henrik. 'Dan scheiden hier onze wegen.'

'Inderdaad', zeg ik.

'Soms loopt het niet zoals je wilt', zegt Gunnar en hij krijgt een plotselinge hoestaanval. Ik begrijp dat hij iets algemeens en vergoelijkends wilde zeggen. Dat we slachtoffers zijn van een ongelukkige samenloop van omstandigheden of zoiets.

Maar de hoestaanval weerhoudt hem ervan. Hij remt af en stopt vlak voor de ingang van het café. Maakt zijn gordel niet los; blijkbaar wil hij niet eens een kop koffie met me drinken voor we afscheid nemen – ook al is het overduidelijk dat hij die nodig heeft om de terugreis aan te kunnen.

Maar misschien is het Henriks beurt om te rijden. Misschien gaan ze op zoek naar een ander café, zolang ze maar van mij af zijn. Ja, zo simpel is het waarschijnlijk; ze willen me geen tel langer zien dan nodig. Een andere ironische gedachte komt bij me op terwijl ik mijn rugzak uit de auto til: degene die straks terugrijdt naar Mousterlin valt achter het stuur in slaap en ze komen allebei om als de auto tegen een bergwand aan knalt. Wat een macaber staartje, ik zie meteen voor me hoe de overige drie proberen te verklaren wat de mannen op de vroege ochtend honderd, honderdvijftig kilometer van Mousterlin overkomen kan zijn.

'We gaan', zegt Henrik. *'No hard feelings.'*

Ze stappen niet eens de auto uit. Ik loop eromheen en schud hen beiden door de omlaag gedraaide raampjes de hand.

'Rij voorzichtig', zeg ik. Slinger mijn rugzak over mijn ene schouder en loop het café in.

Ik kijk niet om.

Ik zit aan een tafeltje bij het raam te schrijven. Nader de afronding van de gebeurtenissen in Mousterlin. Heb een galette met bacon en ei gegeten, nu heb ik een grote kop zwarte koffie voor me; ik ben bijna de enige in de verlaten ruimte, op een paar vrachtwagenchauffeurs na, die ieder bij een raam over een stevig ontbijt gebogen zitten. Misschien kan ik hun om een lift vragen – de ene of de andere – maar ik wil nog even blijven. Eerst deze slotzinnen formuleren, misschien een rudimentair ochtendtoilet. Het is nog maar net na zevenen, ik voel me allesbehalve klaar voor een nieuwe dag.

Overpeins kortstondig het gegeven dat ze vermoedelijk niet eens weten hoe ik heet, die Zweden in den vreemde in Mousterlin.

In de twaalf dagen die zijn verstreken, heb ik alleen mijn voornaam genoemd. Misschien betekent dat feit ook wel iets.

Het meisje draag ik als het ware met me mee. Haar grootmoeder ook, maar die is minder aanwezig. Tijdens de korte momenten dat ik in de auto heb weten te slapen, heb ik over Troaë gedroomd. Haar levendige onschuld en intensiteit die eerste dag op het strand en bij Le Grand Large. Haar hulpeloosheid in de golven. Haar nog grotere hulpeloosheid toen de aarde zich om haar lichaam sloot.

Ik weet niet zeker of ik haar ooit kwijt zal raken. Ze is nu al bezig zich in me vast te bijten; als ik me érgens zorgen over maak in de toekomst, is dat het wel. Als ik in een utopische rechtbank een besluit zou mogen nemen, zou ik haar laten leven, haar leven ruilen voor dat van die vijf anderen. Dat van de grootmoeder ook, trouwens. Zonder een seconde te aarzelen; ik vind het jammer dat dokter L. niet tegenover me aan dit tafeltje zit, het zou ongetwijfeld interessant zijn om zijn mening over een dergelijke vereffening te horen.

Maar nu ga ik dit afronden. Met de bovengenoemde zorg. Mijn aantekeningen krijgen een vaste plek onder in mijn rugzak. Vandaag of morgen koop ik een nieuw schrift om in te schrijven.

Ik drink mijn koffie op. Besluit het ochtendtoilet over te slaan, hang mijn rugzak over mijn schouders en loop naar de parkeerplaats. De zon schijnt, het belooft een warme dag te worden.

Moet verder. Naar het zuiden.

Commentaar, augustus 2007

Zo, het zit erop, ik had een plan, ik heb het uitgevoerd, het is geslaagd.

Alle vijf zijn ze dood. Ik weet niet of Gunnar al gevonden is en misschien zal ik dat wel nooit te weten komen. Het enige wat me een beetje stoort, is dat Katarina Malmgren boven is komen drijven. Dat was niet de bedoeling, ik had beide lichamen verzwaard, maar op de een of andere manier moeten haar knopen zijn losgeraakt. Ik wilde ze allebei op de bodem van de zee hebben, waar ze hadden kunnen nadenken over Troaës strijd in de golven voor ze verdronk. Zij, die de boot nooit verlaten hebben om haar te redden. Erik ook niet, maar Erik zat in de stuurhut, hem moest ik als eerste doden. De bahco heb ik al beschreven, die rust nu, in stijl, op de bodem van de zee; het liefst had ik hem ook voor Gunnar gebruikt, maar dat kon niet. Gunnar moest ik eerst spreken voor ik hem naar de andere kant kon helpen, en dan heb je een vuurwapen nodig.

Het werd een interessant gesprek. Het gaf vooral voldoening om hem over de grond te zien kruipen, biddend en smekend voor zijn leven. Al het grote viel van hem af als een oude, uitgediende huid, precies zoals ik had gehoopt. Hij had al in zijn broek geplast toen ik hem doodschoot.

Over de grootmoeder droom ik niet meer. Daarentegen droom ik sinds een tijdje weer over het meisje, maar nu zijn de dromen licht. Ik zie haar op het strand staan terwijl ze ons met een geconcentreerde glimlach schildert.

Maar het doek dat ze schildert zie ik niet. Ik heb het destijds ook niet gezien en de mensen die erop staan zijn er niet meer.

Ik rond af, het is hoog tijd dat ik verder ga.

20-27 augustus 2007

32

Toen inspecteur Barbarotti maandag 20 augustus zijn werkkamer binnenstapte, was het bijna exact een week geleden dat hij die had verlaten.

Het duurde een paar tellen voordat dat ook echt tot hem doordrong. Maandagavond de week ervoor had hij *Expressen*-verslaggever Persson een zet gegeven, waarna hij drie dagen geschorst was geweest, twee in Närke had doorgebracht – en een zondag in Kymlinge onder een wolk van gedachten, overpeinzingen en vraagtekens.

Hij had de 'Aantekeningen uit Mousterlin' gelezen, vierenzestig dichtbedrukte pagina's. Twee keer zelfs. Hij had een half uur met inspecteur Backman aan de telefoon gezeten, met Astor Nilsson bijna even lang en met Jonnerblad minstens twintig minuten.

De anderen hadden het ook gelezen. Op zondag had Somberman al om negen uur 's morgens bij hem op de stoep gestaan om het manuscript op te halen, te kopiëren en onmiddellijk naar het Nationaal Forensisch Laboratorium in Linköping te brengen. Iedereen had een eigen exemplaar gekregen; officier van justitie Sylvenius, Asunander, Jonnerblad, Tallin, Astor Nilsson, Somberman en Backman. En hijzelf.

'Ik bereid me voor op wederom een slapeloze nacht', had Astor Nilsson hem om tien uur 's avonds vanuit het Kymlinge Hotell toevertrouwd. 'Maar ik heb in elk geval wat leesvoer om me in vast te bijten. Niet te geloven, zeg.'

Barbarotti had niet erg goed geslapen, hij ook niet. Hij

had geworsteld met een eigenaardige droom over maaidorsers die in de Atlantische Oceaan zonken, hij was onderdeel van een reddingsmacht die er niet in slaagde alle in nood verkerende passagiers uit de woeste golven te redden. Ze waren met name op zoek naar een meisje, en toen hij om half zeven wakker werd, duurde het even voor hij besefte dat zijn bed geen vlot was en dat het enige water in de nabije omgeving de regen was die op het dak van de fietsenstalling op de binnenplaats kletterde.

Hij keek zijn kamer rond. Niemand had hem opgeruimd tijdens zijn afwezigheid. Hij herinnerde zich zowel de appel die hij vorige week maandagmiddag had gegeten als het halve broodje kaas dat hij niet had opgegeten, maar hij herkende geen van beide echt meer. Kennelijk had hij ook uit vier verschillende kopjes koffie gedronken, en er stonden twee geopende flessen zwartebessensap op de vensterbank.

Maar zijn prullenbak was geleegd; wie het kleine niet eert ... Hij zuchtte en begon op te ruimen, maar binnen een minuut stak inspecteur Backman haar hoofd om de deur om te zeggen dat het tijd was voor de briefing. Gunnar Barbarotti knikte, zette een raam op een kier en ging mee.

'Ik reken erop deze briefing minstens tot de lunch duurt', begon commissaris Jonnerblad. 'Rond kwart over tien krijgen we koffie.'

Barbarotti keek hoe laat het was; hij had thuis in een la van zijn bureau een oud horloge gevonden, het was zo antiek dat je hem moest opwinden, maar tot nu toe leek het erop dat het werkte. Nu wees het bijvoorbeeld negen minuten over negen aan.

Iedereen oogde ongewoon alert. Op zich was dat vrij

normaal voor een maandagochtend; zelfverzekerdheid en wat vertrouwen uitstralen waren van belang als de vrijdag nog lichtjaren verwijderd was, dat was volkomen normaal. Maar vandaag was het sterker. We lijken wel een sportteam dat drie jaar lang voor één wedstrijd heeft getraind, dacht Barbarotti. En nu is het zover. Nu komt het erop aan.

Hoe kom ik toch aan deze idiote gedachten? dacht hij vervolgens. We zijn al bijna een maand met deze zaak bezig en eindelijk hebben we iets. Dan is het toch niet zo vreemd dat iedereen een tikje gespannen en verwachtingsvol is?

'We zijn al bijna een maand met deze zaak bezig', zei Jonnerblad. 'En nu pas hebben we een beeld van wat er aan de hand is. Dit is onze belangrijkste bijeenkomst tot nu toe, het is essentieel dat we vandaag scherp blijven, dat hoef ik jullie vast niet te vertellen. Tallin.'

Tallin nam het over. 'Ik heb de uiteenzetting van de moordenaar twee keer gelezen', begon hij. 'Ik weet dat hetzelfde voor jullie geldt. In elk geval één keer. Het is een afschuwelijk verhaal, daar zijn we het vast over eens. Blijkbaar is hij ervan overtuigd dat we hem nooit zullen vinden. Maar we moeten natuurlijk van het tegenovergestelde uitgaan. Dat we hem opsporen en ter verantwoording roepen dus. Is er iemand die hier nu al iets over wil zeggen?'

Eva Backman stak een pen in de lucht.

'Het einde?' zei ze. 'Voor we verdergaan wil ik vragen hoe jullie het einde interpreteren.'

'Ik heb dezelfde vraag', zei Astor Nilsson. 'Hij schrijft dat niemand van de mensen op dat schilderij nog in leven is. Valt hij daar zelf ook onder?'

'Dat is heel goed mogelijk', zei Jonnerblad. 'Maar we kunnen het onderzoek natuurlijk niet stopzetten omdat we denken dat de dader dood is. Als we wéten dat hij dood is, wordt het natuurlijk wat anders.'

'Ik beweer ook niet dat we het onderzoek stop moeten zetten', zei Astor Nilsson.

'Het zou kunnen dat hij ons wil doen geloven dat hij dood is', zei Somberman.

'Ik vind het gewoon allemaal zo ontzettend vreemd', zei Astor Nilsson. 'Waarom schrijft hij überhaupt naar ons? Eerst al die brieven en dan dit document. Als hij alleen deze vijf mensen heeft omgebracht en zich vervolgens heeft teruggetrokken ... Ja, waarom laat hij het daar dan niet bij?'

'Belangrijk punt', zei Asunander onverwacht. Bij wijze van uitzondering zat de commissaris bij de rest aan tafel en sloeg hij de bijeenkomst niet als een stille, ietwat misnoegde schim gade.

'Klaarblijkelijk heeft hij er behoefte aan om te vertellen waarom hij het gedaan heeft', zei Eva Backman. 'Het is heel belangrijk voor hem om zijn motieven duidelijk te maken.'

Jonnerblad schraapte zijn keel. 'Vanmiddag gaan we wat dieper in op het karakter van de dader', deelde hij mee. 'Lillieskog komt hierheen, samen met een forensisch psychiater. Het spreekt voor zich dat we met een buitengewoon sluwe persoon te maken hebben, daar zijn we het wel over eens, neem ik aan?'

Hij keek de tafel rond. Sluw? dacht Barbarotti. Ja, dat was wel het minste wat je kon zeggen.

'Hij schrijft goed', zei Astor Nilsson. 'Het is bijna literatuur.'

'Inderdaad', zei Eva Backman. 'Dat vond ik ook. En ook al geeft hij ons natuurlijk alleen de informatie die hij kwijt wil, het is en blijft een verschrikkelijk verhaal. En hij plaatst zichzelf niet bepaald in een gunstig daglicht.'

'Hij werpt überhaupt geen licht op zichzelf', zei Astor Nilsson. 'Ik krijg geen vat op hem.'

'Het is waarschijnlijk ook niet de bedoeling dat je vat op hem krijgt', zei Eva Backman.

'Je meent het', zei Astor Nilsson.

'Het is duidelijk geschreven terwijl het plaatsvond', constateerde Tallin na een korte pauze. 'Behalve die commentaren dan, ja, hopelijk kunnen we in de loop van de dag een flink aantal feiten verifiëren. Dat het koppel Malmgren in dat plaatsje heeft gezeten, weten we inmiddels ook.'

'Maar hij moet het ook in het net geschreven hebben', merkte Barbarotti op. 'Hij heeft eerst alles in 2002 met de hand geschreven, althans dat beweert hij. En daarna heeft hij het in de computer gezet.'

'Dat is waar', zei Jonnerblad. 'Maar ik weet niet of dat ertoe doet.'

'Vast niet', zei Barbarotti. 'Het zou alleen wel interessant kunnen zijn om te weten wanneer hij dat gedaan heeft. Vijf jaar geleden of vlak voordat hij die mensen van het leven begon te beroven?'

'Mm, ja, ja ...' mompelde Jonnerblad en hij bladerde door een stapel papieren. 'Ja, er komen, zoals gezegd, veel vragen naar boven. Zoals jullie gemerkt hebben, nemen we deze briefing ook op, het is belangrijk dat we geen enkele vraag over het hoofd zien.' Hij gebaarde naar het minieme cassetterecordertje midden op de tafel. 'Meer suggesties?'

'Hebben we al contact met de Franse politie gehad?' vroeg Backman.

'We spreken ze vanmiddag voor het eerst', zei Tallin. 'Maar wat vinden jullie van de informatie die hij over zichzelf in deze aantekeningen geeft? We komen niet erg veel over hem te weten, hè?'

'Dat probeerde ik onder andere te zeggen', zei Barbarotti. 'Hij vertelt helemaal niks over zichzelf, volgens mij heeft hij al die dingen weggeretoucheerd uit de oorspronkelijke, handgeschreven aantekeningen.'

'Niet onmogelijk', zei Astor Nilsson. 'Die dokter L., die hij een paar keer noemt, hoe kunnen we die vinden?'

'Ik denk niet dat het de bedoeling is dat we die vinden', zei Eva Backman. 'En het feit dat hij alles, of bijna alles, geheimhoudt over zichzelf, wijst erop dat hij geen zelfmoord heeft gepleegd. Als hij dood is, maakt het toch allemaal niet uit?'

'Misschien wil hij dat het sowieso niet uitkomt', zei Somberman. 'Ook niet na zijn dood, dus.'

'Maar hij vertelt wel alles', zei Backman. 'Hij wil zijn identiteit geheimhouden, maar ik krijg niet de indruk dat hij zich schaamt voor zijn daden. Of dat hij spijt heeft. Integendeel, hij staat voor wat hij gedaan heeft.'

'Behalve wat het meisje betreft', zei Somberman.

'Ja, maar daar heeft hij dan weer geen schuld aan', zei Backman. 'Na de gebeurtenissen in Bretagne vijf jaar geleden vindt hij dat hij die mensen moet doden – en hij wil per se uitleggen waarom hij dat heeft gedaan. Daarom schrijft hij het op. Is dat niet de kern van de zaak?'

'Goede suggesties', zei Jonnerblad. 'We bespreken ze vanmiddag met de psychiatrische experts. Backman, heb je het tijdschema bij je waar ik je om gevraagd had?'

Eva Backman knikte en haalde een vel papier tevoorschijn. 'Dit gaat over zijn huidige activiteiten, om het zo maar te zeggen', legde ze uit. 'We hebben al vastgesteld dat de moorden en de brieven aan Barbarotti niet synchroon lopen, en we hebben nog steeds geen idee welke rol die Hans Andersson speelt. Zal ik ze allemaal even doornemen?'

'Ja, graag', zei Jonnerblad.

Eva Backman schraapte haar keel. 'Laten we beginnen met de reeks moorden. Die begint op 31 juli met Erik Bergman en gaat diezelfde dag later verder met Anna Eriksson. Dan is Gunnar Öhrnberg aan de beurt, we zijn er niet helemaal zeker van, maar ergens rond 7 augustus is aannemelijk, en uiteindelijk doodt hij Henrik en Katarina Malmgren in de nacht van 12 op 13 augustus. Als we deze tijdstippen vergelijken met de dagen waarop Barbarotti de brieven ontvangt, is het misschien interessant om op te merken dat de beroemde Gunnarbrief afgelopen woensdag kwam, hij is de 13de in Göteborg gestempeld, afgelopen maandag dus, de brief had dinsdag in Kymlinge aan moeten komen, maar de kleine vertraging valt waarschijnlijk de post aan te rekenen.'

Ze dronk wat water en ging verder.

'Daarna kwam de brief uit Caïro, deze laatste. Die is afgelopen dinsdag, de 14de vanaf het vliegveld in Caïro verstuurd, wat betekent ... Zeg het maar als ik het mis heb ... dat onze dader óf teruggegaan is naar Zweden nadat hij de Malmgrens op de veerboot heeft omgebracht, óf dat hij de Gunnarbrief heeft gepost voor hij aan boord ging. Persoonlijk denk ik het laatste, helemaal omdat hij dinsdag al in Caïro is. Volgen jullie me nog?'

'Ik geloof het wel', zei Astor Nilsson. 'Maar als hij maandag direct van Kastrup naar Caïro is gevlogen, moet hij op een passagierslijst staan. Er gaan daar op een dag vast niet veel vluchten heen.'

'Ik ben er vrij zeker van dat hij niet direct naar Caïro is gevlogen', zei Eva Backman. 'Hij is eerst naar Londen, Parijs of Frankfurt gegaan en heeft daar een nieuw ticket gekocht.'

'Paspoort?' zei Somberman. 'Hij moet zijn paspoort hebben laten zien. Of op zijn minst een ID-kaart?'

'Dat hoeft tegenwoordig bijna niet meer', zei Tallin. 'Naar Caïro misschien wel, maar binnen de EU niet.'

Jonnerblad schudde zijn hoofd. 'Als hij hier al vijf jaar mee rondloopt, heeft hij genoeg tijd gehad om een vals paspoort aan te schaffen. Hij is ook probleemloos aan een wapen gekomen, dat weten we.'

'Niet vijf jaar', zei Barbarotti. 'Dat hij geld van ze probeerde af te troggelen, zoals hij in zijn een na laatste commentaar schrijft ... Dat was maar een half jaar geleden, althans, dat heb ik begrepen. Denken jullie ook niet dat hij pas daarna besloten heeft om dit te doen?'

'Dat klinkt aannemelijk', zei Jonnerblad. 'Maar hoe dan ook, hij had genoeg tijd.'

'Genoeg hierover', zei Barbarotti. 'Ik heb een heel andere vraag. Wat doen we met de foto's en de kranten?'

Jonnerblad rechtte zijn rug en stopte een pen in zijn borstzakje. 'Daar hebben Tallin en ik over gesproken', zei hij. 'En we vinden niet dat dit schrijfsel veel aan de zaak verandert. De officier van justitie is het met ons eens, dus willen we zijn foto vanmiddag vrijgeven in de media. Het wordt natuurlijk een gekkenhuis, maar voorzover ik kan beoordelen, is dit de snelste manier om hem te identificeren.'

'Een belangrijk aspect', vulde Tallin hem aan, 'is dat deze foto's het enige zijn wat we zonder toedoen van de moordenaar in handen hebben gekregen.'

'Belangrijk punt', herhaalde Asunander, even onverwacht deze keer, en een paar tellen lang was het stil in de ruimte. Een gedachte waar hij geen grip op kreeg, schoot door Barbarotti's hoofd, ze deed tegelijk vreemd en bekend aan, maar verdween even snel als een vleermuis. Toch was het iets.

'Ja, allemachtig', zei Astor Nilsson. 'Het is wel ontzettend sneu voor die vijfhonderd pechvogels die op hem lijken, maar het is waarschijnlijk een goed idee om de foto vrij te geven. Met een beetje geluk weten we binnen een week wie hij is.'

'Het zou fijn zijn als we op zijn minst zijn naam hadden', zei Eva Backman. 'Ook al vinden we hem nooit.'

'Als je oude nazi's na vijftig jaar nog op kunt sporen, kun je een vijfvoudige moordenaar na een maand ook traceren', zei Astor Nilsson.

'Zes', zei Somberman. 'Je vergeet er één.'

'Sorry', zei Astor Nilsson. 'Ja, dat Zweedse staal heeft ook een Franse vrouw geraakt.'

'Maar de dood van het meisje heeft hij niet op zijn geweten', zei Eva Backman.

'Niet op dezelfde manier in elk geval', zei Tallin. 'Ja, hoe dan ook, het is en blijft een verschrikkelijk verhaal.'

Het werd weer stil. Jonnerblad groef wat in zijn papieren en Asunander stond op om een raam open te doen. 'Warm', legde hij uit.

'Zouden ze ondervraagd zijn?' vroeg Eva Backman zich af.

'Hè?' zei Jonnerblad. 'Wie?'

'Onze slachtoffers. Toen, in Frankrijk, nadat hij vertrokken was. Zou de politie ontdekt hebben dat ze met het meisje hadden opgetrokken of niet ... Als dat zo is, moeten ze hen ook ondervraagd hebben.'

'Daar krijgen we vanmiddag antwoord op', zei Tallin. 'Of in elk geval vrij snel. Ja, ik snap het, je vraagt je af of ze ontkomen zijn aan een bezoek van de politie. Dan moeten ze wel geluk hebben gehad.'

'Ze waren onschuldig', merkte Astor Nilsson op. 'Dat mogen we niet vergeten.'

'Onschuldig?' zei Eva Backman.

'Aan moord in elk geval', preciseerde Astor Nilsson. 'Over hoe het met hun morele schuld zit, kun je natuurlijk twisten.'

'Die was groot genoeg om er met hun leven voor te moeten betalen', zei Barbarotti. 'Alle vijf.'

'In de ogen van de moordenaar, ja', zei Tallin. 'Ik hoop maar dat niemand aan deze tafel daar net zo over denkt. Of zijn bekentenis voetstoots aanneemt. Het is niet een heel normaal brein waarmee we kennis hebben mogen maken, niet?'

Hij tikte met een pen op het Mousterlindocument, dat voor hem op de tafel lag.

'Nee', zei Eva Backman. 'Ik had wel iets akeligs verwacht, maar dit ... Ja, het is nog erger, op de een of andere manier. Zo ... Ja, zo triest.'

Onwillekeurig wierp Barbarotti een blik op inspecteur Somberman en herinnerde zich ineens dat hij degene was die het eerste kleine spoortje had gevonden dat naar Frankrijk leidde. De blauwe kleur van de afvalbak.

Het leek wel honderd jaar geleden. Hij besefte dat het niet meer dan een week of twee geleden was.

'Wat doen we?' vroeg hij. 'Sturen we er iemand heen?'

'Dat hou ik niet voor onmogelijk', liet commissaris Jonnerblad weten. 'Verre van onmogelijk.'

De rest van de briefing stond in het teken van de onbeantwoorde vragen, en samen met inspecteur Backman nam Barbarotti tijdens de lunchpauze de tijd om Kungsgrillen binnen te glippen. Hij kon wel wat traditionele Zweedse kost gebruiken na al die worstjes en kleffe pakjespuree.

'Wat bedoelde je met "triest"?' vroeg hij toen ze aan een tafeltje zaten met de lunch van de dag: snoek met mierikswortel, gesmolten boter en gekookte aardappelen.

'Vind je het dan niet?' vroeg ze verbaasd. 'Een triest verhaal?'

'Ja, misschien wel', zei Barbarotti. 'In elk geval wat betreft het meisje en haar oma.'

'Ik vind de dader zelf ook behoorlijk triest', zei Backman. 'Het is allemaal zo ...'

Ze aarzelde.

'Zo wat?'

'Zo vreselijk toevallig. Het had allemaal niet hoeven gebeuren. Hij laat de hand van een meisje los en daarom hebben nu zeven mensen het leven verloren.'

Barbarotti dacht na. 'Acht, als hij zelfmoord heeft gepleegd.'

'Denk je dat hij dat gedaan heeft?' vroeg Backman.

'Nee', zei Barbarotti. 'Eerlijk gezegd niet. Vraag me niet waarom.'

'Oké', zei Backman. 'Ik denk ook niet dat hij dood is. Maar wie is hij?'

'Goeie vraag', zei Barbarotti.

'Heeft hij een beroep? Hoe heeft hij de vijf jaar na het gebeurde doorgebracht ... vanaf het moment dat hij in dat snelwegcafé zat? En waar?'

'Wat deed hij ervoor?' zei Barbarotti.

'Dat ook. Hij trekt rond, schrijft en heeft het over dokter L. Ik heb naar die foto van hem zitten turen waarop ze bij het restaurant zitten, misschien is dat die eerste dag waar hij het over heeft. Als ze elkaar net hebben ontmoet, hoe heette dat plaatsje ook al weer?'

'Bénodet', zei Barbarotti. 'De oude haven van Bénodet.'

'Precies. Hij ziet er zo ... Ja, zo gewoon uit.'

Barbarotti knikte. 'Vind ik ook. Maar hij schrijft dat je zijn innerlijk niet aan zijn uiterlijk kunt zien. Glimlach,

glimlach, volgens mij komt dat uit Hamlet ... Hij zal wel gestudeerd hebben, denk je niet?'

'Ja', zei Eva Backman, waarop ze een paar tellen in het niets staarde, alsof er een heel nieuwe gedachte bij haar opkwam. Waarschijnlijk ontglipte die haar, want ze schudde haar hoofd en legde haar bestek neer. 'Ja, die indruk krijg ik wel. Zoals Astor Nilsson al zei, die aantekeningen zijn min of meer literair. Maar waar komt hij oorspronkelijk vandaan? Heeft hij echt in een inrichting gezeten? Hij staat bij Lille langs de snelweg te liften en dan ...'

'Dan zit hij twee weken in dat plaatsje in Bretagne', vulde Barbarotti haar aan. 'En vervolgens verdwijnt hij weer.'

'Naar het zuiden.'

'Naar het zuiden, ja.'

Nieuwe stilte. Barbarotti bedacht dat hij het vel papier had moeten meenemen met de vragen die hij opgesteld had toen hij het Mousterlindocument voor de tweede keer las. Om wat structuur aan te brengen; het leek wel of ze de hele tijd dezelfde vragen en dezelfde verbijsterende constateringen aan het herhalen waren.

Maar dat papier lag nog thuis op zijn bureau in Baldersgatan.

'Zijn vrouw?' zei Backman. 'Wat denk je van haar? Hij schrijft dat ze een paar jaar ervoor overleden is. Zij en dokter L. zijn de enige mensen uit zijn verleden die hij noemt. Of niet?'

'Klopt', zei Barbarotti. 'Op dit moment weten we niets van hem, maar als we hem vinden ... Ja, dan zal hij helemaal binnenstebuiten worden gekeerd, en weten we binnen de kortste keren hoe zijn eerste schooljuf heet en wat de schoenmaat van zijn gehandicapte neef in Bengtsfors is. Iedereen zal met *Expressen* gaan praten.'

Eva Backman lachte even. 'Ja, vast. Een afbeelding van een moordenaar ...'

'Ja?'

'Er is niets wat onze fantasie meer prikkelt. Dat is al honderden jaren, ja, duizenden jaren zo, en dat is nu niet anders. Vrouwen zullen verliefd op hem worden, net zoals ze dat op Clark Olofsson en Hannibal Lecter werden ... Vraag me niet waarom.'

'Is dat niet de reden waarom je bij de politie bent gegaan?' vroeg Barbarotti. 'Om dit soort figuren te ontmoeten en je duistere driften op een natuurlijke manier te bevredigen?'

'Ben je mal', reageerde Eva Backman nuchter. 'Daar sla je de plank helemaal mis, mijnheer agent. Moet je trouwens binnenkort niet weer eens naar Olltman?'

'Volgens mij heeft ze me gezond verklaard', zei Barbarotti. 'Maar ik zal het even checken.'

'Doe dat', zei Eva Backman. 'Begint de tweede helft niet zo?'

'Ja, inderdaad', zei Barbarotti.

33

De forensisch psychiater heette Klasson en was een vrouw van rond de vijfenveertig. Zij en Lillieskog werkten al sinds jaren prima samen, liet ze weten, maar ze twijfelde eraan of ze iets konden bijdragen aan deze zaak.

Maar ze had zich ingelezen, vooral de Mousterlinaantekeningen, en was desondanks bereid een voorzichtige analyse te maken van de man die ze zochten.

Gebrek aan empathie was het eerste wat ze wilde noemen. De manier waarop hij zich over de mensen uitliet die hij later zou vermoorden, wees daarop. Ook de commentaren achteraf getuigden van een persoon die moeite had zich in de gevoelens van anderen te verplaatsen. En de moord op de grootmoeder van het meisje wees op een uitgesproken gevoelloosheid bij de dader. Hij uitte geen spijt of wroeging over de daad, zag het slechts als een 'logische consequentie', citeerde Klasson.

'Maar voor het meisje toont hij toch gevoelens?' merkte Backman op.

'Inderdaad', zei Klasson. 'Heel sterke gevoelens zelfs, maar het is interessant hoe hij daarover praat. Hij zegt dat ze zich "in hem vastbijt", als ik het me goed herinner. Het is een proces dat hij niet lijkt te begrijpen, het ligt buiten zijn macht, op dezelfde manier als waarop alle gevoelens buiten hem lijken te liggen. Hij is niet één met ze.'

'De gevoelens voor het meisje zetten ook alles in gang', souffleerde Lillieskog. 'Langzaam maar zeker. We kunnen misschien stellen dat zijn gevoelsleven niet in balans is?'

'Een tamelijk doorsneestoornis', vervolgde Klasson. 'Overreacties en onderreacties. Maar ik wil wel benadrukken dat we in dit geval erg weinig hebben om op af te gaan. Het verslag is heel goed geschreven, je krijgt bijna de indruk dat er een schrijver in hem schuilt. Wat op zijn beurt betekent dat hij een beeld van zichzelf geeft dat hij wíl geven, ook al maakt hij het allemaal niet mooier dan het is. Toch geloof ik dat hij er in zekere zin oprechte bedoelingen mee heeft. Hij wil dit verhaal vertellen en uitleggen waarom hij – in zijn optiek – deze vijf mensen moest doden.'

'Waarom blijft hij bij ze als hij zo'n hekel aan ze heeft?' vroeg Somberman. 'Dat vind ik moeilijk te begrijpen.'

'Inderdaad', zei Klasson. 'Maar hij is er blijkbaar aan gewend om zich nergens thuis te voelen, daar schrijft hij helemaal in het begin iets over. Meteen al in de eerste zin. We hebben zonder meer te maken met een heel eenzaam iemand, dat durf ik wel te beweren.'

'Maar op basis van wat hij vertelt, kun je geen psychiatrische diagnose stellen?' vroeg Tallin.

'Nee', zei Klasson. 'Je kunt natuurlijk wel een beetje speculeren. Hij heeft duidelijk contact gehad met de psychiatrie, misschien is hij zelfs opgenomen geweest. Maar wat er in zijn medisch dossier staat, kan ik je niet vertellen.'

'Normaal gesproken stel je pas een diagnose als je iemand persoonlijk hebt gezien?' vroeg Astor Nilsson.

'Zeer zeker', zei Klasson en ze glimlachte vluchtig. 'Daderprofilering is Lillieskogs terrein, maar we werken ook weleens samen, zoals jullie weten.'

Lillieskog knikte. 'Je moet je profiel altijd bijstellen als je de mens achter het masker hebt gevonden', zei hij. 'Dan kom je meestal iets nieuws te weten. Een ding waar ik persoonlijk van schrok, toen ik de aantekeningen las, is zijn vrouw. Hij noemt haar twee keer, maar in heel korte bewoordingen. We komen te weten dat ze overleden is. Vijf jaar voor deze weken in Bretagne, naar alle waarschijnlijkheid. Hoe is ze overleden? Is er sprake van een trauma? Ze kan niet zo heel oud zijn geweest, misschien niet ouder dan vijfentwintig? Er kan een ongeluk of iets ergers achter zitten.'

'Iets ergers?' zei Astor Nilsson.

'Ja', zei Eva Backman. 'Ik krijg ook een onbehaaglijk gevoel als hij zijn vrouw noemt. Zou het hiermee begonnen kunnen zijn?'

'Heel goed mogelijk', zei Klasson. 'Maar dat weten we allemaal nog niet.'

'Er is niet veel wat we wel weten', zei Astor Nilsson met een diepe zucht. 'Ondanks het feit dat hij ons een verslag van vierenzestig pagina's heeft gegeven.'

'Klopt', zei Klasson. 'Als jullie hem vinden, wil ik me best een paar weken in hem verdiepen, maar tot dan weet ik niet zo goed wat ik over hem moet zeggen. Hij is voor mij ook een mysterie, net als voor jullie.'

De briefing ging nog ruim een half uur door, maar Gunnar Barbarotti had niet het idee dat er nieuwe dingen boven water kwamen. Niets wat niet al op de ene of de andere manier gezegd was, en de woorden van Klasson vatten het karakter van de dader vermoedelijk het allerbeste samen.

Een mysterie.

Iets later op de middag werden er twee mailtjes naar de Franse politie gestuurd. Eerst een relatief korte in het Frans – Tallin bleek niet helemaal onbekend met deze taal – vervolgens een langere in het Engels. In de tussentijd maakten Barbarotti en Backman een samenvatting van zes pagina's van de zaak in het Engels, inclusief een resumé van de Mousterlinaantekeningen; dit werd rond half vijf ter correctie naar de nationale recherche gemaild, om vijf uur begon de persconferentie, waarbij de foto van de Zesde Man werd vrijgegeven.

Gunnar Barbarotti zou daar niet bij zijn, maar hij wist dat ze zouden benadrukken dat het niet om de moordenaar ging. Alleen dat de politie heel dringend in contact wilde komen met de omcirkelde man op de foto.

Die was in 2002 in het Franse Bretagne gemaakt, en de informatie waarover hij mogelijk beschikte werd van essentieel belang geacht voor het onderzoek naar de vijf moorden die de afgelopen maanden op verschillende plaatsen in Zweden waren gepleegd – met Kymlinge als naargeestig middelpunt.

Zo zou het worden gepresenteerd, waarna verslaggevers, lezers, luisteraars en kijkers de boodschap naar beste vermogen vrijuit konden interpreteren.

Ammehoela, dacht Gunnar Barbarotti terwijl hij zijn Crescentfiets uit het rek haalde en naar huis fietste. Hij maakte zich geen enkele illusie en zag de krantenkoppen van de volgende dag al helemaal voor zich.

DE MOORDENAAR?

En dan de foto van Gunnar Öhrnberg, Henrik Malmgren en de Zesde Man aan de tafel bij het restaurant.

De twee eerstgenoemden vermoord. Misschien door de derde, wiens gezicht omcirkeld was door een duidelijk wit rondje.

Geen aureool. Integendeel.

Als ik thuis ben ga ik Marianne en Sara bellen, besloot Gunnar Barbarotti. Ik moet hier niet meer over nadenken. Het uit mijn hoofd zetten, anders spat het uit elkaar.

Maar voordat hij een van de twee had kunnen bellen, kreeg hij een telefoontje van de derde vrouw in zijn leven. Helena. Zijn ex-vrouw. Het duurde een fractie van een seconde voor hij zich haar bestaan überhaupt herinnerde, en hij vroeg zich af hoe dat kwam.

'Hallo', zei hij. 'Wat leuk dat je belt.'

'Ik hoop het', zei ze. 'Want ik moet even serieus met je praten. Maar alleen als je tijd hebt, hoor.'

'Ik heb tijd', verzekerde hij haar en hij liet zich op de bank zakken. Dacht aan het gesprek van vorige week na het incident met Göran Persson en ging ervan uit dat het daar nog steeds over ging.

Maar niets was minder waar.

'Ulrich heeft een fantastisch aanbod gekregen.'

O, ja? dacht hij. En wie mag Ulrich dan wel wezen?

Maar dat zei hij niet, en dat was maar goed ook, want Ulrich was natuurlijk Helena's nieuwe man, de huidige vader van zijn zoons. Toen hij er even over nadacht, wist hij natuurlijk ook wel dat hij zo heette – en niet Torben, zoals hij in zijn hoofd had – hij had het gewoon verdrongen.

'Ze willen dat hij een nieuw yogacentrum in Boedapest gaat leiden. Hij krijgt een tweejaarcontract en een appartement midden in de stad. Het is hem op het lijf geschreven, zo'n kans krijgen we nooit meer en we moeten het binnen een week beslissen.'

Waar heeft ze het over? dacht Barbarotti. 'Hoezo "op het lijf geschreven"?' vroeg hij.

'Omdat Ulrich Hongaars spreekt, natuurlijk.'

'Waarom spreekt hij in hemelsnaam Hongaars?'

'Omdat hij Hongaar is, sufferd.'

'Dat heb je me nooit verteld.'

'Wel waar.'

'Ik zou zweren dat hij Deens was. Hoe kan een Hongaar nou Ulrich heten?'

'Zijn moeder is Deense. Maar hij is geboren in Debrecen; daar heeft hij tot zijn tiende gewoond.'

'Oké', zei Barbarotti. 'Ik geloof je. Maar wat heb ík hiermee te maken?'

Hij merkte dat hij geïrriteerd begon te raken en haalde een keer diep adem om te kalmeren.

'De jongens natuurlijk.'

'De jongens?'

'Ja. We hebben er uitgebreid over gepraat, en het lijkt ons een beetje onpraktisch om ze mee naar Boedapest te nemen. Het gaat me erg aan het hart, echt, bovendien heeft het appartement maar twee kamers. Maar wel een schitterend uitzicht over de Donau.'

'Dus je bedoelt ...?'

'Ja. Ik denk dat het goed voor Lars en Martin is om een jaar of twee bij jou te wonen. Maar alleen als jij dat wilt natuurlijk. Nu Sara het huis uit is en zo, dacht ik dat het misschien voor alle partijen het beste zou zijn.'

Alle partijen? dacht Gunnar Barbarotti. Ik weet wel welke partij jij vertegenwoordigt.

Maar hij haalde twee keer diep adem en dacht na. De volwassenheid die hem de laatste tijd ten deel begon te vallen, hield stand. Zo kalm als een zalm in alle fasen van het leven.

'Duidelijk', zei hij. 'Wat vinden ze er zelf van?'

'We hebben het ze nog niet verteld. Ik wilde het eerst met jou bespreken.'

'Je zei toch dat jullie er uitgebreid over gepraat hadden?'

'Ulrich en ik, ja, niet met de kinderen.'

'Oké', zei Gunnar Barbarotti. 'Bespreek het dan vanavond met Lars en Martin en vraag of ze me willen bellen.

Ik ga binnenkort misschien trouwen, maar ik neem aan dat dat geen probleem is?'

Het werd zo stil in de hoorn dat het leek of de verbinding verbroken was.

'Hallo?'

'Ik ben er nog. Waarom heb je me dat niet verteld?'

'Ik wilde het eerst met mijn toekomstige vrouw bespreken.'

Dat was nodeloos laatdunkend en hij beet op zijn tong.

'Oké, als het zo moet. Ik zal met de jongens gaan praten. Ook daarover. Heeft ze een naam?'

'Marianne.'

'Marianne? Zo heette dat meisje ook met wie je het net had uitgemaakt toen wij elkaar leerden kennen. Het is toch niet dezelfde?'

'Nee', zei Gunnar Barbarotti. 'Het is niet dezelfde.'

'Goed. We spreken elkaar later vanavond.'

'Zeg maar tegen de jongens dat ik het erg leuk vind als ze bij me komen wonen.'

Helena beloofde het, en ze hingen op.

Ik heb niet gezegd dat ik misschien naar Helsingborg ga verhuizen, dacht Barbarotti, waarna hij naar de keuken liep om water voor de pasta op te zetten.

Maar wat dan nog, Helsingborg lag niet in Hongarije.

Net toen hij na het eten Sara's nummer wilde bellen, belde Tallin.

'Goedenavond', zei hij. 'Met Tallin. Sorry dat ik stoor.'

'Geen probleem', zei Barbarotti. 'Hoe ging de persco?'

'Goed', zei Tallin. 'We hebben ze een zoethoudertje gegeven, dus na een half uur was het klaar. Hoe is je Frans?'

'Als ik een goeie dag heb, kan ik tot twintig tellen', zei Barbarotti. 'Waarom vraag je dat?'

‘Omdat wij daar morgenochtend samen heen vliegen. Voor de zekerheid gaat er iemand mee die vloeiend Frans spreekt. Een vrouwelijke inspecteur uit Göteborg.’

‘Hebben jullie de politie daar gesproken?’

‘Alleen gemaild. Maar dat lijkt goed te werken. We gaan naar Quimper, waar we ene *commissaire* Leblanc ontmoeten.’

‘O?’ zei Barbarotti. ‘Waarom ... waarom gaat Jonnerblad niet?’

‘Omdat zijn vrouw kanker heeft en daar woensdag aan wordt geopereerd. Hij gaat morgenavond naar Stockholm.’

‘Jeetje’, zei Barbarotti. ‘Ik wist niet ...’

‘Ik ook niet. Hij vertelde het vanmorgen. Ja, laten we hopen dat het goed gaat.’

‘Ja’, zei Barbarotti en ineens besefte hij hoe ontzettend weinig hij eigenlijk over de bezoekende collega’s wist. Niets over hun familie, niets over hun hobby’s en vrijetijdsbestedingen. Niet eens van welke voetbalclubs ze fan waren.

Bijna net zo veel als over de moordenaar, dacht hij bij zichzelf.

‘We rekenen op een dag of drie’, zei Tallin. ‘Vrijdag vliegen we weer naar huis. Is dat oké voor jou?’

‘Ik heb vrijdagavond iets heel belangrijks’, zei Barbarotti.

‘Geen probleem’, zei Tallin. ‘Dan zijn we al thuis. Het vliegtuig van morgen vertrekt om 10.50 uur van Landvetter. Om acht uur word je met een auto opgehaald. De hele planning en dat soort dingen bespreken we onderweg. Afgesproken?’

‘Doen we’, zei Barbarotti.

Na het gesprek met Tallin merkte hij dat hij niet in de stemming was om met Sara of Marianne te praten. In plaats daarvan zette hij een fado-cd op, maakte een kop thee en begon de Mousterlinaantekeningen voor de derde keer door te lezen. Je kon maar beter zo goed mogelijk voorbereid zijn, dacht hij. Als je in de voetsporen van de moordenaar ging rondwandelen.

Hij las het verslag weer helemaal door, en het was al na twaalven toen hij zijn bed in kroop. Op het moment dat hij het licht uitdeed, realiseerde hij zich dat hij niets van Lars en Martin had gehoord.

Dit simpele feit hield hem nog minstens een uur wakker.

34

Op Landvetter zag hij de eerste krantenkoppen en ze kwamen redelijk overeen met zijn verwachtingen.

Maar geen enkele luidde zowaar 'Moordenaar'. In plaats daarvan hielden ze het bij 'Gezocht', 'Deze man zoeken we' en 'Wie ben je?' Dat was in elk geval iets, dacht Barbarotti. Misschien was het Jonnerblad en Tallin bij de persconferentie gisteren toch gelukt een balsem van bezinning aan te brengen.

Of misschien hadden ze gewoon gelogen.

'Fijn om vandaag weg te kunnen gaan', merkte Tallin op. 'Kijk, daar hebben we onze Française.'

Carina Morelius zag er niet uit als een Française. Onwillekeurig had Barbarotti zich een tenger maar pittig vrouwtje met kort, zwart haar en sprekende ogen voorgesteld. Inspecteur Morelius deed eerder denken aan een Noorse skikampioene. Of voormalige skikampioene; ze leek een jaar of veertig, was lang, blond en atletisch.

'Fijn dat je tijd vrij kon maken', zei Tallin nadat ze zich aan elkaar hadden voorgesteld. 'Het schijnt dat de commissaris daar Engels spreekt, maar je weet maar nooit.'

'Met alle plezier', zei Carina Morelius. 'En in principe zeg ik nooit nee tegen een reisje naar Frankrijk. Dus jij bent de beroemde Barbarotti?'

Ze zei het zonder ironie of ondertoon en hij vatte het sportief op. 'Oui', zei hij. 'De man die korte metten maakt met brutale verslaggevers en het politiegeweld een gezicht heeft gegeven.'

Ze lachte. 'Ach, je hebt ze in soorten en maten, zowel politiemannen als journalisten.' Toen werd ze serieus. 'Maar wat een verschrikkelijk verhaal. Ik heb alles natuurlijk alleen maar van de televisie en uit de krant, maar jullie brengen me onderweg vast wel op de hoogte.'

'Reken maar', verzekerde Tallin haar en hij keek op zijn horloge. 'We hebben nog zes uur voor we in Quimper landen, en die tijd heb je ook wel nodig. We hebben onder andere vierenzestig dichtbedrukte pagina's studiemateriaal.'

'Ik kan niet wachten', zei inspecteur Morelius en opnieuw bespeurde Barbarotti geen enkele ironie.

Het regende op het vliegveld van Quimper.

Ze werden afgehaald door een jonge, geüniformeerde vrouw die een bordje omhooghield met 'Talain' erop, en inspecteur Morelius begon onmiddellijk met haar in een Frans te praten dat bijna authentiek klonk. Althans, voorzover Barbarotti dat kon beoordelen. Maar ze had dan ook vijfenhalf jaar in Lyon gewoond, ze was getrouwd geweest met een Franse profwielrenner, maar had die verlaten voor een masseur uit Partille. Dit en een paar andere dingen had ze in het vliegtuig van Göteborg naar Parijs verteld; toen hadden ze naast elkaar gezeten – de vlucht van Charles de Gaulle naar Quimper was propvol en ongeplaceerd, zodat ze verspreid hadden moeten zitten.

Maar het grootste deel van de reistijd was uiteraard opgegaan aan informeren en studeren, precies zoals commissaris Tallin van tevoren had meegedeeld.

Laatstgenoemde greep ook de kans om hier en daar een zinnetje tot de jonge politieagente te richten terwijl ze hen naar de stad loodste; hij had immers al laten zien dat hij de taal enigszins beheerste. Barbarotti, op zijn beurt, zat de hele rit op de achterbank door het raampje naar de regen te staren. Wat doe ik hier? dacht hij. Waar hebben ze het over? Ik ben straks drie dagen lang gekke Henkie.

Maar commissaire Leblanc sprak inderdaad Engels. Met een onmiskenbaar Frans accent weliswaar, maar aan zijn woordenschat mankeerde niets. Hij was klein van stuk en kaal, droeg een ronde, montuurloze bril en deed Barbarotti denken aan een acteur van wie hij de naam vergeten was. Hij begroette ze in vlot Engels, bood koffie aan en deelde mee dat de recherche van de politie in Quimper, waar hij het hoofd van was, alles zou doen wat in haar macht lag om de Zweedse collega's bij te staan in hun werk.

Maar hij had meer informatie over de zaak nodig. Hij had beide e-mails gelezen evenals de samenvatting die Barbarotti en Backman hadden gemaakt, maar hij had meer substantie nodig. *More meat on the bones, yes?*

Tallin en Barbarotti hielpen hem hiermee – zo nu en dan in het Frans onderbroken door inspecteur Morelius. Dat duurde een half uur, en toen ze klaar waren zette Leblanc zijn bril af, begon deze met een groen doekje te poetsen dat hij uit zijn bureaula had gevist en liet weten dat hij enigszins versteld stond.'

'Dérouté. Betwixted, yes?'

'Hij staat versteld', stelde Carina Morelius vast. 'Hij zegt dat hij enigszins versteld staat.'

'Hoezo?' vroeg Tallin.

'Omdat ...' zei Leblanc en hij controleerde zijn gepoetste bril door hem tegen het licht van de tl-buis aan het plafond te houden. 'Omdat ik me in de zomer van 2002 geen zaak met twee vermiste personen kan herinneren.'

Het viel stil in de kamer. Commissaris Tallin hief zijn rechterhand en liet hem weer zakken.

'Die móét er zijn', zei Barbarotti.

Leblanc gebaarde typisch Frans met zijn handen. 'Ik snap dat jullie dat denken', zei hij. 'Maar ik heb de kwestie in onze archieven gecheckt en daar is simpelweg niet zo'n melding te vinden.'

'Geen vermist meisje en een vermiste grootmoeder?'

'Nee.'

'Vreemd', zei Tallin.

'Misschien ook wel niet', zei Barbarotti.

'We hebben een zaak gehad met een paar Nederlandse toeristen die die zomer als vermist waren opgegeven, dat weet ik nog', ging Leblanc verder. 'Een jongen en een meisje, maar die zijn later in de omgeving van Perpignan weer opgedoken. Het had met drugs te maken, als ik me niet vergis.'

'Maar het is toch niet mogelijk dat twee mensen verdwijnen zonder dat iemand dat meldt?' vroeg Tallin.

'Dat is helaas niet zo onmogelijk als je denkt', verklaarde Leblanc op spijtige toon en hij zette zijn bril weer op. 'Het kan ook bij een ander politiedistrict zijn gemeld. Maar jullie denken dat de oma van dat meisje een huis in de buurt van Mousterlin had?'

'Jazeker', zei Tallin.

'Ik ben er niet zo zeker van', wierp Barbarotti tegen. 'Ik denk dat er andere varianten mogelijk zijn.'

'Varianten?' zei Leblanc.

'Ja', zei Barbarotti. 'Bij de eerste ontmoeting noemt het meisje het huis één keer. Later wordt op verschillende manieren gesuggereerd dat het meisje niet erg betrouwbaar is. Ik heb de aantekeningen gisteravond nog een keer doorgelezen en ...'

'Ik weet niet of ik hier wel in meega', onderbrak Tallin Barbarotti, maar Leblanc negeerde hem.

'Kan ze een huisje gehuurd hebben?' vroeg hij. 'Dat ze hier op vakantie waren?'

'Dat kan', zei Barbarotti.

'Maar de naam van de grootmoeder wordt nergens genoemd?'

'Nee.'

'En ook de plek van het huis niet?'

'Nee.'

Barbarotti wierp een blik op Tallin, die vaag bevestigend knikte. 'Het is inderdaad onduidelijk hoe het met het huis zit', gaf hij toe. 'Misschien ging ik ervan uit, toen ik de aantekeningen las, dat de grootmoeder en het meisje in een huis bij Fouesnant woonden en dat het huis van de oma was, maar het is uiteraard niet onmogelijk dat inspecteur Barbarotti gelijk heeft.'

'Op een gegeven moment schrijft hij dat hij vermoedt dat het meisje een mythomane is', merkt Barbarotti op. 'Toen ik het verslag de eerste keer las, dacht ik even dat er misschien helemaal geen grootmoeder was, dat het meisje haar verzonnen had. Maar toen ze later opdook, verdween dat vermoeden natuurlijk weer.'

'Ze dook op en werd vermoord', zei Tallin.

'Het is een gruwelijk verhaal', zei inspecteur Morelius in het Frans.

'Oké', zei Leblanc. 'Ik geloof dat ik langzamerhand een duidelijk beeld begin te krijgen. Als een vrouw met een huis in Fouesnant samen met haar kleinkind verdwijnt, zouden wij dat vroeg of laat te horen moeten krijgen. Maar stel dat het meisje haar grootmoeder niet verzonnen heeft, maar alleen het huis, wat kunnen we daaruit opmaken?'

Barbarotti krabde op zijn hoofd en wisselde opnieuw een lege blik met Tallin. 'Ja, wat kunnen we daaruit opmaken?' herhaalde hij. 'Het is zelfs mogelijk dat ze niet eens in een huis zaten, maar ...?'

'Op een camping?' vulde Tallin hem aan. 'Er zitten daar nogal wat, niet?'

'*Mais oui*', zei Leblanc enthousiast. 'Tussen Bénodet en Beg Meil, de streek boven Mousterlin dus, zitten er minstens twintig. Vooral in deze periode, half juli tot eind augustus, zijn hier veel toeristen. Duizenden kampeerders, onder andere. Vooral Fransen, natuurlijk, maar ook veel mensen uit andere landen. Engeland, Nederland, Duitsland. Een paar uit Scandinavië, ik hoop dat jullie ook wat tijd hebben om onze fraaie natuur te bewonderen en niet alleen maar hoeven te werken. *Oh la, le travail, le travail, toujours du travail* ... Zo is het bij de Franse politie, ik neem aan dat jullie in je eigen land onder dezelfde vloek gebukt gaan?'

'Soms', zei inspecteur Morelius in het Frans. '*Ça arrive.*'

'We blijven tot vrijdag', liet Tallin weten. 'Dan moet het toch wel lukken om iets te zien. Maar stel dat we uitgaan van de mogelijkheid dat het meisje met haar oma op een camping zat ... Verandert dat iets? Hun vermissing had sowieso gemeld moeten zijn.'

Leblanc draaide zijn handpalmen naar boven. 'Allicht. Ergens in het land moet het gemeld zijn. Maar verdwijnen uit een woonhuis is iets heel anders dan verdwijnen uit een tent.'

Een moment lang overpeinsde Barbarotti deze bittere waarheid. 'Is het mogelijk dat ze niet geregistreerd stonden op een camping?' vroeg hij. 'Terwijl ze er toch stonden, bedoel ik?'

'Weet ik niet', zei Leblanc en hij haalde zijn schouders op. 'Het is natuurlijk de bedoeling dat alle kampeerders hun naam opgeven bij de receptie voor ze met hun tent of caravan op de camping gaan staan, maar ... Ja, het niet ondenkbaar dat daar soms de hand mee wordt gelicht. Er zijn boeren die in de drukste periode een paar weilanden ter beschikking stellen. Je kunt er makkelijk geld mee verdienen, maar het is ondoenlijk om al die activiteiten te controleren. Misschien ook wel niet wenselijk, en hoe kun je iemand verbieden om een tent op zijn land te zetten?'

Barbarotti knikte. 'Maar stel dat het zo is gegaan', zei hij. 'Dan moeten ze toch spullen achtergelaten hebben? Een tent, kleren en dat soort dingen?'

Leblanc dacht even na.

'Allicht', zei hij toen. 'Dat zou iemand ons dan gemeld moeten hebben. Maar ik kan alleen maar constateren dat dat niet gebeurd is. Helaas, het spijt me.'

'Een achtergelaten tent op een veld heeft wellicht geen hoge prioriteit voor de politie', bracht Morelius in.

'Geen hoge prioriteit, nee', zei Leblanc en hij glimlachte vluchtig.

'Maar als deze hypothese klopt,' zei Barbarotti met een zucht, 'moet de zaak bij een ander politiedistrict liggen, nietwaar?'

'Zonder meer, ja', zei Leblanc.

'Waar?' vroeg Tallin.

Leblanc streek met zijn hand over zijn kale hoofd. 'Dat hangt ervan af wie ze mist', legde hij geduldig uit. 'En wáár ze worden vermist, natuurlijk. Als niemand wist waar het meisje en haar grootmoeder op vakantie waren ... Ja, dan zijn ze waarschijnlijk in hun woonplaats als vermist opgegeven. Parijs, of wat was het ook al weer?'

'Parijs', beaamde Barbarotti. 'Althans, als we het meisje mogen geloven. Maar hoe zijn ze dan hiernaartoe gekomen? Wacht even. Er is toch niet toevallig ... Er is die zomer in de buurt van Mousterlin toch niet toevallig een verlaten auto gevonden? Misschien is het wat te veel gevraagd na vijf jaar, maar ...?'

Leblanc lachte, kort en schril. 'Ik kan er wel iemand op zetten, maar het lijkt me naïef om te denken dat het iets oplevert. Misschien heeft de boer de auto wel gehouden, trouwens? Waarom niet?'

Het was een paar tellen stil.

'Denkt u echt dat dat mogelijk is?' vroeg Barbarotti ongelovig. 'Dat het meisje en haar grootmoeder bij een boer kamperen en dat hij op een dag merkt dat ze verdwenen zijn en hun tent, spullen en auto inpikt?'

'Het is maar een theorie', zei Leblanc en hij schoof zijn bril op zijn voorhoofd. 'Ik wil het liever niet geloven, maar wat ... Ja, wat moet je in dit geval geloven?'

Tallin schraapte zijn keel. 'Hoe is ze die avond eigenlijk bij Eriks huis gekomen?' vroeg hij. 'De grootmoeder, bedoel ik. Ik kreeg niet het idee dat ze met de auto was.'

'Ik ook niet', zei Barbarotti. 'Nee, ze is vast lopend gegaan, anders had haar auto nog voor het huis gestaan, en dan ...'

'Dan moet een van de anderen zich daarover ontfermd hebben', vulde Tallin hem aan. 'Ja, dat is natuurlijk niet ondenkbaar, toch?'

'Nee', gaf Barbarotti toe. 'Helemaal niet.'

Lieve hemel, dacht hij. Natuurlijk kon het zo zijn gegaan. Dat de anderen de sporen hadden gewist. Dat kon de Zesde Man immers niet weten, want hij was die nacht vertrokken, nadat hij de oude vrouw in de polder had begraven.

'Maar als we ervan uitgaan dat ze die avond te voet is gekomen', ging Leblanc weer verder, 'en dat ze redelijk op leeftijd was, dan moet dat betekenen dat ze ergens in de buurt zat. En we weten in welke huizen al die Zweden zaten, is het niet?'

'Jazeker', zei Tallin. 'Gisteravond laat hebben we het laatste huis bevestigd gekregen. Het plan is om morgen bij alle drie een kijkje te gaan nemen. Maar dat het meisje en haar oma in dit district niet als vermist zijn opgegeven, is zonder meer een flinke tegenvaller. Hoe snel hebben we dit met Parijs gecheckt?'

'Dat duurt een paar dagen, denk ik', zei Leblanc en hij haalde opnieuw zijn schouders op. 'Het is ontzettend jammer dat we hun namen niet hebben, maar ik ga onmiddellijk alle korpsen in het land inlichten.'

'Troaë', zei Barbarotti. 'Die naam hebben we wel.'

'Als ze echt zo heette, ja', zei Leblanc en hij zette zijn bril weer op zijn neus. 'Ik ben die naam nog nooit tegengekomen. Afijn, als ze ergens in Frankrijk als vermist zijn opgegeven, horen jullie dat volgende week. Misschien al voordat jullie teruggaan. En hun echte namen.'

'Mooi', zei Tallin. 'Onze dank is groot. Heel groot.'

'Hebben jullie nog andere vragen die ik misschien kan beantwoorden?' vroeg Leblanc.

Tallin wisselde een blik met Barbarotti, waarna hij zijn hoofd schudde. 'Op dit moment niet. Maar we hopen u nog een keer te spreken.'

'Uiteraard', zei Leblanc en hij rekte zich uit. 'Misdaad mag niet lonen. Nooit niet, nergens niet.'

Na deze wijze woorden draaide hij zijn hoofd en keek door het raam naar buiten. 'Het lijkt erop dat het opgehouden is met regenen', zei hij. 'Mag ik voorstellen een hapje te gaan eten in de oude stad, voor we naar uw hotel rijden? *Mademoiselle*?'

'*Madame*', corrigeerde Carina Morelius glimlachend. '*Je vous en prie, monsieur le commissaire.*'

Ze aten buiten op een klein, onregelmatig pleintje dat Place au Beurre heette. Boterplein, dat begreep Barbarotti zelfs.

Gegratineerde geitenkaas. Gemarineerde mosselen. Een buitengewoon mals stuk vlees met een wittewijn-mosterdsaus. Twee verschillende kazen, roquefort en een twee jaar oude comté. Crème brûlée.

Een Elzaswijn en een bordeaux. Een glas calvados en een kleine *café noir*. De maaltijd duurde tweeënhalf uur, Barbarotti besloot nooit meer een voet in snackbar Rocksta te zetten.

Commissaire Leblanc converseerde onafgebroken. Vertelde over de stad Quimper. Diens kunsttradities, diens architectuur. Diens schoonheid, met name van de oude stad, waar ze nu waren, die door zowel grachten als muren werd omringd. De eeuwenoude en wisselende geschiedenis van de kathedraal.

Maar geen woord over de zaak. Geen woord over het werk; Barbarotti dacht bij zichzelf dat je zo in het leven zou moeten staan. Je van je werk afsluiten zodra je de deur van je werkkamer sloot.

Zo móést je in het leven staan, om precies te zijn, ook hij, als hij geestelijk gezond wilde blijven en wilde dat Marianne het met hem uithield. Niet zoals hij nu leefde – en niet zoals Astor Nilsson, die 's nachts niet eens kon slapen.

Je voor andere dingen interesseren, kortom. *Get a life*, zoals ze tegenwoordig in jongerenprogramma's op televisie zeiden.

Makkelijk gezegd. Moeilijker gedaan, waarschijnlijk. In zijn hotelkamer – op niet meer dan vijf minuten wandelen van Place au Beurre – pakte hij zijn koffer uit en stak zijn vinger in de Bijbel.

Het was de eerste keer dat hij hem had meegenomen op reis.

Spreuken. Hij voelde een vluchtige dankbaarheid voor het feit dat hij aan het troebele oog ontkwam.

20:5

De plannen in het hart van de mens zijn diepe wateren,
maar een man van verstand weet ze op te diepen.

Oké? dacht Barbarotti. En wat wordt hiermee bedoeld?

Wiens plannen? De mijne of die van iemand anders?

Hij zat op de rand van het bed en probeerde de woorden te wegen, maar de verwijzing naar het onderzoek was zo overduidelijk dat hij het besloot los te laten. Dat had hij immers zojuist van Leblanc geleerd. In plaats daarvan pakte hij zijn telefoon, het was weliswaar al over elven, maar in oorlog en liefde is het nooit te laat.

'Hoi', zei hij. 'Heb ik je wakker gemaakt?'

'Nee, hoor', zei Marianne. 'Ik lig nog niet eens in bed. Jenny zit in een nieuwe klas en moest een beetje opgebeurd worden, dat duurde even.'

Natuurlijk, ja, dacht Barbarotti. Nieuw schooljaar.

'En wat ben jij aan het doen? Je bent toch niet van gedachten veranderd over vrijdag?'

'Wees maar niet bang', zei Barbarotti. 'Ik zit in Frankrijk.'

'Frankrijk?'

'Op zoek naar een goeie wijn voor bij de kreeft.'

'Huh?' zei Marianne.

'Grapje', zei Barbarotti. 'Ik ben hier voor mijn werk. We denken dat we hem op het spoor zijn.'

'Ja, ik heb de krant gelezen vandaag', zei Marianne. 'En ik heb het nieuws gezien, er zijn veel tips binnengekomen.

Is het ... is het de moordenaar, die omcirkelde man op de foto?'

'Dat weet ik niet', zei Barbarotti en hij merkte dat hij niet het gevoel had dat hij loog toen hij dat zei. 'Nee, ik weet het echt niet, het is een beetje gecompliceerd allemaal. Ik wilde je alleen welterusten wensen en zeggen dat ik van je hou.'

'Dank je', zei Marianne. 'Lief van je. Ik heb zin om je vrijdag te zien. Dus niet daar blijven, hè, we hebben belangrijke dingen te bespreken.'

'Ik zal je onthalen met rozen, melk en honing', verzekerde Barbarotti haar. 'En wijn, zoals ik zei. Maar je mag me wel succes wensen hier, als je wilt.'

'Succes, liefste', zei Marianne. 'Pas goed op jezelf en slaap lekker, jij ook.'

Maar dat lukte niet. Al zijn goede voornemens ten spijt. Zodra hij het licht had uitgedaan, vulde zijn hoofd zich met gedachten aan wat er tijdens het gesprek met commissaire Leblanc naar voren was gekomen.

Niet als vermist opgegeven? Wat betekende dat nou weer?

En die hypothese dat het meisje en haar grootmoeder op een soort onofficiële camping hadden gestaan. Hoe geloofwaardig was die eigenlijk?

En hoe geloofwaardig was het meisje Troaë? Het vermoeden dat ze een kleine mythomane was, had in de loop van de dag ontegenzeglijk aan hernieuwde kracht gewonnen.

En het Mousterlindocument zelf? Wat had het voor zin om het te schrijven? En het hun te laten lezen? Was dat niet het fundamentele probleem? De vraag waarop ze eerst antwoord moesten zien te krijgen? In de kluwen van andere vragen.

De plannen in het hart van de mens, met andere woorden.

Inspecteur Barbarotti zuchtte en moest denken aan wat Axel Wallman placht te zeggen toen ze huisgenoten waren in Lund. Dat het verschil tussen een Nobelprijswinnaar en een lallende en kwijlende idioot als puntje bij paaltje kwam eigenlijk niet zo groot was – aangezien de eerste zich vermoedelijk ongeveer één procent van alle mogelijke kennis eigen had weten te maken, terwijl de idioot bij een halve was blijven steken.

Een kleine troost in de droefenis, nietwaar?

Toen hij voor de laatste keer zijn hoofd van het kussen oprichtte om de rode, digitale cijfers van de televisie te checken, waren ze inmiddels naar 01:56 gesprongen.

35

Leblanc had hun een auto, een zwarte Renault die Barbarotti aan cognac deed denken, ter beschikking gesteld. Rond negen uur reden ze Quimper uit en na een rit van een half uur over kronkelige wegen door een groen, hier en daar bijna dichtgegroeid, landschap kwamen ze aan bij Pointe de Mousterlin. De landtong stak uit als een neus in de zee en aan weerszijden ervan spreidden zich lange zandstranden uit; het was eb en de waterspiegel lag op dat moment vijftig, zestig meter onder de met gras begroeide strandwal, die de polder erachter beschermde. Het leek in het niets op het Bretagne waar Barbarotti vijftien jaar geleden enkele zomerweken had doorgebracht. Toen had hij aan de noordkust gezeten, Côtes-d'Armor, met dramatische rotspartijen, beschutte baaitjes, grotten en bijzondere steenformaties. Ineens schoten hem de vreemde plaatsnamen te binnen: Trégastel, Perros-Guirec, Ploumanac'h.

Maar hier in het zuiden was het dus vlak, precies zoals in de Mousterlinaantekeningen werd beschreven. En warm, althans vandaag; de zon scheen vanuit een onbarmhartig blauwe hemel en het was zeker vijfentwintig tot dertig graden – hoewel het nog ochtend was en in Zweden de scholen al waren begonnen. De stranden waren nog vrijwel leeg, maar hij twijfelde er niet aan dat het hier over een paar uur zou wemelen van de mensen. Hij had er spijt van dat hij geen korte broek had meegenomen, zijn zwarte spijkerbroek was onaangenaam warm – maar er was iets met politiemannen en korte broeken, het strookte niet.

Incompatibel, zoals dat tegenwoordig heette.

Naar rechts, in het westen, hield het strand bij het havenstadje Bénodet op; naar links, in het oosten en op drie kilometer afstand, lag Beg Meil.

Barbarotti keek op zijn horloge en Tallin knikte. Tijd om naar Le Grand Large te gaan, het restaurant dat volgens hun informatie een paar honderd meter richting Beg Meil moest liggen. Hier hadden de Zweden met het meisje Troaë gezeten op de dag dat ze haar voor het eerst op het strand hadden ontmoet. Barbarotti wist dat het een hopeloze onderneming was en hij wist dat Tallin en Morelius dat ook wisten. Maar ze zouden met het personeel gaan praten en hun de foto's overhandigen. Evenals hun visitekaartjes en het nummer van Leblanc – mocht iemand zich, tegen alle verwachting in, later nog iets te binnen schieten.

Ze werden vriendelijk en belangstellend ontvangen, maar ook met een spijtig hoofdschudden. Van de huidige bezetting werkte welgeteld één personeelslid in 2002 ook in het restaurant, en aangezien ze op deze verrukkelijke plek niet minder dan elf zomers en naar schatting tussen de veertig- en vijftigduizend restaurantbezoekers en barklanten had zien komen en gaan, verontschuldigde ze zich voor het feit dat ze zich de mensen op de foto niet kon herinneren.

Ze gingen verder naar Bénodet. Vonden zonder problemen het restaurant in de oude haven, het heette Le Transat; vonden ook met redelijk grote zekerheid de tafel voor de muur waar de zes Zweden vijf jaar geleden op een zaterdag hadden gezeten – en ze hadden een vrij lang gesprek met de eigenaar van de zaak. Hij was twee meter lang, had een broer die bij de politie in Marseille werkte en hield boven alles van misdaadromans. Op zijn vrouw en kinderen na, misschien.

Desondanks kon hij ze niet helpen. Hij bestudeerde en overpeinsde de foto's uit 2002 langdurig en grondig, maar, dacht Barbarotti, stel dat hij wel een geniale inval kreeg en zich dit gezelschap van die zaterdag vijf jaar geleden kon herinneren – wat hadden ze daar dan eigenlijk aan? Zolang de Zesde Man zijn rijbewijs niet op tafel had laten liggen of op een andere manier zijn identiteit aan de grote klok had gehangen, kwamen ze geen stap verder. Een paar meter misschien, maar de eindstreep zou bij lange na niet in het zicht komen.

De eigenaar vroeg of ze misschien wilden blijven lunchen, maar aangezien het nog maar half twaalf was, besloten ze dat onderdeel in het derde restaurant van die ochtend af te handelen.

Le Thalamot in Beg Meil.

Hier zou ik willen wonen als ik rijk was, dacht Gunnar Barbarotti ineens toen hij de auto uitstapte. En als ik Frans sprak.

Ja, niet in Le Thalamot zelf, misschien, maar ergens in de buurt. In een van de grote, ommuurde stenen huizen die de dorpskern van Beg Meil leken te vormen. Torentjes en dakjes, blauwe raamluiken en uitbundig groen; splendid isolation en de zee op niet meer dan een paar meter afstand.

Maar ik word toch nooit rijk, dacht hij toen. En Frans zal ik al helemaal nooit leren. Daarvoor moet je getrouwd zijn geweest met een wielrenner uit Lyon.

Voor de derde keer legden ze hun vragen en foto's voor, waarop voor de derde keer met spijtige glimlachjes en hoofdschudden werd gereageerd. Toen bestelden ze allemaal maar een salade en een omelet en proefden, nu ze er toch waren, een glas cider uit de streek.

Die smaakte naar oud, gegist appelsap, Barbarotti herinnerde zich dat het vijftien jaar geleden aan Côtes-d'Armor niet anders was, en niemand wilde een tweede glas.

'De namen kloppen in elk geval', zei Tallin toen ze hun koffie hadden gekregen. 'De plaatsen bestaan, de restaurants bestaan. En de mensen, alles klopt. We hoeven in elk geval niet aan het verhaal te twijfelen.'

'Misschien niet', zei Barbarotti. 'Inderdaad, alles is er. Maar er liggen ook een jong meisje en een oude vrouw in het drasland begraven, en ze zijn verdwenen zonder dat iemand zich om hen bekommert. Behoorlijk storend, vind ik.'

'We weten nog niet wat Leblancs navraag heeft opgeleverd', merkte Morelius op. 'Met een beetje geluk hebben we vanavond of morgen hun namen.'

'Een lot zo innig welkom', zei Tallin.

Het viel Barbarotti op dat hij er vermoeid uit begon te zien, de beste commissaris. Zelfs hij.

'Troaë', zei hij. 'Leblanc zei dat hij die naam nog nooit had gehoord.'

'Ik heb hem ook nog nooit gehoord', zei Morelius.

'The Root Of All Evil', zuchtte Tallin. 'Ja, allemachtig.'

'Nog nieuws van het thuisfront?' zei Barbarotti om van onderwerp te veranderen. 'Mijn mobieltje houdt zich stil sinds gisteravond.'

Tallin dronk zijn koffie op en leek zichzelf een beetje te vermannen. 'Ja, ik heb Asunander vanmorgen gesproken', zei hij. 'Vierhonderdvijfenvijftig namen. Een record waarschijnlijk, en tien ervan gaan ons een proces aandoen omdat ze zich aangesproken voelen. Maar ze zijn nu een selectie aan het maken, we moeten even afwachten wat er uitkomt.'

Barbarotti knikte. 'Ik hoop dat ze het aantal tot zeven of acht hebben teruggebracht als we terugkomen. Dat is iets hanteerbaarder.'

'Hopen kan altijd', zei Tallin. 'Zullen we betalen en de huizenmarkt gaan verkennen?'

De huizen bleken eveneens overeen te komen met het Mousterlindocument, zoals ze het een beetje tegen hun zin waren gaan noemen. Het huis dat de Malmgrens via het reisbureau uit Göteborg hadden gehuurd, lag een paar honderd meter links van de landtong van Mousterlin, vlak achter de strandwal. Ze hadden geen afspraak gemaakt met de eigenaar om het huis te bekijken, voornamelijk omdat het niet dezelfde eigenaar was als vijf jaar geleden. Monsieur Diderot – dat klonk bekend, dacht Barbarotti – die zijn huis aan het Zweedse echtpaar had verhuurd, was in 2004 overleden, waarna het als erfenis was overgegaan en vervolgens verkocht aan een Zwitserse bankier.

Maar het stond er, een knus, witgepleisterd huis omheind door een lage, stenen muur. Een leiendak, zoals de meeste huizen in de streek, een groot terras, een paar cipressen en rododendrons en een weelde aan hortensia's. Barbarotti was niet echt bekend met de planten, maar Morelius vertaalde deze ook naar het Zweeds.

Naar het onderkomen van Gunnar Öhrnberg en Anna Eriksson moesten ze iets langer zoeken. Het lag ongeveer halverwege Mousterlin en Beg Meil, en ze reden lang rond over de grindwegen die kriskras door het polderlandschap liepen voor ze het hadden gevonden. Hier hadden ze evenmin een afspraak met de eigenaar gemaakt; Leblanc en Morelius hadden hem aan het begin van die ochtend door de telefoon gesproken, maar hij zei dat hij zijn pand in de loop der jaren aan zo veel rare toeristen had verhuurd dat hij de ene niet meer van de andere kon onderscheiden. Bovendien stond hij op het punt om te gaan vissen en hij liet zijn plannen niet door de politie dwarsbomen. *Des flics et des touristes! Jamais de la vie!*

Politie en toeristen, bekijk het maar, vertaalde Morelius.

Toen ze bij Le Clos aankwamen, zoals het derde – en volgens hun gegronde verwachtingen belangrijkste – huis heette, was het vier uur 's middags en nog steeds was er geen wolkje aan de hemel. De eigenaar, ene monsieur Masson, had beloofd er om vijf uur te zijn, maar als ze er eerder waren, moesten ze maar gewoon naar binnen wandelen en gaan zitten. Op een steenworp afstand zat een bakker, precies zoals in het document stond, die net weer na de lunch was opengegaan; ze slenterden erheen, kochten water, fruit, een krant en drie chocoladecroissantjes. Liepen terug naar Le Clos en gingen onder de parasol op het terras zitten wachten. Barbarotti schatte dat het minstens drieëndertig graden in de schaduw was, en als er geen vrouwelijke inspecteur bij was geweest, was hij zeker in zijn onderbroek gaan zitten.

Je zat hier namelijk helemaal vrij. Aan twee kanten werd het terras omgeven door een hoge, dichte rododendronhaag en aan de derde kant strekte een weiland met een meter hoog gras zich uit tot aan zee. Barbarotti kon de zee horen, terwijl die toch op een paar honderd meter afstand moest liggen, hij vermoedde dat het vloed werd.

Het huis zelf leek op dat van de Malmgrens. Witgrijze gevel en blauwe luiken. Twee verdiepingen. Een terras met wit tuinmeubilair en een blauw-gele parasol. Alsof IKEA deze plek had geclaimd. Het hek had exact dezelfde blauwe kleur als de afvalbak van Somberman.

'Dus dit is de plek van de moord?' zei inspecteur Morelius terwijl ze de steel van een banaan knakte.

Barbarotti keek om zich heen. 'Waarschijnlijk', zei hij. 'Ja, het moet op dit terras zijn gebeurd ... en daar', zei hij wijzend. 'Daar, bij het gereedschapsschuurtje.'

Het schuurtje lag half verscholen onder een weelderige loofboom. Het leek een kastanje, dacht Barbarotti, maar de bladeren waren een beetje gelobd. Hij nam een slok water, stond op en liep erheen. Merkte dat het koeler was in de schaduw onder het gebladerte en bleef er even staan; een briesje vond zijn weg ernaartoe. Hij dacht bij zichzelf dat als hij hier zou wonen, hij een dag als deze ongetwijfeld in een ligstoel onder deze boom zou doorbrengen, wat voor soort het ook mocht zijn.

Hier had die oude vrouw dood gelegen, dacht hij toen. Terwijl de Zweden daar op het terras zaten te overleggen wat ze met haar lichaam moesten doen.

Een kleine, tengere vrouw van wie de schedel met een Zweedse bahco was ingeslagen. Hij staarde naar het gras naast de golfplaten wanden van het schuurtje. Precies hier, hier op dit kleine stukje gras en aarde had ze gelegen, een in het zwart geklede Franse vrouw met een bloedrode strohoed en ... Hij werd overvallen door een plotselinge duizeligheid, of misschien was het wel een zonnesteek, wellicht door de hitte en dit onbegrijpelijke, duistere verhaal, dit ongrijpbare en tegelijk uiterst tastbare vertelsel met een hoofdpersoon, van wie ... Ja, wat?

Van wie je geen hoogte kon krijgen, dacht Barbarotti. Dat was toch wel het minste wat je kon zeggen? Die in een zomer vijf jaar geleden een paar weken in dit vreedzame huis had vertoefd en nu zeven mensenlevens op zijn geweten had. Misschien zijn eigen leven ook wel.

Wie ben je? dacht hij. Of wie was je? Wat wil je met je verhaal?

En opnieuw kwamen de Bijbelwoorden van de dag ervoor bij hem op.

De plannen in het hart van de mens zijn diepe wateren, maar een man van verstand weet ze op te diepen.

Of was het als het erop aankwam niet zo ingewikkeld? Hij moest wraak nemen om gerehabiliteerd te worden en hij moest rekenschap afleggen. Precies zoals hij geschreven had. Konden ze geen genoegen nemen met die verklaring?

Zijn mobieltje ging. Hij schrok op, viste zijn telefoon uit zijn borstzak en nam op.

'Hoi papa! Met Lars.'

'Hoi Lars!'

'Wat ben je aan het doen?'

Een tel lang ontvouwde zich een mogelijk vervolg van het gesprek in zijn hoofd. Als hij zich aan de waarheid zou houden.

'Ik ben in Frankrijk, Lars.'

'Wat doe je daar?'

'Ik sta op een grasveldje naar een plek te kijken.'

'Wat voor plek?'

'De plek waar ze vijf jaar geleden een vermoorde vrouw hebben neergelegd.'

'Waarom?'

'Dat weet ik niet, Lars.'

'Waarom hebben ze dat gedaan? Hebben ze haar nu weggehaald?'

'Jazeker. De zon schijnt en er is geen vuiltje aan de lucht.'

Nee, de waarheid was niet altijd de beste remedie als je met je kinderen sprak.

'Ik reis een beetje rond', zei hij daarom maar. 'Wat zijn Martin en jij aan het doen?'

'We komen net uit school. Papa, we willen bij jou komen wonen. Mag dat?'

'Natuurlijk mag dat. Dat vind ik juist hartstikke leuk, dat weet je toch.'

'Wat leuk. Dan doen we dat. Ik zal tegen mama en Martin zeggen dat je het hartstikke leuk vindt.'

'Doe maar', zei Gunnar Barbarotti. 'Zeg maar tegen mama dat ze me moet bellen, dan kunnen we afspreken wanneer jullie komen en zo.'

'Aardig van je, pap', zei Lars en hij drukte het gesprek weg.

Zo ging het, dacht Barbarotti. Leven en dood.

Hij stopte zijn mobieltje weg en liep weer naar het terras.

Henri Masson arriveerde een paar minuten over vijf en had een fles streekcider en een Bretonse koek bij zich voor zijn gasten uit den vreemde.

Hij was rond de zeventig, droeg een strohoed en een snor, die zo frivool was dat je hem zelfs moeiteloos kon zien als hij met zijn rug naar je toe stond.

Maar hij stond alleen van hen afgewend toen hij het hek dichtdeed en in de brievenbus keek. Verder was hij amicaal en aimabel. En bereid zijn steentje bij te dragen. Leblanc had hem in grote lijnen verteld waar het over ging, en wellicht citeerde hij Leblanc toen hij vier hoge glazen had ingeschonken en een toost uitbracht.

'Pour la lutte contre la criminalité!' Op de strijd tegen de criminaliteit!

Hij sprak geen woord Engels, maar was meteen op inspecteur Morelius gesteld en het deed hem duidelijk veel genoegen dat alles wat hij zei door zo'n charmante en elegante vrouw werd vertaald.

'Afijn', zei Tallin. 'Het gaat dus om een Zweedse man die dit huis tussen 27 juni en 25 juli 2002 heeft gehuurd. Hij heette Erik Bergman, het kan zijn dat hier toen nog iemand aanwezig was, en we zijn blij met alle informatie die we kunnen krijgen.'

'Ik herinner me hem nog', liet Henri Masson niet zonder een zweem van trots weten. 'Ik heb dit huis jarenlang verhuurd, vanaf de jaren zeventig, maar in de zomer van 2002 voor het laatst. Na monsieur Bergman heb ik nog maar één huurder gehad.

Eindelijk, dacht Barbarotti toen Morelius vertaald had wat hij zei, eindelijk zit er een heel klein beetje schot in dit weerbarstige kluwen.

'Ik laat mijn huurders natuurlijk altijd met rust,' vervolgde Masson en hij draaide de puntjes van zijn snor tussen zijn duim en wijsvinger, 'maar één keer per week maai ik het gras en leeg ik de vuilnisbak. Mijn vrouw en ik wonen in Fouesnant.'

'Waarom hebt u het huis na 2002 niet meer verhuurd?' vroeg Barbarotti.

'Ik won de voetbaltoto', deelde Masson nog trotser mee. 'Ik had geen geld meer nodig. Nu mogen mijn kinderen met hun gezin hier zitten. Gisteren is er een stel vertrokken, en vrijdag komen er weer anderen. Ik heb vijf kinderen en dertien kleinkinderen, als ze het maar schoon achterlaten, gaan ze maar lekker hun gang.'

'Deze monsieur Bergman', bracht Tallin hem in herinnering. 'Wat weet u nog van hem?'

Masson haalde zijn schouders op. 'Niet zo veel natuurlijk. Ik heb ze binnengelaten toen ze kwamen, ik heb ze gezien toen ik het gras maaide en ik heb gecontroleerd of ze de boel schoon hadden achtergelaten toen ze weggingen. Bij het laatste bezoek was mijn vrouw erbij, vrouwen hebben een betere kijk op dat soort dingen dan wij mannen.'

Terwijl hij dat zei, knipoogde hij veelbetekenend naar inspecteur Morelius, die geroutineerd een knipoog teruggaf.

'U hebt het over "ze"?' zei Tallin. 'Ze zaten hier dus met zijn tweeën?'

'In elk geval toen ze kwamen', zei Masson. 'Maar toen monsieur Bergman vertrok, was hij alleen.'

'Die andere persoon, was dat ook een man?' vroeg Barbarotti.

'Oui. Dat was een man. Ze waren rond de dertig, allebei. Ik hou me alleen bezig met mijn eigen seksuele voorkeuren, die van anderen interesseren me niet, dus ... Ja, ze doen maar.'

Nieuwe knipoog naar Morelius. Nieuwe knipoog terug.

'Bedoelt u dat het een homostel was?' zei Barbarotti.

'Nee, integendeel. Ik bedoel dat het me niet interesseert.'

'Het is duidelijk', zei Tallin. 'Hoe heette die andere man?'

Barbarotti sloot zijn ogen en balde zijn handen. Nu, dacht hij. Ja of nee?

Henri Masson haalde zijn brede schouders op. 'Geen flauw idee.'

Morelius hoefde het niet te vertalen, maar deed het toch. Ik had ook niks anders verwacht, dacht Barbarotti. Waarom zou hij zo onvoorzichtig zijn om zijn naam prijs te geven? Ook op dat punt strookte het met het Mousterlindocument.

'U weet zeker dat u zijn naam niet gehoord hebt?' vroeg Tallin, waarna hij voorzichtig van zijn cider nipte.

'Heel zeker', zei Henri Masson. 'Ik heb zijn naam nooit geweten, dus kan ik hem ook niet vergeten zijn.' Hij tikte met een wijsvinger boven op zijn strohoed. 'Monsieur Bergman was verantwoordelijk voor het huis. Er was niets op aan te merken toen hij wegging.'

'Hebt u gemerkt of er een bahco uit het gereedschapsschuurtje is verdwenen?' vroeg Barbarotti.

'Een bahco? Nee, absoluut niet. Maar er ligt daar zo veel rotzooi, dat zou ik sowieso niet gemerkt hebben.'

'Duidelijk', zuchtte Barbarotti.

‘Die andere man’, zei Tallin. ‘Zou u hem herkennen als u hem zag?’

Henri Masson nam een flinke slok cider en dacht na. ‘Misschien wel’, zei hij. ‘Ja, ik denk het eigenlijk wel.’

Inspecteur Barbarotti haalde voorzichtig een van de foto’s uit de map. Schoof hem over de tafel naar Masson.

‘Staat hij op deze foto?’ vroeg Tallin.

Henri Masson verontschuldigde zich, pakte zijn bril uit een glimmende metalen brillenkoker en zette hem omstandig op het puntje van zijn forse neus. Pakte de foto tussen duim en wijsvinger en bestudeerde hem vijf tellen.

‘Oui’, zei hij wijzend. ‘Ja, die is het. De twee anderen herken ik niet.’

Gunnar Barbarotti merkte dat hij tijdens de hele procedure zijn adem had ingehouden.

36

Toen Gunnar Barbarotti donderdag wakker werd, was de hemel bedekt met zwarte wolken en hij herinnerde zich dat het die zomer in de jaren negentig net zo was. Stralende, wolkeloze dagen afgewisseld met onweer en een koude oceaanwind. Het deed een beetje denken aan de stemmingswisselingen van Helena. Terwijl hij zich opfriste, begon hij na te denken over hoe hun leven samen eruit zou hebben gezien als ze bijna zes jaar geleden niet gescheiden waren.

Het voelde niet als een gepaste gedachtegang aan het begin van een nieuwe, optimistische dag, en hij zette hem al snel stop. Besefte dat hij nodeloos vroeg was opgestaan; hij zou om half negen met Tallin en Morelius ontbijten, en toen hij zich had aangekleed, was het nog maar acht uur. Een half uur lang in je eentje croissants eten sloeg nergens op, stelde hij vast, maar toen kwam er een andere gedachte bij hem op.

Hij had Sara al heel lang niet gesproken. Ja, dat moest nu wel twee weken zijn. Hij had meerdere keren op het punt gestaan om haar te bellen, maar er was telkens iets tussen gekomen.

Maar nu had hij tijd over. De kans was weliswaar vrij groot dat ze nog lag te slapen, maar – aan de andere kant – kon je je een betere start van de dag bedenken dan gewekt worden door je attente en liefdevolle vader?

Hij belde haar. De telefoon ging zes keer over, toen kreeg hij haar voicemail. Hij drukte haar stem weg en belde opnieuw.

Nu nam ze op.

Hij dacht in elk geval dat zij het was. Het klonk bijna alsof er een meringue werd kapotgetrapt. Niet dat hij vaak meringues kapottrapte, maar toch.

'Met mij', zei hij. 'Je lieve vader.'

'Papa?'

'De enige echte.'

'Waarom ... waarom bel je ... Hoe laat is het. Zeven uur! Waarom bel je me om zeven uur 's morgens? Is er iets gebeurd?'

'Het is acht uur', legde hij uit.

'In Engeland is het zeven uur', merkte Sara op. 'Dat weet je toch wel?'

'Dat is waar ook, ja', schoot het Barbarotti te binnen. 'Maar ik had zo lang niks van je gehoord, en nu had ik een half uurtje over.'

'Een half uurtje over? Heb je het zo druk?'

Hij dacht na. 'Ja, eigenlijk wel', zei hij. 'Het is een beetje hectisch allemaal. Maar we kunnen ook ophangen, hoor, als je wilt slapen. Dan bel ik je vanavond wel.'

'Nu heb je me toch al wakker gemaakt', zei Sara. 'En, trouwens, er is iets ... Ik wilde je vandaag bellen.'

'O, ja?' zei Barbarotti. 'Wat is er?'

'Kan ik ... kan ik wat geld lenen?'

Verdomme, dacht Barbarotti. Er is iets gebeurd.

'Hoezo?' vroeg hij.

Sara vroeg nooit om geld. Bange vermoedens waren op zijn plaats. Het betekende helemaal niet dat hij overbezorgd was.

'Hoezo?' herhaalde hij.

'Ik wil niet ... Nee, ik wil het niet zeggen', antwoordde ze langzaam met een stem vol wroeging. 'Maar ik betaal je het voor het eind van het jaar terug. Rond Kerst of zo?'

Kerst? dacht hij. 'Hoeveel had je in gedachten?'

'Vierduizend', zei ze. 'Of vijf, als het kan.'

'Vijfduizend? Waar heb je in hemelsnaam vijfduizend kronen voor nodig, Sara?'

'Er is iets', zei Sara en nu klonk ze echt verdrietig, merkte hij. Niet alleen maar moe. 'Maar ik kan je echt niet vertellen wat er is.'

'Saraatje van me ...'

'Voor deze ene keer. Ik vraag je nooit om geld en ik beloof dat ik het je terugbetaal. Ik wil mama niet bellen, want ...'

'Ik wil graag weten waar je het voor nodig hebt', zei hij. 'Dat snap je toch wel?'

'Als je het wilt weten, vraag ik het wel aan iemand anders', zei Sara.

'Allemachtig', zei hij. 'Nee, natuurlijk mag je geld van me lenen. Hoe gaat het eigenlijk met je?'

'Redelijk', zei Sara. 'Maar het komt allemaal goed. Maak je geen zorgen, papa.'

'Heb je je baan nog?'

'Ja, ja.'

'In die pub?'

'Jazeker.'

'En die muzikant? Heb je die ook nog?'

Waarom vraag ik dat? dacht hij. Ik wil het alleen maar weten als ze nee zegt.

'Mag ik je over een paar dagen terugbellen, papa?' zei ze. 'Het is een beetje lastig praten nu.'

Hoezo? dacht hij. Waarom is het nu lastig praten? Omdat Malin wakker is geworden en mee ligt te luisteren? Of omdat die ... Hoe heette hij in godsnaam ... Robert? Richard? ...

Nee, verdomme, dacht Gunnar Barbarotti. Ik geef haar het geld en een week, dan kom ik haar halen.

'Ik maak het geld vandaag over', zei hij. 'Ik heb je rekeningnummer, geen probleem.'

'Dank je wel, papa', zei Sara. 'Ik hou van je.'

'Ik hou ook van jou', zei Gunnar Barbarotti. 'Probeer nog wat te slapen.'

Toen hing hij op. Hij keek op zijn horloge. Kwart over acht. Hij had niet eens verteld dat hij in Frankrijk zat.

Maar hij had nog genoeg tijd om zijn bank in Zweden te bellen om vijfduizend kronen over te maken. Op zijn vraag hoeveel geld hij op zijn rekening had staan, antwoordde de vriendelijke dame van de bank dat het tweeënzestig kronen en vijftien öre was.

Omdat Leblanc die ochtend bezig was met het bestrijden van zijn eigen criminaliteit, hadden ze een paar uur over voor wat sightseeing – maar de regen barstte los op het moment dat ze klaar waren met het ontbijt, dus werd dit plan in de ijskast gezet, ze bestelden een pot koffie en verzamelden zich op Tallins kamer om de stand van zaken te bespreken.

'Is een van jullie vannacht nog op nieuwe ideeën gekomen?' vroeg Tallin. Dat had hij bij het ontbijt ook al gevraagd, maar er was iets met hem gebeurd, dacht Barbarotti. Sinds ze in Bretagne waren leek hij geen energie meer te hebben, hij had het de dag ervoor ook al gemerkt en blijkbaar was het vandaag niet anders. Het leek wel of hij kiespijn had of bij het pokeren al zijn spaargeld had verloren.

'Nee. Zoals ik al zei', zei Carina Morelius en ze schonk koffie in. 'Maar ik zie mezelf bij deze zaak ook meer als toeschouwer. En tolk, uiteraard. Jullie werken al bijna een maand aan deze zaak, is het niet? Is het allemaal niet op 25 juli begonnen?'

'De 24ste of de 31ste', zei Barbarotti. 'Het ligt eraan hoe je het bekijkt.'

'Nieuwe ideeën?' herhaalde Tallin koppig.

'Tja, wat zal ik zeggen?' zei Barbarotti. 'We hebben in elk geval bevestigd gekregen dat de Zesde Man inderdaad in het huis van Erik zat ... en dat hij op de foto staat. Toch? Dat zou een doorbraak moeten zijn, maar ik heb een beetje moeite om het zo te zien.'

'Twijfelde je eraan of het wel klopte?' vroeg Tallin.

'Nee', zei Barbarotti. 'Eigenlijk niet. Nou ja, we moeten maar afwachten wat er vanmiddag gebeurt, maar als het meisje en haar oma nergens in Frankrijk als vermist zijn opgegeven, wordt het hele verhaal ... nogal gecompliceerd. Voor mij althans.'

'Voor mij ook', zei Tallin. 'Verdorie, ik doe dit werk al meer dan dertig jaar en ik kan me niet herinneren dat ik ooit zoiets heb meegemaakt.'

'Dat accent van die grootmoeder', zei Barbarotti na een zware stilte van een paar tellen, '... en van het meisje op een gegeven moment ... Ik wil er liever niet aan denken, maar als ze uit een ander land kwamen, ja, dan wordt ons blikveld vele malen groter.'

'Ik weet het', zuchtte Tallin. 'Nee, ik ben het met je eens. Laten we die optie nog maar even vergeten.'

'Hoe gaat het met de compositietekening in Zweden?' vroeg Morelius. 'Heeft die al nieuwe informatie opgeleverd?'

'We zitten nu op meer dan vijfhonderd namen', constateerde Tallin. 'Het is overigens geen tekening, maar een echte foto.'

'Sorry', zei Morelius.

‘Geen probleem’, zei Tallin. ‘Hoe dan ook, alle tips worden nagetrokken en in urgentiecategorieën ingedeeld. Eén, twee en drie. In categorie één, de meest aannemelijke, hadden ze vanmorgen vijfenveertig namen verzameld. Vandaag na de lunch beginnen ze met de verhoren. Ja, als we geluk hebben komt de doorbraak uit die hoek. Ongeacht wat deze Frankrijkreis oplevert.’

‘Er is niet veel nodig voor een alibi, hè?’ vroeg inspecteur Morelius.

‘Daar heb ik ook aan zitten denken’, zei Barbarotti. ‘Behalve een alibi voor de zomer van 2002 moet je de mogelijkheid hebben gehad om afgelopen maand op vier verschillende moordplekken in Zweden te zijn geweest. Je moet bijvoorbeeld die nacht op de veerboot naar Denemarken hebben gezeten ... Ja, als we een pechvogel vinden die voor al die dingen geen alibi heeft, dan ziet het er niet best voor hem uit.’

‘En als hij dan ook nog op de man op de foto lijkt ...’

‘Dan helemaal, ja.’

‘Maar onze charmeur Masson was toch wel geloofwaardig?’ zei Morelius glimlachend.

‘Ja, die indruk had ik wel’, zei Barbarotti. ‘Maar er viel voor hem natuurlijk ook weinig te kiezen. Misschien hadden we dat iets beter moeten aanpakken.’

‘Hoezo?’ vroeg Tallin geïrriteerd. ‘Denk je dat hij kroongetuige bij de rechtszaak wordt of zo?’

Wat heeft hij? dacht Barbarotti. Hij begint van zijn voetstuk te vallen, die Tallin.

‘Ik moet even een paar telefoontjes plegen’, loog hij. ‘Zullen we over een uur bij de receptie afspreken?’

‘Ik ook’, zei inspecteur Morelius, waarna ze gezamenlijk Tallins kamer verlieten.

‘Zo, die is uit zijn hum’, zei ze toen ze in de gang stonden. 'Je vriend de commissaris.'

'Ja', zei Barbarotti. 'Maar ik ken hem eigenlijk amper. Hij is van de nationale recherche.'

'Weet ik', zei Carina Morelius en ze dempte haar stem tot een vertrouwelijke fluistertoon. 'Maar ík ken hem wel. We hebben een paar jaar geleden een verhouding gehad.'

'Dat meen je n...' zei Barbarotti en hij bleef staan.

'Jawel, het heeft maar een paar weken geduurd, hoor. "Verhouding" is niet het goede woord, trouwens. "Affaire" is beter, we hebben een affaire gehad.'

'Maar hij is minstens vijftien jaar ouder dan jij.'

'Dertien', zei Morelius. 'Maar de leeftijd was niet het probleem.'

'Je bedoelt dus dat ... dat hij bepaalde verwachtingen van deze trip had?'

'Dat zijn jouw woorden', zei Morelius en ze glipte haar kamer in.

Er zijn veel dingen die je niet weet, dacht inspecteur Barbarotti. Heel veel dingen.

'Ieder jaar worden er in dit land circa zestigduizend mensen als vermist opgegeven', deelde commissaire Leblanc mee. *'Six, zero, zero, zero, zero.'*

Barbarotti noteerde.

'Dat is natuurlijk een gigantisch aantal, maar het is niet meer dan een promille van de bevolking. De meeste mensen verdwijnen níét. Simpel gezegd zou je kunnen zeggen dat één op de duizend mensen verdwijnt. Als we deze cijfers verder doortrekken, komt dat neer op afgerond vijfduizend verdwijningen per maand.'

'In ons land is het cijfer relatief even hoog', merkte Tallin op. 'Ik heb hier niet zo heel lang geleden nog een artikel over gelezen, daarin werd beweerd dat het aantal per hoofd van de bevolking in de meeste West-Europese landen gelijk ligt.'

'Dat zou heel goed kunnen kloppen', beaamde Leblanc. 'Maar we moeten niet vergeten dat slechts een fractie van deze vijfduizend verdwijningen per maand een jaar later nog steeds verdwenen is. Rond de vijftien procent, om precies te zijn. Mensen duiken op, komen thuis of worden dood aangetroffen. In minder dan tien procent van de gevallen is er sprake van een misdrijf, en het aantal mensen dat na vijf jaar nog steeds wordt vermist, is ongeveer hetzelfde – krap tien procent. Wat ik wil zeggen is dat er per jaar zo'n zesduizend mensen van de aardbodem verdwijnen. Men gaat ervan uit dat ongeveer de helft daarvan niet meer leeft, en van de resterende drieduizend bevinden zich zeker niet meer dan zo'n honderd binnen de landsgrenzen. Mensen vluchten, simpelweg, om verschillende redenen. Niet-betaalde belasting is de meest voorkomende.'

Barbarotti sloeg een blad om in zijn blocnote en besloot niet meer te noteren.

'Hoeveel mensen zijn er in juli 2002 verdwenen?' vroeg hij.

'Daar ben ik nu aangekomen', zei Leblanc met een vluchtig glimlachje. 'Excuses voor deze cijferexercitie, maar ik wilde jullie een context geven.'

'Prima', zei Tallin.

'Voorzover ik heb begrepen, zijn het meisje Troae en haar grootmoeder begin juli overleden, voor de zekerheid heb ik de cijfers bekeken van de twee maanden tussen 5 juli en 4 september van dat jaar, toen de scholen op de meeste plaatsen weer begonnen waren. In die periode zijn er 12.682 personen als vermist opgegeven – in het hele land. Statistisch gezien een normaal getal dus, in de zomer verdwijnen er meestal meer mensen, maar deze zomer was het kennelijk marginaal.'

Hij pauzeerde even terwijl hij zijn bril poetste en zijn papieren raadpleegde.

'Van 1035 van deze mensen is tot op de dag van vandaag niets bekend.'

'Dat wil zeggen dat ze nog steeds verdwenen zijn?' vroeg Barbarotti.

'Exact', zei Leblanc. 'En van deze ruim duizend mensen zijn er niet twee door één persoon gemeld.'

'Wacht even', zei Barbarotti. 'U zegt dus dat niemand het meisje en haar oma tegelijkertijd als vermist heeft opgegeven?'

'Correct', zei Leblanc.

'Maar dat betekent toch dat ze helemaal niet als vermist zijn opgegeven. Waarom zou dat door twee verschíllende mensen zijn gedaan?'

'Als het inderdaad om een oma en haar kleinkind gaat, zou het niet meer dan logisch zijn dat ze door een en dezelfde persoon zijn gemeld', beaamde Leblanc en hij griste een nieuw papier tevoorschijn.

'Maar stel dat we uitgaan van de mogelijkheid dat er twee verschillende meldingen zijn geweest en als we de leeftijdsspanne ruim nemen, laten we zeggen dat het meisje tussen de tien en vijftien jaar oud moet zijn geweest en de grootmoeder tussen de vijftig en de tachtig ... Ja, vinden jullie deze marges ruim genoeg?'

'Zeker', zuchtte Tallin. 'Op hoeveel mensen komen we dan uit?'

Leblanc schraapte zijn keel. 'In het hele land, ik benadruk, in het héle land, zijn er in de betreffende periode van twee maanden, juli en augustus 2002, zestien vrouwen in de oudere leeftijdscategorie die nog steeds worden vermist en elf meisjes in de jongere categorie.'

‘En hebben we al hun namen?’ vroeg Barbarotti.

‘Uiteraard’, zei Leblanc. ‘Maar we hebben geen familieband tussen twee van hen kunnen vinden en geen van de meisjes heet Troaë.’

Het was vijf tellen stil. Commissaris Tallin leunde achterover op zijn stoel en staarde naar het plafond. Barbarotti merkte dat hij zo hard op zijn wang beet dat het pijn deed.

‘Eén vraag’, zei hij. ‘Zitten hier ook mensen bij die als vermist zijn opgegeven door een instantie ... Een school of de belastingdienst of zo?’

‘Ja,’ zei Leblanc, ‘die zitten hier ook bij.’

‘Maar’, zei Barbarotti, ‘in principe wijst niets erop dat het meisje en haar oma niet bij deze ... Hoeveel waren het er?’

‘Vingt-sept’, zei Leblanc.

‘Bij deze zevenentwintig mensen zitten?’

‘Helemaal niets’, zei Leblanc. ‘Ik heb de gegevens van al deze vermisten opgevraagd en zodra ik ze binnen heb, stuur ik het materiaal naar jullie in Zweden. Begin volgende week, schat ik.’

‘Merci’, zei Tallin. *‘Merci beaucoup.’*

‘Nog één ding’, zei Barbarotti. ‘Er lopen in dit land vast vrij veel mensen rond zonder verblijfsvergunning, niet? Mensen van wie de overheid geen gegevens heeft.’

‘Naar schatting tussen de vijfhonderdduizend en een miljoen’, zei Leblanc. ‘De meesten komen uit Afrika.’

‘En als een paar van hen ...?’

‘Natuurlijk niet’, zei Leblanc. ‘Die vallen buiten alle statistieken. Maar ze waren toch niet zwart, dat meisje en haar grootmoeder?’

‘Nee’, zei Barbarotti. ‘Er is in elk geval niets wat daarop wijst.’

'Arabieren ...?' zei Tallin met een grimas. 'Waarom niet? Het meisje was donker, dat wordt verschillende keren in de aantekeningen genoemd.'

Het werd weer stil. Leblanc zette zijn bril af en begon hem te poetsen. Barbarotti wierp een blik uit het raam en stelde vast dat het nog steeds regende.

'Dus', zei Tallin in het Zweeds, 'dit levert ook geen zier op.'

Dat vond hij zes uur later nog steeds, nadat ze in een restaurant hadden gegeten dat Kerven Mer heette. Het lag op een steenworp afstand van hun hotel – alleen hij en Barbarotti. Inspecteur Morelius had vrijaf gevraagd om een oude vriendin te bezoeken die in Brest woonde – en ze hadden twee flessen bourgogne gedronken. Het was een goede, volle wijn, maar één fles was ook genoeg geweest.

'Als jij mij kunt vertellen hoe het zit, zorg ik ervoor dat je op 1 januari commissaris bent', zei Tallin. 'Allemachtig.'

Barbarotti wist dat het niet binnen Tallins bevoegdheid lag om iets dergelijks te bewerkstelligen, maar hij deed alsof zijn neus bloedde.

'Dank je', zei hij daarentegen. 'Ja, zo moeilijk is het niet. Óf het meisje en haar grootmoeder staan op de lijst die we volgende week krijgen ... Óf ... Ja, óf het waren toeristen in een caravan.'

'Hè?' zei Tallin.

'Óf zigeuners zonder verblijfsvergunning', zei Barbarotti. 'Óf Arabieren, waarom niet? Het meisje was donker, haar oma was donker. En ze waren niet zwart.'

Tallin dacht na. 'Zijn dat de enige twee alternatieven die je kunt bedenken?'

Barbarotti dacht ook even na. 'Er is nog een derde natuurlijk', zei hij. 'Dat hij liegt.'

'Liegt?'

'Ja, dat hij het hele verhaal uit zijn duim gezogen heeft. Als het meisje en haar grootmoeder überhaupt bestaan, zijn ze in elk geval niet dood.'

Tallin hief zijn glas en zette het weer neer zonder eruit te drinken.

'Wat bedoel je daar in hemelsnaam mee?' zei hij.

'Het is niet onmogelijk', zei Barbarotti, 'dat hij alles verzonnen heeft ... Ja, niet over de Zweden natuurlijk, maar over het meisje en haar oma ...'

'Welke geloofwaardige reden zou hij kunnen hebben om zo'n verhaal op te dissen?' zei Tallin, op wie de wijn plotsklaps geen enkele invloed meer leek te hebben.

'Geen enkele', zei Barbarotti. 'Nee, ik neem het terug. Ik geloof meer in een van de twee andere alternatieven.'

Maar Tallin wilde niet van wijken weten. 'Dan zou hij deze vijf mensen om een ándere reden hebben vermoord?' zei hij. 'Een reden die hij geheim wil houden? Bedoel je dat?'

'Nee', zei Barbarotti. 'Ik bedoel helemaal niks. Het klinkt belachelijk allemaal.'

'Maar hij moet geweten hebben dat we dit gingen checken', hield Tallin stug vol.

'Misschien kan het hem niet zo veel schelen', zei Barbarotti.

Tallin krabde zich op zijn hoofd. 'Maakt dit het begrijpelijker, vind je? Wat heeft het voor zin om een verhaal te vertellen waarvan hij weet dat we het toch wel door zullen prikken?'

'Ik ben een beetje dronken', zei Barbarotti. 'En ik zeg toch dat ik meer geloof in Duitsers in een caravan. Ze hebben tegen hun familie en vrienden gezegd dat ze naar de Noordkaap gaan, maar ze houden iedereen voor de gek en rijden naar Bretagne. En daar lopen ze die Zweden tegen het lijf. Wanneer word ik commissaris, zei je?'

'Ik denk dat ik ook nog maar koffie en cognac neem', zei Tallin.

'Moet dat echt?' zei Gunnar Barbarotti.

Vlak nadat ze vrijdagochtend op het vliegveld van Quimper hadden ingecheckt, ging Barbarotti's mobieltje. Het was dokter Olltman.

'Hoe gaat het met je?' vroeg ze.

Hij probeerde snel een varkensmetafoor te vinden, maar kon er geen bedenken. 'Heel goed', zei hij daarentegen. 'Ik zit nu in Frankrijk. Ik heb een boodschap ingesproken over vorige week vrijdag, ik hoop dat je die gehoord hebt?'

'Jazeker', verzekerde Olltman hem. 'Maar ik bel omdat ik een nieuwe afspraak wil maken.'

'De situatie is een beetje veranderd', zei Barbarotti.

'Ten goede, hoop ik?'

'Zeer zeker', zei Barbarotti. 'Maar ik heb het behoorlijk druk gehad.'

'Ik lees nog steeds de krant', liet Olltman hem weten. 'Bel me maar als je weer tijd hebt. Het lijkt me verstandig als we elkaar nog één of twee keer zien.'

'Zeker', zei Barbarotti. 'Ik bel je volgende week, als het allemaal wat rustiger is. Ik moet nu door de beveiliging.'

'Goede thuisreis', zei Olltman.

'Dank je', zei Barbarotti.

Rustiger? dacht hij toen hij zijn mobieltje had uitgezet en metaal uit zijn zakken aan het vissen was. Ja, dat kon je jezelf natuurlijk wijsmaken. Ik ben zo iemand die pas in mijn graf mag rusten, als ik geluk heb.

Toen hij een minuut later achter Tallin en Morelius naar de gate liep, schoot het hem te binnen dat hij nog een goede fles wijn moest halen in een taxfreeshop op Charles de Gaulle.

Het was immers vrijdag.

37

Het duurde twee uur om de kreeft te bereiden en vier uur om hem op te eten.

De onverwacht lange consumptietijd was het gevolg van het feit dat ze de maaltijd onderbraken om de liefde te bedrijven. Het was niet tegen te houden.

Veel anders evenmin.

‘Ik heb een beslissing genomen’, zei Marianne. ‘Ik wil mijn leven met je delen.’

‘Dat is dan afgesproken’, zei Gunnar Barbarotti.

Marianne lachte. ‘Die woorden zal ik nooit meer vergeten’, zei ze. ‘“Dat is dan afgesproken.” Als we over veertig jaar bij zonsondergang hand in hand over het strand lopen, zal ik je eraan herinneren.’

‘Dan ben ik zevenentachtig’, zei Gunnar Barbarotti. ‘Dan moet ik vast aan een hoop dingen herinnerd worden. Maar je vindt dus dat we moeten trouwen en zo?’

‘Jij niet?’

‘Jazeker’, verzekerde Barbarotti haar. ‘Natuurlijk. Wil je nog wat wijn?’

Ze zaten aan het dessert. IJs met warme bramen, meer niet, maar hij was zo lang met de kreeft bezig geweest dat hij geen tijd had gehad om iets anders te maken. Maar in de wereld van Gunnar Barbarotti bestond er eigenlijk ook geen lekkerder toetje dan vanille-ijs met warme bramen. Zelfs de brûlée in Quimper niet.

‘Nee, laat maar. Ik ben al dronken van liefde.’

‘Daar zal ik jou aan herinneren op dat strand’, zei Barbarotti.

'Mooi', zei Marianne. 'Maar weet je zeker dat je het in de kerk wilt doen en zo?'

'Een klein kerkje is toch wel prima?' opperde Barbarotti. 'Toch niet vijfhonderd man en een ton rijst?'

'Ik heb genoeg aan ons tweeën, zei Marianne.

'En een dominee misschien?'

'Oké, een kleintje dan. Wat dacht je van onze kinderen?'

Barbarotti dacht na. Hij had haar nog niet verteld over Helena's voorstel en hij wist niet waarom. Misschien omdat hij er, desondanks, niet zeker van was of het wel door zou gaan. Dat hij echt voor Lars en Martin zou gaan mis-zorgen. Hij was enigszins gepokt en gemazeld. Maar misschien wilde hij het met Marianne niet over Helena hebben. Om wat voor reden dan ook.

'We moeten het ze wel vertellen', zei hij. 'Misschien kunnen we zeggen dat ze welkom zijn als ze willen komen?'

Ze werd serieus. 'Je beseft toch wel dat je er twee tieners bij krijgt?' zei ze terwijl ze hem met haar groene ogen doordringend aankeek. 'Johan en Jenny wonen bij mij en dat blijft zo.'

'Natuurlijk besef ik dat', zei Barbarotti. 'Ik zal ze alles leren wat ik weet.'

Ze lachte weer. 'Weet je', zei ze. 'Het leuke aan jou is dat ik met je kan lachen. Met Tommy lachte ik nooit.'

'Nooit? Wat moeten jullie een lol hebben gehad.'

Ze schudde haar hoofd. 'Nee, we lachten nooit samen, zeker niet de laatste tijd. Hij lachte me wel úít, maar dat is niet hetzelfde. Het erge is dat ik denk dat hij zijn nieuwe vrouw ook uitlacht.'

'Zie je haar weleens?'

'Alleen als ik de kinderen kom halen en brengen. Maar ze komt niet erg vrolijk over. Ze hebben er samen ook twee.'

'Je gaat er toch niet van uit dat wij ...?'

'Ik pieker er niet over', riep Marianne uit en ze gaf hem een klap op zijn buik. 'Jij hebt er drie, ik twee, als je er meer wilt, moet je maar iemand anders zoeken.'

'Geweldig', zei Gunnar Barbarotti. 'Dan zijn we het daarover eens.'

'Maar er is wel iets anders', zei Marianne na een hap ijs.

'Wat dan?'

'Ik wil niet meer dat je met verslaggevers op de vuist gaat. Johan denkt erover om journalist te worden, hij kan goed schrijven en het zou jammer zijn als hij denkt ...'

'De volgende keer dat ik hem zie, zal ik het er met hem over hebben', zei Barbarotti. 'Als hij die richting kiest, denk ik dat dat heel nuttig voor hem kan zijn.'

'Goed', zei Marianne. 'Dan zijn we het daar ook over eens.'

'Dus Helsingborg zou je wel bevallen, denk je?'

'Wat zeg je?'

'Ik vroeg of je in Helsingborg zou kunnen wonen.'

'Ik denk het wel.'

Het was nog steeds vrijdag.

Maar laat op de avond. Lange pauzes tussen hun zinnen en een zacht briesje door de openstaande balkondeur. Liggend op de vloer met slechts één brandend kaarsje. Uit de luidsprekers klonk Cristina Branco, zacht, zacht. Hij had de fado, de Portugese blues, nog geen half jaar geleden ontdekt, maar er stonden nu al vijftien fado-cd's in zijn kast.

Begenadigd, dacht Gunnar Barbarotti. Er is geen ander woord voor dit soort momenten.

'Hm.'

'Wat bedoel je met "hm"?'

'Ik woon er nu tien jaar', zei ze en ze gleed met haar

hand over zijn borst en buik. 'Ik zou best ergens anders kunnen wonen. Om opnieuw te beginnen, als het ware. Maar dat moet ik natuurlijk wel eerst met mijn kinderen bespreken.'

'Je hebt er nog niet op gezinspeeld dat we ... gaan samenwonen?'

'Nee', zei ze en ze klonk een beetje bezorgd. 'Ik moest het eerst zelf zeker weten. Als ik hertrouw is dat mijn beslissing, niet die van hen. Maar ze hebben wel iets in te brengen over waar we gaan wonen.'

'Zeker', zei Barbarotti. 'Nu we het er toch over hebben, zullen we even een ommetje maken? Dan kun je zien hoe deze stad er in een zwoele nazomernacht bij ligt.'

'Graag', zei Marianne. 'Maar misschien moeten we eerst wat aantrekken?'

'Dat lijkt me een goed idee', zei Gunnar Barbarotti.

Ze bleef zaterdag de hele dag en zondag de halve. Zaterdagavond vertelde hij haar over zijn drie dagen in Bretagne en vervolgens over de hele zaak. Hij was het niet van plan geweest, maar het was immers allemaal begonnen toen hij die mooie zomerochtend in Gustabo in Hogrän de eerste brief had opengemaakt, dus er zat wat in toen ze zei dat ze er recht op had om een beetje geïnformeerd te worden.

'En wat denk je?' vroeg ze toen hij klaar was. 'Echt?'

'Dat is het ergste', zei hij. 'Ik denk helemaal niks. Normaal gesproken voel je wel welke kant iets op gaat, maar in deze zaak niet. Een verhaal als dit heb ik nooit eerder gehoord.'

Marianne fronste haar voorhoofd. 'Het kunnen toch best buitenlandse toeristen in een caravan zijn geweest? Hij schrijft toch een paar keer dat het meisje en haar oma een accent hebben?'

‘De grootmoeder sowieso. Jazeker, dat kan. Maar het is vooral de moordenaar zelf die ... Ja, hoe zal ik het zeggen? Die is zo ongeloofwaardig.’

‘Omdat hij alles opschrijft en vertelt, bedoel je?’

‘Onder andere.’

Marianne dacht na. ‘Maar vind je niet dat er een zekere logica in zit? Hij werd een soort zondebok en kreeg overal de schuld van ... terwijl het eigenlijk met een ongeluk begon. Ik vind het niet zo vreemd dat je door zulke gebeurtenissen een onrustig gemoed krijgt.’

Gunnar Barbarotti glimlachte even. ‘Onrustig gemoed? Dat klinkt ouderwets, maar daarmee kwalificeer je hem denk ik behoorlijk goed.’

‘Misschien kun je het verhaal toch als een teken van geestelijke gezondheid zien’, opperde Marianne. ‘Dat hij ondanks alles de behoefte heeft om verantwoording af te leggen?’

‘Jazeker’, zei Barbarotti. ‘Daar heb ik ook aan zitten denken. Maar die brieven dan? Ik heb wel wat moeite om die als een teken van geestelijke gezondheid te beschouwen, wat jij?’

‘Ja, dat is waar.’

Een halve minuut was ze stil en hij zag dat ze nadacht. Toen haalde ze haar vingers door haar haar en schudde haar hoofd, alsof ze van deze bizarre speculaties af wilde en ze wilde verruilen voor iets lichters en normalers. ‘Het is hoe dan ook een vreselijk verhaal’, zei ze. ‘Denk je dat jullie de zaak gaan oplossen? Ik bedoel, gaan jullie hem vinden?’

Gunnar Barbarotti lachte even.

‘Toen ik daar was heb ik mijn vinger in de Bijbel gestoken omdat ik wat hulp nodig had’, zei hij. ‘Weet je waar ik terechtkwam?’

'Nee.'

'Spreuken 20:5. Weet je wat daar staat?'

Ze dacht een paar tellen na. 'Iets over het hart van de mens en diepe wateren, was het niet?'

'Lieve hemel, hoe weet je dat?'

'Ik lees hem af en toe, dat weet je toch. En Spreuken lees ik vaak. Hoe luidt de tekst ook al weer precies?'

'De plannen in het hart van de mens zijn diepe wateren,' zei Gunnar Barbarotti, 'maar een man van verstand weet ze op te diepen.'

'Doe dat dan', lachte Marianne. 'Hoe duidelijk wil je het hebben. Diep die plannen op!'

Zondagmiddag namen ze afscheid. Ze spraken af om hun kinderen op de hoogte te brengen, evenals hun ex-echtgenoten en andere betrokkenen en dat ze samen, als man en vrouw, Kerst zouden vieren. Dat was over vier maanden, en zo veel voorbereidingen vereiste een kleine bruiloft in een kleine kerk met een kleine dominee toch niet?

Toen Marianne vertrokken was, bedacht hij dat het dom was dat hij niet over Lars en Martin had verteld – maar ach, hij kon toch doen alsof hij de informatie net had gekregen als hij haar later deze week belde? Hij had het ook niet over zijn voornemen gehad om van baan te veranderen, maar daar had hijzelf de afgelopen weken ook niet over nagedacht, dus misschien was het maar beter zo.

Het was vier uur toen hij zijn telefoons aanzette; die hadden sinds vrijdagavond uit gestaan. Hij had vier berichten. Twee van journalisten die hem wilden interviewen, één van Helena, één van Eva Backman.

Eerst handelde hij de journalisten af, met de belofte aan Marianne in zijn achterhoofd om zijn relatie met de pers goed te houden. Hij deelde beiden vriendelijk maar beslist mee – de ene was van *Dagens Nyheter*, de andere van *Vår Bostad* – dat hij graag een interview wilde geven, maar pas nadat het onderhavige onderzoek was afgesloten.

Daarna belde hij zijn ex-vrouw. Hij realiseerde zich dat hij er nog steeds de voorkeur aan gaf om in die bewoording aan haar te denken. Niet 'Helena'. Niet 'de moeder van mijn kinderen'. Helaas.

'Lars heeft me gebeld', zei hij. 'Hij zei dat hij en Martin bereid zijn om met hun oude vader onder één dak te gaan wonen.'

'Ha, ha', zei Helena. 'Nou, ik heb er alle vertrouwen in, hoor.'

'Daar ben ik blij om', zei Barbarotti en hij haalde diep adem. 'Jullie hebben dus echt besloten om naar Boedapest te gaan?'

'Inderdaad', zei ze. 'Ulrich gaat woensdag al, ik reis hem achterna zodra wij het met de jongens geregeld hebben.'

'Vanwaar die haast?' vroeg Barbarotti.

'Hoe bedoel je?' antwoordde ze. 'Als ze toch naar een nieuwe school gaan, kunnen ze dat maar beter zo vroeg mogelijk in het jaar doen. Vind je ook niet?'

'Wanneer had je in gedachten?' zei Barbarotti.

'Kun je iets regelen voor volgende week maandag?'

'Volgende week maandag? Dat is over een week al.'

'Weet ik, maar het is voor iedereen het beste om hier niet te lang mee te wachten. Ik ga morgen met de school hier praten, kun jij dat in Kymlinge doen? Dan spreken we elkaar morgenavond, oké?'

Vreemd dat ze niet gewoon aanbelt en ze ieder met een koffertje bij me achterlaat, dacht hij. Maar toen herinnerde hij zich zijn recentelijk verworven volwassenheid weer, deed zijn ogen dicht, telde tot drie en zei dat het hem een uitstekend plan leek.

Toen hij opgehangen had, dacht hij er even over na hoe ze de drie kamers onderling moesten verdelen. Hadden de jongens ieder een eigen kamer nodig of konden ze Sara's kamer delen, wat ze altijd deden als hij ze een paar dagen onder zijn hoede had. Sara sliep dan op de bank in de woonkamer of bij een vriendin.

Nou ja, dat kwam wel goed. En morgenochtend zou hij de Kymlingeviksschool bellen. Over een week had hij weer de verantwoordelijkheid voor een tien- en een twaalfjarige; je kon zeggen wat je wilde over het leven, afwisselend was het wel.

Hij belde Eva Backman. Ze was druk met zondagmiddagse beslommeringen en vroeg of ze twee uur later kon terugbellen.

En dat deed ze.

'Ik hoorde over de Franse politie', zei ze.

'Dat snap ik', zei Barbarotti.

'Wat betekent dit?'

'Weet ik niet', zei Barbarotti. 'Ik begrijp het niet.'

'Ik ook niet', zei Eva Backman. 'En ik hou niet van dingen die ik niet begrijp.'

'Dat ken ik', zei Barbarotti. 'Ik ben niet anders gewend.'

'Dat kan ik me voorstellen', zei Eva Backman.

Ze is in topvorm, dacht Barbarotti. 'Maar jullie hebben hier ook geen triomfen gevierd, heb ik begrepen', zei hij. 'Of hoe zie jij dat?'

'Het is een zootje', gaf Backman toe. 'Ik snap niet waarom we die foto vrijgegeven hebben. Honderden onschuldige doodgewone Zweden worden nu als seriemoordenaar gezien, dat is het enige wat we bereikt hebben. Als we de juiste man niet vinden, blijven ze de rest van hun leven verdacht.'

'Maar de meesten hebben toch wel een alibi?'

'Inderdaad. Maar dacht je dat de namen en foto's van de mannen die geschrapt worden in de krant komen te staan? Kenneth Johansson uit Alvesta heeft niet vijf mensen vermoord, net zomin als Gustaf Olsson of Kalle Kula uit Stockholm. Geloof me, we zullen nog jarenlang processen aan onze broek krijgen.'

'Je klinkt een beetje boos.'

'Reken maar. Ik heb zes floorballwedstrijden zitten kijken en hierover na kunnen denken.'

'Aha? Het seizoen is weer begonnen?'

'Het voorseizoen', zei Backman. 'Maar dat doet er niet toe. Dit meisje en haar oma, in hen ben ik geïnteresseerd. Jullie moeten toch wel iets boven water hebben gekregen?'

'Niet veel', zei Barbarotti. 'Jawel, één ding. Ik denk dat de naam van het meisje verzonnen is.'

'Door wie?'

'Óf door het meisje zelf óf door de moordenaar.'

'Waarom denk je dat?'

'Omdat commissaire Leblanc die naam nog nooit gehoord had. En verder ...'

'Verder?'

'Die afkorting. The Root Of All Evil. Dat is veel te geconstrueerd.'

Backman dacht een moment lang na. 'Als het geconstrueerd is, heeft het meisje dat in elk geval niet gedaan.'

'Nee, onwaarschijnlijk', zei Barbarotti. 'Maar er is iets met het hele verhaal wat niet klopt. Ik heb ook nagedacht over wat er tussen Erik en dat meisje voorgevallen moet zijn toen ze die wandeling over het eiland maakten.'

'Dat is toch niet zo moeilijk te bedenken', zei Backman. 'Hij heeft haar genomen natuurlijk. En ik vermoed dat ze niet erg onwillig was.'

'Een meisje van twaalf?' zei Barbarotti.

'Dat is misschien ook niet waar', zei Backman. 'Maar je moet niet denken dat ik hem verdedig.'

Barbarotti had geen commentaar.

'Maar waarom hebben ze hen dan niet in hun archieven gevonden?' ging Backman verder. 'Ook al kloppen niet alle details.'

'Daar zijn een paar mogelijke verklaringen voor', zei Barbarotti. 'Over een paar dagen krijgen we alle informatie over de vermisten, en als ze daar niet tussen staan, ja, dan moeten we andere oplossingen zien te vinden.'

'Andere oplossingen?'

'Ja.'

'Zoals?'

'Zullen we dit morgen bespreken?' zei Barbarotti. 'Ik heb ergens over nagedacht waar ik het graag met je over wil hebben.'

'Fijn dat je nog gedachten hebt', zei Eva Backman.

'Vind je?' zei Barbarotti.

'Ja. Want morgenochtend moet jij deze zaak oplossen. Je moet alle Zesde Mannen die we binnen hebben gekregen bestuderen en één ervan uit je verleden opdiepen. Dat is het globale plan.'

'O, ja? Werkelijk?' zei Barbarotti. 'Vanwege die brieven?'

'Precies. En als je klaar bent, kan ik eindelijk mijn vakantiedagen opnemen.'

'Ik beloof dat ik mijn best zal doen', zei Barbarotti, waarna ze ophingen.

Om half tien 's avonds dronk hij een klein glaasje whisky. Dat deed hij bijna nooit, en al helemaal niet op zondagavond. Maar het had een medicinaal doel. Hij had te veel dingen aan zijn hoofd, en hij had wat nodig om het allemaal de baas te worden. Ook zijn hart kon wel wat versterking gebruiken. Terwijl hij zat te nippen, probeerde hij het belangrijkste uit te sorteren.

Marianne? Over een maand of wat zouden ze getrouwd zijn en samenwonen. Was hij wel klaar voor zo'n grote stap?

Domme vraag, natuurlijk was hij daar klaar voor.

De jongens? Aanstaande zondag, over een week, zou hij ze naar bed brengen voor ze aan hun eerste schooldag in Kymlinge zouden beginnen. Dat was een raar idee. Maar hiervoor gold hetzelfde, als er iets was waar hij niets aan had, was het wel twijfel.

Sara dan? Nu begon zijn hoofd echt te malen. Wat moest ze in hemelsnaam met vijfduizend kronen? Wat was er gebeurd? Uit alle macht duwde hij haar weg, zijn onderbewustzijn in.

En *Johan* en *Jenny*? Hij kende hen amper, had ze hooguit vijf, zes keer gezien, toch zou hij ouderlijke verantwoordelijkheid voor ze krijgen. De smeris die met journalisten vecht, hoe keken ze eigenlijk tegen zo'n stiefvader aan?

Nou ja, dacht Gunnar Barbarotti. Je kunt niet meer doen dan je best, verder moest je maar hopen en vertrouwen. Hij nam een slokje whisky en sloot zijn ogen.

De zaak, tot slot? Deze hele vermaledijde zaak waar je geen wijs uit kon worden. Een verdronken meisje, Troaë, dat steeds ongrijpbaarder en onbereikbaarder werd – en haar grootmoeder, een oude vrouw die op een avond opduikt bij een huis in Finistère en met een Zweedse bahco wordt doodgeslagen. Waar kwamen ze vandaan? Zouden ze ooit hun echte identiteit achterhalen?

Of, zoals Marianne had gevraagd: zouden ze deze zaak ooit oplossen?

Toen hij zijn whisky ophad, bad hij een bestaansgebed.

O, Heer, schenk dit versufte politiemannenbrein een zuiver en helder straaltje licht. Wat is dat voor geklets over plannen en diepe wateren? U krijgt vierentwintig uur de tijd om dit op te lossen, en als ik morgenavond geen duidelijkheid heb, verliest u een punt. Maar als u me helpt, krijgt u er drie. Hoort u dat, het is belangrijk. Drie punten!

Onze-Lieve-Heer, die momenteel acht punten in de plus stond, antwoordde dat dit weliswaar in hoge mate in strijd was met de regels – aangezien het om een lopend politieonderzoek ging, en dat was geen onderdeel van de deal – maar dat hij de kwestie toch in overweging nam.

Daar bedankte Gunnar Barbarotti hem voor. Toen vond hij op een van de kabelzenders een oude Engelse film met Michael Caine. Hij begon om tien uur en om kwart over was hij al in slaap gevallen op de bank.

38

'Hoe zou ik hem nu wel kunnen herkennen als ik hem van de foto's uit Bretagne niet herken?' zei Barbarotti.

'Je hoeft zijn gezicht niet te herkennen', legde commissaris Jonnerblad geduldig uit. 'Alleen zijn naam. Bovendien hebben we maar een paar foto's.'

'Duidelijk', zei Barbarotti. 'Hoe gaat het met je vrouw?'

'Mijn vrouw?'

'Tallin zei dat ze woensdag geopereerd moest worden.'

'Wat aardig dat je ernaar vraagt', zei Jonnerblad, die daarop een nieuwe, milde blik in zijn ogen kreeg. 'Ja, de operatie is goed gegaan, maar ze weten niet of ze alles hebben weggehaald.'

'Duidelijk', zei Barbarotti. 'Dan is het nu dus een kwestie van hopen en vertrouwen. Goed, ik ga met de lijsten op mijn kamer zitten. Zal ik met prioriteitengroep één beginnen?'

Jonnerblad keek alsof hij even niet meer wist waar hij was.

'Nee', zei hij toen. 'En je mag ook niet weten wie er al een alibi hebben. Het is beter om onbevooroordeeld te werk te gaan.'

Hij gaf hem een stapel papier in een doorzichtige plastic map.

'Denk je echt nog steeds dat er een verband tussen mij en de moordenaar is?' vroeg Barbarotti toen hij in de deuropening stond.

'We kunnen de mogelijkheid niet uitsluiten.'

‘Hoeveel mensen hebben we?’

‘Slechts vijfhonderdvijftien’, zei Jonnerblad. ‘We hebben er al honderdvijftig gekken uit gehaald, zodat het niet te veel voor je zou worden.’

‘Dank je’, zei Barbarotti.

Tweeënhalf uur lang zat hij aan zijn bureau de namen door te nemen. Jonnerblad had hem gezegd langzaam en systematisch te werk te gaan, en dat deed hij. Keek naar de gegevens, zoals naam, geboortejaar, woonplaats en beroep, voortdurend met de foto’s van de Zesde Man voor zich, en toen hij eindelijk klaar was, bleek hij er drie van te kennen.

Alle drie woonden ze in Kymlinge. Een van hen werkte op de sportschool waar hij met veel te grote tussenpozen trainde, één woonde in hetzelfde trappenhuis als hij in Baldersgatan en één was politieman.

Hij merkte dat hij schrok van de laatste twee. Een buurman en een collega? Wat betekende dat? Ze heetten Tomas Jörnevik respectievelijk Joakim Möller. Hij probeerde zich hun gezichten voor de geest te halen en vergeleek ze met de foto van het restaurant in Bénodet, maar hij zag weinig overeenkomsten. Jörnevik was forser, had hij het idee, en had een veel ronder gezicht, en Möller was donkerder, veel donkerder, had ook heel andere ogen, nee, Barbarotti had moeite om gelijkenissen te zien.

Dat ze hem waren opgevallen had vooral te maken met de link die deze mannen met hem hadden, maar dat was immers ook de bedoeling. Dat was wat Jonnerblad van hem had gevraagd. Hij vroeg zich af wie deze mannen hadden getipt. Die informatie moest ergens te vinden zijn, maar niet op de lijsten die hij gekregen had. Hij probeerde te bedenken wat hij van Jörnevik en Möller wist, maar realiseerde zich al snel dat het vrijwel niets was. Ze waren allebei zesendertig jaar, dat stond achter hun naam; het stond hem bij dat Jörnevik taxichauffeur was, ze wisselden een groet uit als ze elkaar in het trappenhuis tegenkwamen, dat was eigenlijk alles. Hij had het idee dat hij ook iets studeerde en Barbarotti meende dat hij alleen woonde. Möller werkte bij de jeugdafdeling, hoofdzakelijk met het in kaart brengen en bestrijden van drugstoevoer. Getrouwd met een gemeenteraadslid, was het niet? Sociaal-democraat, blond en behoorlijk knap, eigenlijk.

Als je zo over politici mocht denken, tenminste. Maar dat mocht vast wel. Had een vrouwelijke minister een paar jaar geleden niet gezegd dat niets zo sexy was als de politiek?

Hij sloot zijn ogen en stopte zijn gedachten weg. Omcirkelde de drie namen nogmaals en probeerde te bedenken of hij met een van hen ooit een aanvaring had gehad, maar hij kon niets bedenken. Raapte de papieren bijeen en stopte ze terug in de plastic map. Keek op zijn horloge. Twintig over elf. Hij had na de lunch met Jonnerblad afgesproken, om één uur.

Tijd om zijn vaderrol op zich te nemen, dacht hij en hij belde de Kymlingeviksschool.

Het was geen enkel probleem. In zowel de vierde als de zesde klassen was er genoeg plek. Barbarotti nam niet de moeite om uit te wijden over de reden van de plotselinge verhuizing, legde alleen uit dat Lars en Martin wegens onvoorziene omstandigheden bij hem kwamen wonen.

De mentor, die Varpalo heette, vroeg er ook niet naar. Misschien was het tegenwoordig wel heel normaal dat kinderen in het wilde weg heen en weer verhuisden? dacht Barbarotti. En natuurlijk was de school blij met twee nieuwe leerlingen, dat betekende dat ze minstens honderdduizend kronen extra kregen.

Als hij het systeem van schooltoelages goed begrepen had tenminste. Hoe dan ook, Varpalo beloofde hem goede klassen en klassenleraren te vinden en de volgende dag contact met hem op te nemen.

Toen hij na het gesprek had opgehangen, klopte inspecteur Backman op zijn deur en stak haar hoofd naar binnen.

'Ik trakteer op lunch in Kungsgrillen', zei ze. 'Tenminste, als je me vertelt hoe de moordenaar heet.'

'Kungsgrillen klinkt goed', zei Barbarotti. 'Maar ik betaal mijn eten zelf.'

Ik heb namelijk maar liefst tweeënzestig kronen op mijn rekening staan, dacht hij, maar dat zei hij niet.

'Negatief, dus?' zei Backman.

'Denk het', zei Barbarotti. 'Weet jij wie er al een alibi hebben?'

'Niet uit mijn hoofd', zei Backman. 'Maar in principe wel. Mag ik raden wie je uitgekozen hebt?'

'Om één uur breng ik Jonnerblad verslag uit. Ben je daar niet bij?'

'Dat ligt eraan of je iets interessants te melden hebt. Zal ik raden?'

'Ga je gang', zei Barbarotti.

'Drie stuks', zei Backman. 'Je buurman, die kerel van de sportschool en Möller.'

Barbarotti stopte met kauwen. 'Verdorie', zei hij. 'Ik ben hier de hele ochtend mee bezig geweest en dan kom jij ...'

'Sorry', zei Backman. 'Dus ik heb gelijk?'

'Ja', zei Barbarotti korzelig. 'Je hebt gelijk. En je hebt ze alle drie zeker ook al nagetrokken?'

Backman knikte. 'Gisteren al, maar dat weet Jonnerblad

niet. Möller was natuurlijk al gecheckt, en die andere twee heb ik tijdens de floorballwedstrijden voor mijn rekening genomen. Alleen via mijn mobieltje natuurlijk, maar ik kan ze bijna zeker wegstrepen ... Ik wil de nationale rechercheurs niet teleurstellen, dus zij mogen het ook nog een keer doen.'

'Dus je komt niet naar de bespreking?'

'Nee', zei Backman. 'Die sla ik over. Heb een paar andere oude lijntjes die ik na wil trekken.'

'Welke?' zei Barbarotti.

'De runderstoof was niet slecht', zei Eva Backman.

'Hierbij schrap ik je uit mijn testament', zei Barbarotti.

'Mensen zijn niet goed wijs', zei Astor Nilsson. 'Vanmorgen belde er iemand om zijn broer als mogelijke dader aan te geven.'

'Er is niks mis met je broer aangeven', zei Tallin. 'Een moordenaar is een moordenaar.'

'Misschien', zei Astor Nilsson. 'Maar deze broer was vijfenzeventig en woonde in Los Angeles. Bovendien blind vanaf zijn geboorte.'

'Ik stel voor om hem te schrappen', zei Somberman.

'Oké', zei Jonnerblad en hij keek opnieuw een beetje verward. Hij schraapte zijn keel en wendde zich tot Barbarotti. 'Maar alleen van deze drie mannen weet je dus wie het zijn?'

Barbarotti knikte.

'Möller is *cleared* natuurlijk', zei Jonnerblad. 'Hoe zit het met de buurman?'

Hij keek naar Tallin. Tallin keek naar Somberman. Somberman keek op het vel papier dat hij in zijn hand hield. 'Hij is het waarschijnlijk niet', zei hij. 'De laatste twee weken van juli zat hij in Griekenland.'

‘De man van de sportschool?’ vroeg Jonnerblad.

‘Die is nog niet gecheckt’, zei Somberman. ‘Dat ga ik vanmiddag doen.’

‘Wie heeft hem aangegeven?’ vroeg Barbarotti.

Somberman keek het na. ‘Zijn vrouw. Ze liggen in scheiding, geloof ik.’

‘Lieve hemel’, kreunde Astor Nilsson.

Inspecteur Barbarotti verliet maandag even na vijven het politiebureau van Kymlinge in een gemoedstoestand die deed denken aan ... Ja, waaraan? dacht hij. De neerslachtigheid die zich aandient als je hetzelfde tentamen voor de zesde keer hebt verprutst? Of als je voor de tiende keer voor je rijexamen bent gezakt?

Of als je iemand ten huwelijk hebt gevraagd en uitgelachen wordt?

Terwijl je alles had gedaan wat in je macht lag om het te doen slagen. We gaan deze zaak nooit oplossen, dacht hij. Nooit ofte nimmer. We zijn ... Hij zocht naar de woorden terwijl hij zijn fiets van het slot haalde en wegreed ... We zijn in de macht van een moordenaar die veel slimmer is dan wij, die zo’n grote voorsprong op ons heeft dat het eigenlijk zinloos is om verder te gaan. Hij speelt een spelletje met ons. Hij stuurt ons brieven en hele verhalen, hij liegt en spreekt de waarheid zoals het hem uitkomt en we dansen naar zijn pijpen als willoze, hersenloze marionetten. Hij heeft in één maand tijd vijf mensen vermoord en zal daarmee wegkomen. Minstens vijf mensen. Misschien zeven, misschien acht. Verdomme.

En nu was hij klaar. Als iets duidelijk was, was dat het wel. Het laatste levensteken van hem was twee weken geleden, toen hij het Mousterlindocument in Caïro op de bus had gedaan. Barbarotti had ergens gelezen dat als je in rook op wilde gaan, discreet van de aardbodem wilde verdwijnen, daar één stad in de wereld bij uitstek geschikt voor was: Caïro.

Sinds die dinsdag twee weken geleden was het stil. *Case closed*. De moordenaar was klaar met moorden en had niets meer over de kwestie te melden. Verdomme, dacht Barbarotti, ik zou bijna willen dat er weer een brief op mijn gangmat lag. Ook als dat betekende dat er een nieuwe naam in stond.

Alleen maar om een nieuwe aanwijzing te krijgen. Een nieuwe opening, een mogelijkheid om het van een andere kant te bekijken. Leblancs beloofde rapport was vandaag niet gekomen, maar Gunnar Barbarotti voorvoelde dat als het te zijner tijd kwam het alleen maar een nieuwe streep door de rekening zou betekenen. En de suggestie dat het meisje en haar oma buitenlandse toeristen in een caravan waren ... Ja, hoe zou je zoiets moeten onderzoeken? Of stel dat het Roemeense zigeuners waren die nergens geregistreerd stonden? Waarom niet? Het was niet moeilijk om voor je te zien hoe de hele zaak zich bijna eindeloos in de tijd en ruimte uitstrekte – en hoe hijzelf en zijn collega's over vijf, tien of vijftien jaar nog steeds in dezelfde papieren, lijsten en documenten zaten te wroeten. Verdomme, zoals gezegd.

Maar ik heb Onze-Lieve-Heer, niet vergeten, vierentwintig uur de tijd gegeven, bedacht hij. Alles wees er echter op dat dat erg kort was.

Op de hoek van Skolgatan en Munkgatan was een nieuwe espressobar geopend. Hij bedacht dat thuis niemand op hem wachtte, stopte, zette zijn fiets tegen de muur en liep naar binnen. Bestelde een cortado, half espresso, half melk, pakte een uitgaanskrantje en begon lusteloos de filmadvertenties te lezen. Ik moet nu iets heel anders gaan doen, dacht hij. Ik moet een voorbeeld aan Leblanc nemen, mijn werk op mijn werk laten. Dat was hem twee dagen gelukt, toen Marianne bij hem was, maar nu was het weer het oude liedje. Alles sudderde in zijn hoofd als oude ragout waar niemand ooit meer van zou genieten, en als hij er niets mee deed, zou het waarschijnlijk de hele avond doorsudderen, tot hij eindelijk in slaap zou vallen. Ergens ver na middernacht ongetwijfeld.

Vervolgens zou hij er ook over gaan dromen. Over de zaak, het onderzoek en de ongrijpbare moordenaar, in een nieuwe en oude diabolische ratjetoe – of ragout, zoals gezegd – samen met de overige ingrediënten in zijn chaotische leven.

Marianne. De jongens. Sara. Göran Persson.

Göran Persson? dacht hij. Nee, gadver, niet Göran Persson.

Zijn mobieltje ging.

Het was Asunander.

Wat krijgen we nou? dacht Barbarotti. Asunander. Die belt echt nooit.

'Sorry', zei hij.

Dat was niet minder ongebruikelijk

'Geen probleem', zei Barbarotti.

'Waar ben je?'

'Ik zit ergens koffie te drinken.'

'Hoe laat ben je thuis? Ik wil in alle rust met je praten.'

Barbarotti merkte dat het vrij rumoerig was om hem heen. En dat hijzelf vermoedelijk twee keer zo oud was als de op een na oudste bezoeker van de bar.

'Waar gaat het over?'

'Dat vertel ik je zo wel. Als ik je thuis kan bellen, oké?'

'Natuurlijk', zei Barbarotti. 'Dat spreekt voor zich. Over een kwartier ben ik thuis.'

‘Afgesproken’, zei Asunander en hij hing op.

Gunnar Barbarotti sloeg zijn koffie achterover en verliet de bar.

‘Ik wil je ergens over spreken.’

‘Ja?’ zei Barbarotti.

‘Over de zaak.’

‘O?’

‘Ik was vandaag niet op het bureau, ik heb thuis zitten lezen en nadenken. Ik heb een theorie.’

Gunnar Barbarotti kneep in zijn arm. Jawel hoor, hij was wakker. Het was echt Asunander die hij aan de lijn had. Hij dacht snel na en realiseerde zich dat hij de commissaris inderdaad de hele dag niet had gezien.

Maar *een theorie*? Asunander?

‘Ik wil voorstellen dat je naar me toe komt. Dan kunnen we het bespreken. Tenzij je iets te doen hebt, natuurlijk.’

‘Ja, geen probleem’, zei Barbarotti. ‘Nee, ik heb niks te doen. Hoe laat zal ...?’

‘Laten we zeggen, acht uur? Dan drinken we een grog. Storgatan 14, de deurcode is 1958. Het WK-voetbal in Zweden.’

‘Goed’, zei Barbarotti. ‘Tot dan.’

Toen hij opgehangen had, drong het tot hem door dat hij tijdens het hele gesprek zijn kunstgebit niet één keer had horen klapperen.

39

Grog? dacht Gunnar Barbarotti terwijl hij naar Storgatan – grote straat – wandelde. Het was niet meer dan tien minuten lopen vanaf zijn huis, best een klein straatje eigenlijk, maar misschien had hij ooit groter geleken. Waarom zou Asunander in hemelsnaam een grog met me willen drinken? En met een theorie komen?

Over de zaak.

Hij was nog nooit bij Asunander thuis geweest. Hij betwijfelde of dat voor een van de anderen wel gold. Backman of Somberman of Toivonen. Misschien een paar chefs van andere afdelingen, maar ook dat leek hem niet waarschijnlijk. Asunander was er de man niet naar om mensen bij hem thuis uit te nodigen. Zeker niet sinds de toestand waarin hij sinds het ongeluk verkeerde. De honkbalknuppel en zijn nieuwe, mislukte gebit.

Barbarotti dacht na. Het was nu elf jaar geleden. 1996. Asunander was net chef geworden; hij kwam uit Halmstad en zat nog maar een half jaar op zijn nieuwe plek toen het gebeurde.

In Bellas gränd, achter het station. Een avond in november, vier vechtersbazen en een keiharde klap. Hij was in functie, maar in burgerkleding, en de daders hadden tijdens de rechtszaak verklaard dat het geen toeval was dat het slachtoffer een hoge politiefunctionaris was.

Vervolgens had hij zich vier maanden ziek gemeld. Daarna had zijn vrouw hem verlaten. Ze hadden een huis in Pampas, na de echtscheiding had Asunander deze woning in Storgatan gekocht. Om een lang en triest verhaal iets korter te maken.

Hij had zijn functie als Chef Opsporing behouden en was met elk jaar dat verstreek verder geïsoleerd geraakt. Maar hij bleef zitten waar hij zat. Werkte nooit meer op straat. Als je tanden er in diensttijd werden uitgeslagen, was in elk geval één ding zeker. Je werd niet gewipt.

Wat een lot, dacht Barbarotti. Waarom heb ik me dat nooit gerealiseerd? Heeft iemand zich ooit om Asunander bekommerd?

Maar er was een keerzijde. Asunander was geen makkelijke man. Ook niet in de korte periode vóór de honkbalknuppel, en daarna werd het er niet beter op. Barbarotti kon zich nog herinneren dat Backman een toenaderingspoging had gedaan, misschien hadden anderen dat ook wel geprobeerd. Maar het had geen zin gehad.

Resumeerde Barbarotti terwijl hij de spoortunnel uit kwam en rechtsaf Storgatan insloeg. Als hij misschien dacht dat er een einde was gekomen aan alle eigenaardigheden in dit onderzoek, dan had hij het mis.

Grog en een theorie bij Asunander thuis.

Hij gaf hem een hand en heette hem welkom.

'Dank je', zei Barbarotti. 'Volgens mij is dit de eerste keer dat ik zie hoe je woont.'

'Weet ik', zei Asunander. 'Ja, ik ben een beetje een einzelgänger, helaas. Dat is zo gelopen.'

Dat was het meest persoonlijke wat Barbarotti de commissaris ooit had horen zeggen. En hij was nog niet klaar.

'Ik had een hond, maar die heb ik dit voorjaar in moeten laten slapen. Ze is maar acht jaar geworden.'

'O, jee', zei Barbarotti.

'Haar heupgewrichten, ze kon bijna niet meer lopen. Ze

heeft iets te veel pups gekregen. Ja, ik weet dat jullie me een beetje apart vinden. En ik weet dat ik bepaalde trekjes heb.'

Gunnar Barbarotti knikte en volgde Asunander naar de ruime woonkamer. Langs drie muren stonden boekenkasten van vloer tot plafond. Een kunstwerk. Een groot olieverfschilderij tussen de twee ramen, het stelde een vereenzame, door de wind geteisterde boom voor op een verlaten, gelige vlakte.

'Maar ik heb nog drie jaar tot ik een redelijk pensioen krijg, dus eerder zijn jullie niet van me af.'

'Ik heb toch nooit ...' begon Barbarotti, maar de commissaris wuifde afwerend met zijn hand en onderbrak hem.

'Niet zo flemen, ik weet uit welke hoek de wind waait, en jij ook. Maar daar gaat het vanavond niet over. Whisky of cognac?'

'Whisky', zei Barbarotti. 'En een drupje kraanwater.'

'Prima' zei Asunander. 'Dan zitten we wat dat betreft op één lijn. Sorry dat ik het "grog" noemde.'

'Maakt niet uit', verzekerde Barbarotti hem.

Ze namen ieder plaats in een flink ingezeten leren fauteuil, tussen hen in stond een tafeltje van bijna zwart hout. Ebben, wellicht. Hoe kunnen beide fauteuils zo ingezeten zijn? dacht Barbarotti onwillekeurig. Zit hij om de avond in een van de twee? Of zat zijn vrouw in de ene ... Ja, dat lag meer voor de hand, ze waren niet bepaald nieuw. Asunander had al flessen, glazen en een karaf water klaargezet. En twee schaaltjes, een met olijven en een met nootjes. Een asbak met een pijp en lucifers. Hij schonk de glazen een paar centimeter vol, gebaarde naar Barbarotti dat hij zelf zijn water moest doseren.

'Je zei dat je een theorie had', zei Barbarotti.

'Klopt', zei Asunander. 'Merk je trouwens niet dat mijn gebit niet klappert?'

'Ja, dat was me al opgevallen', zei Barbarotti.

'Ik ben een nieuwe kleefpasta aan het uitproberen. Deze lijkt goed te werken. Even afkloppen.'

'Waarom bespreek je het niet met Jonnerblad en de rest?' zei Barbarotti. 'De theorie, bedoel ik.'

Asunander bleef een paar tellen stil. 'Om twee redenen', zei hij toen. 'Ik mag die Jonnerblad niet. Jij en Backman liggen me meer. Maar een vrouwtje kun je toch niet bij je thuis uitnodigen voor een glas whisky?'

'Hm', zei Barbarotti.

'En ik had het gevoel dat we wel wat sterks konden gebruiken.'

'Backman is niet vies van een glas whisky, hoor', zei Barbarotti.

'Meen je dat nou? Afijn, de tweede reden is dat ik niet zeker weet of die hout snijdt, mijn theorie. En ik heb geen zin om uitgelachen te worden door die knakkers uit Stockholm. Ik wil eerst horen wat jij ervan vindt.'

'Je maakt me wel nieuwsgierig', zei Barbarotti.

'Goed zo', zei Asunander. 'Je zou wel een heel slechte politieman zijn als je niet nieuwsgierig was. Proost.'

'Proost', zei Barbarotti.

Ze namen een slok. De commissaris trok zijn mond tot een grimmige grijns en zette zijn glas neer. Barbarotti keek naar de door de wind geteisterde boom en wachtte zwijgend terwijl Asunander zijn pijp opstak. Hij trok er een paar keer genotvol aan en blies een rookwolk naar het plafond. Ineens wist Barbarotti niet meer of hij wakker was of sliep. De hele situatie had wel weg van het begin van een nachtmerrie.

'Ik heb vandaag ook wat voorzichtige naspeuringen gedaan', deelde Asunander mee. 'Tot mijn vreugde kan ik vaststellen dat ze in de goede richting wijzen.'

‘Laat maar horen dan’, zei Barbarotti.

‘Met alle plezier’, zei Asunander. ‘Mijn uitgangspunt is dat er in deze zaak wel erg veel rare dingen voorkomen.’

‘Mee eens’, zei Barbarotti.

Asunander leunde naar voren met zijn ellebogen op zijn knieën. ‘Luister, ik vat het even samen. De moordenaar schrijft brieven naar jou. Hij licht de kranten in. Hij vertelt welke mensen hij gaat ombrengen, maar in de meeste gevallen zijn ze al dood als jij de brief krijgt. Eén persoon die hij noemt, vermoordt hij niet. In een lijvig document beschrijft hij bijzondere gebeurtenissen die vijf jaar geleden in Finistère zouden hebben plaatsgevonden. Die stuurt hij vanuit Caïro naar jou. De vraag is dus: waarom doet hij dit allemaal?’

‘Hij brengt ook nog vijf mensen om’, merkte Barbarotti op.

‘Inderdaad. Maar waarom doet hij al die andere dingen? Om wat voor reden?’

‘Weet ik niet’, zei Barbarotti.

‘Weet je dat niet?’

‘Nee.’

‘Toch zijn we van meet af aan al op zoek naar die reden’, constateerde Asunander, die zijn pijp op het tafeltje legde en twee olijven in zijn mond gooide. ‘En we hebben de juiste reden verschillende keren genoemd.’

‘Is dat zo?’ zei Barbarotti en ineens was hij bang dat de commissaris hem in de maling nam. Of dat hij weer een honkbalknuppel op zijn hoofd had gekregen.

‘Verschillende keren’, herhaalde Asunander. ‘Elke dag hebben we die wel een keer genoemd.’

‘Kom ter zake’, zei Barbarotti.

‘Een dwaalspoor’, zei de commissaris en hij spuwde de olijfpitten in zijn hand. ‘Hij wil ons op een dwaalspoor brengen. Ons werk in de war sturen. Ons zand in de ogen strooien en ons de verkeerde kant op laten kijken. Toch? Hebben we dat niet gezegd?'

'Jazeker', zei Barbarotti. 'Mee eens. Dat heb ik de hele tijd gedacht.'

'Ik ook', zei Asunander. 'Het probleem is dat we niet zo goed aan die lijn hebben vastgehouden. Elke keer als hij een nieuwe zet deed, reageerden we erop door die te analyseren en maatregelen te nemen.'

Barbarotti dacht na.

'We hadden niet in de gaten dat het volkomen zinloos was', ging Asunander verder. 'Er is geen logica, geen reden waarom hij de brieven stuurde, geen reden waarom hij ze naar jóú stuurde. Hij is nooit van plan geweest om een Hans Andersson te vermoorden. Hij heeft nooit een meisje op een boot losgelaten en er ligt geen grootmoeder in de buurt van Mousterlin begraven.'

'Huh?' zei Barbarotti.

'Het is allemaal verzonnen.'

Hij pakte zijn pijp weer, maar stak hem niet weer aan. Barbarotti schudde zijn hoofd en probeerde tot zich door te laten dringen wat Asunander precies zei.

'Maar hij heeft al die mensen wel vermoord.'

'Zeker. En daar heeft hij een reden voor. Althans, voor een aantal van hen.'

'Een aantal van hen? Nu ... nu volg ik je niet helemaal meer', zei Barbarotti en hij nam een slok whisky. Toen hij zijn glas neerzette, merkte hij tot zijn verbazing dat zijn hand beefde.

'Maar verder volg je mijn redenering wel?' vroeg Asunander en hij monsterde hem met een turende, taxerende blik, die Barbarotti niet van hem kende.

'Ja', zei hij. 'Ik geloof het wel.'

'Mooi', zei Asunander. 'We nemen nog wat whisky en dan vertel ik je hoe ik denk dat de boel in elkaar steekt.'

Toen hij het huis van commissaris Asunander in Storgatan verliet, was het kwart over elf en gaan regenen. Een ijskoude en doordringende herfstregen, maar hij voelde hem niet. De theorie van Asunander – die ze twee uur lang hadden besproken terwijl ze de fles whisky leegden, een tien jaar oude Glenmorangie Single Highland Malt – vulde zijn gedachten en bewustzijn dermate dat hij vermoedelijk ook niet gereageerd zou hebben als er twee meter sneeuw was gevallen en het stadhuis in lichterlaaie had gestaan.

Het kan niet waar zijn, dacht hij. Het kan potdomme niet waar zijn.

Toch wist hij dat het wel waar was. Dat het precies zo in elkaar stak, en dat ze nu alleen nog de puntjes op de i moesten zetten om de moordenaar te pakken.

Gods wegen zijn wonderlijk, dacht inspecteur Barbarotti en hij duwde de portiekdeur van Baldersgatan 12 open. Dat is toch ook wat, hadden ze niet drie punten afgesproken?

VII

29-31 augustus 2007

40

Barbarotti en Backman namen het verhoor af. Jonnerblad, Tallin en Somberman observeerden hen van de andere kant van het spiegelraam. Dat had Asunander besloten.

Het verhoor werd opgenomen. Voor de zekerheid op zowel een geluidsband als een dvd. Ook dat had Asunander besloten, die zelf alles in een andere kamer via een monitor volgde.

De vrouw heette Ulrika Hearst. Ze was zevenendertig jaar oud, meisjesnaam Lindquist, getrouwd met een Engelsman. Ze hadden haar de dag ervoor gevonden.

'Hoss & Boss?' zei Barbarotti.

'Zo noemden ze zichzelf', zei Ulrika Hearst. 'Al van jongs af aan. Misschien heeft iemand anders de namen bedacht, dat weet ik niet.'

'Heb je ze altijd zo genoemd?'

'Ja. Hoss en Boss. Ik gebruik nooit hun echte namen.'

'En je kent ze je hele leven al?'

'Ja, het zijn immers mijn neven. Hun moeder en mijn moeder zijn zussen. Zij woonden in Varberg, wij in Kungsbacka. We gingen vrij veel met elkaar om, ik ben enig kind. Hoss en Boss zijn de enige neven die ik heb.

Ze streek een lok van haar blonde haar achter haar oor. Dwaalde met haar blauwe ogen tussen de twee inspecteurs, alsof ze probeerde uit te maken tot wie ze zich zou richten.

'We zijn voornamelijk geïnteresseerd in Hoss', nam Backman het over.

'Dat heb ik begrepen, ja', zei Ulrika Hearst.

'Kun je iets over hem vertellen?'

Ze dacht na.

'Een ... lastige jongen', zei ze. 'Ze waren allebei lastig.'

'Lastig?' zei Eva Backman.

'Ik weet niet precies hoe ik ze moet omschrijven', zei Ulrika Hearst. 'Als kind had ik niet zo veel vrienden. Eenzaam op school en zo. Hoss en Boss waren een deel van mijn wereldbeeld en daarin vind je alles normaal, nietwaar? Als kind in elk geval. Dat wordt toch bedoeld met volwassen worden? Afrekenen met de waanbeelden en mythes uit je kindertijd.'

Backman knikte. 'Ik begrijp wat je bedoelt', zei ze. 'Wanneer kwam je erachter dat ze lastig waren?'

'Op mijn zestiende verhuisden we naar Stockholm', legde Ulrika Hearst uit. 'Ik ging naar een goede middelbare school en kreeg nieuwe vrienden. Mijn neven kwamen wat verder van me af te staan, om het zo maar te zeggen. Ja, toen begon ik in te zien dat ze een beetje apart waren.'

'Op welke manier?' vroeg Barbarotti.

'Het waren betwetertjes', zei Ulrika Hearst en er verscheen een begin van een glimlachje, dat onmiddellijk weer verdween. 'Ze wedijverden altijd met elkaar wie het meeste wist, maar als ik langskwam spanden ze samen en werd ik hun doelwit. Ik was hun onnozele nichtje, dat niks wist ... Ik was ook tien maanden jonger dan zij, ik ben in december geboren, zij in februari. Soms deden ze een wedstrijdje wie me het beste om de tuin kon leiden.'

'Een wedstrijdje jou om de tuin leiden?' zei Backman. 'Dat klinkt niet erg aardig.'

'Dat was het ook niet', zei Ulrika Hearst. 'Een keer, ik was een jaar of acht, beweerde Hoss dat hij een portemonnee vol met geld in een put had laten vallen, maar Boss en hij konden hem niet ophalen omdat ze een zeldzame ziekte aan hun oren hadden, waardoor ze niet in nauwe ruimtes naar beneden mochten klimmen. Maar als ik het deed, zou ik de helft van het geld krijgen. Er waren ijzeren sporten aangebracht in de wand van de put, waar natuurlijk geen portemonnee in lag. Toen ik beneden was, legden ze het deksel op de put. Ik heb er meer dan een uur gezeten, in het donker. Ik weet nog dat ik in mijn broek heb geplast, maar ik heb nooit aan mijn moeder durven vertellen waarom.'

'Wat een etters', zei Backman.

'Het is een eeneiige tweeling, dus?' zei Barbarotti.

'Ja', zei Ulrika Hearst. 'Je kunt ze niet uit elkaar houden als je niet weet dat Hoss een moedervlekje onder zijn linkeroor heeft. Hij is ook een centimeter langer en twintig minuten ouder dan Boss, maar verder zijn ze identiek.'

'En geen andere broers of zussen?' vroeg Backman.

'Nee, alleen zij. En ze waren extreem hecht. Maud en Yngve, hun ouders, hebben geprobeerd er iets aan te doen, getracht ze wat meer uit elkaar te halen, maar dat was onmogelijk. Ze hebben nooit een eigen kamer gehad, bijvoorbeeld, terwijl ze in een huis met zeven kamers woonden. Toen ze op school in verschillende klassen werden gezet, weigerden ze iets te doen. Ze hadden ook geen andere vrienden, alleen elkaar.'

'Hoe ging het later?' vroeg Barbarotti. 'Toen ze ouder werden?'

Ulrika Hearst schudde langzaam haar hoofd en kreeg een bepaalde blik in haar ogen. Ze schikte haar haar en dronk wat water.

'Ik weet het niet precies', zei ze. 'Maar er was natuurlijk iets mis met ze. In 1989 waren ze klaar met de middelbare school. Dezelfde klas, dezelfde cijfers, ik was op hun eindexamenfeestje. Dat was een beetje vreemd, er was alleen familie. Tien, twaalf mensen. Ik had mijn eigen feestje twee weken eerder in Stockholm gehouden en daar waren minstens vijftig mensen. Ja, dat was denk ik de eerste keer dat ik doorhad dat er iets geks met hen was. Ze hadden allebei topcijfers gehaald en zich allebei aangemeld voor de studie medicijnen in Göteborg, ze werden natuurlijk meteen toegelaten. Hun ouders kochten een tweekamerappartement in Aschebergsgatan voor ze, ze waren vast blij dat ze van de tweeling af waren, de jongens hadden het ook niet zo met hen op. Ja, toen zijn ze daarheen verhuisd en medicijnen gaan studeren.'

'Ga verder', zei Barbarotti. 'We hebben het nu dus over het najaar van 1989?'

'Ja', zei Ulrika Hearst. 'De eerste drie, vier semesters verliep alles voorspoedig, volgens mij. Ze haalden alle tentamens en toetsen en al dat soort dingen. Ik ben een paar keer bij ze langs geweest toen ik voor iets anders in Göteborg was. Het waren heel erg in zichzelf gekeerde geneeskundestudenten, met overal skeletten en anatomische posters in hun huis. Als volwassene behandelden ze me natuurlijk wel respectvoller, ze lokten me geen putten meer in en zo, maar ik was altijd blij als ik hun flat verliet. Ik herinner me dat ik ...'

'Ja?' zei Barbarotti.

Ze schoot in de lach. 'Ja, ik herinner me dat ik altijd even op de stoep voor hun huis bleef staan. Om de normale wereld buiten in me op te zuigen, het was ... Ja, het was puur fysiek. Zelf studeerde ik economie in Uppsala, en we vroegen ons daar vaak af wie er saaier waren, economiestudenten of geneeskundestudenten, en ik weet nog dat ik dacht dat als ze mijn neven uit Göteborg een keer zouden ontmoeten, het antwoord op die vraag niet moeilijk zou zijn.'

Eva Backman glimlachte vluchtig. 'Maar toen gebeurde er dus iets?'

'Ja.' Ulrika Hearst rechtte haar rug en werd serieus. Boss leerde een meisje kennen. Het was mei 1991. Ik was bij mijn moeder in Nacka op bezoek vanwege haar verjaardag. Toen vertelde ze me het nieuws. In elke andere familie zou het de normaalste zaak van de wereld zijn, maar bij ons was het bijna een sensatie. En het werd niet minder sensationeel toen ze in de zomer aankondigden dat ze gingen trouwen en naar Australië gingen verhuizen. Zij was een uitwisselingsstudente en woonde in de buurt van Brisbane.'

'En dat gebeurde ook?' vroeg Backman.

'Ja, inderdaad. Boss en Bessie, zo heetten ze echt, trouwden en verhuisden ergens rond de Kerst in 1991 naar Australië, en sindsdien wonen ze in een voorstad van Sydney.'

'Ben je weleens bij ze op bezoek geweest?'

'Ja, zowaar. Ik was een maand in Australië met mijn vriend ... Ja, dat moet nu twaalf jaar geleden zijn. Ze hadden een dochtertje en het leek allemaal rozengeur en maneschijn. Boss was wat milder geworden, niet zo *laidback* als de echte Australiërs, natuurlijk, maar toch. Het was een behoorlijk verschil.'

'Maar het is bij die ene keer gebleven?'

'Ja. En het was ook geen lang bezoek. We hebben maar één nachtje bij ze gelogeerd, dus kan ik het niet zo goed beoordelen. Maar Gustaf, mijn toenmalige vriend, vond ze ook aardig, herinner ik me.'

Barbarotti knikte. 'En Hoss? Hoe reageerde hij op het plotselinge vertrek van zijn broer?'

Ulrika Hearst nam een slokje water voor ze antwoord gaf. Gleed met het puntje van haar tong over haar lippen.

'Dat is het hem nou net', zei ze. 'Dat weet je bij hem niet.

Hoss uitte zijn gevoelens nooit tegenover iemand. Mijn moeder wist van niks. Op een gegeven moment kregen we van zijn ouders te horen dat Boss getrouwd was en in Sydney woonde; toen ik Hoss in juni 1992 sprak – we dronken koffie in een tentje in Haga, meer niet – zei hij dat alles oké was. Maar in het najaar stopte hij met zijn studie medicijnen en ging filosofie studeren. Hij heeft nooit aan iemand verteld waarom. Een paar jaar lang heb ik bijna geen contact met hem gehad, zelf woonde ik in die tijd in Engeland, maar toen ik in 1997 terugkwam in Zweden was hij getrouwd en bezig te promoveren. Hij heeft, geloof ik, een bliksemcarrière als logicus gemaakt. In 1999 promoveerde hij en in hetzelfde jaar kreeg hij een baan bij de universiteit.'

'Heb je zijn vrouw weleens ontmoet?'

'Ja, een paar keer. De eerste keer was vlak na de millenniumwisseling. Ze was zwanger en ze hadden net een huis in Mölndal gekocht. Ze werkte in het Sahlgrenskaziekenhuis, ik geloof dat ze elkaar hebben leren kennen toen hij medicijnen studeerde. Een paar maanden later kreeg ze een miskraam ... Uiteindelijk hebben ze helemaal geen kinderen gekregen.'

'Welke indruk had je van hun relatie?' vroeg Eva Backman.

Ze dacht na, heel even maar.

'Hij was behoorlijk dominant', zei ze. 'Zij kwam heel verlegen over, later kwam ik te weten dat ze uit een streng gelovig gezin kwam en dat Hoss haar daar min of meer met wortel en al uit getrokken had.'

'Met wortel en al?' zei Backman. 'Ja, ik geloof dat ik begrijp wat je bedoelt.'

'Een paar jaar later ben ik haar nog een keer tegengekomen', zei Ulrika Hearst. 'Alleen haar, we liepen elkaar per ongeluk tegen het lijf in Stockholm, en ik herkende haar bijna niet. Ze was ... Ja, gegroeid op de een of andere manier. Een zelfstandige vrouw geworden, zou je kunnen zeggen, als het niet zo cliché klonk.'

'Clichés zijn er niet voor niets', zei Eva Backman.

'Ja, misschien wel.'

'Wanneer?' zei Barbarotti. 'Wanneer kwam je haar in Stockholm tegen?'

'Daar heb ik over nagedacht', zei Ulrika Hearst. 'Dat moet in januari of februari 2006 zijn geweest.'

'Anderhalf jaar geleden dus?'

'Ja.'

'En Hoss? Heb je die de afgelopen jaren nog ontmoet?'

'Eén keertje maar', liet Ulrika Hearst weten, waarna ze verontschuldigend haar schouders ophaalde. 'Vorig jaar op de boekenbeurs van Göteborg. Ik heb hem niet gesproken ... Hij zat in een panel bij een seminar. Ik weet niet meer wat het onderwerp was, maar ik zag zijn naam staan en toen ben ik uit nieuwsgierigheid gaan kijken. Hij maakte geen opvallende indruk. We hebben elkaar niet gegroet, ik zag dat hij me in het publiek had gespot, maar toen het afgelopen was, verdween hij de andere kant op.'

'Weet je nog iets meer over hun relatie?' vroeg Backman.

'Eigenlijk niet', zei Ulrika Hearst. 'Maar ik weet nog dat mijn moeder een paar jaar geleden zei dat ze niet in haar schoenen zou willen staan.'

'In de schoenen van Hoss' vrouw?'

'Ja.'

'Zei ze ook waarom?'

Ulrika Hearst trok met haar mond. 'Mijn moeder was dol op relaties analyseren', zei ze. 'Ze scheidde van mijn vader toen ik vijftien was, sindsdien was dat de belangrijkste bezigheid in haar leven, kun je wel zeggen.'

'Wanneer is je moeder overleden?'

'Vorig jaar. Kanker, het heeft maar een paar maanden geduurd.'

'Ze was gezinstherapeut?'

'Ja. Ze zei altijd dat ze na mijn vader getrouwd was met haar werk, en dat er deze keer sprake was van echte liefde.'

Eva Backman knikte. 'Dus toen ze zei dat ze niet in Katarina Malmgrens schoenen wilde staan, wist ze waar ze het over had?'

'Dat denk ik wel', zei Ulrika Hearst.

'Het spijt me,' zei Astor Nilsson, 'maar ik zou het wel erg fijn vinden om te weten hoe dit allemaal verband met elkaar houdt. En hoe we tot deze slotsom zijn gekomen.'

Astor Nilsson was niet bij het verhoor van Ulrika Hearst geweest. Hij had een paar mensen van de universiteit van Göteborg ondervraagd.

Maar nu was hij op het politiebureau van Kymlinge. Het was drie uur 's middags, alle betrokkenen hadden zich in de kamer van Jonnerblad en Tallin verzameld.

'Ja, het is een beetje snel gegaan op het eind', gaf Jonnerblad toe. 'Maar er lijkt geen twijfel mogelijk te zijn. Henrik Malmgren is de man die we zoeken. Chapeau voor commissaris Asunander, zonder zijn scherpzinnige analyse waren we nu nog geen stap verder geweest.'

'Graag gedaan', zei Asunander.

'Om te beginnen, de methode?' vroeg Astor Nilsson. 'Hoe is hij te werk gegaan? Zijn modus operandi – als we de briefschrijverij even laten zitten.'

'Laten we ook even wachten met het motief', zei Tallin.

'Oké', zei Eva Backman. 'Als je weet wat we nu weten, is het eigenlijk niet zo ingewikkeld.'

'Je meent het', mopperde Astor Nilsson.

'Ja, echt', zei Backman en ze sloeg haar blocnote open. 'Hij komt vanuit Göteborg hierheen en brengt Erik Bergman en Anna Eriksson om het leven. Op 31 juli. Hij moet iets geweten hebben van de hardloopgewoontes van Bergman, maar dat kan niet heel moeilijk zijn geweest. Hij ligt in de bosjes op de loer en verrast hem als hij langs komt rennen, zo simpel als wat. Steekt hem een paar keer met een mes en laat hem liggen.'

'Een paar uur later gaat hij naar Anna Eriksson, met wie hij afgesproken heeft', ging Barbarotti verder. 'Tenminste, dat nemen we aan. Ze kennen elkaar immers uit Bretagne, misschien zegt hij wel dat hij nog iets van haar heeft.'

'Hoe kun je dat nou weten?' vroeg Somberman.

'Ik gok maar wat', zei Barbarotti. 'Hoe dan ook, ze laat hem binnen en hij doodt haar, misschien wel met zo'n bahco waar hij over schrijft, maar dat laten we in het midden. Wikkelt haar in plastic met het oog op de stank, hij wil dat het een paar dagen duurt voor ze ontdekt wordt, en hij vertrekt.'

'Ik volg je nog', zei Astor Nilsson. 'Jezusmina. En dan?'

'Dan schrijft hij een paar brieven en houdt zich een paar dagen gedeisd ... Neemt contact op met de pers, verzint onder andere die Hans Andersson, deels om ons op een dwaalspoor te brengen, maar misschien ook om te voorkomen dat de twee overige slachtoffers de link met die weken in Frankrijk leggen. Ze hebben inderdaad een tijdje met elkaar opgetrokken vijf jaar geleden, maar het Mousterlindocument is van begin tot eind verzonnen, vergeet dat niet. Vooral wat het meisje en haar oma betreft.'

'Vooral dat, ja', zei Eva Backman.

'Maar hoe heeft hij in hemelsnaam ...?' begon Astor Nilsson, maar Asunander onderbrak hem.

'Daar komen we straks op. Ga verder, Barbarotti.'

'Ja, en na een week ongeveer gaat hij naar Hallsberg. Nu heeft hij een wapen bij zich, want hij weet nog niet precies hoe hij Gunnar Öhrnberg gaat vermoorden. Öhrnberg en zijn eigen vrouw zijn z'n belangrijkste doelwitten, Anna Eriksson en Erik Bergman doodt hij om de Mousterlinaantekeningen te laten kloppen. Om ons het hele verhaal op de mouw te kunnen spelden, kun je wel zeggen.'

'Allemachtig', zei Astor Nilsson. 'En Gunnar Öhrnberg wil hij doden omdat ...?'

'Omdat die een verhouding met Katarina heeft, ja', zei Barbarotti. 'Ik kreeg een kleine aanwijzing toen ik die duikvriend sprak. Die zei dat Öhrnberg in West-Zweden stiekem een getrouwde vrouw bezocht. Maar hoe kon ik weten dat dat Katarina Malmgren was?'

'Ja, hoe?' zei Tallin. 'Ga verder.'

'Hij neemt de tijd om Gunnar Öhrnberg te doden, misschien gaat het wel precies zoals in de aantekeningen staat beschreven. Ik krijg in elk geval de indruk dat hij ervan geniet. Maar het is natuurlijk aan een forensisch psychiater om daarin te duiken.'

Hij nam een slok water. Backman bladerde naar een nieuw blad in haar blocnote en nam het over.

'Nadat hij zijn derde slachtoffer in het beroemde tarweveld heeft gelegd, gaat hij terug naar Göteborg om samen met zijn vrouw met de auto op vakantie naar Denemarken te gaan. Ze nemen de nachtboot van zondag op maandag, zoals gepland, ze gaan naar het dek, hij wurgt haar en gooit haar overboord. Gaat in Fredrikshavn als voetpassagier aan land, reist naar Kopenhagen en neemt een vliegtuig vanaf Kastrup. Vierentwintig uur later zit hij in Caïro, waar hij de aantekeningen uit Mousterlin op de post doet.'

Het was vijf tellen stil.

'Ongelooflijk', zei Astor Nilsson toen. 'Echt niet te geloven.'

'Sorry', zei Somberman. 'Hoe zit het met zijn paspoort en zo?'

'Dat hebben we gecontroleerd', zei Backman. 'Op 14 augustus is er een passagier met de naam Malmgren van Kopenhagen naar Athene gevlogen. Bertil Malmgren. Waarschijnlijk heeft zijn broer zijn paspoort vanuit Australië opgestuurd. We hebben de getuigenverklaring van Ulrika Hearst toch nog vers in het geheugen?'

'Zou goed kunnen', zei Jonnerblad.

'Oké', zuchtte Astor Nilsson. 'Slim. Ja, feitelijk gezien klopt het allemaal vast. Maar het komt er dus op neer dat zijn vrouw een ander had ... Het klinkt een beetje onbenullig, als ik dat zo mag zeggen.'

'Hij moet van plannen houden', zei Eva Backman. 'Een plan maken en uitvoeren. Ik heb vroeger zo'n vriendje gehad. We reden met de auto door heel Europa, maar de kaart was belangrijker dan heel Europa.'

Er viel weer een stilte, toen schraapte Asunander zijn keel. 'Eén ding moeten we niet vergeten', zei hij. 'En dat is dat motieven zelden in verhouding staan tot het misdrijf.'

'Licht toe', verzocht Jonnerblad.

'Behalve in het hoofd van de dader dan', preciseerde Asunander. 'Van buitenaf gezien lijken beweegredenen bijna altijd futiel en triviaal, meestal zijn het dezelfde. Jaloezie, wraaklust, hebzucht. Maar vaak komen ze op verschillende manieren tot uiting.'

'Dat kun je wel zeggen, ja', zei Tallin. 'Hoe heb je dit eigenlijk opgelost?'

Asunander zat met zijn hoofd voorovergebogen en leek een tijdje naar zijn gevouwen handen te kijken voor hij antwoord gaf.

'Reduceren', zei hij. 'Dit was het enige wat overbleef. Het enige wat mogelijk was.'

'Dat heb ik ook geprobeerd', zei Astor Nilsson. 'Voortdurend. Het probleem was alleen dat er niks overbleef. Helemaal niks.'

'En er is nog een detail', zei Asunander na een korte pauze.

'Een detail?' vroeg Tallin.

'Ja, in de aantekeningen.'

'Wat voor detail?' zei Jonnerblad. 'Ik heb ze wel ... ja, ik weet niet hoe vaak gelezen. Vier keer, minstens.'

'Dat hou ik voor mezelf, denk ik', zei Asunander.

'Wat ...?' begon Astor Nilsson, maar Asunander onderbrak hem met een geheven wijsvinger.

'Dat is mijn zaak', zei hij. Toen legde hij zijn armen kruiselings voor zijn borst, liet zijn blik langs het hele gezelschap glijden terwijl er een zacht brommend geluid uit hem kwam, dat Barbarotti aan een spinnende kat deed denken. Hij is gek, dacht hij. Zo gek als een deur.

Maar hij had de zaak opgelost. Een detail? Wat voor verdomd detail?

'En heb je het een en ander ... gecheckt?' vroeg Tallin voorzichtig.

Asunander knikte. 'Niks bijzonders. Maar ik heb een oude vriend met connecties in de bankwereld. Malmgren heeft eind mei zijn aandelen verkocht. Bijna anderhalf miljoen, geen nieuwe gekocht. Hij had vast een startkapitaaltje nodig. Backman heeft helemaal gelijk, er was veel planning voor nodig. Heel veel planning.'

'Hij had het zichzelf makkelijker kunnen maken', merkte Astor Nilsson op.

'Misschien wel', zei Asunander. 'Het doel was zijn vrouw en haar minnaar ombrengen, maar hij wilde meer bereiken.'

'Wat dan?' zei Somberman. 'Precies?'

'Er is iets gebeurd in Bretagne', zei Eva Backman nadat Asunander haar eerst had toegeknikt. 'Anna Eriksson en Erik Bergman spelen daar een rol bij, maar we weten niet welke. We moeten maar afwachten of hij dat gaat vertellen.'

'De Zesde Man?' zei Astor Nilsson.

'We weten niet wie hij is', zei Barbarotti. 'Een man die een week of zo bij Erik Bergman in huis heeft gezeten, maar het kan best dat hij helemaal geen rol speelt in het verhaal.'

'Hij staat toch op de foto's?'

'En waar hebben we die foto's gevonden?' zei Eva Backman. 'Ben je dat vergeten? In het album van de Malmgrens.'

'Potverdorie', zei Astor Nilsson. 'Die ook?'

'Ja', zei Barbarotti. 'Die ook.'

Twee uur later stond hij met Backman bij de fietsenstalling van het politiebureau. Er hing regen in de lucht, tot zijn verbazing merkte hij dat hij het koud had en hij hoopte dat de hemel zich niet zou openen.

'Je had vast gelijk toen je dat zei', zei hij.

'Wat?'

'Dat er in Bretagne iets gebeurd is. Althans, in Henrik Malmgrens ogen moet het iets heel cruciaals zijn geweest, niet?'

Backman dacht na. 'Ja,' zei ze, 'maar er zijn geen meisje en haar grootmoeder omgekomen. Wat denk jij dat het geweest kan zijn?'

'Heb je de Mousterlinaantekeningen gelezen ook nadat je wist dat Henrik ze geschreven had?'

'Nee', zei Eva Backman. 'Aan een tweede keer ben ik nog

niet toe gekomen. En ik heb ook geen idee over wat voor detail Asunander zat te brommen.'

'Ik ook niet', gaf Barbarotti toe. 'Maar ik heb het helemaal opnieuw gelezen vannacht. Er staan een heleboel aanwijzingen in de tekst als je weet dat het Henrik Malmgrens pennenvruchten zijn en dat hij van plan was om ze allemaal te vermoorden ... Ja, dan wordt het een heel ander verhaal.'

'Een heel ander verhaal?' zei Backman. 'Ja, dat kun je wel zeggen. Weet je wat ik wil?'

'Vakantie?'

'Dat ook. Maar het liefst zou ik hem nu willen verhoren. `Jij niet?'

Gunnar Barbarotti dacht na. 'Misschien wel', zei hij. 'Maar ze hebben hem nog niet gevonden. Ik betwijfel of je ooit het genoegen zult hebben om oog in oog met hem te staan.'

'Spelbreker', zei Backman. 'Ze hebben nog maar acht uur de tijd gehad en volgens mij is het nu ochtend in Sydney.'

'Dat zal wel kloppen', zei Barbarotti en hij keek op zijn antieke maar prima functionerende horloge. 'Maar als er één moment is op de dag waarop je iemand kunt vinden, is dat wel 's nachts, toch? Nee, ik denk dat hij weet te ontkomen, je zult het met Boss moeten doen.'

'Hoss en Boss', snoof Backman. 'Met sommige mannen gaat het meteen al mis. En dan komt het nooit meer goed. Je bedoelt dus dat het Mousterlindocument een ander soort waarheid bevat? Behalve dat detail van Asunander?'

'Lees het maar, dan zul je het zien', zei Barbarotti.

Backman haalde haar schouders op en propte haar aktetas in haar fietsmand. 'Als ik hem ooit spreek, vraag ik hem naar zijn angst voor controleverlies', zei ze. 'Dat steekje zit het meest los bij hem.'

'O, ja? zei Barbarotti.

'Jazeker. Eerst wordt hij door zijn broer verlaten, vermoedelijk de enige op de hele wereld die iets voor hem betekent. Dat moet als een amputatie hebben gevoeld. Toch weet hij een vrouw te vinden, maar die ontgroeit hem en wil bij hem weg. Dat begint hij die zomer waarschijnlijk al te vermoeden. En als het echt een feit is, zet hij dit hele, zwarte circus in gang om wraak te nemen, te verdwijnen en een nieuw leven in Australië te beginnen. Het moet hem een enorme kick hebben gegeven, en het griezelige is dat er een soort logica in zit.'

'Logica, ja', zei Barbarotti en hij herinnerde zich ineens wat Marianne had gezegd. Hij trok zijn fiets uit het rek. 'Hij is docent filosofie, niet te vergeten, de moeder van alle wetenschappen. Filosofen kijken een beetje neer op andere wetenschappen.'

Backman glimlachte. 'Maar weet je?' zei ze. 'Weet je wat het wonderlijkste is in dit wonderlijke verhaal?'

'Nee', zei Barbarotti.

'Dat jij whisky drinkt met Asunander.'

'Ik denk dat het iets van voorbijgaande aard was', zei Barbarotti.

'Ik hoop het niet', zei Backman. 'Want ik wil dat je hem iets vraagt, de volgende keer dat jullie gaan borrelen.'

'Wat dan?' vroeg Barbarotti.

'Waarom hij een kunstgebit heeft. Dat vraag ik me al meer dan tien jaar af, maar heb het hem nooit durven vragen. Alle vijfenzestigplussers krijgen tegenwoordig tanden in hun kaakbot geschroefd. Een kunstgebit is iets uit het stenen tijdperk.'

Barbarotti dacht na.

'Zo goed ken ik hem nog niet', zei hij. 'Dus dat antwoord zal ik je nog even schuldig moeten blijven, vrees ik.'

'Lafbek', zei Eva Backman. 'Maar oké, ik zie je morgen. Ik zal het document vanavond nog een keer lezen. Fietsen we dezelfde kant op?'

'Ik denk het niet', zei Barbarotti. 'Ik moet nog even langs de school.'

'School?' zei Backman. 'Wat moet je daar?'

'Dat hoor je nog wel', zei Barbarotti.

41

'Kun je iets harder prater?' vroeg Barbarotti. 'Ik hoor je bijna niet.'

Het was donderdagochtend. Het was tien over negen. Hoe laat het in Australië was, wist hij niet precies.

'Sure, mate!' riep *detective inspector* Crumley en ineens klonk hij zo dichtbij dat het leek of hij naast Barbarotti stond. *'We got'em. Got'em both in fact!'*

'Hebben jullie ze allebei?' vroeg Barbarotti in zijn beste school-Engels. Het school-Engels van detective inspector Crumley liet veel te wensen over, vond hij. 'Zeg je dat? Dat jullie beide gebroeders Malmgren in verzekerde bewaring hebben?'

'Jazeker!' riep Crumley. 'Hoss en Boss Malmgren. Hij woonde bij zijn broer, precies zoals je dacht. Willen jullie ze allebei of eentje? We kunnen ze bijna niet uit elkaar houden.'

'Ik denk dat we ze allebei nodig hebben', zei Barbarotti. 'Je hoeft niet meer zo te schreeuwen, hoor, ik hoor je al een stuk beter. Ja, de dader moet hiernaartoe, ik zal dadelijk uitzoeken hoe we dat doen met ...'

'Boss Malmgren gaat vrijwillig mee', onderbrak Crumley hem. 'Dat heeft hij al zeventig keer gezegd sinds we hem opgepakt hebben. Hij gaat mee naar *Sweden*, aan zijn broers zijde. *Come what may.*'

'Heeft hij geen vrouw en kind?' vroeg Barbarotti. 'Boss Malmgren?'

'Niet meer', zei Crumley. 'Gescheiden, sinds drie jaar. Ze

hebben elkaar behoorlijk gemist, die broers. Het zijn net apenjongen die niet uit elkaar gehaald zijn toen ze klein waren, begrijp je wat ik bedoel?'

Dat wist Barbarotti niet helemaal zeker, maar hij vermoedde dat hij de strekking ervan begreep.

'Ik snap het', zei hij. 'Dan halen we ze allebei hierheen. Ik regel het papierwerk en stuur het wel op. Laat ze niet ontsnappen of zelfmoord plegen. Hoss heeft per slot van rekening vier mensenlevens op zijn geweten.'

'Hij ziet er niet uit alsof hij een geweten heeft', zei detective inspector Crumley. 'Maar misschien is dat wel het probleem?'

'Ik denk het', zei Barbarotti. 'Heb je hem mijn vraag gesteld?'

'Over de Zesde Man?'

'Ja.'

'Yes mate', zei Crumley en hij schraapte omstandig zijn keel. 'Ik vroeg iets zonder te weten wat ik vroeg, maar dat ben ik wel gewend. Eerst zei hij heel lang niks, alsof hij twijfelde of hij wel antwoord zou geven. Maar toen knikte hij als het ware voor zichzelf en zei dat hij Stephen heette.'

'Stephen?'

'Ja. Het was een lifter die door Europa trok. Kwam uit Johannesburg in Zuid-Afrika. *Does that make sense*?'

Barbarotti dacht na. Nam aan dat Zweedse misdaden weinig aandacht kregen in Zuid-Afrikaanse kranten en antwoordde bevestigend. *It made sense.*

'Is er nog meer?' vroeg Crumley.

'Ik mail het je wel', zei Barbarotti, waarna ze afscheid namen.

'Dus je hebt die vriendin ook gevonden?'

'Ja', zei Astor Nilsson. 'Ze wilde graag met de politie praten, trouwens.'

'Hoezo?'

'Omdat ze geschokt was toen ze hoorde dat ze vermoord waren. Maar ze had natuurlijk geen enkele reden om te denken dat het iets te maken had met wat Katarina haar had toevertrouwd over haar minnaar.'

'En wat had ze haar toevertrouwd, om precies te zijn?'

'Dat hij Gunnar heette en dat ze van hem hield. Ja, dat was alles. Plus dat ze Henrik wilde verlaten, maar niet wist waar ze de moed vandaan moest halen.'

'Was ze bang voor hem?'

'Daar lijkt het wel op', zei Astor Nilsson. 'Jessica, de vriendin, beweerde dat ze meer dan een jaar bezig is geweest om haar aan te moedigen om de sprong te wagen.'

'Maar het was niet algemeen bekend, dus? Dat Katarina Malmgren een minnaar had?'

Astor Nilsson schudde zijn hoofd. 'Nee, daar heb ik stevig over doorgevraagd, maar ze was ervan overtuigd dat zij de enige was die het wist. Katarina Malmgren had geen grote vriendenkring. Niet zo'n hele tros vriendinnen waar sommige vrouwen zich mee omringen. Hij hield haar onder een vergrootglas, als je begrijpt wat ik bedoel.'

'Ik snap het', zei Barbarotti.

Ik zou er niets op tegen hebben om vaker met Astor Nilsson samen te werken, dacht hij toen ineens. De gesprekken met hem waren constructief. Je kwam verder op de een of andere manier, met sommige mensen gebeurde het tegenovergestelde, moest hij helaas concluderen. Als je met hen had gepraat, had je minstens een uur stilte nodig om je hersens weer op gang te krijgen.

Maar er waren vast ook mensen die in een hoekje zouden willen kruipen nadat ze Barbarotti hadden ontmoet. Je moest jezelf niet beter maken dan je was.

'Katarina Malmgren en die Jessica waren collega's, niet?'

'Klopt', zei Astor Nilsson. 'En er is in die zomer in Bretagne inderdaad iets gebeurd, Katarina heeft haar verteld dat ze Gunnar toen voor het eerst heeft ontmoet. Niet dat ze toen iets hadden, maar die zomer wist ze het, zei ze.'

'Wat wist ze?'

Astor Nilsson haalde zijn schouders op. 'Tja, dat weet ik niet. Maar daar kun je wel een beetje over speculeren. Wat voor bekrompen leven ze leidde, misschien. En met wie ze getrouwd was. In Bretagne kreeg ze een idee over hoe het ook kon, zo beschreef ze het in elk geval voor haar vriendin. Ze waren met zijn vijven, die Zweedse groep, vier mensen die plezier maakten, en Henrik Malmgren.'

'Maar ze wist niet dat haar man haar doorhad? Nu, bedoel ik.'

'Jessica dacht van niet. En Henrik had niets gezegd. Maar het is een uitgekookt type, dat verzekerde ze ons. Ze had hem maar één keer gezien, maar door wat Katarina over hem vertelde, werd ze bijna bang voor hem. Hij wilde controle over haar hebben, maar tegelijkertijd raakte ze met de dag verder van hem verwijderd. Ja, zo drukte ze het uit. *Ze raakte verder van hem verwijderd*. Het is niet normaal, als je ziet wat voor levens mensen leiden als je een kijkje achter de façade krijgt.'

Gunnar Barbarotti bleef peinzend zitten, met zijn kin op zijn hand. 'Wanneer heeft ze Katarina Malmgren voor het laatst gezien?'

'Een week voor ze naar Denemarken gingen ongeveer. Katarina had een nacht met Gunnar doorgebracht, dat zal wel in die duikweek zijn geweest, en ... Ja, die vriendin dacht dat Katarina een besluit had genomen.'

‘Om haar man de waarheid te vertellen? Dat ze hem wilde verlaten?’

‘Ja. Ze had het haar niet ronduit gezegd, maar die indruk had Jessica wel.’

‘En op dat moment was hij al aan het moorden geslagen?’

‘Yep. Maar ze had niks in de gaten. Zij had haar plan, hij het zijne.’

‘Jeetjemina. Dat klinkt bijna geregisseerd.’

‘Er was sprake van een zekere timing. Zíj ging naar Jutland op vakantie om hem te vertellen dat ze wilde scheiden. Híj ging erheen om haar te vermoorden en in zee te dumpen. Maar je kunt rustig zeggen dat hij een paar stappen op haar voorlag. En Jessica Lund weet zeker dat Katarina geen idee had waar hij mee bezig was. Ze wist natuurlijk wel dat hij gek was, maar niet dat hij zó gek was.’

‘Nee’, zei Barbarotti. ‘Hoe zou ze dat hebben kunnen weten?’

‘Misschien wilde ze het wel niet zien’, zei Astor Nilsson met een sombere blik. ‘Het is moeilijk om de waanzin te zien als je ermiddenin zit. Ik heb zelf ook zo’n periode in mijn leven gehad. Maar een collega van Henrik Malmgren zei iets interessants. Malmgren zou zijn leven vrijwillig met dertig jaar hebben willen bekorten als hij in ruil daarvoor roem en erkenning zou krijgen.’

‘Henrik Malmgren?’

‘Ja.’

‘Wat een vreselijke koehandel.’

‘Zo kun je het zien’, zei Astor Nilsson. ‘Maar zulke mensen zijn er nou eenmaal. Je krijgt de Nobelprijs als je op je tweeënvijftigste wilt sterven. Zonder prijs word je tweeentachtig ... Maar ik weet niet of het waar is wat die collega zei. Malmgren heeft een hoop levens bekort, maar niet zijn eigen.'

'Hij komt halverwege volgende week', begon Barbarotti het gesprek af te ronden. 'Laten we wachten met ons oordeel tot we hem in levenden lijve hebben gezien.'

'Dat lijkt me een goed idee', zei Astor Nilsson. 'Daar wil ik per se bij zijn. Wat erg eigenlijk, dat je zo'n monster van dichtbij wilt bekijken. Of in elk geval wilt zien.'

'Die behoefte deel je met de rest van de mensheid, hoor', zei Gunnar Barbarotti.

'Weet ik', zei Astor Nilsson. 'Maar dat maakt het niet minder erg. Dat andere mensen net zo geperverteerd zijn als ik. Gelukkig zijn types als Henrik Malmgren behoorlijk zeldzaam.'

'Hoe zou zijn broer zijn, denk je?' vroeg Barbarotti.

'Zijn vrouw lijkt hem levend verlaten te hebben, een fijne vent dus, neem ik aan', zei Astor Nilsson. 'Zo, en nu wil ik het er niet meer over hebben.'

'Ik ook niet', zei Barbarotti. 'Op een gegeven moment krijg je er genoeg van.'

Na het gesprek met Astor Nilsson stond Gunnar Barbarotti op om door het raam van zijn werkkamer naar buiten te kijken. Dat deden intelligente politiemannen in boeken ook altijd. Door de lamellen van een jaloezie naar een regengrauw Parijs blikken of een met vermiljoen gepatineerde hemel die sneeuw aankondigde in Göteborg. De buitenruimte (de stad, de plaats van het misdrijf) op subliem literaire wijze laten corresponderen met het innerlijk (het hoofd van de politieman). Barbarotti's probleem was echter dat vier vijfde van zijn uitzicht werd belemmerd door de lange zijde van de stilgelegde schoenenfabriek Lundholm & söner. Die stond al meer dan twintig jaar leeg, alle ramen waren kapot en hij zou graag willen dat de gemeente eindelijk besloot het pand te slopen. Het liefst om plaats te maken voor een park of een ander soort, lage bebouwing, zodat hij eindelijk een beetje uitzicht had.

Maar als hij voor het raam stond en zijn blik schuin omhoog naar rechts richtte, kon hij zowaar zowel een stukje van een boomtop als een flard van de hemel zien. Maar wellicht had Backman gelijk toen ze zei dat zijn balkon een veel betere plek was om te analyseren en na te denken. Ontzettend veel beter.

Maar misschien had je ook wel geen uitzicht nodig om Henrik Malmgren te begrijpen. Het tegenovergestelde eerder; het vermogen een heel nauwe ruimte in te kunnen kruipen, een soort onvolgroeid of zelfs geïnverteerd universum. Misschien wel zo'n put waar Ulrika Hearst het over had? Maar natuurlijk, dacht Barbarotti, als je wereldbeeld op zo weinig bouwstenen berustte, moesten die wel allemaal op hun plaats blijven. Als één belangrijke bouwsteen, zoals een broer of een echtgenote, wegviel, was de kans groot dat het hele bouwwerk instortte.

Kon je hem in zulke termen vatten? Astor Nilsson had gezegd dat hij een grote naam was in filosofiekringen. Normaal gesproken hadden grote filosofen hun bloeitijd pas na hun vijftigste – en vooral na hun dood – maar Henrik Malmgren had als een belofte gegolden. Helemaal in de meerwaardige logica en deductieve, wiskundige logische systemen. Toen hij naar zijn iets menselijkere kwaliteiten had gevraagd, was het stilgevallen, had Astor Nilsson verteld. Pijnlijk stil.

Maar zo'n verhaal construeren? Een verdronken meisje en haar grootmoeder? En de naam van het meisje? The Root Off All Evil.

En hoe hij zichzelf door de ogen van de fictieve moordenaar had beschreven. Had hij zichzelf dáármee verraden? vroeg Barbarotti zich af. Had Asunander daardoor vermoed dat er iets mis was? Hij wist het niet. Zelf had Barbarotti niets vermoed. Asunander had alleen gezegd dat hij had gemerkt dat er iets niet klopte toen hij het Mousterlindocument voor de derde of vierde keer las. Toen was hij op dat detail gestuit. Misschien zou hij bij een eventuele volgende borrel wel alles toelichten – of misschien was hij echt van plan het voor zich te houden. Asunander was een pientere gast en misschien had je wel zo iemand nodig om andere pientere gasten te doorzien. Zoals Henrik Malmgren.

De avond ervoor was er nog iets opmerkelijks gebeurd. Onderweg naar de buurtwinkel was hij Axel Wallman tegengekomen, die bij wijze van uitzondering in de stad was om iets te regelen. Kennelijk had hij Henrik Malmgrens naam in de krant zien staan – in de hoedanigheid van slachtoffer, niet in die van dader; hij had Barbarotti staande gehouden en tegen hem gezegd: 'Die dooie filosoof moeten jullie uit de zee opvissen. Dat is zo iemand die met een heipaal door zijn hart pas echt dood is.'

Toen Barbarotti – zonder iets over de laatste ontwikkelingen in de zaak te verklappen – vroeg wat hij daarmee bedoelde, had Wallman alleen maar met zijn handen gebaard en gezegd dat hij ooit samen met Malmgren aan een seminar had deelgenomen en dat hij toen had gezien uit welk waardeloos hout hij gesneden was.

Maar Wallman had nooit beweerd dat Malmgren uit Halland kwam; dat was Barbarotti's eigen herinnering.

Er werd op de deur geklopt. Hij wendde zijn blik af van de schoenenfabriek Lundholm & söner en onderbrak zijn analyse.

'Jonnerblad heeft twee sandwichtaarten gehaald', deelde Backman mee. 'Er is kennelijk een begrafenismaal voor de zaak.'

'Ik kom eraan', zei Barbarotti.

Maar de belangrijke samenvatting werd niet tijdens het eten van de taart gemaakt.

Die maakte hij met Eva Backman vlak voordat ze aan het eind van de dag naar huis zouden gaan. Zo ging het meestal.

'Tja, wat hebben we hiervan geleerd?'

Voor ze het zei, had ze eerst een lange tijd zwijgend in zijn bezoekersstoel gezeten.

'Ik weet het niet', zei Barbarotti zonder van zijn papieren op te kijken. 'Maar ik neem aan dat jij het antwoord weet, aangezien je de vraag stelt. Dus vertel maar, wat hebben we geleerd?'

'Door die toon van je alleen al heb ik geen zin meer om iets te zeggen', zei Backman. 'Maar goed, ik zie dat je er wel een klein beetje voor openstaat.'

Barbarotti nam haar op. 'Je weet dat ik nooit een woord vergeet van wat je zegt', zei hij. 'De wijste dingen noteer ik in een schriftje dat ik speciaal voor dat doeleinde heb aangeschaft.'

'Goed zo', zei Eva Backman. 'Ja, ik had het volgende bedacht. Ook al werken tien politiemannen honderd dagen lang en nemen ze duizend verhoren af, dan hoeft dat nog niets op te leveren.'

'Mooie inleiding', zei Barbarotti.

'Weet ik, val me niet in de reden. Als we een verdorven geest zoeken, is het belangrijk dat wij ook iemand hebben die over een dergelijke geest beschikt. Die de moordenaar kan begrijpen. Als Asunander er niet een dag voor was gaan zitten om erover na te denken in plaats van naar zijn werk te gaan, hadden we dit niet opgelost.'

Een uur geleden dacht ik precies hetzelfde, constateerde Barbarotti inwendig. 'Je bedoelt dat we Asunander nodig hebben omdat hij een verdorven geest heeft?' zei hij. 'Ging *The Silence of the Lambs* daar niet over? Ik zal Asunander de volgende keer dat we whisky drinken vragen of zijn voornaam misschien Hannibal is.'

'Hij heet Leif', zei Eva Backman. 'Dat heb ik al gecheckt. Nee, ik bedoel dat er zaken zijn waarvoor je andere dingen moet inzetten dan alleen een grootschalig onderzoek.'

'Zoals met zonsondergang op een balkon filosoferen?' suggereerde Barbarotti en hij dacht bij zichzelf dat dat balkon van hem wel erg vaak door zijn hoofd spookte.

'Als ik jouw balkon had gehad, had ik deze zaak in drie dagen opgelost', zei Backman.

'Ik denk dat ik hem niet lang meer zal hebben', zei Barbarotti.

'Hè? Hoezo?'

'Ik ... ik verwacht gezinsuitbreiding.'

Eva Backman leek eerst niet te begrijpen waar hij het over had. Toen glimlachte ze scheef en hees zich omhoog in de fauteuil. 'Gefeliciteerd', zei ze. 'Hoeveel worden het er?'

'Dat weet ik niet precies', zei Barbarotti. 'Maar mijn driekamerflat wordt hoe dan ook te klein.'

'Zo, zo', zei Backman. 'Over drie weken hoor ik graag meer over je nieuwe leven. Nu neem ik vakantie. Maar misschien wip ik nog heel even langs om Malmberg te zien.'

'Doe dat', zei Barbarotti. 'Geniet ervan. Maar wat moet ik nu in mijn schriftje noteren?'

'Vertrouw nooit een schrijver', zei Eva Backman. 'Ik dacht dat ik dat nu wel duidelijk had gemaakt.

42

Even na vijven op vrijdagmiddag verliet hij de praktijk van dokter Olltman. Hoewel ze een afspraak voor drie kwartier hadden, hadden ze bijna drie uur lang gepraat. Ze hadden geen vervolgafspraak gemaakt, maar ze had Barbarotti op het hart gedrukt dat hij haar altijd kon bellen, mocht hij daar behoefte aan hebben. Toen hij haar bedankte, lag het op het puntje van zijn tong om te zeggen dat hij met een vrouw zoals zij getrouwd had willen zijn, maar hij hield zich in. Misschien, dacht hij, misschien is Marianne wel zo'n vrouw.

Hij dacht niet dat hij er behoefte aan zou hebben. Er is iets met me gebeurd de afgelopen weken, dacht Gunnar Barbarotti toen hij langs de espressobar in Skolgatan liep zonder naar binnen te gaan.

Ik weet niet precies wat, maar er is iets.

Dat de zaak opgelost was, speelde natuurlijk mee. De gebroeders Malmgren zouden dinsdag op Kastrup landen; volgens Crumley waren er enkele bekentenissen gedaan, dus waarschijnlijk was het vanaf nu aan officieren van justitie, advocaten en forensisch psychiaters – maar die gestoorde filosoof had bij hem ook een soort mechanisme in gang gezet, was het niet?

Een soort verband dat niet makkelijk in woorden te vatten was, maar wel gevoeld en gewogen kon worden. Wat, om precies te zijn? Misschien waren het wel allemaal loze gedachten, maar je kon een poging wagen.

Dat je niet zoals Henrik Malmgren tegen het leven aan

mocht kijken, misschien was het wel zo simpel. Als het leven een spel was, en dat was het wellicht – althans op bepaalde vlakken – moest de mens de rol van nederige speler aannemen, niet die van spelverdeler. Waarmee niet gezegd was dat je moest wijken voor andere spelers, of regels, voorschriften en flauwekul moest accepteren die je eigen bestaan beknotten.

Het aloude AA-gebed, kort gezegd. Ze hadden dit soort onderwerpen besproken, hij en Olltman, niet in de bewoordingen die nu, achteraf, door zijn hoofd walsten, maar toch; daar ging het om. Om de vrijheid en de verantwoordelijkheid, deze sleetse hoekstenen. Om je ik, je omringende wereld, je naasten en je aanwezigheid; vooral het laatste, om altijd aanwezig te zijn, althans, zoveel je kon; wat dit betreft had hij het laten afweten, had hij het heel vaak laten afweten. Hij ging de supermarkt in Frejagatan binnen en bad een kort bestaansgebed.

O, Heer, dank u voor deze leerzame zomer. Zorg dat ik het goed blijf doen en dat het allemaal op zijn pootjes terechtkomt – u weet wat ik bedoel – dan kunt u drie punten opstrijken. U bestaat op dit moment overigens al ruim elf maanden achtereen, een record en verdraaid knap gedaan, gezien de externe en interne omstandigheden, die erkenning wil ik u wel geven. Verse pasta, olijven, kappertjes en Parmezaanse kaas passen wel op zo'n dag als vandaag, niet? Een hemelse combinatie, maar dat hoef ik u vast niet te vertellen?

Onze-Lieve-Heer reageerde niet, niet meer dan via een zacht en ongearticuleerd gemurmel dat uit een scheef staande vrieskist kwam – maar het klonk vriendelijk en vertrouwd en inspecteur Barbarotti begon zijn mandje niet zonder een zeker vertrouwen te vullen.

Tijdens de pasta belde Sara.

Ze vroeg hem niet eens terug te bellen. Maar ze begon te huilen.

'Wat is er met je, Sara?' vroeg hij. 'Wat is er gebeurd?'

Ze snikte nog een tijdje en hij herhaalde zijn vraag een paar keer in wisselende bewoordingen. Lieve hemel, dacht hij. Ze is zwanger. Minstens. Ze heeft aids, ik wist het. Ze ligt op sterven.

'Ik wil naar huis, papa', zei ze toen haar snikken eindelijk plaatsmaakten voor woorden.

'Natuurlijk', zei Gunnar Barbarotti. 'Doe dat. Neem morgenvroeg maar een vliegtuig.'

'Mag dat?'

'Wat?'

'Mag ik weer bij jou komen wonen?'

'Ben je niet goed wijs, Sara? Natuurlijk mag je thuiskomen. Ik zou niets liever willen.'

'Dank je wel.'

'Maar wat is er gebeurd, meisje van me? Je moet het me vertellen. Ben je ziek?'

Ze lachte even. Een onbeduidend lachje. 'Nee, papa, ik ben niet ziek. En ik ben ook niet zwanger, dat was vast je volgende vraag. Maar ik wil hier niet meer blijven. Ik vertel het je liever als ik je zie.'

'Prima', zei Barbarotti. 'Zal ik kijken hoe laat de vliegtuigen gaan en zo? Heb je geld voor een ticket?'

'Ik regel het zelf wel. En volgens mij heb ik nog wel genoeg geld. Maar kan ik nog wat lenen als dat nodig is?'

'Natuurlijk', zei Gunnar Barbarotti. 'Ik heb nog steeds zestig kronen op mijn rekening staan. Pak je spullen maar en bel me als je weet hoe laat je aankomt.'

'Dank je, papa', zei Sara. 'Het spijt me dat het zo moet lopen, dat was niet de bedoeling.'

'Geeft niks', zei Gunnar Barbarotti. '*Shit happens*. Eh ... er zijn hier wat dingen veranderd, trouwens, maar dat vertel ik wel als je er bent.'

'Veranderd?' zei Sara. 'Wat is er veranderd?'

Gunnar Barbarotti dacht even na. Over wat mobiel bellen naar het buitenland kostte, bijvoorbeeld.

'Nee, dat vertel ik je wel als ik je zie.'

Sara zei een paar tellen niets, toen legde ze zich erbij neer en ze hingen op.

Terwijl hij de rest van de pasta opat, dacht hij na. En telde.

Hij kwam op zeven. Ze zouden met zeven mensen zijn. Marianne met twee kinderen, hijzelf met drie.

Zeven? Goeie genade.

Hij waste af, pakte de krant en ging op het balkon zitten. Omdat het vrijdag was, zat er een woonbijlage bij. Hij begon te bladeren.

Zeven? Als ze met zijn allen op dit balkon zouden staan, hadden ze ieder een halve vierkante meter. Dat was niet veel, en waarschijnlijk zou de hele rataplan instorten, bovendien.

Huis, dacht hij. We hebben een huis nodig.

Zeven, acht kamers, zoiets.

Na vijftien tellen had hij het gevonden. Een oude zomervilla bij Kymmens landtong. Tien kamers en een keuken, stond er. Enige renovatie noodzakelijk. Grote tuin en een eigen steiger. Slechts anderhalf miljoen.

Een koopje. Die zestig kronen zouden nog van pas komen.

Hij belde het nummer, sprak tien minuten met een vriendelijke oude man en werd uitgenodigd om zondag om één uur het huis te komen bezichtigen.

Hij zat net achter zijn computer om zijn toekomst in foto's te bekijken, toen Marianne belde.

Ze klonk vrolijk.

Dat klonk ze weliswaar bijna altijd, maar deze keer was het iets meer.

'Weet je', zei ze lachend. 'Ik heb wat dingen geregeld.'

'O, ja?' zei Gunnar Barbarotti. Ze heeft een kleine dominee geregeld, dacht hij. 'Wat dan?'

'Ik heb het ziekenhuis in Kymlinge gebeld. Ik kan daar op 1 november aan de slag. Wat zeg je daarvan?'

'1 november?'

'Ja.'

'Ik wist het', zei Barbarotti. 'Wie kan er nou nee tegen jou zeggen?'

'Tss', zei Marianne. 'En Johan en Jenny willen wel verhuizen, dus bel ik eigenlijk om te zeggen dat we de knoop door moeten hakken.'

'Dat hebben we bij dezen dan gedaan', zei Barbarotti. 'Maar we hebben een iets groter onderkomen nodig dan waar we het over gehad hebben.'

'Groter? Waarom?'

'Hm', zei Gunnar Barbarotti. 'Er zijn wat dingen gebeurd met mijn kinderen. Het lijkt erop ... Ja, het lijkt erop dat ik voor alle drie moet gaan zorgen.'

'Hè?' zei Marianne.

'Ja, precies', zei Gunnar Barbarotti en ineens kreeg hij ademnood. Of misschien was het wel iets anders, een soort taai, weerbarstig membraam dat de woorden die eruit moesten komen weigerde door te laten. 'Het is niet anders', wist hij eruit te krijgen. 'Lars en Martin komen morgen al, en zonet belde Sara uit Londen om te zeggen dat ze op weg was naar huis, dus ... Ja, met jouw kinderen erbij zijn we met zijn zevenen.'

'Zeven?'

'Zeven, ja. Maar ik ga zondag naar een huis kijken en ...'

Het werd stil in de hoorn. Hij keek omhoog en zag een zwerm kauwen op een van de iepen voor de Katedralschool landen.

Nu, dacht inspecteur Barbarotti. Nu komt het erop aan. Het kerkhof, de koeien, het koolzaad, het bos. Over drie tellen weet ik het.

Binnenkort bij De Geus in de Barbarotti-reeks

Het tweede leven van meneer Roos

Ante Valdemar Roos is een onopvallende en ongelukkige man, totdat hij de loterij wint. Hij gaat met pensioen en verhuist naar een klein huisje diep in het bos, waar hij de herstellende drugsverslaafde Anna ontmoet. Op het moment dat er een lijk gevonden wordt in de buurt van het huisje, wordt Barbarotti ingeschakeld om de zaak te onderzoeken.

De eenzamen

Een aantal jaren na het afstuderen ontmoeten zes goede vrienden elkaar tijdens een uitje in het bos. Het noodlot slaat toe als een van hen van een klif valt. Vijfendertig jaar later wordt nog iemand van de groep dood gevonden op dezelfde plek. Inspecteur Barbarotti vermoedt dat dit geen toeval is en gaat op zoek naar antwoorden.

Ander werk van Håkan Nesser bij De Geus

Het vierde offer
In de kustplaats Kaalbringen zoeken commissaris Van Veeteren en zijn assistente Beate Moerk naar een verband tussen drie gruwelijke bijlmoorden. Dan verdwijnt Beate spoorloos.

Het grofmazige net
Nadat hij de avond met haar heeft doorgebracht, vindt Janek Mitter zijn vrouw dood in de badkuip. Hij wordt schuldig bevonden, maar wanneer hij in een psychiatrische gevangenis opgesloten zit, valt er een tweede dode te betreuren.

De vrouw met de moedervlek
Op haar sterfbed vertelt een moeder aan haar dochter over afschuwelijke gebeurtenissen uit haar jeugd. De dochter aanvaardt de erfenis: een grenzeloze haat jegens mannen maakt zich van haar meester. Zij neemt een nieuwe identiteit aan en komt in actie.

De terugkeer
Op een augustusmorgen verlaat een moordenaar de gevangenis. Ruim een half jaar later wordt zijn verminkte en half ontbonden lichaam gevonden. Leopold Verhaven is een oud-atletiekkampioen, die indertijd is ontmaskerd als oplichter en dopinggebruiker. Hij heeft vierentwintig jaar gezeten voor het verkrachten en vermoorden van twee vrouwen, maar heeft altijd volgehouden dat hij onschuldig is.

De commissaris en het zwijgen
Uit een zomerkamp van de religieuze sekte Het Reine Leven is een meisje verdwenen. Als commissaris Van Veeteren in het kamp een kijkje gaat nemen, wordt hij ongastvrij onthaald. De aanbeden leider van de sekte, eerder veroordeeld voor een seksueel delict, maakt geen sympathieke indruk op Van Veeteren. En niemand wil ook maar enige informatie geven.

De zaak van Münster
Het team van inspecteur Münster tast volledig in het duister bij de moord op de oude Waldemar Leverkuhn. Het gebruikte geweld duidt op extreme woede bij de dader, maar waarom? Münster besluit een beroep te doen op de befaamde intuïtie van commissaris Van Veeteren, die van een jaar verlof geniet. Van Veeteren hoeft maar even te snuiven om zeker te weten dat de zaak stinkt.

Valse vriendinnen
Als kind werden ze dikke vriendinnen, Agnes en Henny. Maar het bleek geen vriendschap door dik en dun. Nu, bijna twintig jaar later, zoekt Henny weer contact via een brief. Ze heeft een voorstel. Het is alsof iets wat jaren geleden in gang werd gezet, nu eindelijk voltooid moet worden.

Carambole
Op een regenachtige nacht veroorzaakt de aangeschoten Pieter Clausen een dodelijk ongeluk. Het slachtoffer laat hij langs de kant van de weg liggen. Een paar dagen later ontvangt Clausen een brief waaruit blijkt dat iemand hem herkend heeft

en hem geld afhandig wil maken. Clausen is niet van plan om zich te laten afpersen en vermoordt degene die de tas met geld komt ophalen.

De dode op het strand

De jonge Mikaela Lijphart ontmaskert bij toeval de echte dader van de lustmoord op de scholiere Winnie Maas, waarvoor haar vader al zestien jaar opgesloten zit in een psychiatrische inrichting in Lejnice. Mikaela verdwijnt spoorloos na een bezoek aan de verbitterde moeder van de destijds vermoorde scholiere.

De zwaluw, de kat, de roos en de dood

Als ex-commissaris Van Veeteren de geborgenheid van zijn antiquariaat verlaat om enkele moorden te onderzoeken, raakt hij al snel op het spoor van een dader die over meer dan gemiddelde literaire kennis beschikt. De aanwijzingen die de moordenaar achterlaat zijn afkomstig uit zeldzame boeken. Van Veeteren weet dus dat hij niet met een doorsneemoordenaar te maken heeft.

Van Veeteren en de zaak-G.

De voormalig commissaris stort zich op de enige zaak die hij in zijn lange carrière niet heeft kunnen oplossen. Wie heeft vijftien jaar geleden Barbara Hennan vermoord? Velen geloven dat haar echtgenoot de dader is. Ook Van Veeteren acht hem daartoe in staat – hij kent de man persoonlijk uit de schoolbanken – maar hij heeft diens schuld nooit kunnen bewijzen.

De zomer van Kim Novak

Schoolvrienden Erik en Edmund brengen hun zomervakantie door in een klein zomerhuis aan een Zweeds meer. Stiekem roken ze sigaretten en dagdromen ze over de jonge lerares Ewa, die als twee druppels water op filmster Kim Novak lijkt. Op het dorpsfeest steelt Ewa de harten van alle mannen. Twee dagen erna wordt het lichaam van haar verloofde gevonden.

De stilte na Sarah

Erik Steinbeck en zijn vrouw Winnie Mason zijn na de ontvoering van hun dochtertje Sarah verhuisd naar Carmine Street in New York. In een bibliotheek in Leroy Street probeert Erik op papier te krijgen wat hun de afgelopen jaren is overkomen. Terwijl hij probeert te accepteren dat Sarah dood is, beweert Winnie dat ze nog in leven is – met alle gevolgen van dien.

De man zonder hond

Op de familie Hermansson lijkt niets aan te merken, totdat zoon Robert zich in een realitysoap op nationale televisie obsceen gedraagt en tijdens een verjaardagsfeest verdwijnt. Wanneer kort daarna ook kleinzoon Henrik niet te vinden is, is het drama compleet.

Aan inspecteur Gunnar Barbarotti de taak zich door langverborgen geheimen en familienijd heen te worstelen om uit te zoeken wat er precies gebeurd is.